雲圖

CLOUD ATLAS

David Mitchell
大衛·米契爾｜著
左惟真｜譯

〈導讀〉

創作形式與主題的完美結合——大衛．米契爾的《雲圖》

林翰昌

閱讀《雲圖》是個很奇特的體驗：一開始，讀者往往陷入十里霧中，摸不著頭緒，然後在某個轉折點（往往因人而異）豁然開朗，領會並讚嘆整部作品的精妙。

具有科幻背景的讀者大概會聯想到丹．西蒙斯（Dan Simmons）的《海柏利昂》（*Hyperion*, 1989）。同樣以六個看似「分立」，並採取不同類型書寫的中篇所構成，《海柏利昂》的故事各自代表巨大終極謎團的一部分，朝聖眾一一揭露的同時，讀者才開始對霸聯、智核和驅逐者之間的明爭暗鬥有著更進一步的認識。《雲圖》的故事則彼此縱向聯繫，從十九世紀一直綿延到遠未來的文明大崩壞，指涉的卻全都是來自賈德．戴蒙（Jared Diamond）在《槍炮、病菌與鋼鐵》（*Guns, Germs and Steel*, 1997）裡所提出探討的現象。

米契爾自承影響本作最鉅的創作源頭是伊塔羅．卡爾維諾（Italo Calvino）的《如果在冬夜，一個旅人》（*Se una notte d'inverno un viaggiatore*, 1979），然而《雲圖》卻將實驗性的創作形式往前再進一步——作者在小說的中央擺上一面鏡子，依次補完每一則被活生生打斷的中篇。於是做為「鏡子」的第六個故事，反而具有「承先啟後」的效果。讀者透過它終於得見全書意旨的完整風貌，再「向前」（即「回頭」）繼續覘看，原本故事中斷所造成的懸疑，不單因為劇情一步步揭露而豁然開朗，一連六次不同形式的呈現，促使作者意欲表達的概念蓄積更強大的衝擊力道。

正如同歐洲人倚靠槍炮、病菌和鋼鐵征服全世界，整部人類歷史幾乎就是優勢民族（與個體）如何征服、剝削、利用劣勢民族（個體）的過程。米契爾巧妙利用既有的文學傳統，精心打造出這六個層層套疊的俄羅斯娃娃。讀者從亞當・尤恩的日記目睹了歐洲人教化（奴役）太平洋海島民族的實況；只要掌握些許優勢，就連毛利人也都可以成功征服莫里奧里人。作者在這裡擬仿梅爾維爾（Herman Melville）的早期作品《泰皮》（*Typee: A Peep at Polynesian Life*, 1846）和《瑪蒂》（*Mardi: And a Voyage Thither*, 1849），向征服者提出嚴正控訴。日德堅莊園裡的佛比薛爾和艾爾斯則是個體相互利用的絕佳典範。前者試圖依附名作曲家來打響自己名聲，後者則無所不用其極地吸納前者才華，以延續自身早已枯竭的創作生命。米契爾在本篇所效法的對象是英國作曲家艾瑞克・芬比（Eric Fenby）在一九二八至一九三四年擔任另一位作曲家戴流士（Frederick Delius）謄寫員時的經歷。作者將佛比薛爾塑造成芬比的闇黑版本，也讓他譜出代表全書標題的《雲圖六重奏》。

露薏莎・瑞伊的探案祕辛則是懸疑小說／電影常見的小蝦米對抗大鯨魚戲碼。鍥而不捨的小刊物記者努力挖掘大型能源企業新核能電廠的內幕；橋段雖老，讀起來仍令人津津有味。卡文迪西得利於黑幫背景的旗下作者對文學評論祭酒的意外反撲，但同時也陷入被追債的窘境。他在奧羅拉大宅的際遇帶有幾許《飛越杜鵑窩》（*One Flew Over the Cuckoo's Nest*, 1962）的興味，然而最後的關鍵仍取決於大不列顛島上千百年來的民族矛盾。值得一提的是，卡文迪西和他兄長早在米契爾的首部作品《靈魂寫手》（*Ghostwritten*, 1999）中出現，本故事彷彿也是當年事件的延續。讓筆下人物在不同作品當中陸續登場，進而補完他們的人生書寫，亦為米契爾的一大特色。此舉不但構築這些角色的血肉，使他們在讀者面前活脫脫就像是現實人物（我懷疑其中有一部分除了姓名之外均屬真實）；它還更進一步串起作者的所有作品，使得米契爾的創作生涯儼然成為一個橫跨諸文本的巨大創作。卡文迪西之外，露薏莎・瑞伊也曾在《靈魂寫手》中短暫獻聲；而在第二個故事占有舉足輕重地位的夏娃・柯莫林克，以及本故事裡擔任房客委員會的主委葛溫德琳・班丁克斯老太太，則會在米契爾半自傳形式的少年成長小說《黑天鵝綠》（*Black Swan Green*, 2006）中再度亮相；前者更成為啟發作者化身的主人公積極從事文藝創作的背後推手。

宋咪~451的訪談記錄挑戰讀者對經典反烏托邦作品的熟稔程度。451這個延伸代號以及名字加代號的命名形式都有明確的指涉對象；社會階級以基因決定、極權式的後資本主義社會、全面改用廠牌名稱稱呼特定商品、智能超昇後的人造生命、以謊言掩飾年歲已屆的最終出路等等，均有前作可供參酌。儘管大逆轉的劇情並不新鮮，宋咪選擇照劇本演下去，仍不啻為「弱勢者反客為主」的爭千秋典範。到了沙奇時代的夏威夷，文明已全面衰敗，然而強凌弱的情況依然沒有改變。寇納人與河谷族完全就是第一個故事裡毛利人和莫里奧里人的翻版。米契爾在這兩則未來故事中也嘗試一些文字上的演變。〈宋咪~451的祈錄〉仿照《一九八四》裡的語言「改革」，文中「ex-」字首均以「x-」入替；到了〈史魯沙渡口及之後的一切〉，作者更直接套用羅素・霍班（Russell Hoban）名作《解謎人》（*Riddley Walker*, 1980）的手法，全篇採取簡化規則後的英文用字寫就，讀者在閱讀當下立刻能體察浩劫餘生下文明漸次失落的氛圍。可惜的是，幾乎沒有譯本能夠忠實呈現這兩種特殊的文字手法。

本書各個篇章獨立閱讀已經頗有可看性，但真正的精要處還是在於作者串連整個系列所下的工夫。為了呼應全書主題，每一則故事在劇情安排上都成為某種閱聽形式，以供下一則故事的主人閱覽消費（或利用）。除了本體之外，故事之間往往安排某些巧妙的銜接點，通常是某個人物（譬如宋咪或希克斯密），或是某項事物及其變體（女預言家號的重覆出現和沙奇的夢中預言）。讀者不經意瞥見這些內容的當下，也同時激發前事的閱讀記憶。更令人驚喜的莫過於米契爾安排在故事角落，直接針對全體文本以及全書主題的分析與揭示。我認為這是作者有意給讀者的提點，幫助讀者更能抓住閱讀重心。至於主角們身上的胎記，竊以為就算有輪迴轉世的意味，對於故事整合並沒有太大幫助，頂多代表人類歷史周而復始，循環不已。

《雲圖》特殊的結構與創作形式，使得閱讀本書的方式也變得多元起來。讀者可以一頁一頁順著讀，可以把俄羅斯娃娃拆開來之後一一各別欣賞，甚至可以將自己傳送至遙遠未來，再回過頭按照倒敘順序反覘事件始末。每一次閱讀都會帶來不同的驚奇，也會令人重新思索何謂野蠻、何謂文明，以及權力與暴力因何永遠宰制我們的根本課題。

本文作者為獨立科幻奇幻撰稿人，個人部落格「科幻國協毒瘤在臺病灶」
http://danjalin.blogspot.com/

國際媒體讚譽

米契爾無疑是個天才。他寫作時，雙手彷彿就握在一部不止息的作夢機器的舵輪上，他顯然可以做他想做的每件事，而且他強烈的企圖心就像岩漿一樣，流過這本書的每一頁。

——《紐約時報書評》（*The New York Times Book Review*）

這部小說宛如一層套著一層的俄羅斯娃娃或中國寶盒，也像是一本謎題書，不僅眩目、有趣，或巧妙，還令人心碎，充滿感性與熱情。我不曾讀過這樣的作品，而且我很慶幸自己有機會在書中許多世界裡都住過一段時間。這些世界其實是同一個世界，只是米契爾透過他帶有施咒魔力的文字，將它們輪流召喚出來，讓它們成為我們自己的世界。

——麥可．謝朋（Michael Chabon），《卡瓦利與克雷的神奇冒險》、《消失的六芒星》作者

狂野的閱讀樂趣……《雲圖》會讓你失神忘我，既高潮迭起，又冷冽到引人深思。

——《時人雜誌》（*People*）

（米契爾）召喚出一個世界……它將無時無刻迷惑你。——《華爾街日報》（*The Wall Street Journal*）

令人熱血沸騰……閱讀《雲圖》時莫大的樂趣之一，就是看著米契爾從一個類型滑步轉入另一個類型，舞步卻沒有出現絲毫不順。

——《波士頓週日環球報》（*Boston Sunday Globe*）

偉大而精緻……（米契爾）創造出一個世界及其語言，乍看之下既陌生又奇特，事實上卻又讓人感覺無比熟悉與親切。

——《洛杉磯時報》（*Los Angeles Times*）

《雲圖》應該會讓米契爾這位膽識與天分相匹配的作家，聞名於大西洋兩岸。

——《華盛頓郵報書的世界》（*The Washington Post Book World*）

（米契爾）和納博科夫一樣，對文字遊戲情有獨鍾；他對浩大不可知之事物有不凡的見解；以及最重要的，他擁有大師級的說故事功力。三者巧妙結合在一起，讓《雲圖》成為一部令人驚喜、魅力無法抗拒的大師之作。

——《華盛頓時報》（*The Washington Times*）

（米契爾的）語言質地豐潤而有嚼勁，清脆作響。

——《時代》雜誌（*Time*）

非常、非常好看……極其精妙的敘事藝術。

——《紐約觀察家報》（*The New York Observer*）

米契爾那善於勾勒精采事件的天分，以及他生動活潑的書寫風格，吸引讀者一頁接著一頁閱讀下去。

——《娛樂週刊》（*Entertainment Weekly*）

（米契爾）最具企圖心的作品……一趟狂野、美妙之旅。

——《新聞週刊》（*Newsweek*）

（《雲圖》）散發出不斷起泡、令人暈眩的能量，各種可能性與輕聲細語在你耳中呢喃：仔細去聆聽一個故事，任何一個故事，你就會聽到在它裡面還有另一個故事，急著想出來與這個世界見面。

——《村聲雜誌》（*The Village Voice*）

激動人心、優雅、精湛……《雲圖》是一個關於敘事藝術——藉由說故事來形塑我們對歷史、文明及自我概念能力的故事。

——《紐約閒暇》（*Time Out New York*）

米契爾有種天賦，他能創造出好幾個維妙維肖的世界，幾組截然不同的人物就居住在其中。

——《圖書館學刊》（*Library Journal*）

（就和）村上春樹一樣，米契爾將知識分子的關懷與低俗人士的瑣事揉合在一起，為讀者創造出最大的閱讀樂趣。

——《*Details*》雜誌

《雲圖》的成就如此驚人，讓人禁不住懷疑這世上是不是有好幾個大衛・米契爾，每個人負責寫這本書的一個部分。

——《*Bookpage*》雜誌

令人讚嘆……米契爾的確很有語言天分。他對人類權力與貪婪的探討，能緊緊吸住讀者的注意力。

——《落磯山新聞報》（*Rocky Mountain News*）

放膽書寫，版圖往外擴張，雄心完全不受規範……下次有人告訴你「小說已經走到窮途末路」時，就拿這本書打他。使勁地打！

——《聖地牙哥聯合論壇報》（*The San Diego Union-Tribune*）

充滿革命性……《雲圖》巧妙地解開謎團，讓讀者看清事情可能並不像他們想像的那樣。

——《新聞日報》（*Newsday*）

令人難以置信……米契爾附身於各個不同角色，為他們發聲的功力，幾近奇蹟。

——《週日泰晤士報》（*The Sunday Times*）

了不起的書……它將科幻小說、政治嘲諷及歷史模仿，與音樂素養及橫溢的語言才華交織在一起。

——《標準晚報》（*Evening Standard*）

一隻哺育宙斯的豐饒之角，一場如哀歌般淒涼，卻又充滿先見、深思與娛樂的豐盛饗宴。打開米契爾的頭，就會飛揚出一部由創意與點子譜成的狂喜交響樂來，彷彿我們打開的是一個美好、讓人蒙福的潘朵拉寶盒。

——《泰晤士報》（*The Times*）

這部小說棒極了……你所想像得到最令人興奮忘我的小說之一。

——菲立普・漢歇爾（Philip Hensher），《旁觀者雜誌》（*Spectator*）

這本書了不起……今年不會再有比它更偉大、更有膽識的小說了。

——傑斯汀・喬丹（Justin Jordan），《衛報》（*Guardian*）

無與倫比。

——蘇菲・瑞克立夫（Sophie Ratcliffe），《每日郵報》（*Daily Mail*）

非常引人入勝。

——山姆・里斯（Sam Leith），《每日電訊報》（*Daily Telegraph*）

大師級的盛宴。

——耶柔米・波伊德・芒謝爾（Jerome Boyd Maunsell），《標準晚報》（*Evening Standard*）

這是目前為止他最狂野的旅行……獨特的成就，來自一位具有超凡企圖心與寫作技巧的作家。

——麥特・索恩（Matt Thorne），《獨立報週日版》（*Independent on Sunday*）

米契爾在《雲圖》中的說故事手法一級棒。我，理所當然地被迷惑住了。

——勞倫斯・諾弗克（Lawrence Norfolk），《獨立報》（*Independent*）

目次

獻給 Hana 和她的祖父母

亞當・尤恩的太平洋日記

十一月七日星期四

出了印第安小村，我無意間在某處人跡罕至的海灘上發現一道清晰足跡。我尾隨那道足跡，穿過發臭的海草及海邊椰樹與竹林，找到腳印的主人。他是個白人，留著梳理整齊的大鬍子，戴著一頂略嫌大的海狸皮帽，褲管及厚呢外套的衣擺都捲了起來。他正全神貫注地用一根湯匙鏟起並篩濾煤渣般的沙，直到我從十碼外喊他，他才注意到我。這就是我和這位專門幫倫敦名仕們看病的醫生——亨利・古斯醫生結識的經過。他的國籍一點也不令我意外！如果世上真有哪座荒涼要塞或偏僻島嶼敢宣稱從來沒有英國人挑戰過，那我敢保證，那是因為它根本還沒畫到地圖上。

這位醫生在這陰鬱海岸上遺落了什麼一時找不到？需要我的幫忙嗎？古斯醫生搖搖頭，鬆開手巾上的結，得意地對我展示裡面的東西。「牙齒哪，先生，我現在就是在尋找這些琺瑯質的聖杯！在古早的阿卡迪亞時期，這片海灘正是食人族的饗宴大廳，沒錯，就在這裡，強者將弱者吞食入腹。他們會吐出牙齒來，就像我們會吐掉櫻桃核。但是這些臼齒可以煉製成金子。怎麼辦到？倫敦皮卡特利一位專門幫有錢人製作假牙的工匠，願意出高價收購人齒。你知道四分之一磅的人齒可以賣到多少錢嗎，先生？」

我坦承我不知道。

「那麼我也不告訴你，先生，這算是專業機密！」他摸了摸鼻子。「尤恩先生，你認識梅菲爾的葛瑞絲侯爵夫人嗎？不認識？你運氣不錯，她只是具穿著漂亮外衣的屍體。自從這個老巫婆玷污我的名聲到現在已經五年了，沒錯，就是她的誣陷導致我被社交界排斥。」古斯醫生望向大海。「從那個黑暗時刻起，我就在異邦四處飄遊。」

對這位醫生的處境，我表達了同情之意。

「我謝謝你，先生，我謝謝你，但是這些牙齒，」他搖晃了一下手巾，「是我的救贖天使。且聽我話說從頭。侯爵夫人的假牙就是我剛剛提到的工匠製作的。未來的聖誕節，當那頭散發臭氣的母驢正向來參加她外交官舞會的來賓致詞時，我，亨利．古斯，沒錯，**我**會站起來，向在場人士宣布我們的女主人是用食人族的牙齒咀嚼食物！可以預料到胡伯特爵士會挑戰我的說法，『拿出你的證據，』那個粗野的傢伙會大吼，『不然，就給我一個滿意的解釋！』我會宣稱：『證據嗎，胡伯特爵士？讓我告訴你為什麼吧，你母親的牙齒是我本人**親自**到南太平洋的痰盂裡撿來的！這裡，爵士，**這裡**就有幾顆相同的傢伙！』然後把這幾顆牙齒丟進她的玳瑁殼湯盅裡，這麼一來，先生，這麼一來我會滿意無比！那些愛嘰嘰喳喳的文人雅士會在他們的報章上用熱水汆燙這位冷若冰霜的侯爵夫人。等到下一季，如果還有哪個窮人家願意邀她去參加舞會，那就算她走運！」

我急忙跟亨利．古斯道別，先行離去。我猜這人八成是瘋子。

十一月八日星期五

在我窗戶下方的臨時修船場裡，一夥人在希吉斯先生指揮下整修船首第二斜桅。沃克先生，大洋灣唯一一家酒館的主人，同時也是主要木料供應商，在一旁吹噓他在利物浦擔任造船技師那些年間的豐功偉業。（我現在已經很習慣澳紐等地的民俗風情，不會去戳破這類不太可能的謊言。）希吉斯先生告訴我，他還需要一整個禮拜的時間才能讓女預言家號重現「布里斯托風貌」。要在毛瑟槍旅館上困上七天是個無情的判決，但是回想起幾天前女妖召喚來的暴風雨對我們發動的猛烈攻擊，以及被巨浪掃落海中的船員，我就不再覺得目前的處境有多不幸了。

今天一早我在樓梯間遇見古斯醫生，於是我們共進早餐。他早在十月中旬就住進毛瑟槍旅館了。他原本在斐濟一個宣教站幫人看病，一個月前才搭乘巴西籍商船拿馬瑞多號來到這裡。目前這位醫生還在等待已經誤期很久的澳洲籍海豹獵捕船奈利號來送他去雪梨，從那裡會再想辦法在客輪上找個船位，搭船回家鄉倫敦去。

我先前對古斯醫生的評斷有失公允，而且結論下得太早。幹我這行的想要事業有成，就必須像犬儒派哲學家戴奧吉尼斯一樣善忌疑，但是忌疑會讓人忽略掉一些微妙美德。這位醫生確實有古怪之處，而且一杯葡萄牙皮斯可酒下肚（千萬別喝過量），他就會如數家珍地將它們全告訴你。但是我樂於保證，在雪梨以東、瓦帕瑞索以西的緯度地區，他是除了我之外唯一一位紳士。我甚至可能會為他寫封介紹信，請他帶到雪梨的帕崔吉家，因為古斯醫生和我的好友弗瑞德是同業。

惡劣的天氣讓我早上沒辦法出去散心，於是我們在燒著泥炭的火堆旁閒聊，說故事。幾個小時就像幾分鐘一樣過去了。我談了許多關於提爾妲與傑克森的事，也談到我對三藩市「淘金熱」的擔憂。然後我們的話題從我的故鄉轉換到我最近在新南威爾斯擔任公證人時發生的事，接著再從水蛭與蒸氣火車，聊回到吉朋、馬爾薩斯與高德溫。深入且熱烈的對談是我在女預言家號上亟欠缺的安慰劑。而且，這位醫生是個真正博學之士。不僅如此，他還擁有一副雕刻精美的人形西洋棋，可以確定的是，在女預言家號啟航或奈利號到達前，我們不會讓棋子閒著。

十一月九日星期六

日出的太陽明亮如銀幣。我們的縱帆船在海灣中看起來還是一副可憐樣，岸邊還有一艘側躺著等待維修的印第安獨木戰舟。亨利和我帶著「今天是神聖日子」的心情，朝著「筵宴者海灘」走去，出發前還對沃克先生雇用的女僕愉快地行了禮。這位表情嚴肅的小姐正忙著將衣服晾在矮樹上，沒有搭理我們。她身上流著一些黑人血液，我猜她的母親與叢林裡的野蠻人相去不遠。

經過印第安小村時，一種「哼嗯——」聲音讓我們很好奇，我們決定找出聲音來源。村落外圍有一圈木樁圍籬，不過圍籬已多有損壞，村外的人可以從十數處缺口進入村內。一隻毛髮稀疏、牙齒掉光、來日無多的母狗抬頭看著我們，沒有吠叫。在那些以實木建造、門楣雕刻精緻，甚至搭配門廊的「高級建築」周圍，散布著一些自慚形穢的**龐葛**茅屋（用樹枝搭建、泥土為牆、雜草為頂的小屋）。小村正中央的廣場上正在執行公開鞭刑。

亨利和我是唯一在場的兩個白人，不過在圍觀的印第安人當中還是可以清楚分出三種階級。首領穿著羽製披風坐在寶座上，身上刺了青的名望之士和他們的女人與小孩則站在一旁觀禮，人數約有三十。膚色比深棕色肌膚主人更黝黑、更呈煤灰色的奴隸們則蹲踞在泥巴地上，人數不及前者一半。習於同種交配的他們和牛一樣遲鈍！這群因為**哈吉哈吉**皮膚病而長了牛痘疤與膿瘡的可憐傢伙，在觀看刑罰時除了發出類似蜂鳴的怪異「哼嗯」聲外，沒有其他反應。我們實在不知道這種哼嗯聲代表的是同情還是譴責。執鞭行刑官的身材高大如歌利亞，他壯碩的身材足以讓每一位格鬥家望之卻步。

大大小小的蜥蜴刺青爬滿這位野蠻人身上每一寸肌膚：想必可以賣個好價錢，不過即使你把全夏威夷的珍珠都送給我，我也不願意負責剝他的皮！那個可憐囚犯身上因為多年折磨而結了白霜，此時全身赤裸地被綁在一個A字型架上。他的身體隨著劃破皮膚的每一鞭而顫動，後背就像一張以血為墨、寫滿古如尼文的羊皮紙。不過他那張失去意識的臉呈現出殉道者將靈魂交托給上主的安詳。

我承認，每一鞭落下都讓我暈眩。接著，奇特的事發生了。受鞭者抬起原本下垂的頭，找到**我的眼睛**，向我傳遞一種詭異、彼此相知的和善眼光！好像某個舞台劇演員在劇院中看到失聯已久的朋友，在不被觀眾察覺下用眼神向他致意。一個身上刺青的「黑傢伙」走近我們，亮了亮他那把玉製匕首，讓我們知道我們並不受歡迎。我詢問他，這個囚犯犯了什麼罪。亨利卻用手搭過我的肩。「走吧，亞當，聰明人不會讓自己擋在野獸和牠的食物間。」

十一月十日星期日

波哈夫先生坐在他手下一幫暴徒中間，就好像森蚺大0王和牠的束帶蛇聚在一起。在我起床之前，他們在樓下舉辦的安息日「慶祝活動」就已經開始了。我下去找刮鬍水時，發現酒館裡的人已經開始狂飲，船員們正等著輪到自己和幾個被沃克誘騙進他的臨時妓院的可憐印第安女孩交歡。（拉菲爾並不在放蕩狂歡者之列。）

我可不願意在妓院裡吃我的安息日早餐。亨利對這整件事的反感與我不相上下，所以我們乾脆不吃早餐（女僕無疑也被逼著去提供特別服務了），維持禁食狀態到教堂去做主日崇拜。

還走不到兩百碼，我就驚愕地想起，這本日記還放在旅館中，在我房間的桌上，任何一個酒醉而闖進我房間的水手一眼就會發現。基於擔心它的安危（當然也擔心我自己的安危，如果這本日記落入波哈夫先生的手中！）只好調頭回去把它藏在隱密一點的地方。我回到旅館時，大夥兒虛偽地笑著跟我招呼，我心想他們剛剛一定是在背後說我的壞話，不過，等我打開房門時，我才知道真相：果然，波哈夫先生那大熊般的屁股正跨坐在他那位黑皮膚高蒂拉*身上，像個現行犯在**我的床上**被我逮個正著！這個邪惡的荷蘭人跟我道了歉？門都沒有！他認定**他自己**才是受害者，並且向我大吼：「快拿走你的東西，羽毛筆先生！不然的話，我指著他媽的上帝發誓，我會把你那枝狡詐的洋基羽毛筆折成兩半！」

我抓起日記本乒乒乓乓地衝下樓，聚集在那裡的白種野蠻人邊笑鬧、邊嘲諷地鼓譟著。我向沃克抗議，我付的是單人房的旅館費，即使不在房內，那房間仍該是我專屬。不過這個惡棍只說他願意給

*童話故事中擅入熊家、吃了熊爸爸、熊媽媽與熊寶寶的熱粥的金髮女孩。

我三分之一的折扣，「讓你騎我馬槽中最標致的雌馬盡情奔馳十五分鐘」。他的說法令我作嘔。我反駁他說，我已經結婚，也有小孩了！我寧願死，也不願意喪失尊嚴與格調，去和他那些染上梅毒的妓女搞在一起！沃克發誓說，如果我膽敢再把他最親愛的女兒們叫成「妓女」，他絕對會給我的眼睛「上點裝飾」。

一個已經不剩幾顆牙的束帶蛇嘲笑我說，如果擁有一個妻子與一個小孩算是美德，「那麼，尤恩先生，我的美德豈不是你的十倍嗎！」這時不知從哪裡冒出一隻手來，把一大杯啤酒倒在我那話兒上。在另一杯液體準備更不留情地攻擊前，我逃離了現場。

教堂鐘聲正召喚著大洋灣所有敬畏上帝的人。我急忙朝教堂的方向走去，試著忘掉剛剛才發生在我住處的荒唐事。亨利已經在那裡等我了。那教堂像老舊的船一樣嘎吱作響，聚會人數只比兩隻手的手指數目略多一點，不過，今天早上亨利和我參加主日崇拜時，心中卻比終於能在綠洲舒解乾渴的沙漠旅客充滿更多感恩。創建教堂的路德教派傳教士已經在教堂墓園裡躺了十個冬天，但是到目前為止，還沒有一個被按立的神職人員敢接下棒子，擔任教堂的主任牧師。也因此，這教會就像是由各種基督教信條拼湊而成的宗派。會眾當中識字的那一半人負責朗讀聖經經文，我們則輪流領唱一、兩首詩歌回應。

帶領這群平信徒的「執事」名叫達諾克先生，他站立在樸素的十字架下主持禮拜，並且邀請亨利與我協助他。我想起自己才剛從上禮拜的海上風暴中平安脫身，於是選了〈路加福音〉第八章。門徒來叫醒了他，說：「夫子！夫子！我們喪命啦！」耶穌醒了，斥責那狂風大浪，風浪就止住，平靜了。

亨利則選擇誦讀〈詩篇〉第八篇，聲調鏗鏘有力，足以媲美所有受過訓練的劇作家。你派他管理你手所造的，使萬物，就是一切的牛羊、田野的獸、空中的鳥、海裡的魚，凡經行海道的，都服在他的腳下。

沒有管風琴師為我們彈奏〈聖母頌〉，只有輕風吹過通風管的嗚嗚；沒有詩班為我們吟唱〈西面頌〉，只有狂風呼嘯聲，但是我認為造物主一點也不會在意。與中世紀神秘莫測、鑲嵌著華美寶石的教會比起來，我們反倒更有羅馬時期初代基督徒的樣式。接著是聖餐禱告。教區的會友們即興禱告，祈求上帝去除馬鈴薯的蟲害、接納某個可憐嬰孩的靈魂、賜福給一艘新漁船等等。亨利感謝查珊島上的基督徒友善對待我們這兩位訪客。順應此氣氛，我也為提爾妲、傑克森以及我的岳父禱告，希望在我遲遲未歸的這段期間內，他們一切平安。

主日崇拜結束後，教會一位名叫伊凡斯先生的「主桅」長老非常熱心地走到醫生和我身旁。他將亨利與我介紹給他那位好妻子（他們兩人都不願意面對自己已經重聽的事實，只回答他們**認為**人家在問的問題，而且只接受他們**認為**人家給的答覆——這是許多美國政客喜歡採用的詭計），並且認識他們兩個雙胞胎兒子琦根和戴菲。伊凡斯先生告訴我們，他每個禮拜都會邀請我們的傳道人達諾克先生到他們位在教會附近的家中去吃飯，因為達諾克先生住在哈特港，是個離這裡好幾哩遠的峽角。我們願意和他們一起享用安息日的午餐嗎？我已經把毛瑟槍旅館淪為罪惡之城蛾摩拉的事告訴了亨利，而且我們的肚子已經發出造反之聲，於是欣然接受了伊凡斯的好意。

我們這位主人的農場離大洋灣約有半哩，位於一座蜿蜒多風的山谷上。他們的農舍其實只是非常樸實的建築，但已足以抵禦會讓無數不幸船隻在附近峭壁上撞得粉身碎骨的陣陣狂風。接待室牆上有顆巨大的豪豬頭（是雙胞胎過十六歲生日時獵殺的，牠下垂的下巴以及渙散的眼神將牠的痛苦表露無遺），以及一個還在夢遊的老爺鐘（它的指針和我的懷錶差了好幾個小時。事實上，從紐西蘭越洋而來的珍貴輸入品就是正確的時間）。一個印第安幫農穿過窗格窺視著他主人的訪客。在我看來，他不過是個衣衫襤褸的**變節者**，不過伊凡斯先生發誓，這個有四分之一黑人血統的混血種巴拿巴，是「能用兩條腿跑步的牧羊犬中跑得最快的一隻」。

琦根和戴菲是兩個成天與羊毛為伍的誠實傢伙，他們最大的專長就跟羊相關的事（這個家庭擁有兩百頭羊），因為他們兩人都沒進過「城」（島上居民是這麼稱呼紐西蘭），也沒正式上過學，除了他們父親為他們上的聖經課程，不過這樣的經文課已經讓他們擁有還算過得去的閱讀與寫作能力。

伊凡斯太太做謝飯禱告，然後我吃了自從貝克斯領事和帕崔吉一家人在畢歐蒙為我餞行以來，所吃過最美味的一餐（未受鹽、蛆及任何髒話污染）。達諾克先生如數家珍地告訴我們，他在查珊島這十年間曾經協助過哪些船隻；亨利跟我們分享他在倫敦及波里尼西亞醫治過的病人（有些很有名氣，有些則地位卑賤）的種種趣事；我則是為他們描述，我，這位來自美國的公證人，為了要找出加州某份遺囑所提到的澳洲遺產受益人，已經克服了多少艱難。

我們一面喝著伊凡斯先生為了與捕鯨船船員交換貨物而自釀的啤酒，一面把燉羊肉及蘋果派吞下肚。飯後，琦根和戴菲先離開去照顧牲口，伊凡斯太太則回廚房忙她的事。亨利詢問在查珊這裡是否還在傳福音。伊凡斯先生和達諾克先生交換了眼色，然後由前者告訴我們：「不，毛利人對我們這些用過多文明將莫里奧里人寵壞的**帕基阿**（白人），並不友善。」

我問他們，「過多的文明」真的是一種病嗎？達諾克先生告訴我：「如果在合恩角以西就沒有上帝，那為什麼在這裡看不到你們憲法所宣稱的『每個人生而平等』呢，尤恩先生。」女預言家號還在諸島之灣短暫停留時，我就已經得知「毛利」與「帕基阿」的命名，但是我很想知道「莫里奧里人」到底是指什麼人或什麼東西。

我的問題打開了一個潘朵拉的歷史寶盒，查珊原住民逐漸走下坡以至沒落的細節就從其中汩汩流出。我們點燃菸斗。達諾克先生一連講了三個小時的故事，直到他必須離開，在夜色尚未讓回程路途模糊之前趕回哈特港去。對我而言，他的口述歷史精采得就像狄弗或梅爾維爾筆下的故事，我一定會把這些故事寫進日記裡，不過，現在且讓我──睡神莫菲斯許可的話──先好好睡上一覺再說。

十一月十一日星期一

清晨溼黏，不見陽光。海灣看起來黏滑泥濘，不過氣候還算溫和，無礙於女預言家號的修復工程，這我得感謝海神涅普頓。在我寫這句話時，一根新上桅正被吊高，準備裝到後桅上。

過沒多久，當亨利和我在用早餐時，伊凡斯先生悄悄走過來，拜託我這位醫生朋友去為他的獨居鄰居看病。那是一位叫布瑞登的寡婦，她從馬背上摔落到一個多石的沼澤地。伊凡斯太太正在照顧她，深怕這位寡婦的生命已危在旦夕。亨利拿起醫藥箱，毫不耽擱地離開。（我也想去幫忙，但是伊凡斯先生請求我委屈一下，因為病人表示不希望被醫生以外的人看見她無法動彈的模樣。）在一旁聽到我們對談的沃克告訴我，這二十年來，沒有半個男性曾經跨過這位寡婦家的門檻，他甚至認定：「這隻冷冰冰的老母豬一定是已經走不下去了，才會願意讓這個密醫在她身上東摸西摸。」

直到如今，**芮克忽**（本地人對查珊的暱稱）的莫里奧里人的起源依然成謎。伊凡斯先生清楚表明他個人的信念：他們是一群被逐出西班牙的猶太人後裔，因為他們有鷹勾鼻及冷笑的唇。達諾克先生青睞的理論是：莫里奧里人的祖先是毛利人，他們的獨木舟就撞毀在這幾座荒涼的島上。這理論所根據的事實是：兩個族群之間確實有非常類似的語言與神話，因此，它在邏輯上的克拉數較高。不過真正能夠確定的是，在與外界隔絕生活了幾百年甚至幾千年後，莫里奧里人還是和他們在范迪門陸塊上可悲的毛利人表親一樣，過著非常原始的生活。造船的技藝（我不是指那些粗略編製、可以在島嶼之間水道穿梭的竹筏）以及航海技術都已不復存在。

莫里奧里人作夢也不會想到地球上還有其他陸地，而且有其他人居住在那些土地上。的確，他們的語言裡沒有「種族」這個詞，而「莫里奧里」的意思就是「人類」。這裡沒有畜牧業，因為在途經這裡的捕鯨船故意在此野放一些豬繁殖之前，島上根本沒有哺乳動物。最早的莫里奧里人是採集者，在岸邊拾取紐西蘭大鮑等等貝類，潛到水中去找淡水螯蝦，掠取鳥蛋，用魚叉射海豹，撿拾海草，並且挖地尋找可以當食物吃的蛆及樹根。

說到這裡，莫里奧里人似乎無特別之處：太平洋中尚未被白人入侵的「盲點」（雖然數目越來越少）上，通常都會住著一些穿著亞麻裙及羽毛披風的野蠻人，莫里奧里人只不過是其中一支罷了。然而，古老的芮克忽之所以與眾不同，在於它有一個非常獨特的和平信條。自遠古以來，莫里奧里的神聖規約就說，一個流人血的殺人犯真正殺死的是他自己的**瑪拿**——他的榮譽、價值、地位，以及靈魂。沒有一個莫里奧里人會去藏匿或提供食物給不受歡迎之人，連與他交談甚至正眼都不會瞧。即使為社會排斥的殺人犯能度過第一個冬天，獨居的絕望通常會驅使他躲到楊格峽角的某個風孔裡，結束自己的性命。

請仔細想想，達諾克先生提醒我們，兩千個野蠻人（伊凡斯先生最樂觀的估計）在言語及行為上恪遵**不可殺人**的信條，並且建構了一個口頭上的「大憲章」，進而創造出自從亞當嚐過善惡樹上的果實後，人類社會從未經歷過的和諧境界。戰爭對莫里奧里人來說，就和望遠鏡對俾格米矮人族一樣陌生。和平——不是兩場戰爭之間的短暫和平，而是幾千年的永久和平——統治著這些偏遠島嶼。和凡爾賽、維也納、華盛頓及西敏寺那些由嗜戰的年幼君主統治的進步國家相比，誰能否認古老的芮克忽更接近摩爾的烏托邦？

「在這裡，」達諾克先生說，「而且只有在這裡，那些難以捉摸的幽靈，那些高貴的野蠻人，能以血肉之軀活在我們身邊！」後來我們走回旅館時，亨利向我承認，「再如何，我也不會把落後到無法將魚叉直直射出的野蠻人形容為『高貴』。」

和平與玻璃一樣，經過反覆擊打後，其不碎保證就破了功。第一道打擊是奉英王喬治之名，由英國皇家海軍查珊號的布洛登中尉帶來插在衝突灣草地上的英國國旗。這才不過是五十年前的事。三年後，布洛登的發現就傳到雪梨及倫敦的地圖製作商耳中，接著一些零星的自由移民者（包括伊凡斯先生的父親）、遭船難的水兵，以及不服新南威爾斯殖民地官員所裁定刑罰的罪犯，開始來到這裡種南瓜、洋蔥、玉米及胡蘿蔔。他們把東西賣給貧困的海豹獵人，後者就成為傷害莫里奧里獨立性的第二道打擊。

原住民們諸事順利的希望落了空，因為海豹獵人讓海豹的血將浪花染成粉紅色。（達諾克先生用下面這道簡單算術來解說獲利：一張海豹皮可以在廣東賣到十五先令，而這些最早期的海豹獵人可以在每艘船上裝載超過兩千張海豹皮！）不到幾年，海豹就只有在外海礁岸上才找得到，而海豹獵人也開始種馬鈴薯、養羊、養豬，規模大到讓查珊現在被稱為「太平洋的農作園」。暴發戶農人用燎原之火燒淨這塊土地，火在地表下的泥炭層持續悶燒了幾季，在旱季時冒出地面，再釀災禍。

莫里奧里人遭受的第三道打擊來自捕鯨人。現在他們會成群在大洋灣、威坦吉、歐文葛以及特瓦卡魯靠岸，傾船大修、重新裝設機具並且補充糧食。捕鯨船上的貓鼠就像埃及的瘟疫一樣迅速繁殖，吃掉待在巢裡準備下蛋孵育的鳥，而鳥蛋是莫里奧里人維生的重要食物。第四道打擊伴隨白人文明而來，能撲殺膚色較黑種族的疾病，進一步削減了原住民的人口。

不過，這一切的不幸，莫里奧里人或許還能勉強承受，只要在那些傳回紐西蘭的報導中，查珊並沒被描述成一個由塞滿鰻魚的鹹水湖、鋪滿貝類與蝦蟹的海灣，以及不知格鬥與武器為何物的居民所構成的真正迦南美地。聽在納提・塔瑪及納提・姆通葛兩支屬塔拉納吉・特・阿提・阿瓦・毛利的氏族（達諾克先生跟我們保證，毛利人族譜的每一支脈，都和歐洲名門貴族們最重視的族譜樹一樣複雜，事實上這個無文字民族當中的每個男孩，都能一下子回溯到他曾祖父的曾祖父的名字與「階級」）的人們耳裡，這些謠傳就是希望——他們在最近幾場「毛瑟槍戰役」中失去的許多祖傳地業，或許可以在這裡得到補償。於是他們派出間諜，故意違反禁忌並掠奪聖地，來測試莫里奧里人的性情。

對於這些挑釁，莫里奧里人就和我們的主在遭遇刁難時的表現一樣：「有人打你的右臉，連左臉也轉過來由他打。」擅入者返回紐西蘭，證實莫里奧里人表面上的懦弱。身上帶著刺青的毛利人征服者，就在雙桅橫帆船羅德尼號的黑爾伍船長協助下，組成一支只由一艘船構成的艦隊。一八三五年，在這位船長幾乎無以為繼的幾個月裡，他同意分兩次航行，將九百名毛利人及七艘獨木戰舟載運到這裡，以換取馬鈴薯種子、槍枝、豬隻、大批梳理過的亞麻，以及一門大砲。（達諾克先生五年前在諸島之灣的一家旅館裡遇見過黑爾伍，當時他看起來很潦倒。起先他不承認他是羅德尼號的黑爾伍，接著他發誓他是受脅迫才會載那些黑人過來，不過到底是受到什麼脅迫，他並沒有清楚交代。）

十一月，羅德尼號從尼可拉斯港啟航，裝載的五百個異邦男女及小孩全都擠在底艙，準備度過六天航程。艙內充斥著排泄物及暈船嘔吐物的氣味，而且幾乎無水可用。羅德尼號在溫加特海灣下錨時，船上的人已經虛弱到連莫里奧里人也能輕易地——只要他們有這想法——殺光這些武裝友族。但是，這些好撒馬利亞人卻選擇與他們分享芮克忽不再豐裕的物資，而不是讓那些人流血，以致毀掉自己的瑪拿。他們用心照料生病、快要死掉的毛利人，讓他們恢復健康。

「毛利人以前就來過芮克忽，」達諾克先生解釋，「但是後來又離開了，所以莫里奧里人假設這些殖民者不久之後還是會離開，讓這裡恢復平靜。」

莫里奧里人的慷慨，在黑爾伍船長再次從紐西蘭帶回四百個毛利人時獲得了回報。這次那些陌生人逕自藉由**塔卡西**——毛利人的儀式，字面意義是「在土地上行走以便擁用那片土地」——來宣告他們對查珊土地的擁有權。古老的芮克忽就此被瓜分，莫里奧里人也被告知，他們現在成了毛利人的奴隸。十二月初，十來個原住民起身抗議，結果被毛利人用戰斧隨意殺害。在「殖民的黑暗手段」上，毛利人顯然得了英國人的真傳。

查珊島東側有一大片鹹水湖特・溫加，幾乎可算是內海，但是在漲潮時，海水會從湖泊位在特・阿瓦帕提克的「嘴唇」湧進，豐富了湖內生態。十四年前，莫里奧里的男人在那塊神聖土地上召開一場大會。會議進行了三天，主要就是解決下面這個問題：「讓毛利人流血也會損害我們的瑪拿嗎？」年輕一代的男人主張，和平信條並不適用於外來的食人族，因為他們的祖先並沒遇過這種人，莫里奧里人必須殺人，否則等著被殺。老一輩則呼籲大家讓步，因為只要莫里奧里人能保有瑪拿，即便失去了土地，神祇與祖先還是會保佑一族人免受傷害。「擁抱你的敵人，」長老們勸告，「讓他無法動手打你。」

「擁抱你的敵人，」亨利反諷地說，「好去體會他用匕首幫你的腎臟搔癢。」

那天最後是老一輩的人贏了，但其實影響不大。「雖然缺乏人數上的優勢，」達諾克先生告訴我們，「毛利人卻懂得先發制人，並且毫不留情，墳墓裡許多不幸的英國人與法國人可以作證。」納提・塔瑪及納提・姆通葛的毛利人也召開了作戰會議。莫里奧里的男人開完會回家，碰上的是敵人的埋伏，以及一整夜連作惡夢也想像不到的惡行。殺戳、搶劫、被火把照亮的村莊、成排被俘虜在岸邊的男女、躲在洞裡卻被獵狗發現而被撕裂的孩子。有些敵人的頭目考慮到未來，所以只殺了足以讓其餘人因害怕而從命的少數人；但其他頭目就沒這麼節制。在威湯吉海灘，五十個莫里奧里人被砍頭，身上的肉切成片，用亞麻葉包起，放進一個巨大土窯裡，和山薯根與地瓜一起烹煮。看見老芮克忽最後一次日落的莫里奧里人當中，只有不到一半的人活著看到毛利人的日出。

「目前還活著的純種莫里奧里人只剩不到一百個。」達諾克先生喃喃地說，「根據官方文件，英國皇室幾年前就已經宣布這些人可免受奴隸之軛，但是毛利人根本不管文件。我們離總督官邸有一個禮拜的航程，女王陛下在查珊也沒有駐軍。」

我問他們，為什麼在大屠殺發生時，白人不去阻止毛利人？

伊凡斯先生顯然已經睡醒了，他的重聽也沒有我想像中嚴重。「你有沒有看過毛利戰士因血發狂的模樣，尤恩先生？」

我說我沒有。

「但是你看過鯊魚因血發狂吧？」

我回答說，我看過。

「差不多就是這樣。想像一頭流著血的小海豹在鯊魚出沒的淺灣中劇烈扭動。該做什麼——別靠近那灘水，或者去阻擋鯊魚的牙？這就是我們的選擇。哦，我們向少數幾個逃到我們家門口的人伸出援手，我們的牧羊人巴拿巴就是個例子。但是，如果那天夜裡我們到外面去，大概就不會有人再看到我們了。請記得，那時候住在查珊的白人數目還不到五十，毛利人全部加起來有九百個。毛利人住在帕卡哈附近，尤恩先生，但是他們討厭我們。永遠不要忘記這點。

我們可以從這個故事學到什麼教訓？雖然我們的主愛好和平，但是，只有當你的鄰居們和你有相同認知，和平才會成為重要的美德。

夜裡

在毛瑟槍旅館，達諾克先生的名字沒獲得好評。「一個白種黑人，一個混血雜種，」沃克這麼告訴我，「沒人知道他是什麼東西！」撒葛斯，一個成天待在吧台下的獨臂牧羊人發誓說，我們這位新結識是拿破崙手下的將軍，他變裝後藏身於此。另一個人則發誓說，他是一個波蘭仔。

「莫里奧里」這個詞在這裡也不太受歡迎。一個喝醉酒的毛利人與白人混血兒告訴我，這整段原住民歷史都是那個「老路德教派瘋子」想像出來的，而且，達諾克先生傳他的「莫里奧里福音」的主要目的，是找到一個合理藉口讓自己能從毛利人那裡詐取到土地擁有權，但事實上，毛利人才是查珊的真正主人，他們早自遠古時代就駕著獨木舟在這島上進出了。詹姆士．考菲，一個養豬戶，說毛利人其實幫了白人一個大忙，他們滅絕了另一個殘暴的族類，好讓我們有生存空間。他還說，俄國人訓練科薩克人去「鞣軟西伯利亞的牛皮」也有類似用意。

我提出異議，我們的使命應該是將黑皮膚的民族轉化成文明人，而不是將他們連根拔除，因為他們也是上帝巧手創造出來的人。旅館裡的酒客群起對我責難，因為我發表了「矯情空洞的洋基言論」！有一個人大喊：「讓他們當中最優秀的人像豬一樣被宰，已經算是很抬舉他們了。」

「那些黑人唯一**聽得懂**的福音就是他媽的皮鞭福音。」

還有一個人說：「我們大英帝國已經廢除了奴隸制度，美國人在這件事上最好嘴巴閉緊一點。」

亨利的立場有點搖擺，我應該可以這麼說。「與傳教士合作這麼多年後，我很難不做出以下結論：他們所下的工夫，只不過是拖延一個即將滅亡民族的死期，讓他們多痛苦個十年或二十年。有憐憫心的農夫會開槍射死一匹忠實的馬，因為牠已老到拉不動耕耘機。身為有博愛精神的人，我們的職責難道不也是去**加速**野蠻人的滅絕，以減輕他們的苦楚嗎？想想你們那些紅皮膚的印第安人，亞當，想想你們美國人一次一次又一次地違背與廢除的土地協定。更有人性？當然，而且更誠實，目的就是要用協定來擊打野蠻人的頭，搶得他們的土地。」

世上有多少個人，就有多少種真理。偶爾，我會瞥見一個較真實的真理，躲藏在它本身不完美的幻影中，但是當我走近，它就自己動起來，沉到充滿各種不相容意見的沼澤深處。

十一月十二日星期二

我們尊貴的摩利紐船長今天賞光來到毛瑟槍旅館，為五大桶鹹馬肉和我們的房東討價還價（最後是由一場喧鬧的撲克牌遊戲**三十一點**來決定，船長贏得了比賽）。摩利紐船長在回修船場監工前，竟要求在亨利的房間裡與我這位同伴私下會談，實在大出我意料之外。我在寫這段日記時，會談還在進行著。我已經提醒過我的朋友，這位船長非常專制，但我還是因他們的密會而不悅。

稍晚

原來摩利紐船長為病症所苦，如果不治療，他會無法勝任身負的任務。因此船長向亨利提議，希望我這位朋友能一起航行到火奴魯魯（他願意免費提供食物及私人臥鋪），在到達目的地之前，他可以同時擔任船醫及摩利紐船長的私人醫生。我這位朋友解釋說他想回倫敦，但是摩利紐船長非常堅持他同行。亨利答應再好好考慮，並在星期五（女預言家號預定啟航的日子）早上之前做出決定。

亨利並沒有指明船長患了什麼病，我也沒問。你不需要是醫師，就能觀察出摩利紐船長其實是痛風的奴隸。我這位朋友的審慎思慮，令人對他更加敬佩。身為一位珍奇收藏家，亨利．古斯或許確實有些怪異行徑。但我相信，身為一位醫生，古斯醫生絕對是醫者的典範。我熱切地期盼，當然也是自私心作祟，亨利對於船長提議的答覆是肯定的。

十一月十三日星期三

我是抱著天主教徒向神父告解的心情在寫這篇日記。身上的瘀傷不斷提醒我，過去這五小時發生的驚心動魄事件並不是病痛勾起的病榻幻覺，而是真實事件。接下來我會描述今天發生在我身上的事，盡可能還原事情真相。

今天早晨，亨利再次去拜訪寡婦布瑞登的小屋，調整她的護骨夾板，為她換藥。我不想整天無所事事，於是決定去爬大洋灣北邊一座名叫錐形丘的高聳山丘，這地方的高海拔應該能讓我將查珊島的「後院郊野」景致盡收眼底。（亨利，已達成熟之年的他比我聰明得多，不會讓自己到住著食人族、從無白人造訪過的小島上閒逛。）我沿著將水疲憊帶入大洋灣的小溪逆流而上，穿越潮溼的牧草地、布滿殘枝的坡地，然後進入一片原始森林，那裡到處是枯枝腐幹，根藤纏繞糾結，我只好像紅毛猩猩那樣攀附在藤蔓上懸空前進！突如其來的一陣猛烈冰雹雨為樹林奏起狂野的打擊樂，卻在驟然間止息。

我瞥見一隻黑胸羽知更鳥，牠的羽毛和夜一般黑，溫馴得幾乎不把人放在眼裡。一隻我看不見的蜜雀自顧自地高唱，但是我的忘情遐想卻將鳥語轉成人類的語言：「以眼還眼！」牠在前方高唱，然後輕盈地飛越由苞芽、樹枝與荊棘構成的迷宮。「以眼還眼！」在一番辛苦攀爬後，我終於在不知道是什麼時刻的時刻（因為昨天晚上我忘了幫懷錶上發條）征服了丘頂，身上盡是嚴重的割傷與刮傷。隨著我逐漸爬升，像鬼魂般盤踞在小島上的濃霧（達諾克先生告訴我，當地土語的「芮克忽」，原意是「霧中的太陽」）就逐漸向下沉，所以到頭來，我根本沒看到最期待的島嶼全貌，只看到逐漸消失在濛濛細雨中的樹梢。相較於我付出的辛勞，這樣的回報太令人失望。

錐形丘的山頂是個火山口，直徑大約是丟一塊石頭的距離，中央是個四面都是岩壁的凹陷，見不著被上百株甚至上千株**考比樹**的陰森葉林遮覆的底部。沒有繩索及鶴嘴鋤等工具，我不應該去探查洞的深度。我沿著火山口邊緣走一圈，想要找一條較沒有障礙的路回到大洋灣去，突然一聲嚇人的喝斥，讓我急忙趴在地上尋找掩護：人類的心思不喜歡空無一物的感覺，很習慣去想像出一些幽靈來作陪，因此我先看到一頭長著獠牙的野豬要攻擊我，然後是一個高舉長矛的毛利戰士，臉上刻著他先祖的憎恨。

不過是隻信天翁，牠的翅膀像風衣一樣拍打著。我看著牠再次消失在半透明的霧裡。我站立之地離火山口邊緣還有一碼，但是，真嚇死我了，腳下的草地突然像脂肪硬塊般裂解開來。原來我不是站在堅實的地面，而是踩在坑壁突出的土塊上！我趕緊讓上半身往坑外靠，死命抓住一些草，但是草卻斷在手中，然後我像鉛錘般往下墜，像一個人體模型被丟入井中。

我還記得我在空中旋轉、高聲呼救，樹枝不斷刮著雙眼；我繼續翻筋斗，外套多次勾到枝幹、甚至整件被撕破而從我身上脫落；泥土四濺；我準備好忍受劇痛，緊急做了一個毫無修飾的呼救禱告。一團樹叢減緩我下落的速度，還是沒能讓我停住。我絕望地讓自己恢復平衡，身體卻持續下滑，最後陸地終於急速上升來迎接我。撞擊的力道讓我魂遊象外。

在三藩市的臥房裡，我躺在雲霧般的軟被及夏枕中，那房間看起來很像我的臥房。一個侏儒般的僕人說：「你是個**非常**頑皮的小孩，亞當。」提爾妲與傑克森走進房裡，但是我發聲歡呼時，口中迸出的卻不是英語，反倒比較像是某族印第安人的喉音咆哮！妻兒因為我的表現而感到丟臉，登上了一輛馬車。我追著他們跑，想盡辦法要澄清誤會，但那輛馬車越變越小、即將消失在遠處。這時，我才在穿過樹葉間隙的晨光中醒來，四圍寂靜，耳聲嗡嗡，心裡感受到一股永恆的氣氛。我身上的瘀青、傷口、各部位的肌肉及四肢，就像法庭上不滿判決的訴訟當事人，開始群起呻吟抱怨。

從上帝創造萬物第二天起就一直躺在陰深火山坑裡的青苔與落葉，形成一層床墊救了我一命。天使們也保護了我的四肢，只要我的手腳斷了一隻，我到現在肯定還躺在那裡沒法脫身，只能等著讓風雨凌遲至死，或是成為野獸的餐點。等到我能再次站起來，發現自己竟然下滑摔落如此高的距離（幾乎是一根前桅的高度）卻沒受更嚴重的傷，我忍不住開始感謝上主拯救了我，因為誠如祂所應許：你在急難中呼求，我就搭救你；我在雷的隱密處應允你。

我的眼睛適應了昏暗，然後看到一副可怕壯觀且難以抹滅的景象。一個、十個，接著數百個面孔從永恆的昏暗中浮現。由偶像崇拜者用手斧雕刻在樹幹上的人臉，就像是被某個殘忍魔法師施了定身術的樹林精靈。沒有恰當的形容詞可以描述這個蠶螄部落！只有無生命之物能被雕刻得如此活靈活現。

我用雙手拇指描摹它們的可怕面孔。我很確定，打從這座陰森陵墓在史前時代成形以來，我是第一個涉足的白人。年紀最輕的樹木雕像，我猜大約是十年前刻的。但是那些已隨著樹木生長而擴展變形的古老雕像，則是出自靈魂早已消逝的野蠻人之手。這些古老木刻顯然就是出自達諾克先生提及的莫里奧里人。

時間在那迷惑人的地方不斷流逝，我在思考逃脫的方法。想到樹刻藝術家們肯定有個離開凹坑的固定出口，讓我的心情稍微振奮。有一面土壁看來沒有其他幾面陡峭，已經纖維化的爬藤植物可以當成纜索。當我準備好要開始攀爬，卻聽到令人困惑的「哼嗯」聲。

「誰在那裡？」我大聲問（在異邦聖地裡，沒帶武器的白人擅闖者如此行為真是不智）。「站出來！」沉默吞噬了我的話及它的回聲，也嘲笑著我。我的病症開始在脾臟裡發作。我發現那「哼嗯」聲是來自一大群蒼蠅，牠們正繞著插在斷枝上的突起物飛舞。我用一根松樹枝戳了一下那坨東西，然後噁心到差點嘔吐，因為那是一塊發惡臭的內臟。

我轉身逃跑，但是理性要求我不該任由狐疑作祟，以為那是顆掛在樹上的人類心臟。我用手帕掩住口鼻，然後用木棍碰觸那塊受傷的內臟。那器官跳動了一下，好像還活著！我那灼熱難耐的病症突然順著我的脊椎往上衝！就像在夢中（但卻不是），一隻輪廓清晰的火蜥蜴從牠的腐肉居所竄出來，沿著木棍衝向我的手！我趕緊甩開木棍，也來不及看清楚火蜥蜴後來消失何方。我驚嚇到全身充血，更急著要逃離。但寫的比說的容易，萬一我再次從那讓人天旋地轉的坑壁滑落翻滾下來，我的運氣可能就沒辦法再次保護我免於更嚴重的傷害。還好岩壁上有些劈砍好的踩腳孔，在上帝恩典保佑下，我順利爬到火山口的邊緣，沒發生意外。

回到陰鬱的雲裡，我非常渴望能遇見和我同膚色的人，沒錯，即使是毛瑟槍旅館裡粗魯的水手也好。我開始朝著我希望是南方的方向走下山丘。我原本決心要將看到的事全部說出來（當然，沃克這位實質上——如果不是名義上——的領事，應該要獲知有個人的心臟被掏出來了吧？），但是越接近大洋灣，決心就越弱。我到現在還沒決定要說什麼，以及要跟誰說。那顆心臟很可能是來自一隻野豬，或者是羊的心臟，就是這麼回事！沃克和他的同夥很可能會砍倒那些樹，將樹雕賣給收藏家，這與我的初衷相違。我也許多愁善感，但我絕不希望自己促成莫里奧里人遭受最後一次褻瀆。

附注：父親從沒跟我提過樹刻人面像之事，我對它們的瞭解不外乎來自他日記中的描述。現在查珊島上的莫里奧里人已經接近絕種，我想他們應該不至於再被人背叛了。——JE

晚上

亨利回到旅館時，南十字星已在夜空中明亮高掛。他在途中碰到好幾個想請這位「寡婦布瑞登的醫治者」幫忙診治感冒、雅司病及水腫的島民，因而耽擱了時間。「如果馬鈴薯是美金，」我的朋友感嘆，「我現在早就比古巴比倫的尼布甲尼撒王還富有了！」他相當關切我在錐形丘的不幸遭遇（內容已做過一番整理），堅持要查看我的傷勢。稍早之前，我說服印第安女僕幫我裝好洗澡水，洗完澡後恢復了不少精神。

亨利拿了一罐鎮痛藥膏為我消炎，並且堅持不收取半毛錢。我怕這就是我最後一次向這位優秀醫生問診（亨利打算拒絕摩利紐船長的提議），於是我將病症帶給我的恐懼全吐露出來。他鎮定地聽我述說，並且問我發病時間的長短與間隔。亨利很遺憾，他沒有時間及儀器來為我完整診斷，但是建議等我回到三藩市後，要儘速找個熱帶寄生蟲專家幫我診療。（我不敢告訴他，那裡根本找不到這種專家。）

我沒有一點睡意。

十一月十四日星期四

我們在清晨漲潮時起帆。再次登上女預言家號，但是我無法裝出欣喜的神色。艙房裡放了三大捆錨纜，把底下艙板完全淹沒，我必須攀爬過去才能上臥鋪。達諾克先生賣了六大桶雜貨和一卷帆布（這讓沃克很不高興）給船上的補給士。他到船上來監督貨物運送，並且親自收錢，順便來祝我一路順風。待在艙房裡就像兩個男人塞在一個小洞穴一樣，所以我們一起登上甲板，因為這天晚上的氣候還算宜人。拉拉雜雜談論一些事之後，我們握手道別，然後他爬下船，登上等在一旁的雙桅縱帆，那艘船由兩個年輕混血男僕操控著。

我請求羅德瑞克先生把討厭的錨纜移到別處，但他一點也不同情我，因為他也被迫放棄私人艙房（理由容我稍後再述），搬到水手艙和普通水手一起作息，而且，因為多了五個從停泊在大洋灣的西班牙船上「挖角」過來的卡斯提爾人，水手艙比先前更擁擠。對方那位船長怒氣滿盈，活像個怒氣之神，但還不致於要向女預言家號宣戰。打起仗來他肯定滿臉是血，因為他駕駛的是一艘最容易漏水的大笨船。他只能慶幸摩利紐船長並沒有從他船上要走更多叛逃的船員。「航向加州」幾個燙金字，讓所有男人像飛蛾撲火到我們船上來。這五個人遞補了在諸島之灣跳槽的兩名水手，以及在暴風雨中喪生的船員，不過船上離全員到齊還差了幾個人。芬巴爾告訴我，船員們對於新安排頗有怨言，因為羅德瑞克先生搬到水手艙之後，他們就不能再隨意喝酒閒聊了。

不過，命運卻好好彌補了我。付給沃克那像高利貸的帳單後（我連一分小費也沒給那無賴），我開始將衣物裝進木菠蘿皮箱，亨利就在這時進來問候：「早安哪，船友！」上帝垂聽了我的禱告！亨利接受了船醫的職務，在這座海上農場裡我不會沒有朋友了！不過船上的水手實在冥頑不靈，不但沒人因為船上有個醫生可以就近用夾板固定骨折的手腳、並且開藥治療他們的感染而心存感激，甚至還有人抱怨：「我們是艘什麼船，沒事幹嘛在船上載一個連在船首斜檣上行走都不會的船醫？我們是皇家慶典船嗎？」

我必須坦承，摩利紐船長提供糟糕的臥鋪給我這付費搭船的紳士，卻保留了一間寬敞的艙房供亨利使用，讓我有些不悅。不過真正重要的是，亨利答應我，等船到了海上，他會用他超凡的醫術來治療我的病症。我在心情上的舒緩，用言語無法形容。

十一月十五日星期五

我們在黎明時啟航，即使船員向來視星期五不吉利。摩利紐船長大吼：「迷信、聖徒記念日，和粗俗華麗的飾品，對天主教的漁婦來說或許是好消遣，我可是個生意人，我在乎的是營利！」

亨利和我並沒有冒險登上甲板，因為所有船員都忙著架設索具，洶湧海面上颳著強勁的南風。昨晚行船十分不順，今天也沒多大改善。我們花了半天時間整理亨利的藥劑室。除了現代醫生該有的醫藥設備外，我這位朋友還擁有好幾部英文、拉丁文及德文的醫學專書。他還有一口箱子，裡面裝著一系列貼著希臘文標籤、用瓶塞密封好的藥粉瓶。他就是用這些藥粉調製各種藥丸與藥膏。接近中午時，我們從客艙的艙蓋口探頭望出去，查珊已成為灰暗海平面上的幾點墨漬。我們還是沒上甲板，因為對於已經讓抗暈船能力在岸上閒散了一星期的人來說，船身的左右搖晃與上下顛簸還是很危險。

下午

瑞典人托格尼來敲我的艙房門。一方面有些意外，一方面也對他的鬼祟行徑好奇，於是請他進來。他坐在錨纜的一個「金字塔」上，然後輕聲告訴我，他代表一幫船友來提議合作案。「你告訴我們最好的礦脈所在，也就是你們當地人不告訴外人的秘密地點，我和同伴們會去做該做的苦工。你只需要悠閒地坐著，我們就會分出十分之一的獲利給你。」

我先是愣了一下，然後才明白托格尼談的是加州採礦場。所以，可以預期女預言家號到達目的地後會有非常多人脫逃，而且我承認船員這麼做也是情有可原。話雖這麼說，我當時卻向托格尼發誓，我完全不知道金礦所在，因為我已經有十二個月不在加州了，不過我會很樂意**免費**幫他們畫一張地圖，指出謠傳中的「黃金國」。托格尼同意我的說法。我從這本日記上撕下一頁，畫了索撒利多、貝尼西亞、史塔尼勞斯、撒庫門托等等的略圖，這時突然傳來不懷好意的說話聲。「真是神諭啊，羽毛筆先生？」

波哈夫從艙道走下來，並且推開了房門，我們都沒聽見！托格尼驚愕地大叫，把他的罪惡感一下子展露無遺。「老兄，」這位大副說，「和乘客有什麼好談的？你這斯德哥爾摩來的膿包！」托格尼全身僵住說不出話來，但我可不受威嚇，我跟那個惡霸說，我正在為托格尼先生介紹家鄉的一些重要「景點」，讓他登岸休假時可以去走走。

波哈夫揚起眉毛。「你現在就已經在安排登岸休假是嗎？我這一對老耳朵可還沒聽過這種新鮮事。那張紙，尤恩先生，請拿來給我。」我不願意照做。我要送給這位船員的禮物，這個荷蘭佬不可以強行徵收。

「哦，對不起，尤恩先生。托格尼，接下你的**禮物**吧。」我別無選擇，只好把紙交給垂頭喪氣的瑞典人。波哈夫先生說：「托格尼，馬上把**你的禮物**交給我，否則我指著地獄的鉸鏈起誓，你會後悔在出生那天從你娘的（**記下他的褻瀆話，會讓我羽毛筆筆尖扭曲到不堪使用**）裡爬出來。」蒙羞受辱的瑞典人照著他的話做。

「極具參考價值，」波哈夫看著我繪製的地圖說，「船長一定很高興知道，為了讓我們這些長疥癬的船員過更好的日子，你願意花費這麼大的工夫，尤恩先生。托格尼，你要連續二十四小時擔任桅頂瞭望員。期間如果有人看到你吃東西，那就增加為四十八小時。口渴的話，就喝自己的尿。」

托格尼聽完趕緊逃離現場，但大副還不打算放過我。「這附近海域有很多鯊魚，羽毛筆先生。牠們跟在船後面，等著吃拋到船外的美味。有一次我看到一個乘客被鯊魚吃了。他就和你一樣，沒有注意自身安全而摔落船外。我們聽到他的尖叫。大白鯊喜歡玩弄晚餐，慢慢地啃噬，這裡咬掉一條腿，那裡啃下一口肉，那可憐傢伙活得比你想像還久。記住了。」他用力帶上艙房門。波哈夫就和所有惡霸與專制者一樣，對於擁有足以讓自己惡名昭彰的可憎性格而自豪。

十一月十六日星期六

命運為我帶來目前旅程中最不愉快的經驗！此時的我一心只希望能在猜忌與閒話的枷鎖中平靜自持，但是一個老芮克忽的幽靈猛然撞向我。其實我除了「堅信基督」及「運氣極差」之外，並沒有任何罪狀！打從新南威爾斯出發到今天已經有一個月了，當時我還在日記裡樂觀地寫下：「我猜這只會是趟平靜乏味的旅程。」現在看來是多大的諷刺！我永遠也不會忘記過去這十八個小時發生的事，但是我現在既睡不著覺也無從思考（亨利也已經就寢），唯一能讓我逃避失眠之苦的方法，就是在這幾張願意同情我的日記紙上，抒發我對厄運的怨言。

昨天晚上我累得像條狗般回到艙房。做完睡前禱告後，我吹熄了燈，在船上各樣聲音的催眠下進入淺眠，但這時一個沙啞聲音——**在我的艙房裡！**——把我吵醒。我雙眼圓瞠，恐懼不已！「尤恩先生，」那急促的聲音懇求說，「別害怕，尤恩先生，我不傷人，別叫，拜託，先生。」

我不由自主跳起來，頭撞到了艙頂。藉由兩道不夠密合的門縫射進來的琥珀色微光，以及從舷窗照進來的星光，我看到原先像蛇一樣盤繞的錨纜自行解開，一個黑色人形從錨纜中脫身出來，就像死者們在末日復活的號角響起時復生！一隻強有力的手在黑暗中航向我，在我還來不及大叫前就封住我的嘴！我這位加害者低聲說：「尤恩先生，我不傷人，你安全，我，達諾克先生的朋友，你知道，他，基督徒——拜託，不出聲！」

終於，我的理性挺身對抗恐懼。躲在我的房間裡的是一個人，而非幽靈。如果他想割斷喉嚨來搶奪我的帽子、鞋子或文件盒，我早就一命嗚呼了。如果我這位囚犯朋友是偷渡客，那麼他——而不是我——就是冒著生命危險出現。從他未經修飾的語言、隱約的黑色輪廓、他的體味，我直覺認為這個偷渡客是個印第安人，獨自藏身在搭載五十個白人的船上。很好。我點頭，緩慢地，表示我不會大叫。

謹慎的手鬆開了我的嘴。「我的名字是奧圖阿，」他說，「你知道我，你看過我，對的，你同情我。」我告訴他，我不知道他在說什麼。「毛利人用鞭子打我，你看到的。」記憶力終於戰勝我的怪異處境，我回想起那個被蜥蜴王鞭打的莫里奧里人。這讓他感到振奮。「你是好人，達諾克先生說你好人，昨天晚上他把我藏在你艙房，我逃跑，你幫忙，尤恩先生。」我忍不住發出呻吟，他的手又蓋住我的嘴。「如果你不幫忙，我死定了。」

完全沒錯，我心想，**而且你會把我拖下水，除非我有辦法讓摩利紐船長相信我的無辜！**（達諾克的做法讓我怒火中燒，而且一直燒到現在。不用給我冠冕堂皇的理由，要當好人**他自己去當**，別扯進無辜的旁觀者！）我告訴偷渡者，他已經「死定了」。女預言家號是艘商船，不是奴隸獲救後的「地下鐵道」。

「我是合格水手！」那個黑人堅稱，「我賺船費！」好，那很好，我這麼回答（對於他宣稱自己是個合格水手依然存疑），並且勸他馬上去見船長，請船長寬容。

「不，他們不聽我！『游泳回去，黑人。』他們會說，並且把我丟進水裡！你是律師對嗎？你去，你去說，我留下，我躲起來！拜託。船長聽你的，尤恩先生，拜託。」

我想盡辦法讓他知道，在摩利紐船長的法庭裡，洋基人亞當·尤恩的求情最沒有用，不過他沒聽進去。這個莫里奧里人的冒險，我一點也不想參與。但他抓起我的手，用我的手指去握住一把短刀的握柄，這舉動令我大吃一驚。他毅然而悲淒地提出要求。

「那麼殺了我。」他帶著難以想像的冷靜與決心，將刀尖抵在喉嚨上。我告訴這個印第安人他已經瘋了。「我不瘋，你不幫我，你殺我，是一樣的。我說真的，你知道。」我請他克制一下，並且放低音量。「那麼，殺我。跟別人說，我攻擊你，所以你殺我。我不想當魚的食物。死在這裡比較好。」

我咒詛我的良心，雙倍咒詛我的運氣，三倍咒詛那該死的達諾克。我請他把刀子收進刀鞘，並且看在老天的分上藏起來，免得有船員聽到他的聲音而跑來敲門。我答應他，明天早上吃早餐時會去找船長，因為在他想睡覺時去打擾，肯定會把事情搞砸。這說法說服了偷渡客，他向我道謝。他溜回盤繞起來的繩堆中，留給我一個不可能的任務：為藏匿在英國縱帆船上的原住民偷渡客找藉口，卻又不讓人懷疑那位發現他、和他同處一間艙房的人其實是同謀。野蠻人的呼吸聲告訴我，他已經睡著了。我很想衝到門外大聲呼救，但是在上帝面前說過的話就該做到，即使對象是個印第安人。

我躺在臥鋪上盤算，要怎樣才能讓船長相信我事先對達諾克的計謀毫無所悉（現在我必須比先前更有警覺，不要讓不友善的人閱讀到這本日記）。各種不協調的聲音：船梁嘎吱、船桅搖晃、船纜振盪、船帆拍打、甲板腳步、羊群咩咩、老鼠疾走、幫浦砰砰、提醒守衛換班的鐘響、水手艙的混亂與笑鬧、間歇響起的號令、捲揚機的韻律，以及女神特提斯對大海的永恆宰制，這時卻攜手合作來催眠我。突然，一道接近假音的高亢呼叫發自遠方，以雷擊之速逼近，最後碰到位在我臥鋪上方幾吋的艙板，歸於沉默。

結束得真可怕！我俯臥著，震驚無語又全身僵硬，甚至忘了呼吸。遠近的叫喊開始此起彼落，接著是腳步聚集的聲音，然後是一聲緊急命令：「快去喚醒古斯醫生！」

「倒霉鬼從船桅上掉下來，死了。」我急著要出去查看到底發生什麼事時，印第安人低聲說：「你也愛莫能助，尤恩先生。」我命令他躲好，然後急忙跑出去。我猜這個偷渡者感覺得到，我很有可能會趁著意外出賣他。

中桅底部的甲板上趴著一個人，船員們圍繞著他。藉著搖曳的燈火，我認出那是卡斯提爾人當中的一個。（我承認我的第一個反應是鬆了口氣，還好摔死的不是拉菲爾！）我無意間聽到那個冰島人說，死者玩牌時贏了他同伴們的亞力酒，並且在上哨前把酒全喝光。亨利穿著睡衣，提著醫藥袋到達現場。他跪在重傷的軀體邊，觸摸那人的脈搏，但隨即搖了搖頭。「這傢伙已經不需要醫生了。」

羅德瑞克先生脫掉卡斯提爾人的皮靴和衣服準備日後拍賣，曼金則拿出一塊下等粗麻布包裹屍體。（波哈夫先生會把那塊布的費用從拍賣所得中扣除。）船員們默不作聲地回到水手艙和各自的工作崗位，每個人都因為這場提醒大家生命脆弱不堪的意外而心情鬱悶。亨利、羅德瑞克先生和我留下來，看卡斯提爾人為同伴舉行天主教葬禮。他們封起麻布袋，然後流著淚，悲傷地說了聲 adios（再見）！然後把屍體投入深海。「熱情的拉丁美洲人。」亨利說，然後跟我第二次道晚安。我很想和我這位朋友分享印第安人的秘密，最後還是克制住舌頭，免得他也變成共犯。

從那悲傷場景回來時，我看見廚房有微光。芬巴爾平常就睡在那裡「以防小偷進入」，但他也被晚上這場騷動吵醒了。想到偷渡者很可能已經一天半沒進食，我突然感到害怕，因為空腹的野蠻人有可能什麼墮落的事都做得出來。我當時的行為，將來可能會成為對我不利的事證，但我還是跟廚師說實在餓到睡不著，然後從他那裡拿到一大盤酸菜、香腸及硬得像砲彈的小圓麵包，還被要求付兩倍價錢，因為我「來的不是時候」。

回到狹小的艙房後，野蠻人感謝我對他的仁慈，然後把寒酸的食物當成國宴吃個精光。我並沒有讓他知道我真正的動機（我的意思是，他的肚子越飽，就越不可能想到要吃我），反倒是問他，在被鞭打時為什麼要對我笑。

「疼痛很強，沒錯，但是朋友的眼神，更強。」他說。我告訴他，他對我一無所知，我也完全不認識他。他指了指他的眼睛，然後指了指我的眼睛，彷彿這簡單手勢足以解釋一切。

隨著夜越來越深，海風也越來越大，船身木條發出嗚咽，海浪洶湧翻攪，沖濺到甲板上。海水很快開始滴進我的艙房，並且順著艙壁往下流，讓毛毯出現不少水漬。「你大可選擇比我這裡乾燥的藏身處。」我輕聲說，想測試偷渡客是否還保持清醒。「安全比乾燥重要，尤恩先生。」他喃喃地說，顯然和我一樣警覺。

為什麼，我問他，他會在印第安小村裡被無情地鞭打？接著是一段很長的沉默。「這世界上的事我看過太多，我不是個好奴隸。」為了讓自己在接下來幾小時陰暗中不至於暈船，我誘使偷渡客說出他的故事。（我不得不承認，我確實也好奇他的身世。）他的洋涇濱英語把故事說得零零落落，所以這裡只能盡我所能把要點記下。

白人的船載著各種變遷來到老芮克忽，就如達諾克先生所說，也帶來不少新奇事物。當我這位偷渡客奧圖阿還是小男孩時，他非常渴望多知道一點白皮膚的人的事，在他祖父的年代，這些人住的地方都還只是傳說。照奧圖阿的說法，他父親是布洛登中尉的登陸隊在衝突灣上岸時遭遇的第一批原住民，他小時候就常聽大人一次又一次地述說那些奇事：

「大信天翁」在清晨霧中緩緩靠近穿著華麗、以奇怪方式連接在一起的僕人，面朝舟尾划著獨木舟靠岸；信天翁的僕人們說著人聽不懂的話（鳥類的語言？）；他們呼吸時會冒煙；他們惡劣地違反了陌生人不能觸碰獨木舟的禁忌（這是在咒詛獨木舟，並且讓它無法再次到海上航行，就好像把一把斧頭帶上舟一樣）；發生了一些激烈爭吵；「吼叫的棍子」的怒氣可以飛越海灘殺死一個人；僕人還把一面海藍色、雲白色及血紅色的鮮豔裙子，高高掛在一根桿子上，然後才划回大信天翁上。（那面旗子後來被取下，致贈給一名酋長，而他很得意地穿著它，直到他得了淋巴腫大的病。）

奧圖阿有個叔叔叫寇奇，一八二五年左右在一艘波士頓的捕海豹船上工作。（這位偷渡客不太確定他當時的年紀。）在那種船上，莫里奧里人是了不起的船員，芮克忽的男人雖然不是驍勇的戰士，但他們可以靠著獵海豹及游泳的功績而「封為騎士」。（再舉個例，若要娶回新娘，年輕人必須能潛水到海床上，然後雙手各握著一隻龍蝦，嘴裡還咬著另一隻浮出水面。）

我必須再補充一句，這些新近被發現的波里尼西亞人很輕易就淪為毫無廉恥心的船長的獵物。五年後，奧圖阿的叔叔回來了。他穿著**帕基阿**的服裝，戴著耳環，錢包裡有不少美金和銀幣，學會一些怪異的嗜好（和他們一樣「呼出煙來」），嘴巴吐出的咒罵不太流暢，並且談論許多城市與景點，這些充滿異國風情之事已非這位莫里奧里人的舌頭所能描述了。

奧圖阿那時就發誓，他一定要登上下一艘離開大洋灣的船，親自到這些奇特的地方看看。他叔叔說服一艘法國捕鯨船的二副讓十歲（？）的奧圖阿上船見習。在這位莫里奧里人隨後的海員生涯中，他見過南極的冰脈，也屢屢目睹鯨被切成血塊，變成一桶桶鯨油；他在平靜、灰色的恩坎特達獵捕過巨大的陸龜；在雪梨看到雄偉的建築、公園、馬車、戴軟帽的淑女，以及各式現代文明奇蹟；他的船從加爾各答載運鴉片到廣東；在巴達維亞差點死於痢疾；在聖塔庫茲的祭壇前與墨西哥人戰鬥時失去半個耳朵；在合恩角的船難中倖存，並且親眼看到里約熱內盧，雖然他並未上岸。在每個地方，他都能看到淡膚色民族對待深膚色民族不經意的冷酷。

奧圖阿在一八三五年回鄉，已經是個見過世面、二十歲左右的小伙子了。他打算娶個本地新娘，蓋一間房子，種幾畝田，但是就如達諾克先生所說，還不到那年冬至，每個倖存的莫里奧里人都已成為毛利人的奴隸。這位返鄉者多年來與各國船員航行的經驗，並沒有讓侵略者施予特別待遇。我告訴這個放蕩子，他選擇的返鄉時機真的太差了。「不是的，尤恩先生，是芮克忽**召喚**我回家，讓我可以**目睹它**死亡，讓我可以**認識**——」他輕拍自己的頭，「真理。」

奧圖阿的主人就是身上布滿蜥蜴刺青的毛利人庫帕卡，他對他失魂落魄的奴隸說，他要除掉他們的假神，「你們的神怎麼沒從我手中把你們救走呢？」庫帕卡嘲笑他們；廢除他們不純的語言，「我的鞭子可以教導你們純正的毛利語！」洗淨他們不潔的血，「同種繁殖已經稀釋了你們原先的瑪拿！」

隨後，莫里奧里人禁止內部聯姻，而且所有由毛利人父親與莫里奧里女子生的子嗣都宣告為毛利人。最早違反規定的人被殘酷地處決了，剩下的人從此不斷壓抑自己而活在無力狀態中。奧圖阿為庫帕卡整理土地、種植小麥、養豬，直到他得到足夠的信任，讓他有機會成功逃脫。

「芮克忽有些地方很隱密，尤恩先生，就像莫托波若波森林深處的峽谷、陷坑、洞穴，那裡的樹木濃密到沒有狗能聞到你的味道。」我想我先前就是掉落到這樣的隱密處。

一年後他被抓到。但是莫里奧里奴隸已經非常稀少，不能再一律屠殺了。低下階層的毛利人只得和奴隸一起下田幹活，這讓他們很丟臉。「我們難道只為了這片貧瘠的岩石地，而離棄先祖們在歐提若的土地嗎？」他們抱怨著。奧圖阿再次逃跑，而且在他第二次獲得自由的時間裡，達諾克先生冒著不小的風險偷偷收容了他幾個月。就在這段期間，奧圖阿受洗成為基督徒。

一年又六個月後，庫帕卡的手下抓到這名逃亡者，不過這次，善變的酋長卻尊敬奧圖阿的精神。在給他一頓報應的鞭打後，庫帕卡指派這名奴隸擔任他的專屬漁夫。接受新職務後，莫里奧里人又安分地過了一年，直到某天下午，他發現一尾罕見的**摩伊卡魚**在漁網裡蹦跳。他告訴庫帕卡的妻子該如何為她丈夫烹煮這條魚。

「很毒，尤恩先生，摩伊卡魚很毒，只要咬一口，沒錯，只要咬一口，沒錯，你就睡著了，永遠不會再醒來。」那天晚上他的主人正在吃大餐，奧圖阿溜出營帳，偷了主人的獨木舟，划過洋流強勁、波濤洶湧、沒有月光的海面，前往位在查珊島南方兩里格處、無人居住的皮特島（莫里奧里人尊稱為「瑞恩吉澳瑞」，人類的誕生地）。

這位偷渡客運氣很好，在黎明時平安抵達，隨即就颳起一陣狂風，在他之後的獨木舟都沒能越過海峽。他靠著吃芹菜、水芹、島蛋、槳果，以及偶爾捕獲的幼小公豬（只有在濃霧或密林保護下，他才敢冒險生火烤肉），在這波里尼西亞的伊甸園活下來，而且他知道，庫帕卡最起碼也受到一點應得的懲罰。獨居荒島的日子很難熬嗎？「夜裡，祖先會來找我。白天，我跟樹上的鳥介紹夏威夷的茂伊島，牠們也會跟我說海上的故事。」

逃亡者在那裡住了好幾季，直到去年九月，一場冬季強風讓從納塔克特島來的捕鯨船伊莉莎號撞上皮特島的暗礁而沉沒。所有船員都淹死了，但是沃克先生滿心想撿現成的基尼金幣，就渡過海峽來打撈沉船。當他發現島上似乎有人跡，又看到庫帕卡的舊獨木舟（每一艘獨木舟上都刻有獨特的圖案），他意外找到一件會讓他的毛利人鄰居十分感興趣的寶藏。兩天後，一支大型獵捕隊就划著船從查珊島來到皮特島。奧圖阿坐在海灘上看著他們抵達，並且意外地發現死對頭庫帕卡正帶頭大唱戰歌，庫帕卡雖然頭髮有些灰白，精力仍然相當充沛。

我這位不請自來的室友為故事下總結。「他媽的傢伙那隻貪吃的狗，從廚房裡偷走摩伊卡魚，然後狗死了，不是毛利人。是的，庫帕卡用鞭子打我，不過他已經老了，離家鄉很遠，而且他的瑪拿空空的，又得不到補充。毛利人要靠打仗、報仇、爭吵才會有力氣，和平卻會殺死他們。許多人都回紐西蘭去了。庫帕卡不能回去，他在那裡已經沒有土地。然後上個禮拜，尤恩先生，我看到你，我知道，你會救我，我知道。」

早班守望員用力敲了四聲鐘。船外下著雨，我的舷窗沒將晨光忠實地送進艙房。我睡了一下，在睡夢中祈求上帝讓晨光將那個莫里奧里人熔化，但上帝並沒有垂聽我的禱告。我請他假裝**他是今天早上才現身**，並且不要提到我們昨晚的談話。他表示聽懂我的意思，但是我害怕事情會變得更糟：一個印第安人的智慧無法跟大副波哈夫相提並論。

我沿著艙道走到幹部餐廳（女預言家號像野馬一樣猛烈彈跳著），敲門後走了進去。羅德瑞克先生和波哈夫先生正在聽摩利紐船長說話。我清了清喉嚨，跟每個人問候早安。我們那位和藹可親的船長隨即開罵，「你他媽的越快離開，我的早上就會過得更好！」

於是我冷冷地問船長，**什麼時候**他才有空聽我要告訴他的消息，有一個印第安偷渡客剛剛從那幾捆塞滿我那間「所謂的客艙」的錨纜中冒出來。在接下來的沉默中，摩利紐船長蟾蜍般的蒼白面容紅得像烤牛肉。在他怒氣爆發之前，我補上一句：「偷渡客說他是個合格水手，希望能在船上工作來賺取船費。」

波哈夫先生搶在船長之前列出誰都料想得到的罪名，並且大聲說：「在一艘荷蘭商船上，教唆或藏匿偷渡客的人同罪！」我提醒荷蘭佬，這是一艘掛著英國國旗的船，並且指出，如果**我**真的把偷渡客藏在錨纜下面，為何還要從星期四晚上開始**一次又一次地**請他派人搬走錨纜？難道我想讓他懷疑我做的「勾當」被發現嗎？這枝箭正中靶心，讓我元氣大振，我還向摩利紐船長保證，這位受過洗的偷渡客之所以出此下策，主要是不希望他那位曾經發誓要生吃這名奴隸的肝（我在描述事件時難免會加油添醋一番）的毛利人主人，將他不信神之人的火爆怒氣傾倒在拯救這名奴隸的人身上。

波哈夫先生破口大罵：「這個他媽的黑奴要我們**仁慈待他**？」不，我回答，莫里奧里人希望有機會證明他有助於女預言家號。波哈夫先生呸了一聲，「偷渡客就是偷渡客，即使他拉出來的屎是銀塊！他叫什麼名字？」我不知道，我回答，因為我沒有多談，就直接趕來向船長報告。

摩利紐船長終於開口。「你是說，**一等**合格水手？」想到他可以不付錢就賺到一雙能幹活的手，他的怒氣降了溫。「一個印第安人？他在哪裡當過水手？」我重述，兩分鐘的時間不足以讓我知道他所有身世背景，不過直覺告訴我，這個印第安人是個誠實人。

船長摸了摸鬍子。「羅德瑞克先生，你陪這位乘客及他的『直覺』，去把他那隻寵物野蠻人帶去後桅。」他把一把鑰匙丟給大副，「波哈夫先生，請幫我把獵槍拿來。」

二副和我照著船長的指示做。「這件事很危險，」羅德瑞克提醒我，「女預言家號上唯一的法典就是那老頭的興致。」我回答他，在神目光所及，還會遵守另一部叫做「良心」的法典。奧圖阿穿著我在傑克森港買的長褲，等著接受審判（他從達諾克先生的小船爬上船時，身上除了一條丁字褲和一串鯊魚牙項鍊外什麼都沒有）。他的背部裸露。我希望他背上的鞭傷一方面可以證明他身體強健、恢復力驚人，一方面能讓見到的人產生同情。

掛氈背後的老鼠爭相走告好戲即將上場，大多數船員都聚集在甲板上。我的夥伴亨利還在床上，不知道我正陷入困境。摩利紐船長用尺丈量那莫里奧里人身上各部位的長度，彷彿在檢查騾子，然後對他說：「尤恩先生說他**完全不知道**你是怎麼偷偷登上我的船，不過他告訴我，你認為自己是個水手。」

奧圖阿帶著勇氣與尊嚴回答：「是的，船長，先生，我在雷哈佛的捕鯨船密西西比號上待過兩年，船長是馬斯培羅先生；在費城的豐饒之角號上工作過四年，船長是康通先生；我還花了三年時間，在一艘印第安——」

摩利紐船長打斷他的話，然後指著長褲問：「你從下面船艙裡偷了這條褲子嗎？」奧圖阿很機伶，知道我也跟他一起受審。

「這是那位基督徒紳士給我的，長官。」船員們順著偷渡客的指頭望向我。波哈夫先生順著我盔甲的縫隙猛力一刺。

「是嗎？他**什麼時候**給你這件禮物的？」我回想起我岳父的箴言：「要騙過審判官，你就假裝很興奮，但是要矇騙整個法庭，你必須假裝自己很無聊。」於是我假裝自己正忙著挑出眼睛裡的一粒沙。

奧圖阿的回答十分得體。「十分鐘前，先生，我，沒有衣服，那個紳士說，沒穿衣服，不好，穿上這條長褲。」

「如果你是水手，」船長的拇指突然往上指，「就讓我們看看你如何放下這根中桅上面的頂桅帆。」聽到這裡，偷渡客開始有些遲疑，並且面露困惑。我突然覺得，我先前傻傻地把賭金押在這印第安人說的話上，這時正盪回來摑我一巴掌。其實奧圖阿只不過是發現了陷阱。「船長，這根並不是中桅，這根是後桅，不是嗎？」摩利紐船長面無表情地點點頭。「那麼就請你把**後桅**上面的頂桅帆放下來。」

奧圖阿順利地爬上桅杆，我開始希望不要發生意外。剛升起的太陽低斜地照在水面上，讓我們不得不瞇起眼睛。「預備，拿我的獵槍瞄準，」等偷渡客到達後檣縱帆的斜桁上方後，船長向波哈夫先生發號施令，「聽我的命令開槍！」

這時我極力抗議，這印第安人是領受過聖餐的基督徒哪！摩利紐命令我住口，要不然就自己游回查珊島。沒有一位美國船長會用卑鄙手段殺人，即便他是個黑人。奧圖阿爬上了最上端的帆桁，此時海面上風浪正大，他仍像猿猴般靈活地在上面行走。船上「最鹹的」一名水手，一個表情嚴肅、神智清晰、辦事勤快、工作賣力的冰島人盯著奧圖阿解開船帆，大聲說出他對奧圖阿的誇讚。「這黑鬼和我一樣鹹呢，沒錯，他的腳趾簡直像魚鉤一樣牢靠！」我對他萬分感激，差點想用嘴去親吻他的皮靴。

奧圖阿很快就放下帆來——四人一組來做都還得費上一番工夫。摩利紐船長咕噥地認可他的表現，並且命令波哈夫先生收起槍。「不過，如果我付這個偷渡者半毛錢，我就是他媽的瘋了。他必須為我工作到夏威夷來抵船費。如果事實證明他不是懶惰鬼，他可以在那裡和我照正常手續簽訂新合約。羅德瑞克先生，他可以睡那個掛掉的西班牙人的臥鋪。」

為了寫下今天發生的刺激故事，我已經磨損了一枝鵝毛筆尖。現在這裡已經暗到伸手不見五指了。

十一月二十日星期三

強勁東風帶著鹽味，給人一股壓迫感。亨利為我檢查，結果令人擔憂，雖然狀況還沒有到最糟。我的病是一種名叫**古撒諾・可可・瑟維洛**的寄生蟲引起的，流行於美拉尼西亞和波里尼西亞，但是一直到過去十年，科學家才有些初步瞭解。寄生蟲滋生在巴達維亞散發著惡臭的溝渠裡，而且我無疑就是在那個港口染上寄生蟲。進入人體後，寄生蟲會順著宿主的血管旅行到小腦前葉。（怪不得我常不是偏頭痛就是頭暈。）藏身在腦部後，就會進入孵化期。

「你是個實際的人，亞當，」亨利對我說，「所以我就不在你的藥丸裡加糖了。一旦寄生蟲的幼蟲孵化，病患的腦部就會變得像一顆長滿蛆的花椰菜。腐敗的氣體會讓患者的鼓膜及眼珠向外突出，直到爆開，釋放出一朵**古撒諾・可可**芽孢雲。」

這就是我的死刑判決書，接下來就要看我如何上訴或爭取緩刑了。某種由烏魯森鹼和奧利諾科錳混合的藥物，可以鈣化我身上的寄生蟲，而拉弗瑞迪克沒有藥可以分解它。亨利的「藥房」裡有這些化合物，最重要的是他要能準確地拿捏劑量。不到半特利姆的藥量，對古撒諾・可可根本不造成傷害，但是藥量過多，又會把病人一起殺死。醫生警告我，寄生蟲死掉時，身上的毒囊會散裂開來，分泌出毒液，所以在完全康復之前，我會感覺病情比先前更惡化。

亨利吩咐我不要透露出任何病況，因為波哈夫這類土狼會鎖定柔弱的人當獵物，而無知的水手對於染上不名疾病的人也肯定會露出敵意。「我曾經聽說，在一艘要回里斯本的長途航行船上，有個水手在船離開澳門一個禮拜後出現痲瘋病症狀，」亨利回憶，「結果，沒有召開任何聽證會，全船人就把那個可憐蟲從船舷上直接推下海。」

在我復元的期間，亨利會告訴那些愛傳閒話的「飲水桶」*，尤恩先生是因為氣候不適而輕微發

---

*指喜歡在船上的飲水桶旁喝水兼傳講八卦的船員。

燒，而且他會親自照料我。我詢問他醫藥費，亨利面露不悅。「醫藥費？你又不是體弱多病，但鈔票多到可以用來當枕頭的子爵！是天意安排你來接受我的服侍！我懷疑在這片藍色太平洋上，有能耐為你治病的人不到五個！所以，去他的醫藥費！我只要求你，親愛的亞當，當個聽話的病人！拿著我開給你的藥粉回艙房休息。八點鐘過後我會去看你。」

我的醫生是顆未雕琢的上等鑽石。在寫這幾個字時，我還因為心中感激充盈而流淚！

十一月三十日星期六

亨利的藥粉真的非常神奇。我把藥粉倒在一根象牙湯匙上，把寶貴的顆粒吸進鼻孔，在那一刻，熾熱的喜樂在我身體裡燃燒。我的感官變得敏銳，四肢卻漸漸被遺忘。夜裡，寄生蟲還是在我體內蠕動（感覺就像一根新生兒的手指），引起我陣陣劇痛，害我做了許多荒誕怪異的夢。

「這是正常現象，」亨利安慰我，「你的寄生蟲已經對我的殺蟲劑有反應，並且想要到大腦中掌管視覺的區域去找個凹陷藏身。古撒諾．可可再藏也沒用，親愛的亞當，沒用。我們會把牠揪出來。」

十二月二日星期一

白天，艙房熱得像火爐，汗水浸濕了這幾頁日記。熱帶太陽異常肥大，幾乎占滿了正午的天空。被太陽曬得黝黑的船員們戴著草帽、半裸著工作。艙板滲冒出高溫的焦油，黏附在鞋底。狂風暴雨來得急，也去得快，甲板在一分鐘內就發著嘶嘶聲自個兒乾了。葡萄牙軍艦偶爾閃現在善變的大海上；飛魚讓人看得眼花撩亂；雙髻鯊的赭色身影繞著女預言家號游動。今天稍早我還踩到一隻推送自己越過舷牆、落在甲板上的烏賊！（牠的眼睛和尖嘴讓我回想起岳父。）我們在查珊島搬上船的水已經略有鹽味，不摻上一點白蘭地，會讓我的肚子吃不消。我不是在亨利的艙房或幹部餐廳和人下棋，就是在自己的艙房裡休息，等著荷馬哄我入睡，在夢中和雅典人一起揚帆、乘風破浪。

奧圖阿昨晚來敲我的艙房門，感謝我救了他一命。他說欠我許多（這是真的），將來有天一定會救**我的命**來報答（但願這天永遠不會到來！）。我問他還適應新工作嗎？「比當庫帕卡的奴隸好多了，尤恩先生。」還好，他現在已經很清楚我擔心有人會看到我們在談話，而去向摩利紐船長打小報告。這個莫里奧里人說完話就回水手艙，之後沒有再來。亨利警告過我，「丟骨頭給黑鬼啃是一回事，一輩子照顧他又是另一回事！不同族類間的友誼，亞當啊，永遠比不過一頭忠實獵犬與牠主人之間的情感。」

晚上就寢前，醫生和我在甲板上愉快地散步，呼吸到清涼的空氣讓人心曠神怡。海上變幻莫測、磷光閃閃的航道，還有像密西西比河流過天際的群星，讓我們看得目不暇給。昨天晚上，船員們聚在前甲板，靠著燈火微光將乾草捻成繩子，而前甲板上不准「閒雜人等」進入的禁令也暫時解除了。自從「奧圖阿事件」後，對「羽毛筆先生」的蔑視與敵意已經逐漸消退，大家也越來越少用這個綽號來稱呼我。班內爾吟唱了十節詩，描述連最好色之徒也不敢領教的差勁妓院。亨利自願唱第十一節（茵沃瑞的瑪麗．歐哈瑞的故事），把氣氛弄得更淫穢。拉菲爾被迫接亨利的棒唱下一節。他沒受過歌唱訓練，但唱得誠懇真實：

> 哦，夏納度，我多渴望見到你，
> 好呀，這翻滾的河。
> 哦，夏納度，我不會欺騙你，
> 我們要越過廣寬的密蘇里河來找你。
> 哦，夏納度，我愛你的女兒，
> 我愛這條河水對面那地。

這艘船自由航行，風吹得起勁，
轉帆索張得緊，帆腳索乘風飄揚。
密蘇里河，偉大的河，
我們會張開船帆，直到上桅帆顫抖。
哦，我愛夏納度，我永遠不會離開你，
直到我死的那天，我都愛著你。

粗魯的水手們全都沉默聆聽，這舉動是讚賞之意，比任何有學問之人的頌辭都來得真切。為什麼拉菲爾這個澳洲出生的小傢伙，能把一首美國民歌記得這麼熟？「我不知道那是洋基歌。」他難為情地回答，「我母親過世前教我這首歌，是我手上唯一保有的遺物，深深種在我心裡。」他掉頭繼續幹活，反應簡短得令我覺得有些魯莽。亨利和我感覺到，這些需要幹活的船員開始對我們兩個旁觀者露出敵意。於是我們離開，讓苦力繼續工作。

我翻看十月十五日的日記，那天是我第一次見到拉菲爾，那時我們兩人在塔斯曼海同受暈船之苦。我很訝異當時正因首次出航而興奮不已、容光煥發、急於討好每個人的活力男孩，只過了六禮拜就變成眼前這位憂鬱青年。他俊美的外貌被鑿開，露出裡面那位他即將脫蛹而出的粗壯海員，看起來已經成為蘭姆酒與水的奴隸了。亨利說這種「蛻皮」過程無可避免，**不論你願意或不願意**，我想他說的沒錯。拉菲爾從贊助人——布利斯班的弗賴太太那裡接受到的教育與見識，對於要與粗野魯莽船員一起生活在水手艙裡的「船艙男孩」來說，根本派不上用場。我多希望能幫他！要不是我的贊助人錢寧夫婦介入干預，我的命運和小拉菲的命運可能也沒兩樣。我問芬巴爾，他覺不覺得這個男孩「調適得不錯」？芬巴爾那句神諭的回答在廚房中回響著：「**什麼東西**調適得不錯，尤恩先生？」獨留我在黑暗之中。

十二月七日星期六

海燕在高空，灰黑的燕鷗在漂浮，小海燕棲息在索具上。類似鯊魚的魚追逐著類似鯡魚的魚。亨利與我一起共進晚餐時，紫色的蛾彷彿從月亮的裂縫成群蜂湧而出，像一張由不斷抖動的翅膀織成的飛毯，覆蓋在油燈、人臉、食物及每一個表面上，讓人透不過氣來。這些都是附近有島嶼的徵兆，領航的船員也大喊：海水深度只有十八噚，間接證實了這件事。波哈夫先生下令起錨航行，以免船在夜裡隨波漂移，撞上暗礁。

我的眼白出現一點檸檬黃，眼眶發紅而腫痛。亨利向我保證出現這些症狀是好事，但他還是照著我的要求，調高了服用的劑量。

十二月八日星期日

女預言家號上並未舉行安息日的主日崇拜。今天早上，亨利和我決定在他的艙房裡，照著大洋灣信徒「低教會派」的簡單儀式風格，朗讀一小段經文。聚會「跨越」午前班與早班時段，好讓右舷、左舷的換班守衛都可以加入我們。可惜沒有任何一位下哨的船員甘冒大副生氣的風險來參加，但是我

寄自日德堅莊園的信

西沃蘭德倫，尼爾畢克，日德堅莊園，一九三一年六月二十九日

希克斯密：

夢到我站在一家瓷器店裡。從地板到天花板的一個個陳列架上堆滿古董瓷器，只要我稍微移動一下，就有可能讓幾個掉到地上，摔成碎片。事情真的發生了，但是店裡非但沒有碎裂聲，反倒響起一個莊嚴的和弦，半大提琴，半鋼片琴，D大調（？），持續四拍。我的手腕碰到一個明朝花瓶，花瓶從底座上翻落——降E調，所有弦樂器一起演奏，榮耀、超卓，天使也感動得落淚。接著，半故意地把一個牛雕像摔到地上來產生下一個音符，再來是個賣牛奶的女孩，然後是個辛苦工作的「星期六出生的孩子」*——榴彈般的碎片在空中飛舞，神聖的和諧充盈腦袋。哦，多美好的音樂！已瞥見父親在計算摔碎瓷器的總值，他的筆尖閃爍，但是我**必須**讓音樂源源不絕。知道我會成為本世紀最偉大的音樂家，只要我能讓這音樂成為我的。一尊巨大的「開懷大笑的騎士」雕像被扔到牆上，引出節奏樂器一長串猛烈狂擊。

醒來時，發現自己在帝國旅館的套房裡。泰姆．布魯爾的討債者快把門撞開了，走廊傳來巨大的騷動。根本沒時間先去刮鬍子，這些惡棍的凶暴行徑奪走我的呼吸。別無選擇，只能在喧鬧還沒驚動經理前來察看究竟（並且發現這位住二三七號房的年輕房客根本沒錢償還他高築的債牆）前，迅速從浴室窗戶逃出去。逃跑的過程並不順利，真遺憾。排水管從固定架上鬆脫，發出粗野的小提琴聲，然後，你這位老友就往下往下往下翻滾。右半邊屁股一片烏青，讓人不忍卒睹。一個小奇蹟，我的脊椎並沒有撞碎，也沒有被欄杆刺穿。從這件事上學點教訓吧，希克斯密，當你欠債而無力償還時，要先

準備一些輕便的行李，塞進一個能從一、二樓窗口拋到倫敦大街的堅固旅行包，住旅館時要堅持房間樓層不高於二樓。

躲在位於維多利亞車站僻暗處的茶室裡，我試著把夢中瓷器店裡的音樂謄寫下來——才寫了短短兩小節就寫不下去了。如果被泰姆．布魯爾的手下逮到能讓我想起那些音樂，我甘願被抓。心情糟透了。環繞在身旁的是勞動階層朋友們的殘缺蛀牙、鸚鵡叫，以及毫無根據的歡樂氣氛。神智清晰地思考在某個不幸夜晚和人打了幾場百家樂，竟然永遠改變了一個人的社會地位。店員、馬車夫以及生意人們，在充滿汗臭味的史鐵尼床墊下藏的半克朗與三便士硬幣，都比我——一個地位極高的牧師之子——所擁有的還多。觀察一條巷道裡來往的行人：可憐的放款人衝過來又衝過去，像極了貝多芬的**快板**中的三十二分音符。會怕他們嗎？不，我怕自己變得**和他們一樣**。教育、教養及才華有什麼價值，如果連一個可以尿尿的便桶都沒有？

還是無法接受。我，一個凱厄斯學院的人，正搖搖欲墜地走在貧困邊緣。像樣一點的旅館現在已經不許我去污染它們的大廳，不入流的旅館則要求我當場付現。在庇里牛斯山這一側較有規模的賭桌，也都不准我去玩牌了。無論如何，我把我現有的選擇列在下面給你看：

一、用點蠅頭租個公寓的髒房間，利用裙帶關係討幾基尼金幣，教神經質的小姐們音階，也教苦毒的老處女彈琴技巧。算了吧。如果我能裝得客客氣氣地對待劣等生，現在就會和大學時期的同學一樣，還在幫馬克拉斯教授擦屁股。不，在你還沒說話前，我要先說，我**不能**再帶著另一股**悲憤心情**回去找老爸，那會讓他指著我說的每一句惡毒話語都成真。寧可從滑鐵盧橋上跳下，讓我們的老父親泰晤士河教導我謙虛。是說真的。

---

*典故出於《*Saturdays Child Poem*》，詩中第六句為：星期六出生的孩子努力工作謀生（Saturdays child works hard for living）。

二、找出凱厄斯學院的人，對他們阿諛諂媚一番，讓他們邀請我回家去避暑。這也有問題，理由同第一點。囊空如洗這回事，我還能隱瞞多久？還要多久才能夠脫離他們的掌握，不需要他們同情？

三、去找賭盤經紀人商量——但是萬一我又輸了？

你提醒過我，這一切都是自找的，希克斯密，但是請拋棄你那中產階級的自傲，繼續聽我解釋。對面擁擠的月台上有個守衛，正在宣布要開往多佛港去轉接駛往奧斯坦的輪船的火車會延遲三十分鐘發車。那守衛就像賭桌上的莊家，問我要加碼還是要退出。如果一個人只想維持現狀，他只能閉嘴**唯命是從**——看哪，這世界會透過一個人來細究人的想法，尤其是在骯髒的倫敦火車站。喝下那杯像肥皂水的茶，大步穿過車站大廳走到售票亭。到奧斯坦的來回票太貴——我已陷入絕境——只好買了一張單程票。蒸氣車頭的汽笛帶著怒氣，發出一陣急促笛聲，我及時登上了火車。我們出發了。

現在來告訴你我的計畫，靈感來自《泰晤士報》的一篇報導，以及我在沙弗伊旅館高級套房裡不斷沉湎的白日夢。在比利時某個窮鄉僻壤，就在布魯日南方，住著一位遁世的英格蘭作曲家，名叫維維安·艾爾斯。你一定沒聽過這個人，因為你是個音樂白痴，但他真的是個偉大的作曲家。他是他那一代英國作曲家中唯一不把浮華、境遇、質樸、風采放在眼裡的人。自從二〇年代初期起，他就因為生病——接近半瞎而且無法握筆——而沒有再寫過新作品，但是《泰晤士報》在評論他的〈俗世讚美歌〉時（上禮拜在聖馬汀劇院上演），提到他有一抽屜未完成的作品。我在那夢中旅行到比利時，說服維維安·艾爾斯雇我當他的抄錄員，接受他的教導，一飛衝上音樂的穹蒼，得到與天分匹配的名聲及財富，讓老爸不得不承認，沒錯，被他斷絕父子關係的兒子**正是**羅伯特·佛比薛爾，這世代最偉大的英國作曲家。

有何不可？計畫再好不過。你現在一定在呻吟和搖頭，希克斯密，我知道，但你一定也露出了微笑，這就是我喜歡你的原因。抵達英吉利海峽前一路平安……綿延的郊野、平凡的農場、索塞克斯的肥沃土地。多佛港異常恐怖，工作人員活像布爾什維克黨員，被寫入詩句的峭壁不比我的屁股或類似之物更羅曼蒂克。在多佛港把身上最後幾先令換成法朗，進入肯特女王號的船艙，是艘鐵銹斑斕、笨重不堪的老船，看起來應該參與過克里米亞戰爭。馬鈴薯臉的年輕服務生和我，對於他酒紅色制服和稀疏的鬍子值不值賞點小費的意見顯然不同。他鄙夷地看了看我的行李及文件夾，「您的行李這麼少，真是明智，先生！」然後留下我自愚。正合我意。

晚餐是硬如木材的雞肉、馬鈴薯泥，以及劣等的克雷瑞紅酒。和我同桌用餐的是維克特・布萊恩，一個在雪菲爾製造刀叉餐具的小貴族。他沒有音樂細胞，用餐時都在發表關於湯匙的高見。他誤以為我是為了追求利益而離開英國，問我願不願意立刻到他公司的銷售部門工作。你相信有這種事嗎？（板著臉孔）跟他道了謝，並且坦承我寧可把刀叉吞下肚，也不想去賣餐具。

霧笛發出三聲巨響，引擎聲漸漸變高，感覺船開始離岸。我跑到甲板上，看著英倫退隱於茫茫濃霧中。沒有回頭路了，這是逃家的嚴重後果。佛漢・威廉士*指揮心靈交響樂團演奏〈海洋交響曲〉。「向前航行，專心航向最深的海域，不要歇息，哦，靈魂哪，好好去探索，我和你，你和我。」（這首曲子我並不特別喜歡，但它就像是為這時刻譜寫的曲子。）北海的風令我顫抖，浪花從我的腳趾舔到頭頂。黑得發亮的海水彷彿在邀請我縱身躍入。不管這些了。早早回到船艙，翻閱諾伊斯的《對位法》，聽遠處引擎室傳來的銅管樂，並根據船的節奏寫了一段由伸縮喇叭重複演奏的樂段，不過那只是垃圾，接著，你猜誰來敲我的門？那個馬鈴薯臉的服務生，他已經要交班了。給了他比平常多的小費。就擔任服務生來說，他不是美少年阿多尼斯，而且骨瘦如柴，但他挺有手腕。隨後將他趕出艙房，然後像死人般沉沉睡去。某一部分的我很希望這趟旅行永遠不要結束。

*佛漢・威廉士（Ralph Vaughan Williams, 1872-1958），英國二十世紀前半期重要音樂家，〈海洋交響曲〉是其代表作之一。

但還是結束了。肯特女王號在骯髒的水面上滑進奧斯坦港——多佛港的孿生姊妹，一個長著暴牙、無啥美德的女士。一大清早，歐洲的隆隆鼾聲比低音號還低沉。生平第一次見到比利時的原住民，他們拉著板條箱爭吵，用法蘭德斯語、荷蘭語或類似語言在**思考**。急著整理好行李袋，深怕還沒下船，船又開回英格蘭去；或者說，深怕自己故意讓這件事發生。在頭等艙的廚房裡找水果稍微填了一下肚子，然後趕在那些制服上垂著穗子的人追上我之前，衝過下船的梯板。

腳踩在歐陸的碎石地上，問海關工作人員火車站怎麼走。他指向一輛滿載著營養不良勞工、佝僂病患及貧苦人的可憐電車。寧可徒步走，不管有沒有在下雨。跟著電車路線走在棺材般的街道上。奧斯坦不是樹薯般的灰色，就是污漬般的褐色。不得不承認，當時心裡在想實在不該逃往比利時這個他媽的蠢國家。買了一張到布魯日的車票，然後想辦法爬到火車上——沒有月台，你相信嗎？一列年久失修、乘客寥寥可數的火車。離開自己那節車廂，因為裡面氣味難聞，其實每節車廂都有同樣的惡臭味。抽幾根我跟維克特·布萊恩討來的菸除臭。站長的哨子準時吹起，蒸氣火車頭就像一個痛風的監考人員上完廁所要站起來，要費上許多力氣才能動。不久後，這列老爺火車就冒著蒸氣，快速穿越由雜亂河堤及零星散布的矮樹叢構成的一片霧濛濛景致。

如果計畫奏效，希克斯密，不久之後你就可以到布魯日來找我。你來的時候，要在早上六點的晨曦時分抵達，讓自己迷失在城市裡，欣賞歪來扭去的街道，通往死巷的溝渠，精鐵鍛製的大門，荒廢的庭院。我可以繼續說下去嗎？謝了！——真實性堪疑的哥德建築，亞拉臘山*般的屋頂，幾簇灌木點綴的磚造尖塔，中世紀的屋簷，晾在窗邊的衣物，鋪成漩渦狀、要把你的眼睛吸進去的鵝卵石，邊緣略有破損的王子或公主報時鐘，身上滿是煤灰的鴿子，以及音域達三或四個八度音的鐘，音色有些樸實，有些嘹亮。

新鮮麵包的香味吸引我到了一家麵包店，一位身材走樣、沒有鼻子的女人賣我一打牛角麵包。其實只想要一個，但我覺得她很可憐。一輛拾荒者的雙輪載貨車匡匡啷啷地從霧中浮現，缺牙的駕駛友善地要跟我說話，但我只能用法語回答，「對不起，我不會說法蘭德斯語。」這讓他笑得像個妖精國王。給他一個麵包。他的髒手活像一隻結痂的爪子。在貧民區裡（巷弄都是廢水臭味），孩子們在幫母親汲水，然後用破裂的水瓶盛裝褐色的水。最後，興奮過度的我坐在緩緩轉動的風車旁休息喘氣，然後在一團溼氣包圍下睡著了。

之後，一個醜老太婆用掃帚戳醒我，並且用當地方言尖喊著 Zie gie doad misschien（**你該不會死了吧？**）之類的話，不過別太相信我聽見的。藍天，暖日，未見一縷輕霧。甦醒過來，眨了眨眼，給她一個麵包。她略帶懷疑地收下，放進圍裙裡留待以後吃，然後繼續掃地，並且用咆哮的聲音唱一首古老小曲。幸好沒有被搶，我慶幸。拿另一個麵包與五千隻鴿子分享。這讓一個乞丐很嫉妒，只好也分他一個。大略順著來時路走回去。在某個奇特五角窗裡有個穿乳白衣服的少女，正在用非洲紫羅蘭裝飾雕花玻璃碗。女孩子們有各種嗜好。有機會你該試著和她們打交道。輕拍玻璃窗，用法語問她願不願意愛上我，來救我一命？她搖搖頭，但臉上露出迷人的笑容。問她哪裡有警局，她指向十字路口。

懂音樂的人在任何情況下都可以一眼認出同好，即使是面對一群警察。那眼神最狂野的，那頭髮最雜亂的，要不是餓到皮包骨，就是心寬體胖。那位說法語、吹英國號、身為當地歌劇社團成員的警官，聽過維維安．艾爾斯的名字，並且熱心地為我畫了一張到尼爾畢克的地圖。送他兩個麵包，感謝他的情報。他問我是不是坐在車上搭船過來——他兒子是奧斯汀汽車迷。告訴他，我沒有車。他開始擔憂。那我要怎麼到尼爾畢克去？沒有公車，沒有鐵路，二十五哩路程會讓人走到發瘋。問他我可不可以借用一輛警用腳踏車一陣子。他說，那非常不合常規。跟他說，我就是個不守常規的人。跟他解釋，我這次專程來拜訪艾爾斯，對發揚歐洲音樂會有多大貢獻。還跟他說，艾爾斯是歸化比利時的人

＊洪水退去後，挪亞方舟所停靠的山。

當中最有名的一位（這句話說不定是真的，因為肯定沒有太多人歸化比利時）。再跟他要求一次。

「據實說出看似不可能的真理」比「虛構一些看似合理的情節」更有說服力，現在就是這樣。誠實的警佐帶我到物品收置場，不少失物（在流入黑市前）要在這裡待上好幾個月，等待失主來認領——不過，首先他想要知道我對他唱的男中音評價如何。他突然唱出〈丑角〉裡的那段〈穿上彩衣〉！（低音的音色還不錯，但呼吸還有待加強，此外，他的顫音抖得像是後台的雷聲模擬板發出的聲音。）給他一些音樂上的專業建議。他借給我一輛維多利亞時期的恩菲德腳踏車、一條可以將行李與文件夾固定在椅墊上的繩子，以及一塊後輪擋泥板。他祝我一路順風，一路好天氣。

艾椎恩的部隊不可能行軍經過我騎單車離開布魯日的這條路（過於深入德國佬的領地），但是，能和我的兄長呼吸同一塊土地的空氣，還是讓我感覺到他就在附近。這平原平坦得像英格蘭東部的沼澤區，但情況比較差。路上吃了剩下的幾個麵包充飢，然後在幾個窮困小村莊駐足，跟人要水喝。沒人跟我說太多話，但也沒人說「不」。託逆風及單車不斷脫鍊之福，終於抵達艾爾斯居住的村莊尼爾畢克時，已經接近傍晚了。一個不發一語的鐵匠用一小截鉛筆在我的地圖上努力比劃，告訴我怎麼走到日德堅莊園。順著一條路中間長著圓葉風鈴草及柳穿魚樹的巷道，經過一棟荒廢的住宅，然後我踏上一條一度氣派莊嚴、路旁種著成熟義大利白楊木的大道。

日德堅莊園比我們家的牧師公館還要雄偉，幾個脆弱碉堡點綴在西翼，但是和奧德利莊園或開朋唐奇莊園沒得比。發現一個女孩騎著馬爬過矮丘，丘頂附近有棵裂損的山毛櫸。經過一個園丁身旁，他正在將煤灰撒在蔬菜園裡的蛞蝓上。在前院，一名肌肉結實的男僕正在清除一輛考利平頭車的積碳。看到我走近，他站起身來等我。在前院台階角落，一位坐輪椅的人正在茂盛紫藤樹下收聽無線電。維維安．艾爾斯，我猜。我那場白日夢中最簡單的段落已經完成了。

我讓腳踏車靠在牆上，告訴那男僕，有事要找他的主人。他很有禮貌地帶領我到艾爾斯所在的平台上，並用德語告訴他有訪客。艾爾斯只剩皮包骨，病似乎把他身上的汁都榨乾了，但我還是克制住，不像圓桌武士波西瓦爾跪在亞瑟王面前，跪在鋪著煤渣的小徑上。我們的首次交涉過程大致如下。「午安，艾爾斯先生。」

「**你**這傢伙是誰啊？」

「真榮幸能——」

「我是在問，你這傢伙**是誰啊**？」

「羅伯特．佛比薛爾，先生，我來自撒弗隆沃爾登。我是……我過去是……崔佛．馬克拉斯爵士在凱厄斯學院的學生，而且我大老遠從倫敦……」

「大老遠從倫敦騎腳踏車來這裡？」

「不是，這輛腳踏車是我在布魯日跟一位警察借的。」

「是嗎？」他停下來想了想，「一定騎了好幾小時吧。」

「為了愛，一切勞苦都值得，先生，就像朝聖者雙膝跪地爬上山丘。」

「你在胡扯什麼？」

「我希望能證明，我是個很認真的應徵者。」

「應徵什麼？」

「您的抄錄員。」

「你瘋了嗎？」

這向來就是個很難回答的問題。「也許不是。」

「聽好，我並沒有要找抄錄員。」

「我知道，先生。但是您需要一位抄錄員，即使您現在還沒發現。《泰晤士報》上有篇報導說，您因為生病而無法寫出新作品。我無法容忍您的音樂就這樣消失，您的音樂太太寶貴了。所以我來這裡幫助您。」

結果，他並沒有當下拒絕。「你說你叫什麼名字？」我再告訴他一次。「你是馬克拉斯培養出來的明日之星？」

「坦白跟您說，先生，他很討厭我。」

你吃過我給的苦頭，應該很清楚，我一旦下定決心，可以變得相當狡猾。

「他討厭你？為什麼？」

「我在大學學刊裡把他的〈第六號長笛協奏曲〉，」我清了清喉嚨，「稱為『一個前青春期聖桑之奴極盡華麗之能事所譜寫的作品』。他認為我是存心批評他。」

「你真的把馬克拉斯寫成**那樣**？」艾爾斯喘著氣，好似有人在鋸他的肋骨。「我敢**打賭**，他真的認為你是存心找他麻煩。」

接續的事就比較簡短了。男僕帶我參觀了一間蛋殼青色的會客室、點綴著綿羊與稻草堆的沉悶農場，以及不太特別的荷蘭景致。艾爾斯召來他的妻子范．奧翠薇．德．柯莫林克。她保留了自己的名字，而且，有這麼像樣的名字，有誰能置喙？這家女主人有禮但略顯冷漠，她詢問了些我的身世背景。我照實回答，雖然我避重就輕地將我被凱厄斯學院退學的事，說成是自己生了某種難以捉摸的病，必須到國外來散心。對於目前經濟拮据，我隻字未提——你的情況越潦倒，人家越不願意資助你。他們對我留下的印象還不錯，同意我至少可以在日德堅過一夜。艾爾斯隔天早上會測試我的音樂功力，再來決定我的提議可不可行。

不過，晚餐時艾爾斯並沒有出現。在我抵達那天，他那兩禮拜就來一回的偏頭痛剛好發作，會因此困在房間內一至兩天。面試只好延到他身體好一點之後，所以，我的命運還懸而未決。從好方面來看，這裡的黃金滴露白酒和美式龍蝦料理絕對不輸皇室。想辦法讓我這位女主人說話——竟然有人對她這位傑出丈夫知之甚詳，她肯定會因此得意，並且感覺到我是打從心底喜歡他的音樂。對了，艾爾斯的女兒也和我們一起用餐，她就是稍早我瞥見的女騎士。艾爾斯小姐是個愛騎馬的十七歲女孩，她有跟她母親一樣的翹鼻子。整晚我都無法誘使她跟我說半句客套話。難道她在我身上看到了一個不值得信任、只會白吃白喝的英格蘭倒霉鬼，正打算勾引她生病的父親到印度去過輝煌的夏天，但是她卻不能同行，也不受歡迎？

人真的很複雜。

已經過了半夜。莊園已經入睡，我也該睡了。

忠實的 RF

日德堅莊園，一九三一年七月六日

一封電報，希克斯密？**你這頭驢**。別再發電報給我了，我求你，電報會引人注意！是的，我還在這裡，是的，安全藏身在布魯爾那些蠢蛋手下找不到的地方。父母要求知道我的行蹤時，我從來不甩，直接把他們的話扔進劍河裡。老爸之所以會「關心」我的去向，只因為債主們會抓著他猛力搖晃，希望能看到一、兩張鈔票從我們的家族樹上落下來。一個已經斷絕父子關係的兒子所欠的債，完全是兒子自己的事，跟父親沒有一點關係。這點你可以相信我，我已經查過相關法律了。老媽是不會「抓狂」的，只有看到盛酒瓶裡的酒快乾了，才會開始發怒。

前天午餐後，艾爾斯在音樂房裡和我面試。面試並不是很成功，說得委婉點，我不知道還可以在這裡待多久。我承認，提早進入音樂房坐到維維安・艾爾斯的鋼琴椅上時，我有點在「顫抖」。這房間裡的東方地毯、破舊躺椅、塞了好幾個樂譜架的布雷敦壁櫃、波森多佛平台式鋼琴、排鐘，全都見證了〈馬儲席卡娃娃變奏曲〉及艾爾斯的〈社會群島組曲〉的孕育與誕生。輕輕撫摸第一次拉奏出〈淪滅小提琴協奏曲〉的大提琴。聽到韓垂克推著他主人的輪椅朝這邊過來時，我停止欣賞房內事物，轉身面向走廊。我對艾爾斯說：「我誠心希望您已經康復，艾爾斯先生。」但他沒有理會我的問候。他叫男僕把輪椅推到窗戶邊，讓他面對庭院，然後要男僕先離開。「好吧！」在我們兩人獨處了半分鐘後，他開口說：「你可以開始了，讓我看你有多大能耐。」問他想聽什麼。「我還負責選曲嗎？好吧，你〈三隻瞎老鼠〉應該彈得不錯吧？」

於是我坐在波森多佛鋼琴前，彈奏了一首模仿辛辣普羅高菲夫風格的梅毒病態版〈三隻瞎老鼠〉。艾爾斯沒有下評論。接下來我選擇微妙一點的樂曲，彈奏了蕭邦的F大調夜曲。他用嗚泣打斷我的演奏。「你想要讓我的襯裙滑落到腳踝下嗎，佛比薛爾？」彈奏艾爾斯的〈羅德溫柯・隆卡里主題之外樂章〉，前兩小節還沒彈完，他就罵了一句難聽的髒話，用枴杖敲打地板，並且說：「自滿會讓你瞎了眼，他們在凱厄斯沒教過你嗎？」我充耳不聞，精準地彈完曲子。最後我豁了出去，以充滿許多討厭琶音與特技的史卡拉第〈第二一二號A大調奏鳴曲〉做為絢爛的終曲。有一、兩個地方彈不順，但我並不是來面試演奏家的。

彈奏結束後，艾爾斯仍隨著奏鳴曲的節奏搖擺他的頭；或許他是在指揮窗外那些身影模糊、隨風搖曳的白楊樹演奏。如果他當下說：「差勁透頂，佛比薛爾，現在就給我滾出去！」那確實會讓我很難過，但不覺得意外。不過，他卻說：「你**也許**有成為音樂家的本錢。今天天氣不錯，你可以散步到湖邊去看看鴨子。我需要，嗯，一些**時間**來決定你的……天賦，對我有何用處。」

沒說一句話就離開。看來那頭老山羊願意收留我，前提是我要對他感激涕零。如果錢包裡有錢，我早就雇一輛車載我回布魯日，把原先荒唐的想法拋諸腦後。他在我後面說：「給你個建議，佛比薛爾，**免費的**。史卡拉第是個大鍵琴師而不是鋼琴師，不要賦予他太豐富的色彩，不要用鋼琴踏板去拖長你無法用手指維持的音。」我在心裡回應他，我也需要，嗯，一些**時間**來決定艾爾斯的……天賦，對我有何用處。

穿過庭院時，一位長相像甜菜根的園丁正在清理雜草堵塞的噴水池。跟他表示想和女主人談談，而且**現在就談**——他並不是這裡最聰明的僕人——他朝尼爾畢克方向大略揮了揮手，模仿操控方向盤的動作。好極了。那現在怎麼辦？去看鴨子？有何不可？可以勒死一對，然後將屍體掛在艾爾斯的壁櫥裡。心情很不好。於是我模仿鴨子的動作問那園丁，「在哪裡？」他指著那棵山毛櫸，然後用手勢說，朝那個方向走，就在樹的另一面。我出發，跳過一道無人維修的暗牆，還沒走到丘頂，馬匹奔馳聲就朝我逼近，夏娃．范．奧翠薇．德．柯莫林克小姐，也就是范．奧翠薇．德．柯莫林克太太——從現在起簡稱為「老柯莫林克」，不然我的墨水很快就會不夠用了——的女兒，正騎著黑色小馬跑來。

我向她問好。她就像布阿荻西亞女王*騎著馬慢慢繞著我，對我沒什麼反應。「今天溼氣很重哪！」我語帶挖苦地和她閒聊，「我猜不久就會下雨了，妳不覺得嗎？」她沒有說話。「妳的馬術比舉止要華麗得多。」還是沒說話。草場遠方傳來劈劈啪啪的獵槍聲，夏娃安撫了一下坐騎。她那匹坐騎非常美——我總不能詛咒這匹馬。我問夏娃這匹小馬的名字，她把垂在臉頰上那幾綹軟木塞開瓶器般的捲髮撥到耳後。「我叫我的小馬娜芙蒂蒂，那是我最喜愛的埃及女王的名字。」她用法語回答我，然後就騎走了。

「她說話了！」我大叫，望著那女孩騎馬飛馳而去，直到她成為范．戴克田園風光的一個小黑影。

---

*布阿荻西亞女王（Queen Boadicea），古不列顛女王，因抵抗羅馬帝國入侵為後人推崇為英格蘭的英雄。

從她身後發射砲彈，讓砲彈順著優美拋物線飛向她。再把我的大砲轉過來對準日德堅莊園，把艾爾斯的側翼打成冒煙的瓦礫。想起自己現在是在什麼樣的國家裡，不再想下去。

經過裂開的山毛櫸後，草地向下傾斜，通往一個百蛙爭鳴的景觀湖。見過更美的景致。一座不太牢靠的人行橋從湖中的島通到岸邊，無數紅鶴百合爭奇鬥豔。偶有金魚躍出水面，又像嶄新的銅板閃閃發亮地落入水中。看似留著小鬍子的鴛鴦咕咕地乞食麵包，雍容華貴的乞食者——就像我一樣。

紫岩燕在塗有焦油的船屋內築巢。我躺在一整排梨樹下（這裡原本是個果園？），無所事事地打發時間，這是我在漫長恢復期中練就出的一門藝術。無所事事者和怠惰者之間的差別，就和老饕和狼吞虎嚥者之間的差別一樣。欣賞交尾中的蜻蜓在空中幸福地飛舞，甚至聆聽牠們的振翅聲，就像紙片被腳踏車輪輻快速掃過時發出的聲音令人狂喜。看著一隻行動緩慢的蟲爬過身旁的樹根，就像在探索一個小型的亞馬遜叢林。四周靜默？不盡然，不。睡了好一陣子才被最早落下的幾滴雨喚醒。烏雲累積的水量已超過臨界點。用今後不再可能跑出的速度衝回日德堅莊園，但雨水傾瀉的隆隆吼聲已在耳中回響，也感覺到第一批粗大雨滴像木琴槌一樣猛敲在我臉上。

才換上一件乾淨襯衫，晚餐鈴就響了。柯莫林克太太跟我道歉，她丈夫的食慾還是不佳，女兒希望自己一人用餐。我求之不得。燉鰻魚、細葉芹醬汁。雨水灑在窗外平台上。與佛比薛爾家及大多數我見過的英格蘭家庭不太一樣，在這莊園裡用餐時大家並非不發一語，柯女士跟我聊了一些她的家世。在古早以前，布魯日還是歐洲最繁忙的海港時（她是這麼說的，真難以置信），柯莫林克家就已經在日德堅定居，這讓夏娃成為傳承六世紀優良血脈的明珠。對這女人有些好感，我承認。她像男人般滔滔不絕，並且用犀牛角製的菸嘴套在摻了沒藥的香菸上吸菸。不過，只要有貴重物品神秘失蹤，她一定會馬上察覺。過去他們曾經因為僕人偷竊而有些損失。她還提到，有一、兩回甚至是窮困的客人順手牽羊。她問我能相信世上竟然會有如此不自愛的人嗎？告訴她，我的父母也有過類似遭遇，然後試探性地把話題轉移到我的面試上。

「他說你的史卡拉第『還救得回來』。維維安蔑視讚美，不論是給人讚美或獲得讚美。他說，『如果人們讚美你，你就是沒在走自己的路。』」直接問她覺得他會不會接納我。「我希望如此，羅伯特。」（換句話說，耐心等待他的決定。）「你要知道，他已經放棄樂曲創作了，因為那會帶給他極大的痛苦。要讓他重新燃起還能創作的希望——嗯，風險絕不容低估。」結束這話題。跟她說我稍早之前遇見夏娃，柯女士說，「我女兒不懂人情世故。」

「她只是有所顧慮罷了。」給她一個婉轉的回答。

女主人將我的酒杯斟滿。「夏娃的個性讓人不敢領教。我丈夫不願花心思調教她成為年輕淑女，他從來就不想有小孩。大家都說，父女天性容易溺愛彼此，不是嗎？但在這裡不然。她的老師們都說夏娃很勤學，但也很低調，而且她從不打算往音樂方面發展。我常覺得我完全不瞭解她。」我幫柯女士把酒杯斟滿，她的心情似乎好了起來。

「聽我說，你的姊妹們都是純潔無瑕、規規矩矩的英格蘭玫瑰，這點我很確定，不是嗎，先生？」我很懷疑她對佛比薛爾家的夫人真的感興趣，但這女人喜歡看我講話，所以我畫了幾張諷刺我那些疏遠親族的有趣漫畫來娛樂女主人。這讓我們兩人非常愉快，我甚至產生了思鄉之情。

今天早上，星期一，夏娃屈尊來與我們共進早餐——布雷登罕火腿、蛋、麵包以及其他食物——但是這女孩為一些瑣碎小事向母親發牢騷，並且用降半音的 **oui**（是）或升半音的 **non**（不）打斷我的插話。艾爾斯身體好了些，所以也和我們一起用餐。接著，韓垂克駕車載這女兒到布魯日去上學一個禮拜——夏娃寄宿在城裡一戶叫范．伊爾斯或之類的人家裡，那一戶的女兒也就讀同一所學校。當考利車穿過白楊木大道（又稱為僧侶步道）走遠之後，整個莊園如釋重負地呼了一口氣。夏娃把這裡的氣氛弄得極差。

九點鐘，艾爾斯和我轉移陣地到音樂房。「有一小段中提琴演奏的旋律在我腦裡盤旋不去，佛比薛爾。來看看你有沒有辦法寫下來。」很高興聽他這麼說，因為我一直很期待能先從簡單的工作開始——整理零散的手稿，然後用最工整的字跡謄寫好樂譜。如果我在第一天就證明自己確實能成為寫下艾爾斯意識的鋼筆，終身聘書就幾乎到手了。

坐在他的書桌前，削好一隻2B鉛筆，整理了一下手稿，等他把音符一個個唸給我聽。突然這男人吼出聲來：「**答，答！答答答，答滴答滴答滴，答！**記下來了嗎？**答，答滴答！休止符——答答答特——答！答答答！**記下來了嗎？」這頭老驢顯然認為這樣很好玩，要記錄他喊出來的亂碼，難度不會比為十幾頭驢的叫聲配上音樂來得低。不過，又過了三十秒，我才突然明白原來他並不是在開玩笑。想要打斷他，但這男人已全神貫注在音樂創作，根本沒注意到我。整個人陷入了最深的悲慘處境，艾爾斯不停、不停、不停地哼下去，我……我的計謀根本行不通。在維多利亞車站時，我到底想到哪裡去了？沮喪之餘，讓他哼完曲子，心中抱持一絲希望：他先在腦海中完成整首曲子，之後把曲子重唱一遍或許比較容易。「就這樣，完成了！」他宣布。「記下來了嗎？重頭哼一遍，佛比薛爾，然後我們來看看這曲子聽起來如何。」

問他我們是用什麼調？「降B調，**這還用說！**」節拍呢？他捏了捏鼻梁。「你是說，你把我的旋律搞丟了？」

我努力提醒自己，他的要求完全不合理。請他重複旋律一次，速度**要慢很多**，並且要把音符一個一個說明出來。氣氛緊繃凝結起來，感覺有三小時之久，艾爾斯正在決定要不要大發雷霆。最後，他發出一聲殉道者的嘆息。「四**八**拍，十二小節後改為**八**八拍，如果你能數到那麼遠。」又是一陣暫停。想到目前的經濟狀況，只能緊咬嘴唇。「那麼，我們回到最前面吧。」他又為我暫停了一會兒。「準備好了嗎？**慢慢來……**答！這是什麼音？」

他花了令彼此都很痛苦的半小時，讓我猜出每一個音，一個一個猜。艾爾斯無趣地用點頭或搖頭來確認或否定我的猜測。柯女士捧了一盆花進來，我擺出求救的表情，不過，最後是艾爾斯自己宣布今天到此為止。逃離音樂房時，我聽到艾爾斯在說（怕當面說我會難堪，所以故意讓我無意間聽到？），「真累人，潔卡思塔，這個男孩連一段簡單的旋律也沒辦法聽寫下來。與其叫他寫，我乾脆也當個前衛作曲家，把已經寫上音符的紙貼在牆上，然後拿飛鏢去射。」

在走道上，管家威稜斯太太正對著某個看不見的下屬抱怨這溼氣重、狂風又颳不停的天氣，還有一直曬不乾的衣服。但她比我好多了。我確實曾經為了升遷、情慾或負債而去操弄他人，但這是我生平第一次必須為了讓自己頭上有片遮蔽而去利用人。這腐敗的莊園裡充斥著洋菇及黴菌的臭味。一開始就不該來這裡的。

忠實的　R F

附記：財務上的「窘境」，這詞多適當啊，怪不得窮人都是社會主義者。聽著，得跟你周轉一下。從沒見過哪個地方的管理比日德堅還馬虎（感恩上天！我父親貼身僕役衣櫃裡的衣服比我現在的還多），但是一些基本要求還是要維持。連給僕人的小費都沒有。如果我現在還有有錢的朋友，我一定會找他們借錢，但事實上我沒這種朋友。不知道你該如何用電報匯錢，用包裹寄錢，或用其他方法把錢弄到我這裡，但你是個科學家，自己想辦法。如果艾爾斯要我離開，我整個人就毀了。這消息會走漏到劍橋：羅伯特．佛比薛爾因為無法勝任主人交代的工作而被趕出門時，竟然還得向前主人乞討走路費。羞恥會殺死我，希克斯密，真的會。看在上帝分上，盡快把你能給我的錢寄過來。

日德堅莊園，一九三一年七月十四日

希克斯密：

願讚美全歸於蒙福的魯夫斯，可憐作曲家的守護聖人，在至高處榮耀歸於他，阿門。你的匯票今天早上已經平安完好寄達，在這家主人面前，我把你形容成溺愛我、卻忘了我生日的叔叔。柯莫林克太太已經確認布魯日有一家銀行可以兌現那張匯票。我會寫一首讚美歌獻給你，並且盡快把錢還給你。可能會比你的預期還快。先前凍住我的冰雪已經開始融化。第一次與艾爾斯合作，結果卻讓自己羞愧到無地自容，我絕望地回到房間。那天下午我就寫了那封淚流涕零的訴苦信給你——對了，燒了它，如果你還沒燒掉的話——表達我對未來的感覺與擔憂。無畏於當天那場雨，我穿著雨靴，披了一件短披肩，徒步走到村裡的郵局寄信。那時心裡想的是，坦白說，一個月後我會在哪裡？回來後不久，威稜斯太太就敲鐘叫大家吃晚餐，但是到達飯廳時，只有艾爾斯一個人坐著等待。

「是你嗎，佛比薛爾？」他問，帶著老人們故作客氣時常會弄巧成拙表現出的粗魯模樣。「哦，佛比薛爾，很高興有我們倆可以單獨談談。是這樣的，今天早上我對你太無禮了。我的病讓我有時候表現得不太得體，太……太直接了。我跟你道歉。明天再給我這脾氣暴躁的老傢伙一個機會吧，你覺得如何？」

是他妻子告訴他我的狀況嗎？還是露西樂告訴他，我的行李有一半是空的？先確定如釋重負之感已完全洗淨我聲音中的緊張，才帶著尊貴的氣度告訴他，直接道出心中的感覺並沒有錯。

「我先前給你的提議太消極了，佛比薛爾。要從我的腦袋裡抓出音樂來不容易，但是我們的合作關係還是有一線曙光。在我看來，你的音樂家天分及性格，要完成你負責的工作是綽綽有餘。我太太跟我說，你甚至也試著作曲？簡單說，音樂是我們兩人的氧氣。有了意願後，就可以跌跌撞撞向前走，直到找到最恰當的合作模式。」這時柯莫林克女士敲了敲門，探頭進來，就像有些女人，一下子就察覺出屋內的氣氛，然後問，是不是要準備一瓶好酒來慶祝一下？艾爾斯把臉轉向我。「這要問我們這位年輕的佛比薛爾。你覺得如何？願意在這裡多待幾個禮拜？進行順利的話也許是幾個月？甚至更長，將來的事誰敢說？不過你必須拿我一點薪水。」

我的寬心化為臉上的笑容。告訴他，這是我的榮幸，但我並沒有當場拒絕拿他的薪水。

「那麼，潔卡思塔，請威稜斯太太拿一瓶一九〇八年的比諾紅酒來！」我們舉杯向酒神及繆思女神致敬，然後喝下和獨角獸鮮血一樣甘醇的葡萄酒。艾爾斯的酒窖裡約有六百瓶酒，屬比利時最棒的酒窖。這值得我岔開話題為你介紹一下。大戰期間，德軍把日德堅當成指揮所，卻沒有把酒掠奪精光。一切都要歸功於韓垂克的爸爸。在這家人逃往瑞典哥德堡避難前，他在酒窖入口前面蓋了一面假牆。大批圖書以及體積龐大的寶物也都用板條箱封裝好，放在酒窖（原本是個修道院的儲藏室）裡安然度過了戰爭。在大戰停戰日前，普魯士人又仔細搜括過整棟建築一次，還是沒動到酒窖。

合作模式正在發展。艾爾斯和我每天早上九點前就來到音樂房，只要他的疾病與疼痛容許。我坐在鋼琴前面，艾爾斯躺在躺椅上抽差勁的土耳其紙菸，接著就採用三種運作模式中的一種。「修改」——他叫我把前一天早上的作品重新演奏一次。我依照樂器的性質或哼，或唱，或彈奏，由艾爾斯修改總譜；「重組」——由我篩選舊總譜、筆記以及其他創作曲（有些甚至是寫於我出生前），來找出艾爾斯依稀記得、想要挽救的樂曲或裝飾樂段。這很像在扮演偵探。「創作」最耗費心力。我坐在鋼琴前，嘗試跟上他的「十六分音符，B－G；全音符，降A——持續四拍，不，六個四分音符！升F——不、不、不，是升F——然後……B！答－塔滴－塔滴－答！」（這位音樂大師終於願意把他的音唸出來了。）或者，他若一時詩意大起，情況就可能變成：「現在，佛比薛爾，單簧管是情婦，中提琴是墓園中的紫杉，翼琴是月亮，然後……讓東風吹來A調小和弦，從第十六小節開始。」

就像個好僕役一樣（你應該很清楚，我的表現絕非「好」字足以形容），我十分之九的工作都是聽命行事。偶爾艾爾斯也會問我一些音樂專業上的評斷，例如，「你認為這個和弦好嗎，佛比薛爾？」或者，「這一段與整首曲子搭配得起來嗎？」如果我說不，艾爾斯就會問我建議換什麼和弦或樂句，而且有一次或兩次還真的採用了我的修改。這件事很重大。將來的人會研究這音樂。

到下午一點，艾爾斯就已經沒力氣了。韓垂克會帶他下去飯廳，柯莫林克太太會在那裡和我們一起用餐，有時還會加上那個可怕的夏娃，如果她剛好回來度週末或過半天假。艾爾斯會在暑氣中睡上整個下午，我則繼續在圖書室裡找寶藏，在音樂房中作曲，在花園裡讀樂譜手稿（園中的白百合、帝王貝母、火炬百合、蜀葵花，全都明豔動人），騎著腳踏車巡行尼爾畢克的巷道，或者散步走過附近田野。和村裡的狗建立了堅固的友誼，牠們就像跟在花衣吹笛人後面走的老鼠和小孩，跟在我後面奔跑。當地人也都親切回應我的 Goede morgen（早安）與 Goede middag（午安）——我現在已被視為 Kasteel（城堡）的長期訪客。

晚餐後，我們三人會聽無線電，如果當天有通過審查的廣播節目可聽，不然就聽留聲機（一部裝在橡木盒中的國王之音桌上型電唱機）播放的一些預錄好的音樂，通常是湯馬士·畢權爵士指揮演奏艾爾斯的重量級作品。有客來訪時，我們會坐下來閒聊或安排室內樂演奏。其餘晚上，艾爾斯喜歡找我唸詩給他聽，尤其是他最喜愛的濟慈。我在朗誦的時候，他口中還會喃喃跟著，好像他的聲音可以依附在我的聲音上。吃早餐時，他會叫我讀《泰晤士報》給他聽。

雖然艾爾斯又老、又瞎、又病，他還是有在大學辯論賽中守住立論的能耐。只不過我發現，對於他譏諷的系統，他很少提出別的解決之道。「寬容？有錢人的懦弱！」「社會主義？老邁專制政權的胞弟，一心只想承繼兄長的王位。」「保守黨？搖擺不定的騙子，他們對自由意志的教義就是他們最大的騙局。」他要的到底是什麼樣的政府？「都不要！政府組織越完善，人性就被壓抑得越嚴重。」

艾爾斯雖然易怒，卻是歐洲少數我會希望來啟發我的創造力的人物。就音樂上來說，他是雙面神雅努斯，一個艾爾斯往後看著浪漫主義臨終，另一個他則望向未來。我要追隨的就是這位艾爾斯的目光。看他運用對位法及混合色調，讓我的音樂語言精緻並增色不少。在日德堅這段短暫時光裡，我學到的已經比在雄驢馬克拉斯麾下（他那幫快樂手淫者總是圍繞在他的寶座旁）三年所學還要多。

艾爾斯和柯莫林克太太的朋友經常來訪。平均一個禮拜會有兩、三天晚上有客人：從布魯塞爾、柏林、阿姆斯特丹或更遠的地方回來的獨奏家，艾爾斯少不更事時在佛羅里達或在巴黎結識的朋友，還有好老人莫緹．董德特及其夫人。董德特在布魯日及安特衛普各擁有一家鑽石工坊，他說話含含糊糊，卻會說非常多種語言，喜歡故意編一些混雜多種語言、需要很長時間才能解釋清楚的俏皮話，愛贊助慶典活動，還會和艾爾斯踢一些「形而上的足球」來討論哲學。董德特太太則是和柯莫林克太太一樣活潑，不過程度是後者的十倍。事實上，她擔任比利時馬術學會的主席，親自駕駛董德特家的布加堤車，並且飼養了一隻名叫薇薇的北京狗，這女人讓人不敢領教。在未來的信中你還會再看到她，無庸置疑。

他們在這裡沒什麼親戚：艾爾斯是獨子，而一度極具影響力的柯莫林克家族也真是個乖僻的天才，在大戰關鍵時刻老是選錯邊。艾爾斯和他妻子從斯堪地那維亞避難回來時，在戰爭中倖免於難的家族成員已因貧困或疾病而所剩無多，另一些人則在逃往國外後死於異邦。柯莫林克太太的老家庭教師和幾個體弱多病的阿姨偶爾會來拜訪，但她們只會像老舊的帽子架，安靜地待在房間角落。

上禮拜，一位受艾爾斯敬佩、來自波蘭柯瑞考的指揮家塔德茲．奧葛斯妥斯基，在艾爾斯偏頭痛發作的第二天突然來訪。柯莫林克太太不在家，威稜斯太太不知所措地跑來找我，拜託我陪陪這位知名訪客。不好讓她失望。奧葛斯妥斯基的法語和我一樣不靈光。我們那天下午一面釣魚，一面爭辯十二音律作曲家們的地位。他認為他們全都不學無術，沽名釣譽，但我不這麼認為。他跟我說了些管弦樂界的鬥爭故事，以及一個難以形容的下流笑話，不過說那笑話需要用到手勢，只好等下次見面再告訴你。

我釣到一條十一吋的鱒魚，奧葛妥斯基則捕到一尾巨無霸鯉魚。我們在天色漸暗之際歸來時，艾爾斯已經起床了。波蘭佬跟他說，他真是幸運能找到我合作。艾爾斯咕噥著回答：「的確。」多迷人的奉承啊，艾爾斯。威稜斯太太並不欣見我們的戰利品，但還是清理了魚的內臟、加上鹽及牛油後烹煮，然後插在魚叉上被我們吃光掃盡。奧葛妥斯基隔天早上離開時給了我名片。他在蘭罕街有一間套房，到倫敦時就住在那裡，他還邀請我明年和他一起參加音樂季。喔、喔、喔、喔，公雞啼叫了！

日德堅莊園乍看之下就像愛倫坡筆下錯綜複雜的厄謝府，但其實不盡然。沒錯，西翼狀況相當淒慘，已經裝上遮窗板及防塵罩，以便騰出錢來將東翼整修得更現代化，而且西翼恐怕不久之後難逃拆毀的命運。在某個潮溼的下午參觀了西翼的房間。溼氣凝重，剝落的灰泥被一面面蜘蛛網承接住，老鼠與蝙蝠的糞便散落在嚴重磨損的石板上，壁爐上方的石膏盾形紋飾表面累積了陳年灰塵。屋外狀況也差不多，磚牆的隙縫需要重新填泥，房頂的屋瓦殘缺不全，塌落下來的城垛成堆躺在地上，雨水在古老沙岩上刻出水流的凹痕。柯莫林克家在剛果的投資很成功，但是柯莫林克太太的兄弟沒有人活到戰後，而日德堅的德國佬「房客」們就隨意將值得掠奪的東西搜刮一空。

不過，東翼相較之下是個擁擠但還算舒服的小住所，雖然起風時屋頂上的梁木會像在船上嘎吱作響。它有個喜怒無常的中央暖氣系統和基本的電力配備，電燈開關不時會劈啪電擊一下碰開關的人。柯莫林克太太的父親有先見之明，很早就教她管理家業，我想，現在她是把土地租給附近的農夫，用租金來支付生活開銷。以她的年紀，到今天還能有這樣的收入已經算很了不起了。

夏娃仍舊是個小心眼的小姐，就和我的姊妹一樣惹人厭，不過，她擁有足以和其惡意匹配的智力。除了那匹寶貝娜芙蒂蒂外，她也喜歡噘嘴或表現出一副受欺凌的模樣。她動不動就將家中瑣事轉化成眼淚，怒衝衝地跑進來說：「牠那讓人受不了的脾氣又發作了，媽，難道妳沒辦法把牠訓練得好一點嗎？」她已認定我不是個可以輕易對付的對手，於是展開一場持久戰：「爸，佛比薛爾先生還會在我們家待多久？」「爸，你付給佛比薛爾先生的薪水和給韓垂克的一樣多嗎？」「喔，我只是問一下，媽，我不知道佛比薛爾先生的任期是個敏感話題。」

她不斷向我挑釁，我不想讓她得逞，但事情還是發生了。上禮拜六再次遇見她——用「狹路相逢」來形容或許更貼切。我帶著艾爾斯的聖經《查拉圖斯特拉如是說》經過石板橋，到湖中央的柳樹島去閱讀。那天下午熱得像要把人烤焦了，即使在樹蔭下，我還是像豬一樣流著汗。讀了十頁，感覺好像是尼采在讀我，不是我在讀他。於是我一面觀察水中水黽與蠑螈的活動，一面指揮我心中的管弦樂團演奏戴流士的〈空氣與舞蹈〉。一首傷感的佛羅倫斯派作品，不過那鬱悶的長笛相當出色。

接下來的一幕，是我身在一個很深的壕溝裡，抬起頭來只看得到一道狹長的天空，從那裡照射下來的閃光比白天的光還強。一些野蠻人騎在長著邪惡尖牙的巨大棕色老鼠背上，在壕溝中巡邏。老鼠們用力嗅聞，想找出藍領階級的人肢解。克制住拔腿狂奔的衝動，我緩步閒逛，讓自己看起來像個有錢人。就在這時候我碰到夏娃。我說：「**妳**沒事來這裡幹什麼？」

夏娃生氣地用法語回答，「我們家族擁有這面湖已經有五個世紀了。你呢，你多久前才來這裡避暑？嗯，三個禮拜！這樣你明白了吧，我高興到哪兒就到哪兒！」夏娃用動作來表現怒氣，一腳踢在正寫信給你的可憐同伴的臉上。我也不甘示弱，控告她違法入侵她母親的土地。突然完全清醒過來，被自己的腳步絆倒，不斷道歉，跟她解釋我在說夢話。

忘記身邊就是湖。直接掉到湖裡，像個他媽的笨蛋！全身溼透！還好，那池塘只水深至肚臍，而且上帝拯救了艾爾斯寶貴的尼采，沒讓書和我一起下去泡水。等到夏娃終於克制住笑聲，我說，我很高興看到她除了噘嘴以外還有其他表情。我的頭髮裡有浮萍，她提醒我，用英語。我只能藉由稱讚她的語言天分來表達感激。她回我一句：「要讓一個英國人留下好印象並非難事。」離開現場。當下想不出一個漂亮的回答，這女孩贏了這一局。

現在，留心聽我談一些書和錢的事。從我房間嵌在牆裡的書櫥中抽書出來看，發現一本已經裂開的缺損書，我希望你能幫我找一本完整的。那本書已經沒有前後封面，內文從九十九頁才開始，裝釘線也脫落。從我手上這一小部分來判斷，這本書收錄的是舊金山一位名叫亞當．尤恩的公證人從雪梨航行到加州時寫的旅行日記。書中提到淘金熱，所以我猜日記應該是寫於一八四九或一八五〇年。這本書似乎是在尤恩死後由他兒子（？）出版的。尤恩帶我進入梅爾維爾在《班尼托・西蘭諾》中那位屢次犯錯的船長迪藍諾的內心世界，他對別人的陰謀毫不知情——他並沒有看出他最信任的亨利．古斯醫生（原書的稱呼）其實是個吸血鬼，他想辦法讓尤恩的憂鬱症變得更嚴重，讓自己有機會慢慢下毒害他，好得到他的錢。這本日記的真實性有點可疑，結構太完美了，不像真的日記，而且用詞看起來也很不真實。不過誰會沒事去杜撰這樣的日記，他的目的又是什麼？

最讓我無法忍受的是，在差不多四十頁之後，日記突然停斷在句子中間，下半句所在的書頁及之後全都不見了。在圖書室爬上爬下尋找這本可惡的書剩下的書頁。沒那個好運氣。可沒興趣去請艾爾斯或柯莫林克太太，幫忙我在他們完全沒編目的豐富藏書裡找一本書，所以我現在就像被困在一棵膠樹上。你可不可以幫我去問凱瑟尼斯街上的奧托．詹許，看他知不知道這個亞當．尤恩？一本沒讀完的書，就像一場沒談完的戀愛。

隨信附上一張清單，上面列出我在日德堅莊園圖書室裡找到的一些年代久遠的書。正如你所見，有幾本書非常古老，甚至是十七世紀初的書。盡快把詹許能開出的最好價錢告訴我，而且記得要故意說溜嘴，讓那個守財奴以為巴黎的舊書商已經表示對這些書感興趣，而不敢輕忽此事。

忠實的　RF

日德堅莊園，一九三一年七月二十八日

希克斯密：

值得小小慶祝一番。兩天前，艾爾斯和我完成了第一部合作作品，一首短交響詩〈死亡之鳥〉。發現這份手稿時，它只是一首改編自古老條頓民族頌讚歌的曲子，因為艾爾斯的視力越來越差，手稿就一直被放置在高處，而且還算相當乾燥。我們的新版本則是一隻迷人的生物。先借用了華格納〈尼布龍根的指環〉中的幾個主題，接著主題瓦解，成為受西伯利亞亡靈管轄的史特拉汶斯基式夢魘。氣氛既恐怖又愉悅，真希望你也能聽到。樂曲最後結束在一段長笛獨奏上，沒有飛揚的長笛炫技，反倒是曲名中那隻死亡之鳥娓娓在詛咒長子也詛咒么兒。

昨天奧葛妥斯基從巴黎回來時又順道來拜訪。他看了那首交響詩的總譜，然後就像鏟煤的鍋爐工人一樣，送上一鏟又一鏟的讚美。他理應這麼做！這是自從大戰開打以來，我所見過最成功的交響詩。而且我告訴你，希克斯密，其中不少點子其實是我的。或許一名抄錄員應該要妥協，放棄身為共同作曲者的身分，但是要叫我守口如瓶還真的不容易。不過，好消息在後頭：三週後奧葛妥斯基打算在柯瑞考音樂節中親自指揮這首曲子的首次公演。

昨天，天剛破曉就起床，整天都在為奧葛妥斯基謄寫一份乾淨的總譜。突然發現這首曲子沒有想像中短。抄寫中的手自己動了起來，譜表就像印在我的眼皮上，不過我還是在晚餐前完成了。我們四個人喝了五瓶酒慶祝，餐後甜點則是頂級的麝香白葡萄酒。

現在成為日德堅的金童。已經有很長一段時間不是任何人的金童了，喜歡這樣的感覺。潔卡思塔建議我搬出客房，住到三樓一間沒有人使用的臥房，還可以把在日德堅莊園其他地方看中意的東西搬到房裡當家具。艾爾斯也贊成這提議，所以我說會照做。很高興小心眼小姐終於失去了冷靜，開始喵喵叫：「哦，你們為什麼不乾脆把他寫進遺囑裡，媽？為什麼不把妳一半的產業留給他？」

她沒有請大家慢用就先行離開餐桌。艾爾斯粗聲說：「這是這丫頭十七年來提出的第一個好想法！」聲音大到她也聽得見。「至少佛比薛爾能夠自食其力！」

我的主人並不聽我的道歉，他們說夏娃才該向我道歉，還說她應該放棄那「宇宙以她為中心旋轉」的前克卜勒時代想法。音樂在我耳中響起。還是關於夏娃：她和二十個同學很快就要去瑞士的一所姊妹校就讀，並且在那裡待上幾個月。更多音樂！就像一顆尾大不掉的蛀牙終於掉了下來。我的新房間寬敞到能在裡面打羽毛球，有一張四柱式大床，我得抖動床簾，抖掉去年就停在上面的蛾。幾世紀年紀的哥多華皮革像蛇鱗片一樣從牆上剝落，不過看起來還蠻有特色。一顆靛藍色的裝飾水晶球，嵌飾著粗紋的胡桃木立地衣櫥，六張高級扶手椅及一張梧桐木寫字檯，我現在就是在這張桌上寫信給你。充足的光線從忍冬樹葉間隙照進屋內，從南面的窗戶可以俯視修剪成型、略呈灰色的庭園。往西可以看到牛隻在草原上吃草，教堂尖塔突出在遠處樹林上。教堂鐘響就是我的時鐘。（事實上，日德堅本身就有許多古董鐘，就像個小型布魯日，有些鐘比較早響，有些比較晚。整體而言，比我們在懷門巷那間寢室高個一、兩級，比沙弗伊旅館或帝國旅館的房間遜色一、兩級，但是相當寬敞、堅固，除非我動作過於笨拙或粗魯。

這將我帶到潔卡思塔．柯莫林克女士身邊。如果那女人並不是已經開始**若有似無地**跟我打情罵俏，希克斯密，那我的眼力就太差了。她曖昧的言語、眼神及手指的碰觸都配合得太巧妙，絕不可能是碰巧！且看你有什麼想法吧！昨天下午，我在房間裡研究難得一見的巴拉克瑞夫青少年時期作品，結果柯莫林克太太來敲我的門。她穿著騎馬上衣，頭髮盤高，露出她性感誘人的脖子。

「我丈夫想給你一份禮物，」她邊說邊向房內走，我很配合地讓路給她，「就是這個。來紀念你們合作完成了〈死亡之鳥〉。你知道的，羅伯特，」她的舌頭讓「羅伯特」的「特」拖得很長，「維維安非常高興他能夠重新開始作曲。他已經很多年沒這麼有活力了。這只是個紀念品。來，將它穿上。」她交給我一件織工精細的背心，一件奧圖曼風格的絲織品，樣式精美，既不跟流行，也永遠不會褪流行。「這件背心是我們到開羅度蜜月時我買給他的，當時他大約就是你現在的年紀。他不會再穿了。」

跟她說我受寵若驚，但堅持我不可能接受這麼有紀念價值的衣服。「這正是我們希望你穿的理由，我們的記憶已經編織進這件背心裡了。穿上吧。」照著她的勸告穿了。她以要除掉棉絮為藉口（？），在背心上輕撫。「到鏡子前面！」照著做了。這女人站在我身後，距離不到幾吋。「質料好到不該放在衣櫥裡讓飛蛾下蛋，不是嗎？」是的，我同意。她的微笑就像一把鋒利的雙刃劍。如果我們在艾蜜莉那讀來讓人呼吸沉重的小說裡，勾引人的女主角此時會用手環抱住無辜男人的軀幹。但潔卡思塔是個更狡猾的箇中好手。「你的身材就和當年的維維安一模一樣。難以置信，不是嗎？」是的，我再次同意。她用手指甲將我一綹被背心壓住的頭髮撥出來。

既不拒絕也沒鼓勵她。這種事不能操之過急。柯莫林克太太沒再說一句話就離開了。

進午餐時，韓垂克說伊格瑞醫生在尼爾畢克的房子遭了小偷。還好沒人受傷，不過警方已經發出警告，要大家多留心吉普賽人和流氓，夜裡房子的門窗要鎖好。潔卡思塔聳了聳肩，然後說她很高興有我在日德堅保護她。坦承我在讀伊頓中學時熱中拳擊，不過不確定有辦法嚇退一整幫派的惡棍。或許我可以幫韓垂克拿他手上的毛巾，讓**他**可以給對方一陣迎頭痛擊？艾爾斯沒有發表意見，不過當天晚上他攤開手巾，從裡面拿出一把魯格手槍。潔卡思塔因為艾爾斯在晚餐桌上拿出手槍而狠狠數落了他一頓，但他沒理會她。

「從哥德堡回來時，我在主臥房一塊鬆動地板下面發現這隻野獸，裡面還裝著子彈，」他跟我們解釋，「那個普魯士隊長要不是走得很倉促就是被殺了。他把槍藏在那裡，或許是為了防範手下叛變或不受歡迎的人突襲。我把它放在床邊也是這理由。」

問他可不可以讓我摸摸那把槍，因為以前我只摸過獵槍。「當然。」艾爾斯回答，然後把它交給我。身上每根毛髮都豎立起來。願意用我的所有遺產來打賭，如果我還有半點遺產的話，這把觸感極佳的鐵製玩意至少殺過一個人。

「所以，你看，」艾爾斯不太老實地笑著，「我或許是個年邁瞎眼的殘廢，但是我至少還有一、兩顆可以咬東西的牙齒。我是個瞎子，手上有一把槍，而且**沒什麼**好失去的。想想看，我能製造出多**混亂**的場面！」無法判斷他語氣中的威脅意味是不是我自己想像出來的。

詹許開的價錢真是個好消息，不過別讓他知道我這麼說。下次到布魯日的時候，我會把那三本書寄給你。尼爾畢克的郵差很喜歡打探消息，我不太相信他們。像平常一樣，做事要有防範措施。把我的錢匯到比利時第一銀行位在布魯日的總行——董德特只需動動手指，經理就過來為我開了一個戶頭。我很確信，他們的客戶名單上只會有一個羅伯特．佛比薛爾。

最好的消息：再次開始用自己的名義作曲了。

忠實的 RF

日德堅莊園，一九三一年八月十六日

希克斯密：

夏天轉向感官發展：艾爾斯的妻子和我成了情人。你不用緊張！我說的只是肉體上的情侶關係。上禮拜某天晚上，她到我的房間裡隨手把門鎖上，然後我們兩個人沒說半句話就開始脫衣服。不是我愛吹噓，但她會來找我並不意外。事實上我還故意不把門關好，方便她直接進來。說真的，希克斯密，你該嘗試享受完全靜默的做愛。只需要把嘴唇緊閉，一切喧囂都會轉化成愉悅的幸福。

當你打開一個女人的身體，她盛裝秘密的盒子也會開始溢出東西來。（有機會你應該去接觸她們，我的意思是，女人。）這會不會和她們在玩牌時老是贏不了有關？辦完事後，我很滿意地躺著不動，但是潔卡思塔出於內在衝動開始說話，就好像要將我們巨大的黑色秘密埋藏在瑣碎的灰色秘密底下。得知艾爾斯是一九一五年在哥本哈根的妓院裡染上梅毒，當時他們已經分居了好一段日子，而且從那年開始就沒有再讓妻子享受過性。夏娃出生後，醫生告訴潔卡思塔她不可能再懷孕。對於選擇偶爾的外遇對象，她相當挑剔，但她不覺得需要為自己有權利外遇來辯護。她堅稱她仍然愛著艾爾斯。我含糊地應諾，心中存疑。她敏捷地又來一記回馬槍：「愛情最重要的美德是忠貞。」根本就是沒有安全感的男人們編織的神話。

也談到夏娃。她擔心因為她一直想把合宜的舉止灌輸到女兒身上，所以兩人從來就沒有成為真正的朋友，而且這匹馬看似已經脫韁了。邊聽這些瑣碎的可悲事邊打盹，但是知道將來到丹麥時要更小心，尤其要避開丹麥妓院。

潔還想要第二回合，就像要把她和我黏在一起。我沒有拒絕。她有馬術師的身體，比你一般會碰到的成熟女性更有活力，而且比我騎過的許多十先令妓女還有技巧。我不禁懷疑，那些受邀到她的馬槽裡吃糧秣的年輕種馬已經足夠排成一長列。果然，就在我打最後一次瞌睡時，她說：「在大戰前，德布西曾經在日德堅待過一個禮拜。我沒記錯的話，他當時就睡在這張床上。」她話中的次要和弦似乎暗示她當時也和他在一起，這並非不可能。「只要是穿裙子的他都不挑。」我聽過人家這麼說克勞德．德布西。而且他是個法國人。

露西樂早上帶著刮鬍水來敲門時，只剩我一個人在房內。吃早餐時，潔的表情和我的一樣冷漠，這讓我很放心。當我不小心將一小坨果醬濺到餐墊上時，她甚至表現得有點苛刻，讓艾爾斯忍不住站起來斥責她：「別像隻棘魚一樣，潔卡思塔！**妳**那雙美麗的手又不需要去擦拭汙漬。」外遇是很難演奏好的二重奏，希克斯密，就像在玩橋牌，盡量避免找個比你還笨的夥伴，否則會把事情搞得一塌糊塗。

有罪惡感嗎？沒有。因為讓人戴綠帽子而有成就感？並不是這麼回事，不。真要說的話，還有點在生艾爾斯的氣。某天晚上董德特一家人來跟我們吃晚餐，而董德特太太希望有人能彈奏鋼琴來促進食慾，於是我彈奏了兩年前夏天我和你一起在席里島度假時所寫的曲子〈星期一的天使〉，不過我隱藏自己的作曲者身分，說那是「某個朋友」寫的。我已經將它改寫過了，比艾爾斯二十幾歲時寫的仿舒伯特餘興曲更有水準，而且更流暢與微妙。潔與董德特夫婦都很喜歡，堅持要我再彈一次。才彈到第六小節，艾爾斯就行使了到目前為止還沒動用過的否決權。「我會建議你的朋友先把古典音樂練熟一點，才來玩弄現代音樂。」聽來像是完全沒有惡意的建議？不過，他是用精準的半音程來發「朋友」這兩個音，似乎是在告訴我，他很清楚我這位朋友的真實身分。或許當年他在奧斯陸的葛利格家中也用過同樣的伎倆？「沒有紮實的對位法與和聲學訓練，」艾爾斯氣呼呼地說：「這傢伙永遠不會有成就，只能當個賣弄愚蠢花招，沿街叫賣的小販。替我將這點轉告你的**朋友**。」我怒火中燒，但不作聲。

艾爾斯叫潔用留聲機播放他那首〈席洛克木管五重奏〉的演奏會錄音。她聽從盛氣凌人的老惡霸指示。為了安慰自己，我就開始回想潔的身軀是如何巧妙地隱藏在她那件中國縐綢的夏日洋裝下，也回想起她是如何飢渴地溜到我的床上。很好，我會幸災樂禍地好好欣賞我的雇主戴綠帽子。他罪有應得。一個老古板年老生病之後，還是一個老古板。

我們的曲子在柯瑞考首演後，奧葛妥斯基拍來一份難解的電報。從法文翻譯過來是：**首演死亡之鳥神秘停次場爭議停三受熱愛停四城內話題停**。我們不知他的意思為何，直到報紙上的剪報緊接在電報之後寄到，奧葛妥斯基還在一張節目單背面將內容翻譯出來。是這樣的，我們的〈死亡之鳥〉成為社交界大事！就我們讀到的報導來看，樂評將曲中華格納主旋律的瓦解，解釋成對德意志共和國的正面攻擊。一票愛國議員用強烈手段要求音樂節主辦單位讓曲子演出第五場，劇院鑑於樂曲受歡迎的程度也樂於配合。接著，德國大使提出正式抗議，所以在二十四小時內，第六場演奏會的票就銷售一空。

這一切帶來的效應，讓艾爾斯在各地的聲望足以衝破屋頂，德國除外（他在那裡被貶為猶太人的惡魔）。歐陸各國各大報都寫信來要求訪問艾爾斯。我很高興自己能負責發出委婉但堅定的推辭信，拒絕了所有採訪。「我整天為了作曲而忙得不可開交，」艾爾斯發著牢騷：「如果他們想知道**我要表達的是什麼**，應該自己去聽我的音樂。」不過，他還是因為廣受矚目而心情振奮。連威稜斯太太也承認，自從我來到這裡，主人重新有了生氣。

在夏娃這邊的戰事，敵意仍舊持續。令我擔心的是，她似乎已經嗅到她父親和我之間的氣氛有些不尋常。她公開提出疑惑，為什麼我從來沒有收到家人的信，或者，為什麼沒有人幫我把衣物寄來。她還問我有沒有哪個妹妹願意跟她成為筆友。為了爭取時間，我只好答應轉告她的提議，所以我需要你再幫我造個假。要學得像真的，這個詭計多端的母狐狸幾乎就是女性版的我。

今年的比利時八月灼熱難耐。整片草地變成黃色，園丁害怕莊園會起火，農夫們擔心今年的收成，如果你有辦法找到一個心情平靜的農夫，那我就也能找到一個神智清晰的指揮家。我現在就要封起這封信，然後穿過小湖後方那片樹林，走到村裡的郵局去寄信。留這幾頁信放在這裡，讓某個愛打探消息的十七歲偵探有機會看到上面的內容，絕不是件好事。

接著，那件重要的事。是的，我會在布魯日和奧托．詹許見面，好親自交付那幾份燙金手稿，但是你得負責安排會面細節。我不希望詹許知道我現在是在誰家中接受款待。就和所有舊書商一樣，詹許是個貪得無厭、臉上無毛卻又愛支配的人，只不過他的程度更甚於其他書商。如果能用黑函逼我們降價——甚至完全不用付錢，他一定會做得毫不猶豫。告訴他我當下就要拿到清脆作響的現鈔，別跟我玩他那些賒欠的把戲。接著我會把你借我的錢換成匯票寄給你。萬一有人要搞我的鬼，你也不會被牽累。已經是個聲名狼籍的人了，揭發他的秘密並不會讓我失去更多名譽。把這一點也告訴詹許。

忠實的 RF

日德堅莊園，一九三一年八月十六日晚上

希克斯密：

你那封從我父親「律師」那裡寄來的冗長的信真絕妙透頂。帥呆了！吃早餐時大聲把信讀出來，幾乎沒人在仔細聽。撒弗隆沃爾登的郵戳也是神來之筆。你真的是在艾塞克斯豔陽高照的下午把自己從實驗室裡拖出來，專程去寄那封信嗎？艾爾斯邀請我們這位「卡敏斯先生」到日德堅來看我，但是你在信中說時間非常緊，所以柯莫林克太太說，韓垂克會開車載我到城裡，讓我在那裡簽署文件。艾爾斯埋怨他會損失一天的工作量，不過他只有在心情好時才會埋怨。

今晨露水晶瑩，韓垂克和我駕車出發，沿著半個夏天前我騎著單車從布魯日過來的路，往城裡駛去。穿著一件艾爾斯的時髦上衣——他衣櫥裡許多衣服都轉入我的衣櫥內，我從帝國旅館搶救出來的幾件衣服已經快穿破了。恩菲德腳踏車被綁在車後保險桿上，讓我得以實現將腳踏車歸還給那位好心警察的諾言。

已將那幾冊羊皮紙戰利品夾在樂譜裡（日德堅的人都知道我隨時帶著樂譜手稿），並且趁無人注意時放進我擅自借用的骯髒手提包裡。韓垂克放下考利車的敞篷，風大，我們無法交談。這傢伙沉默寡言，很適合他的職務。感覺很奇怪，但我不得不承認，因為我已經開始「服事」柯莫林克太太，與她丈夫的男僕相處，比與她丈夫相處更坐立難安。（潔卡思塔每隔三或四個晚上就來青睞我一次。夏娃在家時從不來，我認為這相當明智。畢竟一個人不應把生日當天收到的巧克力一口氣吃光。）我之所以不安，乃因為我懷疑韓垂克已獲悉此事。哦，我們這些住樓上的人喜歡因自己的小聰明而洋洋得意，事實上沒有秘密能瞞過整理床單的人。不用太擔心。別對僕人們做不合理要求，韓垂克夠聰明，他知道將賭注放在來日方長、精明俐落的女主人身上，而不是放在艾爾斯這樣前景黯淡的無用主人身上。不過韓垂克是個怪人，我說真的。很難猜測他心裡會怎麼想。他可以當個出色的賭檯莊家。

他在基爾德大廳前讓我下車，解開那輛恩菲德，然後離開我去辦些瑣事，並且去拜訪一位——照他的說法——生病的姨婆。我騎著兩輪車穿梭在觀光客、中小學生及市民中間，只迷了幾次路。在警察局，那位有音樂素養的警官見到我時興奮不已，叫人準備了咖啡和一些酥皮點心。他很高興我與艾爾斯的合作如此契合。我離開時已經十點，差不多該去赴約了。我並沒有急著趕去，讓生意人稍等一下是個好策略。

詹許在皇家旅館的酒吧裡等我，並且跟我問候：「啊，真沒想到你這隱形人在眾人要求下終於現身了！」我跟你發誓，希克斯密，每回見到那個多瘤、愛放高利貸的老頭，他都比前一回更可憎。他是不是在閣樓裡偷藏了一幅自己的神奇肖像，而畫中人一年比一年漂亮？我想不通他為什麼會高興見到我。四處張望旅館大廳，看看附近是否有想打探我行蹤的債主——一有目光瞥向我，馬上拔腿開溜。詹許知道我的心。「這麼疑神疑鬼，羅伯特？你想想看，我會製造麻煩來嚇跑你這隻能生出金蛋的淘氣鵝嗎？來吧，」他指著酒吧，「你要喝點什麼毒藥？」

回答他，和詹許同處一棟建築物，即便是一棟大建築物，對我來說已經夠毒了，寧可馬上進入主題。他咯咯笑，並且拍我的肩膀，然後帶我上一間他事先訂好來談生意的房間。沒人跟蹤，但不能保證什麼。現在真希望當初是請你安排一個公開會面地點，這樣的話，泰姆・布魯爾手下那些惡棍就不能用帆布袋罩住我的頭，把我丟到行李箱裡運回倫敦。把書從手提包裡拿出來，他也從上衣口袋裡拿出夾鼻眼鏡。詹許在窗邊一張桌子上檢查那幾本書。他想壓低價錢，說這些書的書況比較像是「尚可」而不是「良好」。我冷靜地把那幾本書再包起來放進手提包，讓這吝嗇的猶太人在走廊上追著我跑，直到他同意這些書的書況確實堪稱「良好」。

讓他央求我回到原來的房間，然後我們在那裡數鈔票，慢慢地數，直到他把講好的金額全數付清。生意辦完了，他嘆了口氣，宣稱這下子我已讓他變成窮人。擠出他的笑容，把他毛茸茸的手放在我的膝蓋上。告訴他，我是來賣書的。他反問，何必讓生意妨礙人生的樂趣？隻身在外的年輕小夥子多賺點零用錢應該無妨吧？

一個小時後離開，詹許已經睡著，他錢包裡所剩無幾了。直接走到廣場對面的銀行，並且由經理的私人秘書親自接待。償清債務的感覺真好！就像老爸喜歡講的，「自己的汗水就是最好的報償！」（並不代表他曾在坐領乾薪的講道壇上流過多少汗水。）下一站是弗雷斯德，這城市的音樂用品社。在那裡買了一大疊樂譜紙，來填滿手提包中少了幾本書後凹陷的空間，以免眼尖的人發覺有異。從那裡出來後，看到一家鞋店櫥窗裡有一對黃褐色鞋罩。走進店裡買下。在一家菸草行看到一個鯊魚皮香菸盒。買下。

還有兩小時要打發。在咖啡店喝了杯冰啤酒，再一杯，又一杯，抽了一整包香氣宜人的法國菸。詹許的錢並不是龍宮寶庫，但上帝知道那感覺上像個寶庫。接著我在小巷裡（避開觀光景點，以免碰到心懷不平的舊書商）找到一間有蠟燭、陰影、香爐，以及憂傷殉道者圖像的教堂。自從老爸把我逐出家門那天早上起，我就沒進過教堂。臨街的門打開後，會「砰」一聲自動關上。幾位硬朗的老太婆走進教堂，點亮蠟燭，然後離開。許願箱上掛鎖的品質是最好的。人們跪下來禱告，有些人嘴裡喃喃自語。嫉妒他們，我真的嫉妒。我也嫉妒上帝能知道他們的秘密。信仰是世界上最沒有排他性的俱樂部，卻有最狡詐的門廊。每次我穿過它敞開的大門，就會發現自己不知不覺又走到外面的街上。

盡我所能讓自己有些蒙福思想，心思卻總是讓它的手指又溜到潔卡思塔身上，也略微激起彩繪玻璃上的聖徒和殉道者的性慾。不認為這些思想會讓我接近天堂。最後，巴哈的讚美詩發出刺耳噓聲趕走我——唱詩班其實沒唱得太糟，但是那管風琴師唯一的救贖希望是讓一顆子彈穿過腦袋。我也直接這麼告訴他——聊天時圓滑和克制是好的，但是談到音樂就不該拐彎抹角。

在整潔完善、名為明尼瓦特的公園裡，交往中的男女手牽手，在柳樹、澳洲山茂堅玫瑰及監護人之間悠閒散著步。骨瘦如柴的盲眼小提琴手為了賺幾個銅板而演奏。他現在可以演奏。要求他演奏〈晚安，巴黎！〉，他用極大的熱忱演奏，所以我塞了一張硬挺的五法郎紙鈔到他手中。他拿下墨鏡，檢查鈔票上的浮水印，呼叫他最喜愛的聖徒表達感謝，收拾他的銅板，快步穿過花壇離開公園，像個莽夫一樣開懷大笑。認為「金錢無法買到幸福」的人，顯然全都是錢財過多的有錢人。

坐在一條鐵板凳上。一點的鐘聲自遠近響起，接著漸漸散去。職員們紛紛從公家機關與商家辦公室裡冒出來，到公園吃三明治，享受綠意的微風。正在考慮要不要晚一點再與韓垂克會合，你猜這時是誰踩著輕盈的腳步進入公園？她身旁不但沒有女監護陪伴，還有個年紀約她兩倍大、活似竹節蟲中花花公子的男人，手指上那顆低俗的結婚金戒粗得像銅環！第一次就逮到妳了，夏娃。用職員留下的報紙遮住臉。夏娃和男伴並沒有身體上的接觸，但是他們漫步走過我身邊時，卻流露出自然的親密感，我在日德堅從沒看她露出這樣的表情。於是我得出一個想當然耳的結論。

夏娃把籌碼壓在一張不可靠的牌上。他說話時音量很大，以便讓陌生人聽到他們的談話而心生羨慕。「夏娃，當一個人和同儕將某些事視為理所當然，他的時機就到了。同樣地，當時機改變，他卻沒有跟著變，這個人就毀了。容我補充一句，帝國衰亡也是同樣的道理。」這隻寒鴉哲學家的模樣讓我吃驚。夏娃這般姿色的女孩可以找到更好的對象，不是嗎？夏娃的舉動也讓我吃驚。光天化日下，在自己的城市裡！她想毀掉自己嗎？她是個爭取婦女參政權的自由主義者嗎？我保持距離，尾隨他們到一棟位於富裕區的豪宅。那男的快速掃視了整條街，才把鑰匙插進鑰匙孔裡。我趕緊低頭躲起來，學了一聲貓叫。

想像一下佛比薛爾正得意得摩拳擦掌！

夏娃和平常一樣在星期五傍晚回到家。在她的房間通往馬廄的走廊上擺著一個橡木製的寶座，我坐在那上面等她。不幸的是我竟迷失在老舊彩色玻璃譜出的和弦中，沒有注意到手持著騎馬短鞭、不知道我正在這裡埋伏等待的夏娃已經走了過來。「是關於偷窺的事嗎？你想要跟我討論一些私人問題，以免我墮落？」她還是用法語跟我說話。

冷不防被她逮到，讓我把心中想法直接說了出來。夏娃抓住我的用詞。「你說我**鬼鬼祟祟**？是個**偷偷摸摸的人**？這聽起來可不太愉快，佛比薛爾先生。你說我偷偷摸摸，損害了我的名譽。既然你損害到我的名譽，那好，我只好也毀掉你的。」

雖然已經失了先機，我還是開火還擊。沒錯，我要提醒她注意的正是她的名譽。如果連我這個路過布魯日的外國人，都能看到她在上課期間在明尼瓦特公園裡與一隻頹廢的蟾蜍交往，城裡的造謠者肯定會讓柯莫林克—艾爾斯的名字變成一堆爛泥——只是時間早晚而已！

起先以為她會賞我一巴掌，接著想像她的臉開始泛紅並且低下頭。她卻語氣溫和地問我：「你跟我媽提過了嗎？」我回答不，還沒有告訴任何人。夏娃小心地瞄準目標：「你很笨呢，佛比薛爾先生，因為我媽會告訴你，我那神秘的『交往對象』是范·德·維爾德先生，週間我在學校上學時就是住在他們家。他父親擁有比利時最大的軍用品工廠，而且是個顧家的男人。星期三只上半天課，所以維爾德先生好心陪我從他的辦公室走回家。他的女兒得去參加唱詩班練習，學校又不希望女學生自己走回家，即使是白天。公園裡有許多鬼鬼祟祟的人，你知道的，那些思想骯髒的人，等著要毀掉一個女孩子的名譽，或者正四處徘徊，找機會勒索她。」

她是在虛張聲勢還是在回擊？我只好兩邊都下注。「**勒索**？我也有三個姊妹，我只不過是關心妳的名譽！就這樣。」

她享受著優勢。「哦，是嗎？多謝關心！告訴我，佛比薛爾先生，你到底以為范・德・維爾德先生想對我如何？你**要命地**嫉妒他嗎？」

她的直接回答難以招架——對一個女孩來說太直接——擊落了我方板球三柱門上的橫木。「我很高興這單純的誤會已澄清，」我露出最不誠摯的笑容，「並致上最誠摯的歉意。」

「我也用同樣誠摯的心，接受你最誠摯的歉意。」夏娃走向馬廄，她的鞭子像母獅尾巴一樣甩動。走到音樂房去彈奏了一首惡魔般的李斯特，好讓自己忘記方才的可悲表現。通常我可以將〈向鳥兒布道〉彈奏得很精采，但是這個星期五例外。感謝上帝，夏娃明天就要出發去瑞士了。如果她發現她母親會來夜訪我——哦，光想到這點就興奮不已——她會做何感想？為什麼我能隨意擺布每個我遇見的男孩（我要他怎樣都行！），日德堅這兩個女人卻每每讓我屈居下風？

忠實的 RF

日德堅莊園，一九三一年八月二十九日

希克斯密：

我穿著家居袍坐在寫字檯前。教堂的鐘敲了五下，另一個渴望的黎明。我的蠟燭燒光了，疲累的夜開始由黑翻白。潔午夜來到我床上，我們正劇烈地從事床上運動時，有人想闖進我的房間。如鬧劇般可怕！感謝上帝，潔進來時已把門鎖上。門把嘎吱作響，接著敲門聲不斷。恐懼可以釐清人的心思，也能像雲一樣將之蒙蔽。回想起我的〈唐璜〉，於是用棉被和床單在鬆弛的床上堆出一個窩，把潔藏在裡面，並且把床簾拉開一半，以表示我並沒有隱藏。腳步蹣跚地走過房間，不敢相信這種事竟然會發生在我身上，一路上還刻意撞到東西來拖延時間，走到房門旁時大喊：「發生了什麼鳥事？房子失火了嗎？」

「開門，羅伯特！」是艾爾斯！你可以想像，我該準備躲子彈了。只好孤注一擲，問他現在幾點鐘，只為了再爭取一點時間。

「誰管它？我不知道！我腦袋裡現在有一個旋律，小子，給小提琴演奏。這是上天給我的禮物，並且讓我睡不著，我需要你寫下來，現在！」

我能相信他嗎？「不能等到天亮嗎？」

「不，該死，絕對不行，佛比薛爾！我有可能會忘了！」

我們不到音樂房去嗎？

「那會把整棟屋裡的人吵醒，不行，每個音符都寫好了，在我的腦袋裡！」

於是我請他等一下，讓我點亮一根蠟燭。打開房門，艾爾斯就站在門口，兩隻手各拄了一根枴杖，穿著睡袍的他在月光下活像具木乃伊。韓垂克站在他身後，沉默不語並保持警覺，就像一個印第安圖騰。「讓開，讓開！」艾爾斯推開我，並從我身旁走過。「找一枝筆，拿一些空白總譜紙過來，把燈打開，快一點。你到底在搞什麼鬼，睡覺時開著窗戶，卻把門鎖起來？普魯士人已經走了，鬼魂可以直接穿過你的門。」胡亂編了一個理由，說我在沒上鎖的房間裡睡不著，但他並沒有在聽我解釋。

「你這裡有樂譜紙嗎，還是我要叫韓垂克去拿一些過來？」

知道艾爾斯並不是來抓姦，讓我鬆了口氣，也因此，他這無理要求也不再荒謬。所以，沒問題，我說，有，我有樂譜紙，我有筆，我們開始吧。艾爾斯的視力差到看不出我的床腳有可疑之處，但韓垂克還是個潛在威脅。一個人千萬要避免將命運交由僕人決定。在韓垂克協助主人坐到椅子上，並用一條毛毯蓋住他的肩膀後，我告訴他，工作完成後會按鈴叫他。艾爾斯並沒有反對我的提議，他已經開始在哼旋律了。此時韓的眼裡流露出同謀者特有的閃爍眼神？還是房間太暗了？我無法確定。那僕人行的禮幾乎察覺不出來，然後像踩在上過油的滑板上，快速地滑出房間，出去時還輕輕把門帶上。

用洗臉盆裡的水稍微沖了一把臉，然後坐在艾爾斯對面，很擔心潔會忘記地板會嘎吱作響而想要踮腳尖離開。「準備好了。」

艾爾斯哼著奏鳴曲，一小節一小節地哼，然後唸出每個音符。這首小曲的獨特性很快便吸引我，即便現況難堪。那是一首拉鋸、循環、如水晶般清澈的曲子。他在第九十六小節結束曲子，並且把它取名為〈哀傷〉。接著他問我：「你覺得這首曲子如何？」

「不確定，」我回答，「一點也不像你的作品，也不像其他人的。不過有催眠的效果。」

艾爾斯這時已精疲力盡，像極了前拉斐爾派的油畫〈看那位滿足的繆思丟下她的牽線布偶〉裡的布偶。在黎明前一小時的花園裡，鳥鳴似泡沫湧出。想到潔躺在床上的身材曲線離我只有幾碼，甚至感覺到她的不耐煩隨時可能爆發。艾爾斯也一度神情恍惚。「我夢到一個……夢魘般的咖啡館，光線非常明亮，但位在地底下，而且沒有出口。我死了很久、很久了。女服務生的長相全都一模一樣。食物是肥皂，唯一的飲料是肥皂泡沫。咖啡館裡的音樂是，」他晃動著一根虛弱的手指指著樂譜，「這首。」

按鈴叫韓進來。希望在陽光照亮躺在我床上的艾爾斯老婆之前，把艾爾斯弄出房間。一分鐘後，韓過來敲門。艾爾斯站起來，一跛一跛地走過去——他不喜歡讓任何人看見他需要攙扶。「幹得好，佛比薛爾。」他的聲音從走廊底傳到我耳中。我關上門，如釋重負地大大嘆了一口氣。爬到床上，那隻藏身於被單沼澤中的鱷魚，馬上讓她的小牙齒深深陷在我這隻年幼獵物的肉裡。

我們開始絢爛地吻別，沒想到在這時候，可惡極了，門再次發出嘎吱聲而打開。「還有一件事，佛比薛爾！」祖奶奶的，我竟然沒鎖門！艾爾斯就像暮星號的殘骸*朝床邊漂移過來。潔鑽回被單底下，我故意製造出衣衫不整、大吃一驚的聲音。感謝上帝，韓垂克等在外面——是碰巧還是老練？艾爾斯來到床尾坐在那裡，距離那坨隆起的被單（潔就躲在下面）只有幾吋。如果潔這時打個噴嚏或咳嗽，即使艾爾斯這樣又瞎又老的人也會發現其中蹊蹺。

「這件事難以啟齒，所以我就有話直話。潔卡思塔。她並不是個很忠實的女人。我的意思是就婚姻關係來說。朋友暗示我她行為不檢，敵人則告訴我她外遇的種種情事。她有沒有……對你……你應該知道我的意思？」

想辦法讓我的聲音變得僵硬，非常專業地回答：「不，先生，我不覺得我聽得懂你的意思。」

「少跟我裝害羞了，孩子！」艾爾斯傾身靠近我。「我的妻子有沒有對你採取行動？我有權知道實情！」

差點就因為緊張而咯咯笑出聲來，還好及時忍住。「我認為你的問題十分侮辱人。」潔卡思塔的呼吸讓我的大腿感覺溼溼的，被單下的她一定像在活活烘烤。「我不會稱散布這些垃圾的『朋友』為朋友。坦白說，關於柯莫林克太太，我覺得不僅難以想像，還令人不悅。如果，如果，由於某種，呃，精神耗弱，她真有如此不妥的行為，嗯，老實說，艾爾斯，那我可能會請董德特給我建議，或者去找伊格瑞醫生。」詭辯是很好的煙幕。

「所以你不打算給我一個『有』或『沒有』的回答？」

「你會得到一個明確的回答。『絕對沒有！』而且我很希望這件事就到此為止。」

艾爾斯沉默了很久。「你很年輕，佛比薛爾，你很富有，你頭腦很好，而且從各方面來說，你都不令人反感。我實在不知道你為什麼要待在這裡。」

很好。他開始有點感傷了。「你是我的魏崙**。」

「我是嗎，年輕的韓波？你的《地獄一季》***在哪裡？」

「在草稿中，在我的腦袋裡，在我的內臟裡，艾爾斯。在我的未來。」

無法確定艾爾斯感受到的是幽默、可憐、懷舊，還是鄙視。他離開了。鎖上門，當晚第三次爬到床上。當臥房鬧劇真正發生在你身上時，相當可悲。潔卡思塔似乎在生我的氣。「怎麼了？」我輕聲問。

「我丈夫愛上你了。」這個妻子回答，開始把衣服穿上。

日德堅活躍了起來。配管工程的噪音類似老姨媽們的聒噪。想起我祖父，他孤傲的才華跳過我父親那一代。有一次他讓我看一座暹邏寺廟的蝕刻畫。不記得它的名字，但是自從幾世紀前，佛祖的門徒在那裡弘法後，那王國的土匪頭目、暴君及獨裁者都會為寺廟增建大理石高塔、芬芳的植物園，以及貼著金葉的圓頂建築，還會為拱形天花板添上壁畫，為廟宇裡的小雕像鑲上綠寶石眼珠。當這座廟宇擴建到與淨土的廟宇一樣大時，根據傳說，人性就已完成了任務，時間也會隨之終止。

心中在想，對艾爾斯這種人而言，這座寺廟就是人類文明。平民、奴隸、農夫及步兵就在石板裂縫中生存，無知到不知道自己的無知，卻除卻偉大的政治家、科學家、藝術家，以及最重要的，這時代及任何時代的作曲家。作曲家是文明的建築師、泥水匠和祭司。艾爾斯認為我們的角色就是讓文明變得更璀璨。我這位雇主最誠摯甚至唯一的願望，就是建造一座清真寺光塔，讓千年之後繼承這偉大進程的後代可以指著說，「看哪，這就是維維安．艾爾斯！」

---

*典故出於美國詩人亨利．衛茲伍．朗費羅（Henry Wadsworth Longfellow, 1807-1882）的詩《*The Wreck of the Hesperus*》。

**以法國詩人保羅．魏崙（Paul Verlaine, 1844-1896）與亞瑟．韓波（Arthur Rimbaud, 1854-1891）之間的友誼來引射兩人關係。

***韓波的不朽散文集《*Une Saison en Enfer*》，描寫他與魏崙共度的時光。

多庸俗哪，追求不朽的渴望多麼徒勞，多麼虛妄。作曲家不過是洞穴壁畫的塗鴉者。一個人創作音樂因為冬季無休止盡，也因為如果他不創作，野狼與暴風雪會更快逼近他的咽喉。

忠實的 RF

日德堅莊園，一九三一年九月十四日

希克斯密：

愛德華．埃爾格爵士今天下午來和我們喝茶。即便像你這麼無知的人，應該也聽過**他**。好，通常如果有人問艾爾斯對英國音樂有何看法，他會說：「**什麼**英國音樂？自從普塞爾之後，世界上並沒有英國音樂！」之後便整天悶悶不樂，好像一個人隻手就能推動革新。但是今天早上，當愛德華爵士從布魯日下榻的旅館打電話過來，詢問艾爾斯是否可以來打擾一、兩個小時，敵意馬上就消失了。艾爾斯展現出一點壞脾氣，但是從他嘮叨地指揮威稜斯太太布置場地的模樣，看得出他高興得就像有奶油可吃的貓。我們這位名人訪客在兩點半抵達，身上披著一條墨綠色無袖長披風，儘管天氣十分溫和。這個人的身體不比艾爾斯好到哪裡去。潔和我在日德堅的台階上迎接。「所以，**你**就是維的新眼睛？」我們握手時他跟我說。跟他說我在音樂節聽他指揮過十來場音樂會，這讓他很高興。帶這位作曲家到艾爾斯正在等待的紅色房間。他們熱情地問候，但還是謹慎地避免自己受傷害。埃爾格爵士的坐骨神經痛讓他非常痛苦，甚至在晴天也如此，艾爾斯第一次看到他發作時很害怕，第二次看到時更驚慌。茶端上來後，他們談論音樂專業，大部分時間都忘了潔和我也在場，不過，能成為停在牆上的兩隻蒼蠅不引人注意，還挺有趣。

埃爵士偶爾會看我們一眼，以確定他不會累壞主人。「無妨，無妨。」我們回報以微笑。他們爭辯的議題包括：交響樂中該不該使用薩克斯風、魏本是個詐欺犯還是救世主、音樂贊助的問題，以及音樂界的政治學等等。埃爵士宣布，經過長期休眠期後，他正在創作他的〈第三號交響曲〉，他甚至在直立鋼琴上彈奏了一首非常莊嚴及一首稍快板的短曲。艾爾斯急於證明他也還沒打算進棺材，就叫我彈最近才完成的那幾首優美的鋼琴短曲。之後，我們喝了幾罐特拉普教會修士的乏味啤酒，我詢問埃爾格〈威儀進行曲〉的事。「哦，我需要那些錢，親愛的孩子。但別告訴別人，國王可能會因此收回我的爵位。」艾爾斯聽了大笑不止！「我向來就說，泰德，要叫群眾呼喊**和撒那**＊，要先騎著驢子進城去。最好把臉朝向尾隨在後的群眾，講述他們喜歡聽的故事。」

埃爵士聽說過〈死亡之鳥〉在柯瑞考大受歡迎（看來整個倫敦也都聽說了），所以艾爾斯叫我去拿一份總譜過來。回到紅色房間後，訪客就帶著我們的〈死亡之鳥〉到窗邊椅子上，用他的單片眼鏡讀總譜，艾爾斯和我則假裝忙自己的事。「像我們這樣年紀的男人，艾爾斯，」埃終於開口說話，「不應擁有如此大膽的點子。你是從哪裡取得這些點子的？」

艾爾斯洋洋得意，像隻自以為是的蟾蜍。「我想，在與衰老對抗的戰爭中，我贏得了一、兩場掩護撤退戰。事實證明，這個男孩羅伯特是我不可或缺的副官。」

副官？我是他的將軍，而**他**是那又胖又老、只會追憶逝去光華的土耳其國王！盡可能露出甜蜜的笑臉（好像不這麼做，我頭上的天花板就會垮下來。更重要的是，埃爵士將來可能對我有益，沒理由讓他留下我很難搞的印象。）喝茶時，埃格爾拿我目前的工作和他的第一份工作（在烏斯特郡的一間精神病院擔任音樂治療師）做對比來鼓勵我。

「這是很好的職前準備，讓你將來可以好好指揮那個倫敦愛樂什麼的？」艾爾斯語帶嘲諷地說。我們都放聲大笑，我也不太想再跟那自私易怒的老怪人多計較。在壁爐裡添加了一、兩根柴火。在煙霧

＊讚美神的話。

瀰漫的火光中，兩個老人開始打起瞌睡，宛如一對在土塚裡度過千萬年的古代國王。用音樂記下他們的鼾聲。埃爾格要用低音號來演奏，艾爾斯則是低音管。我也會對弗瑞德．德流士和崔佛．馬克拉斯做同樣的事，然後發表在一首名叫〈地下博物館——被塞飽的愛德華時代風雲人物〉的樂曲裡。

三天之後

和艾爾斯一起緩板地沿僧侶步道到門房小屋走一趟，剛剛才回來。我推著他的輪椅。這天晚上的風景相當別緻，秋天的落葉順著風勢形成一個個小漩渦，好像艾爾斯是巫師，我是他的學徒。白楊樹的長影在剛割過草的草地上畫出一道道條紋。艾爾斯希望能將他心中的概念全數揭開，來完成一部最終的交響曲大作，曲名將稱為〈永恆的再生〉，以記念他最敬愛的尼采。部分音樂將取自他一齣以〈摩魯醫生之島〉為題材的歌劇，這齣未見天日的歌劇原本預計在維也納排演，後來因為大戰而告吹。另一部分音樂，艾爾斯相信不久之後就會「來找」他。整首曲子的脊骨，則是在上個月讓我嚇出一身汗的夜裡，他到我房間裡口述的那段「夢中音樂」，我在信中告訴過你這件事。艾爾斯希望有四個樂章、一段女聲合唱，以及一段艾爾斯式的木管大合奏。的確，這首曲子是頭深水巨獸。希望我再協助他半年。告訴他我會考慮。他說會幫我加薪，他真是既粗魯又工於心計。重複一次，我需要時間。艾爾斯非常生氣我並不是當下一口氣同意！不過，我要讓這個老混蛋自己承認他需要我，更甚於我需要他。

忠實的 RF

日德堅莊園，一九三一年九月二十八日

希克斯密：

潔越來越令人厭煩。我們做完愛後，她就在我的床上伸開四肢，像個傻瓜一樣哞哞叫，想要知道我還撥動過哪些女人的心弦。她已經從我口中套出一些名字了，她會說些類似「哦，我猜這是芙德瑞卡教你」的話。（她喜歡撫弄在我肩膀凹陷處的胎記，就是你說很像彗星的胎記——**無法忍受**那女人輕撫我的皮膚。）潔開始挑起一些小爭執，然後是一連串瑣碎的和解。更令人擔心的是，她已經開始將我們在月光下的偷情戲搬進白天生活。艾爾斯除了〈永恆的再生〉之外，什麼都看不見，但是夏娃再過十天就會回來，而這隻擁有鷹眼的動物可以一下子嗅出秘密正在變質的味道。

潔認為我倆的私通，能讓她將我的未來與日德堅更緊緊綁在一起。她半開玩笑、半威脅地說，她不會讓我「拋棄」她或她丈夫，尤其在「他們」正需要我的時候。那個惡魔，希克斯密，就藏身在代名詞裡。更糟的是，她開始用「愛」字開頭的詞來稱呼我，也要我用同樣的詞稱呼她。這女人出了**什麼問題**呀？她的年紀幾乎是我的兩倍啊！她到底要什麼？跟她保證，到目前為止我除了自己以外沒愛過別人，而且也不打算現在開始去愛，尤其是去愛上另一個男人的妻子，尤其是那男人只消寫幾封信，就可以讓我的名字在歐洲音樂界成為拒絕往來戶。於是不難想像，那女人就使用她慣用的伎倆在我的枕頭裡哭，指責我在「利用」她。

我同意，當然，我是「利用」了她。但是，她不也同樣「利用」了我嗎！這就是我們的協議。如果她不喜歡，那就請便，她不是我的囚犯。於是她衝了出去，生了幾天幾夜的悶氣，直到這隻老母羊再次飢渴地需要一隻年輕公羊。她又回來找我，稱我為她親愛的男孩，還感謝我「把維維安的音樂還給他」，然後整個荒謬的循環重新來過一次。我在想，她過去是否也曾對韓垂克有所表達？她什麼事都做得出來。如果瑞恩威克的某個奧地利醫生能打開她的頭，一整個蜂窩的精神官能症會成群湧出。早知道她不穩定，第一晚就不會讓她上我的床。在她的做愛中我感受到不愉快。不，是野蠻。

同意艾爾斯的提議，在這裡待到明年夏天，至少。並沒有宇宙共鳴在影響我的決定，只是考量到音樂事業上的益處、財務上的現實，以及我離開的話，潔有可能會精神崩潰。會有什麼後果，目前還不清楚。

同一天，稍晚

園丁用落葉生起一團營火——剛剛才從那裡走進房內。感受襲上臉與手的熱氣、悲哀的煙、火焰的劈啪與呼嘯。想起葛萊興那位管理員小茅屋。不論如何，營火給了我一段燦爛樂曲——用打擊樂表現劈啪聲，用中音巴松管代表木頭，不止息的長笛則是用來呈現火焰。一分鐘才把這首曲子抄錄下來。莊園裡的空氣溼黏，就像乾不了的衣服。風吹過走廊，門不斷砰砰撞擊門框。秋天已捨棄了柔和與圓潤，開始表現出尖銳與惡劣。不記得夏天曾經跟我道別過。

忠實的　RF

半衰期——露薏莎·瑞伊秘案首部曲

1

魯夫斯·希克斯密把頭探出陽台外，估算身體墜落到人行道、一舉解決他兩難問題的速度。電話鈴在沒點燈的房裡響起，希克斯密不敢去接。隔壁房間的派對正火熱，狄斯可音樂砰砰作響，希克斯密覺得自己好像不只六十六歲。煙霧模糊了星光，但順著沿岸帶狀區域往北及往南延伸，是布納斯伊爾巴斯市上億盞燈。西邊是一望無際的太平洋。東邊，是我們這塊受剝奪、英勇、病重、被供奉、飢渴、狂暴粗野的美洲大陸。

一個年輕女人從隔壁開派對的房裡走出來，傾身靠在隔壁陽台上。她的頭髮剛修剪過，紫色洋裝十分高雅，看起來卻是無可救藥地悲傷與孤單。**何不去跟她提議做個自殺協定？**希克斯密只是隨便想想，而且他也不打算跳下去，只要他心中還有一絲幽默的餘燼在發光。**更何況，一場安靜無聲的意外，正是葛瑞馬帝、納皮爾及那幫西裝筆挺惡棍求之不得的結局。**救護車的警笛切開了隆隆喧嚷的交通。希克斯密拖著腳步進入房內，從屋主的小酒櫃裡拿出苦艾酒，又為自己倒了一大杯，將手伸進冷藏室，然後往自己臉上抹拭。**到外面走走，打電話給梅根，你只剩下她這個朋友了。**他知道他不會。**你不能把她拖進這致命混亂中。**狄斯可音樂的重擊在他的太陽穴搏動，但這間公寓是他跟人借的，不太適合去跟隔壁抗議。布納斯伊爾巴斯並不是劍橋。更何況，你是在這裡藏身。「砰」一聲，風猛然將陽台的門帶上，希克斯密嚇到讓半杯苦艾酒濺出來。**不，你這老笨蛋，那不是槍響。**

他用廚房抹布擦掉濺在地上的酒，打開電視，音量轉得很小，並且開始在各頻道間仔細搜尋**M*A*S*H。就在某個頻道播放，我只需要繼續搜尋。**

2

露薏莎·瑞伊聽到隔壁陽台傳來「砰」的一聲。「是誰？」**沒有人**。她的肚子警告她別再喝手中的奎寧水了。**妳需要的是盥洗室，不是新鮮空氣**，不過，她受不了再次擠身穿過派對人群，**而且，反正也來不及了**。她順著建築物旁邊向下嘔吐：一次，兩次，她看到油膩膩的雞肉，第三次。**這**，她揉了揉眼睛，**是妳這輩子做過第三骯髒的事**。她漱了漱口，把嘴裡殘留的穢物吐進屏幕後一個花盆裡。**妳在浪費生命**。露薏莎用紙巾輕拭嘴唇，並在手提包裡找到一顆薄荷糖。**回家去，憑空捏造出那煩死人的三百字吧，就這麼一次。反正讀者只看照片而已**。

一個年紀老到和他的皮革褲、光溜溜上身及斑馬紋背心不搭調的男人也來到陽台。「露薏莎！」一臉精心修剪的金色鬍子，脖子附近還掛著一塊月長石和一個翡翠十字架。「妳好呀！出來欣賞星星，哦？被我逮到了！畢克斯帶了八盎司的雪來呢，伙伴。一隻**野貓**哪。嗨，我在訪問中有沒有提到這點？我正在試用甘哲這名字。馬哈若．埃哲跟我說，理查和我的多情性格很不搭配。」

「誰？」

「我的精神導師啊，露薏莎，我的精神導師！他原本還在他最後一個輪迴，後來——」理查的手指突然「噗」地張開！掌呈涅盤。「妳可以請他開示。通常，等待要見他的人都幾乎要等到**永永遠遠**，不過戴翡翠十字架的門徒可以在當天下午和他一對一會面。這就好像，**為什麼**要辛苦讀完大學並且吃喝拉撒，其實馬哈若．埃哲一個人就可以告訴你所有關於……**它**的事。」指呈月亮。「**話語**太……**拘謹**……空間……卻是太……妳知道的，**完全**。要不要抽點大麻？這可是亞加普科大麻呢！從畢克斯那裡弄來的。」他以女人可以清楚知道他用意的方式向她靠過來。「嗨，露，派對之後我們兩個一起High一下吧！就我們兩人，到我那裡，想嗎？你可以得到**非常**獨家的採訪機會。我甚至可以為妳寫首歌，放到我的下一張專輯裡。」

「我今天不行。」

這個「小聯盟」等級的搖滾樂手瞇起眼睛。「這個月的不方便日，喲，下個禮拜怎麼樣？我以為你們這些媒體小女孩應該隨時都在服用避孕藥，而且要吃一輩子吧？」

「你那些女友也是畢克斯仲介的嗎？」

他竊笑。「喂，那隻貓也會跟妳說東說西？」

「理查，我只是要讓你搞清楚，我寧可從陽台跳下去，也不願意和你上床，不管那是哪個月的哪一天。我真的會！」

「喲喔！」他的手像被針刺到一樣抽搐一下，然後縮了回來。「**挑剔妹**！妳以為妳是誰，嗯，我猜猜，和強尼性交的蜜雪兒？妳只不過是為一本幾乎**沒有半個讀者**的雜誌寫稿的幹他媽的**八卦專欄作家**！」

3

露薏莎到達電梯前，電梯門剛好關上，不過裡面那位看不見的乘客及時用拐杖擋在兩扇門之間。

「謝謝，」露薏莎對老男人說，「真高興，尊重女性的騎士時代還沒有完全結束。」

他嚴肅地點了個頭向她致意。

該死，露薏莎心想，他看起來好像只剩一個禮拜可活。

露薏莎按G準備到一樓，老電梯開始下降。電梯的指針悠閒地指示著電梯所在樓層，馬達與纜繩開始嗚嗚及嘎嘎作響，在到達十樓與九樓之間時突然響起一陣巨大的**鏗答—鏗答—鏗答**，接著電梯**弗—吱吱吱—吱吱—吱**地停了下來。露薏莎和希克斯密兩人被重重摔在底板上。燈光先是一下亮、一下暗地閃了幾次，隨後電梯內歸於一片墨黑。她耳中的嗡嗡聲還維持了一陣子。

「你還好嗎？站得起來嗎？」

癱在地上的老男人稍微回過神來。「我想骨頭沒斷，不過我還是坐在地上就好，謝謝妳。」他的老式英語讓露薏莎想到吉卜林《叢林故事》裡的老虎。「電力可能會突然恢復。」

「天哪，」露薏莎嘀咕著。「停電。為完美的一天畫上完美的句點。」她按了緊急事故按鈕。沒有反應。她按對講機按鈕，對著大吼：「嗨！有人在嗎？」平靜的沙沙聲。「這裡有狀況！有人聽見我們的聲音嗎？」

露薏莎和那老人側眼看了看對方，並且用心聆聽。

沒有回應。只有潛水艇似的模糊噪音。

露薏莎檢查天花板。「應該有個可以出入的艙蓋口……」沒發現。她把地毯翻開，下面是鐵板。

「這種狀況只會在電影裡出現，我猜。」

「妳現在還很高興，」老男人問，「騎士時代尚未走入歷史嗎？」

露薏莎勉強擠出一絲笑容。「我們可能會在這裡待上一陣子。上個月那次燈火管制持續了好幾小時。」**嗯，至少我不是和一個精神病患、幽閉恐懼症患者，或理查．甘葛困在一起。**

4

六十分鐘後，魯夫斯．希克斯密靠在角落坐著，用手帕擦拭前額的汗。「一九六七年我訂閱《環球解析》雜誌，就是要讀你父親從越南發出的快報。數以千計的人和我一樣。當時真正懂得從亞洲人觀點來看世界大戰的記者屈指可數，而雷斯特．瑞伊就是其一，所以我很想聽聽看這位警察後來如何成為他那一代最優秀的記者。」

「是你自己說要聽的哦。」這個故事每重述一次，就被潤飾得更流暢。「我爸是在珍珠港事件發生前幾個禮拜才加入布納斯伊爾巴斯警局，這也解釋了為什麼大戰時他待在這裡，而不是到太平洋去，也因此不像他哥哥霍威，在所羅門群島打沙灘排球時踩到日本人埋的地雷而喪生。過不了多久，狀況變得明朗：我爸屬於第十轄區，那也是他該退休的地方。我們這國家每個城市的警局裡都有這樣的轄區——就像某種圍欄，把不願意收受賄賂，也不願意睜一隻眼閉一隻眼的正直警察全調到那裡。所以，言歸正傳，在對日戰爭勝利日當晚，全布納斯伊爾巴斯都在狂歡，而且你應該想像得到，那天的警力分散至各處。我爸接到一通電話，說當局接獲報案，有人在西瓦普拉拿碼頭（它可說是第十轄區、港務局，以及史賓諾莎轄區三個單位之間的三不管地帶）從事不法勾當。到底是誰把這情資通報給警察，用意為何？是真正的情報？內部人士出賣同夥？錯誤的消息？過火到不可收拾的惡意玩笑？沒人知道，但我爸和他的同伴納特・魏克菲，當時就開車去查看。他們把車停在兩個貨櫃間，熄了引擎，然後徒步前往探查。他們看到二十來個人正從倉庫把一些木箱搬上一輛裝甲卡車。光線昏暗，但看得出這些人既非碼頭工人，也不是穿軍服的士兵。

「魏克菲叫我爸先離開，去用無線電請求支援。就在我爸拿起無線電時收到一個訊息：先前要求他們來調查犯罪案件的命令已撤銷。我爸回報他所看到的事，但是對方重複新的指令，我爸只好跑回倉庫，剛好目擊到同伴被其中一人的手電筒照亮，背部被射中六槍。我爸強作鎮靜衝回巡邏車，並且用無線電發出密碼八——求救信號——接著車子就被子彈射得抖動不停。除了靠碼頭那面之外，他四面受敵，於是他從岸上縱身跳入由柴油、垃圾、污水及海水調製而成的雞尾酒裡。他在碼頭下面游泳——想當年，西瓦普拉拿碼頭還是一道像巨型海濱遊客步道的鋼鐵結構，而不是像今天這樣的水泥製半島——最後爬上一座工作梯。他全身浸溼，掉了一隻鞋子，身上只帶著一把已經無法擊發的左輪槍。他只能靜靜地觀察。當兩輛史賓諾莎轄區的巡邏車到達現場時，那些人剛好完成工作。我爸還來不及繞過作業場去警告，一場實力懸殊的槍戰就爆發了。槍手用手提輕機槍掃射兩輛巡邏車，第一輛當下就出局了。接著卡車發動，槍手們跳上車，他們駛出作業場，並從車後拋出幾顆手榴彈。

「他們真的想要把那幾個警察炸成殘廢，或者只是不想讓他們當英雄，誰曉得？但是其中一顆手榴彈的碎片找到了我爸，讓他成為十足的人肉針插。他兩天後在醫院裡醒來，左眼已經瞎了。報紙的說法是，這是一群小偷的襲警行為，只不過運氣剛好站在壞人那邊。第十轄區的人認為，大戰期間有個以黑市價格販賣槍械的犯罪集團，現在因為大戰結束，生意不再像之前熱絡，而決定把庫存槍械移到別處。輿論給當局壓力，希望能深入調查西瓦普拉拿槍擊案——在一九四五年，死了三個警察不算小事——但市長辦公室卻不願照做。自己下結論吧。我爸就是這麼做，他對執法當局的信心完全破滅。八個月後出院時，他已經完成了新聞從業人員的函授課程。」

「真可悲！」希克斯密說。

「接下來的事你可能已經知道了。為《環球解析》報導韓國情勢，然後成為《西岸先鋒報》的拉丁美洲特派員。他到越南採訪阿巴克戰役，接著留駐在西貢，直到今年三月第一次病倒。我爸媽的婚姻能維持那麼久，實在是個奇蹟。你知道，我和他相處最長的一段時間就是今年四月到七月，在療養院裡。」露薏莎沉默了一陣子。「魯夫斯，長久以來我都很想念他。我經常忘記他已經死了，我以為他是派駐在外，在某個地方，過不了多久就會飛回來，哪一天都有可能。」

「他一定很以妳為榮，能跟隨他的腳步。」

「喔，露薏莎．瑞伊不是雷斯特．瑞伊。我浪費了太多年在搞叛逆、尋求解放、以詩人自居，還到英格斯街的書店工作。我的孤傲姿態沒人當一回事，我的詩則是『太空洞了，連壞詩都稱不上。』——勞倫斯．弗林傑提這麼形容——而且書店後來也倒了。所以我依然只是個專欄作者。」露薏莎揉了揉疲累的雙眼，回想起理查．甘葛在她離開時說的話。「我沒有寫過任何一篇獲獎的戰地實況報導。剛轉到《間諜鏡》雜誌時，我帶著很高的期望，但是到目前為止，我做過和我爸的職業最接近的事，大概就是報導名人們一些無關痛癢的八卦罷了。」

「啊，不過問題是妳有沒有把那些八卦寫好？」

「喔，我的八卦寫得**精采極了**。」

「那就別急著悲嘆自己虛擲了時光。我不是要誇耀自己，不過我想妳根本還**不明白**什麼叫做虛擲的時光。」

5

「希區考克喜歡舞台上的強光，」露薏莎說，膀胱的壓力已讓她非常難受，「但他不喜歡接受訪問。他並沒有回答我的問題，因為他根本沒在聽我說話。他最棒的作品，據他表示，就像雲霄飛車，能把乘客嚇得喪失心魂，最後還是會讓他們下車，乘客下車後會興奮地咯咯笑，並且很想再坐一次。我跟這位大師表示，虛構影片恐怖的關鍵在於「分隔」或「封鎖」：只要貝茨汽車旅館*與世隔絕，我們就會很想窺視它的內部，就像我們在蠍子籠裡一樣。不過，一部告訴我們這世界本身**就是**間貝茨汽車旅館的電影，呃，那卻是……布亨瓦德集中營之類的東西，非烏托邦，並且令人沮喪。我們的腳趾會伸進一個弱肉強食、無關道德、沒有上帝的宇宙裡，不過僅止於我們的腳趾。希區考克的反應是」——露薏莎模仿名人的功力在水準之上——「『我是好萊塢的導演，小姐，不是底比斯的預言家。』我問他，為什麼布納斯伊爾巴斯從來沒有出現在他的電影裡。希區考克回答：『這城市集舊金山與洛杉磯最糟的缺點於一身。布納斯伊爾巴斯是個一無是處的城市。』他給我一個妙喻，不是對我，而是對我們後代子孫的耳朵，讓未來的晚餐賓客可以說：『那是希區考克的名言……你知道嗎。』」

希克斯密從手帕中擰出汗水來。「去年我和我姪女一起到一間影藝廳看過《謎中謎》。那也是希區

*希區考克電影《驚魂記》的主要場景。

考克的電影嗎？她硬拉著我去看，免得我越活越**呆板**。我覺得很好看，但是我姪女說奧黛莉．赫本是個『泡泡頭』，真是個有意思的形容詞。」

「《謎中謎》就是情節不斷在郵票上打轉的電影嗎？」

「那是故意編織出來的謎團，沒錯，但是如果沒有計謀，所有恐怖片都會枯萎。希區考克對布納斯伊爾巴斯的評語，讓我回想起甘乃迪對紐約的觀察。你聽過嗎？『大多數的城市都是名詞，但紐約是個動詞。』我在想，不知道布納斯伊爾巴斯該算什麼？」

「一串的形容詞和連接詞。」

「或是，一句髒話。」

6

「梅根，我珍愛的姪女。」魯夫斯．希克斯密給露薏莎看一張他和一個皮膚曬成古銅色的年輕女人在某個陽光燦爛碼頭合照的照片，照片上的他健康些、強壯些。拍攝照片的人在按下快門前顯然說了些話，逗得他們開懷大笑。兩個人的腳懸垂在一艘名叫海星號的小遊艇船尾上自在地搖晃。「那是我的老笨船，算是從我活躍的年代留下的紀念物。」

露薏莎禮貌地表示他並不老。

「我是說真的。如果我現在打算來挑戰海上冒險，就得雇一小群船員。我還經常在週末駕駛著它在碼頭附近閒逛，並且想一些事、做一些事。梅根也喜歡海。她是天生的物理學家，數學頭腦比我好得多，不過這令她媽媽相當遺憾。我哥並不是因為梅根母親的頭腦而跟她結婚的，這我得承認。她相信風水、易經，或是每週最流行的引人頓悟的晦澀道理。不過梅根擁有超凡的心靈。她博士班的其中一年，就是在我讀劍橋時的老學院度過。一個女人，在凱厄斯！目前她正在夏威夷的巨大碟型接收器那裡工作，準備完成她的電波天文學研究。當她母親和繼父以休憩為名義，在海灘上讓自己烤得酥脆時，梅根和我就在酒吧裡對付方程式。」

「你自己有小孩嗎，希克斯密博士？」

「我一生都嫁給科學了。」希克斯密這時改變了話題。「只是個假設性問題，瑞伊小姐。妳願意付上多大代價——我的意思是，身為一個記者——來保護妳的消息來源？」

露薏莎並沒花時間考慮這個問題。「如果我相信那件事嗎？任何代價。」

「比方說，因為藐視法庭而入獄？」

「如果必須如此，是的。」

「妳願意因此而……讓自己的生命受威脅？」

「呃……」露薏莎這次花了一點時間考慮，「我……猜我必須如此。」

「必須如此？為什麼？」

「我爸挺身進入布滿詭雷的沼澤地，也甘冒將領們的怒氣，為的就是持守**他的**新聞專業格調。如果他的女兒因為事情稍微麻煩一點就舉手投降，他的人生將會蒙受多大的羞辱。」

告訴她吧！希克斯密開口準備告訴她一切——沿岸地帶的粉飾太平、黑函攻擊、收受賄賂——但這時，電梯毫無預警地開始搖晃，發出隆隆聲，然後穩定地往下。電梯裡的兩個人因為重新照下的光線而瞇起雙眼，希克斯密發現他的決心已破成碎片。電梯的指針擺到一樓。

大廳的空氣聞起來新鮮如山泉水。整棟建築物隨著電器設備重新運作而回過神來。

「我會打電話給妳，瑞伊小姐，」露薏莎把拐杖交給希克斯密時他這麼說，「盡快。」**我該食言還是履行承諾？**「妳知道嗎？」他說，「感覺上我已經認識妳**好幾年**了，不是僅僅九十分鐘。」

7

這個平坦世界在這男孩的眼裡是彎曲的。傑維爾・葛摩茲在一盞檯燈下翻閱一本集郵冊。一枚阿拉斯加郵票上，一隊愛斯基摩犬在吠叫；一頭夏威夷鵝在一枚五十分限量版郵票上咕咕鳴叫並蹣跚踱步；一艘蒸氣輪船的輪葉在深墨色的剛果河中攪動。一把鑰匙插進門把，轉動一下，露薏莎・瑞伊踉蹌地走了進來，把腳上鞋子踢落在小廚房裡。發現他在這裡讓她火大。「傑維爾！」

「哦，嗨。」

「別跟我『哦，嗨』。你答應過我**不會再**跳過陽台到這邊來的！萬一有人跟警察報案說有小偷呢？萬一你腳踩滑，掉下去了呢？」

「妳給我一把鑰匙不就成了。」

露薏莎使勁去勒一個隱形的脖子。「這樣我怎麼可能放心休息，知道一個十一歲的小孩可以隨意進到我住的地方，只要……」**你那個老媽整晚不在家**，露薏莎換了一個說法，「……夜裡的電視節目太無聊。」

「那妳為什麼不把浴室窗戶閂上？」

「因為，如果世上還有事比你從陽台間隙跳過來還糟糕，那就是你從那邊跳過來，卻沒辦法進到房裡。」

「到一月我就十一歲了呢。」

「鑰匙免談。」

「朋友會彼此交換鑰匙。」

「一個已經二十六歲，另一個卻還在讀小學五年級，這樣的情況例外。」

「那妳為什麼這麼晚才回來？遇見了**有趣**的人？」

露薏莎瞪了他一眼，但沒辦法繼續對這男孩生氣。「因為限電而被困在電梯裡。不過，這沒你的事，先生。」她打開大燈。當她看到傑維爾臉上那道無情的紅色鞭痕時，忍不住退縮了一下。「那是——發生了什麼事？」

男孩先盯著公寓牆壁看了一陣子，隨後注意力又回到郵票上。

「沃夫曼？」

傑維爾搖了搖頭，將一張小紙帶對折，在紙帶兩面各舔了幾下。「那個叫克拉克的傢伙又回來了。這個禮拜媽都在旅館值大夜班，然後他就來家裡等她。他問我沃夫曼的事，我跟他說那跟他無關。」傑維爾把郵票黏到紙帶上。「我不覺得痛。我已經擦過藥了。」露薏莎的手已經抓起電話。「別打電話給我媽！她會衝回來，他們會大吵一架，然後旅館會像上次及上上次那樣開除她。」露薏莎想了一下，把話筒放回去，然後走向房門。「別到那裡去！那個人的腦袋壞掉了！他會惱羞成怒，破壞我們的家具，把妳打到不醒人事，而且我們可能會被驅逐出去或者……**拜託**。」

「天哪！」露薏莎望向別處。她深呼了一口氣。「可可？」

「好，謝謝。」男孩決心不哭，這讓他的下巴撐得很辛苦。他用手腕揉了揉眼睛。「露薏莎？」

「可以，傑兒，你今天晚上可以睡在我的沙發上，沒問題。」

8

東姆・葛瑞謝的辦公室是閰亂中有序的書房。隔著第三街望向對面，可以看到一整面由一間間辦公室構成的牆，每間看起來都和他的差不多。房間角落一個鐵架子下懸垂著一個綠巨人浩克的沙包。「傑克斯！」《間諜鏡》雜誌的總編輯用一根粗短的手指去戳羅蘭・傑克斯——一個頭髮灰白、穿著夏威夷衫、喇叭牛仔褲及染色涼鞋，看起來有點做作的人——宣告周一早上的編輯會議開始了。

「我，哦，想要繼續做席沃蘭恐怖事件系列報導，趁勢搭上大白鯊的熱潮。德克．美隆，他可能是個自由接案的駭客，在工人們例行維修下水道時，被發現躺在第五十東街的下水道裡。或者說，發現他的殘屍。牙醫記錄及記者通行證的碎片確認了他的身分。身上的肉被撕下的方式，相當符合**希拉撒姆．斯卡普拉魚**的吃人模式，謝謝，沒錯，牠們是食人魚中的壞女王。這種魚是被愛魚成痴的人引進國內，後來因為負擔不起高額的餵食帳單，乾脆把魚放進馬桶裡沖掉。我會打電話給市政大廳的魏爾明隊長，請他否認目前那些污水處理工是眾矢之的。妳記下來了嗎，露薏莎？在事情還沒被官方否認前，不要相信。所以別拖了，葛瑞謝。這是你為我加薪的時機了吧？」

「你收到的上一張薪水支票沒跳票就該高興了。明天早上十一點前把報導放到我桌上，並且附上一張食人魚的照片。妳有什麼問題，露薏莎？」

「是的。我們是不是已經新增了一條編輯方針，要求我們不准寫出任何真實報導，而到現在卻還沒人告訴我？」

「喂，形上學研討會是在屋頂上。妳只要搭電梯上頂樓，然後一直走，直到妳摔落在人行道上就可以到達。任何事只要有夠多人相信，那就是真的。南西，妳有什麼東西可以給我？」

南西．歐哈根的穿著保守，臉色看起來像泡過鹽水，一對和長頸鹿睫毛一樣大的假睫毛經常脫落。「我那位在貝蒂．福特診所臥底的可靠眼線拿到一張總統專機的酒吧照片。『空軍一號上的熱鬧宴會與果汁甜酒』這標題如何？那些沒大腦的投資客說這塊舊溼布上的最後一滴水已經被擠出來了，南西阿姨可不認為！」

葛瑞謝考慮了一陣子。電話鈴聲及打字機答答聲成為這時的背景音樂。「好吧，如果沒有新話題出現。喔，妳還得去訪問因為〈從來不下雨〉而失去雙手的腹語木偶戲表演者……納斯本。輪到你了。」

傑瑞．納斯本擦掉沾在鬍子上的巧克力冰棒小露珠，身體向後躺向椅背時，讓一堆紙像山崩一樣散了一地。「在聖克里斯多夫的案子上，條子們正在追捕自己的驢子，所以寫一篇〈你是聖克里斯多夫的下一個被害者嗎？〉如何？列出到目前為止的所有虐殺案，並且重新建構被害人死前最後幾刻發生的事。他們要到哪裡？要與誰見面？他們的腦袋裡當時在想什麼……」

「當聖克里斯的子彈從他們的腦袋穿過的時候嗎？」羅蘭・傑克斯大笑。

「對啊，傑克斯，讓我們祈禱他對夏威夷衫的鮮豔色彩最感興趣吧。那麼，我稍後會去探視上禮拜被警察抓去拷問的那個愛穿花衣服的街車駕駛。他現在正控告警察局違反人權法案，非法逮捕他。」

「這也許可以當封面故事。露薏莎，妳呢？」

「我碰到一個原子工程師。」露薏莎沒去理會房裡其他人的冷漠。「他是濱海企業的督察。」南西・歐哈根正在修指甲，這讓露薏莎索性將她原本的猜疑說成事實。「他認為史灣尼克島上新的九頭蛇核子反應爐並不如官方宣稱的安全。事實上一點也不安全。啟用儀式就在今天下午，所以我想開車出去，看看能寫出什麼報導。」

「真是熱騰騰的屎啊，一部高科技機器的啟用典禮，」納斯本驚嘆著，「那是什麼隆隆聲啊，諸位？一座普立茲獎，正朝這邊滾過來？」

「哦，去你的狗屁，納斯本。」

傑瑞・納斯本嘆了一口氣。「在我最潮濕的夢中……」

露薏莎被兩股力量拉扯著：報復他，**對，讓那條蟲知道他把妳惹毛了**；別理他，**對，那條蟲愛說什麼下流話就讓他去說吧**。

東姆・葛瑞謝打破她的僵局。「市場決定一切，」他在手中轉動一枝鉛筆，「妳每使用一個科學專業術語，就代表有兩千個讀者放下手中的雜誌，重新播放一次《我愛露西》。」

「好吧，」露薏莎說，「那麼『布納斯伊爾巴斯市將被濱海原子彈炸到天堂！』聽起來如何？」

「妙極了，不過妳需要證明。」

「就像傑克斯能證明他的故事那樣？」

「喂。」葛瑞謝的筆停止轉動。「一個虛構人物被虛構的魚吃掉，不至於讓妳在法庭上被剝到一文不剩，或逼使銀行拔掉妳的維生器。但是，濱海電力公司這種全國性組織雇用了一些有本事的律師，而且，親愛的聖母，只要妳走錯一步，他們就會對付妳。」

9

露薏莎暗橙色的福斯金龜車沿著一條平坦道路，要駛往長達一英里、連通伊爾巴斯峽角與史灣尼克島的大橋。島上發電站是這座孤獨沙洲最醒目的地標。大橋的檢查站今天不得安寧，一百多個示威者站在橋尾兩側，口中唱著，「讓史灣尼克C踩過我們的屍體！」警察排成的人牆阻擋，不讓他們上前騷擾那九、十輛還在排隊等候過橋的車子。露薏莎一面等候一面讀標語牌。**你現在正要進入癌症島**，其中一面警告著；另一個是，**地獄，不！我們不過去**！以及謎語般的，**在哪裡喔，瑪葛・羅克爾在哪裡？**

警衛拍她的車窗。露薏莎搖下車窗，在警衛的太陽眼鏡鏡片上看見自己。「露薏莎・瑞伊，《間諜鏡》雜誌。」

「記者通行證，女士。」

露薏莎從皮包裡拿出證件。「預期今天會有狀況？」

「不。」他在附有彈簧夾的寫字板上比對了通行證後，把它交還給她。「只不過是平常那些從拖車營地來的『環保鬥士』。大學男生已經到最適合衝浪的海灘去度假了。」

穿過那座長而又長的橋時，史灣尼克B期計畫的建築開始從老舊、灰暗的史灣尼克A期冷卻塔後面浮現。她再一次想到魯夫斯・希克斯密。**我跟他要電話的時候，他為什麼不給我？科學家不可能有**

電話恐懼症。為什麼他那棟公寓的管委會沒有任何人聽過他的名字？科學家不可能使用化名。

二十分鐘後，露薏莎來到由兩百間豪宅組成的聚落，從那裡可以俯視一片屏障的海灣。一家旅館和一個高爾夫球場共享發電廠下方樹木稀疏的斜坡。她把金龜車停在研究發展部的停車場，盯著那幾座隱約被丘脊遮住的發電廠抽象建築。一列整齊的棕櫚樹在太平洋海風中發出沙沙聲。

「嗨，這位！」一位華裔美國人走向她。「妳看起來迷路了。來這裡參加啟用典禮？」她一身時髦的深紅色套裝、無懈可擊的化妝及充滿自信的儀態，讓穿著藍莓色麂皮外套的露薏莎覺得自己很窮酸。「李菲，」那女人伸出手，「濱海的公關。」

「露薏莎．瑞伊，《間諜鏡》雜誌。」

李菲握手的力道不輕。「《間諜鏡》？我沒想到——」

「——我們的報導也包括能源政策？」

李菲露出微笑。「別誤解我的意思，它是個充滿活力的雜誌。」

露薏莎召喚出東姆．葛瑞謝那位可靠的神。「市場調查顯示，社會大眾越來越在乎報導要有真材實料。我就是聘來呈現《間諜鏡》知識分子面向的記者。」

「很高興妳來，露薏莎，不論妳負責什麼路線。讓我先在訪客簿上登記妳的名字。這裡的警衛執意檢查訪客的背包或其他東西，但是，把客人當成要進來搞破壞的間諜並不恰當。所以才需要雇用我這位公關。」

10

喬．納皮爾盯著一排閉路電視螢幕，觀看從演講廳、周邊走廊及公務中心傳來的影像。他站起來，把他的特製坐墊弄膨鬆，再坐上去。**是我自己心理作祟，還是舊傷最近疼得比較厲害？**他的目光掠過一個一個又一個螢幕。其中一個畫面是技術人員在做聲音測試；另一個畫面，電視台一組工作人員在討論角度與燈光；李菲和一位訪客穿過停車場；女服務生將酒倒入數以百計的玻璃杯裡；一面寫著**史灣尼克B—美國奇蹟**的旗子下面擺了一排椅子。

「真正的奇蹟，」喬瑟夫，納皮爾心想，「是讓十二位科學家中十一位忘記為期九個月的研究案。」一個螢幕顯示這些科學家正朝舞台移動，氣氛和諧地閒聊著。「就如葛瑞馬帝所說：每種良知都有一個隱藏開關，可以將它關掉。」納皮爾繼續回想製造出集體失憶的幾場訪談，並回味其中印象深刻的句子。「這是我們兩人的私下談話，富蘭克林博士，五角大廈的律師們已經迫不及待想試行他們最新的安全法案。告密者將會列入黑名單，這塊土地上的任何有給職缺都不會聘任他。」

一位服務生正在為台上那排座椅多加了一張椅子。

「這個選擇很簡單，摩西博士。如果你希望蘇聯的技術超越我們，就把報告洩露給你那個『科學家關心時政聯盟』，並且飛到莫斯科去領勛章，不過CIA已經交代我轉告，你的機票只要買單程就好。」

觀眾席裡的達官顯要、科學家、智庫成員及意見領袖陸續就座。在一個螢幕上，濱海企業的副總裁威廉．魏利和貴賓們開玩笑，邀他們坐到舞台上來。

「基恩教授，國防部的高層有點好奇，為什麼要在這時候提出你的懷疑？意思是，你在設計這個原型的時候……有一點……草率？」

一台幻燈片投影機放映出一張史灣尼克的超廣角空拍圖。

十二位當中的十一位。只有魯夫斯．希克斯密一個人逃脫。

納皮爾對著攜帶式對講機說話。「菲？再十分鐘就要開始了。」

片刻無聲。「收到，喬。我正在護送一位訪客到演講廳。」

「事情處理完後，請到安全人員那裡報到，麻煩妳了。」

片刻無聲。「收到。通話結束，離開。」

納皮爾在手中掂了掂對講機的重量。**至於喬・納皮爾？他也有個開關可以關掉良知嗎？**他端起又苦又黑的咖啡，喝了一小口。**嗨，老兄，別扯我進來，我只是聽命行事。十八個月後我就要退休了，在那之後我要天天快快樂樂地在激流裡釣魚，直到我變成可惡的蒼鷺。**

米麗，他的亡妻，此時正從辦公桌上的照片裡看著丈夫。

11

「我們偉大的國家正因為沉溺而日益虛弱。」濱海企業的執行長，同時也是《新聞周刊》的年度風雲人物艾伯托・葛瑞馬帝，是利用停頓製造戲劇張力的高手。「它的名字是石油。」他整個人被講台上的光照得金光閃閃。「地質學家告訴我們，波斯灣只剩下七百四十億加侖侏羅紀海洋的浮渣。這就足夠，讓我們度過這世紀？很可能不是。美國今天面對的最急切的問題，各位女士先生，就是『再來該怎麼辦？』」

艾伯托・葛瑞馬帝的目光掃視了一下觀眾席。**全都在我的手掌心。**「有些人把頭埋進沙子裡。有些人則大發奇想，把主意打到風力渦輪機、水庫以及——」做出苦笑狀，「——豬氣（天然氣）上。」聽眾發出會心的咯咯笑。「在濱海，我們面對的是現實。」聲量放大。「我今天來這裡就是要告訴諸位，石油的解藥**就在**這裡，**就在**現在，**就在**史灣尼克島！」

他微笑著等待掌聲及歡呼減弱。「就在今天，家用的、充足的、而且**安全的**原子能時代已經來臨！朋友們，我非常非常自豪在這裡為各位介紹人類歷史上最重大的劃時代革新……九頭蛇零型核子反應爐！」幻燈片螢幕這時放映出一張反應爐剖面圖，觀眾席整齊畫一地爆出如雷掌聲，演講廳大多數人也跟著鼓掌。

「但是，嗨，我不該再講了，我只是公司的執行長。」哄堂的笑聲。「在這裡，濱海家族十分榮幸要歡迎一位非常特別的來賓來為展覽館揭幕，並且打開啟用開關，讓史灣尼克B連接上全國高壓輸電網。他在國會山莊被稱為總統的『能源導師』，」他的臉全笑開了，「這是我的無上榮耀，為諸位介紹一位根本不需要介紹的人。能源部長羅伊德．胡克斯！」

在熱烈掌聲中，一位衣著儀容毫無缺點的人走到台上。羅伊德．胡克斯和艾伯托．葛瑞馬帝握住彼此的上臂，來象徵兄弟的友愛與信任。「那些代你擬稿的寫手越來越會寫作文了。」兩人面對觀眾露齒微笑之際，胡克斯喃喃地說：「但你仍然只是長著兩條腿的貪婪禽獸。」

葛瑞馬帝堆出笑容拍著胡克斯的背，和善地回答：「你得踩過我屍體才能進入這家公司的董事會，你這墮落的狗雜種！」

胡克斯容光煥發地面對觀眾。「看來，你還是能用別人想不到的辦法來解決問題，艾伯托。」閃光燈開始連番砲擊。

一個穿著藍莓色夾克的年輕女人從演講廳後方的出口溜了出去。

12

「請問女生廁所在哪裡？」

一位正在使用對講機的警衛用手勢告訴她沿一道走廊下去。

露薏莎．瑞伊回頭看。警衛的背已經轉過去了，所以她經過廁所門口繼續走，拐個彎後進入由一道道走廊構成的棋盤狀區域，哼哼作響的冷氣機讓這裡溫度冰涼，而且聽不見其他聲音。她從兩個穿著連身工作服、正匆忙趕路的技術人員身邊走過。他們的眼睛從帽簷下盯著她的胸部，但是並沒有過來盤問。門上的秘密符號讓她摸不著頭緒。W212 DEMI-OUTLETS；Y009 SUB-PASSES [AC]；V770

HAZARDLESS [EXEMPTED]。每隔一段距離就會出現一扇保全等級較高的門，門禁系統是由門上的小鍵盤控制。她在某個樓梯間仔細研究了樓層平面圖，但是上面完全看不到「希克斯密」這幾個字。

「迷路了嗎，女士？」

露薏莎盡可能恢復鎮靜。一位銀髮的黑人工友在盯著她。

「是的，我在找希克斯密博士的辦公室。」

「喔！那個英國佬。三樓C一〇五。」

「謝謝。」

「他已經有一、兩個禮拜沒來了。」

「真的嗎？可不可以告訴我原因？」

「喔，到拉斯維加斯度假去了。」

「希克斯密博士？拉斯維加斯？」

「喔，他們是這麼跟我說的。」

C一〇五的房門半掩。門牌上「希克斯密博士」幾個字雖被人蓄意刮除，卻沒有成功，徒留下雜亂的刮痕。露薏莎從門縫瞥見一名年輕男子坐在桌上，低頭在一堆筆記本裡尋找。房間內的東西都裝在幾個送貨用的板條箱裡。露薏莎記得她的父親曾經說過，**舉止像個局內人，就足以成為真正的局內人**。

「喂，」露薏莎走了進去，「你不是希克斯密博士吧？」

那人心虛地丟下手中的筆記本，露薏莎知道她已經爭取到一些時間。「我的天，」他回頭看著她，「妳想必就是梅根。」

何不將計就計，別去更正他！「那麼你是？」

「以撒・賽克斯。理論工程師。」他站起來，手原本想伸出來與她握手又收了回去。「我和妳叔叔合作寫報告書。」輕快的腳步聲在樓梯間響起。以撒・賽克斯把門關上。他的聲音低沉、緊張。「魯夫斯躲在哪裡，梅根？我擔心得要命。他跟妳連絡了嗎？」

「我還希望你可以告訴我發生了什麼事呢！」

李菲帶著那個不起眼的警衛大步走了進來。「露薏莎。妳還在找女用廁所嗎？」

裝傻。「不，我已經去過了，乾淨得不得了，但是我和希克斯密博士的約會卻遲了。不過……嗯，看來他已經搬走了。」

以撒發出「啊？」的一聲。「你不是希克斯密的姪女？」

「對不起，你叫什麼名字都好，但我可沒說過我是誰。」露薏莎把事先準備好的謊話說給李菲聽。「去年春天我在南塔克特島度假時遇見希克斯密博士。我們兩人都來自布納斯伊爾巴斯，所以他給了我一張名片。三個禮拜前我挖出這張名片，打了通電話給他，然後約定今天見面，來討論請他為《間諜鏡》寫一篇科學專題報導的事。」她看了看錶。「十分鐘前。啟用典禮的致詞拖得比我預計還長，所以我悄悄溜走。希望我沒有給大家帶來麻煩？」

李菲假裝相信她的話。「不過，我們不能讓未獲授權人員在這高機密研究機構裡隨便逛。」

露薏莎裝出後悔的模樣。「我以為簽個名、搜查包包，然後進來就是全部的保全措施，不過，顯然我太天真了。但是希克斯密博士可以為我作證。不信你們去問他。」

賽克斯和警衛都看著李菲，她從不會讓人占上風。「那不可能。希克斯密博士要去處理我們的加拿大計畫案。我能想像的狀況是，他的秘書在替他取消約會時找不到妳的連絡方式。」

露薏莎看著那些板條箱。「看起來他要離開好一陣子。」

「是的，所以我們要把他的資料與設備寄過去給他。他在史灣尼克的顧問職務也即將告一段落。這位賽克斯博士很盡責地為他收尾。」

「好吧，我和這位偉大科學家的第一次訪談告吹了。」露薏莎說。

李菲幫她扶著門。「也許我們可以幫妳找另一個。」

13

「接線生？」在布納斯伊爾巴斯市郊一家無名汽車旅館裡，魯夫斯．希克斯密把話筒放回電話機上。「我一直沒辦法打電話到夏威夷……對。我要打電話到……」他大聲讀出梅根的電話號碼，「是的，謝謝。好，我會在電話旁邊等。」

在少了黃色和綠色色彩的電視裡，胡克斯正在史灣尼克島的新反應爐啟用典禮上拍著葛瑞馬帝的背。他們向演講廳的觀眾鞠躬，就像兩個勝利的運動員。銀光閃閃的五彩碎紙從天花板落下。「向來就善於引發爭議的濱海企業執行長，」一名記者說，「艾伯托．葛瑞馬帝今天宣布，即將展開史灣尼克C計畫。五千萬聯邦政府的錢會投入研發第二個九頭蛇零型反應爐，並且創造出數千個新工作機會。外界原本擔心今年夏初發生在三哩島的大規模逮捕事件可能會在黃金州加州重演，不過，最後證實只是多慮。」

魯夫斯．希克斯密失望又無力，他對著電視說：「難道你們要等氫累積到足以炸掉密閉槽頂部，等到輻射風颳到加州每一個角落才甘心嗎？」他關掉電視，捏了捏自己的鼻脊。**我證明了我的想法是對的。我證明了。你們沒法收買我，所以想威脅我。我先前沒跟你們作對，主啊，原諒我，但是我不會再犯了。我不會再把良心坐在屁股下。**

電話鈴響了。希克斯密抓起話筒。「梅根。」

一個粗魯的男聲說。「他們來了。」

「你是哪位？」

「他們已經追查出你上一通電話是在奧林匹亞大道一〇四六號的塔伯汽車旅館裡撥出。到機場去，**現在**就出發，搭下一班飛機前往英格蘭，然後在那裡揭發弊案——如果你堅持要做。但是，現在馬上離開。」

「我為什麼要相信——」

「用邏輯判斷。如果我在騙你，你還是會平平安安、好端端地回到英格蘭，報告也還在你身邊。如果我沒騙你，你就死定了！」

「我要知道——」

「你只有二十分鐘可以離開，頂多二十分鐘。**快走吧！**」

對方掛掉電話，無終止的嘟聲。

14

傑瑞．納斯本將辦公椅轉了半圈，然後跨坐上去，兩手交叉放在椅背上，下巴抵著手。「想像這樣的場景，我和六個留著長髮綹、全是黑種人的怪胎在一處，一把手槍在我的扁桃腺附近搔癢。我說的不是深夜的哈林區，我說的是在可惡的大白天，在可惡的格林威治村，在和那可惡的諾門．梅勒吃了十六磅牛排後發生的事。好，接著這個黑鬼老兄用他有深淺兩層顏色的手搜我的身，拿走我的皮夾。『這是？**鱷魚皮**？』」納斯本模仿理查．普萊爾的腔調。「『沒他媽的**品味**，白人！』品味？幾個流浪漢叫我翻出每個口袋，拿走我每一分錢，**真的是**每一分錢。但納斯本最終還是以微笑收場，妳該猜得到。在搭計程車回時代廣場時，我寫下那篇現在已成為經典之作的『新部落』編輯手記——我不需要故作謙虛吧——而且那禮拜還沒結束，內容就已經被**全國聯播三十次**了！那幾個搶我的傢伙讓我成為家喻戶曉的人物。所以，露露，妳請我吃頓飯，然後我來教妳如何從命運的毒牙中抽取一些黃金出來，怎樣？」

露薏莎的打字機發出「叮」一聲。「如果搶匪**真的**拿走你每一分錢，你在從格林威治村載你到時代廣場的計程車上做了什麼？出賣肉體來抵車資？」

「妳，」納斯本在椅子上移動了一下重心，「實在太有天分了，老是抓錯重點。」

羅蘭・傑克斯把蠟燭上的蠟滴在一張照片上。「這禮拜的『每週一問』：什麼是保守黨人士？」這在一九七五年夏天已經是個老笑話。「答案是，被搶劫過的自由黨人士。」

傑克斯被回將了一軍，只好回頭繼續修繕照片。

露薏莎穿過辦公室走到東姆・葛瑞謝的門口。老闆正在講電話，輕聲、但略帶怒氣。露薏莎在門口等，但她聽得見裡面的談話。「不——不，不，弗朗先生，這問題很清楚，告訴我——喂，我現在正在講話——告訴我一個更清楚的『情況』，別只告訴我是白血病？你知道我怎麼想嗎？我認為我太太只是夾在你和三點打高爾夫中間的一份待處理文件，不是嗎？那麼你證明給我看。你有太太嗎，弗朗先生？有嗎？你有。你能想像你太太躺在醫院病床上，頭髮快要掉光的情景嗎？……什麼？你說什麼？**情緒反應無濟於事**？你只能這麼說嗎，弗朗先生？是的，老兄，你猜的完全沒錯，我會考慮採取法律行動！」

葛瑞謝重重地摔回話筒，用力擊打他的沙包，每打一拳就大喊一次「弗朗！」接著他整個人癱在椅子上，點燃一根菸，然後看到露薏莎正在門口猶豫該不該進來。「人生。一場十級的放屁風暴。妳聽到了些什麼？」

「大略的狀況。我可以晚一點再來。」

「不。進來，坐下來。妳年輕、健康而且強壯嗎，露薏莎？」

「是的。」露薏莎坐在箱子上。「為什麼問這個？」

「因為接下來我要批評一下妳那篇毫無根據的濱海企業報導，而且，老實說，這會讓妳變老、生病，而且虛弱。」

15

在布納斯伊爾巴斯國際機場，魯夫斯．希克斯密將一個香草色文件夾鎖進九〇九號置物櫃裡，環顧了一下人潮擁擠的機場大廳，把硬幣塞進投幣口，轉動鑰匙，然後將它裝進一個有裝襯墊料的牛皮信封裡，信封上的住址是布納斯伊爾巴斯市第三大道克盧大廈十二樓間諜鏡雜誌社，收件人露薏莎．瑞伊。希克斯密走近郵局櫃台時，心跳開始加速。**如果我還沒走到櫃台就被抓到怎麼辦？**他的脈搏數快破錶了。商務客疾行、扶著行李推車的家庭徐行、年老觀光客蛇行，似乎都故意要來阻撓他前進。郵筒的投入口越來越近，現在離他不到幾碼了，不到幾吋了。

牛皮信封被郵筒吞下，不見了。**一路順風！**

希克斯密排隊買票。飛機延遲起飛的廣播像冗長的連禱文對他催眠。但他保持警覺，留心有沒有濱海特務要在最後一刻逮到他。終於，一個售票員向他招手。

「我必須去倫敦。任何一班飛往英國的班機都可以，任何座位，任何航空公司。我會付現。」

「不用對我祈禱，先生。」售票員化的妝隱藏不住倦容。「我能幫您找到最早的一班……」她盯著電傳打字機列出來的一張表，「……倫敦希斯洛機場……明天下午三點十五分，湖人空中列車航空，在甘乃迪機場轉機。」

「我必須盡早離開，這點非常非常重要。」

「我相信這很重要，先生，但是目前有航管人員罷工，被困在地面的旅客恐怕有好幾畝呢！」

希克斯密告訴自己，濱海企業再有本事，也不可能有辦法安排航空大罷工來阻止他脫逃吧。「那麼只好明天了。單程，商務艙，非吸煙區，謝謝。這個機場有可以過夜的旅館嗎？」

「有的，先生，在三樓。美好行程旅社。您在那裡可以舒服地過一晚。可不可以讓我看一下護照，好為您開立機票，謝謝。」

16

如彩色玻璃絢爛的落日，照在露薏莎公寓內穿著棉絨褲的海明威身上。露薏莎一面咬著筆桿，一面埋頭研讀《駕馭太陽：和平時期的原子能開發二十年》。傑維爾坐在她的桌前，正在做一份長除法練習題。房間裡輕聲播放著卡羅勒・金的唱片〈織錦〉。隱約透過窗戶飄進房裡的還有穿越優美景致的市郊趕著回家的汽車聲，以及在附近練習單簧管的人製造的噪音。電話鈴響起，但露薏莎沒去理會。答錄機「卡」地一聲開始運轉時，傑維爾探頭過去研究。「嗨，露薏莎・瑞伊目前不方便接電話，如果留下姓名和電話，我會回電給你。」

「我會被這些鬼玩意氣死，」對方在抱怨，「小餅乾，我是妳媽啦。我剛聽比蒂・葛瑞芬說妳和黑爾分手了——上個月？我聽了差點結舌！妳在妳老爸的葬禮或阿豐斯的葬禮上都沒透露半點消息。妳把感覺封閉起來讓我多擔心！道格和我打算為美國癌症學會辦個募款活動，如果妳能暫時拋棄妳那個寒酸小窩過來和我們住，只要一個週末就好，那對我們來說就會像是太陽、月亮，以及所有星星都在閃耀，怎樣，小餅乾？韓德森三兄弟也會到，就是心臟科醫師德米恩、婦產科醫師蘭斯，以及那個……什麼醫師傑西？道格？道格！傑西・韓德森是幹什麼的？腦葉切斷術專業醫師？哦，**真有趣**。不管怎樣，我的女兒啊，比蒂跟我說，因為行星某種怪異排列，這三兄弟到現在都還沒有女伴。還是活會，小餅乾，還是活會的！所以聽到我的留言就給我電話。先這樣了，愛妳的媽。」結束時，她用吸氣發出「姆姆姆啊」的親吻聲。

「她的聲音聽起來很像《神仙家庭》裡面的巫婆媽媽。」傑維斯沉默了一下後說。「什來是**結舌**？」

露薏莎並沒有抬頭。「吃驚到說不出話來。」

「她聽起來並不怎麼結舌，不是嗎？」

露薏莎全神貫注在工作上。

「**小餅乾？**」

露薏莎的一隻拖鞋飛向那男孩。

17

在美好行程旅社的房間裡，魯夫斯．希克斯密博士正在閱讀一疊朋友羅伯特．佛比薛爾近半個世紀前寫給他的信。希克斯密對這些信件早就熟悉不過，但是信的觸感、翻閱時的沙沙聲，以及朋友褪色的筆跡，卻能安撫他的緊張情緒。房子失火時，這是他會去冒險搶救的寶物。七點整，他去洗澡，換了件襯衫，將那九封已經讀過的信分開夾在基甸會捐贈給旅館的聖經裡，然後把聖經放進床頭櫃。希克斯密把還沒讀的幾封信塞進外套的口袋，往餐廳走去。

晚餐是一小片牛排，幾條炸茄子，以及沒清洗乾淨的沙拉。這非但沒能滿足，反而倒足了胃口。他留下大半盤食物，然後一邊喝氣泡水一邊閱讀佛比薛爾最後的八封信。在羅伯特的文字中，他看見自己在布魯日尋找那位不穩定的朋友，他的第一個愛人，**老實說，我最後的愛人**。

希克斯密付了帳，回到房間。在電梯裡，他想到放在露薏莎肩頭上的重責大任，懷疑自己做的事正不正確。打開房門時，房間的窗簾被風吹進房裡。他大喊，「誰在這裡？」

沒有人。沒人知道你在哪裡。他的幻想已經跟他玩了幾個禮拜的把戲。嚴重睡眠不足。「你看，」他告訴自己，「在四十八個小時內，你會回到劍橋，回到那多雨、狹長、**安全無虞**的島上。你將會有自己的設備、同伴、連絡人，還可以計畫發射舷砲攻擊濱海。」

18

比爾・史摩克看著魯夫斯・希克斯密離開旅館房間，等了五分鐘，接著自己進入房裡。他坐在浴盆邊緣，扭了扭戴著手套的拳頭。**任何藥物與宗教經驗，都比不上把一個活人變成屍體更讓你感動。不過，你需要一個好腦袋。沒有紀律及專業，下場就是被綁到電椅上。**這名刺客輕撫口袋裡的一枚克魯格金幣，它陪伴他完成了每一項特殊任務。史摩克擔心自己會成為迷信的奴隸，但是他可不願意只為了證明自己不迷信，而輕慢對待這個幸運紀念品。**我對愛我的人是個悲劇，對其他人只是個無關緊要的胖子，對雇主來說是問題解決者。我只是顧客意志的工具。如果他們不找我，就是去找電話簿上下一個殺手。你可以怪槍的主人，可以怪槍的製造者，但是別去怪槍本身。**

比爾・史摩克聽到鎖聲。深呼一口氣。他稍早吃的藥丸讓知覺異常清晰，清晰得可怕。當希克斯密拖著腳步進入臥室、口中還哼著〈乘著噴射機離去〉時，這位殺手發誓，他感覺得到這位被害人的脈搏，而且那脈搏比他自己的還慢。史摩克從門縫瞄準獵物。希克斯密一屁股坐到床上。刺客在腦中想像該做的動作：**向外走出三步，從側面開槍，穿過太陽穴，近距離。**史摩克衝過門廊，希克斯密發出一聲含糊的喉音，他想要站起來，但是那顆消音子彈已經鑽過科學家的頭顱，射入被單了。魯夫斯・希克斯密的身體躺了回去，彷彿是曲起身子準備飯後小憩。

血浸溼了乾渴的鴨絨被。

成就感在比爾・史摩克的腦中悸動。**看看我幹了什麼好事。**

19

星期三早晨煙霧逼侵，熱浪襲人，就像過去的一百個早晨和未來的五十個早晨。在第二大道及第十六街交會口，在距離間諜鏡雜誌社只有兩分鐘路程那家冒著涼氣的白雪公主餐館裡，露薏莎・瑞伊一面喝著黑咖啡，一面閱讀一篇關於某位名叫詹姆士・卡特——來自亞特蘭大的海軍退役核子工程學家——的報導，報導中指出這位浸信會信徒有意爭取民主黨的黨內提名。十六街的車陣寸步難行，爭先恐後的汽車擠成一堆。人行道上全是趕路的人潮，以及夾在人群中的滑板客。「今天早餐不吃點東西，露薏莎？」炸食部的廚師巴特問。

「只是來讀點新聞。」這位常客回答。

羅蘭・傑克斯進入店裡，朝露薏莎走來。「哦，這個位置沒人坐？今天早上我什麼都沒吃。雪莉又把我甩了。」

「十五分鐘後就要開編輯會議了。」

「時間多得很。」傑克斯坐下來，點了一份荷包蛋。「第九頁，」他對露薏莎說，「右下角。有妳該知道的消息。」

露薏莎翻到第九頁，並伸手去拿咖啡。突然間，她的手結凍了。

科學家在ＢＹ國際機場旅館內自殺

知名英國科學家魯夫斯・希克斯密博士星期二早晨被發現陳屍在布納斯伊爾巴斯國際機場美好行程旅社的房間內，顯然是自殺。希克斯密博士是全球原子能委員會前主席，過去十個月被績優股公司濱海企業聘為顧問，服務於設在布納斯伊爾巴斯市郊的史灣尼克島上的核電廠。據傳他一生都為憂鬱症所苦，而且死前一週完全與外界斷絕連絡。濱海的發言人李菲女士表示：「希克斯密博士驟逝是整個國際科學界的悲劇。我們這些和他一起在史灣尼克島濱海村工作的人覺得不只失去一個值得尊敬的同事，也失去了一位摯友。向他家人及他許多朋友致上最誠懇的慰問。大家將永遠懷念他。」希克斯密博士的屍體被旅館女服務生發現時，只有頭部一處槍傷。遺體將被空運到英國，以便在家鄉下葬。ＢＹ警局的法醫確認這起事件沒有他殺嫌疑。

「所以，」傑克斯露齒微笑，「妳的本世紀最經典報導已經搞砸了？」

露薏莎的皮膚灼熱，鼓膜刺痛難捱。

「哎呀，」傑克斯燃起一根菸，「你們很熟嗎？」

「他不可能……」露薏莎結結巴巴地說，「……他不會做出這種事。」

傑克斯裝出一派紳士樣。「看來他確實做了，露薏莎。」

「你有使命在身的時候，是不會自殺的。」

「如果你的使命讓你發瘋，還是有可能選擇了結自己。」

「他是被謀殺的，傑克斯。」

傑克斯克制住那副「妳又來了」的表情。「被誰殺的？」

「當然是濱海企業。」

「啊，他的雇主。當然，動機呢？」

露薏莎逼自己說話時保持冷靜，不去理會傑克斯自以為是的嘲諷。「他寫了一篇報告，探討九頭蛇，在史灣尼克B期計畫中研發出的反應爐的潛在問題。C期計畫正在等待能源部批准。批准執行後，濱海還可以授權國內及海外市場按照設計圖去建造反應爐。光政府本身的合約，就足以讓濱海企業每年有近一億美金的進帳。他們希望希克斯密扮演的角色就是為計畫背書，但是他並沒有照著對方的腳本唸，而且還找出致命的設計缺失。結果，濱海掩埋他的報告，否認這份文件存在。現在還沒辦法證明這點，但是我一定會想辦法證明它。」

「妳那位希克斯密博士做了什麼？」

「他已經準備好要公開。」露薏莎拍打那張報紙。「這就是他為真理付上的代價。」

傑克斯用一塊麵包條插進還在搖晃的蛋黃裡。「妳，呃，知道葛瑞謝會怎麼說嗎？」

「拿出鐵證來。」露薏莎說，就像醫生診斷病症。她看著錶。「喂，傑克斯，你可不可以告訴葛瑞謝……就跟他說我得先去別的地方一下。」

20

美好行程旅社的經理今天心情很不好。「不，妳**不能**看他的房間！專業的地毯清潔公司才剛把所有血跡清洗乾淨。而且，我補充一點，我們旅館得自己負擔這項費用！不過，妳到底是什麼樣的食屍鬼？記者？大法師？小說家？」

「我是……」露薏莎一時無法自抑地啜泣起來，「他的姪女，梅根．希克斯密。」

一位面無表情的女家長將哭泣的露薏莎抱進懷裡，讓她緊靠她那山峰般雄偉的胸脯。幾位站在一旁的路人都對著經理投出鄙夷的眼光。經理臉色蒼白地走出櫃台，以維護形象。「不好意思，請到後面來，我可以給妳——」

「一杯水！」那位女家長生氣地說，同時拍開那男人的手。

「溫蒂！水！不，現在！請從這裡走，妳們兩位要不要——」

「看在老天分上，拿張椅子來！」女家長扶著露薏莎進入旁邊較隱密的辦公室。

「溫蒂！一張椅子！馬上就要！」

露薏莎這位盟友的十指交握。「把情緒發洩出來吧，親愛的，發洩出來，耶穌在聆聽，我也在聆聽。我是來自猶他州艾斯菲蒙勞的珍妮絲。聽聽我的故事吧！我在妳這年紀的時候，有一天一個人在家，從樓上育嬰室下來時，看見我母親站在樓梯中段的平台上。『去看一下嬰兒，珍妮斯。』她說。我告訴母親，我一分鐘前才檢查過，她睡得好好的。我母親的聲音突然變得和冰一樣冷。『別跟我爭論，小姐，去看看嬰兒，**現在就去！**』聽起來很誇張，但那時我才突然想起母親在前一年感恩節就過世了。我衝上樓，發現我女兒被百葉窗的拉繩纏住脖子，幾乎要窒息而死。再晚個三十秒，她可能就回天乏術了。妳明白了吧？」

露薏莎眨著她泛著淚的眼睛。

「妳懂了嗎，親愛的？他們過世了，但他們並不是從此不再回來。」

受懲罰的經理帶回一個鞋盒。「妳叔叔的房間裡現在有人，很抱歉，但是清潔婦在基甸會的聖經裡找到這幾封信，信封上有他的名字。我理所當然會將信件轉寄給家人，但是既然妳人在這裡……」

他恭敬地將一疊因年代久遠而泛黃的信封交給她。九個信封上的住址都是「魯夫斯・希克斯密閣下，請英格蘭劍橋凱厄斯學院轉交。」其中一封上面有最近才被茶包碰到的茶漬。每一封上面都有很多皺褶，是後來才硬被壓平的。

「謝謝你……」露薏莎含糊地回答，接著才語氣堅定地說，「魯夫斯叔叔很珍惜信件，現在這些東西成為他唯一留給我的遺物。我不再占用你更多時間了。很抱歉我剛剛在外面一時克制不住。」

經理如釋重負。

「妳非常特別，梅根。」從猶他州艾斯菲蒙勞來的珍妮絲在旅館大廳和露薏莎分手時，這麼跟她保證。

「**妳**才非常特別，珍妮絲。」露薏莎回答後，走回停車場的樓層，途中一度距離九〇九號置物櫃不到十碼。

21

露薏莎．瑞伊回到間諜鏡雜誌社還不到一分鐘，東姆．葛瑞謝的怒吼就壓過新聞室的閒聊聲，傳進她耳裡，「瑞伊**小姐**！」

傑瑞．納斯本和羅蘭．傑克斯從辦公桌抬起頭來看著露薏莎，看著對方，然後說：「**不妙**！」露薏莎把佛比薛爾的信放進抽屜鎖起來，走到葛瑞謝的辦公室。「東姆，抱歉我沒能參加編輯會議，我——」

「別給我『那個來了』之類的藉口！把門關上。」

「我不是習慣找藉口的人。」

「那麼你是個習慣參加編輯會議的人嗎？我可是付薪水請妳來參加會議。」

「我也領薪水跑新聞。」

「所以妳跑到犯罪現場去了。有沒有發現警方遺漏掉的重要事證？找到一條用血寫在瓷磚上的信息，『是艾伯托．葛瑞馬帝下的手！』嗎？」

「不需要辛苦挖掘、甚至弄斷自己的背就可以獲得的事證不能算重大事證。這是一位名叫東姆．葛瑞謝的編輯告訴我的。」

葛瑞謝瞪了她一眼。

「我找到一條線索，東姆。」

「妳找到一條線索。」

我不能對你疲勞轟炸，也不能欺哄你，只能試著勾起你的好奇心。「我打電話到處理希克斯密案的轄區警局。」

「這不是什麼案件！只是單純的自殺！除非我們談的是瑪麗蓮夢露，否則自殺沒辦法讓雜誌賺錢。」

太灰暗了。」

「聽我說。如果希克斯密早就打算在當天稍晚讓一顆子彈穿過腦袋，他為什麼還要事先去買機票？」

葛瑞謝攤開雙手表示，他不敢相信自己竟然到現在還在跟她說話。

「臨時起意。」

「那麼他為什麼會有一張**用打字機打好的**自殺留言來等待他的臨時起意？房間裡並沒有打字機。」

「我不知道！我也不在乎！這期雜誌必須在星期四晚上送印。我和印刷廠最近鬧得不太愉快，雜誌派送員隨時都可能罷工。還有，奧格維老拿著那把叫什麼名字的劍在我頭上晃呀晃。辦個招魂法會，然後妳自己去問希克斯密！希克斯密是個科學家，科學家的心神狀態最不穩定了。」

「我們兩個困在一部電梯裡九十分鐘，他和黃瓜一樣冷靜。『不穩定』絕不是用來形容那個人的。另外，照他們的說法，他用來射殺自己的槍，可說是槍市中最安靜的一把。配備消音器的點三四口徑羅奇弗手槍，只能用槍枝型錄訂購。他為什麼要這麼麻煩？」

「所以警察們弄錯了，法醫弄錯了，每個人都錯了，只有露薏莎·瑞伊例外。她是新進記者中的王牌，她獨特的洞察力讓她獲得以下結論：這位舉世聞名的科學奇才是被暗殺的，只因為他在一篇報告（一篇沒人相信它存在的報告）中，指出一些一時無法解開的小糾結。我說得對嗎？」

「對了一半。很有可能警方做出對濱海有利的結論時，獲得了些好處。」

「當然，一家利益取向的公司會收買警察。我真笨。」

「把子公司也算進去的話，濱海企業是全國第十大企業。如果想要的話，他們可以買下阿拉斯加。容許我星期一再交稿。」

「不行！妳得寫這個禮拜的評論，沒錯，還有美食報導。」

「如果包伯．伍德沃告訴你，他懷疑尼克森總統曾經叫人侵入他對手的辦公室去搜查資料，並且把他下達命令的過程整個錄起來，你會說『忘了這件事，包伯，我需要你寫一篇介紹沙拉醬的八百字報導』嗎？」

「別裝出一副『我是個被激怒的女性主義者』的模樣。」

「那麼你也別表現出一副『喂，我已經幹這行三十年了』的模樣。辦公室裡有一個傑瑞．納斯本就夠糟了。」

「妳是把十八號大小的事實擠進十一號大小的假設裡。有多少優秀新聞人就是這樣斷送事業？許多其他行業的人也一樣。」

「星期一！我會拿到一份希克斯密的報告。」

「妳無法實現的諾言**不能**拿來付帳。」

「除了跪下來請求之外，我沒有其他能讓你收下的貨幣。拜託，東姆．葛瑞謝不會只因為一個認真求證的記者在某天早晨沒按時交出成果，就抹殺她的價值。我爸跟我說，你是六〇年代中期在世界各地跑新聞的記者中最有膽識的一位。」

葛瑞謝旋轉辦公椅，面對第三大道。「他也會**胡扯！**」

「對，他會胡扯！一九六四年羅斯．吉恩競選經費的那篇報導，你讓一個令人心寒的白種優越主義者永遠從政壇上消失。我爸說你頑固、乖僻、不屈不撓。羅斯．吉恩緊張、流汗、拖延時間。緊張和流汗交給我就好，我唯一有求於你，是給我一點點時間。」

「把妳老爸也牽扯進來，這伎倆太不入流了。」

「記者本來就要用些不入流的伎倆。」

葛瑞謝捻熄手中的菸，再點燃另一根。「星期一，把希克斯密的報導交到我手上，而且要有能震撼大眾的證據，露薏莎，名字、消息來源、事證全都具備。是誰把那份報告壓下去的？他**為什麼**要這麼做？以及史灣尼克B會**如何**將南加州變成廣島？另外一件事，如果妳拿到希克斯密被謀殺的證據，我們必須在雜誌出刊前就通知警方。我可不希望我的汽車座椅下被人放炸藥。」

「沒有恐懼、沒有偏好，只有新聞真相。」

「妳可以滾了！」

露薏莎回到座位，拿出希克斯密那幾封被救回來的信時，南西・歐哈根對她擺了一個「妳運氣還不錯」的臉色。

在他的辦公室裡，葛瑞謝用力打著沙包。「頑固！」砰！「乖僻！」砰！「不屈不撓！」這位總編輯瞥見自己的鏡像，正在嘲笑他。

22

在史賓諾莎廣場和第六大道交會處西北角的「遺失之弦音樂行」裡，一首寫於猶太人被逐出西班牙前的猶太浪漫曲，正悠揚地充滿每個角落。一位穿著講究的人在講電話，他的膚色在這古銅色城市裡顯得特別蒼白。他在電話中重複對方的詢問：

「〈雲圖六重奏〉……羅伯特・佛比薛爾……事實上我聽說過這張唱片，雖然我的魔爪還沒有真正抓到一張。……佛比薛爾是個**神童**，他才正要飛黃騰達就過世了……讓我看看，聖佛蘭有個專門收集稀有唱片的經銷商給了我一張清單……佛蘭克、佛茲若伊、**佛比薛爾**……有了，甚至還有附記……限量發行五百張……發行地荷蘭，發行日期是戰前，哦，怪不得那麼稀有……那個經銷商有一張醋酸纖維的複製品……是由一家已經倒閉的法國公司在五〇年代製作的。〈雲圖六重奏〉想必帶來了耶穌的死亡之吻，獻給所有承接的製作商……我會試試看，那張唱片一個月前還在他手上，但是唱片的音質沒辦法保證，不過我必須提醒您，它**並不**便宜……這上面寫……一百二十美金……加上百分之十的仲介費後就是……是嗎？好，讓我登記您的名字……雷伊，姓呢？哦，**瑞伊小姐**，真是抱歉。一般而言我們會要求付訂金，不過，您的聲音聽起來是老實人。可能要等一陣子。先謝謝您的惠顧！」

店員用潦草字跡在一張紙條上記下，然後提起唱針，移到〈Por que lloras balnca nina〉（**為何哭泣，我的佳人**）這首曲子的起頭，再把唱針放在微光閃爍的黑膠唱片上。他夢到一群猶太牧羊男孩，在星光閃耀的伊比利山坡上撥弄著七弦琴。

23

露薏莎．瑞伊進入公寓大樓時，並沒有看到一輛沾滿灰塵的黑色雪佛蘭從她身邊駛過。自從讀了魯夫斯．希克斯密遺物中的第一封長信後，她就不再關心任何事。開著雪佛蘭的比爾．史摩克在心中記下她的公寓號碼：太平洋伊甸公寓，一〇八號房。

在過去一天半裡，露薏莎反覆閱讀希克斯密的信件已不下十次。這些信讓她思緒翻騰，無法平息。這一系列信件是希克斯密大學時代的朋友羅伯特．佛比薛爾在一九三一年夏天寫的，當時他正長期居留在比利時一個莊園裡。讓露薏莎心神不寧的，不是信件誠實無偽地反映出一個年輕、沒定見的魯夫斯．希克斯密；而是這些信件生動呈現出一些地點及人物，讓人眼花撩亂。圖像生動到她只能稱之為記憶。實務派記者之女應該要（她也確實如此）為這些記憶找出合理解釋：她最近喪父，以致想像力過於敏銳。但是其中一封信描述的細節，凍結了合理解釋的脈絡：羅伯特．佛比薛爾提到他的肩胛骨和鎖骨之間，有一塊長得像彗星的胎記。

我真不相信這種鬼扯。我真的不相信。我不相信。

建築工人正在改裝太平洋伊甸公寓的大廳。地板上堆滿薄板，一名電匠在裝設燈具，某個不知在哪裡的工人正掄著榔頭猛敲。公寓管理員馬可姆瞧見露薏莎，大聲說：「嗨，露薏莎！一位不請自來的訪客二十分鐘前上妳的房間去了。」不過，電鑽聲淹沒了他的聲音，而且市政廳的人還在電話那頭等著和他討論改裝許可及建築代碼的細節，但這都不重要，因為露薏莎早就走進電梯了。

24

「吃了一驚吧！」黑爾·布洛迪冷冷地說。他正在把書及唱片從露薏莎的書架上拿下來，裝進自己的運動提袋裡，恰好被露薏莎撞見。「嗨，」為了掩飾一時的罪惡感，他說，「妳剪短頭髮了！」

露薏莎並沒有太吃驚。「被甩的女人不都這樣嗎？」

黑爾的喉頭哽了一下。

露薏莎有點生自己的氣。「所以，今天是來拿你的東西。」

「差不多收好了。」黑爾拍了拍手，拍掉假想中的灰塵。「《瓦勒斯·史蒂芬精選集》算妳的還是我的？」

「那是菲比給我們倆的聖誕禮物。打電話給菲比，讓她來決定。不然你拿走奇數頁，留給我偶數頁。你根本沒敲門就來突襲。你大可先打電話給我，提醒我你會過來。」

「我打了，不過老是妳的答錄機在回答。把它丟了吧，如果妳從來不去聽留言。」

「別傻了，那是花大把鈔票買的。好吧，是什麼風把你吹進城來，除了來找你最愛的現代主義詩？」

「為《史塔斯基與哈奇》*物色拍攝地點。」

「史塔斯基和哈奇並不住在布納斯伊爾巴斯。」

*美國七〇年代的電視影集，史塔斯基與哈奇是劇中兩位主角，台譯《警網雙雄》。

「史塔斯基被西海岸三人組綁架了。在布納斯伊爾巴斯海灣大橋發生一場槍戰，我們還編寫了一幕警匪追逐的場景，讓大衛和保羅在交通尖峰時刻踩在車頂上跑。要讓交通警察同意實在傷腦筋，但是我們必須在實地拍攝，不然就喪失了藝術家的格調。」

「喂，你不能連巴布狄倫的〈血淚交織〉也拿走。」

「那是我的。」

「已經不是了。」露薏莎並不是在開玩笑。

布洛迪無奈地順從她，把唱片從運動袋裡拿出來。「聽我說，聽到妳爸過世的消息，我真的很難過。」

露薏莎點頭，感到悲傷再次湧上胸口，防衛心也變得更堅強。「對。」

「我猜，那算是一種……解脫？」

話雖沒錯，但是這種話該由死者家屬自己開口。露薏莎很想用酸溜溜的話回他，但她忍住了。她記得她父親喜歡嘲諷黑爾是「電視兒童」。他們面對書架上的空隙及所剩不多的書。**我不可以在這時候哭出來**。「那麼，你過得還好吧？」

「我很好，妳呢？」

「很好。」

「工作順利？」

「工作順利。」**讓我們兩個人一起從痛苦中解脫吧**。「我想你手上有一把我的鑰匙。」

他拉上運動袋的拉鍊，伸手到口袋裡翻了翻，然後鬆手讓大門鑰匙落在她的掌心。鬆手前，他還先晃了晃鑰匙，強調這個歸還動作象徵的意義。露薏莎聞到一股不熟悉的古龍水味，想像今天早上那個她，幫他把古龍水噴灑在臉上的樣子。**八個禮拜前，他還沒有這件襯衫**。牛仔靴是他們去參加西葛維亞音樂會那天兩個人一起挑的。黑爾跨過傑維爾的膠底運動鞋，露薏莎看著他，猜想他一定在想要怎樣好好嘲笑一下她的新男友。但是他只說：「那麼，再見囉！」

跟他握手？給他一個擁抱？「好。」

門關上。

露薏莎拴上門鍊，心中回想著這次碰面。她打開淋浴的水龍頭，脫掉衣服。浴室裡的鏡子有一半被置物架上的洗髮精、潤髮乳、護膚乳液、贈品香皂，以及一盒衛生棉擋住。露薏莎把東西推向一邊，好更清楚看見位在她肩胛骨及鎖骨間的胎記。她已經把剛剛碰到黑爾的事拋諸腦後了。**世上巧合多得很。**但是它真的像極了一顆彗星。鏡子一下就起霧了。**「事實」才是妳的麵包和奶油。胎記妳覺得長得像什麼就像什麼，不見得是彗星。妳只是還沒走出喪父之痛，就這麼回事。**這名記者進去淋浴，心卻走在日德堅莊園的迴廊上。

25

史灣尼克島抗議者的大本營位在北美大陸上，在某段沙岸和一個鹹水湖之間。在鹹水湖後面，好幾畝柑橘果園往地勢較高的內陸延伸，一直通到土質乾燥的山丘。破舊的帳篷、彩虹噴漆的野營車，以及拖車活動屋，看起來就像是太平洋不想要而丟棄在這裡的禮物。一面繃緊的旗幟上宣誓著：**地球對抗濱海**。位在大橋另一端的史灣尼克A震顫著，彷彿月光幻像中的烏托邦。幾個皮膚曬成皮革褐色的兩、三歲白人小孩在懶洋洋的淺水灘裡玩水；一個留著大鬍子的使徒在浴盆裡洗衣服；一對青少年男女在沙丘的草叢裡接吻。

露薏莎鎖好福斯車，穿過灌木叢到營地裡。海鷗在沉悶的熱氣中漂浮，遠處傳來農業機具運轉的聲音。幾個當地居民走近，看起來並不友善。「什麼事？」一個男人質問，很有鷹派美洲原住民的架勢。

「我假設這是大家都可以來的公園！」

「妳假設錯了，這是私有地。」

「我是記者，想要訪問你們當中幾位。」

「妳是那一家的記者？」

「《間諜鏡》雜誌。」

凝重氣氛稍微和緩些。「妳不是該去報導芭芭拉．史翠珊的鼻子有什麼最新發展嗎？」這位原住民說，並且譏諷地補上一句，「我可沒有不尊敬妳的意思。」

「抱歉，我雖然不是《國際先驅論壇報》的記者，但為什麼不給我一個機會？除非你們真的打算藉由揮舞標語和胡亂彈奏抗議歌曲，來拆解湖對面那顆定時原子彈，否則可以考慮利用正面的媒體報導來達成目的。我可沒有不尊敬你們的意思。」

一個南方人咆哮：「女士，妳根本存心找碴。」

「訪問結束了，」美洲原住民說，「離開這塊土地。」

「別擔心，米爾頓，」一位年邁、白髮、臉呈赤褐色的女人站在她屋車的台階上，「我願意見這個人。」一頭有貴族氣息的混種狗從女主人的腳邊望著她。她的話顯然很有分量，因為人群漸漸散去，不再抗議。

露薏莎走向屋車。「妳是愛與和平的一代？」

「一九七五年和一九六八年**不一樣**了。濱海和警察在我們的組織裡布置了內應。上個週末官方要求淨空，以免 VIP 們看了礙眼，結果就發生了流血衝突。這給警察藉口再逮捕一批人，我怕過於偏執會付上慘痛的代價。進來吧。我是海絲特．范．桑德特。」

「我很樂意和妳談談，博士。」露薏莎回答。

26

一個小時後，露薏莎把蘋果核丟給桑德特那隻有教養的狗。葛瑞謝的辦公室有多亂，桑德特以書架隔間的辦公室就有多整潔。露薏莎的東道主已經在總結。「企業與行動主義者之間的衝突，就是嗜睡與記憶之間的衝突。企業有錢、有勢、有影響力，我們唯一的武器卻是社會大眾的公憤。公憤阻止了尤坎水壩興建，把尼克森趕下台，並且間接終止了發生在越南的荒唐事。不過，公憤過於龐大沉重，無法被製造及操控。首先，你需要仔細調查；其次，讓越來越多人知情；只有知情的人數到達臨界值，公憤才會轟然成形。每個階段都有可能被從中阻撓、破壞。在世界各地布有魔掌的艾伯托．葛瑞馬帝可以反對我們的調查，方法是利用委員會，相應不理，並用假資訊埋藏真相，或者乾脆脅迫前去調查的人員。他們也可以讓社會大眾無法知情，方法是阻礙公眾社會教育、擁有自己的電視台、付『顧問費』給名作家，甚至收買所有媒體。媒體——不只是《華盛頓郵報》——就是民主打內戰的戰場。」

「這就是妳把我從米爾頓和他同伴手中救出來的原因。」

「我想把我們見到的真相呈現給妳，這樣妳至少可以明智地決定該挺哪一邊。寫一篇『綠色前線新沃爾登人』的小型胡士托搖滾音樂會的諷刺文，妳就能證實共和黨對我們的偏見，並且將真相埋藏得更深一點。報導海產輻射含量、污染者所設的『安全』污染標準、隨政治獻金多寡而拍賣的政府政策，以及濱海企業的法外警力，妳就能提高社會大眾對這件事的認知，讓它稍微再接近引爆點一點。」

露薏莎正要離開時，突然開口問，「妳認識魯夫斯．希克斯密？」

「當然，願上帝讓他的靈魂安息。」

「我會以為妳和他是不同邊的人……還是，我錯了？」

桑德斯點頭認同露薏莎的看法。「六〇年代初期，我在華府一個和能源部有關的智庫裡遇見過魯夫斯。說真的，我有點怕他！諾貝爾獎得主，曾經參與曼哈頓計畫。他不是有女人緣的男人。」

露薏莎從羅伯特．佛比薛爾的信中也得到同樣的印象。「他寫了一份報告批評九頭蛇零型，並且要求從全國供電網上撤下史灣尼克B，妳知道這份報告嗎？」

「希克斯密博士？妳完全確定嗎？」

「**完全確定**？不。**確定得要命**？對。」

桑德特看起來有點急躁。「我的天，如果『綠色前線』有辦法弄到他的報告……」她的臉攏上愁雲。「如果魯夫斯．希克斯密真的寫了一份報告攻擊九頭蛇零型，而且**如果**他真的威脅要公諸社會大眾，好，我就不認為他是開槍自殺的。」

露薏莎發現她們的音量都放得很低。她問了一個她猜測葛瑞謝會有興趣的問題：「妳相信濱海會為了避免企業的負面形象而派人去暗殺一個諾貝爾獎得主，這不會讓人覺得妳有點偏執嗎？」

桑德特從一個軟木布告板上拿下一張七十多歲的女人照片。「告訴妳一個名字。瑪葛．羅克爾。」

「我幾天前在標語牌上看過她的名字。」

「自從濱海買下史灣尼克島以來，瑪葛就在綠色前線活躍。她擁有這塊地，讓我們在這裡活動，成為讓濱海肋邊難堪的芒刺。六個禮拜前，她的平房——離海岸兩哩——遭人入侵。瑪葛沒有錢，只有幾小片土地。不論濱海拿什麼東西引誘她，她都不願意放棄土地。結果。那些盜賊將她打到不省人事，留她等死，什麼東西都沒拿走。這並不能算謀殺案，因為梅葛還在昏迷狀態，所以警方的說法是：計畫草率的搶劫，只可惜結局十分不幸。」

「對瑪葛來說，確實不幸。」

「對濱海來說卻是大幸。醫藥費帳單快把她的家人壓死了。攻擊發生幾天後，洛杉磯一家名叫『開放遠景』的房地產公司來找瑪葛的表親，表示願意以市價四倍的價錢購買這幾畝沿岸灌木地，來蓋一個私人的自然保護區。於是我要求綠色前線去研究一下開放遠景的背景。那家公司八個禮拜前才註冊成立。妳猜資助的企業芳名錄中，排在最前面的是哪家企業？」桑德特朝史灣尼克島的方向點了點頭。

露薏莎仔細思量著一切。「我會再跟妳連絡，海絲特。」

「希望如此。」

27

艾伯托·葛瑞馬帝在他的史灣尼克島辦公室裡，愉快地和比爾·史摩克與喬·納皮爾開不列入記錄的安全作戰會議。兩個人都廢話少，他喜歡這種態度，這和跟隨他的那群奉承者與請願者截然不同。他喜歡派秘書到來賓接待室去（公司主管、工會領袖以政府官員通常要在這裡等待與他見面，而且經常得等上幾小時），然後說：「法蘭克、喬，葛瑞馬帝現在有空檔可以先接見你們。」史摩克和納皮爾這兩個人，讓葛瑞馬帝可以肆無忌憚地表現出個性中艾德格·胡佛的特性。在他眼中，納皮爾是頭可靠的牛頭犬，他童年在紐澤西養成的個性，並沒有因為在加州住了三十五年而軟化；比爾·史摩克是他的好僕人，他可以穿過牆壁、倫理及法律，去執行主人的意志。

今天的會議最後還加入了李菲，她被納皮爾叫進來參與秘密議程上最後一項議案討論：一名記者，露薏莎·瑞伊，在週末來到史灣尼克，她有沒有可能構成安全上的威脅？「那麼，菲，」葛瑞馬帝的身體靠著辦公桌問，「我們對她知道多少？」

李菲就像是根據心中寫好的清單在報告。「《間諜鏡》記者，我可以假設大家都知道這家雜誌社吧？二十六歲，很有企圖心，與其說她激進，不如說她崇尚自由。她是雷斯特·瑞伊的女兒，就是最近才過世的那位駐外特派員。她母親七年前低調離婚後改嫁一名建築師，目前住在ＢＹ市郊的尤恩斯維拉山莊。沒有兄弟姊妹。以優秀的成績畢業於柏克萊，主修歷史與經濟。第一份工作是在《洛杉磯記事報》，偶爾為《論壇報》及《先驅報》寫政論。單身、獨居，準時結清帳單。」

「無聊之至。」納皮爾發表評論。

「可不可以告訴我，我們為什麼要討論她？」史摩克說。

李菲向葛瑞馬帝說明：「星期二在啟用典禮上，她一個人在研究區閒逛。自稱和希克斯密博士有約。」

「她找他幹什麼？」

「為《間諜鏡》寫專訪，但我認為她是來釣魚的。」

這位執行長問納皮爾是否有同感。納皮爾聳聳肩：「這很難看出來，葛瑞馬帝先生。如果她是來釣魚，我們就該假設她知道她想釣的是哪種魚。」

葛瑞馬帝有個弱點，他不太能直接說出最明顯的答案。「那份報告。」

「記者們很會胡思亂想，」李說，「尤其是急於寫出第一篇驚世駭俗獨家報導的年輕記者。我猜她**可能**認為希克斯密的死是……我該怎麼說呢？」

艾伯托．葛瑞馬帝露出困惑的表情。

「葛瑞馬帝先生，」史摩克插話進來，「我相信老練的菲不願明說的事情，叫瑞伊的女人可能在想像，是我們幹掉了希克斯密博士。」

「幹掉？我的天哪。真的嗎？喬？你覺得呢？」

納皮爾攤開手掌。「也許菲是對的，葛瑞馬帝先生，《間諜鏡》向來就不是因為報導有根據而為人所知。」

「我們對這家雜誌社有任何施力點嗎？」葛瑞馬帝問。

納皮爾搖頭。「我會去處理。」

「她還打電話過來，」李繼續說，「詢問可不可以訪問這裡的人，以便寫一篇〈科學家的一天〉的專欄。所以我邀請她到飯店來參加今天的晚宴，並且答應週末為她引介幾位科學家。事實上，」她看了看錶，「我一個小時內就得去和她會面。」

「那是經過我的同意，葛瑞馬帝先生，」納皮爾說，「與其讓她隨意亂逛，倒寧願她就在我們面前探聽消息，這樣可以就近監視她。」

「非常正確，喬，非常正確。評估一下她會給我們帶來多大的威脅。順便化解她對可憐魯夫斯的一切狐疑。」大家都露出些許笑容。「好吧，菲、喬，沒你們的事了，謝謝你們花時間過來。比爾，我還有多倫多方面的一些事要跟你談。」

執行長和他的殺手單獨留下。

「我們的朋友，」葛瑞馬帝開口，「羅伊德·胡克斯。我有點擔心他。」

比爾·史摩克考慮了一下。「怎麼說？」

「他的氣色看起來好像手中同時握有四張王牌，我不喜歡。看好他。」

比爾·史摩克把頭靠過去。

「最好為露薏莎·瑞伊安排一場巧妙的意外。你在機場的處理手法足以成為殺手的標準教案。但是，希克斯密是傑出的外籍人士，我們不希望這女人挖掘出這是場謀殺的傳聞。」他朝納皮爾及李的方向點了個頭。「那兩個人有沒有懷疑希克斯密的事？」

「李不會動大腦。她是個女公關，就此而已。納皮爾不會用眼睛看。葛瑞馬帝先生，他視力不佳，存心看不見。他只想到自己快要退休了。」

28

以撒．賽克斯半彎著身，坐在史灣尼克飯店酒吧面向海灣的落地窗邊，注視著點綴在傍晚乳藍色海水中的遊艇。一杯啤酒放在桌上還沒動過。這位科學家思緒飄忽。他從希克斯密的死，想到他偷拿走的那份希克斯密報告可能會被發現，因而膽戰心驚，接著又回想起納皮爾曾經警告過他要保密到家。**我們談好的條件是，賽克斯博士，你的想法是濱海企業的財產。你不會想要跟葛瑞馬帝先生賴帳對吧？**措詞不雅，但非常有效。

賽克斯試著回想從前，在這恐懼之結還沒勒住內臟前，他可以輕鬆自在地四處走動。他多希望能回到在康乃迪克的老實驗室工作，在那裡，世界是由數學、能量及連鎖反應構成，而他是個探索者。他實在不想和目前這個數量級的政治力扯上關係，一旦忠誠度稍有差錯，就會讓你的腦漿濺灑在旅館房間裡。**要把那份報告用碎紙機絞碎，該死的一頁接著一頁。**

接著思緒飄移，他想到了氬原子大量累積、一場大爆炸、一個個塞滿病患的醫院、第一批因輻射污染而死的人。官方展開正式調查。代罪羔羊。賽克斯握起拳頭互擊。到目前為止，他對濱海企業的背叛僅止於思想上的罪，而不是行動上的罪。**我敢越過這條線嗎？**他揉了揉疲累的雙眼。旅館經理引領著一群花店工作人員進入宴會廳。一個女人漫步走下樓來，要找某位還沒到場的人，接著她移步走進熱鬧的酒吧。她身上別緻的麂皮套裝、苗條的身材、樸素的珍珠配飾，都讓賽克斯眼睛一亮。酒保為她倒了一杯白酒，說了一個笑話讓她點頭，沒有贏得她的笑容。她轉身朝他走來，他認出她就是五天前被他誤以為是梅根．希克斯密的女人：恐懼之結開始緊繃。賽克斯急忙從陽台逃走，一路把臉避開。

露薏莎徘徊了一下，然後朝著面向海灣的窗邊座位走去。那裡的桌上有一杯沒人碰過的啤酒，主人卻不知道跑到哪裡去了，於是她坐上微微溫熱的座位，這屋內最棒的位置。她注視著點綴在傍晚乳藍色海水中的遊艇。

29

艾伯托·葛瑞馬帝的目光掃視燭光點點的宴會大廳。句子一個接一個從廳內冒出來，說者顯然比聽眾興致高。他的演講比羅伊德，胡克斯的演講贏得更多且更長的笑聲。胡克斯這時就坐在葛瑞馬帝的副執行長威廉·魏利旁邊，神智清晰地與他商量事情。**這會兒這兩個傢伙在熱烈討論什麼啊**？葛瑞馬帝在心中又草草記下要交代比爾·史摩克的事。環保署長正在跟他講亨利·季辛吉學生時代沒完沒了的故事，所以葛瑞馬帝就對著一群想像中的聽眾，發表他對權力的看法。

「『權力』，是什麼意思？『決定另一個人命運的能力。』你們這些科學家、建築大亨，以及意見領袖：我可以搭我的噴射機從紐約拉瓜地亞機場起飛，並且在抵達ＢＹ前就讓你們變成無名小卒。你們這些華爾街名人、人民選出來的官員，以及法官們，我也許需要多一點時間才能把你們打下枝頭，但是你們最終還是會摔得再也爬不起來。」葛瑞馬帝看了一下環保署長，確定對方沒有察覺他心不在焉──他的確沒有察覺。「那麼，為什麼有些人能宰制他人，但大多數人卻都像部下、像牲畜那樣生存與死亡？答案就是神聖的三位一體。首先：他有與天俱來的群眾魅力。其次：他有嚴格的紀律，能將這魅力培養得更加成熟。因為，『人類土壤』裡雖然富含肥沃的才能，但是你撒下一萬顆種子，卻只有一顆最終能開花結實──因為他們欠缺嚴格的紀律。」

葛瑞馬帝瞥見李菲正引導那位麻煩的露薏莎·瑞伊到圍繞在史匹羅·安格紐*左右的仰慕者當中。這個記者本人比照片好看許多，哦，她就是靠這姿色套住希克斯密。他的目光遇上比爾·史摩克的眼睛。

「第三：想要獲得權力的企圖心。這就是人們會有不同宿命的關鍵。當某個人的絕大多數同伴都在失去權力、不善用權力，或避免擁有權力時，是什麼驅使他反倒去累積權力？是一種癮？是財富？是

*美國第三十九任副總統，尼克森的副手。

求生存？是物競天擇？我認為都只是託辭及後果，而不是根本原因。唯一的答案可能是，『根本就不需要去問為什麼，因為那就是我們的本性。』『是誰』以及『是什麼』，都比『為什麼』問得更深入。」

環保署長剛好講完笑話，自己左搖右晃地大笑起來。葛瑞馬帝也張嘴咯咯笑了兩聲。「一個殺手，湯姆，一個百分之百的**殺手**。」

30

露薏莎．瑞伊中規中矩地扮演傻大姐記者的角色，好讓李菲知道她對濱海企業不構成威脅。唯有如此，她的韁繩才不會被拉得太緊，也才有機會嗅出誰同樣和希克斯密持有異議。喬．納皮爾，保全負責人，讓露薏莎想到父親——安靜、清醒、年紀相仿、髮量也差不了多少。在這場共有十道菜的奢華晚宴中，她有一、兩次看到他正望著她：不是好色的眼神，而是若有所思。「那麼，菲，妳在史灣尼克島上從來沒有侷限的感覺？」

「史灣尼克？根本就是天堂！」女公關熱情地說。「距離布納斯伊爾巴斯只有一小時，沿岸走下去就是洛杉磯，我家人住在舊金山，一切都很理想。這裡有附屬店家與各種設施、看病免費、空氣新鮮、零犯罪率，還可以欣賞海景。連這裡的男士們，」她壓低音量來吐露心聲，「都經過查核——事實上我可以拿到他們的個人檔案——所以妳放心，在這些可考慮交往的人當中不會有怪人。談到這點——以撒！以撒！你被徵召了。」李菲抓住以撒．賽克斯的手肘。「你應該記得幾天前碰過露薏莎吧？」

「我是個被徵召的幸運兒——嗨，露薏莎，很高興再見到妳。」

露薏莎感覺到，他握手時有些不安。

「瑞伊小姐是來這裡，」李菲說，「採訪我們，準備要寫一篇史灣尼克的人類學報導。」

「是嗎？我們是個無趣的種族。我希望妳寫的字數能達到雜誌社要求。」

李菲把笑容調到最大。「我很確定以撒可以撥出一些時間來回答妳的問題，沒錯吧，以撒？」

「我是無趣的人當中最無趣的人呢！」

「別相信他的話，露薏莎，」李菲提醒她，「這只是以撒的策略。等到妳的防衛心鬆懈，他會撲向妳。」

菲口中這位「女士殺手」晃動著腳跟，兩眼盯著自己的腳尖，不自在地微笑。

31

「以撒・賽克斯的悲劇缺失，」兩小時後，以撒・賽克斯垂頭喪氣地靠在海灣觀景窗，為坐在對面的露薏莎・瑞伊分析自己，「就是這樣。太懦弱了，沒辦法成為戰士。但是他的懦弱卻又**還沒**到願意躺在地上，像隻乖狗在地上翻滾。」他的話就像在小鹿斑比在冰上滑行，成串從口中滑出來。桌上立著一個快空了的葡萄酒瓶。酒吧裡已人影稀疏。賽克斯想不起他上回喝醉，或者說，既緊綳又放鬆是什麼時候的事。放鬆，因為一位聰明年輕的女性正在享受有他為伴的時光；緊綳，因為他已經準備好要拿手術刀切開良知上的瘡。賽克斯不敢相信，他竟然被露薏莎・瑞伊吸引了，他十分遺憾他們是在這種狀況下認識。眼前的這「記者」和這「女人」不斷輪替出現。

「我們換個話題吧。」賽克斯說。「妳的車，妳那輛，」他模仿好萊塢影片中納粹黨衛軍的腔調，「『福斯』，它叫什麼名字？」

「你怎麼會知道我的金龜車有名字？」

「所有金龜車車主都會為車子取名字。但請別告訴我它叫約翰、喬治、保羅，或林葛。」**喔老天，露薏莎・瑞伊，妳真是漂亮。**

她說：「你聽了一定會笑。」

「我不會。」

「你會。」

「我，以撒．卡斯帕．賽克斯，鄭重發誓不會笑。」

「你會後悔你的中間名叫卡斯帕，因為我的車叫賈西亞。」

他們的身體都在抖動，但沒有出聲，直到終於忍不住大笑出來。**或許她也喜歡我，或許她並非只在意工作。**

露薏莎好不容易收起笑來。「看來，你所發的誓這麼不值錢？」

賽克斯做了一個「是我不好」的手勢，並且輕觸自己的眼睛。「我發的誓通常可以撐得比這次久一點。我不知道這次為什麼這麼好笑，我是說賈西亞，」他用鼻音說，「並不是個好笑的名字。我曾經交往過的女孩還叫她的車子羅西拿提，妳相信嗎！」

「狂暴頹廢的前男友取的，來自傑利．賈西亞，你知道，就是『死之華』合唱團的吉他手。當它的引擎把一個墊圈震出引擎蓋時，他就把車子棄置在我的宿舍門口，也就是大約在那時候，他為了一個啦啦隊員把我甩了。很惡劣，但事情就是這樣。」

「妳沒有拿噴焰槍去處理？」

「賈西亞的前主人是個善於詐騙的精子彈，錯不能算在它頭上。」

「那傢伙一定是瘋子。」賽克斯並沒有計畫要這麼說，不過話說出口後也不覺得後悔。

露薏莎．瑞伊感激地點了點頭。「不管怎麼說，賈西亞這名字適合這輛車。它從來不會平順地運轉，有時疾速猛衝，有時像是要解體，行李箱鎖不起來，油管會漏油，就是不願意放手讓車子的靈魂離開。」

邀她回家，賽克斯心想。**別傻了，你們已經不是小孩子了**。

他們望著碎浪在月光下互撞，化成白沫。

快跟她說呀。「那一天，」他的聲音像在喃喃自語，他還覺得有點想吐，「妳是在希克斯密的房間裡找東西。」周遭的陰影似乎豎起了耳朵。「不是嗎？」

露薏莎也留意了一下有沒有人在偷聽，接著才用非常微小的聲音說：「我知道希克斯密博士寫了一份報告。」

「希克斯密必須和設計並且建造那東西的團隊密切合作。那就包括了我。」

「所以，你知道他的結論是什麼囉？就是關於九頭蛇反應爐的事？」

「我們全都知道！傑索普、摩西、基恩……他們全知道。」

「關於關鍵的設計瑕疵。」

賽克斯全身發顫。「是的。」**什麼都沒改變，但一切都變了**。

「出了意外的話，後果會有多嚴重？」

「如果希克斯密博士的看法是正確的，會比『後果不堪設想』更加不堪設想。」

「為什麼不先讓史灣尼克停機，等進一步調查後再決定何時復機？」

「金錢、權力，大概不外乎這兩個嫌疑犯。」

「你認同希克斯密嗎？」

謹慎點。「我同意裡面有重大的『理論風險』。」

「你有沒有被人施壓，叫你別透露自己的疑惑。」

「每個科學家被施壓，每個科學家也都同意照做。希克斯密例外。」

「**誰**在施壓？葛瑞馬帝嗎？最高層人士也知道嗎？」

「露薏莎，如果這報告的複本落入妳手中，妳會怎麼處理？」

「片刻不耽擱就向社會大眾公開。」

「妳知道……」**我不能說**。

「知道高層人士寧可看到我死掉，也不願意看到九頭蛇被質疑？目前為止我只知道這麼多。」

「我沒辦法給妳承諾。」**基督耶穌啊，我多麼軟弱**。「我會成為科學家，是因為……就像在污濁的急流裡淘金。真理就是黃金。我——我不知道要做什麼……」

「新聞記者也同樣在污濁的急流裡工作。」

海面上，月光照耀。

「去做那些，」露薏莎最後說，「你不能不去做的事。」

32

在刺眼晨光中，露薏莎．瑞伊看著打高爾夫的人橫越過青綠色球場，心想如果昨晚邀請以撒．賽克斯上她的房間，不知道會如何。他不久後會來和她碰面，一起共進早餐。

她在想，是不是該打電話給傑維爾。**妳又不是他老媽，妳也不是他的監護人，只是個鄰居**。她不知道該怎麼做，但是，正如她不知道如何忽視在垃圾槽旁哭泣的男孩，也正如她無法不跑下去找公寓管理員借鑰匙，並且在一整籠垃圾中幫那男孩找到他心愛的集郵冊，現在她不知道該如何自救脫身。傑維爾並沒有別的朋友，而且十一歲小孩不會知道狡詐為何物。**難道妳還有其他人可以連絡嗎？**

「妳看起來就像有全世界的重量壓在肩上。」喬．納皮爾說。

「喬，坐一下吧。」

「如果我真的坐下來，請別介意。我來告訴妳一個壞消息。以撒．賽克斯請我為他致上最誠摯的歉意，他不得不爽約。」

「是嗎？」

「今天早上葛瑞馬帝搭機前往我們的三哩島基地，去向一群德國人獻慇勤。本來席尼·傑索普要跟他一起去，提供技術上的協助，但是席尼的父親心臟病突發。接替的人選就是以撒。」

「哦，他已經離開了嗎？」

「恐怕是的。他現在——」納皮爾看了看錶，「正飛越落磯山脈。宿醉的人會得到特別照顧，沒什麼好擔心的。」

別露出失望的臉色。「他什麼時候會回來？」

「明天早上。」

「哦。」**可惡，可惡，可惡。**

「我的年紀是以撒的兩倍，而且比他醜三倍，但是菲叫我帶妳逛逛園區。她還安排了一些時段，讓妳可以訪問幾個妳可能會有興趣的人。」

「喬，你們對我都太好了，願意在週末撥出這麼多時間給我。」露薏莎說。**你們已經知道賽克斯正處在變節邊緣嗎？怎麼知道的？除非賽克斯是個誘餌？這我已經無法理解了。**

「我是個孤獨的老人，多的是時間。」

33

兩個小時後，喬·納皮爾打開控制室的門，等著露薏莎進去。「所以，研究發展部門叫做雞舍，因為裡面住了一堆蛋頭學者。」露薏莎一面笑一面草草記在筆記本上。「你們怎麼稱呼反應爐所在的建築？」

一個嚼著口香糖的技術人員揚聲回答：「勇者之家。」

喬的表情在說，**有趣**。「這**絕對**不能列入記錄。」

「喬有沒有告訴你，我們怎麼稱呼保全部門？」那個控制人員露齒微笑。

露薏莎搖頭。

「人猿星球。」他轉頭看納皮爾。「介紹一下這位客人吧，喬。」

「卡羅・波恩！露薏莎・瑞伊！露薏莎是記者，卡羅是高級技師。在這裡多待一下，可以聽到更多他取的別名。」

「我帶妳逛逛吧，如果喬願意把妳借給我五分鐘。」

波恩帶著露薏莎參觀面板與儀表到處閃爍的螢光房間時，納皮爾一直看著露薏莎。幾個低階技工在檢查報表，對著刻度表皺眉，然後在手中的寫字板上打勾。波恩跟露薏莎打情罵俏的時候，她剛好轉身，以致他與納皮爾四目交接，便順勢模擬了她的大胸脯。清醒的納皮爾搖搖頭。*米麗一定會對妳有意見，她會邀妳來家裡吃晚餐，為妳準備過多的食物，在妳該被嘮叨的地方嘮叨。*他回想起露薏莎還是個六歲小孩時的早熟模樣。*上次在第十轄區的同事重聚日中見到妳，應該是二十年前了吧。出言不遜的小女孩有多少行業可以選擇？有多少個記者有可能追蹤到希克斯密死亡的味道？但為什麼出現在我眼前的人會是雷斯特・瑞伊的女兒？為什麼還出現在我退休前夕？是誰想出這種惡劣的玩笑？這個城市嗎？*

納皮爾很想哭。

34

日落時，李菲快速且熟練地搜了露薏莎・瑞伊的房間。她查看馬桶水箱內部，在床墊下面找細長的切縫，試探地毯有沒有可以翻開之處，小酒櫃和衣櫃也都打開來檢查。報告原稿有可能已影印縮小變成原件的四分之一。李菲馴養的櫃台服務生報告說，賽克斯和露薏莎長談直到凌晨時分。賽克斯今天早上已經被除掉了，但他並不是笨蛋，有可能已經把東西存放在某處等她去拿。她轉開電話筒，看到納皮爾最喜歡的偽裝電阻發射器。她伸手到露薏莎過夜用的行李袋深處，除了一本《禪與摩托車維修藝術》外，找不到任何印刷品。她快速翻閱這名記者放在桌上的記事本，但是露薏莎加密的簡寫記號並沒有透露太多資訊。

李菲心想是不是在浪費時間。**浪費時間？梅克森石油公司要找希克斯密報告的懸賞金額已提高到十萬美金了。如果懸賞十萬是說真的，一百萬他們也會願意出。如果這報告能讓整個原子能產業在未成年前就踏進墳墓，一百萬只是小數目。所以繼續找吧。**

電話響了四聲，提醒她露薏莎・瑞伊已經回到大廳，現在正在等電梯。李菲確定東西都歸回原位後，離開房間，走樓梯下到大廳去。十分鐘後，她從旅館櫃台打電話給露薏莎。「嗨，露薏莎，我是菲。回來很久了嗎？」

「只夠我很快沖了一個澡。」

「下午收穫很多嗎？我希望有。」

「收穫非常多。我收集到足夠寫兩到三篇報導的材料。」

「太棒了。露薏莎，除非妳還有計畫，否則就和我一起到高爾夫俱樂部吃晚餐吧？史灣尼克的龍蝦在全太平洋西岸稱冠。」

「妳這句話說得還真有把握。」

「我可沒有叫妳直接相信**我的**話。」

35

龍蝦殼堆得半天高。露薏莎和李菲的手指伸到裝檸檬水的罐裡清洗了一下。李用眉毛告訴服務生可以把盤子收走了。「妳看我吃成什麼樣子。」露薏莎放下餐巾。「我是這裡最邋遢的人，菲。妳應該在瑞士開一家年輕女士的禮儀學校。」

「濱海村的人可不這麼看我。有人跟妳說過大家給我的暱稱嗎？沒有？『李先生』。」

露薏莎不確定菲期待她如何回答。「可以給我一點提示嗎？」

「上班的第一個禮拜，我在販賣部為自己泡咖啡。一個工程師走過來，告訴我他有個技術問題，問我能不能幫忙解決。他的同伴在一旁竊笑。我說：『我猜沒辦法。』那傢伙說：『妳絕對沒問題。』他要我為他那根螺絲上油，並幫他洩掉螺帽上多餘的壓力。」

「這個工程師幾歲，十三歲嗎？」

「四十，已婚，還有兩個小孩。結果，他那些同伴在一旁起鬨。妳會怎麼做？立刻反唇相譏，讓他知道妳生氣了？打他一巴掌，被冠上歇斯底里之名？順道一提，這種惹人厭的傢伙很喜歡被女生摑臉呢！什麼都不做？讓在場每一個男人日後都可以對妳說這種屁話而不用受懲罰？」

「提出正式的申訴？」

「來證明女人碰到難題時，只懂得去找更高層的男人？」

「那妳做了什麼？」

「讓他調到位在堪薩斯州的基地。在一片荒蕪之中，寒冷的一月。我很同情他太太，但是誰叫她要嫁給這種人。事件傳開了，我就被稱為『李先生』了。真正的女人不會這樣殘酷對待這個可憐的傢伙，不會的，真正的女人會把他的玩笑看成對自己的讚美。」李菲抹平桌巾上的皺紋。「妳在工作時會碰到這類廢物嗎？」

露薏莎想起納斯本和傑克斯。「哦，每天都碰到。」

「或許我們的女兒們會生活在更自由的世界裡，可是我們呢？別傻了！我們得自救，露薏莎。男人不會幫我們的。」

這位記者感覺到議題已經變了。

李菲傾身靠向她。「我希望妳可以把我看成妳在史灣尼克島的內線。」

露薏莎小心刺探她的虛實。「記者需要內線，菲，所以我一定會把妳的話牢記在心。可是我得提醒妳，《間諜鏡》並沒有經費可以付妳心想的酬勞。」

「男人發明金錢。女人發明互助。」

她是個聰明人，露薏莎想，**她知道陷阱與機會的區別**。「我不確定……一個小記者怎麼『幫助』妳這種地位的女人，菲。」

「別低估自己，友善的記者可以成為我的重要同盟。不急著決定。如果哪天妳想跟我討論比『史灣尼克工程師們一年要吃掉多少根薯條』還重要的議題，」她的聲音微弱像是耳語，被刀叉碰撞、雞尾酒吧的鋼琴音樂及其餘用餐客人的笑聲掩蓋，「例如，希克斯密博士整理的九頭蛇反應爐數據，純粹是隨便舉的例子，我可以跟妳保證，妳會發現，我比妳想像中**更能**與妳合作。」

李菲彈了一下手指，服務生就推著點心車過來。「檸檬與香瓜冰沙的卡路里很低，可以淨化味覺，適合在喝咖啡之前吃。相信我這次說的話？」

話題驟然轉變，讓露薏莎懷疑起之前真的聽到那些話。「這次我相信妳。」

「很高興我們能彼此瞭解。」

露薏莎心想：**新聞記者可容許多大程度的欺騙**？她記得有天下午在醫院的庭院裡，父親回答她：**我曾經說過謊來拿到獨家新聞嗎？只要能讓我更接近真理一吋，要我每天還沒吃早餐前就得編出十哩**

高的龐然大謊，我也願意。

36

電話鈴聲將露薏莎的夢翻了個面，讓她重回到月光照亮的房間。她先抓到檯燈、時鐘收音機，最後才抓到話筒。有幾秒鐘時間，她不記得自己的名字，也不知道自己是在哪一張床上。「露薏莎？」黑色深淵裡傳來聲音。

「是，露薏莎・瑞伊。」

「露薏莎，是我，以撒，以撒・賽克斯，這是長途電話。」

「以撒！你人在哪裡？現在是幾點？為什麼——」

「噓，噓，抱歉，把妳吵醒了，我也很抱歉昨天天還沒亮就被他們拖走。聽我說，我人在費城。東岸的時間是七點半，加州再過不久就會日出。妳人還在嗎，露薏莎？我還沒斷線？」

他很害怕。「是，以撒，我在聽你講話。」

「離開史灣尼克前，我把一份禮物交給賈西亞，請他轉交給妳，只是怡情養性的東西。」他想讓話聽起來很輕鬆。「知道我的意思嗎？」

他到底在胡扯些什麼啊？

「聽到我的話了嗎，露薏莎，賈西亞有樣禮物要給妳。」

露薏莎大腦中負責警覺的細胞強行介入。*以撒・賽克斯把希克斯密的報告放在妳的福斯車上，妳跟他說過行李蓋沒辦法鎖起來。他認定這間旅館不安全，而且我們的電話正被竊聽中。*「你真體貼，以撒。希望沒讓你太破費。」

「我花的每一分錢都值得。很抱歉，打擾妳的好眠。」

「不用擔心，常常睡太好也會出問題。希望你搭機平安，很快能再見到你。一起吃晚餐？」

「我很樂意。好了，我得去趕飛機了。」

「旅途平安。」露薏莎掛上電話。

晚一點再不慌不忙地離開？還是現在就逃離史灣尼克？

37

同樣在科學村，在離她四分之一哩的地方，喬·納皮爾也清醒著。他房間的窗戶就像一幅畫框，框裡的畫是黎明前一小時的夜空。一座電子監視系統占去半個房間，揚聲器裡傳出掛掉電話後的嘟嘟聲。納皮爾用一部嘎嘎作響的倒帶機倒帶。「離開史灣尼克前，我把一份禮物交給賈西亞，請他轉交給妳，只是怡情養性的東西……知道我的意思嗎？」

賈西亞？賈西亞？

納皮爾對著冷掉的咖啡扮了個鬼臉，打開一個標記為「LR#2」的檔案夾。同事、朋友、連絡人……人名索引中沒有賈西亞這號人物。**最好去警告比爾·史摩克，在我有機會再次跟露薏莎談話前，先不要下手。**他喀嗒一聲點起打火機。**比爾·史摩克很難找，更別說去警告他。**納皮爾把一口苦澀的煙吸進肺裡。電話響了，是比爾·史摩克。「這個該死的賈西亞是何方神聖？」

「不知道，檔案裡沒有資料。聽著，我不希望你去——」

「你他媽的工作就是去找出來，納皮爾。」

所以你現在用這種態度對我說話？「喂！你先不要——」

「對你自己喂吧！」比爾·史摩克掛掉電話。

糟，糟，太糟了。喬抓起外套，熄掉菸，離開了辦公室，在園區裡大步朝露薏莎的旅館走去。路程約五分鐘。他回想起比爾．史摩克脅迫的語氣，開始拔腿狂奔。

38

露薏莎把東西塞進過夜用的行李包時，一大堆似曾相識的錯覺盤繞在腦際。**羅伯特．佛比薛爾正在用餐，接著從另一家旅館衝出來。**她走樓梯下到空無一人的大廳，地毯像雪般沉默，員工辦公室裡的收音機低訴著一些空洞話語。露薏莎偷溜到前門，希望不用解釋就可以離開。門是鎖上的，為的是不讓人出去，而不是不讓人進來，所以，露薏莎大步踩過旅館草坪走向停車場。黎明前的海風正許下曖昧的承諾，內陸的夜空已變成深玫瑰色。四下無人，但是在靠近車子時，露薏莎還是強迫自己不要奔跑。**保持冷靜，不要急，妳可以說妳想開車沿著峽角兜兜風，欣賞日出。**

第一眼望下去，行李箱是空的，但是裡面的地毯蓋著鼓起的東西。翻開地毯，露薏莎發現一包黑色塑膠袋。她從裡面拿出一個香草色的文件夾。在黎明微光下，她讀著封面上的字：**九頭蛇零型反應爐操作評估模型——計畫主持人魯夫斯．希克斯密博士——非經授權持有本文件者，觸犯一九七一年聯邦軍事暨工業間諜法**。約有五百頁的表格、流程圖、數學計算及佐證資料。得意洋洋的感覺在她胸中振盪回響。**鎮靜點，這只是第一階段的尾聲。**

不遠處的動靜引起露薏莎注意。一名男子。露薏莎躲在賈西亞後面。「嗨！露薏莎！別動！」**是喬．納皮爾！**彷彿置身在全由鑰匙、鎖、門所構成的夢境裡，露薏莎把裝在黑色垃圾袋裡的香草色文件夾塞到駕駛座旁的客座底下。納皮爾跑了起來，他手上的手電筒光在昏黃背景裡上下掃射。引擎發出懶獅的叫吼——這輛福斯的倒車速度太快了。喬．納皮爾被車尾猛撞了一下，大聲嚷叫，露薏莎瞥見他用單腳蹦跳著，像個鬧劇演員。

她並沒有停下車去致歉。

39

比爾・史摩克那輛沾滿灰塵的黑色雪佛蘭慢速滑行，然後停在史灣尼克大橋島上的檢查哨前。由一點點燈光構成的光廊，將北美大陸的燈光引過海峽。守衛認得他的車，已經走到駕駛座的窗邊。「先生，早安！」

「時間還過早了。理奇特，不是嗎？」

「是的，史摩克先生。」

「我猜喬・納皮爾剛剛才打電話過來，命令你不要讓一輛橘色福斯通過檢查哨。」

「沒錯，史摩克先生。」

「我奉葛瑞馬帝先生本人的指示來取消命令。你要升起車柵欄讓福斯通過，並且讓我跟在後面。現在打電話給橋另一頭的夥伴，告訴他，在看見我的車之前不要讓任何人經過。等納皮爾先生到這裡，大概是十五分鐘以後吧，跟他說，葛瑞馬帝要他回去休息。聽懂了嗎？理奇特？」

「懂了，史摩克先生。」

「你今年春天結婚了，我沒記錯吧？」

「您的記性真好，先生。」

「沒錯。開始生兒育女了？」

「我太太懷孕四個月了，史摩克先生。」

「給你個建議，理奇特，要如何在保全這行闖出名堂。你想聽嗎，孩子？」

「我想，先生。」

「再笨的狗也會坐著看門。真正需要大腦的是，知道什麼時候該睜一隻眼閉一隻眼。你知道我在講什麼嗎，理奇特？」

「您講得非常清楚，史摩克先生。」

「你的年輕家庭未來有了保障，孩子！」

史摩克倒車，把車停在守衛室旁邊，然後盡量壓低身子。六十秒後，一輛氣急敗壞的福斯繞過峽角。露薏莎煞住車，搖下車窗，理奇特出現，史摩克聽到「家裡有急事」幾個字。理奇特請她開車小心，然後車柵欄升起。

史摩克把離合器排入一檔、二檔。雪佛蘭到達橋面時，車子開過路面的聲音變了。三檔、四檔、踩下油門。那輛破爛金龜車的尾燈越來越接近，五十碼、三十碼、十……史摩克沒有打開車燈。他方向盤一轉，把車開到沒有半輛車的來向車道，離合器打到五檔，讓兩輛車並行。史摩克笑了。**她以為我是喬·納皮爾**。他猛轉方向盤，讓金龜車夾心在他的車與橋護欄中間，金屬磨擦聲刺耳無比，直到護欄像拉開的拉鍊，與橋面水泥基座分離，於是金龜車踉蹌地衝到橋外的空中。

史摩克用力踩煞車。他走到涼爽的車外，聞到橡皮過熱的味道。在他身後，橋下方六、七十呎處，一輛福斯車的前保險桿正被細小的波浪及不斷湧出、破滅的橢圓泡泡吞噬，然後沉入海裡。**就算她的背沒撞斷，也會在三分鐘內淹死**。比爾·史摩克檢查了他那輛車子的車身擦痕，有點氣餒。**匿名殺人**，他認定，**缺少當著對方下手的刺激感**。

美國的太陽火力全開，宣告新黎明的到來。

提摩西・卡文迪西的恐怖考驗

那是個明亮的黃昏。四、五，不，我的天，六個夏天前，我在栗樹及山梅花成蔭的格林威治大道上散步，心情十分愉快。攝政時期建造的住宅算是倫敦價位最高的房地產，如果你有機會繼承一棟，親愛的讀者，賣掉它，別去住。那種房子潛藏著黑暗的魔力，能把主人變成瘋子。有個被害人曾經當過羅德西亞警署的署長，就在我剛提到的那天傍晚，他開了一張和自己一樣肥胖的支票給我，請我幫他編輯及出版自傳。我的愉快心情部分是因為拿到這張支票，部分是因為喝了一瓶一九八三年杜魯若伊葡萄園產的查伯里斯酒，那是能把悲劇化解成只是誤解的妙方。

穿得像妓女芭比的少女三人組從我對面走來，整個人行道的寬度都被她們布上了流刺網，我只好走到馬路上，以免和她們相撞。但是，就在我們錯身時，她們撕開火紅色的冰涼糖包裝紙直接丟在地上。我的和諧社會概念全然被激發，我的意思是，我們旁邊就有個垃圾桶！被惹毛的公民提姆・卡文迪西對冒犯者說：「妳們知道嗎，妳們應該要把包裝紙撿起來。」

一句帶著嘲諷的「那**你**要拿我們怎麼辦？」擦過我的後背。

他媽的母猿猴。「我沒有打算要怎麼辦，」我轉過頭，越過肩膀回答，「我只是說，妳們——」我的膝蓋突然支撐不住重量，人行道的路面撞裂臉頰，把我童年時一場三輪車意外的記憶也撞散開來，接著疼痛清除一切，只留下了疼痛。一個狠毒的膝蓋把我的臉壓到腐葉土上。嘴裡有血味，我那六十多歲的手腕被扭到背後，飽受旋轉九十度的苦楚，我的英格索太陽眼鏡也被扯下來。回想起集古代暴行與現代暴行之大成的下流行為，但是，在搶匪還沒搶走皮夾之前，一輛播放著〈伊潘尼瑪來的女孩〉的冰淇淋車的響亮鐘聲嚇跑了加害者，模樣像極了在黎明前一刻倉皇逃命的女吸血鬼。

「結果你沒去舉發他們？你這笨蛋！」隔天早晨X女士把代糖灑在她早餐的麥麩上。「看在基督耶穌分上，打電話報警。你在等什麼？足跡會冷掉呢。」哎呀，我已經誇大真相，告訴她那幾個搶匪是五個大老粗，頭顱上都用剃刀剃了納粹的符號。這時候我怎可能再去報案，說那幾個輕而易舉把我打傷的人，其實只是在路上指揮兒童上下學的三個未成年女孩。那些穿藍色制服的男孩聽了，恐怕會被口中的企鵝餅乾哽死。不，這起攻擊事件並沒加到我們國家粉飾太平的刑案統計資料裡。要不是被偷走的英格索是我如今冰冷如北極的婚姻仍然陽光燦爛之時收到的愛的禮物，否則，這整起事件我可能會一直埋藏在心底。

我講到哪裡了？

真奇怪，在我這個年紀，一些亂七八糟的故事會衝進腦袋裡攪局。

不，不奇怪，是他媽的非常可怕。我本來打算從德莫．侯金斯開始講起。這就是用手一字一字寫回憶錄會出現的問題。你沒辦法改變已經寫下來的東西，只好用更多詞句笨拙地修飾，結果事情被你越描越黑。

*

你要知道，我是德莫．「除塵者」．侯金斯的**編輯**，不是他的精神科醫生，也不是他媽的占星家，所以我**怎麼可能**會知道在那惡名昭彰的夜晚，他已經準備好要對付菲力斯．芬奇爵士。菲力斯．芬奇爵士，文化部長兼《特拉法加書評》的總編輯，他當時在媒體群星中多耀眼，即使在事發十二個月後，人們用肉眼還是可以看到他。通俗小報在頭版刊登他的消息；習慣閱讀全國性大報的讀者，在看到第四頻道報導誰過世、詳情如何時，幾乎把口中的果仁燕麥片都噴了出來。整個鳥園的兀鷹及小雀鳥——「專欄作家」們——嘰嘰喳喳地各自獻上讚詞，同聲讚頌這位已逝的「人文藝術之王」。

我，相較之下，直到如今都還堅持有尊嚴地實話實說。然而，我必須提醒忙碌的讀者，相較於我即將經歷的苦難，菲力斯·芬奇事件這顆餐後薄荷糖，對我而言只是餐前酒。「提摩西·卡文迪西的恐怖考驗」，你或許可以這樣稱呼。嗯，這標題漂亮。

那是雷蒙獎頒獎典禮當天晚上發生的事。典禮地點是最近才在海灣大廈頂樓重新盛大開幕的傑克星光酒吧，屋頂上的空中花園為酒吧氣氛增色不少。整個他媽的出版食物鏈都來到空中花園，棲息在傑克的酒吧。心事重重的作家、名氣響亮的廚師、西裝畢挺的官員、蓄山羊鬍的版權代理商、營養不良的經銷商，還有成堆的三流作家和攝影師，他們會把「去死吧！」理解成「怎麼會呢，我很樂於配合！」讓我先撲滅那個邪惡的小流言：人們說德莫受邀是我動的手腳，哦，是喔，還說提摩西·卡文迪西事先就知道他的作者很渴望以高姿態上演一場復仇記，就這麼簡單，說這整起悲劇是個宣傳噱頭。都是嫉妒他的對手想像出來的胡扯！一直沒有人承認寄了邀請卡給德莫·侯金斯。事情發生後，更不可能會有人站出來承認了。

不論如何，得主揭曉，我們也都知道誰獲得那五萬鎊獎金。我喝醉了。小子蓋伊介紹我喝一種名叫「湯姆少校的地面管制」的雞尾酒。結果「時間箭*」變成了「時間回力鏢」，而我也搞不清到底喝了多少個少校。六人爵士樂團開始演奏倫巴舞曲。我到陽台去透透氣，從外面觀賞酒吧內的喧嘩。眼前的倫敦藝文界，彷彿讓我進入古羅馬安東尼統治時期吉朋的心裡。**一大群評論者、編纂者與注釋者蒙蔽了學問，天才式微後，緊接著是格調的墮落**。

德莫找到我；壞消息總是會無情地找到你。讓我重述一次，在這裡遇見教宗庇護十三世都不至於讓我如此驚訝。事實上，教宗出現在這裡還比較不突兀。我這位心術不正的作者穿著一件香蕉色西裝、巧克力色襯衫，以及一條利賓納領帶。我不需要提醒諸位好奇的讀者，《吃我一拳》這時還沒有

---

*《時間箭》（*Tme's Arrow*），馬丁·艾米斯（Martin Amis）的作品。

旋風式地席捲書市。事實上，這時連進入一般書店的管道都沒有，除了切爾西聖人約翰．桑多伊的書店，以及幾家位在侯金斯兄弟的倫敦東區地盤、一度是猶太人、接著是錫克教徒、現在是厄利垂亞人開的可憐書報攤以外，沒人在賣這本書。的確，德莫到空中花園來找我談的，正是宣傳與通路的問題。

我第一百次跟他解釋，需要作者出資合夥經營的卡文迪西出版社，是不可能浪費錢去製作精美的目錄，並且在週末辦讀友活動來宣傳。我跟他解釋，再一次，我的作者們將裝幀精美的書拿給朋友、家人及子孫時，就可以獲得滿足感。我還跟他解釋，再一次，時髦黑道這種題材的市場已經飽合了，而且連《白鯨記》在梅爾維爾生前也賣得「慘兮兮」，雖然我並沒有真的用這樣的形容詞。「這真的是一本絕妙的回憶錄，」我跟他保證，「給它一點時間。」

酒醉憂鬱的德莫什麼都不願意聽，探頭去看護欄外的景物。「那些都是煙囪。在下面，離我們很遠。」

我相信，這威脅只是他心中的想像。「沒錯。」

「我還是小男孩時，我媽帶我去看《歡樂滿人間》。掃煙囪的人在屋頂上跳舞。她也看那部片的錄影帶，一次又一次，在養老院裡。」

「我也記得那部片剛上演的情形。這反映出我的年紀。」

「就是這個。」德莫皺了皺眉頭，透過落地窗指向酒吧。「那是誰？」

「誰是誰？」

「打著蝴蝶領結、正在和頭上的頭冠很像垃圾袋那傢伙聊天的男子。」

「那個頒獎人，菲力斯……噢，菲力斯什麼的？」

「菲力斯他媽的芬奇！那個大爛貨，在他那本幹他娘娘腔的雜誌裡拉屎在我的書上。」

「那雖然不是對你最友善的書評，但是——」

「那是我，他奶奶的唯一書評！」

「其實讀起來並沒有那麼糟——」

「是嗎？『像侯金斯先生這種賣不動的奇景，是被現代文藝碾斃的實例。』你有沒有注意到，人們常會先尊稱你為『先生』，然後才將刀子捅進你的身體？『侯金斯先生應該要對因為出版他那本自我膨脹的自傳式小說而被砍倒的樹道歉。自命不凡的四百頁文字，最後在難以置信的平凡、空洞的結尾中結束。』」

「冷靜一下，德莫，沒有人在看《特拉法加》。」

「藉口！」我這位作者抓住一個服務生的衣領。「你聽說過《特拉法加書評》嗎？」

「怎麼了，當然聽過，」那位東歐來的服務生回答，「我都可以為《特拉法加書評》背書，他們有最棒的書評家。」

德莫把手中的杯子甩到護欄外。

「拜託，書評家是什麼東西？」我分析給他聽，「讀得很快、很自負、但從來就不是很有智慧……」

六個爵士樂師剛好演奏完畢，德莫沒等我的話說完就離開。我醉到可以叫計程車回家，就在我要離開的時候，一位帶著倫敦腔、口氣像法庭傳令員的人讓在場的人都安靜下來：「陪審團的各位女士先生！請留心聽以下報告，謝謝！」

願眾聖徒保佑我們，德莫正拿兩個托盤鏗鏘互擊。「各位書蟲同好們，今天晚上還有一個額外獎項！」他大吼著。不理會起鬨的咯咯笑聲與嗚嗚噓聲，他逕自從外套的口袋裡拿出一個信封來，撕開封口，假裝在讀裡面的字：「最佳文學評論獎。」他的觀眾繼續觀看，像鸚鵡學舌一樣發出噓聲，或尷尬地轉頭看往別處。「競爭非常激烈，但是評審無異議通過，得獎者是國王陛下《特拉法加書評》的菲力斯·芬奇先生，抱歉，是爵士，鼓掌啊，喂！」

愛煽動的人大聲起鬨。「太偉大了，菲力斯！太偉大了！」芬奇要不是喜歡浪得虛名，否則不會去寫書評。毫無疑問，他現在已經在腦中構思他的《週日泰晤士報》專欄「芬奇的倫敦」要如何下筆了。在他看來，面帶微笑的德莫十分誠懇。

「我會得到什麼獎品？真好奇！」掌聲漸歇，芬奇傻笑著。「一本還沒被回收攪成紙漿、上面還有作者簽名的《吃我一拳》？應該沒剩多少本了吧！」芬奇的文藝同好們齊聲笑鬧，激勵他們的老大，「還是我會贏得一張機票，讓我飛到有不周全引渡協定的南美洲國家？」

「沒錯，親愛的，」德莫眨了眨眼，「你贏得的就是一張免費機票。」

我這位作者抓住芬奇外翻的衣領，自己往後翻滾，把腳頂在芬奇的腰際，然後像柔道動作一樣，將這位比一般人想像中還矮小的媒體人高高拋向夜空！比陽台護欄上種的那排三色堇還高。芬奇尖叫。他的生命結束在十二層樓底下被撞得扭曲變形的廢鐵上。

某個人的飲料倒在地毯上。

德莫·「除塵者」·侯金斯整理了一下衣領，探身到陽台外大喊：「所以，現在，到底是誰**最後在難以置信的平凡、空洞的結尾中結束？**」

這位殺人犯朝點心桌走去時，嚇得目瞪口呆的與會人士自動路分兩道讓他通過。幾位目擊證人事後回想，當時有看到一團黑色的光暈。他挑了一塊上面點綴著比斯開灣鯷魚及香菜，還滲著芝麻油的比利時餅乾。

在場眾人開始會過意來。先是竊竊私語，接著是「我的天啊！」，然後所有人爭先恐後衝向樓梯間。最駭人的喧囂！問我當時的想法？老實說？恐怖。這還用說！震驚？難道不是嗎！不敢置信？這當然！害怕？這倒未必！

我不否認，在這悲劇性的轉折中，我似乎瞥見一絲銀色閃光。我位在海瑪奇的辦公室裡還有九十五本包著收縮膜、還沒賣出的《吃我一拳》，那是由即將成為全英最有名的殺人犯侯金斯親筆所寫、充滿熱情的回憶錄。法朗克・史普瑞——我在七橡樹街的忠實印刷廠老板，我欠他的錢多到讓這個可憐男人陷入財務危機——還保留著這本書的製版，只要通知他一聲，書馬上可以加印。

精裝本哪，各位女士與先生。

一本十四鎊九十九分。

多甜美的蜂蜜滋味！

身為資深編輯，我並不認同以迴光呈現過去、以伏筆預示未來及刻意操弄技巧等等敘事手法，這些是一九八〇年代後現代主義與渾沌理論的碩士學程所標榜的文學花招。不過，我現在還是打算重新來過一次，用自己的敘事觀點來呈現我對這起震撼事件的認知。你要知道，就是這件事讓我被「好意地」送到哈爾（或說「哈爾的腹地」），而命中注定我的恐怖考驗將從那裡開始。菲力斯・芬奇被一拋結束了生命後，我預見的好運也確實發生在我身上。振著免費宣傳的美翼，我那隻《吃我一拳》火雞一飛衝上暢銷排行榜，並且一直棲息在那裡，直到可憐的德莫被判在翁伍德監獄服刑十五年。這場審判的每件大小事都上了《九點新聞》。芬奇爵士的死，讓他從自命不凡、愛擺架子、像個史達林主義者掌控文建會經費的人，變成了，噢，目前英國最受愛戴的文藝導師。

在中央刑事法庭的台階上，芬奇的寡婦告訴記者，十五年是「寬大到令人作嘔」，隔天就發起了「除塵者侯金斯下地獄去！」的請願活動。德莫的家人在談話節目中反擊；芬奇那篇冒犯人的書評重新被檢視；BBC 第二台也製作了特別報導，不過那個來訪問我的女同性戀者，把我的風生妙語剪接得牛頭不對馬嘴。誰在乎？錢鍋裡的錢化成泡泡飛走了？不，沸騰到滿溢出來，讓整間他媽的廚房都亮起來。

卡文迪西出版社——就是拉珊女士和我兩個人——不知是撞上了什麼幸運星。我們得把她的兩個姪女也聘請進來幫忙（當然，只算兼職員工，我可不想被全民健保局海削一頓）。在三十六個小時內，包著收縮膜的《吃我一拳》半本也不剩了，而史普瑞幾乎每個月都在印再刷。我在出版界打滾了四十年，從來沒有一本書賣得這麼成功。我們的出版費用向來都是由作者捐獻的金額支付，而不是靠他媽的書本實際銷售！這種行為近乎不道德。不過，我手中這本書，就是我的書單中十年才會出現一本的暢銷書。大家都問我：「提姆，你怎麼解釋這本書的大賣？」

《吃我一拳》是本蕩氣迴腸、寫作上乘的小說式回憶錄。文化界的兀鷹們先是在夜間脫口秀節目上，之後又在早餐時段的電視節目上，大談書中的社會與政治意涵。新納粹主義者買它是因為書中有大量露骨的暴力描寫，烏斯特郡的家庭主婦買它是因為好讀得要命，同性戀者買它是出於身分認同。銷售來到九萬，沒錯，四個月內就賣了**九萬本**，而且，沒錯，我說的還只是精裝本。在我寫這句話的同時，改編自小說的電影應該已經開拍了。法蘭克福書展的同業聚會中，一些先前連停下來把我從他們鞋子上刮下來都嫌麻煩的人，也來向我獻慇勤。原先我有個討厭的標籤「幫作者自費出書的出版商」，這下子變成了「創意理財專家」。在版權買賣的最後一回合，翻譯版權就像一塊塊被征服的領土。那些美國出版社，榮耀，榮耀，哈利路亞，他們愛死了「英國貴族在被蹂躪的蓋爾人之子手中受到應得懲罰」的賣點，在橫跨大西洋的拍賣會中，預付版稅一飛衝天，高得令人暈眩。我，是的，對這隻頻頻下蛋的金雞母有獨家代理權！錢就像北海海水灌進荷蘭的溝渠，進入我空虛、凹陷的帳戶。

我的「私人理財諮詢顧問」，名叫伊略特．麥克魯斯基的不老實傢伙，他寄給我一張聖誕卡，上面放了他那幾個長得像《密威治怪人》*的魔童們的照片。古勞喬俱樂部門前的靈長類，現在是用「願你有個愉快的晚上，卡文迪西先生」問候我，而不是說「喂，要有會員願意簽名擔保你才可以進來！」我宣布會親自處理平裝本的發行事宜時，有幾篇週日版副刊書評還把卡文迪西出版社描述成「精力充沛、與雞皮鶴髮油業鉅子周旋的狂熱玩家」。我甚至上了《金融時報》。繁瑣的記帳工作超過了拉珊太太和我的負荷——只超過一點點——應該一點也不意外吧？

成功能在一眨眼間讓新手欣喜若狂。我印了名片：**卡文迪西—瑞杜斯，前衛小說出版集團**。嗯，我在想，為什麼要安於只出版一種書，而不同時出版好幾條路線的書？為什麼不照世人稱讚我的，成為一個重量級的發行人？

嗚呼哀哉！小小名片成為在命運公牛面前刻意張牙舞爪的紅布。提姆・卡文迪西手頭很闊綽的流言一傳出，長著利牙的狐狸債主就跳進我的辦公室來了。和往常一樣，我把要付多少錢給誰，以及何時該付等等學問很大的代數問題，留給我那位無價的拉珊太太。事情就是這樣，所以，當那幾位訪客在菲力斯・芬奇事件發生近一年後的某天半夜突然造訪我家時，我在心理上及財務上都沒做好準備。

我坦承，自從X女士離開我（讓我戴綠帽的是個牙醫，我會揭發這真相，即使會帶給我極大的痛苦），我在普特尼的住處就陷入家務的無政府狀態(嗯，很好，那個渾蛋是個德國人)，所以我的瓷製寶座(馬桶)長久以來已成為我實際的辦公椅，捲筒衛生紙蓬裙般的罩子下面擺了一瓶還不錯的白蘭地，而且我通常不會把浴室的門關上，以便直接收聽廚房裡收音機播放的節目。

那天夜裡，我並沒照例在馬桶上閱讀《羅馬帝國衰亡史》，因為有太多寄到卡文迪西—瑞杜斯出版社——我用來培養冠軍馬的新馬廄——的手稿（大多是根本不能吃的青番茄）需要處理。我想大約是在十一點鐘左右，我聽到有東西在碰觸前門的聲音。理著小平頭的奧茲國矮人想要來搗蛋？來討糖果的小孩？風？

---

*約翰・溫德漢（John Wyndham, 1903-1969）的小說《密威治怪人》（*The Midwich Cuckoos*）描寫外星人播種在人類女子身上出生的孩子都是異於常人的神童，並且威脅到周遭的世界。

接下來，門脫離了他媽的鉸鏈飛進屋內。我想到的是蓋達組織，我想到的是球狀閃電，但都不是。踩著沉重腳步從走廊那頭走過來的壯漢，感覺上就像一整支橄欖球隊，雖然入侵者只有三個人。（你會發現，我受到的攻擊都是成三而至。）「你就是，」最像怪獸石雕的人說，「提摩西・卡文迪西，我猜。沒穿褲子被我們逮到了。」

「我上班的時間是十一點到兩點，先生們。」如果是在電影中，鮑嘉會補上一句：「再扣除三個小時的午餐休息時間。請你們離開。」但我只能脫口說出：「噢！我的門！我他媽的門！」

惡棍二號點燃一根菸。「我們今天去看德莫，他心情不太好。誰心情好得起來？」拼圖的碎片拼成圖案了，但是我自己卻跌成碎片。「德莫的兄弟！」（我在德莫的書中讀過他們。艾迪、摩沙、賈維。）

熱爐灰在我的大腿內側冒著煙，我已經分不清哪個人說了哪些話。感覺上就像法蘭西斯・培根三聯畫上的人物活了過來。「看起來，《吃我一拳》賣得很不錯。」

「機場的書店裡堆了好幾疊。」

「你至少應該懷疑過我們會來找你吧。」

「像你這麼有生意頭腦的人。」

在我最得意的時候，這些倫敦愛爾蘭人讓我焦躁不安。「孩子們，孩子們。德莫簽了版權讓渡的合約。你們看，你們看，這是出版界的標準程序，我的公事包裡有複本……」我真的把那份文件拿在手上。「第十八條，關於版權……意思就是《吃我一拳》，在法律上，是……呃……」你的內褲脫在膝蓋附近，卻還要跟他們說明合約條文，的確不是件容易的事。「呃，屬於卡文迪西出版社。」

賈維・侯金斯花了幾秒鐘閱讀合約書內容，但是當合約書的長度超過他能集中的注意力時，他就把合約書撕了。

「德莫簽這個王八合約時，他那本書還只是他那啥小的個人嗜好。」

「當作送給我們病重老母的禮物。願上帝讓她的靈魂安息。」

「當作記錄老爸全盛時期的紀念品。」

「德莫從來不是為了那本季最靠夭的事件，而去簽一個靠北的合約。」

「我們也去拜訪過你的印刷廠老板，史普瑞先生，他幫我們大致計算了一下獲利。」

合約書的碎片從空中落下。摩沙離我很近，我甚至聞得出他晚餐吃了什麼。「看起來，侯金斯兄弟一整個山丘的現金被你撈了進來。」

「我很確定，我們不會再有意見，只要你給我們一個，嗯，嗯，資金流程，如此一來……」

艾迪插嘴：「就這樣，三吧！」

我假裝被那數目嚇到。「三千英鎊？孩子們，我不認為我——」

「別裝傻了。」摩沙掐了掐我的臉頰。「三——點鐘。明天下午。在你的辦公室。」

我沒有別的選擇。「或許我們可以……呃……在結束今天的會面之前，討論出一個暫定金額，做為……未來協商的基礎。」

「那敢情好。我們之前討論的金額是多少，摩沙？」

「五萬聽起來相當合理。」

我的哀嚎並不是裝出來的。「五萬英鎊？」

「當做未來協商的起點。」

我的腸子翻攪起泡、辛苦蠕動，讓我感到不適。「你們真的認為我把那麼多的錢裝進鞋盒放在家裡？」我刻意模仿硬漢的音調，聽起來卻像是口齒不清的哈比人。

「我真的希望你把錢藏在家裡，老爹。」

「現金。」

「別耍花樣。別開支票。」

「別給承諾。別想拖延。」

「就是老古董喜歡用的那種錢。我們一點也不介意你把錢裝在鞋盒裡。」

「先生們，我很願意付給各位協商後的報酬金，但是法律——」

賈維的口哨聲從牙縫間迸出。「法律會協助你這種老傢伙，讓你跌倒時從地上彈起來，脊椎骨才不會斷成好幾段嗎，提摩西？」

艾迪：「你這種老骨頭不會彈起來，只會散裂成好幾塊。」

我用全身的力氣抵抗，但是我的括約肌已經不屬於自己的了。一陣連珠砲的笑聲發射出來。嘲笑我或瞧不起我，都可以忍受，但是這幾個折磨鬼表現出來的同情，卻象徵我可悲的挫敗。他們幫我拉了抽水馬桶的沖水鍊。

「三點鐘。」卡文迪西—瑞杜斯出版社成為一堆廢物。三個惡棍整好隊伍，踩在我那扇趴在地上的門上走了出去。艾迪轉身交代最後一句話。「德莫在他的書裡有一小段寫的很精采，他描寫了不履行債務者的下場。」

好奇的讀者可以參看《吃我一拳》第兩百四十四頁。你家附近的書店應該都會有這本書。不過，不要在剛吃飽飯的時候看。

在我位於海瑪奇的商用辦公室外面，計程車有時緩慢前進，有時加速猛衝。在我隱密的辦公室裡面，拉珊太太搖頭說，「不，不，不。」她那對娜芙蒂蒂耳環——她在卡文迪西出版社工作滿十年時我贈送的禮物。我是在大英博物館禮品店的特價品區購買的——叮噹作響。「而且我現在告訴你，卡文迪西先生，我沒辦法在今天下午三點鐘前幫你弄到五萬英鎊。我連五千英鎊都籌不到。《吃我一拳》賺到的每一分錢都已經被債主們拿著吸塵器吸走，去償還我們積欠多年的債。」

「難道沒人欠我們錢嗎？」

「我向來都把這種人放在發貨單最上面優先處理，卡文迪西先生，不是嗎？」

絕望之餘，我只好改用甜言蜜語哄騙。「現在是看重信用的時代！」

「現在是考量信用**額度**的時代，卡文迪西先生。」

我回到辦公室，為自己倒了一杯威士忌，把照顧我那顆虛弱心臟的藥丸沖到肚子裡，然後在我那顆老舊的地球儀上，順著庫克船長的最後航線走一次。拉珊太太送信件進來，沒說半句話就離開。帳單、垃圾信、公益團體訴諸道德的暴力募款信，以及一個上面寫著「全文完稿，致《吃我一拳》那位有前瞻眼光的編輯」的包裹，裡面裝了一份文稿。稿件標題是**半衰期**——對小說而言是個糟糕的書名，副標是**露薏莎・瑞伊秘案首部曲**。越寫越糟。作者是位名叫希拉蕊・哈須（很可能是筆名）的女性，在隨文稿附上的信件上，一開頭寫著：「我九歲的時候，我媽帶我到天主教聖地盧爾德去禱告，希望能治好我尿床的毛病。你應該想像得到，那天晚上出現在我夢中的不是聖伯娜德而是亞蘭－傅尼葉時，我有多吃驚。」

怪人哪，喂。我把信丟進「優先處理」的文件盒，打開我那部記憶體容量超大、速度超快的新電腦，準備玩一盤掃雷者遊戲。被炸死兩次後，我打電話到蘇士比去，說我願意提供查爾斯・狄更斯私人、原始、正宗的寫字桌給他們拍賣，底價六萬。一位語調迷人、名叫科帕・西恩的估價員語帶同情地跟我說，這位小說家的桌子已經擺在狄更斯舊居的博物館裡了，並且希望我先前沒有被騙走太多錢。我承認，我的確是不小心渲染過頭。接著我打電話給伊略特・麥克魯斯基，問他那幾個愉快的孩子們現在過得可好。「很好，謝謝你。」他反問我，我的愉快事業進行得如何。我開口跟他借八萬英鎊。他先發出一聲帶著沉思的「嗯……」我把價錢調降到六萬。

伊略特指出，我的信貸還必須能維持十二個月的穩定水位，到那時候有可能會討論擴大公司規模的議題。喔，我多懷念過去，那時他們會像土狼一樣大笑，叫你去下地獄，然後掛上電話。我在地球儀上尋找麥哲倫的航線，嚮往回到只要搭著下一艘快帆船從德帕特弗港出發，你的人生就可以重頭開始的世紀。我的自尊已經裂成碎片了。我打電話給X女士，她正在泡晨澡。我跟她解釋我目前有多悽慘。她像土狼一樣大笑，叫我去下地獄，然後掛上電話。我旋轉我的地球儀，我旋轉我的地球儀。

我走出辦公室時，拉珊太太用老鷹看兔子的眼神望著我。「不，別去找高利貸。太不值得了。」

「別怕，拉珊太太，我只是要去拜訪這世界上唯一不論天氣好壞都會相信我的人。」在電梯裡，我再次提醒自己「血濃於水」，然後才用手掌握住伸縮折傘的傘柄。

「噢，撒旦的爪牙啊，怎麼又是你。聽好，馬上離開，別來打擾我們的安寧。」當我順著露台的台階往下走時，我老哥從游泳池另一邊瞪著我。就我所知，丹荷姆從來不在他的游泳池裡游泳，但是他每個禮拜還是會照常氯化和清理，即使天空在颳風下雨。他在一根長竿前面裝一個大網，以便撈起池裡的落葉。

「在你還我上次欠的錢之前，別想我會再借你他媽的半毛錢，為什麼我老是在給你錢？不，你別回答我。」丹荷姆從網子裡抓起一把浸溼的落葉。「現在就回到計程車上，給我滾。我只好言勸你一次。」

「喬吉蒂最近如何？」我把幾隻蚜蟲從枯萎的玫瑰花瓣上拂拭掉。

「我很確信喬吉蒂已經開始發神經，而且越來越惡化，你沒要跟我借錢的時候，為什麼不會表現出半盎司真正的關心？」

我看到一隻蟲鑽入土裡，很希望自己就是那隻蟲。「丹尼，我和幾個絕非善類的傢伙發生一點小爭執。如果我沒有辦法拿到六萬英鎊，我會被扁得很慘。」

「請他們錄下扁你的實況，供我們欣賞。」

「我不是在開玩笑，丹荷姆。」

「我也不是在開玩笑！你連說謊都不打草稿。怎麼了？為什麼這是我的問題。」

「我們是兄弟！你難道不會良心不安？」

「我在一家商業銀行當了三十年的董事。」

一棵光禿的大楓樹拋下曾經綠意盎然的枝葉，就像走投無路的男人拋下曾經堅毅的決心。「救命哪，丹尼。拜託。先借我三萬也行。」

我的反應太激烈了。「下地獄去吧！提姆，我的銀行**倒了**。血被羅伊德銀行的吸血鬼吸乾！有一大堆錢供我指揮運用的日子已經過去了、過去了、過去了！我們的房子被拿來質押貸款，兩次！我已經摔到爬不起來，你只是小跌一跤。至少，你有那本他媽的書在全世界各角落的書店大賣！」

我的臉說出了我不知如何用言語表達的話。

「喔，耶穌基督啊，你這白痴。還錢的期限是什麼時候？」

我看了看我的錶。「今天下午三點。」

「不管了。」丹荷姆放下手中的撈網。「宣告破產。雷納德會幫你準備該有的文件，他是個好人。這方法鋌而走險，我知道，但是可以讓債主不再抓附在你背上。法律規定得很清楚——」

「法律？我那幾個債主與法律接觸過的唯一經驗，就是在擁擠不堪的牢房裡蹲在鐵罐上大便。」

「那麼就躲到某個地方去。」

「這些人的地緣關係都非常非常好。」

「他們過了M25號公路就沒地緣關係了，我跟你打賭。你可以住朋友家。」

朋友？扣除我欠錢的朋友、過世的朋友，以及消失在時間的兔子洞裡的朋友，就只剩下……

丹荷姆提出最後一個建議。「我沒辦法借你錢，我根本沒錢。但是有一個很舒適的地方欠我一、兩個人情，或許你可以在那裡好好躺下來休息一陣子。」

＊

老鼠王的宮殿，煤灰神的方舟，地獄門的括約肌。沒錯，這就是王十字車站。根據《吃我一拳》的說法，這裡的妓女口交只要五鎊。你可以在地下室男廁最靠內側的三間廁所裡請她們為你服務，二十四小時不打烊。我打電話給拉珊太太，跟她解釋我會到布拉格和維克拉．哈維爾會談三個禮拜，謊言的後果後來就像疱疹一樣如影隨行。拉珊太太祝我一路順風，她能處理侯金斯三兄弟。埃及十災對拉珊太太都不是問題，我不配擁有她這麼好的秘書，這我很清楚。我經常很納悶，她為什麼要待在卡文迪西出版社。不可能只是為了我付她的薪水。

我研究售票機上販售的各種車票：「持火車卡者非尖峰時段的單日往返票」、「無火車卡者尖峰時刻的特價單日單程票」，還有更多、更多選擇，但是，噢，我需要的是哪一種票？一根威脅的手指敲在我肩上，我跳了一哩遠——不過是個矮小的老太太在跟我解釋，來回票比單程票便宜。我猜她是瘋子，但是，哎呀，她說的沒錯。我把一張鈔票插進機器裡，先讓我們那位君王的頭朝上，接著朝下，接著這一端先插進去，接著那一端先插進去。但是，每一次機器都把鈔票吐出來。

於是，我也加入排隊等待售票員服務的人龍。在我前面有三十一個人，沒錯，我每一個都數過。售票櫃台後面的售票員根本是隨心所欲，一下子離開櫃台，一下子又走回來。螢幕上的跑馬燈勸我考慮投資乘坐式樓梯升降機。終於，**終於**輪到我了：「你好，我需要一張到哈爾的車票。」

女售票員在玩弄她那對有民俗風的粗大耳環。「打算什麼時候出發？」

「越快越好。」

「例如，今天？」

「『今天』通常就是『越快越好』的意思，好，就這樣。」

「我不能賣你今天的車票。要買今天的車票，得到那邊那幾個櫃台去。我這裡只賣預售票。」

「但是，是那個紅色指示燈叫我到妳這個櫃台來的。」

「不可能，快走開，整排的人都被你擋住了。」

「不，真的是那他媽的指示燈叫我到妳這個櫃台來的！我已經排了二十分鐘了。」

她第一次露出有點興趣的模樣。「你要我為了你的方便改變規定？」

提摩西．卡文迪西體內的怒氣，就像微波爐裡的叉子爆出火花。「我要妳長點解決問題的智慧，賣給我一張到哈爾的車票！」

「我可不是站在這裡要聽你用這種口氣說話。」

「我是他媽的顧客啊！我不准妳用這種口氣對我說話！叫妳他媽的主管過來！」

「我就是我自己的主管。」

用冰島英雄傳奇故事中的詛咒大罵一聲後，我回到剛才排隊的那條人龍的最前面。

「喂！」一個龐克歌手打扮、頭顱上鑲了幾根金屬釘的人喊著，「你屌得沒看見有人在排隊嗎！」

絕對不要道歉，這是羅伊德．喬治的名言。再說一次，不過這次口氣要更強硬。「我知道有人在『排隊』！我已經排過一次，而且我不會只因為前面那個妮娜．西蒙*不願意賣我一張他媽的車票，就再進去排一次！」

身上披著制服的混血大老粗突然衝了過來。「發生了什麼事？」

---

*妮娜．西蒙（Nina Simone, 1933-2003），非裔美籍歌手、作曲家、鋼琴家，晚年以難相處、難協調出名。

「這個老傢伙以為，只因為他身上多了一個結腸盛糞袋就可以不用排隊，」那個光頭說，「並且用種族歧視的字眼來侮蔑預售票窗口那位非洲加勒比血統的女士。」

我不敢相信他竟然這麼說。

「聽我說，老兄，」那個大老粗用通常只會對殘障人士或老人使用的高傲口氣說，「我們這個國家藉著排隊讓事情公平，知道嗎？如果你不喜歡，你應該回到自己的國家去，懂嗎？」

「我**看起來**像他媽的埃及人嗎？我像嗎？我**知道**大家在排隊！怎麼知道的？因為我已經在這條人龍裡排過一次了，所以——」

「這位紳士宣稱你沒有排隊。」

「他？當他在你那棟廉價公寓外面塗鴉**乞求政治庇護**時，他還會被稱為『紳士』嗎？」

他的眼珠突然腫脹起來，我是說真的。「鐵路警察可以把你踢出車站，或者，你可以像文明社會裡的成員一樣，乖乖去排隊。兩者我都可以接受。不排隊就想直接買票，這我不能接受。」

「但是如果我從頭排一次隊，會趕不上我要轉搭的車！」

「真是個難題啊，」他發表感想，「小姑娘！」

我轉而請後面那些看起來像搖滾樂手的人幫我作證。也許他們看到我之前在隊伍中排隊，也許他們沒看到，但竟然沒有人敢與我四目交接。英格蘭已經變成狗窩了，哦，狗啊，這些他媽的狗！

一個小時後，倫敦自己轉轍往南方退去，也順道帶走了侯金斯兄弟的咒詛。通勤者，每天兩次進入英國年久失修的鐵道系統玩死亡遊戲的可憐靈魂，擠滿了這列骯髒的火車。在希斯洛機場上空盤旋著等待降落的飛機，密度就像夏天在髒水池上空盤旋的蚊子。這他媽的城市人口太多了。

不過。我已經有旅行的愉悅感，也放鬆了警戒心。一本我以前出版的書《澳洲北領地行政長官的真實回憶錄》裡面提到，被鯊魚攻擊的受害者在利牙下被嚼成碎肉時會進入麻醉狀態，看到危險都過去了，自己正在漂離，進入深藍色的太平洋裡。我，提摩西．卡文迪西就是泳客，看著倫敦越流越遠，是的，你，你這城市就像個荒唐戴假髮的益智節目主持人，你和索馬利亞人的住宅、金德姆．布魯內爾*的高架橋、臨時工的購物商場、克瑞本醫師聯合診所外那一層層沾滿煤屑的磚塊與沾滿泥巴的骨製品、高熱的玻璃大廈——在那裡，青春盛開的花逐漸硬化成年老的仙人掌，就像我那位吝嗇的兄弟。

艾塞克斯抬起醜陋的頭。當我還是個領獎學金的中學生時，父親是個在市政廳工作、一心渴望發跡的苦力，那時這市郊對我來說，就是自由、成功與劍橋的同義詞。現在看看它。購物商場及住宅區逐步侵占古老的土地。北海吹來的風用牙齒咬住雲裳，拖著雲逃往英格蘭中部去。

終於，火車進入真正的鄉間。我的母親有個表姐，她家在這裡有一棟大房子，我記得他們後來搬到溫尼伯去過更好的日子。在那裡！就在那裡，在那間DIY量販店的陰影裡，以前有一排胡桃樹，我和皮帕．歐克斯——我童年的好友，他後來死在一輛油罐車輪下——有年夏天曾在這裡建造了一艘獨木舟，並且帶到塞伊河上航行。把捕來的棘魚裝在水罐裡。那裡，就在那裡，在轉彎的地方，我們生火，把豆子和馬鈴薯包在錫箔紙裡烤來吃！回來，哦，回來吧！難道我只能再看一眼？沒有圍籬的平凡田野。現在，艾塞克斯就是溫尼伯。殘根被燒盡，空氣有焦脆的培根三明治味道。我的思緒與精靈一起飛舞。經過撒弗隆沃爾登之後，火車劇烈震動了一下，然後停了下來。

「呃……」對講機裡的聲音說，「約翰，麥克風現在開著嗎？約翰，我該按哪一個按鈕？」咳嗽聲。「各位旅客，南網鐵路運輸公司向您致歉，本次列車將於下一個車站臨時停車，因為……列車司機

*伊桑巴德．金德姆．布魯內爾（Isambard Kingdom Brunel, 1806-1859），英國工程師，修建過大西方鐵路與許多重要橋樑，在英國的知名度僅次於邱吉爾。

不見了。我們會在那裡停靠，直到找到適當的司機。南網公司向各位保證，我們會盡一切努力——」我可以清楚聽到背景中的竊笑聲！「——恢復正常的高水準服務。」乘客們的盛怒如連鎖反應，從一個車廂傳到下一個車廂，雖然在我們這個時代，真正在犯罪的並不是近在身旁的罪犯，而是躲在玻璃與鋼鐵為建材的倫敦後現代總部裡的策劃者。抗議的旅客根本無法接觸他們，而且旅客中一半以上的人都擁有這些被罵得要死的公司股權。

於是我們坐在車裡。我真希望我帶了書來。至少我有個位置坐，而且就算海倫．凱勒在旁邊，我也不會讓座給她。這天晚上的夜空是檸檬般的藍色，鐵軌旁的黑影結成一片，通勤者用手機與家人聯繫。我在想，那個愛推托的澳洲行政長官怎會知道被鯊魚吞下肚的人臨死前心中會閃過什麼影像？幾列運氣很好、沒有司機走失的快車從身旁呼嘯而過。我需要上洗手間，但我不能多想，免得憋不住。我打開公事包要找一袋華納牌的太妃糖，拿出來的卻是《半衰期——露薏莎．瑞伊秘案首部曲》。我翻閱前面幾頁。如果希拉蕊．哈須不故作聰明，這本書會更好。她以簡潔的小章節為單位來寫，心裡想的無疑是以後可以直接拿去當好萊塢劇本。

靜電在麥克風中發出吱吱聲。「各位旅客請注意。很抱歉，南網鐵道目前還沒有辦法為本次列車找到合適的司機，所以我們會先開往小切斯特福車站，那裡有免費的接駁巴士會將各位載往劍橋。有辦法安排其他交通工具前往目的地的旅客，歡迎逕自安排，因為那輛巴士什麼時候才會抵達小切斯特福車站（這名字在我的記憶中發出和諧的樂音！）……目前還無法確定。更詳細的行程可以在我們的官網上查詢。」火車在微光中爬行了一英哩。窗外的蝙蝠以及被風吹到空中的垃圾，飛得比我們還快。如果火車上沒司機，那麼現在是誰在開火車啊？

火車停下，車身震動，車門打開。身體較強壯的乘客湧出火車，翻過天橋，留下我和幾個連標本製作師都看不上眼的老弱人士，以前者四分之一的速度一拐一拐地跟在後面。我將身體拉上台階，並且不時停下來喘氣。就在那裡，我站在小切斯特福車站的天橋上。哦，天啊，在所有可供逃亡的鄉下車站中，我來到了這裡。通到娥蘇拉舊宅的跑馬道仍然蜿蜒在玉米田邊際，其他景物我已經不太有印象了。最長的接吻的發生地點，那個神聖穀倉，現在是艾塞克斯最大的健身俱樂部。在我們第一個學期溫書週的夜裡，娥蘇拉和我在她那輛法國佬的雪鐵龍裡會面……就在這塊三角形砂礫地上。

多有波希米亞風味哪，在車裡和女人約會，年輕的提姆當時想。我是埃及王圖坦卡門四世，我搭乘著皇家平底船，由努比亞人奴隸划船把我送到獻祭的神殿。娥蘇拉開車載著我行駛了幾百碼，來到鐸克利大宅，那房子是某個斯堪地那維亞領事在新藝術時期建造的。房裡只有我們兩人，老媽、老爸那時候和勞倫斯·杜雷爾＊一起在希臘度假，我記得沒錯的話。（**記得沒錯的話**！我真的希望自己的記憶力那麼好嗎？）

四十年後，火車站停車場裡幾輛高級轎車的頭燈光束，將在停車場裡恣意肆虐的長腿蜘蛛照得無所遁形。一位逃亡中的出版界紳士，穿著被風吹得劈啪響的雨衣，大步繞過一片休耕中等待歐盟補助的田地。你可能會覺得，英格蘭地方這麼大，可以很輕易讓人在他卑微一生中不至於有太多重複經歷，我的意思是，我們並不是住在他媽的盧森堡。但是，不是的，我們跨過、交叉跨過、再重新踩過曾經走過的足跡，就像花式滑冰選手。鐸克利大宅還矗立在原處，用一道圍牆與鄰居隔離。相較於我父母在郊區的平凡房子，這間大宅曾經讓我覺得豪華無比——**有一天，我許願，我也要住在這樣的大宅裡**。又是一個沒達成的願望。不過至少只是對自己許的願。

我沿著房子外圍走，順著一條通路走到一個建築基地。標示牌上寫著：**海茲勒——英格蘭心臟地帶萬眾矚目的高級住宅**。鐸克利大宅樓上的燈亮著，我想像一對沒有孩子的夫婦正在裡面聽廣播。原本的彩色玻璃大門已經換成防盜門。在那個溫書週，我進入鐸克利大宅，準備獻出我羞澀的第一次，

＊勞倫斯·杜雷爾（Lawrence Durrell, 1912-1990），印度出生的英國小說家，一九三五年移居到希臘。

但是我很怕得罪我那位神聖的克麗奧佩特拉。我心裡非常緊張，她父親的威士忌讓我雙眼翻白。我對那碼子事也一竅不通，所以我寧願拉起簾幕，遮起那一夜的窘境，即使已經相隔了四十年。很好，相隔四十七年了。同樣那棵白葉橡樹正探頭窺視娥蘇拉的窗戶——就像當年，在我已無法再從容地假裝還在熱身、不得不開始動作時。娥蘇拉在臥房播放拉赫曼尼諾夫的《第二號鋼琴協奏曲》，就在那邊那個房間，就是窗戶裡有電蠟燭光的房間。

到今天，我每次聽拉赫曼尼諾夫的音樂都還會忍不住畏縮。

娥蘇拉今天還住在鐸克利大宅的機率是零，我知道。我最近一次聽到她的消息時，她在洛杉磯開一家公關公司。不過，我還是擠身穿過由常綠植物搭建成的圍籬，鼻子壓靠在沒點燈、沒拉窗簾的飯廳窗戶上，想窺視屋內。多年前的秋夜，娥蘇拉在雞胸肉上鋪了一片火腿，上面再放一團烤起士。就在那裡——就在這裡。我還嚐得到它的味道。在寫這些字的時候，還嚐得到它的味道。

閃光！

房間裡的電子金盞花亮了，一個留著紅色螺旋狀捲髮的小巫婆腳步輕盈地走進來——倒退著走，算我運氣好。「媽咪！」我隔著玻璃，半靠耳朵聽、半靠眼睛讀唇語。「媽咪！」接著媽咪進來了，有著同樣的螺旋捲髮。對我而言這已足夠證明娥蘇拉他們家早就搬離這棟房子。我循著原路走進灌木叢——但是我又轉了一次身，繼續窺伺，因為……嗯，因為，嗯哼，**我是個獨居者**。媽咪在修理一根壞掉的掃帚，而那女孩就坐在桌上搖擺雙腳。一個成年狼人走了進來，拆下他的面具，而且，很奇怪地，雖然我想其實也沒什麼好奇怪，我認得他——那位報導時事的電視主播，菲力斯．芬奇那幫人當中一個，耶利米什麼的。希斯克里夫*般的眉脊、獵犬般的行徑，你認得這傢伙。他從威爾斯餐具櫃的抽屜裡拿出絕緣膠帶，強行接手修理掃帚的工作。接著奶奶進入這家居場景，我啐一口髒話，我啐兩口髒話，啐髒話總是能讓我好過一點。那是娥蘇拉。那個娥蘇拉，我的娥蘇拉。

請看看那活力充沛的老女人！在我的記憶裡，她連一天都沒變老——是哪個化妝師殘忍毀掉她閃爍著晶瑩露珠的青春？（就是同樣毀掉你的青春的化妝師，小提姆。）她開口說話，她的女兒和孫女咯咯地笑，沒錯，咯咯地笑，我也跟著咯咯地笑……什麼？她說了什麼？快告訴我那個笑話！她在一隻紅色長襪裡塞了許多顆用報紙揉成的球，做成惡魔的尾巴。她用一根別針將襪子固定在屁股上。大學時期萬聖節舞會的記憶，撞裂了我心的堅硬外緣，裡面的蛋黃流溢出來。那時她也是裝扮成小惡魔，臉上漆成紅色，我們整晚都在接吻，純粹是接吻，隔天早上我們找到一家為建築工開的早餐店，那裡賣的是裝在骯髒馬克杯裡加了很多牛奶的濃茶，還有數量多到足以填飽撐死整支瑞士陸軍的蛋。吐司和加熱過的罐頭番茄。ＨＰ醬。說老實話，卡文迪西，你這一生中曾經這麼愉快地吃過早餐嗎？

我因為思鄉病而醉得太厲害，命令自己趕快離開，免得做出蠢事來。幾呎外有個狠毒的聲音說：「別動，不然我就把你分屍，放進燉鍋裡煮！」

震驚？像噴射引擎火力全開地垂直升空！幸運的是，本來可能成為我的屠夫的人年紀不超過十歲，他那把鍊鋸的鋸齒是紙板裁出來的，但是那沾血的繃帶還挺逼真。我壓低聲音這麼告訴他。他皺起眉頭看我：「你是娥蘇拉奶奶的朋友？」

「很久很久以前，沒錯，以前是。」

「你今天是扮成什麼來參加派對？你的戲服在哪裡？」

是該走的時候了。我慢慢退到植物之間。「這就是我的戲服。」

他挖了一下鼻孔。「從教堂墓園裡挖掘出來的死人？」

「有意思？不過，不是。我是扮成『聖誕過去幽靈』＊來到這裡。」

「但是，這是萬聖節，不是聖誕節。」

＊《咆哮山莊》的主角。

「噢，不，」我拍了自己的前額，「真的嗎？」

「對啊……」

「那麼我晚來了十個月！太可怕了！我最好趕快回去，免得被人發現我不在──並且被大作文章！」

男孩擺出卡通中的功夫架式，並且對著我揮舞鍊鋸。「沒這麼快，綠妖精！你是非法入侵者！我去跟警察檢舉你！」

戰爭。「你在玩告密者遊戲是嗎？兩個人就可以玩那個遊戲。如果你告我的密，我就會把你家的住址告訴我的朋友『聖誕未來幽靈』，你知道他會怎麼對付你嗎？」

睜大眼睛的小鬼搖搖頭，身體發抖，心神不寧。

「當你的家人都爬上舒適的小床，躺在被窩裡熟睡的時候，他會從門下方的縫隙溜進你家，然後**吃掉──你的──小狗！**」我膽管裡的毒液快速流動。「他會把牠的彎尾巴放在枕頭下，然後你會被大家責備。你那些小朋友們只要看到你走過來，就會一起尖叫『小狗屠殺者』！你會漸漸變老，沒有半個朋友，然後在半個世紀後的聖誕節早晨孤單、悲慘地死去。所以，如果我是你，就不會把今天碰到我的事告訴任何人。」

在他還沒完全理解我說的每句話之前，我已經從圍籬擠了出去。沿著人行道走回火車站時，風將小孩的啜泣傳進我耳中：「可是我**根本沒有**小狗啊……」

在健康中心的健康餐館裡，我用《私家偵探》雜誌擋住自己的臉。這家餐館因為我們這些流亡者而多賺了不少錢。我有心理準備，生氣的娥蘇拉會帶著孫子和一位當地警察出現。幾輛私人救生艇已經開來拯救股票經紀人。提摩西老爹送給年輕讀者們一個建議，內含在這本回憶錄的定價裡，不額外收費：要好好做人，以確保你的火車在你的晚年發生故障時，會有一個你所愛的人——是雇來的也無妨——開著一輛溫暖、乾爽的車來接你回家。

一輛莊重的巴士在我喝了三杯威士忌後抵達。莊重？他媽的愛德華風格。在抵達劍橋之前，一路上我都得忍受大學生的嘰嘰喳喳。男女朋友問題、虐待狂講師、惡魔室友、電視實境秀，天哪，我從不知道這年紀的小孩這麼過動。當我終於到達劍橋車站時，我想打公用電話，通知奧羅拉大宅我隔天才會到，不過我找到的前兩部電話都被人破壞了（在劍橋哪，老兄！）。直到找到第三部電話時，我才翻開我的住址簿，發現丹荷姆根本沒有記下對方的電話號碼。我在一家洗衣店隔壁找到一家專供商務旅客投宿的旅館，我忘了它的名字，但是我從接待櫃台就知道這是個到處是貓大便的爛場所，而且一如既往，我的第一印象準確無誤。不過，我已經他媽的筋疲力盡不想再去找更好的旅館了，而且我的皮夾裡也沒什麼錢。

我的房間有很高的窗戶，還有我沒辦法放下來的百葉窗——因為我沒有十二呎高。浴缸裡的卡其色小顆粒確實是老鼠屎，控制淋浴水量的旋鈕在我手中被扭了下來，熱水半冷不熱。我用雪茄的煙燻了整個房間，然後躺到床上，回想每個情人的臥房——照著它們在骯髒的時光望遠鏡裡的出現順序。魯伯特王子和那些男孩們沒勾起太多回憶。侯金斯兄弟們此刻可能正在普特尼掠奪我的公寓，我竟然一點也不關心。比起他們大多的掠奪行動——如果《吃我一拳》裡的說法可信——他們在我家一定會覺得沒東西好拿。我有一些書況還不錯的初版書，但是其他東西沒多少價值。我的電視機在小布希竊取王位的那一夜就壞了，而我一直不敢換掉。X女士也把她的古董和傳家寶物拿回去了。

我用客房服務叫了一杯三倍的威士忌——如果我得和那幫愛誇耀自己胸部與津貼的推銷員在同一個吧台喝酒，心情肯定大壞。當那杯三倍威士忌終於送達時，我說那其實只能算雙倍威士忌。那位還

＊典故出於狄更斯的名著《小氣財神》。用來比喻卡文迪西對娥蘇拉來說，是來自過去時光的人。

在青春期、長得像白鼬的服務生只是聳聳肩。沒有道歉，只是聳個肩。我請他幫我把百葉窗放下來，但是他只看一眼就嘆了口氣，「碰不到！」我給了他一句冷冷的「那麼，沒你的事了」，而不是小費。他離開時放了個屁，惡意的。

我繼續閱讀《半衰期》，但是在魯夫斯．希克斯密被人發現謀殺後就睡著了。在清晰的夢境裡，我受託幫一位母親臨時照顧她的小男孩。那男孩求我讓他玩一次在超級市場角落裡投五毛錢就可以騎一次的電動車。我說：「喔，好。」但是當小孩從車裡爬出來時，他已經變成南西．雷根了。我該怎麼跟他母親解釋呢？

我在黑暗中醒來，嘴巴彷彿被速乾強力膠黏住。不知怎地，偉大的吉朋對歷史的評價——**只不過是人類罪行、愚行及不幸的記錄**——突然浮現。提摩西．卡文迪西在地球上的日子就用這十六個字總結。我再次對抗舊的爭辯，接著對抗從未存在過的爭辯。我抽雪茄，直到幾扇高高在上的窗戶露出幾道昏黃的晨光。我刮掉下顎的鬍渣。樓下一個消瘦的烏斯特女人提供房客們烤焦或結凍的吐司、小包的口紅色果醬，以及無鹽奶油。我想起傑克．巴羅考斯基*關於諾曼第的諷刺話：有東西可吃的康瓦耳。

我回到火車站，想去退掉昨天旅程中斷的那張票，我的悲慘遭遇又開始了。那個男售票員——我看他時，他臉上的青春痘彷彿還在冒泡——和他在王十字的同類一樣，駑鈍到難以領教。這家公司從同一個幹細胞培育出他們。我的血壓升到接近紀錄高點。「你說昨天的票今天已經失效，這是什麼意思？那列他媽的火車半路停駛可不是我的錯！」

「那也不是我們的錯。那是南網鐵路的火車。我們只是售票員，你聽懂了嗎？」

「那我該向誰申訴？」

「嗯，南網火車屬於杜塞爾道夫的一家控股公司，那家公司的幕後金主又是芬蘭的行動電話公司，所以你最好去赫爾辛基找人理論。你該感謝你的幸運之星，這不是一起火車出軌意外。最近這種意外經常發生。」

有時候，毛茸茸的懷疑之兔會快速繞過轉彎處，讓語言之犬只能留在出發籠裡，齜牙咧嘴地想要衝出去。我現在必須使上全身力氣奔跑到差點跌倒，才有可能在下一班火車離站前趕上，結果卻發現那班車已經取消了！不過，**很幸運地**，前一班火車誤點太離譜，到現在還沒有離站。所有座位都坐了人，我必須擠進人群當中一個三吋寬的隙縫裡。火車開動時，我失去平衡，但是車廂中的「人體防撞裝置」阻擋我免於跌個狗吃屎。我們就保持這狀態。斜立的人們

劍橋近郊現在已經是科學園區。娥蘇拉和我從前喜歡在古雅的橋下用篙撐平底船，但現在，「生物科技時代」公司已經把他們的立方盒擺在那裡，為暗藏鬼胎的韓國製造複製人。哦，老化真是他媽的難以忍受！我們曾經是的「我」，渴望能再次呼吸到世界的空氣，但是他們能從已鈣化的繭中破殼而出嗎？哦，他們能……管他們去死。

長得很像巫婆的樹在一大片天空前彎下身軀。我們的火車沒照既定行程，也沒做任何解釋，臨時在一片石南荒原中停車，停了多久我已經記不得了。我的錶在昨天半夜停了。（我懷念我的英格爾索石英錶，到今天還是。）同車旅客的五官融化成似曾相識的臉孔：背後的一個房仲業者喋喋不休地在講手機，我可以發誓他是我們六人曲棍球隊的隊長；坐在再往前兩個座位的嚴肅女人正在閱讀《流動的饗宴》，她難道不就是幾年前嚴厲刁難過我一番的國稅局女妖？

終於，連結器發出呻吟，火車拖著沉重的步代，緩慢地朝另一個鄉間小站前進，那小站古怪的站名牌上寫著「阿鐸斯錯普」。一個重感冒的聲音在廣播：「各位旅客，中區鐵路向您致歉，由於煞車系

---

*英國詩人菲利普・拉金（Philip Larkin, 1922-1985）筆下的美國傳記作家。

統失常，本列火車將在這車站短暫——哈啾——停車。旅客們請在此站下車，等待替代的班車。」同車的旅客們喘息、呻吟、咒罵、搖頭。「中區鐵路為給您帶來的——哈啾——不便，向您致歉，我們保證會盡一切努力，恢復平常的高水準——一聲大哈啾——服務。快給我張衛生紙，約翰。」

事實是，這國家各式火車是在漢堡或別的地方製造的，德國工程師測試這些要送往英國的火車時，必須使用一段段從我們這裡進口過去的該死私有化鐵軌，因為他們那套維護得非常完善的歐洲鐵道系統，無法準確反應出實際狀況。所以，到底是誰真正贏了世界大戰？我早該蹬著他媽的彈簧高蹺，順著北方大道蹦跳來逃避侯金斯兄弟。

我用手肘擠開人群，進入一間骯髒的餐館，買了一個吃起來像鞋油的派和一壺裡面漂浮著軟木屑的茶，然後偷聽兩個飼養昔德蘭小馬的人談話。意志消沉，會讓人渴望他從未經歷過的生活。你為什麼把一生奉獻給書，提摩西·卡文迪西？笨、笨、笨！回憶錄已經夠糟了，還有那些他媽的小說！英雄出發去冒險，陌生人來到城裡，某人渴望得到某件東西，他們不是到手，就是沒到手，一個人的意志對抗另一個人的意志。「欽佩我，因為我是個隱喻。」

我用手摸索著，進入充斥阿摩尼亞味的男廁，因為有個愛開玩笑的人偷走了燈泡。我才剛拉開拉鍊，就聽到陰影中傳來的聲音。「嗨，先生，有打火機嗎？」安撫一下差點要發作的心臟後，我伸手找打火機。火焰召喚出一個瑞斯塔法里教信徒，浮現在霍爾班風格的餘燼上，離我不到幾吋遠。他的厚嘴唇裡叼著一根雪茄。「謝了。」這位黑人維吉爾喃喃道謝，同時把頭靠過來讓雪茄前端碰觸火焰。

「呃，不用客氣，真的。」我說。

他寬大的鼻子抽動了一下。「那麼，你要到哪裡去，先生？」

我的手在檢查皮夾是否還在。「哈爾……」愚蠢的小謊一發不可收拾，「要去還一本小說。給在那裡工作的圖書館員，非常有名的詩人，在大學裡教書。那本書在我的行李袋裡，書名叫《半衰期》。」

瑞斯塔法里教信徒的雪茄聞起來像堆肥。我從來就猜不透他們心裡在想什麼，其實我也從來沒認識過這種人。我沒有種族歧視，但我相信，在所謂民族大熔爐裡的各種成分，需要好幾代時間才能真正熔在一起。

「先生，」瑞斯塔法里教信徒告訴我，「你需要一些……」我有點畏縮，「這種東西。」我接受他的好意，吸了他那根和糞便一樣粗的雪茄。

他媽的地獄！「這是什麼東西啊？」

他從喉嚨底部發出類似澳洲原住民的吹管樂器**迪吉里杜管**的聲音。「這不是出產萬寶路的國家種的。」我的頭脹大了好幾百倍，像《愛麗絲夢遊仙境》的描述，變成一座多樓層的停車場，裡面停了一千零一輛吟唱歌劇詠歎調的雪鐵龍。「哎呀，你可以再說一次。」先前被稱為提姆·卡文迪西的人說。

我的下一個印象是，我又回到了火車上，心裡納悶是誰用長滿青苔的磚塊把我的車廂封起來。「我們已經準備好來處置你了，卡文迪西先生。」一隻戴著眼鏡的禿頭大鸛告訴我。沒人在那裡，到處都沒人。只有一個清潔工沿著空車廂走，把垃圾放進袋子裡。我下到月台上。寒冷讓尖牙陷入我裸露的脖子，並且在我身上搜查沒被衣物覆蓋的區塊。回到了王十字車站？不，這是最寒冷的波蘭格但斯克。我驚惶地發現沒有把行李和雨傘帶下車。我爬上火車，從行李架上把它們取下來。肌肉似乎在我睡覺時萎縮了。外面有輛由一個莫迪利亞尼*風格人物駕駛的行李車，打從我身邊經過。這該死的地方到底是哪裡啊？

「尼澤·哈爾干。」那個莫迪利亞尼回答。

*莫迪利亞尼（Amedeo Modigliani, 1884-1920），義大利畫家、雕塑家，畫風高貴優雅，以女性肖像知名。

阿拉伯語？我的大腦提出以下解釋：一班歐洲之星列車在阿鐸斯錯普停靠，然後我登上了那列火車，並且一路睡到伊斯坦堡中央車站。混亂的頭腦。我需要一個清楚的標示，用英文寫的。

歡迎來到哈爾。

感謝上帝，我的旅程接近尾聲了。我上次來到這麼遙遠的北方是什麼時候？從來沒有，這就是答案。我大吸一口冷空氣，抑制一股突然想吐的衝動，沒錯，提姆，一口吞下去。我那被冒犯的胃提供了引發不適之物的影像——瑞斯塔法里教信徒的雪茄在我眼前閃爍。火車站整個漆成黑色。我繞過一個轉角，看到某個出口上方掛著兩面明亮的鐘，不過，不準的時鐘比沒有鐘還糟。出口處的驗票員無意驗我那張索價不菲的車票，我有被欺騙的感覺。

出了車站，這邊有輛緩慢行駛的車在徘徊著要召妓，那邊馬上有個窗戶在眨眼。旁邊小路對面的一家酒吧裡傳來時強時弱的音樂。「有多餘的零錢嗎？」請問我，沒有；要求我，沒有；指責我，毯子裡有條可憐的狗。狗主人的鼻子、眉毛、嘴唇上都穿了孔，掛著各式金屬飾品，一根強力電磁鐵從旁邊掃過，就足以把他的臉撕成碎片。這些人經過機場的金屬探測器時要怎麼辦？「有零錢嗎？」我看自己，就像他看我，是個虛弱的老頭，身在沒有朋友的夜晚城市。那隻狗站起來，聞到脆弱、可以輕易攻擊的味道。看不見的守護者挽著我的手肘，帶我到計程車招呼站。

那輛計程車似乎繞著同一個旋轉木馬軌道轉了無數次。收音機裡聲音像在哭嚎的歌手，正胡亂彈奏著一首談到每件逝去事物終有一天都會再回來的歌。（萬萬不可——別忘了《猴掌》*的故事！）相對於肩膀，那計程車司機的頭實在太大了，他一定患了象人那種疾病，他轉過頭來時，我才分辨出那是他的包頭巾。他為他的主顧悲哀。「他們**總是**說，『我敢打賭你家鄉一定沒這麼冷，對吧？』而我總是回答，『大錯特錯，老兄。你顯然沒在二月到過曼徹斯特。』」

「你知道去奧羅拉大宅的路吧？」我問。那個錫克教徒說：「你看，我們已經到了。」狹窄的車道結束在一棟仿愛德華風格、大小模糊不清的住宅前面。「港厚．石榴檜錢。」

「我不認識有叫這名字的人。」

他看著我，一臉困惑，接著重複一次，「剛好十六塊錢。」

「哦，對，對！」皮夾不在我的外褲或外衣口袋裡，也不在襯衫口袋，也沒有再出現在我外褲的口袋。這可怕的事實賞了我一巴掌。「我被他媽的搶劫了！」

「我不喜歡你這句話的言外之意，我車上的計程表符合市政府標準。」

「不，你不明白我的意思，我是說我的皮夾被偷了。」

「喔，這樣我明白了。」很好，他懂我的意思。「我非常明白！」這個來自亞大陸的人在黑暗中怒氣滿盈。「你心裡在想，『那個愛吃咖哩的人知道警察會站在哪一方來處理這件事。』」

「胡扯！」我抗議。「請看，我這裡有硬幣、零錢，沒錯，一整個口袋的零錢……這裡……是的，感謝上帝！是的，我想我已經湊到……」

他數了數那些硬幣：「小費呢？」

「拿去……」我把剩下所有零錢都倒到他另一隻手上，然後爬出車外，一腳直接踩進水溝裡。透過我那雙意外事件受害者的眼，看到計程車疾駛而去，迴光將我帶回格林威治的搶劫現場。在我身上留下傷痕的，並不是我觀看到的事，也不是身上的淤傷或心底的震驚，而是我曾經在艾登赤手空拳打敗四個阿拉伯流浪漢，但是在那幾個女孩眼中，我是個……老人，就只是個老人。舉止不符合老人該有的行為規範——隱身、無聲、畏縮——，就對她們構成挑釁。

我一步步爬上斜坡，來到雄偉的玻璃大門前。接待櫃台散發出聖杯的金光。我敲了門，一個可以在音樂劇〈佛羅倫斯的夜鶯〉裡擔綱演出的女人對我微笑。感覺上某人已經揮了一下魔杖，並且說，

---

*W. W. Jocobs的短篇小說*The Monkey's Paw*，描述一隻猴掌可以許三個願望，而願望總是在厄運降臨後實現。

「卡文迪西，你的一切問題已經過去了！」

佛羅倫斯讓我進去。「歡迎來到奧羅拉大宅，卡文迪西先生！」

「噢，謝謝妳，謝謝妳。今天真是他媽的可怕到言語難以形容。」

一位道成肉身的天使。「最重要的是，你已經平安抵達了。」

「聽我說，有個財務上的小困境，我得先提出來。是這樣的，在我來的途中——」

「你現在唯一需要擔心的事就是好好睡一覺。每件事都安排好了，你只要在這裡簽名，我就可以帶你到房間去。那是個安靜、舒適、面對庭園的房間。你肯定會喜歡。」

我因感激而眼眶溼潤，跟著她走向我的聖所。這個旅館十分現代化、一塵不染，令人昏昏欲睡的走廊點著柔和的燈光。我聞到我童年時的芬芳，但是不太能分辨是什麼氣味。就像〈Up the wooden hill to Bedfordshire〉*。我的房間簡單，床單平整乾淨，毛巾已經掛在溫熱的欄架上。「接下來你可以照料自己嗎，卡文迪西先生？」

「太好了，親愛的。」

「那麼，祝你有個好夢。」我知道我肯定會有好夢。我很快沖了澡，不經意間又無端緊張了一下，然後刷牙。床很堅固，卻像大溪地的沙灘一樣舒服。侯金斯兄弟的恐怖威脅已經遠在合恩角東方，我的周遭沒有蘇格蘭人，而丹尼，我最親愛的丹荷姆，會為我付帳單。在患難中伸出援手的兄弟，才是真正的兄弟。女海妖們在我棉花糖般的枕頭裡歌唱。隔天早晨，我的人生就會重新、重新、重新開始。這一次，我一定會把每件事都做對。

隔天早晨。命運很喜歡在這四個字上惡作劇。我醒來的時候，發現一個不怎麼年輕的女人，梳著長度及肩、向內捲起的髮型，她正像個想撿便宜貨的買家，在我個人物品裡翻東翻西。「**真他媽的該下地獄**，妳在我的房間裡做什麼，妳這愛偷東西的多疣母豬？」我的聲音半是吼叫，半是喘氣。

這女人放下我的西裝外套，沒有一絲罪惡感。「因為你才剛來，所以這一次我不叫你吃肥皂粉。但要記住，我在奧羅拉大宅裡不容忍冒犯，不論是誰。而且我從來不會只是裝腔作勢，卡文迪西先生。從不。」

一個搶劫犯指責受害者說髒話！「我愛他媽的怎樣對妳說話，就他媽的怎樣說話，妳這他媽的發臭小偷！逼我吃肥皂粉？我倒想看妳試試看！把旅館安全人員叫過來！把警察叫過來！妳可以跟他們說我冒犯了妳，然後我會告訴他們，妳擅自闖入我的房間裡偷東西！」

她來到我的床邊，狠狠甩了我一巴掌。

我無比震驚，整個人倒回枕頭上。

「真失望要這樣開始。我是諾克斯太太，你不會想違抗我。」

這該不會是家變態的性虐待旅館吧？還是某個瘋女人在旅館的房客登記簿上查到我的名字後，就闖進我的房間？

「這裡不可以抽菸，我必須沒收你的雪茄，把玩打火機對你來說也太危險。再來，拜託，這些是什麼？」她搖晃著我的鑰匙。

「鑰匙。不然妳以為是什麼？」

「鑰匙很容易搞丟。讓我們交給裘德太太保管，好吧？」

「別交給任何人，妳這隻瘋龍！妳**打**我！妳**搶**我的東西！什麼旅館會雇用**小偷**來當客房女服務生？」

那隻生物把戰利品放進贓物袋裡。「沒有其他貴重物品需要我們幫你保管了？」

---

*瑞克·史普林菲爾（Rick Springfield）的歌曲，頭幾句在吟唱回到過去美好童年的時光。

「把東西還給我！現在！不然我會讓妳沒工作，我發誓！」

「我就當你的回答是『沒有了』。早餐八點準時開始，今天吃白煮蛋配烤吐司麵包條。遲到的人沒得吃。」

她一離開，我就穿上衣服，並且開始找電話。房裡沒電話。很快地盥洗了一下——我的浴室是為行動不便的人設計，每個轉角都是圓的，並且設有扶欄。我快步走向服務台，決定去討個公道。我走得一拐一拐，但不確定是什麼原因造成的。我迷了路。一模一樣的迴廊裡，播放著一模一樣的巴洛克音樂，椅子沿走廊排列。患痲瘋病的矮妖精抓住我的手腕，拿一罐榛果奶油給我看。「如果想把這罐東西帶回家，我會很樂意告訴你為什麼我不會這麼做。」

「你認錯人了。」我把那隻生物的手從手腕上撥掉，然後穿過一個用餐區，房客在那裡一排一排坐著，女服務生從廚房裡拿出碗來。

這有什麼好奇怪的？

這裡最年輕的房客年約七十幾歲，最老的房客則有三百多歲。這是開學週嗎？

我明白了。你或許在幾頁之前就發現了，親愛的讀者。

奧羅拉大宅是一家專為老年人開設的安養院。

我那個他媽的兄弟！這就是他開的玩笑！

裘德太太帶著歐蕾廣告的招牌笑容負責接待。「你好，卡文迪西先生，今天早上好嗎？」

「很好。不，我們之間的誤會十分離譜。」

「是真的嗎？」

「絕對是真的。我昨天晚上登記入住時，心裡以為奧羅拉大宅是間**旅館**。我的兄長幫我預訂了房間，懂嗎。但是……喔，他想跟我惡作劇，但一點也不好笑。他卑劣的計謀之所以能**得逞**，因為在阿鏍斯錯普車站有個瑞斯塔法里教信徒讓我吸了一口夾帶厄運的雪茄，而且賣我車票的那一對由同一個幹細胞生成的他媽的雙胞胎，消磨了我太多的精力。但是，請聽我說。你們有個問題更大、更危急。有個叫諾克斯的精神錯亂瘋婆子佯裝成客房女服務生，在這裡到處晃。她很可能得了嚴重的阿茲海默症，但是，哎喲，她的巴掌令人不敢領教。她偷了我的鑰匙！在普吉島的阿哥哥酒吧裡發生這種事不意外，但是在哈爾的年老廢物安養院？如果我是個稽查員，你們肯定會被勒令停業，妳知道吧。」

裘德太太的笑容開始釋放出電解液。

「我要拿回鑰匙，」她逼我說出這話，「現在！」

「奧羅拉大宅現在是你的家了，卡文迪西先生。你的簽名已經授權我們強迫你接受規範。如果我是你，會盡快戒除用那種口氣來談論我的妹妹。」

「接受規範？簽名？**妹妹**？」

「你昨天晚上簽的是監護文件，你的入住文件。」

「不，不，不。那是旅館的房客登記簿！沒關係，那只是形式。用過早餐後我就會離開。有什麼事在早餐前趕快辦好吧，我已經聞到餿水味了！天哪，這會是晚餐聚會時多有趣的餘興故事啊。只是我堅持要還我鑰匙，而且最好為我叫輛計程車。」

「我們大多數的房客在來到這裡的第一個早晨，腳都會覺得涼涼的。」

「我的腳很溫暖，但是我還沒將立場表明清楚。如果妳們不——」

「卡文迪西先生，為什麼不先吃你的早餐，然後再——」

「鑰匙！」

「我們手上握有你同意由我們幫你保管貴重物品的同意書。」

「那麼我必須和你們的經理談談。」

「那就是我妹妹，諾克斯護士。」

「諾克斯？經理？」

「諾克斯護士。」

「那麼我必須和董事會的董事，或安養院的負責人談。」

「那就是我！」

「妳要注意。」格列佛與小人國的人。「你們違反了那他媽的……反禁閉法案或什麼的。」

「你會發現，在奧羅拉大宅亂發脾氣不會有幫助。」

「跟妳借一下電話，謝謝。我想打電話給警察。」

「房客是不准許——」

「我**不是**他媽的房客！既然不把鑰匙還給我，我今天早上就會帶一個被惹毛的官員過來。」我用力推大門，但大門用更大的力道回推我。他媽的安全鎖。我嘗試去推門廊旁邊的防火門。鎖著。在裘德太太的抗議聲中，我用小錘子直接敲壞緊急開啟栓，門打開，我成了自由人。真是他媽的地獄，冷空氣打在臉上，就和鐵鏟一樣！現在我知道為什麼住在北方的人喜歡留鬍子、穿藍衣，以及在身上塗油脂了。

我沿著彎曲的車道走，穿過因蟲害而枯萎的杜鵑花叢，並且克制住拔腿快跑的強烈衝動。自從七〇年代中期後，我沒有再拔腿跑過了。我經過一部割草機之類的新玩意時，一位毛髮蓬生、穿著園丁連身工作服的巨人突然從地底冒出來，就像綠騎士那樣。他正用沾滿血跡的雙手從割草機的刀刃下抽出一隻死刺蝟。「在趕路？」

「你猜得沒錯！我要到活人住的地方去。」我繼續大步向前走。腳下的葉子變成泥土。就這樣，樹木逐漸變少。我搞不清楚方向，然後才發現車道又繞回到擴建出來的餐廳。我轉錯了方向。奧羅拉大宅裡那些等死的人透過落地窗打量我。

「高能量蔬果餅乾是人肉做的哪！」我嘲笑他們盯著我的空洞眼神。「高能量蔬果餅乾的原料是安樂死的人哪！」*他們滿臉困惑——我，哎呀，我是最後的遺族。一位滿臉皺紋的老人拍了拍窗戶，指向我的身後。我轉身，然後那個巨型怪物就把我甩到肩膀上。他每跨出一步，我肺裡的氣體就被擠壓出來一次。他身上都是肥料的臭味。「我還有別的事要忙呢……」

「那就放下我，去忙啊！」我想施展鎖喉技，卻白費力氣，我想他根本沒有注意到我的動作。所以我用我占優勢的語言能力來綑綁這惡棍：「你這該死的粗魯、莽撞、混帳小流氓！這裡是英國！你這是非法限制自由！」

他用熊抱法把我抱得更緊，讓我說不出話來，而且我猜我當時咬了他的耳朵。戰術錯誤。他使勁一拉，我的褲子就從腰部被扯了下來——他想要雞姦我嗎？他做的比這令我更不舒服。他把我放在割草機的車身上，用一隻手把我壓住，另一隻手拿起一根竹手杖修理我。疼痛讓我那兩截沒肉的小腿幾乎綻裂開來，一次、兩次，一次又一次，一次又一次，一次又一次！

耶穌基督，好痛啊！

我大叫，接著哭嚎，接著啜泣著求他停止。啪！啪！啪！諾克斯護士終於命令那巨人停下來。我的屁股變成兩根巨大的黃蜂毒針！那女人湊過頭來，在我耳旁說：「外面世界已經沒有你可以待的地方了，奧羅拉大宅就是你現在住的地方。進入狀況了嗎？還是我要請威勒斯先生再來一次？」

「跟她說，妳下地獄去吧！」我心中的聲音提醒我，「不然你將來一定會後悔。」

---

*兩句話出於經典科幻電影《超世紀謀殺案》（Soylent Green）。未來人類食物短缺，政府為控制人口鼓勵安樂死計畫。由於天然蔬菜昂貴，政府便配給人工合成食品，最新型也號稱最營養的合成食物就是Soylent Green，其原料即來自參與安樂死計畫者的屍體。

「跟她說一些她想聽的話，」我的神經系統卻發聲尖叫，「不然你**現在**就會後悔。」

你們心靈固然願意，肉體卻軟弱了。

我沒吃早餐就被送回房間。我盤算著復仇、訴訟及折磨對方的計畫。我檢查房間。門，從外面鎖住，沒有鑰匙孔。窗戶只能打開六吋。用蛋紙板纖維製成的耐磨床單下面還多鋪了一層塑膠床墊。輪椅，以及可換洗的椅墊。易可拖地毯，易可擦壁紙。浴室配備周全：肥皂、洗髮精、毛巾、浴巾，沒窗戶。牆上掛著一張奧羅拉大宅的照片，旁邊寫著：**房屋是用雙手建造，家卻是用心建造**。逃離這裡的機會：別傻了。

不過，我相信我不會在這裡監禁到中午。幾個逃生口中可能會有一個開啟。管理階層可能會發現自己的錯誤，極力向我道歉，開除冒犯我的諾克斯，並且請求我收下補償，以現金支付。或者，丹荷姆會發現玩笑產生意料之外的反效果，因而命令他們馬上釋放我。或者，會計人員會發現沒有人會付我的帳單，然後把我一腳踢出去。或者，拉珊太太會向警方報案我失蹤了，我的平白消失會被《英國犯罪守望亭》節目報導，警察也會開始追查我的行蹤。

十一點鐘左右，門鎖開了。我提醒自己，絕對不要接受對方的道歉，抓住對方的弱點攻擊。一位年輕時想必十分端莊的女士優雅地走了進來，七十、八十、八十五歲，人老到這個地步，誰分得出差別？一隻穿著休閒上裝的虛弱獵犬跟在女主人後面進來。「早安。」那女人說。我站著不動，沒有請訪客坐下。

「抱歉，我不這麼認為。」

「我的名字叫葛溫德琳·班丁克斯。」

「這不是我的錯。」

陷入窘境的她，坐到扶手椅上。「這位……」她指著獵犬，「……是高登·沃勒克—威廉斯。你為什麼不坐下來？我們是房客委員會的主委。」

「恭喜你們，但是我並不是這裡的——」

「早餐時我就想跟你自我介紹了，但是在還來不及把你放在我們的翅膀保護下之前，就發生了那件不愉快的事。」

「現在，這些都已經是橋下流水了，卡文迪西。」高登·沃勒克—威廉斯用粗啞的聲音說。「沒有人會再提起，孩子，我跟你保證一切風平浪靜了。」威爾斯人，沒錯，他一定是威爾斯人。

班丁克斯太太傾身向前。「但你要知道，卡文迪西先生：和大家意見不同的人在這裡不受歡迎。」

「那就把我驅逐出去！我求你們！」

「奧羅拉大宅不會把人驅逐出去，」那個假神聖的蠢女人說，「不過你必須吃藥，如果你的行為讓我們覺得有需要。一切都是為了保護你。」

是個壞兆頭，不是嗎？我曾經和一個極度沒天分卻相當有錢、丈夫又已過世的女詩人一起看過《飛越杜鵑窩》。她的詩集《狂野與任性之詩》是我注釋的，事實證明她並不如她起初的宣稱處於寡居。「這樣吧，我相信妳是個通情達理的女人。」我使用的矛盾修飾法不言可喻。「所以，仔細看著我的嘴唇。**我不應該在這裡**。我住進奧羅拉大宅時，以為這是一家旅館。」

「啊，但是我們**真的**明白，卡文迪西先生！」班丁克斯太太點頭。

「不，你們不明白。」

「每個人剛到的時候都難免悶悶不樂，但是，你很快就會明白，你的至親是為了你好。」

「我所有的『至親』都死了，或者是腦筋有問題，或者是在BBC，除了我那個愛惡作劇的哥哥！」

你看得出來，不是嗎，親愛的讀者？我是在一間B級電影裡的恐怖療養院裡。我越生氣，越大聲咆哮，就越證明自己的確應該待在這裡。

「這將會是你一生待過最好的旅館，孩子！」高登的牙齒是餅乾的顏色。如果他是匹馬，你肯定捨不得送人。「五星級，你看。有人幫你準備食物，幫你洗好衣服，每個活動環節都精心規劃。不用操心煩人的帳單，不用看年輕人開著你的車出去兜風。奧羅拉大宅是個遊樂場！只要守規定，不要再惹毛諾克斯護士。她並不是個殘忍的女人。」

「『當無限的權力交付在能力有限的人手中，結局**絕對**是殘忍。』」沃勒克—威廉斯盯著我，彷彿我說的是方言。「索忍尼辛。」

「對瑪喬蕊和我來說，能住在林中祈禱院*已經夠好了。但你看看這裡！我來到這裡第一個禮拜的感覺就和你現在一樣。幾乎沒跟人講話，呃，班丁克斯太太，非常乖戾，耶？」

「極度乖戾，沃勒克—威廉斯先生！」

「但是，現在我快樂得就像一隻在苜蓿裡打滾的豬！耶？」

班丁克斯太太微笑，看起相當恐怖。「我們是來幫助你重新調適自己。現在我知道你從前是個出版人。有點可悲的是，」她輕拍自己的頭，「伯津太太已經不像從前那麼善於為房客委員會做會議記錄了。不過，這正是你可以開始參與會務的好機會！」

「我現在**還是**一個出版人！我**看起來像**是個該待在這種地方的人嗎？」沉默令人無法忍受。「喔，出去！」

「真可惜。」她看著窗外落葉片片、蚯蚓糞點點的草地。「奧羅拉大宅現在是你的世界了，卡文迪西先生。」我的頭是軟木塞，班丁克斯是軟木塞開瓶器。「是的，你在可以安享晚年的家裡。日子到了。在這裡可以過得很可憐，也可以過得很愉快，但是你已經注定要永遠待在這裡了。好好想一想，卡文迪西先生。」她敲了敲門。一股看不見的力量將門打開，讓折磨我的兩個人出去，但隨即當著我的面重重把門帶上。

我這才注意到，在整個晤談過程中，我的褲襠都是打開的。

留心你的未來，年輕的卡文迪西。你不需要申請加入，年長者一族會把你吸納進去。你的存在無法一直跟得上世界。這段下滑之路會將你的皮膚拉皺，讓你的骨架鬆垮，侵蝕你的頭髮與記憶，讓你的皮膚成為半透明，以致你抽搐的器官和藍起士般的靜脈隱約可見。你只會在白天出外活動，避開週末及學校放假日。語言也會讓你跟不上其他人的腳步，你一講話就突顯出你和部族中其他成員有隔閡。在電扶梯上、幹道上、超市走道上，活著的人會趕過你，一個接一個。優雅的女人不會瞧你一眼，商店的保全人員不會瞧你一眼，推銷員也不會瞧你一眼，除非他們賣的是乘坐式樓梯升降機，或是坑人的保險。只有嬰兒、貓和毒癮發作的人會注意到你的存在。所以不要浪費日子。時間比你擔心的還要早一點，你就會站在安養院的鏡子前，看著你的身體，然後想，好一個外星人，在一個他媽的收納櫃裡關了兩個禮拜。

一個看不出性別、活似機器人的人用托盤帶午餐進來。我無意侮辱，但我真的分辨不出她或他，到底是個他還是個她。它有些鬍鬚，但也有點胸部。我考慮把它打昏，然後像史提夫・麥昆**一樣為了自由往前衝，但是我除了一塊香皂外沒有武器，而且除了皮帶，我沒有東西可以用來捆綁。

午餐是微溫的羊小排，馬鈴薯像是澱粉製的手榴彈，罐頭胡蘿蔔令人噁心，它們本質就如此。「喂，」我請求那個機器人，「至少帶一些迪雍牌芥末醬給我。」它沒有聽懂的跡象。「粗粒或細粒都可

---

*威爾斯著名旅遊點Betws-y-coed，意思是「林中的祈禱院」。

**美國動作片明星、賽車選手。

以，我沒那麼挑剔。」她轉身離開。「等一下！妳——會說——英語嗎？」她已經離開了，剩下我的午餐瞪著我。

策略打從第一步就錯了。我試著藉由大吵大鬧來逃離這個荒謬情境，但是，收容在這裡的人不應該吵鬧。奴隸販子最喜歡碰到單打獨鬥的反抗分子，這樣他們可以當著其他人的面訓斥他。在我讀過的所有監獄文學，從《古拉格群島》，到《邪惡搖籃曲》，到《吃我一拳》，權力都必須經過討價還價來爭取，並利用狡猾的本性獲得。囚犯們的反抗，只會讓拘禁者有充足的理由更嚴密地監禁他們。

現在是玩弄詭計的時節。在最終訴請賠償時，我一定要拿到大筆鈔票。我會對黑心的諾克斯客氣一點。但是當我把冷豆子推上塑膠叉時，腦袋中的一串鞭炮開始爆裂，舊世界驟然停止運行。

宋咪～451 的祈錄

謹代表我服務的部門感謝妳願意接受這場最後訪問。請記得，這不是審問或審判。說出妳對真相的看法才最重要。

真相只有一個。人們對它的各種「看法」則是假真相。

……很好，通常，我會先請囚犯回憶他們最早的記憶，讓未來的企業聯盟歷史學家容易進入狀況。

量產人沒有最早的記憶，記錄員。我在宋老爹那裡過的每一個「二十四小時循環」都一模一樣。

那麼妳可不可以描述一下這個「循環」？

如果你想聽的話。四時三十分，興奮劑進入氣流將服務生喚醒，接著我們的寢室「黃起」。在衛生間與蒸氣室待一分鐘後，我們換上新制服，然後排隊進入餐館。監督及協理會將我們集合在宋老爹表演台的周圍準備做晨課。我們先同聲誦讀六篇《教義問答》，接著，我們敬愛的招牌人物出現，開始講道。五時，我們在點餐區就定工作位置，等待電梯為我們帶來當天的第一批消費者。接下來一連十九小時，我們跟用餐客問好、輸入餐點、用托盤送餐、兜售飲料、補充調味料、擦拭桌子、清理垃圾。清潔工作之後是晚課，然後我們在寢室吸食肥皂囊液。這就是每個一成不變日子的藍圖。

妳們沒有休息時間？

只有純種人有權利「休息」，記錄員。對量產人來說，「休息」就是在竊取時間！在零時宵禁之前，我們的每一分鐘都必須為宋老爹服務，好讓它的事業蒸蒸日上。

服務生——我的意思是，未高昇的服務生——從來都不會想知道在地下圓頂建築之外的人過的是

什麼生活嗎，還是妳們相信妳們的餐館就是整個宇宙？

哦，我們的智力還不至於粗淺到無法想像一個外在世界。要記得，在上晨課時，宋老爹會讓我們看到歡騰之境與夏威夷的圖像，AdV 也會傳送餐館之外宇宙的影像進來。而且我們知道，用餐客以及我們送給他們吃的食物，肯定是從圓頂外的地方來的。但是，沒錯，我們很少會去關心地面上的人的生活。此外，肥皂裡含有用來削弱好奇心的健忘劑成分。

妳們有時間概念嗎？有未來的概念嗎？

宋老爹每小時會向用餐客宣布當時時刻，所以，是的，我會略微注意到一天當中的時刻。我們也知道年分流逝，因為每一年我們的項圈上會多加一顆星，在新年當天的晨課中還有授星儀式。我們只有一個長程的未來：歡騰之境。

妳可以描述一下這個一年一度的「授星儀式」嗎？

在新年當天的晨課之後，瑞伊監督會在每個服務生的項圈上加裝一顆星。已經累積了十二顆星的幸運姊妹們，可以搭乘電梯到地面上，等待被送往宋老爹的黃金方舟。對要離開的人來說，這是值得紀念的一刻；對留下來的人，則是相當令人羨慕的一刻。接下來，透過 3D 圖像，我們可以看到臉上堆滿笑容的宋咪、尤娜、瑪列姐、華頌，搭乘方舟前往夏威夷，到達歡騰之境，最後被轉變成擁有靈魂指環的消費者。我們的前姊妹們會頌讚宋老爹的仁慈，並且勸勉我們用勤奮的工作來回報宋老爹在我們身上的投資。她們那裡的精品服飾店、購物商場、餐廳、綠色的海、玫瑰色的天空、野花、蕾絲、別墅、蝴蝶，令我們非常驚訝，雖然我們說不出這些新奇事物的名字。

我想問關於惡名昭彰的尤娜~939 的事。

我比其他量產人對尤娜~939 都熟：有些純種人對她神經化學的歷史則比我還熟，或許這些人之後我還會提到。我第一次在宋老爹餐館醒來時，瑞伊監督就把我分配到尤娜~939 的收銀台。他相信將不同血統原型的量產人平均分配到點餐區的幾個收銀櫃台，美覺效果會比較好。尤娜~939那一年已經是十顆星的服務生了。她看起來冷漠而陰沉，所以我很遺憾沒能和另一個宋咪分在同一組。不過，到我的第一個週十，我就已經發現，她的冷漠其實是隨時提高警覺，她的陰沉之中潛藏著微妙的尊貴感。她能解讀出喝醉酒的用餐客要點什麼餐點，也會提醒我脾氣暴躁的瑞伊監督即將要來檢查。我能存活這麼久的一個重要原因，就是我對尤娜~939心存感激。

妳提到「微妙的尊貴感」，是她高昇的後果嗎？

研究生邦樹的筆記太少了，我無法確定在尤娜~939身上做的實驗是什麼時候啟動。但是我相信，高昇只會釋放一些被肥皂壓抑下去的概念，包括所有量產人都擁有天賦人格這件事。

一般人都認為量產人並沒有人格。

這是為了讓純種人心安而以訛傳訛的謬誤。

「心安」？妳的意思是什麼？

奴役一個人會讓人良心不安，記錄員，但是奴役一個複製人卻像擁有一輛最新型的量產六輪福特，不會產生倫理問題。只因為你們無法辨別我們之間的差異，你們就相信我們沒有差異。但是別搞錯了：即使是在同一個子宮槽培養出來的同一個血統原型的量產人，也和雪花一樣，每一個都是獨特的。

好，我學到功課了。尤娜~939的偏差表現——或許我該說，獨特性——是什麼時候才被妳特別注意到的？

哦，在一個沒有日曆、沒有真正的窗戶、位在地下十二層的世界裡，問「什麼時候」之類的問題很難回答。或許大約是在我第一年的第六個月，我開始注意到尤娜~939異於尋常的言談。

異於尋常？

首先，她的話變多了。她會趁我們的櫃台較不忙時，趁我們在打掃消費者的衛生間時，甚至是趁我們在寢室攝取肥皂時說話。她說的話讓我們覺得很有趣，包括幾個嚴肅的瑪列妲在內。其次，隨著月分增加，尤娜的語言變得越來越複雜。新進員工訓練時，有人教會我們工作上需要用到的語彙，但是肥皂裡的健忘劑會把之後學到的字彙都抹去。所以在我們的耳朵聽來，尤娜說的話裡充斥著一些無意義的噪音。簡單說，她聽起來就像一個純種人。第三，尤娜喜歡表現幽默，她口中會哼著宋老爹詩篇的荒唐改編版。在我們的寢室裡，當協理們不在時，她會還會模仿純種人的習慣，例如打呵欠、打噴嚏、打嗝。幽默是異議的卵，自立當局應該要知道害怕。

根據我的經驗，服務生很難自己組織一個超過五個字的句子。那麼尤娜-939——或者以妳為例也可以——是如何在那個密閉世界裡發展出精妙的語言能力，即便妳們的智商持續在增加？

一個高昇的量產人吸收語言，就像乾枯的土地吸收水分，雖然有健忘劑在作祟。在我高昇的期間，我經常很驚訝地聽到一些從消費者、瑞伊監督、AdV及宋老爹自己那裡學來的新詞彙，直接從我嘴裡飛出來。餐館並不是真正密閉的世界，每間監獄都有獄卒與獄牆。獄卒是傳輸管，而獄牆也有傳導性。

一個比較形而上的問題……妳在那段時間快樂嗎？

你的意思是在我高昇之前？如果你所謂的快樂是免於貧困，那麼我及所有量產人正如同染色體學家所堅稱，是全企業聯盟最快樂的階層。但是，如果快樂指的是戰勝厄運、人生有目的，或者是獲得權力的企圖心，那麼，在倪亞．索企業聯盟所有奴隸當中，我們絕對是最可悲的一族。我認分地忍耐單調乏味的工作，但我和你一樣不喜歡它。

奴隸，妳這麼說？連每個嬰兒消費者也都知道，「奴隸」在全倪亞．索企業聯盟已經被廢除了！

企業聯盟政府本來就是奠基在奴隸制度上，不論這個詞准不准使用。記錄員，我沒有要冒犯你的意思，但你是真的很年輕？還是你靠吃露滴駐顏？我有點困惑。為什麼我的案件會指派給一個看起來沒有經驗的企業聯盟職員？

妳沒有冒犯到我，宋咪。我其實是個權宜人選，是的，一個沒靠露滴駐顏的權宜人選，我只有二十幾歲。獨議當局的高層人士堅決認為，妳，一個異議分子除了會煽動及言語狂妄之外，對企業聯盟的檔案記錄沒有貢獻。妳應該知道，一直將妳視為聖杯的染色體學家想盡辦法影響自立當局，讓它違抗獨議當局的意願強制執行第五十四條法規的第三款——人民有留下記錄的權利——但是，他們不敢指望央請看過妳的受審過程、認定妳的案件太爭議、不宜拿自己的聲望（及退休金）來做賭注的資深記錄員來訪談。結果，我只是個沒多大影響力的部會裡的一個八職等記錄員，但是當我請求用「祈錄」來記錄妳的證詞時，他們在我還沒會過意來之前就批准了申請。我的朋友們都說我瘋了。

所以，你是拿你整個事業賭在這次訪問上。

……事情就是這麼回事，是的。

在聽過那麼多謊話之後，你的坦白讓我耳目一新。

我認為，說謊的記錄員對未來的歷史學家來說沒有用處！妳可以告訴我一些瑞伊監督的事嗎？在妳受審時，他的日記成為對妳不利的證據。他是個怎樣的監督？

可憐的瑞伊監督是個徹頭徹尾的公司人，但早已過了監督被拔擢成有實權階級的年紀了。就和這已經走向死路的企業聯盟裡許多純種人一樣，瑞伊一直死守著一個信念，認為勤奮工作及毫無污點的記錄就足以升階，所以他經常在餐館辦公室裡熬夜度宵禁，想讓公司高層對他留下好印象。簡單說，對他的量產人來說，他是個揮鞭者；對高層長官們來說，他很諂媚；對讓他戴綠帽的人來說，他則是相當客氣。

讓他戴綠帽的人？

是的，要瞭解瑞伊監督，就不能不提到他太太。瑞伊太太在結婚前幾年就賣掉她生小孩的配額，變成一個精明的投資人，並且把她的丈夫當成搖錢樹。根據幾個協理的閒話，她把我們監督的一大半薪水花在臉部美容上。所以，她七十幾歲看起來只像三十歲。瑞伊太太還經常到餐館來探視新進的協理，閒話是這麼說的。不願順從她的可憐年輕人，就等著被派到最荒涼的滿州去。至於她為什麼從來不用她在公司裡的影響力去幫助瑞伊監督升官？這個謎我已經沒辦法活著看它解開了。

尤娜~939的惡名應該會對瑞伊監督「無污點記錄」構成嚴重威脅，妳不覺得嗎？

當然。一個舉止像純種人的服務生會招惹麻煩，麻煩引來責難，責難則需要有代罪羔羊。所以當瑞伊監督注意到尤娜不合《教義問答》的偏差行為時，他避開摘除星星的懲罰，而去找公司醫師來重新幫她調校。這個戰術上的錯誤就足以解釋，瑞伊監督的事業為何一直黯淡無光。尤娜~939的表現符合她的染色體類型，來訪的醫師開給她一份一切正常的證明書。瑞伊監督沒辦法再處罰尤娜了，因為這就意謂著他不信任資深公司醫師的專業判斷。

尤娜~939第一次試圖邀妳成為她的共犯，是什麼時候的事？

我想，第一次是她試著解釋一個新發現詞「秘密」給我聽，當時收銀台剛好比較不忙。這個「知道某個其他人都不知道、連宋老爹也不知道的資訊」的概念，我實在無法理解。當我們躺在床上，我這位收銀台姊妹就答應要帶我去看一些讓她解釋不清的秘密。

我醒來時，迎接我的不是刺眼的黃起燈光，而是尤娜。她在宵禁燈的昏光中把我搖醒。我們的姊妹們躺在各自的床上，除了偶爾有人抽搐一下，幾乎都一動也不動。尤娜命令我，口氣就像個監督，跟她走。我說，我會害怕。她叫我別害怕，她要讓我知道「秘密」是什麼意思，她帶著我走進圓頂內。那裡不尋常的沉靜讓我更害怕。圓頂原本宜人的紅色與黃色，在宵禁燈的昏光下變成古怪的灰色與褐色。瑞伊監督的門縫洩出微弱的光。尤娜把門推開。

我們的監督疲憊不堪地把頭趴在桌上，口水把他的臉頰和他的sony黏在一起。他的眼皮已經進入快速眼球轉動期，一陣咕嚕聲卡在喉嚨裡，釋放不出來。尤娜跟我說，每到週十夜，他會吸食一些肥皂，然後直接睡到黃起時分。你應該知道，肥皂對純種人的效果比對我們還大，我這位姊妹還用腳去踢這具沒反應的身體來證明她說的沒錯。我對這種褻瀆行為的錯愕，讓尤娜覺得很有趣。

「妳可以對他為所欲為，」我記得她這麼跟我說，「他已經和量產人生活在一起這麼久，已經算是我們的一員了。」接著她告訴我，她還要再讓我看一個更大的秘密。尤娜從瑞伊的口袋裡拿出鑰匙，然後領我到圓頂的北區。在介於電梯與東北側衛生間之間，她叫我檢查一下牆。我什麼都沒看到。

「再看一次，」尤娜說，「仔細看。」這次我看到一個斑點、一條小細縫。尤娜把鑰匙插進洞裡，圓頂牆壁中某塊長方形就朝內打開。我完全看不出這個黑暗房間裡有什麼東西。尤娜牽起我的手，我有些遲疑。就算宵禁期間在餐館裡徘徊還不至於讓我被摘除星星，但爬進一個未知的房間肯定會。不過，我的姊妹的意志比我強。她把我拉了進去，然後把門關上，並且輕聲說：「現在，親愛的姊妹宋咪，妳在一個秘密**裡面**。」

一道白刃切開黑暗，一把奇蹟般移動的刀子讓原本沒有東西的地方出現了物體的形狀。我看到一個狹窄的儲物間，裡面塞滿堆疊在一起的椅子、塑膠製的植物、外套、扇子、帽子、一顆已經燒壞的燈泡、許多把雨傘，還有尤娜的臉，以及我的手。我的心跳得很快。

「那是什麼刀？」我問。

「那只是光，手電筒的光，」尤娜回答。我問她：「光有生命嗎？」尤娜回答，「或許光本身**就是**生命。」一個消費者把這隻手電筒放在我們這一區某張椅子下忘了帶走，她解釋，但是尤娜沒有把它交給協理，反倒藏在這裡。從某個角度來說，這才是我最震驚的。

為什麼？

《教義問答》第三條說，服務生如果把東西據為己有，就是拒絕了宋老爹的愛，也辜負他在她身上的投資。我在想，尤娜還遵守任何教義嗎？不過，我的焦慮雖深，很快就消散在尤娜拿給我看的寶藏中：一個裝了許多不成對的耳環、珠子及寶石頭飾的盒子。穿戴上純種人服飾的美妙感覺，戰勝了我怕被發現的恐懼。不過，在這一切當中最棒的是一本書，一本圖畫書。

這年代已經沒有太多這種書了。

的確沒有。尤娜誤以為那是一部可以呈現外面世界的故障 sony。你應該想像一下我們看到圖片時的敬畏感：一個穿著髒衣服的服務生在服務三個醜陋的姊妹，七個矮短的量產人帶著奇怪的刀具跟在一個亮麗女孩後面走；一間用糖果蓋成的屋子。城堡、鏡子、龍。請記得，身為服務生，我當時並不知道這些詞彙，就像我當時不會懂得我在這場晤談裡所用到的大半詞彙一樣。尤娜跟我說，AdV 及 3D 只呈現了電梯之外世界的某些無趣之處，完整的世界包含了比歡騰之境更特別的奇景。在短短一段宵禁期間就見到這麼多陌生事物，讓我的頭像中了毒一樣。我的姊妹說我們必須趕在黃起之前回到床上，但她答應我，下一次她還會再帶我到她的秘密裡。

還有多少個「下一次」？

十次，或十五次，大約。到後來，只有當我們秘密地造訪她的秘密房間時，尤娜~939 才會表現出她活潑的本相。她一面翻閱那本外面世界之書，一面說出心中的種種懷疑，這些懷疑甚至從根本動搖了我對宋老爹的愛，以及我對企業聯盟政府的信心。

妳說的是什麼樣的懷疑？

問題：宋老爹怎麼可能站在宗廟廣場地下餐館的表演台上表演，又同時在歡騰之境的海灘上和我們那些獲得靈魂的姊妹一起散步？為什麼量產人一生下來就要靠工作來償債，純種人卻不是？是誰決定服務生要工作十二年才能清償宋老爹在她身上的投資？為什麼不是十一年？六年？一年？

妳怎麼回應她？

我請求尤娜不要再說這些褻瀆話，或至少在餐館工作時裝出正常的模樣。我那時候是個規規矩矩的服務生，你知道的，不像我現在這樣，是個壞人，文明的威脅者。而且我也很害怕會因為沒有向瑞伊監督舉發她而被摘除星星。我向宋老爹祈禱，求他醫治我的朋友，但是她的偏差行為不但沒減少，反倒變本加厲。尤娜在擦拭餐桌時，眼睛會光明正大地盯著AdV。我們的量產人姊妹感覺到她在犯罪而刻意避開她。有一天夜裡，尤娜告訴我她要離開餐館，並且永遠不回來。她跟我說我也應該離開：純種人強迫我們困在地底下工作，好讓他們可以獨享那本書（她口中所說的「故障sony」）呈現的地上美麗風光。我背誦《教義問答》第六條來回答她。我告訴她，我不可能做出這麼邪惡的偏差行為來背叛宋老爹及他的投資，尤娜～939聽了很生氣。是的，記錄員，一個生氣的量產人。她說我是笨蛋及膽小鬼，不比其他複製人好到哪裡去。

兩個沒有靈魂的服務生，在沒有外援的情況下逃離公司？獨議當局可以在五分鐘內就圍捕到妳們。

但尤娜怎麼可能會知道？她那部「故障sony」應許她的是一個充滿原始森林、連綿山巒、迷宮藏身處的世界。把一本童話故事書當成整個倪亞．索企業聯盟，這在你，一個純種人聽來，可能覺得很好笑，但是永久的拘禁會讓任何救贖幻覺變得可信。高昇會創造出尖銳的飢餓感，最終會吞噬清醒的心智。對消費者來說，這種狀態被稱為長期憂鬱症。在我的第一個冬天到來時，尤娜就陷入這樣的狀態，那時用餐客會刷掉沾在耐吉上的雪，而我們每隔一段時間就要拖一次地板。那時候她已經不再跟我說話了，她處在全然孤立之中。

妳是說，尤娜～939的凶暴行徑是精神疾病引發的？

是的，我很確定。而且那精神疾病是由實驗上的過失引發。

妳可以從妳所處的有利位置，來描述除夕夜發生的事件嗎？

我那時正在我責任區的邊緣地帶擦桌子，那地方地勢較高，所以，我可以清楚看到東側的狀況。瑪列妲~108和尤娜~939在負責我們忙碌的收銀台。有一群小孩正在辦派對。氣球、紙緞帶及派對帽擠滿了電梯附近的空間，流行音樂和數百個用餐客的聲音充斥在圓頂內。宋老爹發射出一些3D奶油夾心在孩童們的頭上繞行。他們伸手去抓，點心卻穿過他們的手指，回到我們這位招牌人物像蛇一樣的舌頭上。就在你也很清楚的時刻，我看到尤娜~939離開收銀台。我知道可怕的事情就要發生了。

她沒有告訴妳她的脫逃計畫嗎？

我說過，她已經不再注意我的存在。但我不相信她有計畫，套用純種人的說法，我相信她只是「臨時起意」。我這位姊妹不急不徐地走出服務區，朝電梯走去。她算準了恰當的時機。協理們忙到沒空注意她，瑞伊監督在辦公室裡。用餐的客人也很少有人注意她，或者把目光從sony或AdV移開來看她。事實上，他們也沒有理由這麼做。當尤娜抱起一個穿著水手服的小男孩朝電梯走去時，看到她的純種人只把她當成女主人吩咐去帶小孩回家的量產人女僕。

根據媒體的報導，尤娜~939是為了到地面上後能有個純種人擋箭牌，而偷走這個小孩。

媒體完全照獨議當局的指示去報導她的「凶暴行徑」。尤娜帶著小孩到電梯，是因為她已經知道公司設定的基本防範措施：**沒有搭載任何靈魂的電梯無法運作**。在滿載消費者的電梯裡被人注意到的風險太大了，所以尤娜相信她的最佳機會是去借一個小孩，利用他的靈魂，讓電梯載送她通往自由。

妳聽起來對自己的說法很有把握。

如果連我自己的經驗都不能給我權利，讓我對自己說的話有把握，那麼誰的經驗才可以？接下來發生的事件，就不需要多說了。

不過，還是請妳描述尤娜~939的「凶暴行徑」，就把妳看到的說出來。

很好。那男孩的母親在電梯門要關的時候，看到她兒子在尤娜的手中。她尖叫：「一個複製人把我的小孩抓走了！」歇斯底里如連鎖反應爆發：托盤被拋到空中，奶昔濺了出來，sony 掉落在地上。有些用餐客以為地震緩衝器出了問題，紛紛躲到桌子下。一個已經下班的執法人員從手槍皮套裡拔出科爾特，他費力地擠進混亂之中，大聲叫大家安靜。他沒遵照「封閉空間不宜開槍」的建議，發射了一發音速槍，許多人都以為恐怖分子在朝消費者開槍。我記得看到瑞伊監督從辦公室走出來，踩到潑在地上的飲料而滑了一跤，接著就被一波波擁擠著衝向電梯的消費者淹沒。許多人在這波推擠中受了傷。周協理對著他的手持 sony 大嚷，我聽不出他說了什麼。謠言在圓頂內部四處彈跳：一個尤娜綁架一個男孩；不，是一個嬰孩；不，是一個純種人綁架了一個尤娜；一名執法人員開槍射一個嬰孩；不，是一個量產人開槍射一名執法人員；一個量產人打了那位監督，你看，他在流鼻血。

當一切發生時，在表演台上的宋老爹還在麵條波浪上衝浪。接著有人大喊那部電梯下來了，靜默迅速攫住餐館，就像不到一分鐘之前混亂攫住了它。執法人員叫大家讓開，蹲伏下來，瞄準電梯門。擠在一起的消費者一瞬間散到兩旁。電梯來到餐館，電梯門打開。

那個男孩發抖著，蜷曲在電梯內的角落。他的水手服已不再雪白。或許，我在光屋的最後一個記憶會是尤娜～939 的軀體——她已經成為布滿彈孔的一團糨糊。

這幅圖像也已經烙印在每個純種人記憶裡，宋咪。那天晚上我下班回家時，室友們全都緊盯著 sony。倪亞．索企業聯盟一半的新年慶祝活動被取消，另一半也被刻意弄成無聲。媒體交替播放從餐館裡的一部 nikon，以及宗廟廣場的公共 nikon 取得的畫面，來呈現那位路過的執法人員解決掉尤娜～939 的過程。我們無法相信眼中看到的事。我們原本以為那是聯合黨的恐怖分子為了負面宣傳而去整容，讓自己看起來像個服務生。當獨議當局證實那個量產人是個真正的尤娜時……我們……我……

你覺得企業聯盟政治的世界秩序已經改變，而且無法變回來了。你發誓不再相信量產人。你知道廢奴主義者的那套教義，其實就和聯合黨主張的一樣危險及暗藏玄機。你也因而全心支持大受愛戴的主席裁示的祖國法。

我確實有這些感覺，是的。那時候妳們餐館裡的情況如何？

圓頂內部淨空時，獨議當局的武裝人員抵達，來嗶嗶每位用餐客的靈魂，並且將目擊者作證內容 nikon 起來。我們清理餐館，而且沒上晚課就直接吸食肥皂。隔天的黃起時分，我的姊妹們對尤娜 ~939 被殺的記憶大致還在。我們做晨課，而不是照例舉辦授星典禮。宋老爹發表他的反聯合黨講道。

我還是很訝異，一個招牌人物竟然會讓他的量產人知道聯合黨的事。

這反應出他的震驚與惶恐。毫無疑問，這場講道的主要目的是讓媒體知道宋老爹企業有傷害控管機制。宋老爹在晨課中使用的高階人士詞彙，也支持著我的猜測。表演得相當不錯。

妳可不可以把妳記得的演講內容重述一次，讓我用「祈錄」錄起來。

我們這位招牌人物的頭充滿半個圓頂，感覺上我們就站在他的心靈裡。他那小丑般的表情因哀傷與氣憤而沉重，他的丑角聲音充滿失望。幾個「華頌」在顫抖，協理們看起來很害怕，瑞伊監督臉色蒼白、面露病態。宋老爹告訴我們，這世界上有一種叫做「邪惡」的氣體，被稱為恐怖分子的純種人就是吸進了邪惡之氣，這種氣讓他們討厭所有自由、美好、有秩序、有企業聯盟精神的事：昨天的暴力事件就是出於一群被稱為「聯合黨」的恐怖分子。他們讓我們當中的一個姊妹，宗廟廣場餐館的尤娜 ~939 感染到邪惡。尤娜 ~939 沒有去舉發聯合黨，反倒任由邪惡誘惑，讓她產生偏差行為。要不是獨議當局用心執政，宋老爹企業長久以來也都全力配合，某位消費者的無辜兒子現在可能就已經是具死屍了。那個小孩活了下來，但是用餐客對我們鍾愛的公司的信任已經受到傷害。擺在我們面前的挑戰是，宋老爹下結論，我們必須比以前更認真工作，來贏回他們的信任。

因此，**我們必須對邪惡提高警覺，每一天，每一分鐘**。這個新教條比其他教條都重要。如果我們遵守，宋老爹就會永遠愛我們。如果我們沒遵守，宋老爹會讓我們每年都是零顆星，我們永遠都無法到達歡騰之境。我們能理解嗎？

我的姊妹們對這些話的理解頂多算是模模糊糊，因為我們的招牌人物用了許多我們不認識的詞。但這時在表演台四周已經回響起「是的，宋老爹！」的喊叫。

「我聽不見！」我們的招牌人物激勵我們。

「是的，宋老爹！」企業聯盟每家餐館的每位服務生都一齊大喊：「是的，宋老爹！」

就像我之前所說，表演得真不錯。

妳在受審法庭中說尤娜~939不可能是聯合黨的成員。妳現在還是這麼認為嗎？

是的。聯合黨是在什麼時候、用什麼方法吸收她的？一個聯合黨員為什麼要冒著身分曝光的風險做這件事？一個從染色體培育出來的服務生對恐怖分子組織能有什麼貢獻？

我感到很困惑。如果肥皂裡的健忘劑會讓記憶「麻木」，妳為什麼還能這麼準確、清楚地記得當時發生的事？

因為，那時候我的高昇已經開始了。即便是像邦樹那樣的大笨蛋，也看得出尤娜~939的神經化學上的穩定性已經明顯在下降，必須開始準備另一隻實驗天竺鼠。因此，當時我的肥皂液囊裡的健忘劑分量已經減少，還加入了高昇催化劑。

那麼……在那篇講道後，年初一當天的生意和平常一樣好嗎？

生意，是的。和平常一樣，不是。授星典禮敷衍了事，兩個累積了十二顆星的服務生，在阿安協理的護送下走進電梯。這兩個服務生的職缺由兩個基琳來填補，尤娜~939的工作則由一個新尤娜取代。瑞伊監督在一片肅靜中幫我們把當年度的星星鑲到項圈上，鼓掌在這時候被認為不恰當。沒過多久，媒體記者就湧了進來，手上的nikon閃個不停，一下子就包圍住監督辦公室。我們的監督為了讓這些人離開，只好先叫項圈上貼有編號~939識別標誌的新尤娜躺進電梯裡，身上塗上番茄醬，讓記者們去nikon她。稍後，獨議當局的醫療隊將每個服務生徹頭徹尾檢查了一遍。我害怕自己會受株連，但還好只有我的胎記被他們小作了文章一番。

妳的胎記？我不知道量產人也會有胎記。

我們不會有胎記。所以在洗蒸氣浴時，我的胎記總是令我尷尬。瑪列妲~108稱之為「宋咪~451的污漬」。

妳可以讓我的祈錄也拍攝一下嗎？只是當成珍奇事物。

如果你想的話。這裡，就在我的鎖骨及肩胛骨之間。

太特別了。看起來很像一顆彗星，妳不覺得嗎？

尹海株也說了同樣的話，真巧。

呵，嗯，巧合之事經常發生。瑞伊監督還保有他的職位嗎？

是的，不過沒帶給那個不幸的人太多安慰。他提醒公司高層，他早在幾個月前就已經聞到尤娜~939的「偏差味」了，應該要怪罪幫她做檢查的醫師。宗廟廣場餐館的獲利很快就恢復平常的水準：純種人很健忘，尤其在他們肚子正餓時。基琳~689和基琳~889是新賣點：她們是最新設計出來的血統原型，吸引了許多量產人觀察達人排隊來看她們。

也就是差不多在這時候，妳越來越清楚感受到自己的高昇？

沒錯。你希望我描述一下這經驗嗎？在我現在看來，其實和尤娜~939的高昇歷程相似。第一，一個聲音開始在我的頭裡面說話。這讓我非常緊張，直到我發現這聲音只有我自己聽得見，那就是純種人所謂的「知覺」。第二，我的語言能力開始進化：舉例來說，當我想要說「好」，口裡說出的卻是「優秀」、「得宜」，或「正確」等較文雅的字眼。在全企業聯盟十二個城市的純種人都忙著舉發量產人的偏差行為——以每週數千個案例的速度——的氛圍下，這是種危險的心智發展，我想辦法隱藏起來。第三，我對各樣事物的好奇心越來越強，這就是尤娜～939 所說的「飢渴」。我會偷聽或偷看用餐客的 sony、AdV、董委們的演講，以及任何事物來學習新知。我，和尤娜一樣，也很想知道電梯會通到哪裡。

此外，在同一間餐館同一個收銀台並肩服務的兩個量產人，同樣都經歷了心智上的劇烈變化，這事實也沒有讓我退縮。最後，我的疏離感越來越深。在我的姊妹中，只有我知道我們本身的存在既單調又徒勞。我甚至有時會在宵禁時醒來，但我沒有再走進那個秘密房間，連在黃起之前起來走動也不敢。尤娜對宋老爹的懷疑纏擾著我，會不會他根本就不是我們的爸爸，而是一支 AdV？啊，我多羨慕我那些沒有批判性、不會思考的姊妹們！

但最重要的是，我很害怕。

這樣的狀態妳還必須忍受多久？

幾個月。準確地說，直到四月最後一週的週九夜。在宵禁時我被隱約的玻璃破裂聲吵醒，我的姊妹們都在床上睡覺，只有瑞伊監督這時候在圓頂那裡。時間一分一秒過去。終於，好奇心戰勝恐懼，我打開寢室的門。在圓頂對面，我們監督的辦公室門開著。瑞伊監督在燈光中躺在地上，臉部平貼著地板，他的椅子倒立。我穿過餐館的中庭過去查看。血從他的眼睛和鼻孔裡流出來，桌上有一袋吸食過揉成一團的肥皂液囊。監督臉上沒有活人的氣色。

瑞伊死了嗎？劑量過度？

不論官方調查結果為何，辦公室裡全是肥皂安眠藥的味道。服務生平常服用的分量是三毫克，瑞伊喝的似乎是四分之一公升的液囊，所以自殺是個很合理的解釋。我碰到相當棘手的兩難問題。如果我用 sony 叫醫生過來，或許可以救回監督的命，但是我怎麼會涉入此事，這該如解釋？一個健康的量產人，你知道，不會在宵禁時醒來。高昇量產人的人生很可憐，沒錯，但是將來還要重新調校一次，這更可憐。

妳說過妳很羨慕妳那些不會思考、沒有煩惱的姊妹們。

不過，這和「希望變成和她們一樣」是兩回事。我回到自己的床上。

那個決定有沒有帶給妳罪惡感？

不太有，那是瑞伊自己的決定。不過，我有種不祥的預感——這一夜的事件還沒結束，果然，黃起時分到了，但我那些姊妹們卻還在床上睡覺。空氣中沒有興奮劑的氣味，協理們也都還沒來上班。我聽到有人在使用 sony 的聲音。我在想瑞伊監督是不是康復了，於是我離開寢室，去窺探圓頂裡的狀況。

一個穿著深色西裝的男人坐在那裡，用吸管喝咖啡。他看見我從餐館的另一端看著他。終於，他開口說話：「早安，宋咪～451，我希望妳今天的情況比瑞伊監督好一點。」

他聽起來像是個執法人員？

他自我介紹說他姓張，是個私家司機。我跟他道歉：我不知道「私家司機」這個詞。說話聲音很輕的訪客解釋說，私家司機幫董委們及企業主管們開福特，有時候也充當傳話人。他，張先生，幫監督帶了一個信息來給我，宋咪～451。那信息其實是個選擇。我可以現在就離開餐館，到外面去償還公司在我身上的投資；或者，我可以留在原處，等待獨議當局及專門嗅聞 DNA 的動物抵達，來調查瑞伊監督的死因，並且揭發我的身分——聯合黨的間諜。

這根本就沒得選擇。

的確。我沒有行李需要打包，也不用跟人道別。在電梯裡，張先生按了面板上某個按鈕。當電梯門將我的舊人生，我唯一的人生關在外面時，我已經開始想像，在地面上等待我的會是什麼樣的世界。

我的軀幹壓垮我那雙突然無力的腿：張先生扶住我，並且告訴我，每一個住在地面下的量產人第一次搭電梯時，都會經歷同樣的噁心感。尤娜～939 在同樣這部電梯裡、在同樣經歷力學的上升運動時，想必因為站立不住，而讓男孩摔落地上。為了抑制噁心感，我試著回想尤娜那部「故障 sony」裡的風景：蜘蛛網般的溪流、根節盤繞的高塔，以及說不出名字的奇景。電梯速度減慢下來時，我的軀幹似乎升到半空中，整個人昏頭轉向。張先生宣告：「地面層到了。」門對著外面世界，打開了。

我差點要嫉妒妳了。請好好描述妳所看到的東西。

宗廟廣場，黎明前。寒冷！我從來不知道冷是什麼。廣場看起來多遼闊！但這廣場直徑肯定還不到五百公尺。在大受愛戴的主席人像基座周圍，消費者急著趕路；清道夫無趣地打掃人行道；計程車對騎士們按喇叭；緩慢移動的福特排放黑煙；緩緩行駛的垃圾車發出惡臭；快速道路，八個車道寬，兩側各有一列燈桿；腳下的管道隆隆作響；霓虹燈的招牌光采耀眼；警報器、引擎、電路；各種強度的光從各個角度射來。

這一定給妳很大的震撼。

在習慣了餐館中央空調的氣味後，在外面連氣味都是新的。韓式泡菜、福特廢氣、污水。一個消費者從我身邊跑過，只差一公分就會撞上我，她大叫：「妳擋什麼路啊，妳這假民主的**複製人！**」然後就不見了。我的頭髮被一部巨大、隱形的空調主機呼出的氣吹亂，張先生跟我解釋街道會如何像漏斗一樣將風聚集起來。他領著我越過人行道到一輛有鏡子的福特那裡。三個正在欣賞那輛車的年輕人看到我們走近後，自動消失在人潮中。接著，後車門發出嘶嘶聲，然後打開。這位私家司機請我進入車內，再將門關上。我蹲伏著。一個滿臉鬍子的乘客懶懶地坐在寬敞的車內，正在研究他的 sony。他身上散發出權威的味道。

張先生坐在前座，接著福特切入車流之中：我看到宋老爹那兩弧金色拱形向後退去，成為上百個企業招牌中的一個。由許多全新符號構成的新城市，就從我身旁飛馳而過。福特煞車時，我失去了平衡，大鬍子男人喃喃地說，沒有人會介意我坐下來。我跟他道歉說，我沒學過這裡的正確教義，然後照著職前訓練的教導唸誦，「我的項圈是宋咪～451。」乘客只是揉揉他發紅的眼睛，並且叫張先生報告氣象。我不記得司機的回答，只記得他提到路上福特壅塞的情況嚴重。大鬍子看了看自己的勞力士，咒罵速度緩慢。

妳沒有問他們要帶妳到哪裡嗎？

我問這個問題幹什麼？問題的答案還得問更多個問題才能瞭解。請別忘了，記錄員，我從沒看過建築物的外表，也沒有搭乘過交通工具：但是，請看，我這時正高速穿越倪亞．索企業聯盟的第二大都會區。我不像個跨越時區的旅客，反倒像來自過去世紀的時間旅行者。

我們的福特接近月之塔時，穿過了都會區的天篷。我生平第一次看到日出，從江原道山區的上方升起。我無法描述我的感覺。那位無所不在的主席創造的真正的太陽，那逐漸融化的光、岩石般的雲，以及祂創造的穹蒼圓頂。我無法置信的是，那位大鬍子乘客竟然在打盹。在這無法抗拒的美景面前，整個都會區的人們為什麼不懂得慢慢停下來，獻上讚美？

還有什麼吸引了妳？

喔，迷人的綠色！再次回到天篷下，我們的福特緩緩行經一座位於矮胖建築物間沾滿露珠的花園。羽毛、羊齒及潮溼苔蘚的綠。在宋老爹餐館裡，我們只會在葉綠素方塊及用餐客的衣服上看到綠色，所以我以為它非常寶貴罕見。因此，那座露珠花園，以及像衣袖般沿著福特車道伸展的彩虹，令我讚嘆。往東走，快速道路兩側排列著一塊又一塊的住宅區，每一區都插著一面硬挺的倪亞．索企業聯盟旗幟。接著，道路兩旁越來越空蕩，我們經過一條寬敞、蜿蜒、糞褐色、沒有半輛福特的帶狀區域。我鼓起勇氣問張先生那是什麼。那個乘客回答：「漢江，聖水大橋。」

我只能問，那是什麼東西？

「水，一條由水構成的快速道路。」疲倦與失望讓他的語調平淡。「喔，一大早就載回來一個廢物，張。」我很困惑，餐館裡的水和河裡的淤泥怎會差那麼多。張先生指著前方一個低矮的山尖。「天摩山，宋咪，妳的新家。」

所以你是直接從宋老爹餐館被帶到天摩山大學？

以避免實驗品在運送過程中受污染，是的。道路在林地中盤升。樹木：那動作越來越大的體操、由沙沙聲形成的沉默，嗯，以及它們翠綠的顏色，到如今仍然迷惑我。不久我們就到達位在台地上的校園。立方體的建築成群成簇：年輕的純種人在狹窄的人行道上行走，垃圾隨風飄移，石板上苔蘚滋生。福特滑行到一個被雨水打髒、被太陽曬裂的屋簷下，然後停了下來。張先生帶我進入一個大廳，讓大鬍子乘客繼續在福特裡打盹。天摩山上的空氣比山下還清新，但是那個大廳既陰沉，又沒什麼光線。

我們在雙螺旋形的樓梯底部停了一下。這是個舊時代的電梯，張先生跟我解釋。「大學不只鍛鍊學生的心智，也鍛鍊體魄。」於是我生平第一次對抗重力，抓著扶手一步一步往上爬。兩個學生順著向下的螺旋梯走下來，嘲笑我動作笨拙。其中一個說：「這個實驗樣本在可預見的未來，不會快步奔向自由。」張先生警告我不要回頭往下看，我卻還是笨笨地做了，暈眩感馬上讓我腳步踩滑。要不是我的嚮導抓住我，我肯定一路滾到大廳。

我們花了好幾分鐘才爬到六樓，也就是頂樓。在那裡，一條狹長的走廊引導我們來到一扇門前。門微微開著，門上的名牌寫著**金邦樹**。張先生敲門，但沒人回答。

「妳在這裡等金先生，」司機告訴我，「聽他的話，就像對待監督那樣。」我走進房裡，然後回頭問張先生我該做些什麼工作，但那司機已經離開了。我生平第一次感到孤單。

妳對妳的新工作地點有什麼評價？

髒亂。我們的餐館，你應該知道，向來都是一塵不染，因為乾淨本身就是《教義問答》裡的一條。相較之下，金邦樹的實驗室卻是散發出男性純種人體臭味的長廊。垃圾筒裡的東西多到溢出來，門旁掛了一面十字弓的靶，沿著牆面擺放著實驗台、堆滿雜物的桌子、過時的 sony，以及下陷的書架。在唯一看起來還有人在使用的桌子上方，掛了一張有框的柯達，柯達中的男孩正得意洋洋地站在一隻渾身是血的雪豹前面。從一面骯髒的窗戶可以俯視一個無人照料的中庭，在中庭裡，一尊斑駁的雕像立在基座上。我希望他就是我的新招牌人物，但是他卻一動也不動。

在狹窄的接待室裡，我找到一張便床、一個衛生間，以及某種可攜式蒸氣清潔機。我什麼時候要使用它？我在這裡的生活要由什麼教義來規範？一隻蒼蠅發出嗡嗡聲，慵懶地飛舞出8字型。我對外面的世界太過無知，我甚至以為那隻蒼蠅是個協理，而向牠自我介紹。

妳之前從沒看過昆蟲嗎？

我只看過有搗蛋基因的蟑螂，以及昆蟲的屍體。宋老爹的空調器會把殺蟲劑送進屋裡，搭電梯進來的昆蟲都會在當下死掉。那隻蒼蠅撞到窗戶，一次又一次。我那時不知道可以把窗戶打開。的確，我連窗戶是什麼都不知道。

接著我聽到走調的歌聲，一首關於普儂普妮女孩們的流行歌。不一會兒，一個穿著海灘短褲、拖鞋及絲質上衣，背著沉重背包的學生，就拳腳並用地把門踢開。他看到我，然後開始抱怨：「看在神聖的企業聯盟分上，妳在這裡幹什麼？」

我把項圈給他看。「宋咪~451，先生。宋老爹餐館的服務生，我來自……」

「別吵，別吵，我當然知道妳是什麼**東西！**」年輕人臉上有當時正流行的青蛙嘴與受傷眼。「不過，妳應該是要到**週五**才來這裡！如果那些登記有案的**低能兒**以為他們看不懂月曆，我就該取消在台灣舉辦的五星級研討會，嗯，很抱歉，那麼他們可以到伊波拉病毒糞坑裡去吸那些蛆。我只是進來拿我的研究用 sony 和光碟片。當我可以在台北好好燈紅酒綠一番時，不可能留在這裡當褓姆，照顧一個還穿著舊制服的實驗樣本複製人。」

那隻蒼蠅又去撞窗戶，那學生撿起一本小冊子從我身旁揮過去。力道之猛讓我跳了起來。他檢查玻璃上的污跡，並發出勝利的大笑。「這就是給妳的警告！沒有人背叛金邦樹之後還能全身而退！現在，別碰任何東西，也別到任何地方去。肥皂在冰箱裡——妳要感謝主席，他們把妳的食物提早送來。我會在週六晚上回來。如果我現在不出發去機場，我就會趕不上飛機。」他走了，然後又出現在門廊裡。「嗨。妳**會**說話，不是嗎？」

我點了點頭。

「感謝**主席**！事實是——不論是哪種低能的錯誤，在我們講話的當兒，都會有十個登記有案的複製人在犯錯。」

那麼……接下來的三天妳要做什麼？

我也不知道，只能看著勞力士的指針逐步侵蝕面盤上的小時。這不是大問題：服務生本來就被基因改造成可以連續工作十九個累人的小時。在打發無聊時間之際，我想到了瑞伊太太，她現在會是個悲慟的寡婦，還是個快活的寡婦？阿安協理或周協理會被升為宗廟廣場餐館的監督嗎？那間餐館似乎已經離我無限遙遠。我聽到中庭傳來的騷動，是從基座下方的矮樹叢裡傳來的。我生平第一次看到真正的鳥。一架飛機從上空飛過，數百隻麻雀一擁而上。牠們在為誰唱歌？牠們的招牌人物嗎？大受愛戴的主席？

天空進入宵禁，房間裡跟著變黑，這是我在外面世界度過的第一夜。我感覺孤單，但也僅止於此。中庭對面的窗戶開始黃起。我看見一些和邦樹實驗室類似的實驗室，裡面住著年輕的純種人。還有一些較乾淨的房間，教授的辦公室；忙碌的走廊，無人的走廊。不過我沒有看到量產人。

在午夜，我的身體感到虛弱，吸了一個液囊的肥皂，然後躺在床上，很希望這時尤娜~939能來為我解釋今天看到的許多奧秘。

妳在外面的第二天，有沒有得到任何問題的答案？

有一些，卻有更多驚奇的事在等我。我醒來時，第一個驚奇就站在接待室裡，在我的床對面。一個身高超過三公尺、穿著橙色夾克、活像一座高塔的人正在研究書架。他的臉及脖子上裸露的皮膚，或被燙成紅色，或被燒成黑色，或被修補成白色，但他似乎不覺得疼痛。從他的項圈看出他不是純種人，但是我猜不出他的血統原型：嘴唇被基因改造成向外突出，耳朵有角質的閥保護，聲音極低——之前沒聽過、之後也沒再聽過那麼低的聲音。

「這裡沒有興奮劑，妳可以睡到自然醒，而且妳的研究生是懶惰的金邦樹。這些高官子弟研究生最糟糕了。他們從進幼稚園到安樂死，都有人幫他們擦屁股。」他用一隻長著兩根拇指的巨手指著一件藍夾克，那夾克只有他自己的一半大。「那件給妳，小妹妹。」脫下我的宋老爹制服，換上新外套時，我問他，是不是監督派他過來的。

「這裡沒有監督，」燒傷的巨人說，「妳這位研究生和我那位研究生是朋友。邦樹昨天到我們那裡，抱怨他們提早送妳過來。我昨天宵禁前原本就想過來看妳，但是『染色體手術』學院的研究生都工作到很晚，不像『心理染色體學』學院這些偷懶的人，所以只好作罷。我是武因~027。我們現在就來研究一下妳為什麼會在這裡。」

武因~027坐在邦樹的書桌上，打開實驗室的sony，不顧我在一旁抗議說我那位研究生禁止我去碰。武因碰觸了一下螢幕面板，尤娜~939出現了。武因的手指跟著上面幾行字移動。「讓我們祈求那位無所不在的主席……讓邦樹不會再犯**那個**錯……」

我問武因他會閱讀嗎？

武因跟我說，如果連隨機生出來的純種人都能閱讀，經過精心基因設計的量產人應該更容易學會閱讀。很快地，一個宋咪出現在 sony 上：我的 ~451 項圈就圈在她的脖子上。「在這裡，」武因說，然後慢慢照著唸：**在寢室內加大服務生量產人腦容量的可行性探討：以宋咪 ~451 實驗為例，作者金邦樹**。「為什麼，」武因喃喃自語，「一個沒大腦的高官子弟研究生要把目標放那麼高？」

武因 ~027 是哪一種量產人？國民兵？

不，災難人。他自誇可以在疫情嚴重或輻射量過高的死域工作，在那種地方，純種人會像細菌被漂白水殺死一樣倒地不起。他的大腦只做過小幅基因調整，而且，災難人所受的基本職前訓練，比大多數純種人大學的教育都還紮實。最後，他露出被燒得觸目驚心的前臂給我看，「妳找得到一個純種人被燒成像我這樣還能活下來嗎？我那位研究生的博士論文，研究的是細胞組織的防火性。」

武因 ~027 關於死域的描述讓我很害怕，但是這個災難人卻有點得意地期待死域逼近。當整個倪亞．索企業聯盟都成為死域的那一天，他告訴我，量產人就成為新的純種人了。這聽起來觀念上有偏差，而且，如果死域真的已經遍布世界，我問，那為什麼我在福特上都沒看見？武因 ~027 問我覺得這世界有多大。我不太確定，不過我說，他們把我從宗廟廣場一路載到這座山上，我應該已經見過這世界的大部分區域了。

那個巨人要我跟他走，但我遲疑了一下：邦樹命令我不可以離開房間。武因 ~027 警告我：「宋咪 ~451，妳必須創造妳自己的《教義問答》。」然後把我扛到他的肩膀上，帶著我走過狹窄的走廊，轉過角落，爬上積著灰塵的旋轉樓梯，然後揮拳打開一扇生銹的門。早晨的陽光讓我看不見，冷冽的風掃過臉龐，風中的沙粒讓我刺痛。那個災難人把我放下來。

在心理染色體學學院屋頂，我緊緊抓住護欄，不斷喘氣。在六層樓下是個仙人掌園，鳥兒們在針葉之間找昆蟲吃。順著山坡稍往下，是個半滿的福特停車場。再往下，是個田徑場，一群穿制服的學生正繞著場地跑。在那之下是個消費者廣場，再過去是一路順著斜坡往下的樹林，之後是一大片不是漆黑就是霓虹的都會區、稍高的台地、住宅區、漢江，最後是襯托日出景象的一連串遠山，以及不時劃過天際的飛機。

「景象壯觀，」我記得武因用他輕柔、燒焦的聲音說，「但是和整個世界相比，宋咪~451，妳現在看到的只相當於一小塊石頭。」

我的頭腦嘗試去瞭解這浩大，但很快就放棄了。我怎麼可能瞭解一個無止盡的世界？武因的回答是，我需要智力，高昇能提供智力。我需要時間：金邦樹的懶散恰好能提供我時間。不過，我還需要知識。

我問他，知識要到哪裡去找？

「妳需要先學會閱讀，小妹妹。」武因~027說。

所以，妳的第一位導師是武因~027，而不是尹海株或梅菲董委？

嚴格來說不是。我們第二次會面就是最後一次。災難人在宵禁前一小時回到邦樹的實驗室，給我一部「無遺漏」sony：企業聯盟高階子弟中小學課程裡的每個自學單元都已經預錄在裡面。他教我如何使用，然後警告我，千萬不要讓純種人看到我在學習知識，因為這樣的景象會驚嚇到他們，而一個受驚嚇的純種人什麼事都做得出來。

在邦樹週六從台灣回來之前，我已經很熟悉那部 sony，並且從虛擬小學畢業了。到六月，我完成了高階子弟的中學課程。你看起來有點懷疑，記錄員，但是請別忘記我曾說過，高昇的量產人非常渴望獲得新資訊。我們是怎樣的人，取決於吸取了什麼知識，而我只想成為一個比當時的我還要懂很多的人。

我並不是存心懷疑，宋咪。妳的心思、言談，妳的……自我，在在清楚證明妳的好學。讓我困擾的是，為什麼金邦樹會給妳那麼多時間讀書？一個高官子弟，絕對不會是個來臥底的廢奴主義者。他在妳身上做的博士論文實驗要怎麼辦？

金邦樹並不在乎實驗，他只在乎喝酒、賭博，和他的十字弓。他的父親是光州染色體公司的高階主管，還一度想爭取成為自立當局的董委，後來因為他兒子讓公司蒙羞才作罷。有個高階的父親，學位只是給人看的。

但邦樹打算怎樣拿到博士學位？

他會付錢給學術代理商，叫他們利用管道幫他弄出論文。許多高官子弟研究生都這樣。引發高昇的神經化學成分，事先就有人幫他調製好，連產生的效果和結論，對方也早已有譜。邦樹則是連牙膏有哪些生物分子性質都說不出來。在九個月的時間裡，我的實驗任務不外乎清理他的實驗室及幫他泡茶。你知道，新獲得的資料有可能會弄亂他買來的資料，甚至突顯出他是個冒牌貨。所以，我的研究生長時間不在研究室，反倒讓我可以安心學習，不用擔心被人發現。

金邦樹的指導教授不知道這個剽竊行為嗎？

教授們很在意自己的終身教職，不會去揭發未來自立當局董委兒子的醜聞。

邦樹從來沒和妳說話……或者和妳有任何互動嗎？

他對我說話的口氣，就像純種人對貓說話。他喜歡拋出一些他認為我根本不可能理解的問題。「嗨，宋咪，妳認為把我的牙齒染成藍色值得嗎？還是藍色牙齒不久就會退流行了？」他並不預期我會給他中肯的回答，我也沒有讓他的期待落空。我的回答幾乎千篇一律，以致邦樹給了我一個暱稱，「先生我不知道 451」。

所以九個月之久，沒人發現妳如煙火騰空的知覺能力？

我相信是的。經常會來找金邦樹的只有民熙和馮兩個人，他們從來沒有在我在場的時候提過馮的真名。他們喜歡炫耀他們的新鈴木，玩撲克牌。除了在槐東濟的安樂窩之外，他們對量產人完全沒興趣。邦樹隔壁實驗室的南基樹是個靠獎學金求學的低階研究生。他不時會敲牆抗議他們三人的噪音，不過這三個高官子弟研究生會猛擊牆壁發出更大的聲音。我只看過他一次或兩次。

什麼是「撲克」？

一種紙牌遊戲，比較厲害的騙子可以贏得比較遜的騙子的錢。他們玩牌時，馮會從邦樹和民熙那裡贏得數千個靈魂點數。其餘時刻，這三個學生會吸食毒品，也常吸食肥皂。他們吸毒時，邦樹會叫我出去。毒效發作時，他抱怨複製人會妨礙他。這時我就會到學院的屋頂上，坐在水箱的陰影下，觀看褐雨燕捕食大隻的蚊蚋，直到天色變黑。我知道，這時候那三個研究生已經不在了。你知道，邦樹離開實驗室時從來就懶得上鎖。

妳後來為什麼就沒再碰過武因~027？

我到天摩山三個禮拜後，在某個溼氣很重的下午，一陣敲門聲讓邦樹無法繼續看他的整容型錄。就如我說過的，這裡很少有訪客。「進來！」邦樹把型錄藏在一本標題為《實用染色體學》的書底下。我這位研究生很少讀課本，跟我很不一樣。

一個結實的學生用腳趾將門推開。「邦邦。」他這麼叫邦樹。我這位研究生馬上跳起來看來者是誰，接著又坐了回去，又回復一副懶散樣。「嗨，海株，」他裝得一派輕鬆，「有何貴幹？」

訪客說他只是過來打聲招呼，但他還是在邦樹請他坐的椅子上坐下來。我從他們的對話中得知，海株是邦樹以前的同學，但是他被網羅到天摩山大學的獨議學院就讀。他們在討論一些不重要的主題，邦樹叫我去倒茶過來。就在我端茶過來時，尹海株提到：「你應該已經知道你那位朋友今天下午面無血色的窘境了？」

邦樹先澄清說，民熙不是他的「朋友」，接著才問為什麼今天下午會讓他面無血色。「他的實驗樣本武因～027已經被燒成培根了。」原來，民熙將一瓶易燃鹼性溶液標籤上的負號誤讀成正號了。

我那位研究生先是傻笑，接著咯咯笑，然後從鼻孔出聲說：「真有趣！」最後才放聲大笑。海株這時做了一個非常不尋常的動作：他注視著我。

為什麼不尋常？

純種人會看見我們，但是很少會注視我們。過了很久之後，海株才承認他對我當時的反應很好奇。邦樹卻什麼都沒注意到：他在估算出資贊助民熙研究的企業會向他索取多少賠償金。邦樹相當得意，在獨立研究裡，不會有人在乎你在科學探索過程中「弄壞」了一個或兩個量產人。

妳感到……呃，妳有什麼感覺？憤慨？悲傷？

忿怒。我退回接待室，因為尹海株，讓我知道要謹慎行事，但是我從來沒這麼忿怒過。不論你用什麼量尺來評斷，武因～027的價值都會是民熙的二十倍。但只因為一個高官子弟的粗心，我在天摩山僅有的朋友就死了，而邦樹還把這場謀殺說成「真有趣」。但是，忿怒能鍛鍊出鋼鐵的意志。那天，我朝著我的〈宣言〉邁出第一步，也是我邁向這間牢房，以及幾小時後要去的那間光屋的第一步。

放暑假時，妳還發生了些什麼事？

按照規定，邦樹應該要把我寄放在臨時宿舍裡，但是，我那位研究生一心只想到要趕快到東韓去獵北海道的量產麋鹿，或者，他以為會有某個階層較低的人會幫他做。

於是，在某個夏日早上，我醒來時發現整棟建築裡空無一人。平常人來人往的走廊沒有傳來任何回聲，沒有上課鐘聲，沒有報告事項，連空調也關掉了。從屋頂眺望，都會區還是和平常一樣車來車往，冒著廢氣，成群的飛機在空中留下一條又一條的蒸氣軌跡，但是校園裡已經沒有學生。福特停車場一半以上是空的，建築工人在大太陽底下為蛋形廣場重新鋪設路面。接著我查閱 sony 上的行事曆，才發現今天是暑假的第一天。我鎖上實驗室的門，把自己藏在接待室裡。

所以妳那五個禮拜都沒有離開邦樹的實驗室？一次也沒有？

一次也沒有。我很怕與 sony 分離，你知道嗎。保全人員每週九都會來檢查實驗室的門。有時候我會聽到南基樹在隔壁實驗室工作的聲音，其他時候連半點聲音也沒有。我把百葉窗放下來，夜裡也沒有開燈。我有夠多的肥皂來撐過這段時間。

但那可是連續五十天的獨居啊。

在那五十天裡，我的心靈在文化中暢遊，探索其長度、寬度與深度。我狼吞虎嚥地讀完十二鉅著：鍾易的《七地方言》、元老主席的《倪亞．索企業聯盟的創建》、海軍上將顏將軍的《小規模戰役史》。你知道這書單的。一本完整版的《評論集》裡的索引，讓我接觸到小規模戰役之前的思想家。當然，圖書資料庫拒絕了我多次請求，但是我最後還是成功讀到從已死的英語翻譯過來的兩位樂觀主義者的作品：歐威爾和赫胥黎。還有華盛頓的〈諷刺民主〉。

暑假過後邦樹回學校來時，妳還是邦樹博士論文的實驗樣本嗎——理論上？

是的。我的第一個秋天來到，我私下收集了一些堆積在學院屋頂上的火紅葉子。秋天逐漸變老，我的葉子也失去了顏色。夜裡開始結冰，接著連白天也開始結凍。邦樹大多數的下午都在加熱的**安度**上打瞌睡、看 3D。那年夏天他因為不當投資損失不少錢，而且因為他父親不願意替他還債，我那位研究生動不動就大發脾氣。對於他的怒氣，我唯一的自保策略就是裝傻。

那時下雪嗎？

啊，是的，雪。去年第一場雪下得很晚，一直拖到十二月。我在天還沒亮前醒來，雪花在中庭窗戶的新年精靈吊飾周圍形成光暈：非常迷人，記錄員，非常迷人。那座無人注意的雕像下方的灌木叢因為雪的重量而下垂，雕像也穿上滑稽又莊嚴的外裝。在先前的囚房裡，我還看得見窗外雪景；在這裡，我很想念雪。在晨曦映照下，雪的白色看起來就像是淤青的紫丁香，帶給我純然的愉悅。

妳說話的口氣有時很像唯美主義者，宋咪。

或許，被剝奪了美的人，最能憑直覺來欣賞美。

梅菲博士應該差不多就是在這時候出現吧？

是的，就在新年六連假前夕。那天晚上邦樹、民熙和馮差不多在二十時才突然衝了進來，臉上因嗑藥而紅通通，腳上的耐吉沾滿雪沙。我當時在接待室，幾乎沒時間把 sony 藏起來。我記得我當時在讀柏拉圖的《理想國》。邦樹戴著一頂方形帽，民熙抱著一籃散發薄荷味的巨大蘭花。他把花拋給我，說：「宋咪，花瓣送給痴情男，還是知情男？管他叫什麼……」

馮到邦樹放真露酒的櫥櫃裡搜括，然後把三瓶酒從肩上往後拋，一面抱怨這幾個牌子的酒喝起來都像是狗撒的尿。民熙接住其中兩瓶，另一瓶在地上摔破，引發一波波的笑聲。「把地板清乾淨，灰姑娘！」邦樹對著我拍手，然後安撫馮說，他已經開了一瓶最好的酒，畢竟新年六連假一年只有一次。

我還沒把玻璃碎片完全清掉之前，民熙就已經在 3D 上找到一部色情迪士尼。他們像專家般津津有味地看著，一面爭論其優點與寫實處，一面品嚐頂級真露酒。他們那天晚上的醉態帶著令我不安的魯莽，尤其是馮。我退回接待室，從那裡我聽到南基樹正站在實驗室門口，要求幾個狂歡者音量放小點。我偷聽他們的對話。民熙嘲笑基樹的眼鏡，問他，他的家人為什麼沒辦法找錢幫他矯正近視？邦樹跟基樹說，整個文明世界都在慶祝六連假，如果他想要得到祥和與寧靜，應該把頭插進自己的屁股裡。笑聲告一段落時，馮提到他可能會叫他父親下令去查「南」姓家族的稅。南基樹氣沖沖地在門廊抗議，直到三個高官子弟用李子及更多的嘲笑不斷丟擲他，將他趕走。

看起來，馮是帶頭作怪的人。

是的。他會用鑿子將人們性格中的斷層鑿開，並藉此來剝削他們。毫無疑問，他現在一定是在十二首都當中某個首都當執業律師，而且事業非常成功。那天晚上他決心要惹火邦樹，就拿著真露酒的瓶子對著死雪豹的柯達搖晃，並且問邦樹，這些掠食者到底要被基因改造成多遲鈍，才能讓觀光客們安全無虞地獵殺？邦樹的自尊心被刺痛。他反駁說，他只會去獵取野性基因被改造得**更強**的動物。他和他弟弟在加德滿都河谷野生動物保護區跟蹤那隻雪豹好幾個小時，陷入絕境的牠才一躍，撲向他弟弟的喉嚨。邦樹只發了一箭，箭在空中射入野獸的眼睛。馮和民熙先裝出很害怕的樣子，接著才又開始爆笑不已。民熙猛敲地板，說：「你真的是滿口屁話，金！」馮更靠近那張柯達看了一下，然後說那是數位合成的，破綻很多。

邦樹在一顆人造香瓜上畫了一張臉，在眉頭寫上「馮」，然後把水果擺在門邊一疊雜誌上。他從書桌上拿起十字弓，走到遠端的窗邊，然後瞄準。

馮大叫，「不——不——不——不！」他抗議說，射手沒射中香瓜時，香瓜又不會反過來撕破射手的喉嚨，邦樹根本沒有無法安心射箭的壓力。他招手叫我去站在門邊。

我看出他的意圖，但是馮打斷我的哀求，並且警告我，如果我不照他的話做，他就會叫民熙來管理我的肥皂。民熙的笑容當下枯萎。馮的指甲掐入我的手臂，帶我到門邊，把方帽子戴在我頭上，然後把香瓜放在帽子上。「所以，邦樹，」他調侃著，「你現在還是覺得，你的神箭手名號不是浪得虛名？」

邦樹與馮的關係，事實上是對立與憎恨的合成品。他舉起十字弓，我請求我的研究生住手。邦樹命令我千萬不要動。

那支箭的金屬箭尖閃閃發光。死在這三個男孩其中一位的莽勇下，既無謂又愚蠢，但是量產人連對自己的死都不能表示意見。彈弦聲、空氣嘶嘶聲，接著，那支箭清脆地射進香瓜果肉裡，水果從帽子上滾落。民熙熱烈鼓掌，希望解凍僵結的氣氛。我如釋重負。

然而，馮不屑地說：「要射中那麼大的香瓜，根本就不需要有雷射導引水準的射箭功力，不管怎麼說，你看，」他舉起香瓜，「你只是削到邊而已。當然，像你這樣高超技巧的獵人，芒果比較值得一試吧？」

邦樹把十字弓拿給馮，問他敢不敢跟自己較量：從十五步遠的地方射一顆芒果。

「沒問題。」馮接下十字弓。我絕望地抗議，但是邦樹叫我閉嘴。他在芒果上面畫了一顆眼睛。馮數了十五步，把箭裝到弓上。民熙警告兩位朋友，弄死一個實驗樣本所要填報的文件足以把人逼瘋。他們沒理會他。馮瞄準了很久，他的手在抖動。突然，芒果破裂，汁液濺在牆上。我很清楚我不該認為苦難已經結束。馮對著十字弓吹了口氣。

「香瓜三十步，芒果十五步……再來我給你一個……**李子**，十步。」他提醒邦樹，李子還是比雪豹的眼睛大，不過他補上一句，如果邦樹想要承認他剛剛說的，就如民熙所講的，全是**屁話**，而推辭掉挑戰，民熙和他們會同意視這整件事已經結束，至少，在十分鐘內不會再提起。邦樹臉色很難看地將李子放在我的頭上，告訴我千萬、**千萬**不能動。他數了十步，轉身，箭上弦，瞄準。我估計我有百分之五十的機率會在十五秒鐘內死掉。基樹再次在外面用力敲門。**快滾開**，我在心裡對他說，**不要干擾到……**

邦樹拉弓的時候，下巴抽動了一下。敲門聲越來越急，距離我的頭只有幾公分。馮用咒詛基樹的生殖器及他母親的猥褻言語大聲罵回去，邦樹握著十字弓的手指關節已經泛白。

我的頭彷彿被鞭子抽得四處是裂傷，疼痛將利牙刺入耳朵。我感覺到身後的門被撞開，接著我看到那幾個折磨我的人露出災難來臨的表情。最後，我看到一個年紀較大的人上氣不接下氣地站在門廊，他鬍子上沾著雪，怒氣隨時可能爆發。

梅菲董委？

是的，讓我們把他的職稱說清楚：獨議當局教授、美洲難民安頓計畫的建築師、倪亞．索企業聯盟傑出獎章得主、杜甫李白研究專著作者、自立當局董委，阿羅伊．梅菲。不過，我那時並沒有太注意他。液體順著我的脖子與脊椎往下流。我輕碰一下耳朵，疼痛就像電傳到左半身。我的手指閃閃發亮，變成了紅色。

邦樹的聲音顫抖著：「董委，我們──」馮和民熙沒有幫他說話。董委拿一條硬挺的絲質手帕壓在我的耳朵上，並且要我用同樣的力氣持續按壓住。他從衣服內口袋裡拿出一部手持 sony。「張先生？」他說，「請把醫藥箱拿過來，快一點。」這時我才認出，他就是八個月前陪同我從宗廟廣場到這裡來的嗜睡乘客。

接著，我這位救星瞪著三個研究生，他們不敢直視他的眼睛。「好，各位，我們已經讓蛇年有個不吉祥的開始。」民熙和馮不久之後就會接到紀律委員會的通知，告知他們將被扣除大量點數，他保證，然後叫他們離開。兩人鞠了個躬後急忙離開。民熙的披風還在安度上冒著蒸氣，但他並沒有回來拿。邦樹看起來傷痛欲絕，梅菲董委讓這個研究生繼續痛苦了好幾秒，才說：「你也打算拿那東西射我嗎？」

金邦樹這才丟掉手上的十字弓，好像那東西加熱到超高溫度。梅菲董委檢查了一下實驗室，在真露酒的瓶口聞了聞。他的注意力被 3D 上的「八肢交纏」吸引了過去。邦樹摸索著搖控器，它掉到地上，他將它撿起來，按下停止鈕，對準正確的方向，再按一次停止鈕。終於，梅菲董委開口說話。他很想聽聽邦樹的解釋：他為什麼會把他所屬學院的實驗樣本量產人拿來當十字弓的練習靶？

我也很想聽聽看他怎麼解釋。

邦樹想盡辦法編解釋：他不可原諒地在六連假前夕喝太多酒，把事情優先次序搞錯，忽略自己壓力過大的徵兆，交友不夠明智，管教實驗樣本失了分寸，一切都是馮的錯。接著連他自己也明白，他最好閉上嘴巴，乖乖等待斧頭劈下來。

張先生帶著醫藥箱進來，在我的耳朵上噴藥、塗凝固劑、貼紗布，並且說了幾句安慰話。自從武因～027 之後，第一次有人像朋友一樣跟我說話。邦樹問他們，我的耳朵會康復嗎。梅菲董委回答這不干邦樹的事，他的博士學程已經終止了。這位前研究生臉色發白，整個人變得茫然。

張先生握著我的手跟我說，我的耳垂已經被箭射掉了，不過他保證醫生隔天早上就會幫我裝回去。這時我一心只怕邦樹會挾怨報復，根本沒心思去擔心我的耳朵，但是張先生說，我們現在就要和梅菲董委一起到新單位去。

那對妳而言，想必是個非常好的消息。

是的，不考慮我的 sony 的話。我要怎樣才能帶走它？我心中想不出可行的計畫。我只好點點頭，希望在六連假期間有機會回來拿。我的全副心思都擺在螺旋樓梯上，向下走比向上走還可怕。在大廳裡，張先生拿出一件連帽披風及一雙冰地上穿的耐吉。梅菲董委恭維張先生選擇的斑馬紋圖案，張先生回答說，斑馬紋是今年冬天拉薩時尚街上的必需品。

那位董委怎麼知道要趕來解救妳，他給妳的理由是什麼？

那時候，他沒給我任何理由。他跟我說，要把我轉送到校園西緣的獨議學院，他還向我道歉，讓「那三條喝醉酒的高官子弟條蟲」拿我的生命去遊戲。要不是天氣太惡劣，他們就更能及時阻止這場鬧劇。我不記得我當時給他的是哪一版本的謙虛制式回答。

校園迴廊裡都是在慶祝六連假前夕的人群。張先生教我如何在較粗糙的冰上拖著腳步前進來增加抓地性。雪花停在我的眉毛上和鼻孔周圍。一些在打雪仗的學生見到梅菲教授走近時，都立即停火，戰士們一起向他行禮。隱身在連帽衣裡的我覺得，身為匿名者的感覺真美好。穿過迴廊時，我聽見音樂。那不是AdV或流行音樂，而是單純、不斷回響的音樂波。「合唱團，」梅菲董委告訴我，「企業人可能冷漠，心胸狹隘，心地惡毒，」他說，「但是，感謝主席，他們也有點高尚情操。」我們駐足聽了一分鐘。我仰頭看天空，不斷落下的雪讓我覺得自己正在往上衝。

兩個駐守在獨議學院門口的執法人員向我們行禮，並且幫我們拿走披風。這棟建築的內部裝潢相當華麗：心理染色體學學院有多簡樸，獨議學院就有多奢侈。鋪地毯的走廊兩側是鍾易時期的鏡子、席拉諸王的骨灰罈、獨議英雄們的3D。電梯裡有一盞水晶吊燈，它發出聲音，反覆唸頌獨議當局的《教義問答》，但是梅菲董委叫它閉嘴。出乎我意料，它真的照做了。再一次，在電梯加速及減速時，張先生都會伸手扶我。

電梯門打開，擺在眼前的是高階層生活格調AdV中寬敞、地面下凹的公寓。3D火焰在中央壁爐裡晃動，外圍是些懸浮在空中的磁浮家具。透過落地玻璃窗，可以看到藏身在霧茫茫、但又相當明亮的飄雪背後的都會區夜景，我看得有點眼花撩亂。牆面上都掛著畫。我問董委，這是他的辦公室嗎？

「我的辦公室在樓上，」他回答，「這是妳的新辦公室。」

在我還來不及表達訝異，張先生就建議我該請貴客坐下來。我跟梅菲董委說抱歉：我從來沒有客人，所以我的行為很笨拙。

磁浮沙發在加上這位貴客的重量後稍微晃動了一下。他說他的媳婦照著我的需求重新設計了我的辦公室，她選擇了羅斯科*的油畫，希望能幫助我冥想。「是分子對分子從原件複製過來的，」他向我保證，「我贊同她的想法。羅斯科畫的是盲人眼中的世界。」

真是令人迷亂的一晚，一下子是十字弓，一下子又是藝術史……

當然。接著教授跟我道歉，在我們第一次見面時，他低估了我高昇的實力。「我以為妳只是另一個半高昇的實驗樣本，要不了一、兩個禮拜心智就會瓦解。如果我沒記錯的話，我甚至在車上睡著了。

張先生，是嗎？說實話。」站在電梯附近的張先生回想說，他的主人在旅程中確實是讓眼睛休息了一下。司機的老練讓梅菲董委莞爾一笑。「妳一定很好奇妳是做了什麼才讓我注意到妳吧，宋咪~451？」

他像是要與我言和：**出來吧，我知道妳在裡面**。或許是個陷阱。不過，身為刻意不要表現得太像純種人的服務生，我裝出無法理解的客氣樣。梅菲那副「我們是共犯」的表情告訴我，他知道我的顧忌。他說天摩山大學的圖書館每學期會收到超過兩百萬筆的資料下載申請。要求下載的資料，大多是課程中會用到的教科書或相關論文，剩下的任何主題都可能，從房地產到股價，從競速福特到史坦威，從瑜伽到籠中鳥。「重點是，宋咪，只有遇上真正無所不查的讀者，我的朋友，圖書館員們，才會要提醒我注意。」

教授打開手持sony，瀏覽我的資料下載申請記錄：六月十八日《吉爾迦美什史詩》、七月二日艾嫩尼奧·菲尼斯的《記憶》、九月一日吉朋的《羅馬帝國衰亡史》。浸淫在sony散發的淡紫色光中，梅菲的臉上流露出驕傲的神情。

「好，找到了……十月十一日，搜尋方式：無限制地搜尋所有相關資料。搜尋主題：聯合黨。那是我們鍾愛的企業聯盟體內的癌細胞哪！身為獨議學院的人，發現一位渴望——我可以說『慾火中燒』嗎？——認識其他世界及其他想法的人，馬上讓我們警覺到內部有位**流亡者**。根據我們的專業經驗，**流亡者**可以訓練成最出色的獨議當局幹員。我那時就知道，我們一定得見個面。」

接著他跟我解釋，他是如何確定擁有那部sony、求知慾超強的人就是南亥光——來自暴風雪肆虐的穩城郡的地熱學家……兩年前的冬天在一場滑雪意外中喪生。接著，梅菲指派一個優秀的研究生去從事那套早已過時的偵探追蹤小偷的工作。透過電波監控，他鎖定那部sony是在金邦樹的實驗室裡。然而，「邦樹在讀維根斯坦」實在無法想像，所以，梅菲信任的學生就在六週前某個宵禁時段為房間裡

*馬克·羅斯科（Mark Rothko, 1903-1970），拉脫維亞出生的美籍畫家，抽象表現主義畫家。

的每部 sony 都植入一個微眼。

「隔天我們就發現我們這位異議未遂分子並不是純種人，而是，顯然是科學上第一個穩定高昇者，也是惡名昭彰的尤娜~939 的姊妹服務生。宋咪，我的工作或許繁瑣、危險，但是，無聊？絕不。」

這時候再去否認已經沒有意義了。

的確。梅菲董委並不是瑞伊監督。從某個角度來看，被他們發現算是解脫。我坐著聽他描述：當他在校內會議中報告他的發現時，各系所間發生了一些小爭執。保守派的企業聯盟董委希望把我當成偏差案例處以安樂死；心理染色體學專家們希望對我做大腦切片檢查；公關人員希望讓消息曝光，並且宣稱我是天摩山大學實驗上的大突破。

很顯然，他們都沒能稱心如意。

對。獨議學院贏得了一個暫時性的折衷方案：在共識形成前，我准許按照我那充其量不過是幻覺的自由意志繼續學習。然而，邦樹的十字弓讓獨議學院不得不提早出手。

那麼梅菲董委想要用妳來做什麼？

在多方競爭都想要瓜分我的狀況下，擬定出一個新的折衷方案，接著付諸實行。數十億研究經費已經花在各企業的實驗室，只為了能製造出一個像我——過去及現在的我——這樣的穩定高昇量產人，卻沒能成功。為了讓染色體學專家們高興，好幾組心思縝密的科學家會在我身上做跨領域測試。梅菲把雙手伸到 3D 火焰的正中央，跟我保證這些測試一點也不麻煩，也不會感到疼痛，而且一天不會超過三小時，一週十天裡不會超過五天。為了爭取天摩山董事會的支持，將會公開拍賣我做人體實驗的權利，我將會為我的主人們募到許多錢。

宋咪~451 本身的利益有沒有列在這些聯立方程式中？

某種程度上有。天摩山大學讓我註冊成為基金會學生，還會在我的項圈上植入一個靈魂，讓我可以在校園裡自由進出。梅菲董委甚至願意擔任我的導師——當他在校園裡時。他將手從火焰中縮回，並檢查手指。「全是光，沒有熱。當腳上的耐吉燃燒起來時，現在的年輕人還不知道什麼是真正的火焰呢。」他要我叫他「教授」而不是「先生」。

有一件事我不明白。如果金邦樹只是個沒用的丑角，他怎麼會加入追逐心理染色體學的聖杯——穩定高昇——的行列？

後來，我問尹海株同樣的問題。他的解釋是：邦樹雇來幫他弄到博士學位的代辦專員，從貝加爾湖畔一所無名技術研究院取得一些心理染色體學的原始論文資料。我那位前研究生的博士論文的原始作者，是個名叫尤索．蘇列門的生產區移民。當時，激進分子正在西伯利亞追殺染色體學家，蘇列門和他的三位教授在一場汽車炸彈爆炸案中喪生。貝加爾就是貝加爾，所以蘇列門的研究論文長達十年無人問津，最後才被賣入專員手中。他和宋老爹企業聯絡，請他們把蘇列門的高昇劑配方添加在我們的肥皂中。尤娜~939 是主要的實驗樣本，我是修正版的備用實驗樣本。海株還提醒我，如果這聽起來不可思議，那我應該要記得，科學史上大多數的聖杯都是無意間發現的，而且經常出現在沒人料想到的地方。

而金邦樹一直不知道他剽竊來的博士論文引起的軒然大波。

只有一生從沒捏過滴管或拿過培養皿的笨蛋才會渾然不覺，但，是的，金邦樹正是那種笨蛋。或許，這也不是意外。

妳覺得妳在獨議學院的新單位如何？身為量產人，真正到教室去上課的感覺如何？

我在六連假前夕搬過去，所以我先過了六個安靜的日子，新單位的生活才忙碌起來。我只到結冰的校園裡去逛過一次：我的基因被設計成適合在溫熱的餐廳裡工作。在天摩山上，身體暴露在漢江河谷的寒氣中，讓我的皮膚與肺產生灼熱感。大年初一那天我在宵禁時醒來，發現我得到兩件禮物。武因~027 給我的老舊 sony，以及，項圈上多出一顆星，我的第三顆。我想到我遍布在全倪亞．索企業聯盟的姊妹們，我的前姊妹們，此刻正在享受授星儀式。我在想，我將來會不會有償清企業對我的投資、出發前往歡騰之境的一天。我多麼希望尤娜~939 可以在年初二和我一起去聽我的第一堂課。我到現在還是很想念她。

妳第一堂上的是什麼課？

史汪第的生物數學，不過我真正學到的功課是羞辱。我套上連衣帽，穿過骯髒的雪水走到演講廳，一路上沒人注意到我。但是，我在走廊把披風脫下來時，宋咪的五官就引起眾人驚訝，接著是不安。在演講廳裡，我的進入讓一陣憎惡的沉默席捲了現場。

沉默沒有維持太久。「喂！」一個男孩喊。「來一份熱人參，兩個熱狗堡。」哄堂大笑。我被基因改造成不會臉紅，但我的脈搏卻越跳越快。我在第二排的座位上坐下，那一排坐的都是女生。她們的領袖有綠寶石色的牙齒：「這一排是我們的，到後面去坐，妳這發臭的美乃滋。」我照她的話做。一隻紙飛鏢打在我臉上。「我又沒到妳的餐館去點漢堡，量產人：妳為什麼要到我的演講廳來占我們的空間？」

我正要離開的時候，走路像蜘蛛的莊博士快步走到講台上，把講義放到講桌上。我盡我所能專心聽演講，但不久之後，莊博士的視線開始在聽眾中來回掃視，看到了我；她口中的句子說到一半就停了下來。聽眾大笑，他們都知道發生了什麼事。莊博士強迫自己繼續講下去，我則是強迫自己繼續待下去。上完課時我沒有勇氣發問。外面有一大群學生等著要挖苦我。

梅菲教授知道學生們對妳不友善嗎？

我想他知道。在我們的討論會上，教授問我上課有收穫嗎，我用「內容豐富」這個詞回答，並且問他，為什麼純種人這麼討厭我？他回答：「有沒有可能社會階層之間的差別，並不是來自染色體組成、天賦才能，甚至金錢上的差別，而是來自知識上的差別？這不就意謂著，整座金字塔是建造在散沙上嗎？」

我推測，這樣的想法會被認定為思想上有嚴重偏差。

梅菲似乎很得意。「試試看下面這說法有沒有偏差：量產人是可以照出純種人內心世界的鏡子。純種人在鏡子裡面看到的東西讓他們感覺不好，所以就責怪鏡子。」

我將震驚藏在心裡，反問他，什麼時候純種人才會開始責怪自己？

梅菲回答：「歷史告訴我們，非得等到他們被迫的時候。」

我問：「什麼時候才會有這種事呢？」

教授只是旋轉了一下他的古董地球儀。「明天還有莊博士的課呢。」

繼續回去上課，想必需要很大的勇氣。

其實還好，一位執法人員護送我去上課，所以這次至少沒人對我無禮。那位執法人員舉止殷勤有禮，但懷著惡意地對坐在第二排的女生說：「這一排是我們的，妳們可以到後面去找位子坐。」那幾個女孩馬上四散逃逸，但是我一點也沒有勝利的喜悅：這些女孩這麼做是因為害怕獨議當局，而不是因為接納我。莊博士因為執法人員在場而神色慌張，結結巴巴地上完一堂課，不敢朝聽眾席瞧一眼。

偏見是永遠不會解凍的凍土層。

妳還有勇氣去上更多的課嗎？

還有一門課，主題是盧沃的「基礎研究」。我要求隻身前往，寧可被侮辱也不想倚賴外在武裝。我提早到教室，找了個靠邊的位置，一直戴著我的面罩，直到演講廳漸漸坐滿人。學生們不信任地看著我，但是沒有紙火箭朝我發射。兩個坐在我前面的男生轉過頭來，他們有一張誠實的臉及鄉土口音。其中一個問我，我是不是真的是個人造天才。

天才不是可以隨便為對方冠上的詞，我說。

聽到一個服務生開口說話，讓這兩個人很驚奇。「明明擁有智慧的心靈，」另一個人問我，「卻被困在被基因改造成適合當服務生的次等身體裡，這種感覺一定非常糟。」

我回答，我生來就與這個身體一起成長，就像他生來就與他的身體一起成長那樣。

課堂沒有發生任何插曲，但是當我從演講廳出來時，連珠炮般的問題、裝著麥克風的隨身聽，以及不斷發出閃光的 nikon，已經在外頭等我了。我是從哪一家宋老爹餐館來的？是誰讓我在天摩山大學註冊？還有更多個「我」在這裡嗎？我對尤娜~939 的暴行有何看法？我的高昇能持續多少個禮拜才會開始退化？我是個廢奴主義者嗎？我最喜歡的顏色是什麼？我有男朋友嗎？

媒體？出現在企業聯盟政府設立的大學裡？

不是，但是媒體願意出錢買天摩山的宋咪的報導。我套上連衣帽，試著擠出重圍回到獨議學院去。但是碰撞實在過於猛烈，我的面罩被撞掉，人倒在地上，身上多處嚴重淤傷，最後才被兩個便衣執法人員救出來。梅菲教授和我在獨議學院大廳會面，然後護送我回住處。他喃喃自語地表示我太寶貴了，不應該讓自己暴露在激情的暴民面前。他用力轉動著求雨石戒指——他緊張時的習慣動作。我們達成協議，以後我要上的課會錄製到我的 sony 上。

妳必須接受的實驗進行得如何？

喔，對，它們每天提醒我，我真正的身分是什麼，並且讓我打不起精神來。我問我自己，這些知識有什麼用，如果我沒辦法運用來讓我的存在變得更好？在九年、九顆星之後，擁有高超知識的我，要如何和同伴們一起安居在歡騰之境？健忘劑可以擦掉我獲得的知識嗎？我希望這樣的事發生嗎？我會變得更快樂嗎？四月來到，我在天摩山上當怪胎實驗樣本已經一週年了，但是春天並沒有像它帶給世界快樂那樣帶給我快樂。「我對事物已經不再那麼好奇了。」在某個明亮午後，我與梅菲教授在討論湯馬士・潘恩*時，我這麼告訴他。我還記得棒球場上的嘈雜從打開的窗戶傳了進來。我的導師說，我們得找出病的原因，刻不容緩。我說了些「讀書並不等於知識」這類的話。我還說，沒有經驗的知識就像是沒有養分的食物。

「妳要多出去走走。」教授這麼說。

出去哪裡？回去上課？到校園裡走走？還是到都會區去散心？

下一個週九夜，一位名叫尹海株的獨議學院年輕研究生搭電梯來到我的辦公室。他稱我為宋咪小姐，並且跟我解釋，梅菲教授叫他「過來給妳打打氣」。梅菲教授對他的未來掌管生殺大權，所以他就來了。「這是開玩笑的。」他補上一句。接著他問我還記不記得他。

我還記得。他的黑頭髮已經剪成黑奴般的平頭，原本樸素的眉毛也變成鋸齒狀，但我認得他就是邦樹的老同學，武因~027枉死在民熙笨手下的消息，就是他帶給邦樹的。他略帶嫉妒地環顧我的客廳。「嗯，這比金邦樹那個窄小的洞要好多了。這裡大到足以把我們家整個吞下去。」

我同意，這裡的空間非常寬敞。沉默開始膨脹。尹海株說他可以待在電梯裡，直到我叫他離開。再一次，我為自己不擅社交道歉，並且邀請他進來。

他脫掉他的耐吉，說：「不，我才該為自己不擅長社交道歉。我一緊張，話就會太多，而且會說一些蠢話。妳看我又來了。我可以試試看妳的磁浮長躺椅嗎？」

可以，我說。我還問他，為什麼我會讓他緊張。

他告訴我，我看起來就和任何一家老餐館的任何一個宋咪一樣，但是我一開口，就變成一個哲學博士。這個研究生雙腿交叉坐在長躺椅上，好奇地搖晃椅子，並將手伸到磁場中。他坦承：「在我的頭裡有個微小的聲音在說，『記得，這個女孩——不，女人，我的意思是——不，我是說，人——是科

*美國獨立運動的推手，其著作《常識》（*Common Sense*）強調天賦人權、人生而獨立等美國獨立革命重要觀點。

學史上的里程碑。第一個穩定的高昇品！不，是高昇人。要小心你所說的話！說話要有深度！』這就是，呃，我嘴裡盡冒出一些沒營養廢話的原因。」

我跟他說，我覺得自己還是比較像實驗樣本，而不是里程碑。

海株聳了聳肩然後跟我說，教授同意我可以在城裡過一晚。接著，他露出微笑，揮舞著一個靈魂指環。「獨議學院買單，暢行無阻。天空才是極限。妳想要怎麼玩？」

我對玩一點概念也沒有。

「那麼，」海株試探性地問，「妳平常做什麼讓自己放輕鬆？」

「我和我的 sony 玩**開始**。」我說。

「這叫放輕鬆？」他不可置信地回應。「誰贏，妳，還是 sony ？」

「sony，」我回答，「不然我怎麼可能會有進步？」

「所以，贏家其實是，」海株提議，「輸家，因為他們沒學到東西？那麼輸家呢？贏家？」

我說，如果失敗的人可以好好研究失敗能教導他們什麼功課，那麼就長遠來看，輸家的確會成為贏家。

「美好的企業聯盟政治，」尹海株大呼一口氣，「我們到城裡，去花些錢吧。」

他是不是有點把妳惹毛？

一開始，他讓我很不舒服。但我提醒自己，這個研究生是梅菲教授用來治療我不適的藥方。而且，海株向我表達了敬意——他把我當成「人」來稱呼。我問他，在週九夜，當他沒被強迫來照顧寶貝實驗樣本時，他都做些什麼？

海株露出圓滑陰沉的微笑，並且告訴我，像梅菲這層級的人並不需要強迫人，他們只要建議就好。他說，在週九夜他可能會和同學到餐館去吃飯，或者運氣好的話，和女孩上夜總會。我不是同學，也不盡然是個女孩，所以他建議上購物街，去「品嚐倪亞．索企業聯盟的水果」。

他難道不會覺得不好意思，我問他，被人看到和一個宋咪在一起？我可以戴帽子和裹頭巾。尹海株反倒提議我戴上可以直接黏在臉上的巫師鬍子，並且裝上一對馴鹿角。我說很抱歉，這些東西我都沒有。這個年輕人露出微笑跟我說，我覺得怎樣舒服就穿怎樣。並且跟我保證，我在城裡會比在演講廳裡更能跟其他人混成一片。一輛計程車已經停在樓下，他會在大廳等我。

即將離開天摩山，妳會緊張嗎？

有一點，會的。海株藉著介紹沿途風光來分散我的注意。他叫計程車經由紀念碑開到沒落的財閥區，繞過景福宮，再沿著九千 AdV 大道走。駕駛是個純種印度人，他嗅覺靈敏地聞出這個由企業買單的戶頭可以讓他撈到不少錢。「今天的夜色到月之塔去再適合不過了，先生，」他提議，「夜空非常明朗。」海株同意這個地點。螺旋狀的車道繞著巨大金字塔上升，越升越高，高過所有篷頂，高過每一樣東西，除了幾家企業高聳的巨柱建築外。你有沒有在夜裡到月之塔上面去過呢，記錄員？

沒有，我連白天也沒去過。我們市民大多把月之塔留給觀光客。

你應該去看看。從二百三十四層樓的高度看下去，市區是由氙燈、霓虹燈、來來往往的福特、排氣管及各式篷頂構成的地毯。但是談到玻璃圓頂遮罩，海株告訴我，這高度的風可以輕易把我們吹到天上，像人造衛星一樣在軌道上飛。他還指出不少拱橋及地標給我看，其中有些我在 AdV 或 3D 上聽過或看過，有些沒有。宗廟廣場藏身在一根巨柱後面，但還是看得見它的天藍色運動場。席德企業是那天晚上的月色贊助廠商。裝在遠處「富士」上的巨型月球投射器，將 AdV 一個接著一個投射到月球表面：和嬰孩一樣大的番茄；乳白色的方型花椰菜；沒有洞的蓮藕；從席德企業招牌人物生動的嘴巴裡吹出來的會說話的氣泡，向消費者保證他的產品都經過百分之百的染色體重組。

從月之塔下來時，年老的計程車司機談起他的童年，那時他住在離這裡很遠、名叫孟買的都市，當時月亮表面還是赤裸裸，不過現在那地方已經成為死域。海株說，沒有 AdV 的月亮會讓他不知所措。

你們到哪條購物街去？

「往十里」商場：真是由無數消費品寫成的百科全書。一連幾小時，我一樣接一樣地指著東西，請海株告訴我是什麼。銅面具、即溶燕窩粥、量產人玩具、黃金鈴木、空氣過濾器、抗酸毛線、表情莊嚴的「大受愛戴的主席」模型以及「無所不在的主席」小雕像、珠寶粉末香水、珍珠絲圍巾、即時影像地圖、死域古器物、由程式操控的小提琴。我們來到一家藥局，裡面有一包包用來治療癌症、愛滋病、阿茲海默症、鉛中毒、肥胖、厭食症、禿頭、多毛、精力過剩、憂鬱的藥丸，還有抗老化的露滴，以及治療「露滴成癮症」的藥。二十一時的鐘響了，我們卻連一區的十分之一還沒逛完。消費者多麼熱中於買、買、買！純種人看起來就像是一塊需求海綿，從每個賣家、餐館、酒吧、商店及角落吸收貨品與服務。

海株帶我到一個時髦的咖啡平台。他為自己買了一杯漂浮著聚苯乙烯泡沫的星巴克，並幫我叫了一杯水。他解釋說，根據刺激消費法案，消費者每個月必須根據各自的階層，花費超過固定額度的錢。儲蓄是反企業聯盟的罪行。我早就知道這點，但我沒有打斷他。他說他母親覺得現代購物街給人壓迫感，所以海株通常要非常努力消費才能花完額度。

我請他告訴我，有家庭是什麼樣的感覺。

那位研究生同時微笑及皺眉。「必然的拖累，」他很肯定地說，「我媽的嗜好是患一些小毛病，然後再找一些藥來醫治。我爸在統計部工作，經常得三緘其口，在 3D 前面睡覺。」他爸媽都是自然成孕的人，他坦承，但他們賣掉第二胎的配額，換錢拿來讓海株可以被基因塑造得更完善，也因此讓他能如願在獨議學院尋求發展。自從他小時候在 3D 上看過執法人員劇情片後，他就想要成為獨議當局的人。靠著把門踢倒來賺錢，看起來是個不錯的生活。

他的父母想必非常愛他，才願意這樣犧牲，我說。海株表示他們的退休金要靠他的薪水來支付。接著他問，被人從宋老爹餐館連根拔起，然後移植到邦樹的實驗室，應該帶給我相當大的震撼吧？我是專門為了在宋老爹那裡工作而被基因改造的，難道一點都不會想念那個世界嗎？我回答：「量產人被訓練成不會想念任何事物。」

他試探性地問，我不是已經高昇到超過我所受的訓練了嗎？

我說，這問題我得再想想。

購物街裡的消費者對妳有沒有負面反應？我的意思是，身為一個出現在宋老爹餐館之外的宋咪。

沒有。那裡有許多其他量產人：門房、家僕、清潔工，所以我在其中並不十分顯眼。過了一陣子，當海株去衛生間時，一個臉上有紅色雀斑、看起來像十幾歲但眼神較老成、顯然頗好說人閒話的女人，跟我抱歉打擾了我。「妳好，我是媒體時尚星探，」她說，「叫我莉莉。我已經注意妳很久了！」接著她咯咯地笑。「但是親愛的，像妳這麼敢秀、趕時髦，更重要的是，**有先見眼光**的人來說，想必早就預期會被人注意到了，不是嗎？」

我完全不知道她在說什麼。

她說，我是她見過第一個將自己徹頭徹尾整容成大家熟知的服務生量產人的人。「低階層的人，」她很有自信地說，「可能會說這是勇敢，甚至是亂了階層之分，但我會說這是天才。」她問我願不願意成為一本「超級時髦的 3D 雜誌」的模特兒？我可以拿到像**平流層**那麼高的酬勞，她向我保證，而且我男朋友的朋友會滿懷嫉妒地恭維他。對女人來說，男人之間的爭風吃醋，就像靈魂裡的金錢一樣討人喜歡。

我推辭她的邀請，但向她道謝，並且跟她說量產人並不會有男朋友。那個媒體女人假裝被我的玩笑話逗得大笑。她審視我臉上的每一條輪廓，請我告訴她是哪一位整容師幫我整型的。「這麼厲害的工匠，我**一定**得認識。這麼微細的工藝！」

我從子宮槽出來經過職前訓練之後，我說，我的人生就是在宋老爹餐館的櫃台後面度過，所以我從來就沒見過我的整容師。

這位時尚編輯的笑容變得僵硬，帶著些微怒意。

她無法相信妳不是純種人？

她給我名片，力勸我再考慮看看，還提醒我，這樣的機會可不是一週十天都會有的。

計程車讓我在獨議學院下車時，尹海株請我以後直接叫他「海株」就好。「尹先生」會讓他覺得自己是在參加研討會。最後，他問我下週九有沒有空。我不希望他把寶貴時間浪費在教授交辦的任務上，我說，但海株堅持他和我在一起玩得很愉快。我說，好吧，那麼我接受。

所以，那場出遊幫妳去除了……倦怠感？

從某個角度來說是的。那幫助我瞭解到，環境是把鑰匙，能讓人找回自我，但是我的環境宋老爹餐館，卻是一把已經遺失的鑰匙。我很想回去造訪位在宗廟廣場下那間服務過的餐館，我無法解釋清楚為什麼會這麼想，但是衝動的本質就是，你沒辦法清楚瞭解，但感覺非常強烈。

……一個高昇的服務生去造訪餐館，肯定不是明智之舉？

我沒說這是明智之舉，我只是說我必須去。海株也擔心這會「挖掘出一些埋藏起來的東西」。我回答說，這正是我想要的，我已經把太多的我埋藏起來了。於是這個研究生同意和我一起去，條件是我要假扮成消費者。再來的週九，他教我把頭髮盤起來，怎麼化妝。他用一條絲質領巾遮住我的項圈，在搭乘計程車之前，還在電梯裡將一副琥珀色墨鏡戴在我臉上。

在四月的熱鬧夜晚，宗廟廣場和我上次離開時留下的印象——垃圾飛舞的風洞——截然不同：而是一具萬花筒，各式各樣的AdV、消費者、企業高層、流行歌曲在其中沸騰飛舞。大受愛戴的主席的雄偉雕像，正用充滿智慧與慈悲的表情看著子民們在地上熙來攘往。位在廣場東南邊的兩弧宋老爹圓拱輪廓已經越來越清晰。海株握住我的手並且提醒我，我們隨時可以掉頭回去。排隊等電梯時，他把一個靈魂戒指套到我的手指上。

以免你們走散？

希望戒指能帶來好運。我想海株天生有點迷信。電梯開始下降，我變得非常緊張。突然，門打開了，在我身旁飢餓的消費者像激流一樣把我沖進餐館裡。我站在那裡，瞠目結舌地發現我的記憶實在太不可靠了。

怎麼說？

那非常寬敞的圓頂：如此狹小。那輝煌的紅色與黃色裝潢：單調、低俗。有益健康的空氣：油膩的臭味讓我差點噎到。習慣天摩山的寧靜後，餐館的噪音就像一連串停不下來的槍聲。宋老爹站在表演台上向我們問候。我想嚥下口水，但是我的喉嚨是乾的。我們的招牌人物無疑會責備他放蕩的女兒。不。他向我們眨眼，抓著他的「耐吉帶」把自己拉上天空，打了個噴嚏，再「唉呀」一聲，像鉛錘一樣掉回表演台。小孩子尖叫、大笑。我發現宋老爹只是個光學幻影。靠著全像術設計出來的虛幻人物，怎會有辦法讓我們那麼敬畏他？

海株去找位置的時候，我在點餐區轉了一圈。柔和的燈光從圓頂上方照射下來，我的姊妹們個個面帶微笑。她們工作得多麼兢兢業業啊！這兩位是尤娜，這位是瑪列妲~108，她的項圈上已經掛了傲人的十一顆星。站在我原先西區櫃台後面的，是一個新面孔宋咪。這位是基琳~889，接替尤娜的人。我就在她的收銀台前面跟別人一起排隊。隨著排在前面的人數越來越少，我的緊張感越來越高。「嗨，我是基琳~889！讓您口水直流、神奇美味的宋老爹餐館！是的，女士？您今天想吃什麼？」

我問她還認得我嗎。

基琳~889笑得比平常開一些，來稀釋她的困惑。

我低聲且緩慢地問，她還記不記得宋咪~451，之前在她旁邊和她一起工作、有天早晨卻突然消失的服務生。

一個茫然的微笑：「記得」這個動詞並不在她的語彙中。

「嗨，我是基琳~889！讓您口水直流，神奇美味的宋老爹餐館！您今天想吃什麼？」

我問，妳快樂嗎，基琳~889？

她用力點頭，心中的熱忱讓微笑更加燦爛。「快樂」這個詞出現在《教義問答》第二條：只要我遵守教義，宋老爹就會愛我；只要宋老爹愛我，我就會快樂。

一股殘酷的衝動掠過我心頭。我問基琳，她難道不會想過過看純種人的生活？坐在餐桌前吃飯，而不是去擦拭餐桌？

基琳~889非常想討好我，她跟我說：「服務生吃肥皂！」

是的，我還是不放棄，但是她難道一點也不想去看看外面的世界？

她說，在獲得十二顆星星之前，服務生不會到外面去。

一個戴著鋅指環、留著琴撥般指甲的年輕女孩消費者用手指戳我。「如果妳真的不得不嘲弄這些沒大腦的量產人，妳可以週一早上再來，而不要選在週九晚上。我必須在宵禁前趕到購物街去，可以嗎？」

我匆匆忙忙地跟基琳~889點了玫瑰汁和鯊魚牙齦。我多希望海株還在我身旁：我提心吊膽，深怕萬一靈魂戒指出了狀況，我的身分曝了光，自己會不知所措。

靈魂戒指沒出狀況，但是我剛才的問題已經為我貼上了「麻煩製造者」的標籤。「民主化妳自己家裡的量產人吧！」一個男人在我端盤子從他身旁走過時對我咆哮。「**廢奴主義者**。」排在隊伍裡的其他人在我經過時也都盯著我，並且露出擔心的表情，彷彿我身上帶著傳染病。

海株在我原本的服務區找到一張空桌子。我曾經擦拭過它的表面幾千次、幾萬次？海株問我，很溫柔地，我有沒有什麼重要發現？

我小聲地回答：「我們只是在這裡當十二年的**奴隸**。」

這位獨議學院的研究生搔了搔耳朵，確定周圍沒人在偷聽，但是他的表情告訴我，他同意我的想法。他吸他的玫瑰汁。我們看了十分鐘的AdV，沒說半句話。在AdV裡，一位自立當局的董委正在為一座更新、更安全的核子反應爐揭幕，他露齒微笑，彷彿他的地位要靠這部反應爐。基琳~889過來清理隔壁的桌子，她已經忘記我了。我的智商也許比較高，但她看起來比我更怡然自得。

所以妳到宋老爹餐館造訪的結果是個……反高潮？妳找到能開啟妳高昇後的自我的「鑰匙」了嗎？

或許確實是個反高潮，是的。如果真的有把鑰匙，那就是沒有鑰匙。在宋老爹餐館，我是個奴隸；在天摩山，我則是個擁有一些特權的奴隸。不過，在我們走回電梯的時候，發生了另外一件事。我認出一個經理級人物的妻子，她正在玩弄她的sony。我大聲叫她的名字：「瑞伊太太。」

靠露滴維持得完美無瑕的女人抬起頭來，她那兩片困惑、性感、整型過的嘴唇堆出微笑。「我本來是瑞伊太太，但現在我是阿安太太了。我的前夫去年在一場捕魚船意外中喪生。」

我說，那真是可怕。

阿安太太用衣袖揉了一下眼睛，問我是不是和她的亡夫很熟。說謊並不像我看純種人做的容易。阿安太太又重複了一次問題。

「我太太在我們結婚之前，是公司的品質一致化專員。」海株把手搭在我的肩上搶著解釋，接著再補充說，宗廟廣場是我的轄區，而瑞伊監督一直是公司的模範員工。然而，阿安太太開始起了疑心。她問我可不可以確切說出我是什麼時候在她亡夫手下做事的。

現在我知道要怎麼回答了。「那時候他的首席協理是個名叫周的消費者。」

她的微笑還維持著，但已經變了質。「啊，是的，周協理已經被派到北邊某個地方，去學習團隊精神。」

海株挽起我的手臂說：「好吧，『人人為宋老爹，宋老爹為人人。』購物街向我們招手了，親愛的。阿安太太顯然是個沒時間浪費的女士。」

當天稍晚，回到我那間安靜的公寓後，海株恭維了我一番。「如果我在十二個月之內就從服務生高昇到神童，我現在的住址就不會是獨議學院的客房，而會是精神病房裡，我是說真的。這些不斷折磨妳的……存在混亂感，只證明了一件事，妳是個真正的人類。」

我問，我要如何解決這些混亂感。

「妳不是要去解決，而是要去適應。」

我們玩開始遊戲直到宵禁。海株贏了第一盤；我，第二盤。

這樣的出遊總共有幾次？

每個週九夜，一直到企業聯盟日。與海株越熟悉，我對他越尊敬。我開始知道梅菲董委對他的評價為什麼這麼高了。我與教授會談時，他從來沒有打探我們出遊的事。他的得意門生或許每次都會向他報告出遊狀況，但梅菲希望我能保有隱私，至少在表面上。他在董事會事務上花越來越多時間，所以我越來越少見到他。早晨的測試繼續進行：來做測試的都是很有禮貌的科學家，但數目多到我記不得他們是誰。

海株就像典型的獨議當局人，對校園秘辛非常感興趣。我從他那裡得知天摩山大學並不是個聯合組織，而是齊聚在山頭上的幾個彼此較勁的部落與利益團體，這和自立當局的情況非常類似。獨議學院雖然被鄙視，但是在諸學院中的勢力還是最大。「秘密是神奇的子彈。」海株老喜歡講這句話。但是這種絕對優勢也解釋了，為什麼實習階段的執法人員在學院之外很少有朋友。不過，海株承認，在尋找丈夫的女孩子的確會被他未來的社會地位吸引，但是年紀和他相仿的男性，都不願意有他在場時盡性地喝酒喝到醉。

記錄員，我要進光屋的時刻已經越來越近了。可不可以直接講我在校園裡的最後一夜？

請講。

海株非常熱中迪士尼，而身為梅菲教授指導生的額外特權就是，他可以接觸到保全檔案區的限制級資料。

妳是指從生產區搜來的聯合黨地下出版物？

不是。我是指比生產區更被歸類為禁區的區域——過去。在小規模戰役之前的迪士尼，在當時被稱為「電影」。海株說，舊時代的藝術技巧，早已被3D與企業聯盟淘汰了。我只能聽信他，我唯一看過的迪士尼就是邦樹的春宮暴力片。六月最後一個週九夜，海株帶著可以打開校園裡迪士尼禮堂的鑰匙來找我。他的解釋是，有個媒體學院的學生欠他人情。他用演戲般的輕言細語說：「我拿到一張光碟，那是所有時代、所有導演所拍過的所有電影中最偉大的一部，我是說真的。」

那就是？

一部以流浪漢為題材，名為《提摩西．卡文迪西的恐怖考驗》的影片。在倪亞．索企業聯盟創建之前，在歐洲民主政治的某個省分裡拍攝的，那地方老早成為一片死域了。你曾經看過二十一世紀初拍的影片嗎，記錄員？

親愛的企業聯盟啊，不！一個八職等的記錄員，作夢也想不到能通過這一等級的保全考核！光是

提出申請就有可能讓我被解聘。我很訝異他們竟然會容許研究生去接觸內容偏激的東西，即使他是獨議學院的人。

是這樣嗎？好吧，自立當局對於歷史對話所採取的立場不一致。一方面，如果企業聯盟政府容許歷史性的對話，那麼低階的人就可以接觸到人類經驗的資料庫，而其中內容很可能會與媒體提供的相違背，有時甚至是相矛盾。另一方面，企業聯盟政府卻又資助你們記錄部從事檔案資料保存工作，以供未來的世代參考。

是的，但是低階人士並不知道我們這個部門存在。

除了被送進光屋處死的人以外。

即使是如此，未來的世代仍然會是奉行企業政治的世代。企業政治並不是另一個興盛不久後又沒落的政治體系——企業政治是和人類本性最協調的自然規律。不過，我想我們已經離題了。尹海株為什麼要選這部《恐怖的考驗》讓妳看？

或許是梅菲教授叫他這麼做的吧。也可能尹海株沒什麼別的理由，他純粹是喜歡那部迪士尼。不論原因是什麼，這部片子讓我看得全神貫注。過去的世界和倪亞．索企業聯盟的差別，大到難以描述，兩者之間卻又相似得非常微妙。那時候的人們隨著年紀增長，身體會開始鬆垂而變醜，沒有露滴。老年的純種人在專門關年長者的監獄裡等死，沒有固定的生命期，沒有安樂死。當時的貨幣是一小張一小張的紙，唯一的量產生物是有病的牲畜。不過企業政治已經有了雛型，一個人社會地位的高低取決於金錢的多寡，以及，相當奇怪地，皮膚上黑色素的多寡。

我想妳當時一定看得目眩神迷……

當然。空無一人的禮堂為那已逝多雨的場景配上陰森的外框，巨人們大步走過螢幕，那些照亮他們的陽光，記錄員啊，你父親的曾祖父還在他母親的子宮裡亂踢的時候，被攝影機的透鏡捕捉到的。

時間是「過去」消逝的速度，但是迪士尼讓已消逝的過去有短暫復活的機會。那些已經倒塌的建築，那些早已腐朽的臉，他們似乎在對我說：妳的存在（而不是我們的）才是虛幻。自從我高昇以來，那是我生平第一次，整整五十分鐘之久，完全忘掉了自己，無可自拔。

只有五十分鐘？

海株的手持 sony 在關鍵的一幕突然發出咕咕聲，那位名字出現在片名裡的偷書賊一時動彈不得，他的臉在一盤豆子上方扭曲、凍僵。海株的手持 sony 裡傳來某人的慌張聲音：「我是熙立！我在外面！讓我進去！大事不妙了！」海株按下搖控鑰匙，禮堂的門打開，楔形的黃色光線掃過空座椅。一個學生衝了過來，臉上的汗珠閃閃發亮。他向海株敬了禮之後，說出一個拆毀我人生的消息，又一次。說得具體一點，四十或五十個執法人員對獨議學院發動攻擊，逮捕了梅菲教授，現在他們正在找我們兩個。他們接到的命令是要活捉海株審問，我則是當場格殺勿論。校園每個檢查哨都已經有武裝的執法人員駐守。

妳還記得聽到這消息時，心裡做何感想嗎？

不。我想，我當時並沒有在思考。我的同伴身上散發出一股冷峻的威嚴——我早就知道他身上有這個特質。他看了一眼勞力士，然後問張先生是不是也被逮捕了。熙立，那個傳話者說，張先生正在地下福特停車場等我們。在那位在片中飾演一世紀前小說人物的已逝演員襯托下，我先前認識的研究生尹海株轉過身來對我說：「宋咪～451，我並不是我先前宣稱的那個人。」

史魯沙渡口及之後的一切

老喬治底路及我底路交會的次數，比我能輕易回想起底還要多得多，而且在我死後，誰敢保證那隻尖牙惡魔不會想對我……所以，給我一些羊肉，我就告訴你們我們第一次會面底情形。我要一片肥滋滋的肉，不，不是你們先前給底燒焦薄餅。

亞當——我哥，還有我爸及我，在泥巴路上、衣服髒兮兮、拖著沉重的腳步、拉著一輛笨重的車，從火奴卡市集回來。夜晚提早趕上我們，我們只好在史魯沙渡口底南岸搭帳篷，因為一連幾天的大雨已經讓威皮歐河充滿怒氣，一場春季漲潮讓它更肥大。史魯沙渡口附近的地面雖然很潮溼，但算是比較安全。除了一百萬隻鳥以外，沒有人住在威皮歐山谷。正因為這樣，所以我們沒有為帳篷、手拉車或任何東西偽裝。爸派我去找一些容易燃燒的木柴，他和亞當留下來搭帳篷。

好，我那天吐得慘兮兮，因為我在火奴卡吃了一隻壞掉的狗腿，我正蹲在峽谷上游一處濃密的樺木林裡嘔吐時，突然有對眼睛看著我，我感覺得到。「誰在那裡？」我喊著，圍繞在四周的蕨葉吞掉了我底聲音。

「哦，小男孩，你在黑暗之地。」圍繞在我四周的蕨葉喃喃地說。

「是誰？」我大喊，雖然那時候聲音沒有現在這麼大。「我手上有刀，我有刀哦！」

就在我底頭上，有人輕聲說話，「你是誰，小男孩，你是勇敢的沙奇，還是膽小鬼沙奇？」我抬頭向上看，很確定那就是老喬治，他盤坐在一棵腐壞的樺木上看著我，飢餓的眼睛露出狡猾的笑。

「我一點也不怕你！」我告訴他，雖然老實說，我底聲音只像颶風中的幾聲鴉屁。老喬治從樹枝上跳下來的時候，我底心發抖得很厲害。接下來發生了什麼事？在模糊不清的混亂中他忽然消失了，是的，消失在我後面。那裡什麼都沒有……只有一隻豐滿的肥鳥正在東嗅西嗅，想要找一些蛆，然後把牠們拉出來吃掉！嗯，我認為勇敢的沙奇把老喬治嚇走了，是的，他已經離開，去打擊比我懦弱的人。我想要把剛才的古怪冒險經驗說給爸及亞當聽，但是，一個冒險故事如果能讓他們邊聽嘴裡邊有東西吃，那會更精采，所以我悄悄把綁腿往上拉，並且潛伏著爬向那隻肥嘟嘟、長滿羽毛的壞東西……然後撲了過去。

肥鳥先生從我底手指間溜了出去，飛走了，但是我不放棄，不，我在地勢高低不平、到處都是樹枝的樹林裡，追著牠往上游去，我底腳跟在地上枯枝及其他東西上彈跳，荊棘把我底臉刮傷得很慘，但是你們要知道我已經追上癮了，所以沒注意到樹木開始變少，也沒注意到海拉威瀑布底隆隆聲越來越近，直到我傻傻地跑到池塘邊的空地，並且嚇到一群馬。不，不是野馬，牠們是披戴華麗皮盔甲的馬，而在這個大島上，只可能代表一件事，是的，是寇納人。

十到十二個臉上和身上畫著彩繪的花臉野蠻人已經站起來，伸手去拿皮鞭及刀子，對著我大聲吶喊！哦，我順著來時路往河道下游去，是的，我這位獵人現在變成了獵物。最靠近我底寇納人緊追在後面，其他人跳上馬背，一面大笑一面追捕我這隻獵物。現在，恐慌讓你底腳步飛快，但是也讓你底思想一團亂，所以我就像兔子一樣跑回爸那裡。我只是個九歲小孩，只是照著直覺做，沒去思考會帶來什麼後果。

不過，我沒有如願回到帳篷，不然的話，我現在就不會坐在這裡講冒險故事給你們聽了。我被一根長得像繩套的樹根絆倒——也許是老喬治底腳，並且翻滾到一坑死葉子中，葉子把我隱藏起來，寇納人底馬蹄就像打雷一樣從我上面踩過去。我停留在那裡，聽見他們尖銳的喊聲從離我只有幾碼遠的地方經過，衝進樹林裡……直接朝向史魯沙渡口而去。朝著爸及亞當而去。

我偷偷且迅速地跟在後面爬行，但是我太遲了，是的，太遲了。寇納人繞著我們底營地轉，他們底牛皮鞭甩得劈啪響。爸手上揮舞斧頭，我哥拿著尖矛，不過寇納人只是在耍他們。我停在空地邊緣，恐懼已經在我底血裡撒了尿，我沒辦法繼續往前走。啪！一鞭子打下去，爸及亞當被打得狼狽不堪，像沙地上底鰻魚在地上扭動。寇納人底隊長，一個長得像鯊魚的壞蛋，從馬背上爬下來，踩過淺灘走向爸，回頭對他的花臉兄弟微笑，然後拿出刀子從左耳劃到右耳，割開爸底喉嚨。

爸底血像緞帶流出來，我從沒看過這麼紅的東西。那個隊長舔掉沾在刀子上爸底血。

亞當嚇昏了，他底勇氣已經不剩半滴。一個花臉壞蛋把他底腳跟與手腕綁起來，然後把我大哥像一袋芋頭丟到他底馬鞍上，其他人則在營地裡東翻西翻，尋找鐵器及其他東西，並且破壞沒帶走的東西。隊長重新騎到馬背上，並且轉過身來兩眼盯著我……那雙眼睛正是老喬治底眼睛。「膽小鬼沙奇，」那雙眼睛說，「你生下來就是我底，懂嗎，為什麼還想跟我對抗？」

我當下就證明他看錯人了嗎？擺好架式將我底刀子刺進寇納人底脖子裡嗎？跟蹤他們回到他們底營地，再把亞當解救回來嗎？不的，九歲的勇者沙奇像蛇一樣偷偷摸摸爬上樹葉濃密的藏身處，在那裡一面啜泣一面向宋咪禱告，希望他不會也被抓去當奴隸。是的，我就是這麼做。喔，如果我是那時候正在聽我禱告的宋咪，一定會很不屑地搖頭，然後把我像麥稈上底小蟲一腳踩死。

天黑後我偷偷摸摸回來，爸還躺在鹹鹹的淺灘裡半浮半沉。你們知道嗎，河水已經平靜，天氣也變晴朗了。爸，他一直以我為榮，常打我，但也很愛我。他底身體像洞穴裡底魚一樣滑溜，像牛一樣笨重，像石頭一樣冰冷，身上每一滴血都被河吸光了。我沒辦法好好表達悲傷，但也無法完全不悲傷，這一切都太震撼，太可怕了，你們知道嗎？好，現在，史魯沙渡口距離骸骨堤岸大概還有六、七哩顛簸路程，所以我只好在爸底所在地幫他堆了一個墓。我沒辦法背出修道院長底全套禱詞，只記得，**親愛的宋咪，您就在我們當中，求您讓我們所愛底靈魂回到河谷底子宮裡，我們懇求您。**我這麼說，然後涉水渡過威皮歐河，打開彈簧刀在黑夜的森林裡前進。

一隻小精靈貓頭鷹對我尖叫：「打了一場好仗，勇敢的沙奇！」我向那隻鳥大喊，叫牠閉嘴，但是牠尖聲回答我：「或者不是？你會像你修理寇納人那樣修理我？哦，看在我膽小、膽小又膽小的小雞們底分上，別對我太殘忍啊！」我在柯哈拉山區裡往上走的時候，野狗不斷在嚎叫，「膽小鬼——鬼——沙——奇——奇。」最後，月亮，她露出她底臉，但是那位冰冷女士沒有說話，沒有，她不需要說話，我知道她心裡怎麼想我。亞當也在看同一個月亮，離我只有二、三、四哩遠，但是要靠我這一點點能力去救他，就好像他已經遠在火奴魯魯以外了。我崩潰了，然後啜泣、啜泣、再啜泣，是的，就像哭到哽咽的小嬰兒。

再上坡走了一哩路後，我來到艾伯底住處，我大吼著把他們叫起來。艾伯最大底兒子以撒讓我進去，我告訴他們史魯沙渡口發生的事，但是……我有沒有把真相全告訴他們？沒有。被艾伯底毛毯包起來，身體因為火和食物而感到溫暖後，男孩沙奇就開始說謊。我沒有向他們坦承是我把寇納人引到爸底營地，就是這樣，我說我只是到樹林裡去獵捕肥鳥，當我回來時……爸已經被殺，亞當不見了，泥巴地上全是寇納人底馬蹄印。什麼事都沒辦法做，那時候沒辦法，現在也沒辦法。十個寇納彪形大漢就可以把艾伯底親人全殺光，簡單得就和他們殺死爸那樣。

你們底表情是在問我為什麼要說謊嗎？

你們要知道，在我底新說法裡，我既不是笨蛋沙奇，也不是膽小鬼沙奇，我只是壞運及好運底沙奇。謊言是老喬治養底禿鷹，牠們在高空盤旋，要尋找矮小、無用的靈魂，然後俯衝下來把鉤爪刺入他底身體裡，而那天晚上，在艾伯底住處，那個矮小、無用的靈魂，是的，就是我。

現在，在你們這些人眼前的是個滿臉皺紋的壞蛋，**姆基隆**正逐步吃掉我底氣息，我不會再看到多少冬天了，不會的，不會，這我很清楚。我現在讓聲音穿越漫長的四十多年時光，對著從前的自己大喊，是的，對著九歲的沙奇喊，「喂，仔細聽！有時候在面對世界時，你會覺得自己很懦弱！有時候你對一切無能為力！那不是你底錯，那是這可惡世界底錯，全是它底錯！」不過，不管我喊得多大聲，男孩沙奇，他都聽不見我底話，將來也永遠聽不見。

能說山羊話是一種天分。從出生那天起就有這天分，或者，你一輩子都不會擁有。如果你有，山羊會留心聽你說的話；如果你沒有，牠們就只會把你擠到泥巴裡，並且站在那裡嘲笑你。我從爸那裡遺傳到說山羊話的能力，有時候在放羊，我會覺得我聽到他正在離我不遠的地方吹笛子，不過，修道院長說爸已經重新誕生在莫蒙河谷那邊的卡辛斯基家了。好，先不管這些。每天天剛亮時，我都會去幫母山羊擠奶，而且大多數日子都會趕著整群羊爬上伊利派歐河谷底咽喉，穿過維特貝通道，到柯哈拉山的山峰去吃草。我也放牧畢斯姨媽家底羊，他們有十五到二十隻，全部加起來我有五、六十隻山羊要照料，幫牠們接生，留心看顧生病的羊。

我愛這些不會說話的羊更勝過愛自己。每一隻羊我都幫牠們取了名字。下大雷雨的時候，我會全身淋溼地去幫牠們拔掉身上底水蛭；太陽正大時，我會曬成褐色、曬得酥脆；如果我們到柯哈拉山上最高處去吃草，有時候我會一連三、四個晚上沒下山。你必須讓眼睛隨時盯著羊群。如果你手裡不拿著尖矛保持警覺，在山裡晃來晃去的野狗就會抓走剛出生還在蠕動的小羊。

我爸還是男孩的時候，從幕基尼來的野蠻人就曾經從背風面走蜿蜒的山路上來，偷走一、兩隻羊，但是後來寇納人把南方的幕基尼人都變成奴隸，他們原先在哈威的住處就成為青苔和螞蟻底家了。我們這些放羊人，比任何人都更清楚柯哈拉山：它底岩石隙縫、溪流、危險地點、從前拾荒者沒帶走的鐵樹，以及一、二、三個除了我們之外沒人知道的舊建築物。

我在一個豔陽天、在一棵檸檬樹下，將我底第一個嬰兒種到快腳村底潔裘肚子裡。至少，她底嬰兒是我所知道的第一個。女孩子們在談到是誰、是什麼時候等等時，都會變得很狡猾。我那時十二歲，潔裘有個結實及熱情底身體，我們兩個人大笑、扭轉身軀，而且都因愛而瘋狂，是的，就像坐在這裡的你們兩位一樣，所以當潔裘底肚子越來越成熟，我們就開始討論結婚的事，這樣她就可以來住在貝利家。我們有許多空房間。但是，潔裘底羊水提前幾個月破掉，結果，班喬來把我叫到快腳村去，潔裘當時在陣痛。我到那裡之後沒多久，嬰兒就生出來了。

這不是個愉快的故事，但是，是你們自己要問我在大島上底生活，這些事在我記憶中微不足道。那個嬰兒沒有嘴巴，沒有！也沒有鼻孔，所以他沒辦法呼吸，在潔裘她媽剪斷臍帶後就逐漸死去，可憐的傢伙啊。他底眼睛從來沒有睜開過，只感受到他爸底手撫摸在他背上時的溫暖，他身體底顏色變差，接著腳停止亂踢，然後死去。

潔裘底身體溼冷，臉色蒼白，看起來好像也快死了。女人叫我離開，讓草藥師有空間可以進來。我抱著用羊毛袋包起來的死嬰兒，走到骸骨堤岸。我非常悲傷，心想是潔裘底種子不好，還是我底種子不好，或者，只是我底運氣不好。那是個沉悶的早晨，在尖尾鳳底花叢下，波浪像病牛跌跌撞撞地想爬上海灘，但又掉了回去。幫嬰兒蓋墳墓花的時間沒有幫爸蓋的那麼多。骸骨堤岸底空氣中有海草、魚肉及腐敗的味道，陳年骸骨就躺在岸邊石堆裡，你沒辦法在這裡待得比你想待的久，除非你天生就是蒼蠅或烏鴉。

潔裘她沒死，沒有，但是她從此不再像從前那樣開懷大笑了，我們也沒有結婚，沒有，你總是希望確定你底種子能長成正常的嬰兒或之類東西是吧？不然的話，你死了之後有誰會幫你刮掉你家屋頂上底青苔，並且幫你底聖像擦油，以免被白蟻吃掉？所以，如果我在集會或物品交易會上碰到潔裘，她都會說，「早上又下雨了吧？」然後我會回答，「是的，雨會一直下到夜裡，我覺得。」然後我們會擦身而過。三年後她和康恩河谷底一個製皮匠結婚，但是我沒去參加婚宴。

那是個男孩，我們那個還沒名字就死了的嬰兒。一個男孩。

河谷人只有一位神，她底名字是宋咪。大島上底野蠻人通常有很多個神，多到讓你沒辦法對著每一位揮舞尖矛。在希羅，他們興致一來會向宋咪祈禱，不過希羅人還有其他的神，鯊神、火山神、玉米神、噴嚏神、多毛瘤神，你想得到名字，希羅就可以幫你生出一個神。寇納人有一整個部落的戰神及馬神及其他種種的神。但是對河谷人來說，野蠻人底神根本不值得認識，不的，只有宋咪是真實的。

她就住在我們當中，關心我們這幾個被黑夜籠罩的河谷。大多數時候我們看不見她，有時候她會被我們看到，她是個拄著拐杖的老太婆，雖然有時候在我眼中她是個會發出微弱閃光的女孩。宋咪會幫助生病的人，除掉壞運氣，而且，當一個真誠、文明的河谷人過世時，她會取走他底靈魂，導引他回到河谷底某個子宮裡。有時候我們會想起過去的生命，有時候想不起來。有時候宋咪會在夢中告訴修道院長，哪個人就是哪個人，有時候她不會……但是我們知道，我們總是會再重新誕生成河谷人，所以死亡對我們來說並不可怕，不的。

我底意思是——除非老喬治把你底靈魂奪走。是這樣的，如果你底行為像個野蠻人，自私，而且拒絕文明，或者如果你被老喬治勾引，成為野蠻人或之類的人，那麼你底靈魂就會變重、壞掉，而且被石頭底重量往下壓。宋咪那時候就沒辦法把你放進子宮裡。這種邪惡自私的人就被稱為「石頭人」，對河谷人來說，沒有比這更悲慘的命運了。

卡恩河谷與火奴基亞河谷間的骸骨堤岸上，唯一的建築物是聖像所。沒有人規定我們不能進去，但是，沒事的話沒有人會走進去，因為當你沒什麼好理由，卻進去打擾那裡的安寧夜晚，你底運氣會變壞。我們底聖像——就是我們在世的時候雕刻出來、磨得精亮、並在上面寫字的雕像——在我們死後會收存在這裡。在我這一代，已經有數千個聖像放在架子上，沒錯，每一個都和我一樣，是小艦隊將我們底祖先帶到大島來逃避「大毀滅」之後，才「出生——過完一生——重新出生」的河谷人。

我七歲時第一次進到聖像所，那時我和爸及亞當及約拿斯一起進去。媽在生了凱特金之後血漏不止，爸就帶著我們來祈求宋咪治好她，因為聖像所特別神聖，而宋咪通常會在那裡聽人祈禱。那裡面像河水一樣黑，聞起來有蠟及柚木油及時間的味道。聖像就住在從地板直到屋頂的一列列橫架上，我沒有辦法判斷那裡有多少座聖像，沒有；你不會像數山羊一樣去數。不過，「過去生命」比「現在生命」多得多，就像葉子比樹木多得多。爸在聖像底陰影下發出聲音，那聲音很熟悉但也很怪異，他祈求宋咪將媽底死弄停，讓她底靈魂留在身體裡的時間更長一點，在我底頭腦裡，也在祈禱同樣的事，雖然我知道我後來會在史魯沙渡口被老喬治盯上做記號。那時我們聽到在沉默之下有聲音正隆隆響起，那是由數百萬聲低語所構成，就像大海一樣，只不過，那不是大海底聲音，不是，那是聖像底聲音，而且我們知道宋咪正在那裡聽我們禱告。

媽沒死。宋咪充滿憐憫，你們看。

我第二次到聖像所的時候，是「作夢之夜」。當我們底聖像上有十四道刻痕，代表我們已經是個成年河谷人，我們就要獨自在聖像所過夜，而宋咪會讓我們做一個特別的夢。有些女孩會看見她們未來會嫁的男人，有些男孩會看見他們未來的謀生方式；其他時候會看見我們得去請修道院長解讀的預兆。隔天早上離開聖像所的時候，我們就已經成為男人及女人了。

所以，太陽下山後，在聖像所裡的我躺到我爸底毛毯下，拿我自己那塊還沒雕刻好的聖像當枕頭睡覺。骸骨堤岸外海浪起伏發出劈啪聲，岸邊底碎浪翻攪、起泡，我聽到一隻嘈雜夜鷹底聲音。但是那裡根本就沒有嘈雜夜鷹，沒有，是我身旁地板上底一個隱藏門突然打開，一條繩索搖搖晃晃地向下垂到地下世界底天空。「爬下來。」宋咪告訴我，我照做，但是那條繩索是用人底手指及手腕編織成的。我抬頭往上看，看到有火從聖像所底地板往下燒。「把繩子割斷。」一個邪惡的人說，但是我不敢照做，因為這樣我會摔下去，是吧？

下一個夢，我在潔袞底房間裡抱著我底怪胎嬰兒。他一面踢一面扭，就和他出生那天一樣。「快一點，沙奇，」那個男人說，「趕快幫你底嬰兒割出一張嘴，讓他可以呼吸！」我當時手上拿著刀，所以，我就像切起士一樣，在我兒子底臉上割出一道微笑的裂縫。話就從那裡冒了出來，「你為什麼要殺我，爸？」

在我最後一個夢裡，我沿著威皮歐河走。我遠遠看到亞當在對岸上釣魚，快樂地釣魚！我向他揮手，但是他沒看見我，所以我跑到一座平常醒來時並不存在的橋那裡，一座用金子和銅建成的橋。當我終於到達亞當那一側時，我難過地哭了起來，因為那裡只剩下一堆腐朽的白骨，和一條在沙裡不斷翻身的銀色鰻魚。

鰻魚最後變成從門下隙縫射進聖像所裡的晨光。我記住這三個夢，然後穿過像毛毛雨般灑下來的浪花水珠，走去找修道院長，一路上沒碰到半個人。修道院長正在學苑後面餵她底雞。她很仔細地聽我做的夢，接著告訴我，這些是不好的預兆。她命令我先在學苑等候，她要向宋咪禱告，請她把這三個夢底真正意義告訴她。

學苑教室帶著文明時期底神聖奧秘。河谷底每本書都擺在書架上，雖然大多數的書都已經鬆垮而且被蟲蛀蝕，但是，是的，它們是書，也是記錄知識的文字！那裡還有一顆世界之球。如果整個世界是一顆超級巨大的球，那我不明白，為什麼人不會從上面掉下去，我到現在仍然不明白。我在學苑底表現並不特別，不像凱特金，她原本可以成為下一任修道院長，如果事情後來的發展不像現在。學苑底窗戶是玻璃製，從大毀滅一直到現在都還沒破掉。不過，最令人驚訝的是時鐘，是的，就我所知，它是河谷區、整個大島、整個夏威夷唯一一個會走的時鐘。你們知道嗎，它不需要電池，它是靠上發條走動的鐘。我還在學苑讀書的時候，就很怕這隻一直盯著我們、打算審判我們，而且隨時都發出滴答聲的蜘蛛。修道院長教我們時鐘底語言，不過我已經忘記細節了，只記得**幾點**鐘和**幾點半**。我記得修道院長說，**文明需要時間，一旦我們讓時鐘死去，時間就會跟著死去，那麼接下來我們如何再帶回文明時期，讓它恢復到大毀滅之前的水準呢？**

那天早上我看著那根鐘擺和平常一樣滴滴答答擺動，一直等到修道院長聆聽預兆回來，坐在我對面。她告訴我，老喬治很渴望得到我底靈魂，所以他在我底夢裡下了咒詛，讓我無法看清楚夢底真正意義。不過，值得慶幸的是，宋咪已經把真正的預兆都告訴她了。你們也一樣，你們必須把這些預兆記住，因為它們會改變我底冒險故事發展，而且不止一次。

一、雙手灼熱難耐，但是別割斷手中繩索。

二、敵人正在睡覺，但是別切開他底喉嚨。

三、青銅正在發燙，但是別走過那座橋。

我向她坦承我不明白預兆底意思。修道院長說她也不明白，但是沒關係，因為等事情真正發生時，我就會明白，她還叫我把她這些話牢牢釘到記憶裡。接著她拿給我一顆母雞剛下的蛋當早餐，它溫溫熱熱地，蛋殼上還帶著一些分泌物。她還教我怎麼用麥稈去吸蛋黃。

好，你們想聽有關那艘偉大先見之船的事嗎？

不是的，那艘船並不是神話故事中虛構出來的，它和你、和我一樣真實。在你們面前的這一對眼睛還親眼看過呢，二十次，或者更多。這艘船一年兩次會來到小艦隊灣，大約是在春天和秋天的「平分日」，也就是白天和夜晚一樣長的那一天。你們要知道，它從來不會去拜訪野蠻人底城市，不到火奴卡、不到希羅、不到背風面。為什麼？因為只有我們河谷人有足夠的文明可以理解先見，是的。他們根本不想和野蠻人交換物品，野蠻人會把他們底船當成巨大的白鳥神或之類東西！那艘船是天空底顏色，所以一直要到它開到岸邊你才會看見。它沒有槳，沒有，也沒有帆，它不需要風，也不需要洋流，因為它是以舊時代底先進技術為動力。船本身的大小就和大型小島一樣，和較低的山丘一樣高，上面載著二、三、四百人，或許是一百萬人。

它是怎麼動的？它還要旅行去哪裡？它是如何安然度過閃光轟炸和大毀滅？哎，我從來就不太知道這些問題底答案，不過，和大多數說故事的人不一樣，我沙奇底冒險故事絕不是編造出來的。住在船上的那族人被稱為先見，他們來自一個名叫先見島的地方。先見島比茂伊島還大，但是比大島來得小，位在很遙遠、很遙遠的北方藍天下，關於那個島，我只知道這麼多，也只打算說這麼多。

好，那艘船會在學苑正前方，距離約有丟石頭十次遠的海裡下錨，然後兩艘長得像黃蜂的小船會從大船底船頭駛出來，飛越大小波浪來到海灘。兩艘小船上各有六到八個男人及女人，身上都穿著被水濺溼後不會一直溼的先進衣服。哦，他們底每樣事物都非常美妙。船上底女人也像男人一樣能幹，你們知道嗎，她們底頭髮是剪短的，不像河谷女人編成辮子，她們底體格也比較結實強健。他們底皮膚健康光滑，沒有結瘡痂之類斑點，反倒呈深褐色及黑色，每個人都這樣。而且每個人都長得很像，比你在大島上看到的任何一族的族人相似度還高。

先見們不太說話，不的。兩個守衛留在兩艘靠岸的小船旁邊，如果我們問，**你叫什麼名字，先生？**或者，**妳要到哪裡，小姐？**他們只會搖搖頭，好像在說，**我不會回答任何問題，不會的，所以別再問了**。某種神奇的先進技術讓我們沒辦法太靠近。空氣會越來越濃，直到你無法再靠近。那還會帶給你頭昏腦脹的疼痛，讓你不敢跟這兩艘小船打交道，不的。

物品交換是在公用大廳進行。先見說話的模樣很怪異，不像希羅人那樣無精打采、斷斷續續，而是冰冷、帶有鹽味。在他們還沒登岸前，傳言就已經忙碌起來，大部分住戶也早就急急忙忙將一籃又一籃的水果、蔬菜、肉類及其他物品送到公用大廳。先見們還從溪流裡汲取新鮮的水，裝滿他們特製的桶子。先見回報我們底東西，是比大島上任何鐵製品都還高品質的鐵器。他們跟我們底交易很公平，從來不會像火奴卡那些野蠻人那樣用威嚇的口氣說話，反倒是在雙方之間劃了一條線，並且很有禮貌地說，**我十分尊重你們，但是你我沒有血緣關係，所以請你們不要跨越這條線，可以嗎？**

是的，先見們訂了一些嚴格的交易規定。他們不可以拿遠比大島先進的器具來跟交易。舉例來說，爸被殺之後，我們聚集討論，同意在艾伯底住處旁邊蓋一個守望站來保護姆立威通道，它是從史魯沙渡口通到我們九河谷聚落的主要道路。修道院長請先見提供我們特殊的武器抵禦寇納人。先見們說，不。修道院長「懇求」他們，我幾乎可以這麼說。他們還是說不，事情就是這樣。

另一個規則是，他們不可以告訴我們大海之外的事，連先見之島底事也不能說，除了島名之外。伊諾以家底納培斯請他們讓他到船上看看，那是我見過最接近讓每個先見都發笑的事。他們底首領說不。沒人覺得意外。我們從來不會把他們底規則壓迫到彎曲點，因為我們認為，他們願意跟我們交易就已經很看得起我們底文化了。修道院長每次都邀請他們留下來和我們大吃一餐，但是他們底首領總是很客氣地說不。他們會拖著交易得到的物品回到小船上。一個小時後，他們底大船就開走了，春天往東走，秋天往北走。

所以，在每個人有記憶以來，他們每年都會來拜訪。直到我十六歲那年，一個叫美若寧的女先見來我們家訪問，事情從此就不一樣了，我底人生不一樣了，河谷不一樣了，一切的一切都不一樣了。

順著維特貝小徑向上走，可以到達一個叫月之巢的山脊，那是整座柯哈拉山底放牧區中，可以最清楚觀看迎風面的地點。在一個陽光閃爍的春天下午，我在月之巢上放羊，剛好看到那艘船駛近小艦隊灣，船看起來很美麗，和海洋一樣藍，要不是你剛好在注視，你是不會看見它的，不的。當時我知道應該盡快下去和他們交易，但是，你們知道，我有山羊及其他事得照顧，而且等我到達公用大廳時，先見很可能已經要離開了，所以我就留在原地閒晃，雙眼注視著滿載著先進事物、和野鵝及鯨魚一起到達也一起離開的奧妙船隻。

嗯，我告訴自己，這就是我留在原處的理由，雖然真正的理由是，有個名叫蘿斯的女孩正在附近摘帕莉拉葉，好拿回家讓她媽製成草藥。我們彼此熱戀，在那恍惚、有雲雀歌聲為伴的下午，我正忘情地吸吮她那兩顆情慾款款底芒果及她那片溼潤底無花果葉。事實上我那天一點也不想去別的地方，蘿斯也沒有摘到太多帕莉拉葉，嗯，沒有。喔，你們在笑，你們這些已經開始臉紅的年輕人，但時間就是這麼回事，是的，我那時候就和你們現在一樣年輕。

到了晚上，我趕著羊群回到家時，媽焦躁到站也不是，坐也不是，就像只剩一隻翅膀的公鵝胡亂振翅。她還瘋狂地指責我，後來我才從蘇西那裡聽到整個傳言的細節。在公用大廳底物品交易會結束後，先見首領不像往常那樣做手勢叫每個人上船，反倒要求和修道院長私下談談。經過很長的時間後，修道院長從會面地點走出來，召集大家過去。附近幾村的河谷人都有人在場，只有我們貝利家例外。原來，媽也沒有去公用大廳。於是，那一次大會就在那裡那時召開。

「先見底首領今天希望和我們做一個特別交易，」修道院長說，「船上一個女人希望在我們當中某戶人家居住及工作半年，學習我們底生活方式，並且瞭解河谷人。為了表達感激，首領會把今天付給我們底交易物品全部加倍。漁網、壺、鍋、鐵製品以及每樣東西，全都加倍。現在你們想想，這是我們多大底榮耀啊，再想想，我們在下一次火奴卡交易市集時，能用這些器具換到多少東西。」

嗯，沒過多久，大家就齊聲大喊「好耶！」把聚會氣氛炒熱最高點，修道院長甚至必須大喊出她底下一個問題，才能壓過現場喧鬧。「誰要當主人接待客人？」喔，那聲「好耶！」馬上凍結，停了下來。群眾手裡突然都多了一大袋藉口。「我們家空間不夠。我們有兩個嬰兒快要出生，客人在我們家會沒辦法睡好。我們家那些小蟲會把她咬成碎片。」第一個說出下面這句話的混帳真是一輛生銹的富豪車。

「各位覺得貝利家怎麼樣？」你們知道了吧，我和我媽都不在場，沒辦法及時用冷水澆涼這計畫，所以它很快就火熱到不行。「是的，自從貝利爸被殺死後，他們家就多出了幾個空房間！上次收穫期，貝利家從公用大廳領走的東西比他們放進去的還多，是的，這是他們底職責！是的，貝利家很需要人手，貝利媽會很高興多了一個人幫忙！」於是聚會達成結論了。

現在那隻只剩一隻翅膀的公鵝變成我了，是的。先見們吃什麼？喝什麼？他們睡在稻草上嗎？他們需要睡覺嗎？要住六個月呢！媽責怪我沒有去參加交易會，雖然，是的，媽是貝利家真正的首領，但是我是家裡年紀最大的男人，所以我怎麼說也該趕到現場。我說，「這樣吧，我去找修道院長，跟她說我們沒辦法招待先見……」這時我們底門發出叩、叩、叩的敲門聲。

是的，是修道院長帶著先見要住進來了，學苑底助理米羅也跟在一旁。那時我們都知道，這位河谷客人已經像塊木頭被搬進我們家了，不管喜歡或不喜歡，現在都不能說「滾開」了？這麼做，對我們家和我們底聖像來說都是恥辱。這個船女，她身上有先進人士底酸臭味，而且是她先開口說話，因為媽和我底舌頭都打結了。「晚安，」她說，「我是美若寧，在河谷這段期間，謝謝你們很仁慈地願意提供住處。」米羅看著神情緊張的我，露出嘲諷與得意的微笑。我差點沒把他殺掉。

蘇西先把她底待客之道唸一次，接著安置好客人，並且叫約拿斯去拿吃的、喝的及其他東西過來。美若寧說，「我們底習俗是，客人在剛到主人家的時候，要送一些小禮物給接待的主人，所以我希望你們不介意……」她伸手到她帶來的一個袋子裡，拿出禮物送我們。媽拿到一個很棒的壺，它在火奴卡可以換到五、六捆羊毛。媽高興到喘不過氣來，直說不能接受這麼貴重的禮物，因為招待陌生人本來就是宋咪底待人之道，招待人應該不求報償，不然就不要招待。但是女先見說，禮物不是住宿費，不的，只是對我們底仁慈表達感謝，媽第二次就沒有再推辭，嗯，沒有。蘇西和凱特金收到像星星一樣閃閃發亮的項鍊，她們吃驚到眼睛張得很大，顯然非常高興。約拿斯收到一整面讓他驚奇不已的方形鏡子，比你現在還經常看到的陶器碎片要明亮。

米羅這時候已經不再笑得得意了，但是我並不喜歡送禮物這整件事，不的，因為從海上來的人用東西收買我家人，我卻一樣東西也沒有。所以我只說，這個船女可以住在我們家，但是我不想要她底禮物。事情就這麼辦。

我把話說得比我心裡想的還難聽，媽用尖矛似的眼神看著我，但是美若寧只說，「當然，我明白。」好像我說的話十分稀鬆平常。

接著，當天晚上就有一大群訪客來我們家，之後幾天晚上，從九河谷各地來的人——親戚、兄弟、前世的家族，以及只會在交易會上碰面的半熟陌生人——從茂卡到莫蒙的每一個人，都來敲門，要看看傳言老媽說的話是不是真的，是不是有個真實且活著的先見住在貝利家。當然，我們得邀請每個訪客進來，而他們會吃驚地睜大眼睛看她，彷彿宋咪本人就坐在我們家廚房裡，不過，他們並不會吃驚到嚥不下我們底食物及喝不下我們底酒。他們喝酒的時候，多年來對先見及那艘讚嘆不已的船的問題就像酒一樣，越倒越多、越倒越快。

但是真正怪異的是這個。美若寧像是在回答問題，但是她底回答卻沒有解除你好奇心上的飢渴，沒有，一點也沒有。所以，我那個來自克隆尼家底表哥史賓莎就問，「你們底船用什麼當動力？」先見底回答是「核融合引擎」。每個人都和宋咪一樣聰明地點點頭，「喔，核融合引擎，說得也是，是的。」

沒有人問她「核融合引擎」是什麼，因為大家不想在眾人面前被當成未開化底人或笨蛋。修道院長請美若寧在一張世界地圖上把先見島的位置指給我們看，但是美若寧只是指著一點，然後說，「這裡。」

「哪裡？」我們問。你們知道嗎，那裡什麼都沒有，只是一片藍海。至少在我當時看來，她是存心譏諷我們。

「大毀滅之前不久製作的地圖上都沒有畫上先見島，」美若寧說，「因為先見國底開國元老們刻意隱瞞。」在更古老的地圖上找得到，但是在修道院長底地圖上沒有。

我這時候已經有點勇氣了，於是開口問訪客，既然先見們有那麼多先進、時髦的技術，為什麼還想要學習我們河谷人底事？有什麼她不知道的事是我們能教她的？「會學習的心智才是活著，」美若寧說，「而且任何創舉都算先進行為，不論是舊還是新，高等或低俗。」除了我以外，沒人看得到隨著這句話發射出的諂媚之箭，也沒人發現這個狡猾的間諜是如何利用我們底無知來掩飾她真正底企圖，所以緊接著第一個問題，我又問了下面這個刺探性問題：「但是，你們先見所擁有的偉大強力先進技術，比這整個世界都還要多，是吧？」哦，她底用詞還真狡猾！「我們擁有底東西比夏威夷各部落還多，但是比大毀滅之前的舊世界少。」你們看出來了嗎？她沒有說出太多東西，沒有吧？

我只記得她給過我們三個誠實的回答。波特家底魯比問她，為什麼先見們底皮膚顏色都和椰子一樣深？嗯，沒有，我們從來沒看見一個白皮膚或粉紅皮膚的人從他們底船上走下來過。美若寧說，在大毀滅之前，她底祖先們改變種子來製造出膚色較深的嬰兒，以增加對紅瘡病的抵抗力，因此，那些嬰兒底嬰兒也有較深的膚色，父親那一代怎樣，兒子那一代就怎樣，是的，就像兔子和小黃瓜。

伊諾以家底納培斯問她，她結婚了嗎，因為他還是單身，而且獨自擁有一個堅果園，以及一座種了無花果樹及檸檬樹的農場。每個人都笑了，是的。美若寧也露出微笑。她說她曾經結過一次婚，是的，而且有個名叫阿納費的兒子還住在先見島，不過她底丈夫幾年前就死在野蠻人手下。她說很可惜沒有機會分享檸檬及無花果，但是，對丈夫市場來說她已經太老了。納培斯失望地搖頭，並且說，「哦，船上來的女人，妳讓我心碎了，是的，妳。」

最後，我底表弟考伯瑞問她，妳現在幾歲？是的，我們全都很想知道。不過，對於她底答案，顯然沒人做好心理準備。「五十歲。」是的，她就是這麼說，我們吃驚底程度就和你們現在一樣。**五十歲**。我們廚房底空氣改變得就像突然吹來一陣寒風。活到五十歲不奇妙，不的，活到五十歲既怪異又不自然，是吧？「那麼先見們可以活到幾歲呢？」黑牛家底梅維爾問。美若寧聳聳肩，「六十、七十……」

哦，我們全都嚇到合不攏嘴！通常我們到了四十歲，就會祈求宋咪解除痛苦，讓我們盡快成為新嬰兒重新誕生。就好像當你心愛的狗生病、受盡痛苦折磨時，你會用刀子割斷牠底喉嚨。唯一一個活到五十歲，身上卻沒有長滿一片片紅瘡，或者被**姆基隆**折磨至死的人是杜魯門三世。大家都知道他曾經在某個颶風來襲的夜裡和老喬治談好條件，是的，那個笨蛋出賣他底靈魂以換得幾年歲月。嗯，在那個問題之後，對於她底傳奇詢問就告一段落，大夥兒吱吱喳喳地離開，四處散布傳言：美若寧被問過什麼問題，以及她底回答是什麼。每個人都輕聲說：「感謝宋咪，美若寧並沒來住我們家。」

我很高興我們這位可惡、邪惡底客人已經教會每個人要狡猾一點，不要信任她，嗯，不要，一點也不能信任她，不過那天晚上我完全沒睡，那是因為蚊子、夜鶯及蟾蜍不斷在鳴叫，而且有個神秘人在我們住處悄悄地東翻西找，一會兒在這裡撿起某樣東西，一會兒又在那裡放下來。這位神秘人底名字叫做「改變」。

✧

第一第二第三天，女先見像隻蠕動的蟲逐漸鑽進我家。我必須承認，她底行為並不像女王蜂，不的，她一點也不懶。她幫忙蘇西擠羊奶，幫媽編織及紡紗，拿鳥蛋送約拿斯，聽凱特金抱怨學苑底事，她還提水和劈柴，而且她學得很快。當然，傳言還是緊盯著她，訪客們還是一批接著一批來拜訪，想看看這個已經五十歲但外表卻只有二十五歲的奇特女人。那些懷疑她會變把戲並讓我們看一些新奇事物的人很快就失望了，因為她並沒有，沒有。媽才一、兩天就不再為船女焦慮了，是的，她開始對她很友善，並且開始炫耀。一下子**我們家美若寧這**，一下子**我們家美若寧那**地，從早到晚都像公雞一樣啼叫，而蘇西底情況比媽還嚴重十倍。美若寧只是繼續工作，雖然在晚上，她會坐到桌前在一種特製的紙上寫字，哦，那種紙底品質比我們底好得多。她寫字速度非常快，但是她用底不是我們底語言，嗯，不是，她用另一種語言。要知道，除了我們底語言外，在一些老國家裡還有人說別底語言。「妳在寫什麼，美若寧阿姨？」凱特金問，但是先見只回答，「我底日子，美好的日子，我在記錄我底日子。」

我討厭她在我們家過的**美好日子**，我也不喜歡老年人偷偷接近她，請她明白告訴他們怎樣才能活得長壽。但是，她用河谷人看不懂的文字來描寫河谷，這最讓我焦慮。那是先進技術，還是間諜工作，還是，我們被老喬治盯上了？

在冒著熱氣的清晨，我剛擠完羊奶，客人問我是不是可以和我一起去放羊。媽說，是的，當然。我並沒有說是的，我說那裡天氣有點涼而且石頭很多，「對妳這麼聰明的人來說，放羊吃草不會有趣。」美若寧很有禮貌地回答，「河谷人做的每一件事對我而言都很有趣，主人沙奇，不過如果你不希望我看著你工作，那沒關係，你明說就好。」知道了吧，她底話就像滑溜溜的角力選手，就是有辦法把你底「不」翻轉成為「是」。媽用鷹眼盯著我。「當然，很好，是的，我們走吧。」我不得不這麼說。

我趕著羊走上伊利派歐小徑，路上一句話也沒說。經過克隆尼家時，我底一個兄弟，豬男孩古巴大喊，「你好嗎，沙奇！」想跟我聊聊，但是他看到美若寧，覺得尷尬，就改口說，「一路小心，沙奇。」哦，我多希望能把那女人拋在身後，於是我對羊下命令，「別再拖拖拉拉，你們這些懶惰的壞蛋！」然後更用力地爬上山坡，希望讓她累到跟不上。你們知道嗎，我們逆著溪流而上，穿過維特貝通道，但是她並沒有放棄，沒有。即使在通往月之巢全是岩石的小路上，她也跟上了。那時我才學到，先見底倔強和山羊底倔強有得比。我猜她知道我心裡在想什麼，而且這時候她心裡肯定在嘲笑我，所以我更不會去和她說話。

我們到達月之巢後，她做了什麼？她坐在拇指岩上，拿出一本可以在上面寫字的書，然後把眼前美景畫起來。哦，我必須承認美若寧實在太會畫圖了。紙上不久後就出現了我們那九個蜿蜒的河谷，海岸、岬角、高丘與低地看起來也都像真的一樣。我並不想被她底畫吸引，但是我沒辦法克制自己。我把她標記的每個地點的名字都說了出來，她就把名字寫上去，直到那張紙變成一半是圖，一半是字，我說。「正是這樣，」美若寧說，「這是我們在這裡製作的一張地圖。」

這時我聽到在身後的冷杉林邊緣，傳來一根細枝斷裂的聲音。那不是善變的風，不是，那是被腳踩斷的，絕對是，不過，是人腳、馬蹄還是獸爪，我分辨不出來。住在柯哈拉山順風面更高處的寇納人不會來這裡，但是，史魯沙渡口的寇納人也不會，不的，所以我走進樹林裡查看。美若寧想要和我一道去，但是我叫她留在原地。是老喬治回來要用石頭更狠狠地砸我底靈魂嗎？或者，那只是某個獨自隱居在這裡的幕基尼人在找食物？我已經拿著尖矛，躡手躡腳地靠近冷杉，更靠近冷杉……

蘿斯跨坐在一根長滿青苔的肥胖老樹頭上。「哦，看來你有新同伴了。」她很客氣地說，但是在她眼中，我看到一隻狂怒的野狗。

「她？」我回頭指著坐在那邊聽我們說話的美若寧。「妳都沒聽過傳言嗎，這個船上來的女人，年紀比我底祖母被宋咪送去重新投胎時還大！別吃她底醋！她和妳不一樣，蘿斯。她腦袋裡裝了太多聰明的想法，她底脖子幾乎撐不住頭底重量。」

蘿斯這時不再客氣了。「所以，我頭腦裡一點聰明的想法也沒有？」女人，哦，女人！她們可以在你底話中找到最壞的意思，然後緊咬住它，說：「你看，你竟然這樣攻擊我！」我那時是個被情慾沖昏頭的急性子，所以心想，撂幾句狠話應該能治好蘿斯底胡思亂想。「妳明知道那不是我底意思，妳這個一碰到事情就想逃避的蠢女人——」

我沒能把治療她底話說完，因為蘿斯用力地打我底臉，甚至讓地面朝我衝過來。我撞到自己底膝蓋。我嚇到只能呆坐在地上，像個被摔落在地上的嬰兒，我摸了摸鼻子，我底手指都是紅色的。「哦，」蘿斯說，接著，「哈！」接著，「你可以隨你高興對你那些母羊說壞話，牧羊小子，但是對我不行，所以，願老喬治讓你底靈魂變成石頭！」這是河谷人最狠毒的咒詛。我們對彼此的愛及心動的感覺，一時被打碎成幾百萬個小碎片，蘿斯接著掉頭就走，還一路搖晃著她底籃子。

悲慘和難堪讓我很想找個人來怪罪，而我選擇怪罪的對象就是這可惡的先見。那天早上，在月之巢，我爬起來對羊群大吼，然後把牠們趕到拇指牧草地去，連一聲再見也沒對美若寧說。她也夠聰明，知道在這時候不要來打擾我，還記得吧，她在先見島也有兒子。

那天晚上我回到家，媽及蘇西及約拿斯坐在一起。他們看到我底鼻子，神情詭異地看著彼此。「你底鼻子怎麼了，兄弟？」約拿斯裝腔作勢地問。「這個？哦，我在月之巢滑一跤，撞傷了。」我簡潔有力地回答。

蘇西有點在竊笑。「你底意思該不會是你在蘿斯之巢那裡撞傷了鼻子吧，沙奇老弟？」然後他們三人一起咯咯笑，就像一幫聲音尖銳的蝙蝠，可憐的我臉色發紅、全身發熱。蘇西跟我說，她底消息來源是蘿斯底堂哥沃特，他把消息告訴貝吉瑟，而貝吉瑟又剛好碰到蘇西，不過我並沒有仔細在聽，沒有，我在咒詛美若寧被老喬治教訓一番，而且我咒詛個沒完沒了。運氣不錯的是，那天晚上她不在貝利家，不的，她在畢斯姨媽家學紡織。

於是我到海邊去看月亮女士，希望她能冷卻我底忿恨。我記得那時有一隻綠色海龜拖著身軀爬到海灘上來下蛋，我當時差點用尖矛惡意去刺海龜底身體，你們想想，如果我底人生受到不公平待遇，為什麼這隻動物該得到公平待遇？但是我看到牠底眼睛。牠底眼睛那麼古老，已經看到了未來，是的，所以我放過了牠。古巴及考伯瑞帶著板子過來，開始在星光閃爍的水面上衝浪。考伯瑞是個動作美妙的衝浪手，他們叫我加入，但是我一點衝浪的興致也沒有，嗯，沒有。我得到學苑去跟修道院長報告一件更嚴重的事。於是我到了那裡，花了很長的時間告訴她我底擔憂。

修道院長聽我說話，但是，她並不相信我，不的，她認為我只是想盡辦法要擺脫接待美若寧的責任。「你看過他們底船，看過他們底鐵器，也看過他們底先進技術。如果先見們計畫要侵略九河谷，你真的以為我們還能坐在這裡討論嗎？如果你能找到美若寧打算將我們在睡夢中全殺死的證據，那麼我會召集河谷全員大會。如果你沒有證據，嗯，那就別再出主意。控告貴賓很不禮貌，沙奇，而且你爸知道的話一定會很不高興。」

我們底修道院長從來不會把說法強壓在人身上，但是，你會知道你跟她底討論在什麼時候就已經結束了。那時就是這樣，我只剩一個人，是的。沙奇對抗所有的先見。

日子升起又落下，夏天越來越熱，草木更綠更茂盛。我看著美若寧一步步走過河谷每個地方，去和各地居民見面，並且瞭解我們底生活方式、我們擁有底資源、我們有多少能打仗的人，還畫出從柯哈拉山進入河谷的通道。河谷人中有一、兩個年紀較大，也較有心機，我嘗試去瞭解他們對先見有沒有懷疑或顧忌，當我提到「侵略」或「攻擊」時，他們看起來非常震驚及意外，反而把矛尖指向我及我底指控，讓我羞愧得不敢再說下去，你們知道吧，我可不希望成為流言攻擊的對象。面對美若寧時我應該要裝假，讓她失去心防，讓她和善的面具稍微滑落，讓我看到在她面具後面的真正計畫，是的，讓我拿到證據去給修道院長，這樣就可以召開河谷全員大會了。

我沒別的選擇，只能慢慢等著看。美若寧真的非常受歡迎。女人會向她透露心中秘密，因為她是局外人，而且她不會把秘密告訴傳言老媽。一隻經常在伊利派歐谷搗亂的無名黑狗，開始跟在美若寧身旁跑來跑去，她給牠取了一個叫畢達哥拉斯或類似的怪名字，我們只叫牠小畢，給牠一些剩菜吃，牠在夜裡就會幫我們看守羊群。你們明白了吧？連河谷裡的流浪狗也在討好這可惡的先見。修道院長請我們底客人到學苑來教授數字，美若寧說好。凱特金說她是個好老師，但是她教授的內容修道院長自己就教得來，雖然凱特金知道她有能力教更先進的內容，只要她願意。有些學生甚至用顏料把臉塗黑，好讓自己看起來像個先見，但是美若寧要他們洗掉，不然她就不教任何東西，因為聰明及文明，與皮膚的顏色完全沒有關係，沒有。

接著，某天晚上在陽台上，美若寧問我們聖像的事。「聖像是靈魂的家？還是對於面孔、親人、年紀及其他東西的記憶？還是對宋咪的禱告？還是個在今世寫好的墓碑，上面記載著寫給來世生命的信息？」你們看，先見們老是喜歡問「為什麼」及「怎麼回事」，不太能接受「事情是**就是這樣**，別再問了」的回答。在茂伊島的先見狄奧菲謝也和美若寧一樣，不是嗎？畢斯姨丈試著回答她，卻越講越讓人迷糊，他坦承他非常清楚聖像是什麼，但是當他必須解釋時，自己就糊塗了。

「聖像所，」畢斯姨媽說，「把河谷人底過去與現在結合在一起。」現在我已經很少能看出別人心裡在想什麼了，但是在那當下，我看出船女心裡在想：「喔噢，那麼我一定得去參觀一下聖像所，是的。」我那時什麼話也沒說，嗯，沒有，但是第二天太陽出來時，我就往下走到骸骨堤岸，然後躲在蘇塞岩上面。你們知道吧，如果被我看到這個海上來的人對我們底聖像不敬，甚至毀損一個聖像，我就可以讓年紀較大的河谷人起來對抗她，並且讓我底族人與親人認清先見真正的計畫及目的。

於是我坐在蘇塞岩上等待，心裡想到被老喬治推下去的可憐人，落入下面噬人的泡沫大海。那是個颳強風的早晨，是的，我記得很清楚，沙子和枯草在空中狂掃，尖尾鳳的花叢像在打穀一樣劇烈晃動，浪花在快跑的碎浪上方飛奔。我吃了些帶來當早餐的野菇，但是我還沒吃完，就看到有人走一段漫長的路來到聖像所？除了美若寧之外，是的，還有伊諾以家底納培斯。他們兩人靠得很近，不斷交談，樣子就像是小偷！哦，我很想現在就跑過去！納培斯把自己當成海上來的人底右手嗎？他應該是在盤算，等到先見們用詭詐猶大底先進技術把我們趕出柯哈拉山，讓我們全掉到海裡後，他可以取代修道院長成為九河谷的新首領？

納培斯很有魅力，是的，每個人都喜歡他，也喜歡他說的有趣故事，還有他底微笑及其他東西。如果說，我很會說山羊底話，嗯，那麼納培斯就是很會說人類底話。你們不該聽信像他那樣善於駕馭語言的人所說的話。納培斯及美若寧走進聖像所，勇敢得像是兩隻公雞。黑狗小畢聽從美若寧底吩咐，在外面等候。

我像微風一樣不出聲，躡手躡腳地跟在他們後面來到聖像所。小畢看著我，說：「我已經盯上你了，沙奇。」不過牠沒有吠出聲。納培斯用東西把門擋開，讓光線照進屋裡，所以我跟在後面溜進去時，門沒有發出嘎吱聲。在幾排昏暗、陰影幢幢、擺放著最古老聖像的陳設架附近，我聽到納培斯喃喃說話的聲音。詭計和陰謀，我就知道！我潛近一點，去聽我要聽的話。

但是納培斯是在吹噓他祖父底爸，杜魯門底事，是的，正是到今天還活靈活現出現在大島傳奇故事裡的杜魯門三世，茂伊島這裡底人對他也不陌生。嗯，如果你們這些年輕人沒聽過杜魯門．納培斯底故事，現在你們就聽得到，所以，坐好，有耐心一點，並且把那根可惡的菸遞給我。

杜魯門．納培斯是個拾荒者，當時，舊時代底器具還像垃圾一樣，東一些西一些地堆放在彈坑裡。有天早上，一個想法在他心裡生根：舊時代底人可能把一些寶貴器具收藏在毛納基亞山上面。這念頭不斷成長，直到某天晚上他終於決定要去爬那令人害怕的山嶺，看看自己會看到什麼，是的，而且他隔天就要出發。他太太跟他說：「你瘋了，毛納基亞山上面什麼都沒有，只有老喬治和幾座隱藏在他圍牆內的神殿。他不會讓你進入圍牆裡，除非你死了，而且你底靈魂是屬於他的。」杜魯門只回答：「去睡覺，妳這瘋婆子，那些惡意捏造的迷信半點根據也沒有。」於是他睡睡醒醒地過了一夜，天剛破曉就大步朝威皮歐河谷走去。

整整三天，勇敢的杜魯門費力地向前走、向上爬，途中有許多奇遇，只是現在沒時間跟你們多講。不過他戰勝了所有挑戰，直到登上高聳在雲霧中、可畏又像有幽靈作祟的山巔——從大島上任何地方都看得到，但它底高度卻讓他看不到腳底下的世界。那上面全是灰燼，是的，沒有一絲綠意，而且有一百萬股風像得狂犬病的野狗一樣東吹西颳。這時杜魯門底路被一道壯觀鐵石牆擋住，那道牆比那一哩接著一哩、環繞整個山頂的紅木樹林還高。杜魯門一整天都繞著牆走，想要找看看有沒有裂口，因為他沒辦法從牆上爬過去，也沒辦法從牆底下挖洞鑽進去，但是，你們猜，他在天黑前發現了什麼？一個哈威人，是的，他在風中用連衣帽把頭緊緊包住，在大岩石後面翹著腳，嘴裡抽著菸斗。哈威人也是拾荒者，他來到毛納基亞山拾荒的原因和杜魯門一樣，你們相信嗎？那地方太荒涼了，所以杜魯門和哈威人組成團隊，將來會把一起找到的器具拿來平分，一人一半。

嗯，杜魯門底運氣在下一刻就改變了，是的。原本厚實的雲變薄、變稀，裝在圍牆上底兩扇拱形鐵門突然鬆開，然後發出打雷的聲音，緩慢地自己打開了。視線穿過大門——杜魯門不知道那是先進之門還是魔法之門——我們的英雄看到好幾座古怪神殿，就像古老冒險故事描述的那樣，但是杜魯門並不害怕，不的，想到裡面肯定收藏了許多寶貴的舊時代用具與器皿，他就非常興奮。他拍了拍哈威人底背，說：「噢呵呵，我們現在比大毀滅前的國王及參議員還要有錢了，哈威人兄弟！」如果杜魯門・納培斯和他孫子底兒子一樣，他可能開始計畫要怎麼獨吞戰利品了。

但是哈威人並沒有笑，嗯，沒有，他從連衣帽裡冷酷地說：「河谷人兄弟，我該入睡的時候終於到了。」

杜魯門・納培斯聽不懂。「太陽還沒下山呢，你這話是什麼意思？我一點都不睏，你為什麼現在會想睡覺？」

不過哈威人已經穿過陰森大門走進去。杜魯門感到困惑，大聲跟他說：「現在不是睡覺的時候，哈威人兄弟！現在是時候去撿舊時代底人留下來的寶貝！」杜魯門跟著夥伴走進那無聲、被牆圍起的城裡。到處都是焦黑、歪扭的岩石塊，天空也是又黑又沉。哈威人雙膝跪地，開始禱告。杜魯門底心裡突然感到一股寒意，因為，一陣風伸出冰冷的手，揭開跪在地上底哈威人底連衣帽。杜魯門看到他底夥伴是具死亡多時的屍首，一半是骸骨，一半是長了蛆的肉，而風伸出的冰冷的手，正是老喬治底手，是的，就是站在那裡搖晃著一根彎曲湯匙的惡魔。

「你在外面不會疼痛及孤獨嗎，我底寶貝？」惡魔之王對哈威人說，「已經死了卻還帶著石頭般的靈魂在活人之地漂流？你為何不早一點遵照我底命令，你這個笨蛋？」接著老喬治將他那根彎曲的湯匙伸進哈威人底眼窩裡，是的，把他底靈魂挖出來，油膩的腦漿不斷往下滴，然後老喬治把它咬碎，是的，靈魂就在他那和馬齒一樣有力的兩排牙齒間被咬破。哈威人趴倒在地上，變成一塊在圍牆內隨處可見的歪扭黑色岩石塊。

老喬治把哈威人底靈魂吞下肚，抹了抹嘴，屁股放了幾聲響屁，並且開始打嗝。「野蠻人底靈魂，美味、香甜，」惡魔哼著歌謠，一面跳著舞朝杜魯門靠過去，「醃好的核桃，最酸的酒。」杜魯門底四肢動彈不得，他被眼前景象嚇呆了，知道吧。「但是河谷人底靈魂又純淨又堅強，在我底舌頭上會像蜂蜜一樣融化。」惡魔嘴裡呼出的氣帶著魚腥味和臭屁味。「你們說好一人一半。」老喬治舔著彎曲又凹凹凸凸的湯匙。「你現在就要拿你那一半，還是要等你死後再拿，莫蒙河谷的杜魯門．納培斯三世？」

嗯，這時，杜魯門底手腳開始恢復知覺，他先是像兔子一樣蹦跳幾下，然後快跑，跌到陰森的大門外，然後順著陡峭的斜坡滑下山來逃命，一路都不敢回頭看。他回到河谷的時候，還沒開口說他底驚險遭遇，每個人都已經吃驚地看著他了。杜魯門底頭髮原本和烏鴉一樣黑，現在卻比白色浪花更白。每一根頭髮。

你們還記得吧，我，沙奇，正曲著身體躲在聖像所底隱密處，聽納培斯把已經長霉的冒險故事說給住在我家底不速之客聽，並且把他家已故親人底聖像指給美若寧看。他花了好一段時間教她聖像底意義和用處，接著納培斯說他得去修補魚網，然後自行離開，留下美若寧一個人。他底腳才剛離開聖像所，先見就在黑暗中大聲說：「那麼，你對杜魯門有什麼看法，沙奇？」

哦，我真是嚇到了，我作夢也沒想到她知道我在偷聽！但是她把口氣裝得好像她並不是存心要讓我難堪或丟臉，嗯，不是，她底口氣裝得就像我們兩個人是一起走進聖像所。「你認為杜魯門底故事只是個老女人隨便編的荒唐故事，還是有些真實性？」

我也不需要再假裝我不在，不的，因為她已經知道我在了，沒錯。我站起來，穿過陳列架，走到先見正坐著幫聖像畫素描的地方。我底眼睛這時已經像貓頭鷹一樣適應了屋內的昏暗，現在我可以清楚看見美若寧底臉。「這個地方，是至聖者底居所，」我告訴她，「妳現在是在宋咪住的地方。」我底聲音中帶著最堅定的口吻，雖然偷聽人家談話讓我底語氣稍微弱了些。「沒有一個從海上來的人可以沒事擅自進入我們底聖像所。」

我底口氣很不禮貌，美若寧底語氣卻很客氣。「我請修道院長准許我進入，她說可以。我沒有去碰聖像，除了納培斯家底聖像之外。他說我可以碰。請你解釋一下，為什麼你會這麼焦躁，沙奇？我很想瞭解，但是我沒辦法懂。」

知道了嗎？先見在你還沒想到要怎麼攻擊前，就先幫你想到了！「或許妳騙得了修道院長，」我跟她說，口氣又冷酷又尖酸，「或許妳也騙得了媽及我底家人，以及可惡的九河谷裡每個人，但是妳騙不了我，不的，連一次也不行！」我知道，「妳沒有說出所有真相！」這次我真的讓她吃了一驚，而且我從此不用再鬼鬼祟祟了，可以將想法攤在陽光下，這種感覺真棒。

美若寧皺了皺眉頭。「我沒有說出什麼事底所有真相？」是的，我已經把這位聰明的女王逼到角落了。

「關於妳為什麼要來調查我們底土地、調查我們底生活方式、調查我們？」

美若寧嘆了一口氣，然後把納培斯底聖像放回架上。「現在重要的不是部分真相或全部真相，沙奇，而是會不會造成傷害。」她接下來說的事就像尖矛刺穿我底內臟。「你自己不也有個秘密，讓你對所有人隱藏那『整個真相』，沙奇？」

我底腦袋變得一片模糊。她怎麼可能知道史魯沙渡口的事？那是好幾年前的事了！先見們和寇納人是一夥的嗎？他們有什麼先進工具可以挖到人心又深又暗的地方，去尋找已經被埋藏起來的羞恥嗎？我沒有回答。

「我發誓，沙奇，」她說，「我指著宋咪發誓——」

「喂！」我對著她大叫，「海上來的人和野蠻人根本就不相信宋咪，幹嘛用舌頭弄髒宋咪底名字！」

美若寧像往常一樣冷靜沉穩。她告訴我，我弄錯了，她相信宋咪，是的，甚至比我更相信她，不過如果我堅持，她也可以指著她底兒子阿納費發誓。她用他底運氣及性命起誓，從來沒有一個先見曾經計畫要傷害河谷人，將來也不會，而且先見們對我們這一族的尊敬比我所知還多、多、多得多。她發誓，在她可以把全部真相告訴我底時候，她一定會告訴我。

然後她帶著勝利離開聖像所。

我多留了一會兒，去看爸底聖像。我兩眼注視刻在木頭上底臉，看到的卻是躺在伊利派歐河裡的臉。噢，羞愧與難過的熱淚奪眶湧出。我應該要成為貝利家底家長，但是我說話的力道還不比不上一隻受驚的小羔羊，反應的機敏也比不上困在陷阱裡的兔子。

「拿證據給我看，河谷人，」修道院長說，「不然就別再給我出主意。」所以，現在我每一刻都在想如何才能拿到證據，而且，如果我沒辦法用較有尊嚴的方式拿到證據，那也沒關係，我會偷偷去拿到。幾天後，我底家人去拜訪畢斯姨媽，美若寧也跟他們一起去，因為她正在學習製作蜂蜜。我放羊提早回來，是的，那時太陽還在柯哈拉山上，我偷偷溜進客房，去搜她底用具袋。這沒花我太多時間，這位船上女人把它藏在木板下。袋子裡有一些和她剛來時送我們的禮物差不多的小禮物，但也有些先進的玩意。幾個盒子搖起來沒聲音，但也沒蓋子，所以沒辦法打開；有一件我沒見過的工具，形狀和光滑度都很像山羊底脛骨，卻像熔岩一樣沉重、灰暗；兩雙手工精巧的皮靴；三、四本用神秘先見語言寫成的「素描記事本」。我不知道那些圖是在哪裡畫的，但不是在大島上，不是，因為裡面有一些我作夢也不會夢到的樹木和鳥類，嗯，不會。但是，最後一樣東西最奇妙。

那是一顆很大的銀蛋，大小和嬰兒底頭一樣，上面有手指碰過的凹痕與記號。它底重量超乎尋常，而且不會滾動。我知道這聽起來根本說不通，但是關於舊時代人底先進技術、會飛的房子、在瓶裡長大的嬰兒，以及可以把整個世界都收納進去的照片，同樣也說不通，不過，事情就是這樣，如果說書人和古書可以相信的話。我把銀蛋捧在雙手中，它開始發出呼嚕聲，並且發出微光，是的，就好像是活的。我急忙放開它，它又像死物一樣沒反應。是我手底溫度讓它動起來的嗎？

我底好奇心實在太飢餓了，所以我又把它拿起來，那顆蛋震動著開始變溫暖，直到一個幽靈女孩像火舌搖擺一樣出現！是的，一個幽靈女孩，就在那顆蛋上方，和坐在這裡的我一樣真實，她底頭和脖子飄浮在那裡，就像月光下浮現在水面上底倒影，而且她在**說話**！這時我很害怕，急忙把手從銀蛋上移開，但是幽靈女孩還在，是的。

她在做什麼？她只是不斷地說話，就像我現在對你們說話。不過，她不是一個平常的說書人，不的，她用舊時代底語言說話，也不是在表演，只是在回答一個音調沉悶男人底問話，雖然他從來沒露臉。每個聽得懂的詞後面都接著五、六個聽不懂的詞。幽靈女孩底嘴唇一直維持在苦笑，但是她奶油色底眼睛相當哀淒，但哀淒中還帶著自尊及堅強。等我累積到足夠的勇氣時，我終於開口，喃喃地說：「姊妹，妳是個失落的靈魂嗎？」她沒有理會我，所以我又問：「姊妹，妳看得見我嗎？」最後，我判斷幽靈女孩不是在跟我說話，也看不見我。

我想觸摸她那雲一般的皮膚及鬃毛般的頭髮，但是，我發誓，我底手指直接穿了過去，是的，就像水中影像。紙片般的飛蛾也從她搖曳的眼睛與嘴巴中間穿過，來來回回，是的，來來回回。

哦，她多奇特、多美麗，多麼藍，我底靈魂感到疼痛。

突然，幽靈女孩消失到蛋裡面，一個男人取代她。他是個幽靈先見，這個人**能看見我**，而且用很忿怒的口氣跟我說話。「你是誰，小伙子，美若寧在哪裡？」

那個先見底身體朝著我傾靠過來，他底臉變得比先前更大，聲音也變大，而且惡毒。「我已經問你兩個問題了，孩子，現在就回答。不然我會狠毒地咒詛你家，讓你家從現在到未來的嬰兒沒有一個能活過一個月！」

我開始冒汗，呼吸急促，嘴裡乾燥。「沙奇，先生，」我說，「美若寧一切很好，是的，她正在畢斯姨媽家學習製作蜂蜜。」

先見用他底眼神射向我底靈魂，是的，要決定該不該相信我。「美若寧知道她底主人趁房客不在的時候偷翻她底用品嗎？現在老實回答我，因為我分辨得出人是不是個騙子。」

我一面搖頭，一面因痛苦而退縮。

「仔細聽好。」那個人底口氣就和修道院長一樣有權威。「你現在就把祈錄，就是你手中拿著的蛋放回原處。而且要保證不會告訴任何人，任何一個人。不這麼做的話，你知道我會怎樣嗎？」

「是的，」我回答，「可怕地咒詛我家，讓所有嬰兒都沒辦法活下來。」

「是的，你知道就好，」那個說話聲音像打雷的人回答，「我會留心觀察貝利家底沙奇。」幽靈先見說。你們看，他甚至和老喬治一樣，知道我是哪一家底人。接著他消失了，那顆銀蛋逐漸安靜下來，然後像死了一樣。我趕忙把美若寧底東西收進她底用具袋，再藏回木板下，多希望我一開始就沒愛管閒事。你們知道嗎，我發現的並不是可以拿給修道院長看、用來支持我底懷疑的證據，不是的，我發現的是一部會咒詛我、讓我家惡運連連的先進儀器，以及，這我不得不承認，對於我身為主人的聲譽是一次嚴酷打擊。

但是我也無法忘記那個幽靈女孩，無法，她在我底夢裡糾纏我，不論醒著或睡著。我有太多太多感覺了，心底沒有足夠空間來收納。噢，年輕實在很不容易，因為每件困惑及焦慮，都是生平第一次因它而困惑及焦慮。

月亮女士變胖，月亮女士變瘦，然後突然之間，先見底船應該回來接美若寧的六個月期限已經過了三個了。我和我底客人現在處在休戰狀態。我不信任船女，但還是禮貌地容忍她在我家生活，以便清楚觀察她。接著，在某個狂風大作的下午，接下來的連續事件中的第一件發生了，是的，那些事件改變了休戰狀態，她底命運和我底命運被綁在一起，就像兩條糾結的藤蔓。

一個下雨的早晨，芒羅兄弟最小底孩子法克利沿著峽谷跑上來，發現我正縮成一團、在藍奇高地的傘狀樹下躲雨。他帶給我一個最悲哀的消息。我妹妹凱特金在狗形岩岸上釣魚時踩到一隻蠍子魚，現在她正在芒羅家發抖及發燒，不久後會死。草藥師溫莫葳，是的，蘿斯她媽，正在照顧她，還有黎瑞，希羅人底治療師，也在唸誦治療歌，但是凱特金底生命還是越來越弱。身材高大、肌肉發達的人碰到蠍子魚通常也活不了，而現在可憐的小凱特金就只剩兩個，頂多三個小時可以活了。

法克利幫我照顧羊，然後我穿越狗木林，滑下山坡到芒羅家去，而且，是的，情況就和法克利說的一樣。凱特金底身體發燙，呼吸不時會噎住，而且她認不得任何人底臉。溫莫葳用鑷子拔出有毒的魚鰭，把她刺痛底部位泡在**諾尼槳**裡，蘇西把冷溼的布按在她頭上讓她平靜。約拿斯已經跑到聖像所去向宋咪禱告了。滿臉鬍子的黎瑞還在喃喃唸誦著希羅咒語，搖晃一束神奇尖矛來驅逐邪靈。看起來黎瑞沒幫上忙，沒有，凱特金就快死了，空氣中已經聞得到那種味道，但是媽還是希望黎瑞在那裡，你們知道嗎，你會相信一百萬種不同的信念，只要你認為**其中有一個**可能有幫助。我坐在那裡，握著心愛的凱特金發燙底手，並且回想起寇納人圍繞著爸及亞當，用牛皮鞭抽打他們時，我也是這樣無用地、靜靜地在一旁觀看，除此之外我還能做什麼？這時候，也許是爸底聲音，也許是宋咪底聲音，也許不是別人而是我自己底聲音，一個輕柔的聲音在我耳中弄破一顆泡泡：「美若寧。」它說。

傳言告訴我美若寧那時候人在古斯喬峽谷，所以我跑過去，是的，在大雨中，在古斯喬峽谷裡，她正在為幾個奇妙小罐子裝水。沃特稍早之前從她身旁經過，所以說出傳言。先見身上帶著特別的用具袋，我為這件事感謝宋咪。「午安啊。」船女看到我踩著水朝上游走來時這麼說。

「不，不好，」我大聲喊回去，「凱特金快要死了！」我告訴她蠍子魚的事，美若寧聽得很哀傷，但是她說很抱歉，沒有，她沒有可以治療凱特金的先進技術，不管怎麼說，溫莫葳底草藥及黎瑞底醫治歌是大島特有底治療方法，對於大島上底病人來說，它們底效果應該最好才對，不是嗎？

「野狗屎。」我說。

她很難過地搖頭。

我這時才有點狡猾地說：「凱特金叫妳『阿姨』，她相信妳是她親人。妳在我們家裡也真的像是我們底親人。難道這又是妳為了可以從更近的距離觀察我們而裝出來的？是妳所說的『不是全部真相』的另個部分？」

美若寧有點退縮。「不，沙奇，不是這樣。」

「好，那麼，」我賭上一點運氣，「我說妳有種很特別的先進工具可以幫忙妳底親人。」

美若寧在她底話中加入尖矛，「你為什麼不再搜一次我底東西，然後偷走你說的那個很特別、屬於我這位先見的先進工具？」

是的，她知道我和銀蛋底事了。她一直假裝不知道，但其實她知道。現在才否認已經沒意義了，所以我沒否認。「我妹妹已經快死了，我們卻還站在這裡爭這些。」

這世界底河水及雨水實在太多，不斷地從我們身旁流過。美若寧終於說，是的，她會跟我去看凱特金，但是蠍子魚底毒又猛又劇烈，她很可能沒辦法拯救我底小妹，這個事實我最好現在就明白。我沒說好，也沒說不好，只是領著她用最快的速度往下游的芒羅家走去。先見進門的時候，溫莫葳向她解釋自己做過什麼事，大鬍子黎瑞卻說，「噢……惡魔已經接近……噢，我底特殊能力可以感覺到她……」

凱特金已經不行了，是的，她躺著，身體越來越僵硬，就像一尊聖像，只有非常微弱的呼吸還在喉嚨裡磨擦。美若寧悲傷的臉只說了一句，「不，她已經走很遠了，我已經無能為力。」然後在我妹底前額親吻一下，跟她道別，接著傷心地走回雨中。「哦，看看那個先見，」黎瑞大聲吟唱，「他們底聰明技術可以移動鋼鐵製成的神奇之船，但是只有天使拉撒路*底聖歌，能將這女孩底靈魂從生命與死亡

*新約時代的人物，耶穌曾經讓他從墳墓裡復活。

之間的絕望沼澤地召喚回來。」我覺得很絕望，我妹就要死了，雨卻還是像打鼓一樣下個不停，但是我耳中的聲音還是不斷在說：「美若寧。」

我不知道為什麼，但是我跟著她走出去。她在芒羅放陶器的門廊裡避雨，雙眼盯著一條條雨柱。

「我沒有權利請妳幫忙，我並不是個好主人，不的，我是個比尿水還不如的壞主人，但是……」我已經說不出話來了。

先見沒有移動也沒有回頭看我，沒有。「你們族人底生命有自然法則在掌控。不管我在這裡或不在，凱特金都注定會踩到那條蠍子魚。」

告雨杜鵑唱出咯洛咯洛的歌。「我只是個很笨的牧羊人，但是我認為，光是妳會來這裡，就表示妳可以挑戰自然法則。我認為妳想藉著不行動來殺死凱特金，而且我認為，如果現在是妳兒子阿納費躺在那裡，蠍子魚底毒液正在溶解他底心臟及肝臟，自然法則對妳來說就不那麼重要了，是吧？」

她沒有回答，不過我知道她在聽。

「為什麼先見底生命比河谷人底更有價值？」

她沒辦法再保持鎮靜。「我來這裡的用意並不是在每次有不好的事發生時，就扮演起宋咪女士底角色，彈一下指頭把事情弄好！我只是一個人，沙奇，和你及任何人一樣！」

我跟她保證，「不需要每次有不好的事發生都幫忙，就這一次就好。」

她底眼睛充滿淚水。「那不是你靠自己就能持守的保證。」

突然間，我發現自己正在告訴她史魯沙渡口事件的全部真相，是的，所有真相。我是如何把寇納人引來殺掉爸，並把亞當抓去當奴隸。在那一刻之前，我從來沒有向任何人承認過這件事。我不知道為何會在這時候，把一直用木塞封起來的秘密透露給敵人。直到最後一刻，我才突然體會到它代表的意義，我也把感想告訴她。「剛剛跟妳說過關於我及我底靈魂的事，一直就像根尖矛抵在我底喉嚨上，也像個塞嘴物塞住我底嘴巴。現在，只要妳願意，隨時可以把我跟妳講的事告訴傳言老媽，把我毀掉。她一定會相信妳，她也應該相信妳，因為每一個字都是真的。人們也會相信妳，因為他們可以感覺到我底靈魂已經壞掉了。現在，如果妳有先進藥物，是的，任何一樣能幫助凱特金底東西，請交給我，告訴我怎麼做，我就去做。絕不會有別人知道，不會，我跟妳發誓，只有妳和我。」

美若寧用手抱助頭，好像她底頭正因為悲傷而嗡嗡作響，她喃喃自語地說了像下面的話，「如果總督知道這件事，我們整個單位會被解散。」是的，她有時候會用一整串我聽不懂的詞說話。她從用具袋裡拿出一個沒有蓋子的罐子，再從裡面拿出一粒非常小、小得像螞蟻卵的土耳其石，然後叫我偷偷將它塞進凱特金底嘴裡，但是要狡猾到不被看見，不的，甚至不能**想像**被他們看到。「而且，看在宋咪分上，」美若寧警告我，「如果凱特金能活下來，雖然我不敢保證，你要確保最後是草藥師贏得歡呼，而不是從希羅來的油嘴滑舌巫毒教蛇蠍，可以嗎？」

於是我拿走像土耳其石的藥，只跟她道了一次謝。美若寧說，「一個字都別再提起，現在別提，以後在我有生之年也別再提起。」那個承諾我一直牢牢守著。我趁著幫寶貝妹妹換掉溼衣服的時候，把藥放進她嘴裡，就像美若寧吩咐那樣，所以沒有任何人看到。接著發生了什麼事？

三天後，凱特金就能回學苑去上學了。

三天！嗯，從此我就停止去收集先見在大島上從事間諜活動、打算奴役我們底證據了。希羅人黎瑞對著路上底蟾蜍及整個廣大世界大聲宣告，沒有一個治療師比他偉大，連先見也比不上，不過大部分的人都相信是溫莫葳治好凱特金，是的，而不是他。

大約在凱特金那場病一個月後，有天晚餐我們一起吃野兔肉及烤芋頭，美若寧宣布了一件事令大家吃驚。她說，她希望能在先見船回來之前，登上毛納基亞山，去看她想看的東西。媽第一個開口說話，聽起來她已經有點擔心。「為什麼，美若寧姊妹？毛納基亞山上面除了一大堆岩石塊及永遠不會結束的冬天之外，什麼都沒有。」

好，媽並沒有說出每個人心裡在想的事，因為她不想被看成未開化的野蠻人，但是蘇西就沒有保留。「美若寧阿姨，如果妳到那上面，老喬治會把妳凍僵，用一根殘忍又邪惡的湯匙挖出妳底靈魂，然後吃掉，讓妳沒辦法投胎重生，而且妳底身體會變成飽經風霜的大石頭。妳應該留在九河谷，這裡才安全。」

美若寧並沒有瞧不起蘇西，她只是說先見們有先進的武器可以擊退老喬治。要畫出迎風面底地圖，不得不登上毛納基亞山，而且，不管怎麼說，河谷人需要更多寇納人在背風面及威米亞城活動的資訊。這些照理應該會讓我底多疑開始嗡嗡響，但是我這時卻完全沒想到，沒有，這時的我非常替客人擔心。好吧，當**船女要去爬毛納基亞山！**的消息出來後，傳言好幾天都鬧不下來。一批一批的人來到我們家，警告美若寧別把鼻子探到老喬治底堡壘，不然她就沒辦法再下山來。連納培斯也來拜訪，他說在故事裡爬毛納基亞山是一回事，真正去爬卻是瘋子底行為。修道院長說，美若寧想到哪裡就可以到哪裡，但是如果有人願意幫美若寧帶路，她也不會說不行。那個山頂對美若寧來說太陌生也太危險了，而且上山、下山各要花三天，只有野狗、寇納人及宋咪知道路上的狀況，而且，不管怎麼說，即將來臨的火奴卡物品交易大會，需要所有河谷人參與。

這時我讓每個人大吃一驚，是的，我自己也嚇了一跳，我竟然決定陪她一起去。大家都知道我不是圍欄中最勇敢的公牛，那麼我為什麼會這麼做？理由很簡單。第一，凱特金底事我欠美若寧一個人情。第二，我底靈魂已經接近半敗壞，是的，幾乎可以肯定我已經沒辦法重生，我還有什麼好失去的？最好老喬治將我底靈魂及原本可以在別處重生的人底靈魂一起吃掉，是吧？那不是勇敢，只是直覺。媽看起來不太高興，現在正是河谷最忙碌的時候，因為收成季即將到來。但是，在美若寧及我出發的清晨，她還是拿給我一些煙燻及醃漬的旅行口糧，並且說爸看到我長這麼大又有骨氣，一定很以我為榮。約拿斯給我一根特別尖銳鋒利的岩魚尖矛，蘇西給我一些珍珠貝殼製成的護身符，在被老喬治追的時候，可以讓他頭昏目眩、看不見東西。表弟考伯瑞會幫我照顧羊群，他帶了一袋用他家底葡萄製成的葡萄乾給我。最後，凱特金各親了我和美若寧一下，並且叫我們保證六天後會平安回來。

到達史魯沙渡口東邊後，我們並不是順著庫庫伊海勒走道往上爬，不是，我們朝南逆著外烏利利溪往內陸走，我還認得出海拉威瀑布旁邊的那塊空地，五、六年前，我就是在那裡驚動殺死爸的寇納人。現在那裡底樹木非常茂盛，只剩空地中央還有營火燒過的痕跡。在海拉威瀑布陰影下，我用約拿斯底禮物刺了幾尾岩魚，以增加存糧。雨一直下，外烏利利溪底水流太湍急，我們沒辦法在水裡走，所以在甘蔗林中用刀砍伐出路來向前，是的，我們非常辛苦地走了大半天才走過柯哈拉山脊。空曠處底強風讓我們喘不過氣來，透過雲底隙縫，我們看到毛納基亞山比天空還高，是的。當然，我以前就從火奴卡看過毛納基亞山，但是一座你打算要去爬的山，和一座只是看一看、並不會去爬的山不一樣。它並不可愛，不的。只要四周夠安靜，你可以**聽見**它。

甘蔗林開始變稀疏，接下來是乾燥的松樹林，我們來到舊時代人留下的威米亞山徑。我們在到處是裂痕的古道上走了好幾哩，直到遇見一個靠設陷阱來獵取動物毛皮的人，他和他那隻愛笑的狗正在斜坡上的池塘邊休息。他底名字是老雅納基，他說他有很壞的**姆基隆**，所以年輕雅納基會逐漸取代他，接下他家底事業。跟他說我們是在尋找珍貴植物的草藥師，也許雅納基相信了，也許沒有，但是他用野菇和我們換岩魚，並且提醒我們，威米亞城已經不像從前那麼友善，不的，寇納人說底話和拳頭都很善變，你沒辦法預測他們底行為。

在威米亞城東邊一哩左右，我們聽到裝著蹄鐵的馬蹄答答走，於是趕緊躲到路邊隱密處，接著三個寇納戰士騎著黑馬出現了，一個負責照料馬的男孩騎著小馬，從我們身旁奔馳而過。憎恨及害怕讓我發抖，我很想把他們像烤肉串上底明蝦殺掉，不過，我會把速度放慢一點來折磨他們。那男孩我想有可能是亞當，不過每個年輕寇納人都讓我有這種感覺，因為他們都戴著頭盔，所以沒辦法很確定，沒有。在那之後我們沒再多說話，因為可能會被你察覺不到的人偷聽。我們邁著沉重的腳步往南穿越灌木叢生的荒地，直到抵達闊道，我以前就聽說書人提過闊道，現在它就出現在眼前，一條寬敞、平坦、漫長的石路。部分闊道已被小樹苗及灌木侵入，但是這多風的空曠地仍然十分奇妙及狂野。美若寧說，舊時代人稱它為「機場」，他們底飛行船就是飛到這裡來停泊，是的，就像波露露沼澤底野鵝。我們沒有穿越闊道，不的，我們繞過，你知道的，很可能有人正在暗中窺探我們。

太陽下山之前，我們在長著仙人掌的窪地搭帳篷，天色夠暗後我生起一堆火。我覺得很孤單，遠離了河谷及家人，不過在這無人之地，美若寧底面具滑了下來，我比以前更清楚看到她底本相。我直接問她：「整個世界，大海再過去的陸地，到底是什麼樣子？」

不過，她底面具還是沒有完全滑落，「你覺得呢？」

於是我告訴她，在我底想像中，學苑底書及畫所描述的世界：沒在大毀滅中被摧毀的陸地；比整座大島還大的城市；比毛納基亞山還高、上面有星星與太陽在閃閃發光的高塔；不只停泊一艘先見船、而是停泊了一百萬艘船的海灣；能製造出讓人吃不完的好吃食物的神奇箱子；能湧出多到讓人喝不完的酒的神奇管子；還有一直是春天、沒人生病、沒人被欺負，也沒有人是奴隸的地方。在那裡，每個人都是俊美的健康寶寶，每個人都可以活到一百五十歲。

美若寧把毯子拉起來緊緊裹住身體。「我底爸媽和他們那一代人相信，在遙遠的大海再過去某些地方，舊時代城市並沒有被大毀滅摧毀，整個城市存活下來，就像你們一樣，沙奇。舊時代底地名充斥在想像中……墨爾本、奧克蘭、約翰尼斯堡、布納斯伊爾巴斯、孟買、新加坡。」船女正在教我河谷人從沒聽過的事，我用心聆聽，嘴裡說不出半句話來。「終於，在抵達先見島五十年後，我們讓載我們到那裡的大船重新啟航。」野狗在遠方嚎叫，預告有人即將死亡，我向宋咪祈禱那不會是我們底親人。

「他們找到舊地圖標示的城市——全都成為廢墟的城市、被叢林盤據的城市、被瘟疫侵蝕的城市，絲毫沒有像他們想找的活人之城的跡象。我們不相信我們所擁有的一點點文明火焰，竟然就是全世界最明亮的文明。一年又一年，我們航行得越來越遠，但是從來沒碰到比我們更明亮的文明火焰。我們覺得非常孤單。兩千雙手必須承擔起重要的擔子！我可以起誓，在整個世界上，擁有九河谷文明程度的地方已經沒幾個了。」

聽到這些話讓我一時之間既擔心又自豪，好像自己已經是個爸，好像她跟我的差別並不像神與崇拜者之間那麼大，不的。

第二天，蓬鬆的雲朵點綴在西邊天空，背風面狡猾炎熱的太陽好像在嘶嘶作響。我們像鯨一樣從冰冷、煤灰色的溪流裡喝水。爬得更高，空氣更涼爽，也不再有蚊子來叮咬。從毛納基亞山噴吐出來一道道黑色、剃刀般銳利的熔岩，讓樹林停止生長，並且變乾燥。我們走過岩石地的速度和蝸牛一樣慢，因為你只要輕輕碰觸到岩石，手指很快就會流血、變溼，所以我用一片片牛皮把靴子及手包起來，也幫美若寧做。水泡讓她底腳底結了許多痂，畢竟她並不像我擁有山羊般底腳掌，不過這女人絕不會抱怨，不的，這點我可以保證。我們在一片由針葉樹及荊棘構成的森林裡搭起帳篷，蠟般的霧隱藏我們底營火，但也隱藏起位在更高的窺探者，我有點緊張。我們已經累得要命。但是心靈還不想睡，所以我們邊吃東西邊談話。「妳真的不怕，」我用拇指往上指了一下，「我們到山頂上底時候，會和杜魯門・納培斯一樣碰到老喬治嗎？」

美若寧說她反倒比較害怕山頂上惡劣底天氣。

我說出心中的話：「妳根本就不相信他是真的吧？」

美若寧說，老喬治對她來說不是真的，不的，但是對我來說他可能是真的。

「那麼，」我問，「如果不是老喬治，是誰帶來大毀滅？」

在黑暗中，幾隻我從沒看過的怪鳥傳述了一、兩下新聞。先見回答：「是舊時代底人自己帶來了毀滅。」

哦，她底話就像一條由煙編成的繩子。「但是舊時代底人有很先進的技術啊！」

我記得她底回答是：「是的，舊時代人底先進技術能讓他們克服疾病、哩程與種子，並且讓奇蹟成為平凡，卻沒辦法克服一件事，沒辦法，一種在人類心中底飢渴，是的，想獲得更多東西的渴望。」

「獲得更多什麼？」我問，「舊時代底人什麼都有了。」

「哦，更多用具、更多食物、更快的速度、更長的壽命、更好的生活、更大的權力，是的。整個世界很大，這沒錯，但是沒有大到足夠滿足舊時代人底飢渴。這種飢渴讓他們撕破天空、煮沸海洋，用瘋狂的原子毒害土壤，並且操弄壞掉的種子，所以新型瘟疫爆發，嬰兒出生時就是怪胎。最後可悲地，而且很快地，一個個國家崩解、退化成為野蠻部落，文明時代結束了，只剩下幾小撮孤立的人散居幾處，文明最後的餘燼就在這些地方發出微弱的光。」

我問美若寧，為什麼她從沒在河谷裡談到這些。

她回答：「河谷人不會想聽我跟他們說：是人類底飢渴讓文明誕生，但也是人類底飢渴殺死文明。我是從海外幾個我曾經待過的部落那裡得知這點。有時候，你跟一個人說他底信念不是真的，他們卻會認為，你是在說他們底生命不是真的，或者是在說他們底真理不是真的。」

是的，或許她沒說錯。

第三天，天氣晴朗，一片藍天，但是美若寧底雙腿已經和水母一樣軟弱無力，所以我把所有東西扛在背上，除了她底用具袋之外。我們越過山肩，來到山底南面，那裡有條舊時代山徑底殘跡蜿蜒著通向山頂。大約在中午，美若寧在休息，我則去收集了足夠捆成兩捆的木柴，因為再往上爬就不再有樹木了。朝毛納羅阿底方向看下去，我們瞥見馬鞍路上有一小隊人馬，寇納人底金屬護甲在陽光下閃爍。因為我們位處很高，他們底馬看起來就和白蟻一樣大。我很希望能用手指和拇指把這些野蠻人捏死，然後在褲子上擦掉黏液。我向宋咪祈禱，不要有寇納人出現在通往山頂的小徑上，因為這裡非常適合埋伏，而且在我看來，美若寧及我沒有多少招架的力氣，一下就會被解決。還好，我沒看到馬蹄印或搭過帳篷的痕跡。

不再有樹了，風變得更強勁、更生氣，沒帶來一絲煙味。沒有放牧的跡象，地上沒有糞便，除了很細很細的沙，沒有別的。在長著灌木的陡峭斜坡上連鳥兒都很少見，只有鷲鷹在高空滑翔。在夜晚到來前，我們來到一簇舊時代人底建築旁，美若寧說這裡原本是天文學家底村落。天文學家就是聰明人底祭司，他們知道如何解讀星象。自從大毀滅以來，這村落就沒人居住了，我從來沒有看過比這裡還荒涼的地方。沒有水，沒有泥土，然後，夜降臨了，哦，風又強又冷，所以我們穿上厚重的衣服，並且在一個空房間裡生起火來。火焰及陰影在廢棄的牆上起舞。想到隔天要登頂，我就非常焦慮，所以，有點是為了岔開心思，我問美若寧，「修道院長說整個世界都繞著太陽轉，這是真的嗎，還是希羅人底說法才對，是太陽繞著世界轉？」

「修道院長說的很對。」美若寧回答。

「所以，『真正的真』和『看起來的真』並不一樣？」我說。

「是的，而且經常是如此，」我記得美若寧這麼說，「而且，這就是為什麼『真正的真』比鑽石還寶貴及稀有。」漸漸地，睡意覆蓋住她，但是我腦袋裡底思想讓我一直醒著，直到一個沉默的女人走過來坐在火堆旁，靜靜地打噴嚏及顫抖。她那條寶螺貝殼串成的項鍊告訴我，她是個火奴姆底捕魚人，而且如果她還活著，肯定精力充沛，我是說真的。那女人將手伸到火焰裡，張開五指，手指就變成由銅及紅寶石構成的最美麗花瓣，但是她只是悲傷地嘆著氣，感覺比被關在井底箱裡的鳥還可憐，你們看，火焰沒辦法讓她興奮。在她眼眶裡的是兩顆小石子，不是眼珠，我在想她是不是要爬到毛納基亞山上，請老喬治讓她底靈魂可以最終變成石塊，永遠安眠。

死人聽得到活人底思想，被淹死的捕魚人用兩顆小石子盯著我，點頭表示「是的」。她拿出一支菸斗解悶，但是我並沒不想跟醜女人打交道。過了好一陣子，我醒過來。火快要滅了，那個壞火奴姆女人也已經離開。沙地上沒有她留下底腳印，但是有一下下，我聞得到她菸斗底煙味。「看吧，」我想，「美若寧知道很多先進技術及生命的事，但是我們河谷人比較懂死亡的事。」

第四天清晨，吹起不屬於這世界的風，不的，它把帶著光暈的粗獷晨光弄彎，掃過地平線，把話語從你底嘴裡奪走，還將你身體底溫暖從防水布及毛皮衣裡帶走。從天文學家村落通向山頂的小路壞得不成樣，是的，許多路面土都已經崩塌，沒有葉子，沒有樹根、沒有苔蘚，只有乾燥、凍人的灰塵及砂礫，像瘋女人一樣亂抓我們底眼睛。我們穿來的河谷人靴子已經破了，所以美若寧給我們兩人各一雙先進的先見靴子，我不知道那是用什麼材質製成的，但是非常溫暖、柔軟、耐穿，所以我們可以繼續前進。走了四、五哩之後，地面開始平坦，所以不再覺得自己是在山上，不的，反倒比較像在桌上底一隻螞蟻，只不過那張桌子是懸浮在兩個世界間的一片平地。

最後，快到中午時，我們轉過一個彎道，我吃驚到喘不過氣來，因為圍城就在眼前，正如杜魯門所描述，雖然牆並不是和紅木一樣高，不的，高度比較像雲杉。那條路直通到鋼鐵製的大門，是的，不過那道沒有缺口的牆並不是長得無止盡，不的，花四分之一個早晨就可以繞牆走一回。現在，城內隆起的地面上蓋了一座座碗狀神殿，是的，那真是整個夏威夷，說不定甚至是全世界最古怪的建築。不過，我們要怎樣才能進去？美若寧敲打那道可怕的門，並且喃喃說道：「我們要來一次惡狠狠的可怕爆炸，才能讓這兩扇門從鉸鏈上脫落，是的。」不過她從用具袋裡拿出來的不是爆炸器材，不的，她拿出一條用先進技術製成的繩索，就像我們在交易會上跟先見們交換物品時，有時會看到的又細又輕的繩索。鐵門上端有兩根突出的鐵條，她用繩索去套其中一根。詭詐的風讓她瞄準落了空，不過接下來換我試，我第一次就把繩索套上去。於是我們一手換過一手、又換過一手地攀爬上老喬治之城的圍牆。

在世界頂端的可怕世界裡面，是的，風就像是進入了颶風眼，突然安靜下來。太陽高高在上，讓我們聽不見其他聲音，是的，它發出隆隆聲響，然後時間就從那裡不斷流出來。圍牆裡沒有道路，只有一百萬塊大石頭，就像杜魯門．納培斯底故事裡所說那樣，它們是被咒詛、被奪走靈魂的人底屍體，我心裡在想，美若寧，還是我，還是我們兩人會在夜晚到來之前就變成大石頭。十到十二個神殿，這裡一個、那裡一個地等著我們，有些是白色及銀色，有些是金色及銅色，這些建築物都有矮胖的本體及圓型的罩頂，而且大多沒有窗戶。最近的一個離我們只有一百步左右，所以我們先朝它走去。我問，這是不是舊時代底人敬拜先進神的地方？

美若寧和我一樣吃驚，她跟我說這些並不是神殿，不的，是舊時代人底**觀測站**，用來研究行星及月亮及星星，以及星體間的太空，以便瞭解萬物是從哪裡開始、會在哪裡結束。我們小心翼翼地走在扭曲的岩石塊間。在某個石塊旁，我看到被壓碎的火奴姆寶螺殼，我知道那就是昨天晚上去拜訪我的訪客。風把我祖父底耳語從遙遠的地方帶來……**猶大**。真古怪，是的！但是嚇一跳？不的！因為在那裡每件事情都很古怪……**猶大**。我沒有告訴美若寧。

✧

她是怎麼打開觀測站底門，我不知道，所以別用這問題來煩我。她用一條長得像臍帶的東西，從她底祈錄蛋連接到生銹又布滿灰塵的門鎖上，一兩下子門就開了。現在，我正忙著保護我們不受圍城裡底居民攻擊。祖父底耳語這時露出半張臉來咒詛我，不過當你盯著他時，他又會消失。觀測站底門縫裂開時，發出一道尖銳的嘶聲。霉味及酸味的空氣被呼出來，就像在大毀滅前被觀測站吸進去那樣，是的，很可能是。於是我們走進去。我們在裡面發現了什麼？

要描述先進的事物實在不容易。我們在夏威夷底人對裡面底器物沒有概念，所以也不會知道它們底名字，是的，我幾乎認不出裡面的東西。發微光的地板、白色的牆壁及屋頂，一間成圓形且向下凹的大房間，裡面塞了一個巨大碟子，寬到讓十個人頭腳相接躺到上面都沒問題，美若寧稱它做無線電望遠鏡，她說這是舊時代底人製造、能看得最遠的眼睛。每樣東西都和宋咪底袍子一樣潔白純淨，沒有一小塊污漬，除了被我們踩過的地方。環形看台上有幾張桌子及椅子等著人去坐，看台是鋼鐵製，所以腳踩在上面時它咚咚地響。連船女也被這完美的先進建築震撼到說不太出話來。她把看到的東西都拿給她底祈錄看。祈錄發出光線及咕嚕聲，上面的小窗口一下開一下關。「它正在記憶這個地方。」美若寧跟我解釋，雖然我並不是很瞭解。我問她那顆先進的蛋到底是什麼。

美若寧停了一下，從水壺裡喝了一口飲料。「祈錄是一個大腦、一個小窗口，也是一種記憶。它底大腦讓你能打開觀測站底門鎖，這你剛剛已經看到了。小窗口讓你可以和遠處的祈錄說話。它底記憶讓你可以看到祈錄過去看到及聽到的事物，也讓我底祈錄現在看到及聽到的事物不至於被遺忘。」

提醒美若寧我曾經偷翻過她底用具袋，這會令我羞恥，是的，但是如果我現在不問，也許將來就不會有機會，所以，我問了。「我曾經在這……祈錄裡……看到發著光、長得很漂亮的女孩，她是一個記憶還是一個小窗口？」

美若寧遲疑了一下，「記憶。」

我問她那個女孩現在還活著嗎。

「不的。」美若寧回答。

我問，「她是個先見嗎？」

她遲疑了一下，然後說，她很想現在就把完整的真相告訴我，但是其他河谷人還沒準備好。我指著爸底聖像發誓，我什麼都不會說，不的，不會對任何人說。「很好。她是宋咪，沙奇。宋咪就是你底祖先們相信是神的怪胎人類。」

宋咪和你、我一樣是個人類？我從來沒想過，修道院長也從來沒提過這個荒唐的想法，沒有。「宋咪是一個叫達爾文的聰明之神所生，這是我們相信的。」美若寧相信宋咪住在先見島還是在大島？「她幾百年前就在大海西北西方底一個半島上度過了一生，」美若寧這麼說，「現在那裡已經是個死域了，不過它在舊時代被稱為倪亞・索企業聯盟，更早之前被稱為韓國。宋咪一生短暫而且被人背叛，直到她過世後，在純種人及怪胎人中才有人為她說話。」

這些驚人消息在我底大腦裡鳴叫撞擊，我不知道該相信什麼。我問她，在幾百年後的今天，把宋咪底記憶放在美若寧底祈錄裡做什麼？

這時，我看到美若寧有點後悔自己一開始說了那些話，是的。「宋咪被舊時代人底首領們處死，因為他們害怕她，但是在她死前，她對著一部祈錄說出她採取的行動及做過的事。我會把她底記憶存在我底祈錄裡，是因為我正在研究她短暫的一生，以便更瞭解你們河谷人。」

這就是那女孩讓我著迷的原因。「所以，我看到的是一個先進的幽靈？」

美若寧說，「是的。沙奇，在天黑之前我們還有許多建築物得去參觀一下。」

現在，穿過圍城來到第二座觀測站，石頭開始說起話來。「噢，你一開始對那個可惡先見底看法是對的，沙奇兄弟！她是在顛倒及破壞你底信念及種種！」我把耳朵摀住，但是，是的，聲音穿透我底手掌。「這女人救凱特金底性命，為的是要讓你底思想被對她底虧欠及尊敬蒙蔽住！」石頭底形狀及話語挾制著我，我咬緊牙床，免得開口回答。「她在拾取及竊取真正屬於河谷人底大島文明！」砂礫惡魔跑進我底眼皮下面。「你爸從來不信任半個從海上來的說謊蟲，兄弟，連讓他當載貨的騾子也不願意！」這些話說得很真，讓我沒法子反駁，我痛苦地跌了一跤。

美若寧扶住我。我並沒有跟她坦承石頭正在用傳言中傷她，但是她已經看出事情有些不對勁。「這裡底空氣稀薄，而且水氣很重，」她說，「這會讓你底頭腦非常飢餓，並且把這怪異的地方看得更加怪異。」

我們來到第二棟建築，先見在開門的時候，我全身無力地癱倒在地。大聲吼叫的太陽照得我腦袋空空的。「她很狡猾，我不是在唬你，沙奇！」杜魯門．納培斯三世就蹲坐在他自己變成的石頭上。美若寧根本沒有聽到他。「你要相信她，還是相信你底族人？」他帶著悲傷的語氣呼喚我。「你相信的真理只是『稀薄而且水氣很重的空氣』？難道我是那樣的空氣？」噢，當觀測站底門在下一刻打開時，我鬆了一口氣。幽靈及那些難纏的真理沒辦法跟隨我們進去，知道吧，我猜那裡面底先進設備讓它們不敢進去。

整個下午都是這樣，是的。大多觀測站都和第一個差不多。先見打開每個觀測站底門，用她底祈錄去探索內部，大半時間完全忘記我底存在。我呢，只是坐在那裡呼吸先進的空氣，等待她辦完事。但是，每當我在建築物之間拖著沉重的腳步，扭曲的石塊就會對著我合唱，「猶大！載貨的騾子！船上人底奴隸！」河谷人底幽靈用凍傷而無法張開的嘴向我呼籲，是的，「她不是你底族人！甚至連膚色也和你不同！」噢，當時在那裡的感覺實在非常恐怖，我在這時及這裡向你們坦承。

猜疑毀了我。

從來沒有任何先見對河谷人直話直說，我知道美若寧在那天也一樣。我們到達最後一棟建築的時候，石頭已經將藍色天空轉變成焦慮及燧石底灰色。美若寧告訴我，這不是觀測站，而是一座**發電站**，能產生一種叫做「電」的神奇事物，能提供這地方動力，就像心臟能提供身體動力一樣。她對機器及其他種種驚嘆連連，但我只覺得自己很笨和被人背叛，因為自從船女硬闖進我家住之後，我就一直被她蒙在鼓裡。我不知道該怎麼做，也不知道要如何阻止她底計畫，但是老喬治早就想好他底計畫了，他真是該死。

發電站底內部和其他建築物內部並不相同。我們走進會產生回音的房間時，女先見因為著迷而面容發光，但我不是。因為那裡面並不止我們兩個人。船女不相信我，這是當然，在最大的房間裡面有顆靜默無聲的巨大鋼鐵心臟，還有個類似寶座的座位，環繞著幾張上面有小窗戶及數字及其他種種的桌子，寶座上有個已死的舊時代祭司癱在一個拱形窗戶下。先見用力吞了一口口水，然後靠近一點去看他。

「這是個主任天文學家，我猜，」她輕聲說，「他一定是在大毀滅來臨的時候選擇自殺，這裡密封的空氣讓他底身體不至於腐敗。」我認為，他是這奇妙聖殿裡的祭司國王，不是主任。美若寧忙著用祈錄把這不幸之地的每一吋都記憶起來，我則是走近這位祭司國王，他來自於文明已臻完美的世界。他底頭髮一團亂，指甲長成勾狀，這些年的歲月已讓他底臉部變得皺縮及下垂，不過，他身上的先進天空衣還是非常整潔、完好無缺，耳朵有被藍寶石刺穿的小孔。他讓我想起畢斯姨丈，同樣的鷹勾鼻，是的。

「聽我說，河谷人，」祭司國王說，「是的，仔細聽。我們舊時代人已經受不了先進的文明了，大毀滅是我們底解藥。這個先見不知道她已經病了，但是，哦，她真的生病了。」穿過拱形玻璃窗，我看到雪的波浪不斷在湧起、翻攪，把太陽也淹沒了。「送她去睡覺吧，沙奇，不然她跟她那類的人會把海外底病人全帶到你們美麗的河谷來。我會在這裡好好照顧她底靈魂，這你不用擔心。」先見帶著她底祈錄到處走，口中哼著她教過凱特金及蘇西的催眠曲。我底思想這時滴答滴答地走。殺死她不是未開化的野蠻人才會做的事嗎？

「這沒有對或錯的問題，」天文學家國王告訴我，「只是保護你底族人，還是背叛你族人的問題，是的，只是意志力強，還是意志力弱的問題。殺了她，兄弟。她不是神，她只是一些血及血管。」

我說我不能，傳言會幫我冠上兇手的名號，修道院長會召開部落大會，把我逐出河谷。

「哦，動動腦筋，沙奇，」國王譏笑我，「動動腦筋！傳言怎麼會知道？傳言會說：『那個海上來的全知，忽視我們底傳說及生活方式，硬闖上毛納基亞山，勇敢的沙奇跟她上去想要保護她，結果她並不像她自以為那麼聰明。』」

過了幾下。「好吧，」我終於無情地回答，「等我們出去後，我會用尖矛刺她。」祭司國王滿意地露出微笑，不再多說話。終於，我底被害人問我怎麼了。「沒事。」我說。其實我很緊張，要知道，我之前殺過的最大的動物是山羊，現在我竟然發誓要殺死一個先見。她說我們該出發了，因為她不希望被暴風雪困在山上，然後就帶著我走到發電站外面。

外面，在深及腳踝的雪中，石頭沒再出聲。一陣風雪已經過去，另一場更大的暴風雪就要來了，我認為。

我們走向鋼鐵製的大門，她走在前面，我手中握著約拿斯底尖矛，用拇指測試它底銳利。

「現在就下手！」毛納基亞山上底每一塊兇手石頭都在說。

拖延並不會帶來好處，不的。我靜靜地瞄準先見底脖子上方，宋咪憐憫我底靈魂吧，我用盡全身力氣把尖矛射出去。

沒有，我並沒有殺掉她，因為就在瞄準及射出之間不到一下子的時間，宋咪憐憫了我底靈魂，是的，她改變了我瞄準的方向，尖矛高高地從鋼鐵大門上方飛過。美若寧甚至沒發現她底頭顱差點會被刺穿，但是我非常確定我是被毛納基亞山底惡魔耍了，我們都知道他底名字，那該死的傢伙。

「你在大門上面看到什麼嗎？」美若寧順著尖矛的方向看過去。

「是的，」我騙她，「不過根本沒有人，沒有，只是這地方給人底幻覺。」

「我們要離開這裡，」她說，「我們現在就要離開了。」

老喬治這下子沒輒了，你們想想，失去了尖矛，我就沒有工具可以很快地殺死她，但是我知道他不會就這樣躺下來看著我勝利，不的，我很清楚那個狡猾的老壞蛋。

我帶著用具袋拉著繩子往上爬的時候，毛納基亞山底肺先吸滿了空氣，然後吹出一口呼嘯作響、令人暈眩的雪，讓我無法看清楚地面，而且十陣風用力扯我們底臉，我底手指凍僵，向上爬到一半卻又滑下去，那條繩索燒傷我底手，但是我最後還是把自己拉到圍牆頂端，並且用疼痛、刺痛、裸露的手掌把用具袋也拉到上面。美若寧沒有我那麼快，但她距離圍牆上方也不遠了，但在這時候，時間卻突然停下來。

時間停了下來，是的，你們沒聽錯。除了我和某個狡猾的惡魔外，整個世界底時間都停了下來，是的，你們應該知道是誰沿著圍牆大搖大擺走了過來，時間這時是……停止的。

雪花一小片一小片地懸在空中。老喬治揮手將它們掃開。「我原本是打算跟你講道理，沙奇，你這個死腦筋的小子，現在我只好用警告、預兆及命令了。拿出刀子，把繩子割斷。」他用腳去碰觸正支撐著被時間凍結住的美若寧底繩子。她那張飽經風霜的臉正頂著風雪往上鑽，全身肌肉都在使勁地攀爬。在她下方二十呎內空無一物。「我讓時間再次流動後，她會摔下去，或許還不至於會讓她摔死，」

老喬治提醒我，他看得出我在想什麼，「但是下面的石塊肯定會讓她底脊椎及雙腿受傷，並且讓她活不過今晚。我會讓她想想她做過的蠢事。」

我問他，為什麼不自己動手殺死美若寧。

「為什麼──為什麼──為什麼？」老喬治譏笑我。「我要你做這件事，而現在就告訴你為什麼──為什麼──為什麼。你該知道，如果你不把繩子割斷，三個月內你親愛的家人就會全死掉，我發誓！我發誓。所以，你有個選擇。在其中一邊，你勇敢的媽、強壯的蘇西、開朗的約拿斯、甜蜜的凱特金，全都會死掉，但膽小鬼沙奇會活下去，懊悔會時刻指責他，直到他死的日子。在另一邊，只死了一個不會有人懷念的從海上來的人。你要四個你愛的人，還是要一個你不愛的人。我甚至可以用神奇的法術讓亞當從寇納人那裡回來。」

我沒地方躲避這個抉擇，美若寧必須死。

「是的，沒地方躲，小子，我現在就數到五……」

我拿出刀子。一顆種子從我記憶底表皮結痂中冒出芽來，那就是老喬治剛才說的詞，「預兆」。很快地，繼尖矛之後，我將刀子也丟掉，然後直瞪著惡魔驚恐的眼睛。他既吃驚又訝異，他逐漸消失的笑容裡藏著一水桶陰暗的意圖。我朝他吐口水，但口水繞回來打在我自己身上。為什麼？我精神錯亂了嗎？

老喬治犯了一個可怕的錯誤，知道嗎，他無意間讓我想起我在作夢之夜記住的預兆。**雙手灼熱難耐，但是別割斷手中繩索**。我已經做好決定了，你們看，我底手灼熱難耐，這就是宋咪叫我不要割斷的繩子。

刀子掉在地上發出和諧的樂音，時間開始流動，惡魔帶來的暴風雪裡有幾百萬隻手及尖叫，不斷拉扯及痛毆我，卻沒辦法把我從圍牆上吹下去，沒有，我把美若寧拉到牆上，並且讓我們兩個人從圍牆另一面下去，半根骨頭也沒折斷。我們傾斜著身體抵抗那又白又黑、大發烈怒的暴風雪，走回天文學家底村落，我們走得搖搖晃晃，不時跌倒，回到村落時已經凍到快沒命了，不過靠著宋咪底憐憫，有一捆乾柴在等著我們，我也想辦法讓火劈劈啪啪地燒起來，我敢發誓是那堆火救活我們的。我們把冰融成水，讓我們底骨頭解凍，並且盡所能把毛衣及皮衣烘乾。我們沒有說話，因為我們全身冰冷，而且精疲力盡。我後悔違抗老喬治嗎？

不的，那時不後悔，現在也不。不論美若寧爬這座受咒詛的山的原因，我不相信她會背叛河谷人，不的，至少在我心裡是這樣想，而且，不需要她動手，寇納人遲早也會對九河谷動手。從山頂下來後的第一夜，結果就已經擺在未來了。吃過東西後，我底朋友拿出藥丸給我們兩人吃，那天晚上我們睡了一夜無夢的好覺，就和天文學家國王一樣。

現在，回到河谷的路程也不是什麼夏日悠閒散步，不的，但是今天晚上不是該好好描述那段驚險經歷的時機。在下山的路上，美若寧和我沒有太多交談，信任及彼此瞭解已經將我們繫在一起了。毛納基亞山已經依照著咒詛，盡一切可能要置我們於死地，但是我們合力活了下來。我現在能體會，她離開家人及親人非常非常遙遠，我為她底孤獨心痛。三天晚上後，艾伯在守望站迎接我們，並且派人到貝利家傳話，說我們回來了。每個人都只有一個問題，「你們在上面看到了什麼？」那裡一片荒涼、一片寂靜，我告訴他們，只有一些神殿，裡面裝著失落文明底先進器物及骨頭。但是天文學家國王及美若寧告訴我的大毀滅的事，我一個字也沒提，更不用說我跟老喬治過招的事了，不的，一年到來，一年又過去，我都沒提。

我也已經知道美若寧先前為什麼不將先見島及她部落底真相全說出來了。人們相信世界是這樣，你卻告訴他們並不是，就像是讓屋頂塌陷在頭上，或許也塌陷在你底頭上。

傳言老媽開始散布消息，說從毛納基亞山下來後的沙奇已經不是上山前的沙奇了，而且我認為這說得很有道理，每趟旅行總會或多或少改變你一點。表弟考伯瑞承認，九河谷底媽們及爸們都在警告女兒，不要和貝利家底沙奇玩在一起，因為他們認為我一定是跟老喬治達成了協議，才能平安逃離那充滿尖叫的地方，而且靈魂還留在腦袋裡。雖然不完全對，但也不完全錯。約拿斯及蘇西不再像從前那樣跟我開玩笑。但是媽看到我回來時，忍不住流出淚來擁抱著我，「我底小沙奇啊！」我底山羊們很高興，凱特金也沒變。她及她在學苑裡底小兄弟發明了一個新遊戲——毛納基亞山上底沙奇及美若寧，但是修道院長不准他們玩這遊戲，因為有時候，假扮成別人會扭曲自己的真正性格。凱特金說，那是個很棒的遊戲，但是我並不想知道規則也不想知道結局。

漸漸地，美若寧在九河谷的最後一顆月亮越來越胖，而且火奴卡底物品交易大會也快到了。那是迎風面底人們規模最大的聚會，一年只有一次，會在收成季的月亮下舉辦，所以一連好幾天，我們忙著將山羊毛織成毛毯，那是我們拿得出去的最好物品。自從爸被殺後，我們都是十個或十來個人一起開跋到火奴卡去，但是那一年我們底數目加倍，因為我們手中有不少很特別的先見戰利品，這都要歸功於我們接待了美若寧。我們用手推車及載貨的騾子來載運乾肉、皮革、起士及羊毛。溫莫葳和蘿斯要去換取一些河谷附近沒有的藥草，雖然蘿斯和考伯瑞那時候已經搞得火熱，不過我不在乎。我希望表弟有好運氣，因為他需要，還需要皮鞭及鐵器及其他種種。

要穿越史魯沙渡口的時候，我得強忍傷痛，看著同行的人把新石頭堆在爸底墳上，這是我們底習俗，爸可以因此得到一整桶真正愛他的朋友及兄弟。在毛納基亞山上，惡魔正用磨刀石磨利指甲，準備吃掉這個膽小鬼騙子，是的。過了史魯沙渡口之後就是要登上庫庫伊海勒那條蜿蜒的路。一輛手推車出了狀況，翻倒在路上，行進的速度慢下來，而且大家開始口渴，是的，我們到達地勢高低不平的山區小村時，早就過了中午了。我們年輕人在椰子樹上找食物，每個人都很喜歡椰汁，我沒騙你們。我們順著舊時代人留下來的崎嶇山路往南走，繼續朝火奴卡城而去。

海風變得新鮮，我們底精神也恢復了，所以開始說一些冒險故事來縮短哩程，說故事的人就坐在帶頭的驢子上，臉朝後面，好讓每個人都聽得到他底故事。羅德瑞克說的是魯道夫，帶紅指環的山羊賊，及鐵腕貝利底可怕尖矛故事。沃特唱了一首情歌〈噢，河谷中的莎莉〉，不過我們都用小樹枝扔他，因為他唱壞了輕快的曲調。接著畢斯姨丈請美若寧跟我們說一個先見底故事。她遲疑了一兩下，然後說，先見底故事充滿懊悔及失落，不適合在交易日前夕陽光普照的下午述說，不過她可以跟我們說一個冒險故事，那是她從巴拿馬——距離這裡相當遙遠、已經成為焦土的地方——某個人那裡聽來的故事。我們都說好，所以她坐在帶頭的驢子上，跟我們說了一個簡短、甜美的故事，我現在就要說給你們聽，所以你們不要再說話了，全部坐好，誰去再幫我倒一杯提神的酒精飲料來，我底喉嚨已經黏在一起，而且嘴巴很乾。

時間回到大毀滅底時候，人們忘記怎麼生火。哦，那時變得很可悲，是的。夜晚來了，什麼都看不見；冬天來了，沒辦法取暖；早晨來了，沒辦法烤東西。所以部落底人去找智者，求他：「智者，幫助我們，我們忘了怎麼生火，而且，噢，我們及所有人都非常淒慘。」

智者叫烏鴉過來，吩咐他這些話：「飛越那片發狂、瞬息萬變的海洋，到大火山那裡去，在長滿樹木的山坡上找一根長樹枝。用你底鳥嘴叼著樹枝飛到大火山冒著熱氣的嘴巴，在不斷起泡及噴火的烈焰湖裡沾一下。接著再把燃燒的樹枝帶回到巴拿馬，這麼一來，人們就會再次想起火，也回想起要怎樣生火。」

烏鴉遵照智者底話，飛越那片發狂、瞬息萬變的海洋，直到看見大火山在前方不遠處冒煙。他盤旋著降落到長滿樹林的山坡上，吃了一些醋栗的果實，在冰涼的山泉裡大口飲水，並讓他疲累的雙翅得到休息，然後才四處去尋找一根比較長的松樹枝。一下、兩下、三下，烏鴉向上飛起來，嘴裡啣著一根樹枝，接著，**噗啦**一聲，勇敢的鳥往下衝進大火山充滿硫磺味的嘴裡，是的，在向下俯衝的最後一瞬間，牠啣著的松樹枝劃過能把所有都溶化的火焰，**嗚——喔——噓**，著火了！接著烏鴉開始上升，飛出燒焦的火山口，這時他嘴裡已經有一根燃燒的樹枝了，是的，他正飛向回家的方向。翅膀擺動、樹枝燃燒、日子過去、冰雹砸下、雲朵變黑，噢，火舌吞噬樹枝，眼睛充滿煙氣，翅膀變得焦脆，烏嘴開始著火……「好痛哪！」烏鴉啼叫著。「好痛哪！」現在，他丟下樹枝了嗎，還是沒有？我們回想起生火的方法了嗎，還是沒有？

「你們現在知道了嗎？」騎在帶頭驢子身上背對著前方的美若寧問我們，「這不是烏鴉或是火的問題，而是我們人類底精神是怎麼得來的。」

我不認為這個故事有很多含意，但是我一直記在心底，而且有時候，含意越少的故事其實含意越多。不論如何，那一天就在許多雲的覆蓋下結束，而我們離火奴卡還有好幾哩遠，所以我們搭起帳篷準備過夜，並且丟骰子決定誰來守夜，知道嗎，時機不是很好，我們不想冒著被人埋伏攻擊的風險。我擲出六、六，也許我底運氣已經恢復了，我當時這麼想。但我其實是被命運捉弄了，是的，我們全都是。

火奴卡是迎風東北岸最忙碌的城市，知道嗎，舊時代人把它建得很高，可以俯視波浪起伏的大海，不像大半的希羅，不像寇納，也不像每次月圓就會鬧水災的城市。火奴卡人大多是交易商和製造商，哦，他們敬拜宋咪，但是他們狡猾地分散拜神的機會，也去敬拜希羅底神，所以我們河谷人把他們看成半野蠻人。他們底首領被稱為參議員，權力比我們底修道院長還大，是的，他有一支軍隊由十到十五個帶著可怕尖矛的好鬥之士組成，工作就是用武力達成參議員說的話，而且參議員不是由人們選出來的，不的，而是照野蠻人老爸傳兒子的那套。對河谷人、希羅人、火奴姆人、還沒當奴隸前的幕基尼人，以及山區部落的人來說，火奴卡是個不錯的中途站。城裡舊時代人留下的牆已經重新建造，被吹掉的屋頂也一次又一次地整修，但是你走在那多風、狹窄的街道上時，還是可以想像從前小皮艇在空中飛翔，不需靠馬拉的車在街上東奔西跑的情景。

最後，說到那棟交易大廳，那是一棟非常寬敞的建築，修道院長說它從前叫做教堂，人們在這裡敬拜一位古代的神，但是關於那位神的知識已經遺失在大毀滅中。教堂有堅固的牆及漂亮的彩色玻璃，周圍還有一片青翠綠地，其中還有許多可以用來圈綿羊、山羊、豬隻等的石板。交易的時候，參議員底守衛會在城門口及倉庫駐守，他們還有一個用一根根鐵條圍成的監牢。不過，軍人不會去攻擊前來交易物品的人，除非那個人偷東西、製造紛亂或違反法律。火奴卡這裡底法律比大島上其他地方（九重河谷例外，我想）都多，雖然法律及文明並不總是同一回事，不的，你看寇納人也有寇納人底法律，但是他們一點文明也沒有。

那次，我們河谷人為自己及公用大廳做了不少非常成功的交易。我們用先見底防水帆布換到二十袋山區部落的米，是的，我們還用鐵器從帕克底農場換得幾隻牛和牛皮。我們沒有告訴任何人美若寧是從海外來的人，不的，我們給她取名為「上峽谷底波羅露河谷底荷米特家底奧特瑞」，我們還說，奧特瑞是個草藥師及幸運的怪胎，來解釋她底黑皮膚及白牙齒。至於先見帶來的器物，則說成是最近在一個隱密藏匿處找到的廢棄物，雖然根本就沒有人問：「你們是從哪裡拿到這樣東西的？」也沒有人想打探這問題的真正答案。傳言老媽出了九河谷之後就把她平常口沫橫飛的嘴用木塞塞起來，所以當一個名叫里昂斯的說書人問我，我是不是就是上個月爬上毛納基亞山的伊利派歐河谷底沙奇時，我吃了一驚。

「是的，」我說，「我是來自那個河谷的沙奇沒錯，但是我還沒那麼討厭我底人生，不至於讓自己過於接近那座山的屋頂，不的。」我說我曾經和我前世的姨媽奧特瑞一起到山上去採集珍貴的葉子及樹根，不過當我們到達不再有樹林的高度後，就沒再往上爬了，沒有，而且如果這和他聽到的不同，嗯，我剛好可以親自跟他說，他聽到的是錯的。里昂斯底口氣很和善，但是，我底兄弟哈瑞特告訴我，他曾經看到里昂斯和大鬍子黎瑞在一條冒著煙的死路上喃喃交談，我就認為回到家後一定要把他底事告訴修道院長，看她有什麼想法。我一直都覺得黎瑞身上有老鼠屁股的臭味，再過不了多少個小時我就會知道，我底感覺有多正確了。

美若寧和我很快就把羊毛織品及羊毛毯等交換出去，我跟一個黑皮膚的柯爾柯女孩換到一袋很棒的馬奴卡咖啡、一根狀況不錯的笛子、飽滿的燕麥，以及幾袋葡萄乾，還換到很多我已經記不得的東西。我覺得柯爾柯人並沒有那麼未開化，雖然他們會把死去的親人埋在活著的人居住的長形房子下面，因為他們認為死者比較不會覺得孤單。接著我去幫忙交易公有物品，隨後就四處走，跟各地來的交易者打招呼，野蠻人不總是壞人，不的。我聽說馬坎昔人想出一個鯊魚神，並且把去毛割腿的綿羊當成祭品丟進海灣。我也聽到一些常聽到的消息，寇納人粗暴地出沒在他們平常的狩獵區東方，這讓我們底精神及心靈都蒙上陰影。

我發現一群人聚集在某人周圍觀察他，走近一點後，我看到美若寧，或奧特瑞，坐在矮凳上幫人畫臉部素描，是的。她用素描和人交換小裝飾品或一小份食物，大家非常高興，驚訝地看著他們底臉平白出現在紙上，越來越多人聚集過來，說：「下一個換我！下一個換我！」大家問她是從哪裡學會這技巧，她總是回答：「不是學來的，兄弟們，只是多練習而已。」她會把醜人畫得比原本的臉更漂亮一點。「歷來的畫家也都是這樣。」會畫素描的草藥人奧特瑞說。是的，說到長相，美好的謊言要比真實的痂疤好得多。

黑夜降臨，我們蹣跚地走回貯物區，抽籤決定輪班守衛的時間，接著，幾個被稱為「酒吧」的特別場所開始有派對。我很早就值完班，然後我及沃特及畢斯姨丈帶美若寧去一些地方參觀，直到音樂表演者把我們吸引回教堂。那裡有一部手風琴、幾把五弦琴、幾把鯰魚琴，以及一把珍貴罕見的金屬吉他，還有一桶桶各部落帶來展現他們底豐裕的酒，另外還有幾袋幸福大麻，因為哪裡有希羅人，哪裡就有幸福大麻。我只在沃特底菸斗上猛抽一口，從我們自由地迎風面走到寇納人背風面的四天旅程就變成了四百萬天，是的，幸福大麻底催眠曲當天晚上成了我底搖籃。接著，鼓聲響起，你們知道吧，每個部落都有自己底鼓。蓮花池村底弗戴及兩、三個河谷人用木製羊皮鼓表演手鼓，希羅底大鬍子們猛力擊打聲音低沉的鼓，一個火奴卡家庭敲打懸在腰間的腰鼓，火奴姆人搖動貝殼串，這場由各式各樣的鼓同時表演的盛大演奏會，撥動了年輕人底愉快心弦，包括我在內，是的，而且幸福大麻會帶領你進入隆噹及砰咚及乒乓之間，直到我們這些跳舞的人都盡情地用腳踩地，熱血沸騰。

過去的日子一年一年地從我眼前飛逝，每一聲鼓都讓一層生命從我身上脫落，是的，我看見我底靈魂曾經活過的每一個生命，甚至回到了遙遠的大毀滅之前，是的，就像騎在一匹奔馳在颶風中的馬背上瞥見的景象，但是我沒辦法描述那些生命，因為那些言詞已經不在了，不過，我記得那個黑皮膚、身上有部族圖騰的柯爾柯女孩，是的，她是一棵被吹彎的小樹苗而我是那颶風，我吹她，她往下彎，我吹得更用力，她彎得更厲害，而且更靠近我，接著我變成烏鴉底翅膀不斷拍打，她是那伸出火舌的火焰，當柯爾柯小樹苗用她像柳樹般的手指纏住我底脖子時，她底眼睛像石英一樣明亮，她在我耳邊喃喃地說：「是的，我願意，再來一次，是的，我們可以，再來一次。」

「快起來，小子，」我爸焦急地打我，「不是你該賴床的早晨，你這傢伙。」充滿泡泡的夢破掉了，我醒來後發現自己躺在發癢的柯爾柯毛毯下，黑皮膚女孩跟我纏在一起，是的，就像一對油亮的蜥蜴要把對方吞掉一樣。她身上有藤蔓及熔岩灰的味道，她那橄欖般的乳頭起起伏伏。看著她，我有種親切感，好像她是我底嬰兒，就睡在我身旁。幸福大麻讓我底感覺仍然模模糊糊，我聽到不遠處還有狂歡派對的叫鬧聲，雖然多霧的清晨已經來到，是的，收穫季的交易大會，有時候就是這樣。於是我打了個哈欠，伸了個懶腰，是的，身體雖然疼痛，但感覺非常好，很有收穫，你們知道的，當你射進一個美麗的女孩時，你會有什麼樣的感覺。

附近有烤早餐的煙味，所以我穿上褲子及外衣等等，柯爾柯女孩用撒嬌的眼神喃喃跟我說：「早安，放羊人。」我笑出聲來，說：「我會帶食物回來。」她並不相信我，所以我跟她保證我會證明她是錯的，並且帶著早餐回來看她用笑臉迎接我。在柯爾柯人底倉房外面，有一條沿著城牆的鵝卵石小徑，到底是在北邊還是在南邊我卻辨識不出來，於是我困惑地走來走去，這時一個火奴卡守衛卻從城牆上掉下來，只差幾吋就會把我壓死。

我底內臟被嚇得七上八下。

一支十字弓的箭插進他底鼻子，箭尖從頭後面穿出來。鐵製的箭尖將那天早晨及每一件事都，噢，轉變成毛骨悚然。

不遠處的狂歡派對變成了戰鬥及對抗，是的！烤早餐的煙已經燒到屋頂的茅草上，是的！現在我最先想到的是我底族人，所以我像兔子一樣朝河谷人位在城中央的倉房跑去，一路大叫「寇納人！寇納人！」是的，那恐怖的詞的黑色翅膀就在火奴卡城內猛烈拍打，而且我聽到打雷一樣的碎裂聲，可怕的喧鬧越來越大，我覺得城門已經被撞倒了。這時我來到廣場，但是巨大又沉重的恐慌擋住我底路，接著，懼怕，是的，懼怕及它底熱臭味讓我轉身往後走。

我在小路裡繞來繞去，但是寇納人底吼叫及馬匹及皮鞭越來越近，像海嘯一樣灌進霧濛濛並且還在燃燒的小巷道，我不知道我是從哪條路來，也不知道要往哪裡去，然後，砰啊！我被一個牛奶眼的老媽推到水溝裡，她用一根細長的圓棍在空中揮擊，像女妖一樣喊著：「別想用你們底髒手碰我！」等我再次爬起來時，她已經臉色慘白、一動也不動了，知道嗎，一支箭讓她底胸部開了花，突然，**哇**，一條皮鞭把我底兩腿綁在一起，然後，**哇**，我往上飛，然後，**哇**，我底頭往下掉，然後，**哎喲**，我底頭顱猛撞在石頭路上，是的，比被可惡的鑿子鑿到還厲害。

等我再醒過來，我年輕底身體已經變成裝滿疼痛的木桶，是的，我底膝蓋毀了，一隻手肘僵硬及淤青，肋骨彷彿斷成好幾截，兩顆牙齒不見了，牙床不再能咬合，而且頭上底腫塊就像是我底第二顆頭。我像山羊要被宰殺前被蒙住頭，手及腳都被粗魯地綁起來，然後平躺在幾具可憐身體底上面及下面，是的，我從來沒那麼痛過，以後也不曾再有，不的！車輪嘎嘎響，鐵鞋躂躂響，每次搖晃都會把疼痛潑灑到我頭殼底每個地方。

嗯，這不是什麼難解之謎：我們即將成為奴隸，車子正要把我們載回寇納去，就像我失蹤的哥亞當。我並沒有因為自己還活著而欣喜，我只是像一隻被吊掛起來、不斷在吊鉤上流血的肥鳥，除了疼痛及無助外，什麼都不是。

一隻蠕動的腳壓在我底睪丸上，所以我低聲問：「這裡還有人醒著嗎？」知道嗎，我認為我還有機會從洞裡跳出去，但是寇納人粗嘎的聲音在離我不到幾吋的地方發出，「閉上嘴巴，你們這些等著吃我鞭子的小伙子，不然我指著刀子發誓，我會把你們當中還剩下的幾顆野狗屎舌頭全割掉！」一股溫流浸溼了我底手臂，躺在我上面底傢伙尿了出來。但過不了多久，那尿就涼到讓我冰冷。我數了一下，說話的寇納人有五個，馬有三匹，還有一籠子雞。這幾個要把我們抓去當奴隸的人，正在討論在火奴卡的擄掠行動中，被他們剝開衣服並且射進的女孩，所以我知道我已經被套上頭罩半天或更久了。我並不餓，但是，噢，我和熱爐灰一樣渴。

我認得出其中一個寇納人底聲音，但是我不知道這怎麼可能。每過一段長時間，路上就會傳來一陣和打雷一樣響的戰馬蹄聲，接著就是，「怎麼樣，隊長！」以及「是的，長官」，然後是「戰事非常順利！」我才知道寇納人並不只是到火奴卡去偵察及擄掠，他們要拿下整個大島北部，是的，這代表河谷人也遭殃了。我底九重河谷。「宋咪，」我祈禱，「滿心憐憫的宋咪啊，保護我底家人及親人。」

睡意終於把我拉進夢裡，我夢到那柯爾柯女孩，但是她底乳房及腰部是用雪和熔岩構成的，我再次在車裡醒過來時，發現壓在我下面的一個死俘虜正在吸走我身上底溫暖。我大叫：「喂，寇納人，這裡有個人死了，如果你們能幫拉車的馬減輕一些負荷，牠們或許會很感謝你們。」在我上面的一個男孩哀嚎了一聲，駕車的寇納人因為我的好意提醒而賞了他一皮鞭。也許他就是那個尿尿的人。我從輕快的鳥叫聲判斷夜晚已經近了，我們已經在車上待了一整天。

過了很長一段時間後，我們停了下來，我被拖下車，並被尖矛刺了一下。我大叫一聲，扭動身體，並且聽到一個寇納人說：「嗯，這傢伙還活著。」然後我被提起來，靠放在茅屋大小的一塊岩石上，過了一下頭罩就被拿開。我坐起身來，在一片悲慘的昏暗中打量四周。我們在下著毛毛雨的威米亞大道上，而且我認得出準確位置，是的，就在斜坡池塘旁邊，我們底身體靠著的大岩石，正是一個月前美若寧及我碰到老喬治的地方。

這時我看到那幾個寇納人把三個死掉的俘虜丟給野狗及烏鴉，而且我現在知道為什麼之前會覺得有個聲音很熟悉了，知道嗎，俘虜我們的人當中有一個是黎瑞的說書人夥伴里昂斯。說書人兼間諜，願老喬治咒詛他底骨頭。還活著的十個人當中，除了我以外沒有別的河谷人，不的，我看得出他們大多是火奴姆人及哈威人。我祈禱表弟考伯瑞不在那三個被丟棄的人當中。我們全都是年輕小伙子，是的，所以他們在火奴卡就把老人殺掉了，我想，美若寧也一樣，我想，因為我知道她不可能捱過這場粗暴攻擊而活下來，但她也不可能躲開。一個寇納人倒了一小杯池塘水在我們臉上，我們張開嘴巴想接住每一滴略帶鹽味的水，但是那分量根本不夠沾溼我們焦乾的唇。隊長命令看馬童去搭帳篷，然後對我們這些還在發抖的俘虜說話：

「從今天早晨開始，」臉上花花綠綠的壞蛋說，「你們底生活，是的，和你們底身體，都屬於寇納人，越早接受這點，就越有機會以奴隸的身分活下去，你們將會是這座大島（將來甚至是整個夏威夷）底真正主人底奴隸。」隊長告訴我們，我們底新生活有新守則要遵守，幸運的是那些守則很容易掌握。

「第一條是，照著你寇納主人底話去做，手腳要快，不要問『但是，為什麼』。違背這條守則，你底主人會小小修理你或大大修理你，隨他高興，直到你更知道要聽話。第二條守則，奴隸不該說話，除非是主人在問。違背這條法則，你底主人會拿刀割你底舌頭，我也會。第三條守則是，不要浪費時間計畫逃亡。下個月，你們被賣的時候，臉頰上會烙印上你們主人底記號。你們不可能被當成純種寇納人，因為你們原本就不是，說老實話，所有迎風面的人都是生來就是怪胎的野狗屎。違背這條守則，我發誓，當你被抓到的時候，你底主人會用刀子把你底手腳切掉，把你底那根割下來塞進你自己底嘴巴，然後把你丟在路邊，讓蒼蠅及老鼠享用大餐。這聽起來好像很快就會讓人死掉，你也許會這麼以為，但是我已經做過很多次了，這樣的死法慢得出奇，相信我。」隊長還說，所有的好主人偶爾會殺一些壞奴隸或懶奴隸來提醒其他奴隸，偷懶的人會有什麼下場。最後他問有沒有人有抱怨。

沒有人有抱怨，沒有。我們這些愛好和平的迎風面住民，身體被傷痕、口渴及飢餓打敗，心靈被今天目睹的殘殺景象及即將降臨到身上底奴隸人生打敗。沒有家庭，沒有自由，什麼都沒有，只有工作及痛苦及工作及痛苦，直到死亡，到那時候我們底靈魂要在哪裡投胎？我在想，我有沒有可能會遇見亞當，或者他已經死了或怎麼了。一個矮小的哈威男孩哭了起來，但是他才九歲或十歲，所以沒有人用噓聲叫他不要哭，事實上他是在替我們所有人流淚，是的。約拿斯很可能也被俘虜了，蘇西和凱特金也一樣，不過還有更心寒的想法，你們知道的，她們兩個都算是很漂亮的女孩。相較之下，媽是個老女人……她對寇納人會有什麼用處？我不願意去回想火奴卡那個把我撞到水溝裡、手裡揮舞圓棍的女人底下場，但還是控制不了思緒。里昂斯走過來，對矮小的男孩發出「哇」的一聲，那男孩因而哭得更厲害，里昂斯則是哈哈大笑，接著用力脫下我那雙先見靴子，得意地穿在自己的腳上。「放羊人沙奇不會再去爬毛納基亞山了，」那個背叛者說，「所以他不再需要這雙靴子，不的。」

我沒說半句話，但是里昂斯不喜歡我不說話，所以用我底靴子踢我底頭和鼠蹊部。我不是很確定，但是我判斷他在這群人中的地位僅次於隊長，至少沒人跟他爭我底靴子。

黑夜降臨，寇納人在火堆上烤雞，如果可以的話，我們每個人早就拿靈魂跟他們交換幾滴滴在舌頭上底雞汁了。我們越來越冷，雖然寇納人不希望我們在奴隸拍賣會之前受傷，卻希望我們虛弱及無力，因為我們有十個人，他們卻只有五個。他們打開一桶酒，然後喝酒；喝更多酒，撕下味道很香的雞肉來吃；喝更多酒。他們喃喃說了一些話，看著我們，接著一個寇納人被派到我們這邊，手裡拿著一根火炬。他用火炬一個一個照亮我們底臉，那幾個族人就在一旁大叫，「是的！」或，「不的！」

最後他解開矮小哈威人腳上底繩索，然後扶著他一跛一跛地走向營火。他們讓他身體變暖和，給他一些雞肉吃及酒喝。我們幾個被遺忘的奴隸，正被飢餓、疼痛及斜坡池塘的蚊子折磨到全身虛脫。我們非常、非常羨慕這個哈威男孩——直到里昂斯點了一個頭，他們開始把他底褲子脫下，把矮小子架起來，剝光男孩身上底東西，每將他轉一圈，就用肥鳥脂肪在他全身塗上更多的油。

里昂斯正像烤乳豬火烤這個可憐男孩時，我聽到「克嘶嘶嘶」的一聲，然後他就跌倒在地上。其他四個人放聲大笑，知道嗎，他們以為里昂斯是膀胱裝了太多酒了，但是接著，「克嘶—克嘶」，另一個寇納人的兩眼之間多了兩個紅點，也倒在地上，像石頭一樣不再動彈。一個戴著頭盔及披肩的寇納人大步走進空地，手上拿著一根脛骨類的東西，指著剩下那三個俘虜我們的寇納人。另一聲「克嘶」，寇納男孩也被弄倒。這時，隊長抓起他底尖矛，將它擲向戴頭盔的殺手，結果對方撲向地上，連翻帶滾地穿過空地，所以尖矛只射破斗蓬，卻沒傷到他底身體。一聲「克嘶嘶嘶」在隊長軀幹上撕出一道斜斜的傷口，讓他整個人變成兩截。希望悄悄爬到我底震驚之上，但是「啪！」一聲，最後那個寇納人底牛皮鞭纏住那根致命的脛骨，然後「啪」一聲，像變魔術一樣，那根射擊器又快又準地從我們底拯救者手裡落入俘虜者手中。

現在，最後的寇納人把武器轉過來對準我們底拯救者，並且走得更近，以確定自己不會射偏。我看到他用手去擠壓扳機，然後，「克嘶！」最後那個寇納人底頭不見了，他身後那棵麵包樹變成一團起火燃燒的煤渣，在雨中劈哩啪啦響並冒著蒸氣，持續發出「嘶嘶嘶」的聲音。

他底身體還獨自站在那裡一陣子，就像是個正在學走路的嬰兒，然後……「咚！」是這樣的，他把射擊器的嘴巴當成屁股，轟掉了自己底腦袋。那位神秘的寇納人拯救者坐起來，輕輕地揉了揉手肘，脫下頭盔，臉色凝重地看著那五個死人。

「我已經老到不適合再冒險了。」美若寧皺起眉頭，冷冷地說。

我們替其他奴隸鬆綁，讓他們去吃寇納人底食物，美若寧底馬鞍袋裡有足夠我們兩個人吃的食物。幾個被我們解救的壞傢伙拿走他們能拿的東西，我們卻只從五個死人身上拿回我那雙穿在里昂斯腳上底靴子。「在打仗的時候，」美若寧教我，「你首先要在意你底靴子，其次才去在意食物及其他。」過了很久之後，我們在柯哈拉山背風面的一片濃密樹叢中，找到一間舊時代人留下的廢棄房舍，並且在那裡生了一堆火，我底拯救者才把她碰上底事告訴我。

她底故事並不長，不的。寇納人來攻擊火奴卡的時候，美若寧並不在河谷人底倉房裡，不的，她當時在城牆上為大海素描，一支前端有火的十字弓箭把素描本從她手中撞落。在城門還沒倒下來之前，她就回到河谷人底倉房，畢斯姨丈跟她大喊說我不見了，所以她就四處去找我，那就是她最後一次見到我底親人。她底馬及頭盔，是取自某個追進巷裡攻擊卻沒能再出來的寇納隊長身上。在一片混亂中，美若寧裝扮成寇納人，虛張聲勢地從盡是血跡及火把的火奴卡城裡逃出來。那根本不是在打仗，不的，只是直接占領越來越多的區域，懂嗎，參議員底軍隊投降得比誰都快。

美若寧先往北朝河谷區騎去，但是寇納人在庫庫伊海勒聚集了很多人，準備成群湧進河谷，所以她轉而沿著威米亞大道往內陸走，但是那條路上還是有太多哨站，萬一被攔下來，她就無法再假裝成寇納人了。美若寧轉而朝南方走，打算到希羅去，看看它是否還是個自由之城。但是宋咪將她耽擱得夠久，讓她有機會看到一輛車從附近駛過，車上伸出兩隻腳，上面穿著一對先見靴子，而就她所知，住在迎風面的人當中只有一個人穿先見靴子。她不敢在大白天出手救我，而且她還一度把車子跟丟了，因為她必須繞路避過一大隊騎兵。要不是那幾個寇納人在玩弄哈威男孩時的放肆笑鬧，她很可能會在黑暗中直接從我們身旁騎過去。喔，她為了救我，付上多大的代價啊！

「妳為什麼不躲起來，讓自己可以不必受到傷害？」我問。

她露出一副「你這是什麼傻問題」的表情。

是的，那我們要怎麼做？我底頭腦裡正颳著狂風暴雨，我心中相當害怕。**河谷已經被擄掠燒殺，很可能……即使希羅這時候還沒被摧毀，也很快就會被摧毀了……**

我底朋友只顧著用繃帶及藥物照料我底傷口及疼痛的地方，接著，她把一個杯子及藥石拿到我嘴邊。「這會讓你受傷的身體快一點好起來，沙奇。不要再說那些有的沒的了，現在就睡覺。」

在一間舊時代人留下的小屋裡，一個男人低聲說話的聲音把我吵醒。這小屋不只會漏水，屋外的樹葉還穿過窗戶的洞長進屋內。在我身上，有一打以上底地方在痛，但並不是痛得很劇烈。清新的早晨帶有背風面特有的氣味，但是我想起陰影籠罩在迎風面的絕望新時代，噢，在我底頭腦裡，我為自己還能醒過來而悲哀。在房間另一邊，美若寧正透過祈錄，在跟上一次撞見我偷翻美若寧用具袋的表情嚴肅的先見對話。我觀看了一陣子，還是覺得非常神奇，你們知道嗎，從祈錄的小窗口發出的顏色比上次更明亮、更有變化。不久他就發現我已經醒來，並且抬起頭來更仔細地看我。美若寧也轉過身來跟我問好。

「比昨天好了。」我也走到那顆奇妙的先進產物旁邊，關節及骨頭還是有點在跟我抱怨。美若寧跟我說，我已經見過這位她稱為狄奧菲謝的先見了，我說我沒有忘記，因為他上次看起來很嚇人。小窗口裡的先見也在聽我們談話，他那骷髏頭般的臉這次柔和了些。「喔，我多希望我們不是在如此黑暗的時候見面，沙奇，」狄奧菲謝說，「但是我要請求你最後再帶美若寧做一次長途旅行，到『伊卡之指』去。你知道那個地方嗎？」

是的，我知道，從最後的河谷往北走，越過波羅魯橋，那是一塊指向東北方的長條形土地。「先見船會停泊在伊卡之指等美若寧嗎？」

兩個先見交換了眼神，狄奧菲謝過了一下子才開口說話。「我們也有壞消息要告訴你，很抱歉這麼說。先見島及先見船上底祈錄已經很久沒有回應我們的傳輸了。」

「什麼是傳輸？」我問。

「一個信息，」美若寧說，「一個小窗口，透過祈錄的會面，就像我們現在和狄奧菲謝討論事情。」

我問：「那些祈錄壞掉了嗎？」

「可能比這更糟，」小窗口裡的人說，「是這樣的，最近幾個月有瘟疫從西邊的安克瑞吉朝先見島傳過來，是的，一種很恐怖的病，連我們底先進技術也沒辦法治好。染上瘟疫的人，兩百人中只有一個人能活下來，是的。我們幾個留在夏威夷的先見，現在就只能做好心理準備，接下來一切都要靠自己，因為先見船很可能不會再來了。」

「但是，美若寧底兒子阿納費現在怎樣了？」美若寧底表情讓我恨不得在這句話還沒說出口之前，就不小心把自己底舌頭咬掉。

「我只能在不知實情中活下去。」我底朋友回答，語氣哀淒到讓我幾乎落下淚來。「我不是第一個必須這麼活下去的人，也不是最後一個。」

嗯，那個消息燃起我原本不知道自己還保有的一絲希望。我問狄奧菲謝全夏威夷有多少個先見。

「五。」那個男人回答。

「五百？」我問。

狄奧菲謝看到也感覺到我底失望。「不的，只有五個。在群島五個主島上各有一個。我這就把全部真相告訴你，是你該知道的時候了。我們很擔心瘟疫會傳到先見島，然後熄滅文明最後的光亮。我們想要在夏威夷尋找好土來種植更多文明，又不希望你們島嶼人被一大批海外來的人嚇到。」

「所以，你看，」美若寧這時候說，「你對我來這裡的真正目的及其他種種有所顧忌，不全然是錯的。」

我現在已經不在乎那些事了。我說，如果先見們都像美若寧這樣，是的，來五千個人，河谷人也會很歡迎。

想到現在不知還剩下多少個先見活著，狄奧菲謝底臉色不禁沉了下來。「我現在是在茂伊島上跟你們對話，島上接待我的那一族的族長，和你們修道院長一樣友善。他已經命令兩艘獨木戰舟橫越茂伊海峽到伊卡之指去，那兩艘船預計在後天中午到達。」

我跟他發誓，我在那之前就會把美若寧安全帶到那裡去。

「到時候我就可以親自謝謝你幫了她這麼多忙。」狄奧菲謝還補上一句，兩艘獨木舟上有足夠的空間……如果我想跟她一起逃離大島的話。

這讓我下定心意。「謝謝，」我跟處於困境的先見說，「但我得留在這裡找我底家人。」

我們在廢墟房舍裡又躲了一夜，讓我底肌肉癒合，也讓淤傷復原。沒有馬上回河谷去參與戰鬥或偵察，讓我底心痛得厲害，但是美若寧看到許多寇納人底馬匹和十字弓手從庫庫伊海勒湧向河谷，她很肯定地告訴我，九河谷的戰鬥不可能拖長，是的，應該在幾小時內就會結束，不是幾天，不的。

那是個淒涼且愁雲籠罩的日子。美若寧教我如何使用那支長得像脛骨的特製射擊器。我們先用鳳梨，接著用大石頭，然後再用橡樹果實練習，直到我能射得很準。美若寧睡覺時我負責守衛，然後輪她守衛，讓我再多睡一點。很快地，我們生起的火再次讓昏黃的霧氣變混濁，我們吃寇納人底配額食物，醃羊肉及海草，還採了一些長在廢墟裡的百香果。我在馬底燕麥袋裡裝滿糧草，撫摸他底身體，幫牠取名為沃特，因為牠和我表哥一樣醜，然後心中又是一陣傷痛，不知道我底親人中有多少人還活著。說句實話：不知道壞消息比知道壞消息還糟糕。

一個想法突然飄過心頭，於是我問美若寧，海上來的女人怎麼可能騎馬不輸寇納人。她坦承大部分先見都不會騎乘動物，但是她曾經跟一個叫史灣尼克的部落住在一起，這些人住在比安克瑞吉及遙遠的庫弗更遠的地方。史灣尼克人養馬，就像河谷人養山羊，是的，而且他們底小孩在還不會走路之前就會騎馬。她住在那裡的幾個季節就跟他們學騎馬。美若寧跟我說了很多關於她曾經待過的部落的事，但是我現在沒有時間說那些故事給你們聽，時間已經不早了。我們討論隔天要走哪條路去伊卡之指，嗯，一種走法是順著柯哈拉山底山脊越過九河谷，另一種走法是先順著威皮歐河往下走到艾伯底守望站，然後再偵察看看河谷底情況。我們不知道寇納人是不是已經攻下各個河谷放火燒光，並且把河谷人全擄走，就像他們對待幕基尼人那樣；還是他們只是想征服河谷並到那裡定居，在我們底家園裡讓我們變成奴隸。我已經發誓要把美若寧平安無事地帶到伊卡之指，但偵察寇納騎兵行蹤既不「平安」也不「無事」，不過，美若寧說我們要先去河谷偵察，於是隔天底行程就排定了。

清晨起了場霧，既像蠟又像淤泥。帶著馬翻越柯哈拉山底山脊及密林走到威皮歐水泉的路程，走得相當辛苦。因為一路上我們必須砍倒擋在前面的一排排甘蔗，製造出很大的噪音，卻不知道在甘蔗牆後面是不是有一隊寇納人在等候。大半時候我們牽著馬徒步走，但還是在中午左右抵達水泉。接下來我們把馬拴在峽谷上端凹陷處，兩個人沿長著雲杉的支脈悄悄再走一哩，到艾伯底守望站去。霧讓每一截殘幹看起來都像縮著身軀的寇納人衛兵，但是我還是為了這場霧而感謝宋咪。我們從向外突出的山唇向下俯視守望站。景象淒慘，是的。只有艾伯底門還關起來立在原地，你們知道嗎，所有底牆及主屋之外底建築都殘破不堪而且燒得焦黑。一個全身赤裸的男人被吊在門梁外側，是的，照寇納人底方法，腳踝被綁在繩子上整個人倒吊著。他可能是艾伯也可能不是，但是烏鴉已經開始吃他底內臟，兩隻精力充沛的野狗在下面撿拾掉下來的屍塊。

就在那時，三十到四十個正要被抓去當奴隸的河谷人剛好被領出來，要往庫庫伊海勒去。那幅景象我會一直記在心底，直到我死去那天，甚至更久。其中一些人正在拖拉幾輛載滿戰利品及機具的車子。寇納人底吆喝和命令此起彼落，皮鞭劈啪聲也從不間斷。霧太濃了，我沒辦法辨認出族人底臉，但是，喔，他們拖著沉重腳步走向史魯沙渡口的身影看起來多可悲。幽靈，活著的幽靈。看看大島上最後一支文明部落的命運吧，我心想，**是的，我們底學苑及聖像所的教化成果，即將成為寇納人底奴隸，去幫他們整理土地、房屋、馬槽、床鋪，以及背風面的地洞。**

我能做什麼？急忙衝到他們那裡？大概有二十個寇納騎兵在護送他們往背風面去。即使用美若寧底射擊器，也只可能射倒二十個護衛當中五個，運氣好的話或許可以多一、兩個，但那又怎麼樣？一有受攻擊的跡象，寇納人會馬上就用尖矛刺死所有河谷人。這並不是膽小鬼沙奇和勇敢的沙奇在較勁，不的，這是自殺者沙奇和存活者沙奇之間的較勁，而且我可以一點也不丟臉地告訴你們，後來是哪個沙奇贏了。我用手勢告訴美若寧，我們得撤退到拴馬的地方，雖然我底眼睛裡已經都是淚水了。

好，矮驢，再幫我拿一塊烤芋頭過來。回想起那天的絕望，突然讓我覺得身體裡空空的。

好，我們順著原路走回柯哈拉山的牧草地，霧氣在底下飄移，南方的毛納基亞山這時突然從雲海裡升起，清晰地近在眼前，彷彿吐個口水就可以碰到，我也真的吐了一口口水，是的，吐得很用力。我底靈魂或許麻木了，運氣或許很差，但是至少還可咒詛它一下。那天早晨，九重河谷的每個河谷都升起一股像黑色眼鏡蛇的煙，大島上每一隻有翅膀或有腿的食腐肉動物都聚集到我們底河谷去享用大餐，我想。在山中的牧草地上，我們發現四散走失的山羊，有些是我底，有些是從開瑪來的，但是我們沒看到半個放羊人，沒有。我擠了一些羊奶，然後喝了最後一個自由河谷人放牧的山羊奶。

我們穿過維特貝通道往下朝拇指岩走去，美若寧五個月前在那裡畫過地圖，是的，六個月前，那裡的石南叢還像杯子一樣盛裝著我及躺在我下面的蘿斯。太陽將霧氣和露珠蒸發，穿過一道交織細緻的彩虹，我看到學苑被徹底破壞，是的，現在只剩下一個黑色空殼及最後的書及最後的鐘。我們騎著馬繼續往下走到伊利派歐急流，我在那裡下馬，美若寧把頭盔戴上，然後用繩子寬鬆地將我底手綁起來，這樣萬一我們被人發現，對方只會以為她俘虜了一個逃脫的人，而且在危急時，還可能會幫我們爭取到一點關鍵時間。

我們一路往下走到克魯尼村，那是有人居住的峽谷最高點。美若寧爬下馬，抓起她底射擊器，然後我們像老鼠一樣躡手躡腳、安靜地穿過建築物，但是我底心並不安靜，不的，那裡經歷過一場劇烈的攻擊，屋裡的器物都被打碎或破壞掉，但是附近沒有屍體，沒有。我們拿走一些新鮮食物準備在未來的旅程上吃，我知道克魯尼不會在乎。離開克魯尼底前門時，我發現一顆椰子插在一根生銹的長桿上，蒼蠅在四周嗡嗡地飛來飛去，這樣的景象很怪異又不自然，所以我們更靠近一點去看。那不是椰子，不是，那是馬卡・克魯尼底頭，是的，他底菸斗還插在嘴裡。

做出這些事的野蠻敗類就是滿身彩繪的寇納人，兄弟們。你只要信任一個寇納人一次，你就會成為死人一個，相信我。在我們繼續往下走向貝利家的路上，馬卡底頭讓我全身神經都因忿怒而緊繃。

一桶凝結的山羊奶立在擠奶房裡，我無法不去想像蘇西被寇納人從翻倒的擠奶凳上拖走，以及後來對她做的事。噢，我可憐、甜蜜、親愛的姊啊。院裡底泥地上有馬蹄踩過的痕跡。山羊被趕走，雞也被偷走。非常安靜。沒有織布機的喀喀聲，沒有凱特金底歌聲，約拿斯也沒在四處閒晃。除了流水聲和屋簷上一隻鶫底笑聲外，沒有其他聲音。大門門柱上沒有恐怖的景象，為了這點我非常感激宋咪。進入屋內，四腳朝天的桌子上原本擺著的雞蛋及杏果散落一地。走進每間房間，我都很害怕會看到我不想看的事，但是，沒有，沒有，靠著宋咪底恩典，看來我底家人並沒有被殺害，但是⋯⋯

罪惡感及難過將我打倒。

罪惡感，因為我每次都能活下來，從災禍中逃脫，雖然我底靈魂是那麼骯髒冷酷。難過，因為我已毀掉的舊人生的種種遺跡，正東一些西一些地散在各處。多年前爸用刀幫約拿斯削出來的木頭玩具掉在地上，門廊裡媽的巧手藝織出來的織品，正隨著夏天最後的輕柔微風搖擺。燒焦的魚及幸福大麻的味道懸浮在空氣中。凱特金底學苑習字簿還放在她平常寫字的桌上。我不知道該怎麼想、怎麼說或怎麼做。**我要做什麼？**我問我底朋友，同時也問自己。**我要做什麼？**

美若寧坐在約拿斯製作的木箱上面，媽曾經說那是他底第一件傑作。「你得鐵下心腸做出決定，」她回答，「待在河谷直到你被抓去當奴隸；逃到別地方待下來，直到寇納人來攻擊，然後被他們殺死或抓去當奴隸；隱居到荒野山林裡當土匪，直到被逮到；和我一起越過海峽到茂伊島，並且很可能永遠不再回來大島。」是的，那正是我所有底選擇，沒錯，但是我沒辦法選定一個，我唯一知道我不願意在還沒復仇之前，就逃離大島。

「這裡並不是可以坐下來好好計畫的安全地方，沙奇。」美若寧說，她底語氣非常溫柔，我底眼淚終於忍不住流了下來。

騎到馬背上準備回上峽谷時，我想起我家底聖像還放在神壇上。如果留在那裡，讓它們一點一點地砍去當柴燒，將來就沒有東西可以證明貝利家族存在過。所以我一個人跑回去拿。在順著原路向下走時，我聽到瓦器從餐具室架子上掉落的聲音。我僵住了。

我緩慢地轉身察看。

一隻肥胖的老鼠得意地待在那裡，眼神不屑地看著我，同時抽動牠長鬍鬚的鼻子。「我敢打賭，你現在一定很後悔當初在我那座圍城牆上時沒有直接把繩索割斷，沙奇？這一切的苦難及悲傷原本都可以避免。」

我沒去聽那騙子底謊話。寇納人原本就會發動攻擊，是的，這跟我違抗不違抗那邪惡的壞蛋一點關係也沒有。我拿起一個鍋要丟老喬治，但還在瞄準的時候，肥鼠就消失了，是的，而這時候，從我左手邊的空房間裡傳來微風般的嘆氣，那聲音來自一張我先前沒注意到的床。我應該直接跑走，我知道，但是我沒有。我踮起腳尖走進去，看到一個寇納人守衛躺在用毛毯堆成的柔軟窩裡，正因為吸了莫蒙河谷底幸福大麻而睡得很沉。看來他很確定所有河谷人都被抓去當奴隸了，所以在值班時就抽起菸來。

一個可怕的敵人出現在我眼前。他大概十九、二十歲，脖子上布滿蜥蜴刺青，但是夾在兩隻蜥蜴間的喉結卻保留著白色，喉結裡一條血管隨著他底心跳抽動。「你發現我了，是的，所以切開我，」那個喉嚨低聲說，「用刀割我。」

我底第二個預兆，你們應該記起來了，是的，我也記起來了。**敵人正在酣睡，但是別切開他底喉嚨**。這就是預兆預見的時刻，沒錯。我命令手及臂行動，它們卻好像被鎖住或壞掉了。我有不少打架的經驗，誰沒有呢？但是我以前從來沒有殺過人。要知道，河谷人底法律禁止殺人，是的，如果你偷走別人底生命，將來就沒有人會再跟你交易、見面，或做其他的事，因為你底靈魂已經中了太多毒，你可能會把疾病傳給別人。不過我還是站在那裡，就在自己底床邊，我底刀子離那柔軟、蒼白的喉嚨只有幾吋。

那隻笑鶇又快又喧噪地在訴說牠底冒險故事，輕快底歌聲聽起來很像磨刀的聲音，我在那裡、在那時候第一次發現。我知道為什麼不該殺死這個寇納人，這麼做並不會把河谷歸還給河谷人，這麼做會讓我被咒詛的靈魂變得更冷酷。如果我今生投胎成寇納人，那麼他有可能就是我，而我就是在殺死自己。比方說，如果亞當被收養了並且變成寇納人，我就是等於在殺我哥。老喬治**希望**我殺了他。這些理由難道還不夠我留他活命，然後自己悄悄走開嗎？

不的，我回答我底敵人，並且用刀子割斷他底喉嚨。神奇的紅寶石色液體湧出、溢出、在羊毛毯上產生泡沫，在石頭地上匯成小池。我在死人衣服上抹淨刀子。我知道將來會慢慢為這件事付出代價，就像我不久前說的，在這個敗壞的世界裡，不可能總是能做出正確的事。

走到屋外時，剛好碰到匆匆衝進來的美若寧。「寇納人！」她用噓聲說。我沒時間跟她解釋我做了什麼及理由。我急急忙忙把家族聖像塞進幾個馬鞍側袋裡，然後她用力把我拉上馬。有三、四匹馬從畢絲姨媽家那邊朝這裡躂啦躂啦地走上來。喔，我們最後一次加速衝出貝利家，就好像老喬治在打我們的屁股。我聽到後面有人講話；回頭瞄了一眼，甚至看到他們盔甲底閃光在無花果園裡若隱若現。

靠著憐憫宋咪底幫忙，他們並沒有看見我們正在開溜。之後，我們聽一陣刺耳的海螺號聲在河谷裡回響，是的，總共吹了三聲，寇納人一定發現了被我殺死的守衛，正在發出警報：**河谷人還沒有全數被俘虜或屠殺**。我知道，我現在必須為忽視第二個預兆而付出代價，而時間比我打賭的還要早，是的，而且美若寧得跟我一起付出代價。

不過，我們底運氣還沒有完全枯萎。其他海螺號聲開始回應第一批的海螺聲，是的，那些聲音是從下峽谷傳來，我們卻急忙地穿過維特貝通道回頭往上跑，路上也沒有人埋伏攻擊。真是逃得非常驚險，只要在我家再多待一下子，寇納人馬兵就會看到我們並且開始追擊。我們避開沒有遮蔽物的柯哈拉山脊及牧草地，在森林邊緣尋找掩護，在那時候我才向美若寧坦承我對睡著守衛做的事。我不知道為什麼要說出來，但是，的確，秘密會像蛀牙一樣讓你忍受不了，除非把它們拔掉。美若寧只是聽我說，是的，她沒有責怪我。

我知道在毛卡瀑布旁邊有個可以躲藏的洞穴，我帶著美若寧到那裡去度過她在大島上底最後一夜——如果一切都照計畫進行。我很希望沃特或考伯瑞或其他牧羊人也逃脫了寇納人底攻擊，現在正在那裡避難，但是，不的，洞穴是空的，只有幾條我們放羊人睡覺蓋的毯子藏在那裡。信風吹得很強，我開始擔心在黎明時要搭乘小皮艇從茂伊島出發的人，但天氣不是非常冷，所以我不敢冒險生火，在這麼靠近敵人底地方，不的。我在水池裡清洗了一下傷口，接著換美若寧洗身體，然後我們吃從克魯尼家拿來的食物，以及我回自己家拿聖像時隨手拿來的無花果麵包。

吃東西的時候，我沒辦法停止回憶及說一些往事，沒辦法。我談到家人還有爸及亞當，好像只要他們還在言語中活著，身體就不會死掉。我知道美若寧走了之後，我一定會非常想念她，知道嗎，我在大島上已經沒有還沒被抓去當奴隸的兄弟了。月亮女士升上天空，用憂愁的銀色眼睛看著我那被毀掉的美麗河谷，野狗們也在為死去的人哀嚎。我在想，這下子族人們底靈魂要去哪裡投胎？河谷底女人們已經不會再在這裡懷小孩了。我希望修道院長能現身教導我，因為我不知道問題底答案，美若寧也不知道。「我們先見相信，」她過了好一陣子才回答，「人死了就死了，不會再回來。」

「但是靈魂怎麼辦？」我問。

「先見不相信靈魂存在。」

「但是，如果死了以後什麼都沒有了，死亡不就冷得恐怖嗎？」

「是的，」她幾乎笑出聲來，但是臉上並沒有笑容，「我們底真理本來就是冷得恐怖。」

就在那一刻，我為她難過。「靈魂越過時間的天空，」修道院長曾經說，「就像雲朵越過世界的天空。宋咪就是東方及西方，宋咪就是地圖，也是地圖的邊界，也是地圖邊界之外的一切。」星星點亮了，我先負責守衛，但我知道美若寧並沒有在睡覺，沒有，她在毯子下面想事情及翻來覆去，最後她終於放棄，然後出來坐在我身旁，和我一起看著月光下底瀑布。和蚊子一樣多的問題像瘟疫一樣煩擾著我。「河谷人及先見的火今天晚上都熄滅了，」我說，「這不就證明野蠻人比文明人更強壯嗎？」

「這不是野蠻人比文明人強壯的問題，」美若寧認為，「是人數多比人數少強壯的問題。先進的觀念及技術讓我們許多年來占領優勢，就像我那支射擊器在斜坡池塘的優勢，但只要對方的人手及腦袋夠多，優勢有一天就會消失。」

「所以，是不是當野蠻人比當文明人好？」

「這兩個詞背後的真正意義是什麼？」

「野蠻人沒有法律，」我說，「但文明人有法律。」

「更深層的意義是：野蠻人只知道滿足當下需求。肚子餓了，他就吃。生氣了，就攻擊人。性慾來了，就射進一個女人。他底感覺就是主人，如果感覺說『去殺』，他就會去殺。就像長著尖牙的動物。」

「是的，那就是寇納人。」

「再來，文明人同樣有這些需求，但是看得比較遠。他會只吃一半的食物，是的，但是把另一半食物拿去種，這樣明天就不會挨餓。生氣的時候，他會停下來想為什麼會生氣，這樣下一次他就不會再生氣。性慾來了，嗯，他想到自己也有姊妹及女兒需要尊重，所以他會同樣尊重他兄弟底姊妹及女兒。他底感覺是他底奴隸，如果感覺說要這麼做，他會說：『別去做！』然後他就不會去做，不的。」

「那麼，」我又問了一次，「是不是當野蠻人比當文明人好？」

「你聽我說，野蠻人與文明人並不是用部落，或是信仰，或是住在山的哪部分來區分，不的，每個人都有這兩種本質，是的。舊時代人有像神一般的先進技術，卻和豺狼一樣野蠻，這就是促成大毀滅的原因。相反的，我認識一些野蠻人，他們肋骨中有顆美好的文明人底心在跳動，或許有些寇納人也是。只是數目還不足以影響我們對他們一整族人底看法，但是誰能保證將來有天他們不會變成文明人？將來有一天。」

「將來有一天」對我們來說，只是像跳蚤一樣小的希望。

「是的，」我記得美若寧這樣回答我，「但是跳蚤很難完全除掉。」

當我底朋友終於睡著時，月亮女士照亮她肩胛骨正下方一個非常怪異的胎記。算是一個很小的手印，是的，上頭伸出六道線條，在她深色皮膚對照下這胎記顯得特別蒼白。我很好奇先前為什麼從來沒看過。我用毛毯把它蓋起來，免得她著涼。

現在，毛卡急流底水像蛇一樣扭擺，墜落到陰暗的毛卡河谷裡，是的，它只提供整個河谷五六家底飲水，因為這個有夏天氣息的地方對人類並不友善，不的。沒有人在毛卡放羊，所以路上盤據著爬藤及荊棘，只要稍不留神，眼睛就可能被勾挖出來，這種路讓馬走得很辛苦。雖然有美若寧在前面開路，走了四分之一哩路後，我還是被刮傷得很嚴重。毛卡河谷上端的最後一個住家，也是我們最先走到的住家，是聖宋咪底家，首領是個名叫席維斯崔的獨眼人，靠種芋頭及燕麥為生。傳言說，席維斯崔溺愛他眾多女兒的方式有點不自然，並且批評他沒有把該繳納的東西交到公用大廳。

晾曬的衣物散落在院子裡，他底女兒被帶走了，但席維斯崔哪裡都沒去，我們騎到他家時，他被割下來的腦袋就從一根竿子頂端上看著我們。他在那裡已經一段時間了，知道嗎，他底頭長蛆了，我們還看到一隻肥鼠爬上竿子吃穿他底一顆眼珠。是的，長鬍鬚的惡魔對著我扭了扭牠底尖鼻。「你好嗎，沙奇，你不覺得席維斯崔現在看起來比以前英俊嗎？」但是我沒去理他。一隻公雞突然從煙囪管冒出來啼叫幾聲，我差點嚇到從馬背上掉下來，知道嗎，我以為那是埋伏的人在吶喊。

現在我們有一種選擇，跟馬道別，然後爬過脆弱的山脊到波羅魯河谷去；或者直接順著毛卡小徑下到岸邊，冒著可能會遇上散落各處打算殺光殘餘河谷人的寇納人的風險。剩餘不多的時間幫我們做了選擇，我們要繼續騎馬，還記得吧，我們必須在中午之前到達伊卡之指，而那裡距離席維斯崔家還有十哩遠。我們也沒有經過柯勒家及「最後的鱒魚」，因為，我們已經沒有時間再偵察了。

一陣雨伴隨我們從柯哈拉山走下河谷，走到岸邊時並沒有遇見埋伏，雖然我們在幾棵「刀指」棕櫚樹下面看到寇納人最近才留下來的腳印。那一天海水並不像池塘平靜，但也不像山丘起伏得厲害，上面坐著幾個熟練划槳手的小皮艇還不至於翻船。不遠處響起寇納人底海螺號聲，震得我十分不安。我在海螺聲裡聽到我底名字。空氣像鼓一樣緊繃，我已經知道因為沒去理會第二個預兆，必須為那不需要犧牲的生命付上代價，而且事實上我可以選擇另一種人生。

在海灘皺褶與梅杜莎峭壁的巨岩交接之處，我們必須彎向內陸，穿過幾片香蕉園，抵達波羅魯小徑，那條小徑可以引導我們走出最北的河谷，進入一片不屬於任何人底土地，最後到達伊卡之指。我們順著小徑走，從兩塊巨大黑色岩石之間擠身而過，然後我們聽到口哨聲，聽起來像是人吹的而不是鳥。美若寧把手伸到斗篷裡，還來不及把那根脛骨拿出來，兩側的兩塊岩石上就各冒出兩個鯊魚般的寇納哨兵。四支可隨時發射的十字弓對準我們底頭，離我們不到幾吋。透過枝葉縫隙，我看到一整隊可惡的寇納人！十來個或數目更多的馬兵正散坐在一個營帳四周，我知道我們差一點就成功了，但是事情已經結束，就是這樣。

「通行密語，騎兵？」一個哨兵吼著。

「這是什麼，士兵，為什麼帶著他？」另一個哨兵用十字弓挑動我底乳頭。「讓一個河谷男孩底屁股弄髒寇納人底一匹好馬？你底將軍是誰，騎兵？」

我非常害怕，而且我知道別人也看得出來。

美若寧發出怪異及忿怒的咆哮聲，從她底頭盔裡盯著那四個人，接著又突然發出爆炸般的吼叫，樹上底鳥兒急忙哀鳴著飛離。她用忿怒的聲音來掩飾她底外地腔調。「**你們這幾個從老鼠屁眼排泄出來的可惡閹豬切片，竟敢用這種口氣跟將軍說話！我這奴隸底屁股要把哪個地方哪種東西弄髒，都是我說了算！誰是我底將軍？我底將軍就是我自己，你們這些可惡的蟲膀胱！馬上離開那塊岩石，去把隊長給我找來，不然我指著所有戰神發誓，我會剝掉你們底皮，然後把你們釘在最靠近這裡的黃蜂樹上！**」

絕望時突發奇想的計畫，是的。

美若寧底嚇唬只成功了一下子，不過一下子就差不多夠了。兩個哨兵臉色變白，垂下手裡的十字弓，然後跳到路上來。另外兩個從後面溜走了。「克嘶！克嘶！」在我們面前的兩個寇納人沒辦法再站起來了。美若寧突然用腳跟踢馬腹，馬嘶鳴了一聲，向後仰起，然後開始奔跑，我差點就失去平衡。宋咪底手扶我坐在馬鞍上，是的，要不是她，還有誰會？喊叫聲、海螺聲及「停下來！」的口令在我們身後鬧成一團，我們底馬向前奔馳，然後是「弗嘶嘶─匡噹噹噹」的聲音，第一支十字弓的箭射在我彎腰閃避的一根樹幹上。一陣疼痛在我底左小腿燃燒起來，你們看，就在這裡。我當時很震驚卻又異常冷靜，當身體知道狀況沒辦法輕易救治時，就會有這種感覺。來，我把褲管捲起來，讓你們看看箭尖在我腿上留下的疤……是的，現在看起來有多痛，當時就有多痛，而且更痛。

我們順著波羅魯小徑往下奔馳，越過多根多結的地面，速度比在巨浪裡滑行還快，要讓身體保持平衡的困難也有得比。我身體正在經歷苦楚，我什麼也不能處理，只能把美若寧底腰抱得更緊、更緊，並且試著用右腿去配合馬奔馳的節奏，不然一下子就會摔下馬，是的，我一旦摔下馬，不會有時間在寇納人及他們能射穿骨頭的十字弓箭追上之前，再坐回到馬背上。

我們順著小徑穿過由兩排樹構成的隧道，枝葉不時掠過頭頂，然後我們來到橫跨波羅魯河出海口的舊時代大橋，那是河谷底北邊界限。現在我們離那座橋只剩大約一百步，太陽高高掛在晴朗的天空，我看著前面的橋：橋上破損的厚木板被曬成明亮的金色，已生銹的支柱則在陰影下呈現青銅色。傷口的陣痛突然勾起回憶，是的，我底第三個預兆。**青銅正在發燙，但是別走過那座橋**。我沒辦法在奔馳的馬背上向美若寧解釋，所以只對著她底耳朵大喊：「我被射中了！」

她急忙拉住馬，停在離橋不到一碼的地方。「射中哪裡？」

「我底左小腿。」我告訴她。

美若寧非常焦慮地回頭看我。當時，追我們底人還沒現身，所以她翻身下馬來察看我底傷。她用手碰了一下傷口，我呻吟了一聲。「箭桿插在傷口上，我們應該先趕到安全的地方，然後我再——」

聽起來像鼓聲的復仇馬蹄聲，沿著波羅魯小徑逼近。

我那時才告訴她我們不可以過橋。「什麼？」她表情怪異地注視著我底眼睛。「沙奇，你底意思是這座橋不安全？」

好，就我所知，那座橋夠堅固，因為約拿斯還小的時候，我常帶他到北邊這裡來偷海鷗蛋，而且

「最後的鱒魚」的馬高里夫幾乎每個月都會推著手推車過橋去獵海豹。但是，聖像所裡做的夢不會騙人，不的，從來不會，而且修道院長叫我記住我底預兆直到某一天，而且那天就是現在。「我是說，」我說，「宋咪告訴我不要過橋。」

恐懼讓美若寧底口氣變酸，她畢竟只是個人類，就和你我一樣。「宋咪知道後面有一窩蜂氣呼呼的寇納人正在追我們嗎？」

波羅魯河底出海口非常寬闊，我跟她說，所以水並不會很深，水流也不強勁。小徑在還沒到達橋之前就岔開來，是的，從我們所在地順著小路走一小段就可以涉水過河。馬蹄聲越來越近，寇納人過不了多久就會看見我們。

好，美若寧聽信了我底傻話，我不知道她為什麼相信，但她就是信了。很快地，閃亮而冰冷的波羅魯河水讓我底傷口麻木，馬卻在布滿小圓石的河床上不斷踩滑。啪躂、啪躂，三個寇納人騎馬衝到橋上看見我們。空氣開始震動，一支兩支三支十字弓的箭劃破空氣射入河裡，水花濺溼我們。新到的三個寇納人趕上前三個，但是他們沒有停下來射箭，沒有，他們啪躂啪躂地越過波羅魯橋，要到對面的河岸去攔截我們。我絕望地咒詛自己，「是的，這下子我們要成為兩隻死肥鳥了，真的？」我當時這麼想。

你們知道怎麼用斧頭砍倒一棵樹來當木柴吧？砍下最後一斧之後，樹會發出纖維裂開的刺耳聲音，接著整根樹幹才一面呻吟一面緩慢地倒下，聽過嗎？那就是我當時聽到的聲音。知道嗎，一、兩個河谷人推著手推車過橋是一回事，一匹馬奔馳著過橋是另一回事，至於六、七、八個全副武裝的寇納戰馬一起衝上橋，那就太誇張了。那座橋像是用稻草及口水製成的，整個毀了，是的，支柱斷裂、枕木散裂，嚴重磨損的纜繩也一起爆裂。

不是輕微的摔落，不的。波羅魯橋有十五個人疊起來那麼高。馬匹往下掉，肚子朝上的人在空中不斷旋轉，騎馬的人則是被馬蹬及馬具纏住，就像我說的，波羅魯河不是能夠接住他們、讓他們浮起來的安全深水池，不的，裡面全都是厚重的岩板及尖銳的石塊，讓他們摔得很慘，非常慘。沒有半個寇納人再爬起來，沒有，只有兩、三匹可憐的馬痛苦地扭動身體或用腳亂踢，現在不是去照料動物的時候，不的。

✧

好吧，故事現在就快要結束及講完了。美若寧和我涉水到了對岸，我在禱告中向宋咪獻上感謝，雖然現在已經沒有河谷文明可以拯救了，但她最後還是再一次救了我底命。我想，剩下的寇納士兵都在忙著處理摔死及淹死的同伴，所以沒有來追我們，是的。我們越過荒涼的沙丘，終於到達伊卡之指，一路上沒再發生意外。還沒有小皮艇在等我們，但是我們還是先爬下馬，美若寧拿出先進藥物塗在我被箭射傷的小腿。她把箭拔出來的時候，疼痛順著我底身體往上傳，感覺好像被蒙住了頭，所以老實說，茂伊島來的兩艘小皮艇載著狄奧菲謝到達時，我根本沒有看到。

現在我底朋友必須做決定，是的，她要把我放進皮艇裡載走？還是把我留在大島上？我沒辦法走路或做事，要把我留在寇納人騎馬一下子就可以到達的地方？嗯，在這裡我把故事告訴你們，讓你們知道美若寧最後的決定。有時候我很後悔她底選擇，是的，有時候卻又一點也不後悔。船來到海峽中段後，我被新族友底划槳歌聲吵醒。美若寧正在幫我換掉沾滿血的繃帶，她又用一些先進藥物讓我減輕許多疼痛。

我從皮艇底船底望著幾朵在天空中晃動的雲。靈魂越過世代，就像雲朵越過天際。雖然一朵雲底形狀及顏色和大小不會一直維持原樣，但它仍舊是一朵雲，靈魂也是。誰知道這朵雲從哪裡吹來，或者這個靈魂明天會變成哪一個人？只有是東方及西方及指南針及地圖的宋咪知道，是的，只有雲底地圖。

狄奧菲謝看到我張開眼睛，就指著大島給我看——在東南方的藍色中的一塊紫色。毛納基亞山卻像個害羞的新娘，把她底頭藏了起來。

是的，我過去的世界及人生已經縮得很小，我用手指及拇指圈起來，就可以整個圈住。

✧

我老爸沙奇是個古怪的傢伙，現在他都死了我就有話直說。喔，我爸大部分的傳奇故事都只不過是他想像出來的鴨屁，在他淒涼的老年，他甚至相信先見美若寧就是他最親愛的宋咪，是的，他很堅持，他說，從胎記及彗星尾巴及其他種種，他知道了這一切。

爸有關寇納人底描述及他從大島逃出來的細節，我自己相信嗎？那些故事大多有一些真實成分。有些故事有一點點真，也有不少故事有很多的真。我認為，先見美若寧底故事大多是真的。知道嗎，爸死了之後，我姊和我去翻他底遺物，結果我找到那顆在故事中稱為「祈錄」的銀蛋。就像爸說的，如果用手讓它溫暖，一個漂亮的幽靈女孩就會在空中浮現，並且用舊時代人底語言說話，現在活著的人沒人聽得懂她，將來也不會有人聽懂，不的。那不是什麼可以拿來使用的先進器具，因為它不會殺死寇納海盜，也不能填飽你底肚子。不過有時候在黃昏，我底親人及兄弟會弄醒這個幽靈女孩，只為了看她散發出微光，飄浮在空中。她長得很漂亮，小孩子很迷她，而且她底喃喃自語能讓我們底嬰兒入睡。

好，先坐下來一兩下。

把雙手伸出來。

看吧。

宋咪～451 的祈錄

那麼尹海株是什麼人，如果他不是先前自稱的人？

我很訝異當時我竟然自己就回答了那個問題：聯合黨員。

海株說：「我以擁有這身分為榮，是的。」

學生熙立非常焦躁。

海株告訴我，如果我不信任他，我過不了幾分鐘後就會是個死人。

我點頭同意，我會信任他。

但是，關於他的真實身分，他先前已經騙過妳一次了，這次為什麼還要相信他？妳怎麼知道他不是要誘拐妳？

我也不知道，我不太確定。我根據他的性格決定。只能希望時間會證明我的判斷有道理。我們沒再去管老卡文迪西後來的命運，先顧自己的命運再說。我們經過一條條走廊，穿過一道道防火門，盡可能避開光線與其他人。海株扛著我走下許多階梯，我們沒時間等我自己去克服對樓梯的恐懼。

在地下第二層，張先生在一輛不起眼的福特裡面等著。我們沒時間打招呼。那輛車加速穿過一個接一個的隧道與福特停車場。張先生看著他的 sony，裡面的人在報導，交流道看起來還算暢通。海株命令張先生開往那裡，接著他從袋子裡拿出一把彈簧刀，削去他左手食指的指尖，然後從裡面挖出一小顆金屬蛋。他把這東西丟出窗外，叫我也跟著丟掉我的靈魂指環。熙立也拿掉了他的靈魂。

聯合黨人真的丟掉他們的永恆靈魂？我一直以為那只是以訛傳訛……

要不然，反抗運動者要如何逃避獨議當局的追捕？不這麼做的話，他們每經過一個交通號誌都有可能被偵測出來。福特繞過某個匝道的時候，暴風雨般的磷酸鹽火焰射進窗戶裡，空中盡是碎玻璃，金屬發出呻吟，福特一路刮過牆壁，發出刺耳聲，然後突然停下來。

屈身蜷伏的我聽到科爾特槍響。

福特震動了一下，然後又開始加速。某個人的身體被車撞飛。

這時，前座傳來因疼痛難耐而大聲哭號的聲音：海株拿著一把手持科爾特頂著熙立的頭，然後開槍。

什麼？他的同伴？為什麼？

獨議當局的達姆彈裡裝了卡洛毒西林及提神劑。卡洛毒西林是種毒藥，會把受害者折磨得痛苦不堪，讓他的尖叫聲暴露出他的所在位置；提神劑則能讓他不至於痛到失去意識。熙立趴了下去，身體像胎兒一樣蜷曲。海株放下手中的科爾特。我先前認識的那位開朗愉快的研究生不見了，我甚至懷疑那個研究生真的存在過。雨和風從被射破的窗戶吹進來。張先生加足馬力將車開進一條只比福特寬不了多少的垃圾巷，一路撞斷許多排水管。他開到環校道路時才放慢車速。前方是校園大門的紅色與藍色閃光。一架直升機在空中盤旋，颳起的強風猛打著附近的樹，機上的探照燈在路上四處掃射；幾個人在大聲吆喝，發出一些彼此矛盾的口令，不知道在命令誰。張先生警告我們要坐穩、抓牢，然後關掉引擎，把車轉到道路外。福特像野馬一樣蹦跳著，車頂一直撞到我的頭，海株也幫忙用身體將我壓住。福特的速度越來越快，一下子很重，一下子卻又完全失重。最後一次的撞擊釋放出我對黑暗、慣性、重力的記憶——被困在另一輛福特裡的記憶。那是在哪裡？那是誰？

竹子斷裂，金屬也扯裂。我的肋骨撞在福特的底板上。

安靜了，終於。福特死了。我聽到昆蟲的歌聲及雨打在葉子上的聲音，接著是急促的低語。我被壓在海株下面，他抖動幾下，發出呻吟。我全身淤傷，但是骨頭沒斷掉。光線像針一樣刺著我的眼睛。車外有人輕聲說：「尹中校？」

張先生最先回應：「打開這扇門。」

幾雙手把我們從福特裡抬出來。熙立的身體則留在原處。我看到一張張焦慮的臉、帶決心的臉、缺乏睡眠的臉：一群聯合黨員。我被抬進一間水泥屋，放進一個地道裡。「不要擔心，」海株告訴我，「我在這裡。」我的手抓著生銹的鐵梯，膝蓋爬過一條短隧道。更多雙手把我往上拉到一間修車店，接著我被放進一輛時髦的雙座高級福特。我聽到更多命令，然後海株跳進福特，發動引擎。再一次，張先生已經不知去向。我們前方的車庫門抖動了一下，然後開啟。接下來的印象是：一場小雨、市郊的小巷、塞車的幹道。坐在我們四周福特裡的是一些孤單的通勤族、約會的情侶，以及小家庭，有些和樂融融，有些像在吵架。海株終於開口時，他的聲音非常冰冷。

「如果我被達姆彈射傷，妳應該要像我對熙立那樣，盡快讓我死。」我不知道如何回答。「妳想必有一百個問題想問我，宋咪。我請妳再委屈一下子——如果我們現在被抓到，相信我，妳知道的事越少越好。我們今晚還有得忙。首先，我們要到槐東濟去一趟。」你曾經到過那一區嗎，記錄員？

如果被發現出現在那次人類貧民窟裡，我一定會被開除。但請為我的祈錄描述一下那裡的情形。

槐東濟是由歪七扭八的低矮房舍、廉價旅館、當舖、嗑藥酒吧、安樂窩所構成的敗德迷宮，它涵蓋了老首爾地鐵站東南方大約五平方哩大小的地面。它的街道窄到福特開不進去，巷弄散發出垃圾與下水道的惡臭。廢棄物企業根本不想到這區來服務。海株把福特留在一個出租車庫裡，提醒我隨時記得把頭藏在連衣帽裡，因為在這裡被截走的量產人最後都會出現在貧民窟的妓院——經過粗糙的手術之後，她們也能從事性服務。純種人躺在門廊裡，他們的皮膚因為長期曝露在城市的熱雨下而發炎。一個小孩跪在地上舔泥坑裡的水解渴。我問誰住在這裡。「患了腦炎或有鉛肺的都會區移民。」海株告訴我，「醫院將這些人的靈魂搾乾到只剩下足夠的靈魂點數來買一劑安樂死的藥，或是雇人用福特將他們送到槐東濟。結果這些傢伙做了錯誤的選擇。」

我不明白那些移民為什麼要逃離生產區來到都會區，最後換得這樣的命運。海株列出了下面原因：瘧疾、水災、旱災、劣等的穀物染色體組態、寄生蟲、逐漸逼近的死域，以及單純想給孩子更好生活的渴望。和讓這些移民選擇出走的工廠比起來，他跟我說，宋老爹企業已經算是很有人性的雇主了。不肖的移民經紀人跟他們保證，在十二都會區的錢會像下雨一樣從天空落下來，移民也很渴望相信；等他們發現真相後已經來不及了，因為移民經紀人只辦理單向移民。海株帶著我避開一隻在喵喵叫的兩頭鼠。「牠們會咬人。」

我問他，「自立當局怎能容忍這種事發生在第二首都裡？」

「每個都會區，」我的導遊跟我說，「都需要有一個化學廁所，讓都市中沒人要的廢棄人類可以在那裡快速地——並不是秘密地——分解。這可以刺激低階消費者努力工作。槐東濟這類貧民窟彷彿在對他們說：『工作，消費，再工作，不然將來你們的人生也會結束在這裡。』企業家就利用那裡的法律真空狀態，像食屍鬼般在貧民窟裡為想要偷點腥的高階消費者設立遊樂區，所以槐東濟從來不用去煩惱納稅及賄賂。醫學企業每週在這裡開診，讓即將死去的次人類可以用還算健康的身體零件來換取一劑安藥死液囊。器官企業也和市政當局簽訂了有利可圖的合約，每天都會派一組基因改造成完全免疫的量產人——和災難人有點類似——來到這裡，在蒼蠅聚集之前清理掉死者的屍體。」海株這時叫我保持安靜，因為我們已經到達目的地了。

準確來說，那是在哪裡？

準確的地點我說不上來：槐東濟並沒有分區，也沒有地圖。我記得那是間屋簷向外伸出的麻將屋，高門楣讓髒水不會跑進屋內，但我猜我已經認不出那棟建築了。海株在一道強化門上敲了敲，門上一個眼孔閃了一下，門閂發出卡嗒聲，門房把門打開。門房的防彈衣上有幾塊污漬，手裡的鐵棒看起來能致命，他咕噥著，叫我們在那裡等阿芮．納老媽。我心想，他的衣領下面是不是也載著一個量產人的項圈。

一條煙霧瀰漫的走廊轉彎後不知通往何方，走廊兩側都是紙屏風。我聽到麻將牌的聲音，聞到腳臭味，看到穿著怪異外地衣著的純種人服務生端著盛飲料的托盤。每當她們推開一扇紙屏風，她們臉上嫌麻煩的表情就會轉變成女孩該有的愉悅。我跟著海株的動作，脫掉腳上已經在槐東濟巷弄裡弄髒的耐吉。

「如果不是情況非常不妙，你們不會出現在這裡。」聲音的主人正從天花板上一個開口對我們說話。她那類似蜘蛛網的嘴唇、弦月般的眼睛，以及斷斷續續的話，到底是基因改造還是基因突變的結果，我猜不出來。她戴滿寶石戒指的手指抓在開口的邊框上。

海株走到方形開口的正下方，尊稱阿芮．納老媽為夫人。他向她說明最新的狀況。「有個組織轉變成癌細胞，梅菲被捕，熙立中了達姆彈而被我射死，所以，沒錯，情況的確非常不妙。」

阿芮．納老媽的舌頭是一般人的兩倍長，她將舌頭伸直再捲回去，一次或兩次。她問那癌細胞擴散的範圍有多大。聯合黨員回答說，他正是要來這裡弄清楚。房子的女主人叫我們直接到密室去。

密室？

在嘈雜的廚房及一道假牆後面的狹長房間，裡面只點了一盞微弱的小燈。一個鑄鐵火爐邊放了一杯紅寶石色的檸檬水，那火爐的年紀肯定比這房子還大，甚至可以和這城市的年紀相比。我們坐在地板上的老舊坐墊上。海株拿起飲料吸了一口，告訴我可以翻開連衣帽了。鋪著厚木板的天花板傳來砰砰的腳步聲及嘎吱響，接著一扇艙口蓋翻開，阿芮．納老媽的臉再次出現。她看見我，一個宋咪，臉上沒露出驚訝的表情。接著，古董火爐配合著現代線路嗡嗡作響。一團球狀的黑暗與沉默開始擴散，直到吞沒整個密室，掩蓋了廚房的噪音。火爐上方一片雜色的光轉變成一條錦鯉。

一條錦鯉？

沒錯，錦鯉，一條魚。莊嚴、珍珠色配橙色、帶著野菇斑點、留著中國式鬍子、半公尺長的錦鯉。尾巴慵懶地拍了一下，這隻魚朝我游了過來。牠移動時，水蓮的根就分開讓牠過去。牠的古老眼睛看著我的眼睛，身體兩側的鰭不斷擺動著。錦鯉往下移動幾吋來讀我的項圈，我聽到一個老人在唸我的名字。我看著海株，但是在水底下昏暗的空氣中，我幾乎看不見他了。

「我非常高興妳還活著，」那隻 3D 錦鯉的無線電模擬聲音聽起來很有禮貌，但是有點模糊，而且是碎裂的，「也很榮幸能親眼見到妳，我是聯合黨的安柯．阿畢斯。」那條魚為了眼前誇張的視覺影像向我致歉。偽裝是必要的，因為獨議當局會仔細清查每一個頻率的信號。

我回答說我瞭解。

安柯．阿畢斯跟我保證我很快就會瞭解更多、更多事，然後搖擺尾巴游向海株。「尹中校。」海株向他鞠躬，並且報告說他已經讓熙立安樂死了。

聯合黨高層說他已經知道這件事，也知道沒有麻醉藥可以減輕海株心中的疼痛。他還提醒海株，是獨議當局殺了熙立，海株只是讓他的兄弟獲得解脫，不需要死在沒人注意的囚房裡。阿畢斯接著勸海株一定不要讓熙立平白犧牲。然後是一小段戰況簡報：為了妥協，已經犧牲了六個組織，另外十二個已經做好了防火牆。「好消息」是梅菲董委已經在被逼供之前自我了結。接著安柯．阿畢斯命令海株將我從一號西門送出首爾，在有人護衛下往北走，一路上好好反省他給的建議。

錦鯉繞了一圈，消失到密室的牆壁裡，然後再從我的胸腔裡冒出來。「妳很聰明地選對了朋友，宋咪。我們可以一起改變企業政治文明，讓它脫胎換骨。」他保證我們很快就會再見面。圓球縮進火爐裡，密室也恢復原狀。錦鯉變成一絲光線、一個點，然後不見了。

食指裡沒有靈魂，海株打算怎樣通過都會區的出口？

幾分鐘後，一個靈魂移植醫師就被帶進來。那個男子體型嬌小、臉上毫無特徵，帶著專業的不屑表情檢查海株被切斷的指尖。他用鑷子從凝膠盒裡夾起一小片靈魂，將它放進活組織裡，然後在指尖上噴灑癒合劑。擁有這個不起眼的小東西，就能讓它的主人享有消費的各項權利，並且讓他可以將欠缺這東西的人全視為奴僕，這在我當時看來實在是——現在仍然這麼覺得——非常荒誕的道理。那名移植員告訴海株：「你的新名字叫做表玉鉉。」還說從任何一部 sony 都可以下載他的虛擬個人資料。

移植員接著朝我走來，一面說話一面拿出一隻雷射鉗。他向我保證，雷射能切割鋼鐵，卻絲毫不會傷害活體組織。他先除去我的項圈；我聽到喀喳一聲，被扯掉的時候我覺得有點癢，然後項圈就在我手中了。這種感覺很奇怪，好像手中拿著自己的臍帶，記錄員。「現在，來處理妳皮下的條碼。」他在我的喉嚨擦了一些麻醉藥，提醒我下一個步驟會痛，不過，工具本身的衰減場會讓條碼不至於因為碰觸到空氣而爆炸。

「妙招。」海株也探頭過來看。

「當然是妙招，」移植員回嘴，「是我自己發明的。令人嘔氣的是，我不能為這項技術申請專利。」他叫海株準備好一塊布來吸血。我的喉嚨痛得像被鋸子鋸開一樣。海株幫我止血時，移植員用鑷子夾起宋咪~451 的舊條碼——一小塊微晶片——給我看。他會非常小心地親自處理掉，他保證。他在傷口處噴灑癒合劑，並且覆蓋上膚色繃帶。「現在，」他說，「我犯的罪新奇到還沒有名字——賦予量產人靈魂。這項天才創舉能得到什麼報償？號鼓齊奏的表揚？一座諾貝爾獎加上在大學裡不用教書的閒職？」

「在對抗企業聯盟政治的抗爭史上有屬於你的段落。」海株說。

「謝謝你，兄弟，」移植醫師回答，「而且還是長長的一整段。」手術進行得很快。他把我的右手掌放在一塊布上，在我食指的指腹噴上凝血劑及麻藥，割開不到一公分的切口，把一個靈魂塞進切口，並且嘖上癮合劑。這次，他的尖酸性格沒能藏住心中真正的感受。「願妳的靈魂在應許之地為妳帶來好運，劉允兒姊妹。」

我跟他道謝。我幾乎已經忘記阿芮．納老媽還在天花板上的開口往下觀看，但這時候她說話了，「劉姊妹最好換一張臉來配合新靈魂，不然，從這裡到應許之地的路上可能會碰到棘手問題。」

那麼，我猜妳的下個目的地就是整容師的家。

是的。門房護送我們一直走到托吉若街，槐東濟就以那條街和最靠近它的那些稍有地位的鄰居為界。我們搭地鐵到星崇一度相當繁華的購物商場；搭手扶梯經過一些不斷歌功頌德的有聲水晶吊燈；來到在天篷頂層很像養兔場的擁擠區域，只有確定目的地的消費者才會逛到這裡。海株帶著我在一些入口布置謹慎、招牌也故弄玄虛的店家之間彎來拐去，最後順著一個死通道走到一扇平凡的門前。門旁的壁龕裡有一株盛開的虎皮百合。「別說話，」海株提醒我，「這個女人的刺需要特別小心。」他按了門鈴。

那株虎皮百合的斑紋亮了起來。它問我們有何貴幹。

海株回答說，我們和奧維夫人約了時間。

那株花彎下身來看了我們一眼，然後叫我們等一下。

門滑開了。「我就是奧維夫人。」一個像骨頭一樣白的純種人向我們宣告，露滴在很久很久以前就將她冷豔的美貌凍結在二十五、六歲，但是她的聲音卻和鋸子一樣粗。「你們並沒有和我約時間，不管你們是誰。這家店只做高階人士的生意，我的生物美容師只接熟人介紹的客人。你們可以到下面幾層去找個『做臉匠』幫你們服務。」

她當著我們的面把門關上。

海株清了清嗓子，對那株虎皮百合說話。「請告訴高貴的奧維夫人，欣容夫人向她致上由衷的敬意。」

緊接是短暫的沉默。虎皮百合開始變紅，然後詢問我們旅程是否漫長。

海株答出通關密語：「旅程夠漫長，你就能遇見自己！」

門打開了，奧維夫人對我們的蔑視並沒有變淡。「誰還能跟欣容夫人說好說歹？」她叫我們跟著她走，不要耽擱。用簾幕圍起來的走廊兩側都加裝了阻光吸音板，我們在裡面繞了一分多鐘後，一位男性助手默不作聲地加入。我們經過一扇門來到一間比較亮的工作室，我們的聲音重新出現。整容師的工具在殺菌燈的照射下微微發亮。奧維夫人叫我翻開連衣帽。和阿芮・納老媽一樣，她一點也沒驚訝的模樣。我懷疑像她這種地位的人，可能從來就沒去宋老爹餐館用餐過。奧維夫人問我們有多少時間可以整容。海株告訴她，我們九十分鐘後就得離開，奧維夫人失去她那如針尖般銳利的冷靜。

「你們為什麼不乾脆自己用口香糖與口紅來弄就算了？欣容夫人把虎皮百合當成在辦降價促銷活動的整容所，櫥窗裡還貼滿『整容前』與『整容後』的柯達嗎？」

海株急忙跟她解釋，他並不期望她幫我做全副整容，只需要做表面上的化妝，讓我可以騙過電眼或路人的隨意一瞥。他承認九十分鐘**的確**短得誇張，這也就是為什麼欣容夫人要找一流整容師中最好的一位。這位自負的整容師聽出他話中的諂媚，不過還是沒能免疫。

「你說得沒錯，」她自誇，「沒有人，**沒有人**像我這樣能看出人臉底下的那一張臉。」奧維夫人量了我的下顎角度，說她可以改變我的膚質、膚色、頭髮、眼瞼及眉毛。「我們必須將眼睛染成純種人的顏色。」臉頰可以打出一對酒窩，我的顴骨將被削掉。她承諾她會好好利用剩下八十九分鐘的寶貴時間。

奧維夫人的手藝出了什麼狀況？妳看起來就和剛從子宮槽生產出來的新宋咪一模一樣。

為了讓我在黃金時段的法庭節目上露臉，獨議當局重新讓我整形。明星女演員看必須起來像她扮演的人。不過，我跟你保證，我剛從虎皮百合出來臉上還痛得吱吱響時，連瑞伊監督都不會認得我。我象牙色的虹彩被染成茶褐色，眼睛變得較長，頭髮變成黑色。如果你對我的長相感到好奇，你可以去看看我被捕時所照的柯達。

奧維夫人沒跟我們道別。在門外，一個手中拉著一顆紅氣球的黃金男孩站在手扶梯旁邊等我們。我們跟在他身後，來到商場底下人來人往的福特停車場。那男孩不見了，但他的紅氣球被繫在一輛越野車的雨刷上。我們開上一號快速道路往一號東門駛去。

一號東門？聯合黨長官阿畢斯是叫你們往西走。

是的，但那位長官還在命令後面加上：「一路上好好反省我給你的建議。」這代表「把命令倒轉過來」。西的意思變成東，北的意思變成南，「在護衛下」的意思就是「獨自行動」。

那倒是簡單到很容易識破的密語。

過於審慎的大腦經常會忽略掉最簡單的東西。我們在快速道路上高速行駛，我問我的同伴，「尹海株」是不是真名。這位聯合黨員回答我，他們這些受感召的人沒有一個人用真名。出口匝道往下通到收費站。我們減速，加入正在排隊的車陣。前面每位駕駛都從福特車窗伸出手指，讓電眼感測他的靈魂。執法人員隨機攔下福特來訊問。「三十輛攔一輛，大約，」海株喃喃地說，「很有機會可以安全過關。」終於輪到我們來到感測器面前。海株把手指放在感測器上，刺耳的警鈴聲響起，擋車桿放了下來。四周的福特讓我們完全沒有逃脫的機會。海株輕聲跟我說：「保持微笑，裝出無聊的樣子。」

一位執法人員走上來，動了動拇指。「出來。」

海株照著做，像男孩一樣傻笑著。

執法人員問他的姓名和目的地。

「噢，呃，表玉鉉。」連海株的聲音也變了。「長官。我們，呃，要開車到都會外圍一家福特旅館。」

海株四面觀望了一下，然後做了一個猥褻的手勢，我是從邦樹和他朋友那裡知道這手勢的意義。那家福特旅館離那裡多遠，那個執法人員質問。他難道不知道現在已經過了二十三時了嗎？

「那是在驪州的『砰砰你死了』福特旅館。」海株故作曖昧地回答。「房間舒適，價錢合理，他們可能會讓像您這樣的執法人員免費試用設施。走快車道三十分鐘內就可以開到，從東向的十號出口下去。」他向對方保證我們在宵禁之前就會到達，而且時間還綽綽有餘。

「你的食指怎麼了？」

「哦，那就是讓電眼不斷閃爍的原因嗎？」海株發出舞台演員的抱怨聲，踱步走到一旁。他是在阿姨家幫一棵自然生長的酪梨樹清除石子時把手指割傷了，到處都是血，在那件事之後，他只願意碰沒有石頭的酪梨，人不需要為自然付上那麼高的代價。

執法人員的眼睛窺進福特，命令我把連衣帽翻開。

我希望我的害怕看起來只像是害羞。

他問我，我的男朋友是不是平常就這麼多話。

我害羞地點個頭。

那就是我反而一句話都不說的原因？

「是的，先生。」我說，心想他一定會認出我是個宋咪。「是的，長官。」

執法人員告訴海株，女孩子們在結婚當天之前都是既順服又端莊，在那之後就會開始喋喋不休，而且永遠不會停下來。「快走吧。」他說。

你們那天晚上在哪裡度過宵禁？不是在一間寒酸的福特旅館吧？

不是。我們從高架道路的二號出口下去，然後走一條叉路進入沒有燈光的鄉間小路。由多刺松樹形成的堤防，遮擋住一個裡面約有一百多個單位的工業區。已經快到宵禁了，附近只剩下我們這輛福特還在行駛。我們把福特停好，穿過一個多風的前院，來到某集團的一棟混凝土建築面前，上面寫著：**九頭蛇育嬰企業**。海株的靈魂閃了一下，那扇旋轉門就打開了。

建築物內並不是園藝試驗所，而是被紅光照亮的密閉空間，裡面有一個又一個巨大的培育槽。空氣溫熱、潮溼到令人不舒服。我透過培育槽的觀察窗看到一些糾結、黏稠的液體，一時之間看不出槽裡真正裝的是什麼。過了一會兒，我才辨認出一隻隻的手、腳與手掌，還有未成熟的臉，每一張都是同一個模樣。

子宮槽？

是的，我們在一個基因改造實驗室裡。我看著一簇簇的量產人胚胎懸浮在子宮槽的漿液裡。我在見證自己的成形過程，請記得。有些胚胎在睡覺，有些在吸指頭，有些快速擺動手或腳，好像在挖東西或跑步。我問海株，我就是在這裡被培育出來的嗎？海株說：「不，宋老爹位在光州的育嬰室是這裡的五倍大。」我眼前這些胚胎被設計成適合在黃海底下的鈾礦隧道裡工作，碟狀眼睛讓它們可以在黑暗中工作。事實上，它們只要暴露在未經濾光處理的陽光下，就會精神錯亂。

這個實驗室的溫度讓海株臉上的汗滴閃閃發亮。「妳想必需要吃肥皂了，宋咪，我們的閣樓就從這邊走。」

一個閣樓？在量產人育嬰室裡？

聯合黨員喜歡做些諷刺的事。我們的「閣樓」是值夜班者的房間：用混凝土蓋成的房間裡面只有一個淋浴室、一張單人床、一張桌子、一疊椅子、令人不敢領教的空調，以及一張壞掉的乒乓桌。天花板上肥大的管子振動著發出熱氣。一部 sony 平板螢幕可以監視子宮槽，另外還有一個窗戶可以俯視整個育嬰室。海株建議我先沖個澡，因為他無法保證明天晚上還有機會洗澡。他掛起一面帆布，給我一點隱私，然後在我洗澡的時候用椅子為自己堆起一張床。我出來時，一個液囊的肥皂和一組新衣服已經在床上等我了。

要在不知名的地方過夜，甚至也不知道尹海株真正的名字，妳難道不覺得危險嗎？

我累過頭了。靠著肥皂幫忙，量產人可以保持清醒超過二十個小時，但是之後我們就會突然倒下睡著。

幾個小時後我醒過來時，海株正趴在斗篷上打呼。我仔細看他臉頰上一道凝結的血塊，那是我們從天摩山逃出來時刮傷的。和我們比起來，純種人的皮膚非常細緻。他的眼球在眼皮後面快速旋轉；房間裡其他東西都靜止不動。他也許是在唸熙立的名字，或許只是無意義的聲音。我在想，作夢時他會是哪一個「我」。接著我用靈魂去感尹海株的手持sony，來認識我化名的劉允兒。我是個專攻染色體學的學生，馬年二月三十日出生於羅州。父親是宋老爹餐館的協理，母親是家庭主婦，沒有兄弟姊妹……視窗捲軸上的個人資料有幾十頁、幾百頁。宵禁的夜色逐漸消逝，海株醒來，按摩了一下太陽穴。「表玉鉉很想喝一杯濃星巴克。」

自從迪士尼禮堂事件以來，有個問題一直困惑我，我覺得現在就是把問題告訴他的好時機。聯合黨為什麼要這麼大費周章地保護一個實驗品量產人？

「喔。」海株含糊地回應我，並用手把睡意從眼睛揉掉。「說來話長，而且前面的路也還很漫長。」

更多逃亡？

不是。我們開著福特深入鄉間時，他回答我。我現在概述一下，讓你的祈錄可以記錄下來，記錄員。倪亞·索企業聯盟用毒藥害死了自己。它的土壤受到污染，河流裡沒有生物，空氣有毒，食物來源含有許多瑕疵基因。可以對付苦害的藥物，低階純種人根本買不起。黑病變與瘧疾的帶狀區域正以每年四十公里的速度向北蔓延。在非洲與印尼供應消費區食物需求的生產區，有超過百分之六十的面積無法住人。企業聯盟政治的正當性及財富都已經枯竭，自立當局的振興法案充其量不過是用來貼在大失血及截肢部位的膏藥。企業聯盟政府唯一的回應就是「否認」，正是所有信用破產的理論家最愛採用的策略。低階純種人墮落到次人類窟，高階人士只是眼睜睜看著發生，然後繼續像鸚鵡學舌，唸著《教義問答》第七條：「一個靈魂的價值等於它裡面金錢的數目。」

但是讓低階的純種人……淪落到像梘東濟這樣的地方，它的思考邏輯是什麼？一整個階層的人力？誰能替代他們提供我們寶貴的勞動力？

我們，量產人。雇用我們幾乎不需要成本，而且我們不會難纏地要求得到更美好、更自由的人生。因為量產人只要四十八小時沒有吸食特製的基因改造肥皂就會報銷，所以絕不會逃亡。而且量產人是終極的有機體機器。你還是主張倪亞·索聯盟沒有奴隸嗎？

那麼聯合黨打算要如何除掉你們指控我們聯盟的這些……「病症」呢？

革命。

但是就如同董委之歌所說，倪亞·索聯盟是這世界唯一一顆正在上升的太陽。小規模戰役之前的東亞，是由病態的民主、殘害民主的專制政權，與逐漸蔓延的死域所構成的混沌，就和世上其他地方的現況一樣！要不是自立當局整合了區域並且設定警戒範圍，我們早就和地球上其他地方一樣重新淪為野蠻人！怎麼會有一個理性組織像你們這樣選擇擁抱反企業聯盟的信條？這不僅是恐怖主義，還是自殺的行為。

所有上升的太陽都下山了，記錄員。我們的企業聯盟政府現在盡是腐敗、老朽的味道。

嗯，妳似乎全心信服聯合黨宣傳的理念，宋咪~451。

我也可以說，在我看來，你全心信服倪亞·索聯盟宣傳的理念，記錄員。

妳的新朋友有沒有具體告訴妳，聯合黨打算怎麼推翻擁有兩百萬純種人軍隊，再加上兩百萬個量產人軍人為後盾的聯盟政府？

有。他們打算促成六百萬個量產人同時高昇。

不切實際，癡人說夢。

所有革命在真正發生之前都純粹是不切實際的空想，接著就成為歷史上的必然。

聯合黨怎麼可能促成「量產人同時高昇」？

真正的戰場，你知道的，是在神經分子層次。幾百個在肥皂製造廠及子宮槽育嬰室等單位工作的聯合黨員，可以把蘇列門博士的催化劑加到最關鍵的供應線上，來促發幾百萬量產人高昇。

就算真的有，比方說，一千萬個量產人高昇了，他們又能對人類文明史上最穩固的金字塔政權造成什麼傷害？

誰要到工廠的生產線上去工作？去處理下水道的污水？到養殖場去餵魚？去開採石油及挖礦？為反應爐添加燃料？蓋房子？在餐館裡當服務生？撲滅火勢？擔任負責警戒的哨兵？為艾克森油槽加滿油？搬、挖、推、拉？播種、收割？你現在看出來了嗎？純種人已經失去讓企業聯盟，甚或任何社會能運作的基本技能。真正的問題應該是：六百萬個高昇的量產人搭配上警戒區內的義勇兵，再加上像梘東濟居民一樣已經沒東西好失去的低階純種人，還有什麼傷害是他們無法造成的？

獨議當局會維持秩序。執法人員並不全然是聯合黨員臥底。

連尤娜~939都寧願選擇死亡，也不願繼續當奴隸。

那麼妳在這個……反叛計畫中扮演的角色是？

我的第一個角色是成為試驗品，證明蘇列門的高昇催化劑確實有效。只因為我的心智沒有再退化，角色已經扮演成功，而且還會繼續扮演下去。我們需要的神經化學催化劑已經開始在十二個都會區的各個地下工廠大量製作合成。

「妳的第二個角色，」海株那天早上告訴我，「是擔任大使。」阿畢斯將軍希望我能成為使者，在聯合黨與高昇量產人之間的溝通者。幫助他們像有革命情操的人民一樣動員起來。

對於在恐怖組織中扮演傀儡的角色，妳有什麼感覺？

非常膽顫心驚。我並不是被基因改造來改變歷史，我告訴我的逃亡同伴。海株反駁說，從來沒有一個革命者是天生設計好的。聯合黨對我的唯一請求就是，他誠懇地說，不要當下就拒絕阿畢斯的提議。

聯合黨勾勒的美好明天藍圖，妳難道不覺得可疑嗎？你們怎麼知道新秩序不會帶來更可怕的獨裁？想想布爾什維克與沙烏地阿拉伯的革命，想想北美的五角大廈政變帶來的大災難。可以肯定地說，採取漸進式的改革、謹慎小心地踏出每一步，才是最明智的選擇。

對一個八職等的記錄員來說，你廣博的學識很不尋常。不知道你有沒有聽過二十世紀某位政治人物下的斷言：「一道深淵不是兩步就可以跨越過去的」？

我們已經無謂地繞著很有爭議性的核心問題打轉，宋咪。讓我們回到妳的旅程吧。

我們走次要道路，在十一時左右到達水安堡平原。噴灑農藥的小飛機製造出番紅花色的肥料雲，讓地平線變得模糊不清。海株擔心我們會暴露在人造衛星的電眼下，所以我們選擇走原木企業的林業道路。夜裡下過雨，一窪窪積水讓泥土道路泥濘不堪，所以行進速度很緩慢，但是我們沒看到其他車輛。諾福克的松木橡膠木混種樹整齊地種在路旁，製造出整座森林正從我們這輛靜止不動的福特旁邊行軍而過的假象；軍隊的人數上億。我只有在海株用罐子為艾克森油箱重新裝滿油時，走出車外一次。在平原區，那是個陽光燦爛的早晨，但是在森林裡，連正午也是溼冷、安靜、幽暗，唯一的聲音是貧瘠的風掃過鈍頭針葉發出的咻咻聲。這些樹被基因改造成讓昆蟲跟小鳥不敢靠近，停滯的空氣中有濃濃的殺蟲劑味道。

森林匆匆地走了，就像它匆匆地來；地面開始有了坡度。我們朝東方行駛，月岳山脈出現在南邊，忠州湖則是往北方延伸。湖水有股難聞的味道，那是鮭魚養殖場排出的廢水在作祟。橫跨過水面的幾座山丘上展示著巨大的企業商標，一尊孔雀石製的先知馬爾薩斯雕像俯視著一片沙暴地帶。那條道路穿過忠州—大邱—釜山高速公路下面。海株說，如果他敢把車開上高速公路，我們在兩個小時內就可以到達釜山，但是慢慢走林間小路比較安全。我們就順著崎嶇不平但沒有電眼的路，左彎右拐地開進了小白山山區。

尹海株該不會想在一天之內就開到釜山吧？

不是的。在大約十七時的時候，他把福特藏在一個廢棄的木料場，然後我們徒步順著一條山徑往上爬。這經驗非常新奇，就像我第一次搭乘福特穿過首爾時的感覺。向外突出的石灰岩上生出苔蘚，山梨樹的幼苗及山梣樹從裂縫生出來，雲捲成渦旋狀，微風中有花粉和樹汁的香氣，被基因改造過的飛蛾在我們頭上盤旋，就和電子一樣，牠們翅膀上的商標在經過多代繁延後，已經突變成隨機出現的音節表：大自然勝過企業聯盟的一個小證據。站在一塊突出的岩台上，海株指向深淵對面，「看到他了嗎？」

誰？我只看到岩石表面。

繼續看，他說。接著，岩石壁上浮現出一個雕刻的人像，一個盤腿打坐的巨人。一隻細長的手高舉著，擺出一個優雅的手勢。他的五官已經被武器及風雨掃射、摧毀、打裂，但是只要你知道該往哪裡看，還是分辨得出他的外形。我說那個巨型雕像讓我聯想到提摩西．卡文迪西，這讓海株露出許久不見的微笑。他說，這個巨人是一個神，祂可以讓人從毫無意義的生、死、再生的輪迴中得到解脫。或許這尊全身都是裂縫的石像身上還殘留一些神性，只有無生命的事物可以這麼有生氣。我猜，當採石企業得到這個山區的開採權時，就會毀掉他。

海株為什麼要帶妳到這個無人出入的地方？

無人出入的地方也是個地方，記錄員。經過盤腿的巨人，越過山脊，我們來到一處空曠地，那裡有一座小型穀物苗圃、一些攤在矮樹叢上晾的衣服、幾小塊菜圃、用竹子搭建的一個簡易灌溉系統，以及一塊墓地。此外，一個沒什麼水的瀑布。海株帶我穿過一個狹窄的裂口，進入庭院，庭院四壁是些裝飾得無比華麗的建築，我從來沒見識過。最近的一場爆炸在庭院板石上炸出一個凹洞，也炸飛一些梁木，讓一處鋪瓦的屋頂坍塌下來。一座高塔禁不起颱風攻擊，倒在它的孿生高塔上。後者因為裡面用的象牙比木材還多，所以才能屹立不搖。這就是我們晚上要過夜的地方，海株跟我說。這原本是一座有十五個世紀悠久歷史的佛寺，但是企業聯盟政府在小規模戰役之後，將前消費者的所有宗教都解散，它也無法倖免。現在，它成為一群身無分文、卻仍然寧願在山林間辛苦求生、也不願在都會區過低階層生活的純種人的避難所。

所以聯合黨把它的溝通者，它的……「彌賽亞」藏在一群無用之徒當中？

彌賽亞。對一個宋老爹餐館的服務生來說，這是個多偉大的頭銜。在我們身後，一個被曬得黝黑、皮膚上布滿皺紋的農婦——和卡文迪西那時代的老人一樣，一眼就看得出年紀不小了——由一個腦部受傷的男孩攙扶著，一拐一拐地走進庭院。那個男孩，一個啞巴，對海株露出害羞的微笑，那女人像母親那樣熱情地擁抱海株。海株跟女住持介紹我，劉小姐。她的一顆眼珠是乳白色，另一顆則相當明亮且銳利。她熱情地用雙手緊握我的手。「歡迎妳來，」她跟我說，「歡迎之至。」

海株問她彈坑的事。

女住持回答，獨議當局在當地的分隊利用這裡做部隊訓練。上個月一架攻擊直升機無預警出現，投下一顆炸彈。一個人死亡，好幾個住民嚴重受傷。可能是惡意舉動，這女住持心情沉重地說出猜測，或者只是飛行員覺得太無聊，也或許是土地開發商看到這地方有蓋一間高階人士健身休閒旅館的商機，所以想把我們趕走。

我的同伴答應她，他會去查出原因。

那麼，這裡的「居民」到底是些什麼樣的人？非法占據土地的人？恐怖分子？聯合黨員？

每個居民都有不同的故事。我遇見過維吾爾的異議分子，從已經成為沙暴地帶的胡志明三角洲來的農民，一些原本社會地位不錯、卻和企業高層的政策理念不合的都會區居民，行徑怪異、沒人願意聘用的人，還有因心理疾病而落得分文不剩的人。七十五位居民當中，年紀最小的是九個月大。最老的是女住持自己，六十八歲，雖然如果她說她有三百歲，我也會相信，她是那麼有威嚴。

但是……沒有加盟店和購物商場要怎麼生存？他們要吃什麼？喝什麼？電要怎麼辦？娛樂呢？執法人員和社會秩序呢？他們的階級要如何建立？

去拜訪他們，記錄員。你可以跟女住持說是我叫你去的。不要？好吧，他們的食物來自森林及庭院，飲用水來自瀑布。他們還會到用來填地的垃圾裡去翻尋塑膠與金屬來製造工具，他們「學校」裡的 sony 是靠水力渦輪發電。夜間用的燈在白天靠太陽儲存電能。他們的娛樂就是自己；消費者沒有 3D 及 AdV 就活不下去，但是從前的人類卻活得好好的，現在也還可以。執法人員？這裡會發生問題，這是當然，甚至偶爾也會出現嚴重問題。但是只要人們願意合作，沒有解決不了的問題。

在山上要怎麼過冬？

從前十五個世紀的女尼怎麼過冬，他們就怎麼過：事先安排、節約、堅毅。寺院下方有個洞穴，日據時期的山寇把洞挖得更深，隧道就成為躲避嚴冬及獨議當局飛機的避難所。噢，這樣的生活無法和田園烏托邦的生活相提並論。是的，冬天酷寒，雨季無情，稻作病蟲害嚴重，醫藥資源嚴重不足。這裡的居民很少能活得像高階消費者那麼久。是的，這裡的居民和一般人一樣會爭吵、怪罪別人及悲傷，但至少他們在一個社區裡。同伴本身就是良藥。倪亞·索企業聯盟現在已經沒有社區了，只有彼此猜忌的階級與組織。那天晚上，我在閒聊、音樂、抱怨、談笑的背景中睡得很好，那是自從我離開宋老爹的寢室以來，第一次能夠真正安心睡覺。

聯合黨能從這塊殖民地得到什麼好處？

很簡單：聯合黨提供他們電燈之類的硬體設備，殖民地則提供聯合黨一個安全的住處——這裡離最近的電眼少說也有幾公里。天快亮之前，我在隧道裡醒來，然後爬行到出口。守衛是個中年婦女，她負責照管一把科爾特及興奮劑。她幫我把蚊帳拉高，但是警告我，這座老寺院圍牆的底下會有一些土狼在覓食。我答應她會保持在說話聲音可及的範圍內，然後在庭院周邊逛了逛，接著穿過狹窄的岩縫，到黑色與灰色的平台上去觀望。

山勢往下走，逐漸變得平坦。一陣氣流從山谷往上竄，帶來動物們叫喊、哭嚎、咆哮、唉哼的聲音，不過我連一隻動物也分辨不出來。我的所有知識都是經過篩選的，這讓我覺得自己很貧乏。還有滿天的星星！噢，山區裡的星星並不是都會區中小得像針尖的星星，它們就像下垂的飽滿果實一樣滴出光來。一塊大岩石動了一下，離我不到一公尺。「啊，劉小姐，」女住持的聲音傳來，「另一個早起的人。」

我跟她道早安。

這個老女人偷偷告訴我，這裡的年輕居民不喜歡她在太陽出來之前到處走，怕她會不小心掉進山溝裡。她從袖子裡拿出一根菸管，將菸草塞進菸斗裡點燃。本地土產的菸草，她承認，她早在幾年前就對精製的萬寶路失去興趣了。菸斗的煙聞起來有皮革的芳香及乾糞的味道。

我問她山溝對面斷崖上那座雕像。

悉達多還有一些別的名字，她告訴我。但大多數的名字現在已經沒人知曉。她的前輩們記得他的所有故事與教誨，但是當非消費性宗教被裁定為非法組織時，原先的老住持和師太們都被送進光屋了。現在的住持當時只是寺院裡的見習生，獨議當局認為她還年輕，可以重新受教育。她被送到珍珠市都會區的一間孤兒院養育成人，但是她在精神上從來沒有離開過這間寺院。許多年後她回到這裡，在一堆廢墟中重建起這塊殖民地。

我問她，悉達多真的是一個神嗎？

很多人這麼稱呼他，這位女住持同意，但悉達多並不會帶給我們好運、改變天氣，或是做些一般人預期神祇會做的事。相反地，悉達多是個死人和一個活理念。他教導人如何戰勝苦痛，如何讓靈魂在來世投胎到較高的階層。「但是我還是會向這理念禱告。」她指著在冥想的巨人，「一大清早，讓他知道我是認真的。」

我跟她說，我很希望悉達多讓我轉世到她的殖民地。

即將到來的陽光，已經將這世界照得更清楚了。女住持問我為什麼會這麼希望。

我花了一些時間才想好回答。我說：「所有純種人眼中都會露出飢餓、不滿足的眼神，唯有這裡的居民例外。」

女住持點頭。她發表即興感言：從任何一個層面來說，只要消費者對生活滿足，企業政治就結束了。因此媒體急於嚴詞批判像這裡的殖民地，拿他們與條蟲相比；控告他們偷水企業的雨水，偷蔬菜企業專利持有者所應得的權利金，偷空氣企業的氧氣。女住持擔心將來也許會有那麼一天，董事會會認定他們的生活型態與企業政治意識形態對立。「到那時候，『條蟲』就會被命名為『恐怖分子』，高科技的炸彈會像雨點從天空落下，老寺院的隧道裡也會不斷溢湧出火來。」

我跟她說，這個殖民地的繁榮不能被人看見，大家也要隨時保持低調。

「沒錯。」她的聲音突然變小，「就和假扮成純種人一樣，這件事難如走鋼索，我想。」

她知道妳原本就不是純種人？怎麼知道的？

直接問她似乎有點無禮。或許裝在那一區的監視眼捕捉到我在吸食肥皂的鏡頭。這位主人跟我說，經驗告訴他們要帶著友善的心態留意客人，包括聯合黨員在內。女住持很不喜歡違背老住持待客之道，但是年輕一輩的成員卻堅決主張必須隨時嚴密監視訪客。在預祝我未來任務順利時，她不再隱藏她的睿智。

「在企業聯盟政府欺凌低階人士的所有罪行中，」她說，「沒有一件比把你們這一族當成奴隸更可惡。」

我猜妳指的是量產人？但她是針對特定對象——餐館服務生——還是泛指倪亞．索企業聯盟的所有量產人？

我不知道。我一直到隔天晚上到釜山時才知道答案。好，這時庭院已經傳來鍋鑊碰撞的聲音，有人在準備早餐了。女住持看著通往庭院的岩縫，然後突然改變語調。「喲，這隻年輕的土狼是誰啊？」

瘖啞的男孩走過來坐在女住持腳邊。陽光順著世界的弧度爬上地平線，賦與野花纖柔的色彩。

逃亡者的第二天就這麼開始了。

是的。海株早餐吃馬鈴薯餅和無花果蜂蜜。和前一夜不一樣，沒人要我吃純種人的食物。我們跟大夥兒道別，有兩、三個十來歲女孩看到海株要離開便難過地流下淚來，她們用憎恨的眼神看著我，這讓我的嚮導覺得很有意思。從某個角度來看，海株是個堅韌不屈的革命分子；從另一個角度來看，他只是個男孩。在擁別時，女住持悄悄告訴我：「我會祈求悉達多讓妳的願望達成。」在她的注視下，我們離開山中高地，然後穿過嘈雜的森林往下走，找到我們那輛福特，沒人碰過它。

開往榮州的路程很順利。我們和一些開往山上的木材拖車錯身而過，我發現那些車的駕駛都是身材魁梧、屬於同一個血統原型的量產人。位在安東湖北邊稻作區裡的產業道路沒有隱密性，所以我們大半時間都待在福特裡，以免被人造衛星電眼發現，直到十五時左右。

開過高懸在周王山河上方的老舊吊橋後，我們走出來舒展一下雙腿。海株跟我說抱歉，他的純種人膀胱需要解放，然後把小便尿到兩百公尺底下的樹上。在橋的另一側，我看到幾隻單色鸚鵡在盡是鳥糞的岩壁裂縫上啼叫，牠們的拍翅及鳴叫讓我想起金邦樹和他那兩個高官子弟朋友。一道峽谷順著溪流上下蜿蜒，周王山河就在高度相仿的山丘間往下流，直到消失在蔚山的天篷下，供污水廠利用。飛機在都會區的上空成簇出現，黑色和銀色的點。

一輛流線形的高級福特突然開上吊橋，讓橋的纜繩發出嗚咽的呻吟。昂貴的福特開在粗糙的路面上，確實很不尋常。海株到福特裡拿出他的科爾特。他回來時，手插在夾克的口袋裡，低聲提醒我：「話全都由我來說，妳只要準備好，一有狀況就趴到地上找掩護。」

果然，那輛高級福特減速，然後停下。一個臉部整形得光鮮亮麗的矮胖男子從駕駛座轉身爬出車外，友善地跟我們點頭。「好美的下午。」

海株也向他點頭，判斷情況不至於太嚴重。

一個基因改造得很性感的純種女人從乘客座那側的車門伸出腿來。她裹著很厚的纏頭巾，只露出尖鼻和性感嘴唇。她靠在另一側的護欄上，背對著我們，點燃一根萬寶路。駕駛打開福特的行李箱，搬出一個透氣箱，箱子大小適合運送一隻中型的狗。他打開箱子的卡榫，抱出一個面貌標緻、體型完美、身材嬌小的女孩，她大概只有三十公分高。她驚恐地喵喵叫，扭動身體想要從他手中掙脫。當她看到我們時，她沒有字詞的迷你尖叫聲轉成為哀求。

我們還來不及行動與開口之前，那男人就抓住她的頭髮，將她甩到橋下，並且看著她掉下去。當她撞到橋下方的岩石時，他的舌頭發出一個撲通聲，然後咯咯笑。「用最便宜的方式，」他面帶笑容對我們說，「處理掉一個**非常**昂貴的垃圾。」

我強迫自己保持沉默：憎恨與狂怒撕碎我的心。海株握住我的手臂。卡文迪西迪士尼裡的一幕——一個純種人被罪犯從陽台上拋出去——自動在我的腦海裡重播。

我猜那個人是丟掉一個量產人活娃娃。

是的。那個高階人士很想告訴我們所有細節。「在前年的新年六連假，姬姬．希卡露娃娃是家家戶戶必備的玩具。我女兒老是跟我吵著要。當然，我這位名義上的太太，」他的頭朝著在橋另一側的女人點了一下，「也幫她說話——每天早上、中午、晚上。『你要我怎麼有臉見鄰居，如果我們的女兒是我們這個遊樂園裡唯一一個沒有姬姬的女孩？』你實在該佩服產品的行銷企劃人員：拿一個沒用的玩具量產人，將它的基因改造成華麗的古典玩偶，然後把定價調高五萬元；這還只是繼續把架上的限量娃娃衣、娃娃屋，及其他小配件也都買下來之前的事而已。

「那麼，我該怎麼辦？我花錢買下那可惡的東西，只為了讓那兩個女人不再囉嗦！四個月後呢？青少年的流行浪潮向前走，瑪麗蓮夢露取代已過時的可憐姬姬登上后座。」他氣憤地告訴我們，正式去註銷一個量產人要花三千元，不過——他用拇指在護欄上方抖了抖——意外從橋上掉下去不用花半毛錢。所以，幹嘛浪費好錢在壞東西上？「可悲啊，」那男人對海株使了個眼色，「離婚就沒這麼方便了，是吧？」

「我聽到了，你這頭肥豬！」他太太仍然不屑轉身面對我們。「你早該拿那隻姬姬回專賣店去要求退還你的靈魂點數。我們的姬姬一開始就是瑕疵品，連唱歌都不會。那可惡的東西還咬我。」

肥豬很溫柔地回答：「我無法想像它還活得下來，我的愛妻。」他太太低聲罵了幾句髒話，她丈夫則用有色的眼神打量我的身體，並且問我們是到哪個偏僻山區去度假，或者只是公務經過。

「我叫表玉鉉，先生。」海株向他行了個禮，然後自我介紹說，他在一家名叫雄鷹會計事務所的小公司任職，是個五職等的協理。

高階人士對我們僅有的一點好奇心這下子沒了。「是這樣嗎？在平海與盈德間的海岸高爾夫球場是我經營的。你打高爾夫嗎，表先生？不打？**不打**？高爾夫不只是遊戲，你知道嗎，會打高爾夫是事業上的優勢。」他跟我們保證，佩根球場是個全天候不打烊的五十四洞球場，綠油油的草地讓人想舔一口，裡面的湖景和大受愛戴的主席的親水花園一樣壯麗。

「我們在競標時打敗當地的低階團體，取得含水層的利用權。通常，除非你是個監督，否則光靠熱愛高爾夫或很有財力，無法成為球場會員。不過，我對你有好感，表先生，你只需要跟我們的會員管理部提我的名字就行了：我是光監督。」

表玉鉉客套地感謝他。

心情愉悅的光監督開始訴說他成為高階人士的故事，但是他太太這時把手上的萬寶路——繼姬．希卡露之後——丟到橋下，然後爬進福特，手壓在喇叭上不放，持續十秒。黑色與白色的鸚鵡像砲彈一樣衝向天空。那個高階人士對海株露出苦笑，並且建議他在結婚之後要額外花一些錢，生個男孩。他開車離開的時候我向悉達多祈禱，希望那輛福特會撞斷護欄掉到橋下。

妳認為他是個殺人犯？

當然。只是他膚淺到還不知道自己是個殺人犯。

如果妳恨像光監督這樣的人，妳就等於恨全世界。

不是全世界，記錄員，只是企業聯盟政府的金字塔結構——它容許量產人被任意隨便地殺害。

你們最後什麼時候到達釜山？

在夜裡。海株指著從釜山煉油廠冒出來的艾克森雲——顏色從香瓜的粉紅色轉變成無煙煤的灰——跟我說到了。

我們從一條沒有裝設電眼的田園小路進入釜山北界。海株把福特寄放在地鐵西站附近的出租車庫裡，然後我們搭地鐵到草粱洞廣場。它比宗廟廣場規模小，但是一樣忙碌，況且我們在寧靜空曠的山區裡待了那麼久。量產人裸姆快步追在高階主管的小孩後面，逛街的情侶打量其他的情侶，企業贊助的 3D 使出渾身解數想讓其他 3D 相形失色。一個較老的後街購物區正在舉辦老式的慶典活動，小販們叫賣著手掌大小的珍奇物品——「您一生的朋友」：沒牙齒的鱷魚、長著猴子頭的小雞、裝在罐裡的約拿鯨。海株跟我說，這些寵物都是江湖郎中用來騙人的便宜貨，牠們會在你帶回家後的四十八小時內死掉。一個馬戲團業者透過擴音器招攬生意：「兩個頭的分裂人保證讓您驚奇！睜大眼睛來看看瑪翠歐舒卡夫人和她懷孕的胎兒！讓真正的活美國人把你嚇到喘不過氣來！但千萬別把你的手伸進籠子裡。」

從倪亞・索聯盟各地來的純種人水手坐在沒有門的酒吧裡和上空應召女打情罵俏，妓院企業的人則在一旁嚴密監視他們。我看到穿著皮衣的喜馬拉雅人、中國漢人、髮色淺白的貝加爾湖人、留著大鬍子的烏茲別克人、結實的阿留申人、黃銅色皮膚的越南人與泰人。安樂窩的 AdV 保證，純種人想像得到的任何一種小罪過，他們都有辦法讓他得到滿足。「如果首爾是個董委的忠實老婆，」海株說，「釜山就是他沒穿內褲的情婦。」

後街越來越窄。一陣風灌進漏斗形的巷道，吹得瓶子罐子不斷向前滾；戴連衣帽的人們從我們身旁匆忙走過。海株帶我行經一段秘密門廊，穿過燈光昏黃的隧道，來到一個裝有格子吊門的大門前。一扇側窗上寫著「庫傑大宅」四個字。海株按了門鈴。幾隻狗開始吠叫，百葉窗迅速向上拉起，兩口一模一樣的利牙在玻璃上流口水。一個沒刮毛的女人把兩隻狗拉到一旁，然後探頭看我們。她的臉因為認出海株而亮了起來，她驚呼：「韓南賀！快十二個月不見了！這也難怪，如果你跟人家大吵了一架的謠傳有一半是真的！菲律賓現在如何了？」

海株的聲音又變了。他現在的口音非常急促，我還不自主地看了他一眼，以確定在我旁邊的人仍然是他。「在下沉，林太太，下沉得很快。妳還沒有把我的房間轉租給別人吧？」

「哦，我出租房子可是最有信用的！」她假裝受到冒犯的模樣，然後警告他，如果他下一次的旅行會和這次一樣長，她就要先跟他「嗶嗶」扣一筆錢。那扇格子吊門往上升起，然後她盯著我。「我說啊，南賀，如果你的絨毛球小姑娘會在這裡住上一個禮拜，單人房就要以雙人房來收費。這是這裡的規定。你喜歡這規定，或只是勉強接受，對我來說都一樣。」

水手韓南賀說，我只會跟他在這裡待一晚或兩晚。

「一個港口，一個女人，」女房東不懷好意地瞄了我們一眼，「這句話是真的囉。」

她是聯合黨的人嗎？

不是。出租房間給投宿客的女房東會為了一塊錢而背叛母親，出賣聯合黨可以讓她們賺更多。但是，照海株的說法，她們也不太喜歡積極打探消息的人。進入大宅內，3D節目的聲音及房客吵架的聲音在骯髒的樓梯間裡回響；我終於習慣走樓梯了。在九樓，我們經過一條蛀蝕嚴重的走廊，來到一扇刮痕累累的門前。海株從鉸鏈抽出一根偷偷藏在裡面的斷牙籤。他說，客房的經營是基於一種草率的信任。

南賀的廉價房間裡有一張帶酸味的床墊、還算整潔的簡易廚房、掛著各季衣物的衣櫥，一張幾個白人妓女跨坐在一群水手肩頭上的數位柯達、一些從十二都會區及小港阜帶回來的紀念品，當然，還有一張大受愛戴的主席的有框柯達。一根有口紅印的萬寶路在啤酒罐上晃動著。窗戶上的百葉窗是放下的。

海株沖了個澡，換上新衣服。他跟我說，他得去參加聯合黨的小組會議，並且提醒我不要打開百葉窗，也不要去應門或接電話，除非是他或阿畢斯說出下面這串通關密語：他在一張紙上寫下「這些是事物的眼淚」幾個字，然後就在煙灰缸裡將紙燒掉。他在冰箱裡放了一點肥皂，並且跟我保證，隔天早上宵禁過後不久就會回來。

像妳這麼傑出的間諜應該受到更盛大的歡迎吧？

盛大的歡迎會引人注意。我花了幾小時在 sony 上研究釜山的地理，然後才沖澡、吸食肥皂。隔天早上我很晚才醒來，我想。過了六時。海株回來的時候看起來很疲倦，手上拿著一袋味道辛辣的韓式米腸回來。我幫他泡了一杯星巴克，他心存感激地喝了，然後吃早餐。「好，宋咪，到窗戶旁邊來，把眼睛蒙起來。」

我照著做。生銹的百葉窗向上拉起。海株命令我。「不要看……不要看……好，現在把眼睛打開。」眼前出現許多屋頂、快速道路、郊區小住宅、AdV、水泥建築……然後，就在那裡，在這一切背後，春日晴空殘留的堆積物全沉入一道深藍色寬帶裡。喔，我被迷住了……就像我曾經為雪著迷。「我是」這兩個字帶給我的所有苦難，似乎全都已安適、平靜地溶解在那片藍色中。

海株說：「大海。」

妳從來沒有見過大海？

只有在宋老爹介紹歡騰之境的 3D 上看過。從來沒有親眼看過真實的大海。我很渴望去大海，去觸摸，到海岸邊走走，但是海株認為，在我們住到更偏僻的地方之前，大白天還是躲起來最安全。接著他躺到床墊上，不到一分鐘就打起呼來。

幾小時過了。在伸進建築物間的海溝裡，我看到貨輪及海軍艦艇。低階家庭主婦在附近屋頂上晾曬破舊的亞麻布。稍晚，天空烏雲增多起來，武裝飛機發著隆隆聲穿過低矮的雲層。我在研究當時的天候。接著下起了雨。還在睡覺的海株翻了個身，嘴裡含糊不清地說：「不，她只是我朋友的朋友。」然後再次歸於沉默。口水從他嘴邊流出，沾溼了枕頭。我想到梅菲教授：在我們最後一次的一對一研討會裡，他談到他和家人相當疏離，並且坦承他花在教育我的時間比教導自己女兒還多。現在他死了，因為他認同聯合黨的理念。我心中充滿感激與罪惡感，以及一些其他情緒。

海株睡到下午才醒來。他沖了個澡，然後煮人參茶。我多羨慕純種人有各種料理可以吃，記錄員。在我高昇之前，肥皂是我能想像的最美味食物，現在它吃起來既乏味又一成不變。不過，我吃純種人的食物會反胃，然後把東西都吐出來。海株把百葉窗放下來遮住窗戶。「是該聯絡的時候了。」他跟我說。接著他把大受愛戴的主席的柯達從鉤子上拿下來，面朝下地放在矮桌上。海株將他的 sony 插到骯髒外框的一個隱藏插座上。

非法的無線電收發器？就藏在倪亞創立者的柯達裡面？

神聖不可侵犯之物是藏匿褻瀆之物最好的地方。一個 3D 人形逐漸變得清晰明亮，看起來是草率治療的嚴重灼傷病患。他的嘴形和傳過來的聲音不大同步。他恭喜我平安到達釜山，並且問我誰的臉比較漂亮，他的還是那條錦鯉。

我誠實回答他：錦鯉。

安柯．阿畢斯的笑聲變成咳嗽。「這就是我真正的臉，不論這句話的現代意義是什麼。」他說，那副病人模樣對他很有利，因為執法人員擔心會被他傳染。接著他問我，穿越我們可愛的祖國來到這裡的旅程還愉快嗎？

「尹海株把我照顧得很好。」我說。

阿畢斯將軍問我：「在聯合黨試圖將量產人高昇成為人民的艱鉅任務中，妳知道我們希望妳扮演什麼角色嗎？」知道，我回答，但是我還沒來得及跟他表示我還在猶豫，他就繼續說了下去。「我們希望在妳決定之前，讓妳在釜山見識一個……景象——會讓妳重新看待事情的經驗，宋咪。」他提醒我，這不會是個愉快經驗，但是我無可逃避。「這讓妳有機會得知相關資訊，做出與妳未來息息相關的決定。如果妳同意，海株現在就可以帶妳過去。」

我說，我願意去，當然。

「那麼，我們很快就能見面再談。」阿畢斯跟我保證，然後切斷影像。海株從衣櫥裡拿出兩件技工制服及半罩式護目鏡。我們穿戴上制服，然後在外面披上斗篷，免得女房東起疑。外面相當冷，我很高興我穿了兩件外衣。我們搭地鐵到港口站，轉搭接駁車來到碼頭的船隻停泊區，一路經過許多大型越洋船隻。夜裡的海看起很像黑油，船隻也黑壓壓的。不過有一艘航行器不斷閃射出兩個金色的拱形，儼然是座海上皇宮。我在前一個人生裡見過。「宋老爹的黃金方舟。」我興奮地叫出聲來，並且告訴海株，這就是會載著十二星服務生橫越大洋、往東開到歡騰之境的船，雖然他早就知道了。

海株說：「宋老爹的黃金方舟正是我們此行的目的地。」

舷門僅有最低限度的保全。一個目光呆滯的純種人站在甲板上，觀看上海競技場量產人格鬥的3D節目。「你們是？」

海株讓他的靈魂閃爍一下：「五職等技師甘希。」他查了一下手持sony，然後唸出任務：到七號甲板去校正恆溫器。

「七號？」守衛得意地笑著。「希望你們不是剛吃過飯。」在確認工令之後，他看著我。我低頭看著地板。「這位一直不說話的人是誰，甘技師？」

「我的新助手，」海株說，「技師助手劉小姐。」

「是這樣嗎？今天晚上是妳第一次來到我們的歡樂園？」

我點頭，是的，沒錯。

守衛說，第一次總是最特別。他的腳慵懶地抖了一下，揮手叫我們上船。

這麼容易就登上一艘企業船？

宋老爹的黃金方舟不盡然是根會吸引非法偷渡客的磁棒，記錄員。船員、協理和各種技師在船上通道進進出出，各忙各的，沒人注意到我們。人員梯道間是空的，所以我們沒遇到任何人就下到方舟的船腹。我們的耐吉在鐵梯上踩得噹噹響。一部巨大馬達隆隆震動著。我想我聽到歌聲，但是我告訴自己是耳朵聽錯了。海株參看船艙平面圖。打開一個艙口蓋，接著，我記得他當時停了一下，好像是要跟我說件事。不過他改變心意，直接爬了進去，再協助我爬進去，然後鎖上我們身後的艙口蓋。

我發現我們在一間很大的臨時集會室裡。我正四腳著地、像狗一樣跪在一條懸掛在屋頂下方的垂吊走道上，走道另一端被垂簾遮起。透過垂吊走道底部的網格，我看到下方約有兩百個十二星的宋老爹服務生，她們正排隊等著要經過旋轉門到另一間艙房裡；唯一的行進方向是向前。尤娜、華頌、瑪列妲、宋咪，還有一些宗廟廣場餐館裡沒採用的血統原型，她們身上全都穿著熟悉的金紅色制服。多像一場夢，我竟然會在宋老爹的圓頂之外見到我過去的姊妹。她們唱著宋老爹的詩篇，一遍又一遍。背景的液壓機彷彿為那生厭的旋律配上重低音。但是，她們的聲音聽起來多歡愉！她們已經償清公司在她們身上的投資，到夏威夷的旅程就要啟航了，即將開始在歡騰之境的新人生。

聽起來，妳現在還很羨慕她們。

從垂吊走道上看著她們，我羨慕她們有個明確的未來。每隔大約一分鐘，一個在最前面的協理就會請下一個服務生穿過金色拱門。姊妹們會一起鼓掌恭喜她，那位幸運的十二星服務生會轉過身來揮舞她的手，然後穿過金色拱門，由專人帶她到她的奢華艙房裡，我們在3D上看過那樣的艙房。旋轉門每轉一次，量產人就可以再前進一步。過程看了幾次之後，海株碰了一下我的腳，做手勢叫我沿著垂吊走道往前爬，穿過垂簾到下一個房間去。

你們難道不怕被人發現？

不。垂吊走道的下方有好幾盞耀眼的吊燈在搖晃，因此，站在幾公尺之下嘈雜等候區地板上的人看不到我們。況且，我們並不是擅自闖入，我們是來維修的技師。下一個房間非常小，不比這間囚房大多少。外面的歌聲和鼓噪聲傳不太進來，寧靜得讓人感到不尋常。一張塑膠椅擺在平台上，一個頭盔形狀的笨重裝置從天花板上的一條單軌懸垂到椅子上方。三個穿著宋老爹的紅色制服、面帶微笑的協理引導服務生坐到椅子上。其中一個協理跟她解釋，頭盔會除掉她們的項圈，就如宋老爹多年來在晨課中答應她們的。「謝謝你，協理，」興奮的服務生反覆說：「哦，真是謝謝你！」

頭盔罩在宋咪的頭部及頸項上。就在這時候，我注意到通往艙房的門的數目很古怪。

妳所謂的「古怪」是什麼意思？

那裡只有一個門：就是從等待區進來的入口。那麼，之前的服務生是從哪裡離開的？頭盔發出一個清脆的喀嗒聲，讓我把注意力重新聚集到正下方的平台上。服務生的頭很不自然地癱下去。我看見她的眼珠向後翻，接著，連接頭盔與單軌的纜索變硬。讓我感到恐怖的是，這時頭盔上升，服務生的身體先是被拉正端坐在椅子上，然後整個人離地拉到空中。她的屍體有點像在跳舞，臨死前凍結在臉上的興奮笑容，因為臉皮必須承載她身體的部分重量而變緊繃。一個工作人員用吸塵器吸掉塑膠椅上的血跡，另一個則是負責將椅子擦乾淨。懸掛在單軌上的頭盔，將攜帶的貨物穿過一個垂簾輸送到下一個房間，屍體移動的方向和我們的垂吊走道剛好平行。一個新頭盔從單軌往下降到塑膠椅上，三個協理已經在安排讓下一個興奮的服務生就座了。

海株在我的耳邊輕聲說：「這些人妳救不了，宋咪。登上方舟時，她們的悲慘命運就已經注定了。」事實上我認為，當她們還在子宮槽裡的時候，她們的悲慘命運就已經注定了。

另一個頭盔也喀嗒一聲完成任務。這次的這個服務生是個尤娜。

你知道的，我沒有辦法用言語來描述我那時候的情緒。

終於，我克服了情緒，遵照著海株的指示，沿著垂吊走道繼續往前爬，穿過一道隔音板，來到下一個房間。在這裡，頭盔將屍體輸送到一個泛著紫光的巨大圓頂房間，看起來至少占了宋老爹方舟四分之一以上。我們穿過垂簾時，那裡的攝氏陡降，機器的隆隆聲幾乎要震破耳膜。我們下方有一個屠宰場的生產線，工作人員們拿著便利的剪刀、鋸子，各式割開、剝撕、搗碎的工具……他們從頭頂到腳趾都被血浸溼，整個場景就像是地獄裡的凌遲現場。我應該稱這些人為屠夫：他們剪掉項圈、脫掉衣服、剃掉毛髮、剝掉皮膚、砍掉手腳、割掉肉，然後把器官挖出來……用排水器把血吸乾……那聲音，你應該想像得到，記錄員，幾乎讓人耳聾。

但是……他們為什麼要——我是說，他們做這種……大屠宰的目的是什麼？

企業聯盟的經濟。「基因改造」產業，需要大量的液化生物組織來提供子宮槽養分以及——更重要的——製造肥皂。直接回收已經到工作年限盡頭的量產人來得到蛋白質，豈不是最經濟的辦法？而且，剩餘的「再生蛋白質」還可以製成宋老爹食物料理，在全倪亞．索企業聯盟的宋老爹餐館裡供消費者享用。這是個完美的食物循環。

妳描述的事太……無法置信了，宋咪~451。謀殺服務生來提供餐館所需要的食物與肥皂……不！這項指控太荒謬了，不，太不合理了，不，太褻瀆了！身為記錄員，我不能否認妳所看到妳認為自己看到的事。但是，身為企業聯盟裡的一名消費者，我忍不住要說，妳看到的一定是聯合黨……安排的，純粹安排來給妳看。這種……「屠宰船」不可能存在。大受愛戴的主席絕不容許它存在！自立當局會把宋老爹的所有高層全送進光屋，將他們離子化！如果量產人退休後無法在安養社區裡得到辛勞多年應得的回饋，那麼整個企業聯盟金字塔就是一個最……最惡劣的騙局。

在商言商。

妳剛描述的事不是「商業」，而是……工業化的邪惡！

你太低估人類將邪惡帶到世上的能力了。舉例來說，你看過３Ｄ，但是你有沒有親自到量產人的退休安養村去參觀過？我把你的沉默當成是回答「沒有」。你有沒有認識去那裡參觀過的人？再一次，沒有。那麼量產人退休後到哪裡去了？不只是服務生，每年還有成千上萬的量產人從服務崗位退伍。到現在，這些人居住的城市應該有好幾座了吧？但是這些城市在哪裡？

這麼大規模的犯罪行為不可能植根在倪亞．索聯盟。在企業聯盟裡，連量產人也有清楚明定的權利，而且那是主席親自保證的。

權利有可能被剝奪，就像每塊花崗岩都有可能逐漸腐蝕。我在〈宣言〉第五條裡提到，在一個和部族制度一樣古老的循環裡，對他人的無知與漠視會帶來恐懼，恐懼帶來憎恨，憎恨帶來暴力，暴力生出更多暴力，直到最後，唯一的「權利」——也是唯一的法律——就是：最有權勢的人**想怎樣就怎樣**。就企業聯盟而言，所指的就是自立當局。現在自立當局想要乾淨俐落地除掉量產人中的低下階級。

但是妳要如何解釋歡騰之境的3D及其他東西呢？妳自己在宗廟廣場的宋老爹餐館裡也看過。那就是妳的證明。

歡騰之境是利用sony數位技術，在尼歐．伊鐸製造出來的影像。它並不存在真正的夏威夷群島上，也不存在世界上。事實上，我在宋老爹餐館工作的最後幾個禮拜，就發現歡騰之境的景象似乎是不斷在反覆播放。同一個華頌，順著同一條沙徑跑到同一個岩間水潭。我那些沒有經歷高昇的姊妹們並沒有發現，我當時還懷疑是不是自己多想，但是現在我已經找到解釋了。

妳所說的都會如實成為妳的證詞，不論我個人是否有異議。我，呃——我們必須繼續……你們花了多少時間觀看妳所描述的屠殺？

我已經記不太得了。也許是十分鐘，也許是一小時。我的下一個印象是海株領我穿過用餐區，我整個人感到麻木。純種人在那裡玩牌、吃麵、抽菸、看sony、開玩笑、過平常的日子。他們怎麼能夠明知道船腹裡正在發生的事，卻還……坐在原處，彷彿這艘船是一部沙丁魚罐頭處理機？他們的良心為什麼不會尖叫，呼籲終止那邪惡的行為？大鬍子守衛對我眨眼，「有空再來玩喔，甜心。」

在回旅館的地鐵裡，通勤族隨著車廂左右搖晃；我「看到」屍體懸掛在頭上方的單軌上。在樓梯間往上爬時，我「看到」屍體從行刑房裡往上送。回到海株的房裡，他並沒有把燈點亮，只是把百葉窗往上拉高幾吋，讓城市裡的光略微稀釋屋裡的黑暗。他為自己倒了一杯真露酒。從離開屠宰現場到當下，我們兩個沒有交談過半句話。

在我所有的姊妹當中，只有我一個人見過歡騰之境的真面目，卻還能活下來。

我們的做愛，沒有半點歡愉與浪漫，而且，可想而知是臨時起意，但這就是活人做的事。海株背上像星光般閃爍的汗珠是他給我的禮物，我用舌頭去收割。之後，這個年輕人靜靜抽著味道強烈的萬寶路，並且好奇地研究我的胎記。他躺在我的臂彎裡睡著，把我的手臂壓得扁扁的。我沒有叫醒他；我手臂的疼痛變成麻木，麻木又變成被針刺的感覺。接著我扭動身軀從他底下爬了出來。我攤開一張毛毯；純種人容易著涼，即使氣候很溫和。這城市已經準備要迎接宵禁，AdV與燈光熄滅，骯髒的各色光芒逐漸變昏暗。最後一排的最後一位服務生應該已經死了。屠宰作業線應該已經清理乾淨，不再有半點聲音。那些屠宰作業員，如果他們是量產人，應該已經躺在寢室裡。如果他們是純種人，也應該已經和家人在家裡休息了。黃金方舟明天會開到一個新港灣，整套回收的流程會重新來一遍。

在零時，我吸食肥皂，然後躺到毛毯裡睡在海株旁邊，讓他的身體給我溫暖。

聯合黨沒有充分幫妳做好心理建設，就讓妳看到黃金方舟裡的景象，妳不會覺得生氣嗎？

阿畢斯或海株還能用什麼詞語形容那地方？

早晨帶來一陣充滿汗味的霧氣。海株沖了澡，然後吃了一大碗米飯、醃甘藍、蛋和海帶湯。我也洗了澡；我那個純種人愛人坐在桌子對面。自從看到萃取蛋白質的生產線之後，我第一次說話。「必須摧毀那艘船。必須弄沉倪亞．索聯盟的每一艘屠宰船。」

海株說，是的。

「也必須拆掉建造船的造船廠。必須破壞配合這些船作業的再生系統，必須廢除與重新制定容許這些再生系統存在的法律。」

海株說，是的。

「必須說服倪亞．索聯盟的每個消費者、高階人士、董委，要他們相信量產人也是純種人，不論是在子宮槽裡，或是在子宮裡生長。如果無法說服，高昇的量產人必須和聯合黨合作來達到目的，使用一切必要的武力手段。」

海株說，是的。

「高昇的量產人需要一套教義來定義理念，操控他們的怒氣，導引能量。我負責寫下這份人權宣言。聯合黨會不會——可以不可以——協助我孕育人權宣言，讓它成形？」

海株說：「我們就是在等妳說這句話。」

在妳的審判庭上，許多專家證人都否認〈宣言〉是出自量產人之手，不管那是否是個高昇的量產人，並且堅稱是由聯合黨，或是由某位廢奴主義的純種人代筆寫成的。

那些「專家」怠慢地否定了他們根本不懂的事！

我花了三個禮拜時間，在釜山市外的乙淑島高級商辦裡寫下〈宣言〉，它位在可以俯視洛東江三角洲的獨棟高階人士別墅裡。在寫作過程中，我徵詢過一位法官、一位染色體學家、一位句法學家，以及安柯．阿畢斯將軍的意見。但是〈宣言〉中的高昇教義以及中間的邏輯關係與倫理意涵，都是**我的**心靈——配合今天早上描述給你聽的經驗——所結出的果實，記錄員，雖然在審判庭上，〈宣言〉被貶抑為「社會異議運動史上最醜陋、最邪惡的一章」。我的〈宣言〉在尤娜~939被擊斃時已經萌芽，邦樹和馮讓它滋長，由梅菲和女住持的教導強化，宋老爹的屠宰船讓它誕生。

妳才剛完成妳的〈宣言〉就被捕了？

就在同一天下午。我的階段任務達成後，獨議當局就沒有理由再讓我逃走。我被捕的消息被媒體大肆渲染。我把〈宣言〉放在sony裡交給海株。我們最後一次看著對方，這時候，任何話語都比不上默默無言有力。我知道我們不會再見面，或許他也知道我知道。

別墅旁邊有一小群野鴨沒受到污染危害，自在地活著。劣質的染色體讓牠們擁有純種祖先們所沒有的生命力，我想我和牠們有點類似。我餵牠們麵包，順便看著牠們在明亮的池面上踩出波紋，然後回到屋內，從房間裡繼續欣賞表演。獨議當局並沒有讓我等太久。

六架飛機像鯊魚一樣在水面上盤旋，其中一架停在花園裡。幹員們從裡面跳出來，掏出科爾特，朝著我的窗戶匍匐前進，一路打了許多手勢，一副很勇敢的樣子。窗戶和門我都沒關上，方便他們進來，但是來逮捕我的人還是用狙擊手和擴音器，甚至炸掉一面牆，來設計出一場大陣仗的圍捕行動。

妳的意思是，妳原本就預期會有這場圍捕，宋咪？

在我完成聲明後，下一幕當然就是被捕。

妳的意思是什麼？什麼東西的「下一幕」？

一齣從我還是宋老爹餐館的服務生時就已經開始策畫的戲。

等等，等等。那麼……呃，之前的一切呢？妳是說妳在整個自白裡所說的，都是……劇本裡的事件？

裡面的主要事件，是的。有些演員不知情，例如邦樹和女住持，但是主要演員都是臥底的探員，尹海株和梅菲董委當然也是。你難道沒注意到一些小破綻嗎？

比方說？

武因~027不也是個和我一樣的穩定高昇量產人嗎？我真的有那麼獨一無二嗎？你自己也提到，聯合黨會冒險讓他們的秘密武器長途橫越高麗大逃亡嗎？利用光監督在吊橋上謀殺姬姬．希卡露量產人來突顯純種人的殘忍，這未免把事情太簡化了吧，那件事發生的時機也未免太巧合了？

但是，熙立，在你們從天摩山逃出來當天晚上被殺的年輕純種人呢？他的血總不是……番茄醬吧？

那個可憐的理想主義者是獨議當局拍攝迪士尼所需要的額外消耗品。

但是……聯合黨？妳該不會是說，連聯合黨也只是根據妳劇本的需要而編出來的吧？

不是，聯合黨是在我之前就存在的組織，但是它的存在目的並不是要煽動革命。首先，它吸引了一些像熙立之類的社會不滿分子，讓他們待在獨議當局監視得到的地方。其次，它讓倪亞．索聯盟企業聯盟擁有任何階級政體為了凝聚社會共識不可或缺的「敵人」。

我還是無法瞭解，為什麼獨議當局要大費周章地去演出這場假的……歷險記？

來製造一場張力十足的世紀大審，讓倪亞．索聯盟的每一個純種人不敢再信任量產人，讓社會低階也認同自立當局新近提出的量產人退役清理法案，讓廢奴主義者蒙羞。你看，這整起陰謀非常成功。

但是如果妳知道這是個……陰謀，那妳為什麼還願意配合？妳為什麼要讓尹海株與妳這麼親近？

我反問你，為什麼殉道者會願意配合背叛他的人演出？

請告訴我。

我們看到的是棋局終了之後的另一盤棋。我心裡想到的是……我的〈宣言〉，記錄員。媒體讓整個倪亞．索聯盟充斥著我的教義。現在倪亞．索聯盟的每個學童都知道我的十二「褻瀆」。看守我的守衛告訴我，現在甚至有人提議要設下一個全聯盟性的「徹夜警戒日」，來對付那些出現〈宣言〉中提到徵兆的量產人。我的想法被重製及重述了上億次。

但那有什麼用？它會帶來……未來的革命？那永遠不會成功的。

我想引用塞尼加對尼祿的警語：**不論你殺死多少人，你都無法殺死你的繼任者。**現在，我的故事已經說完了，請把你那部銀色祈錄關掉。再過兩個小時，執法人員就會護送我到光屋去。我要提出我的最後要求了。

……請說。

你的 sony 和登入密碼。

妳想要下載什麼？

在很久之前——感覺已經像是另一個世代——的某天晚上，我沒能順利看完的一部迪士尼。

提摩西・卡文迪西的恐怖考驗

「卡文迪西先生？我們醒來了嗎？」在一片乳白視野裡，一條像蛇扭動的甘草根逐漸清晰。那是個「五」。十一月五日。為什麼我那話兒這麼痛？有人在惡作劇嗎？我的天哪，有一條導管插在我的陰莖上！我努力想掙脫，但是肌肉完全不理睬我。我頭上方的一個瓶子把液體滴進一條管子，管子將液體送到手臂上的一根針頭，針頭再把液體注進我的身體。一個女人的苦瓜臉，搭配著一副及肩、內捲的髮型。

「嘖、嘖，算你幸運，你倒下去的時候人是在這裡，卡文迪西先生。真的非常幸運。如果我們當初放任你到石南叢裡去亂逛，你現在可能早就死在水溝裡了！」

卡文迪西，一個熟悉的名字，卡文迪西，誰是「卡文迪西」？我在哪裡？我試著問她，但是我只能像彼得兔被人從索爾茲伯里大教堂的尖塔上拋下去那時放聲大叫。這讓我眼前又被一片黑暗籠罩。感謝上帝。

一個數字「六」。十一月六日。我曾經在這房間裡醒來過。牆上掛了一張茅草農舍的圖，上面的文字是康瓦耳語或德魯伊語。陰莖上的管子已經拔掉了。我聞到一股很臭的氣味，那是什麼東西的味道？我的小腿被抬高，有人用冰涼的溼布幫我擦屁股。糞便，排泄物，令人厭煩、結塊、污穢……大便。我坐到一條那種東西上面嗎？哦，不！我怎會走到這步田地？我想用手去阻擋那塊布，但是我的身體只是不斷顫抖。一個惱怒的女機器人正盯著我的眼睛。先前被我拋棄的愛人？我很怕她會親吻我。她有維生素缺乏症狀，她需要多吃一些蔬菜水果，她有嚴重的口臭。不過，至少她能控制肌肉的動作，至少她會使用廁所。睡眠、睡眠、睡眠，快來解救我吧。

說話吧，記憶。沒有，沒有半個字。我的脖子動了一下。哈利路亞。提摩西．朗蘭．卡文迪西可以控制他的脖子，他的名字也回來了。十一月七日。我回想起一個昨天，也看到一個明天。時間，不是一支箭，不是回力鏢，而是一個六角手風琴。褥瘡。我已經在這裡躺了多久？算了，我不知道。提姆．卡文迪西多老了？五十？七十？一百？你怎麼可能忘記自己的年齡！

「卡文迪西先生？」一張臉浮出泥濘的表面。

「娥蘇拉？」

那女人看著我。「娥蘇拉是尊夫人嗎，卡文迪西先生？」別相信她。「不是，我是裘德太太。你中風了，卡文迪西先生。你知道嗎？一個小小的中風。」

那是什麼時候發生的事？我想這麼說，說出口的卻是「樂是啥摸撕猴法生嘀死？」

她口氣輕柔地回答：「所以事情才變得亂七八糟。不過別擔心，騰達醫師說進展很不錯。我們不需要到可怕的醫院去！」中風？兩個中風的人？我中風？瑪葛．羅克爾也中風了。瑪葛．羅克爾？你們這些人**是誰？記憶啊，你這王八混蛋**。

我提供前面三段小品文，讓神經從來沒被大腦中迸裂微血管沖成碎片的幸運讀者參考。要讓提摩西．卡文迪西重新拼湊組裝出他自己，這工作量不下於編輯托爾斯泰的巨作——即便這位曾經將九大冊的《懷特島上的口腔衛生故事》濃縮成只剩七百頁。記憶拒絕被拼湊成形，或者，被拼起來後一下子又散開。即便是在事過幾個月後，我如何能確定哪個重要部分的自我到現在還沒被尋獲？

我的中風算是相當輕微，沒錯，但是接下來的那個月是我一生中最羞辱的日子。我說話像個痙攣的人，我的手臂沒有感覺，我沒辦法自己擦屁股，我的心靈彷彿在霧中踉蹌地行走，不過，它很清楚自己的蠢樣，並且感到很丟臉。我沒辦法鼓起勇氣問醫生或諾克斯護士或裘德太太，「你是誰？」、「我們見過面嗎？」、「我離開這裡之後，要到哪裡去？」我只是一直問拉珊太太在哪裡。

混蛋！卡文迪西是倒了下去，但是還他還沒出局。等到《提摩西．卡文迪西的恐怖考驗》被拍成電影時，我會建議你，親愛的導演——我心目中的你是個性格強烈、愛穿高領毛衣、名字叫拉斯的瑞典人——利用蒙太奇手法，將那個十一月拍成「拳擊手正在準備一場超級大戰」的混合剪輯片段。真正勇敢的卡文迪西在打針時連抖一下都沒有，好奇的卡文迪西重拾回他的語言，野生的卡文迪西被騰達醫師和諾克斯護士重新馴服在家裡，約翰．韋恩．卡文迪西使用步行輔助器（我已經畢業、升級，加入拐杖人士的行列，到現在我還在使用。薇若妮卡說這讓我有勞合．喬治的味道）。卡文迪西就像是卡爾．薩根*，被關在一個蒲公英的棉球種子裡。在卡文迪西還被健忘症麻醉的時候，你可以說他還蠻知足的。

接著，拉斯，不祥之樂奏起。

這時，十二月一日（月曆上已經出現聖嬰降臨節期的標示）的《六點新聞》正開始播放。我剛剛才自己吃了加無糖煉乳的香蕉泥，而且沒讓食物流到我的圍兜上。諾克斯護士從旁邊經過，與我同房的夥伴們突然靜了下來，就像愛唱歌的鳥兒看到老鷹的影子。

突然，在一下子之間，記憶的貞操帶被打開，然後整個被拿掉。

我多麼希望這件事沒發生。我在奧羅拉大宅的「朋友們」都是一些年老的鄉巴佬，他們玩拼字遊戲時的作弊手法差勁到不行。他們對我友善的唯一理由是：在等死人的國度中，最脆弱的人通常就是大家面對「不敗希特勒」的馬奇諾防線。我已經被復仇心強烈的哥哥拘禁在這裡一整個月了，所以我

*卡爾．薩根（Carl Sagan, 1934-1996），知名天文學家，投入過許多太空探險計畫。

顯然並沒有被全國通緝。我得自己計畫逃離這裡，但是我要怎樣才能跑得比那個基因突變的大宅管理員還快？想想看，五十碼的短跑我要花上十五分鐘！我怎樣才能跟從黑沼區來的諾克斯鬥智，我連自己家的郵遞區號都想不起來！

哦，恐怖啊，恐怖啊。香蕉泥卡在我的喉嚨裡。

＊

我的理智重新坐到寶座上，我觀察人、自然與野獸的十二月儀式。十二月的第一個禮拜，湖面就結冰了，幾隻討人厭的鴨子在上面溜冰。奧羅拉大宅在早晨結凍，到傍晚卻是沸騰。那個性別難辨名叫德爾椎的雜役將鋁箔繫到燈座上卻沒讓自己電死，一點都不令人意外。一棵塑膠樹插在用皺紋飾紙包起來的桶子裡。葛溫德琳·班丁克斯利用紙圈裝飾帶隔出幾條通道，等死的人就群集在那裡，雙方都沒注意到這幅景象看起來很諷刺。等死的人吵著要當降臨節期月曆的開窗人，那是班丁克斯賞賜給人的特權，她像女王一樣發放她的濯足日救濟金：「伯金太太找到一個臉皮很厚的雪人，你們說這是不是很棒啊？」身為諾克斯護士的牧羊犬，是她與沃勒克·威廉斯的生存壁龕。我想到普利摩·李維的《滅頂與生還》。

騰達醫師可以獲得奧斯卡最佳「自傲的驢」金像獎，你可以在教育高層、法界及醫界看到這種人。他一個禮拜來奧羅拉大宅兩次，年紀大約五十五歲，如果他的醫學事業並不如他名字所預告地成功，那是因為每位醫療使者的道路都被可惡的障礙——我們這些「病人」——給拖累了。我第一眼見到他時，就覺得他不可能成為我的同盟。兼職的洗瓶工、浴室清潔員、大鍋飯廚師也不打算提出控訴，來將這種人從社會高位上拉下來。

不，我確實被困在奧羅拉大宅裡，就像一個沒有指針的時鐘。「自由！」是我們的文明中最虛幻、最空洞的口號，只有被剝奪自由的人，對於「自由究竟是什麼東西」才有最模糊的體認。

在我們救主的誕生日前幾天，一輛滿載私立學校小傢伙的小巴士來唱聖歌、報佳音。等死的人跟著他們唱，聲音像極了人臨死前發出的含糊喉音，而且歌詞老是配錯句。那噪音逼著我離開房間。這一點也不有趣，我一跛一跛地在奧羅拉大宅四周走，想尋回已經失去的精力。每三十分鐘就得上一次廁所。（維納斯的器官是什麼大家都知道，但是兄弟們，農神撒頓的器官卻是膀胱。）壓在心底的種種懷疑，也尾隨著我的腳步。丹荷姆為什麼要把僅剩的戈比銅幣付給這些人，請他們把我當嬰兒一樣來照顧？喬吉蒂是不是因為老到無法克制自己，而去跟我哥哥坦承多年前她和我曾經短暫偏離了忠實的大道？這個陷阱是在報被戴綠帽子的仇嗎？

＊

母親過去常說，逃脫之道就寫在最靠近你的那本書中。嗯，媽呀，不，才不是這樣。妳最喜歡的關於窮人、有錢人、感傷心碎事的大字版長篇故事並沒辦法成為掩蔽物，讓妳抵抗從人生的網球發射機裡發射出來訓練妳的網球，不是嗎？但是，是的，媽，到頭來妳還是有妳的道理。書本沒辦法讓妳真正逃脫，但是可以讓一顆心靈不至於將自己抓到皮綻肉裂。上帝可以為我作證，我把在奧羅拉大宅的所有活動都停下來，除了閱讀之外。

我神奇地復元後，隔天就拿起《半衰期》來讀，而且，諸神哪，我開始在想，希拉蕊・V・哈須所寫的也許根本不只是一本可以出版的驚悚小說。我心中看到一幅圖像，銅黑色封面、裝訂精美的《露薏莎・瑞伊秘案首部曲》在特易購連鎖超市的結帳櫃台大賣，接著《秘案二部曲》，接著是《三部曲》。我用又粗又鈍的諂媚話，跟葛溫（德琳・班丁克斯）女王換來一根削得又尖又銳的２B鉛筆（只要你讓他們覺得你有可能會改信他們的宗教，傳教士可以變得非常有彈性），並且開始從頭到腳編輯文稿。有一、兩樣東西必須刪掉：比方說，影射露薏莎．瑞伊就是名叫羅伯特．佛比薛爾的傢伙的轉世再生，這個部分就該刪掉。那是一個太嬉皮、太多毒品的新世代。我也有個胎記，就在左側腋下，不過我沒有半個愛人拿來與彗星比較。喬吉蒂給它的暱稱是「小恐龍的糞」。不過，整體看來我的結論是，這部「一個受雇年輕人對抗整個墮落組織」的驚悚小說很有潛力。（菲力斯．芬奇爵士的幽靈在哭嚎：「但是這種東西，之前的人已經寫過一百遍了！」就好像世上真有某件事，在亞里士多芬斯與安德魯．洛伊．韋伯之間還**沒有**被人做過一百萬次！好像藝術的內涵真的是**「是什麼」**，而不是**「是如何！」**

我在編輯《半衰期》的過程中，碰到了一個「物理上的」障礙：露薏莎．瑞伊的車子被逼出橋外時，那他媽的手稿剛好沒紙了。我扯自己的頭髮，捶自己的胸。第二部分存在嗎？它被塞在希拉蕊．V．哈須位在曼哈頓的公寓鞋盒裡嗎？還是仍然在她的創作子宮裡？我第二十次在公事包的秘密夾層裡尋找她隨書稿附上的信，但是我把它留在我的辦公室裡了。

其他可讀的文學作品很少。沃勒克．威廉斯告訴我，奧羅拉大宅曾經擁有一個小型圖書館，現在已經用樟腦丸封存起來了。「對一般人來說，電視比書來得真實多了，事情就是這麼回事。」我需要一頂礦工帽和一支他媽的鶴嘴鋤才能找到這座「圖書館」。它位在一條死通道裡，被堆疊得很高的大戰紀念牌擋住，牌上的文字是「我們不該忘記！」灰塵很深、很脆、很均勻。書架上有一整排《這個英蘭》的過期雜誌、十來本詹尼．葛瑞的西部小說（大字版），一本名為《我不吃肉，謝謝！》的食譜。再來就只剩下《西線無戰事》（多年前一個有創意的男學生在書頁角落畫了一個卡通人物用自己的鼻子來自慰的連續動作圖——那些「男孩」們現在上哪兒去了？）和《空中美洲豹》，那是「美國最傑出的軍事懸疑小說作家」創作的一本關於民間直升機駕駛的冒險小說（不過，我碰巧知道，那本書是在他的「指揮總部」由人代筆寫成的——我不會說出任何一個名字以免反被人告），而且坦白說，其他的都沒什麼看頭。

我接受這樣的命運。對餓慌的人來說，馬鈴薯皮也是高級菜肴。

爾尼・布雷斯米和薇若妮卡・柯斯提羅，進來吧，該你們上場了。爾尼和我有時候會意見不合，但要不是因為我結交了這些異議分子同伴，諾克斯護士到今天一定還在用藥物讓我天天他媽的眼珠上翻。在某個陰暗的下午，當等死的人正在為「大眠」預演、工作人員在開會、唯一會打擾奧羅拉大宅睡眠者的是肥仔馮特若伊與處決者間的一場WWF摔角賽時，我突然注意到，太不尋常了，某隻粗心的手忘了把前門關上。我偷偷溜出去偵察，也準備好我的藉口：頭暈及需要新鮮空氣。

屋外的寒冷燙著我的嘴唇，我的身體發抖！恢復期間，我的皮下脂肪被剝掉了一圈，我的體型從接近福斯塔夫降級成消瘦的岡特的約翰*。這是我自從六或七個禮拜前中風以來，第一次到戶外冒險。我先在內院繞了一圈，看到一棟老舊建築的部分廢墟，然後費力地穿過無人修剪的灌木叢，來到圍繞庭院的磚牆邊，查看有沒有破洞或裂縫。拆除未爆彈專家可以只用一條尼龍繩就從牆上爬過去，一個拄拐杖的中風病患可不行。

我打從牛皮紙色的枯葉堆旁經過時，風繼續將它們吹散，或讓它們堆得更高。我來到莊嚴宏偉的鐵門前，門的開啟與關閉是由一種閃光氣壓衝程電動裝置來控制。真是他媽的地獄，他們甚至還有一架監視攝影機及一個雙向對講機之類的東西！我可以想像諾克斯護士對著未來房客的孩子們（我差點寫成「家長們」）誇口說，因為有這套最先進的監視系統，房客們可以安安穩穩地睡覺，意思當然就是，「只要準時付錢，保證你聽不到這裡的任何消息。」

---

*福斯塔夫（Falstaff）是莎士比亞筆下的丑角，體型圓胖，愛吹噓；岡特的約翰（John of Gaunt, 1340-1399）是英國蘭開斯特家族第一任公爵。

情況看來不甚妙。哈爾位在南方，一個強壯的年輕小伙子順著沿路都是電線桿的巷道走，也得走上半天。只有迷路的觀光客會從這單位的大門前走過。順著車道走回來時，我聽到一輛桃紅色路華車刺耳的輪胎聲及忿怒的嗶聲。我閃到車道旁邊。駕駛活像一頭公牛，穿著一件橫越南北極活動募款者喜歡穿的銀色連帽風衣。路華車發出粗嘎的聲音，在前門台階前停下來。那位駕駛像《空中美洲豹》裡的飛行員一樣，大搖大擺地走到接待櫃台。回到正門時，我經過鍋爐間。爾尼從裡面探出頭來：「來杯烈酒嗎，卡文迪西先生？」

我不需要他問第二次。鍋爐間有肥料的味道，但是裡面的煤爐讓房間很溫暖。棲息在一袋煤炭上發出嬰孩般滿足聲音的，這裡的長期房客米克斯先生，他的地位相當於這單位的吉祥物。爾尼則是你只消看第二眼就知道他話不多。這位善於觀察人的蘇格蘭人和一位名叫薇若妮卡．柯斯提羅的女士是好朋友，據傳，她曾經是愛丁堡歷史上最棒的一家帽子店女主人。但從這兩人的行為舉止看來，卻像是一家契訶夫式破爛旅館的房客。爾尼和薇若妮卡向來尊重我當獨來獨往可憐蟲的意願，我也感激他們不多過問。他這時從煤筐裡拿出一瓶愛爾蘭威士忌。「如果你想在沒有直升機支援下逃出去，你大概已經觸礁了。」

我沒理由洩露我的盤算。「我嗎？」

我的裝假在爾尼巨岩上撞成碎片。「坐下來吧。」他冷冷地說，一副看穿我心思的模樣。

我照著做。「這裡還蠻舒服的。」

「我從前是個有執照的鍋爐工。我免費幫這間鍋爐間維修，所以我偶爾犒賞自己一、兩樣小小的自由，這裡的管理人員會睜一隻眼閉一隻眼。」爾尼在兩個塑膠杯裡倒了不少酒。

大雨下在塞倫蓋提*大草原上！仙人掌開花，獵豹奔馳！「你這是從哪裡拿到的？」

「那個煤炭商並非不通情理。說真的，你必須警覺。每天三點四十五分，威勒斯會到大門去拿第二批信。可別被他發現你在計畫逃亡。」

「聽起來，你很清楚這些事。」

「我過去也是個鎖匠，那是我從軍隊退役後的事。在保全遊戲中，你會接觸到一些半罪犯型人物，獵場看守人、盜獵者等等。這不表示我曾經做過非法的事，我提醒你，我像箭一樣直。但是我知道，逃脫的囚犯中至少有四分之三會被擺平，因為他們所有的大腦灰白質，」他拍打自己的太陽穴，「都耗盡在逃脫細節上。業餘的人談的是脫逃策略，專業的人談的卻是脫逃的後勤補給。大門那個看起來很酷的電子鎖，舉例來說，如果我想去做，可以蒙著眼睛解開，但是，在大門外準備好的一輛車呢？錢呢？藏身處呢？知道了嗎，沒有後勤補給，你能上哪兒去？肚子翻白躺在地上就是你的下場，而且五分鐘後，你就會發現自己躺在威勒斯的廂型車裡。」

米克斯先生皺起他那精靈般的五官，費力地說出他唯一說得清楚的三個字：「我知道！我知道！」

在我還沒來得及分辨爾尼是在警告還是試探之前，薇若妮卡就穿過內門走了進來，戴著一頂紅到可以融冰的帽子。我差點忍不住向她鞠躬。「下午好，柯斯提羅太太。」

「卡文迪西先生，多好的興致啊，這麼冷的天氣到外頭去閒逛？」

「是去偵察！」爾尼回答，「為了他的一人逃脫團隊。」

「哦，一旦你加入老人族，這世界就不會希望你再回來。」薇若妮卡坐到一張籐椅上，並且整理了一下帽子。「我們的意思是所有超過六十歲的人。光是活在這世上就犯了兩樣罪，其中一樣就是『速度不夠』。我們車開得太慢、走得太慢、話說得太慢。這世界願意和各款各樣的獨裁者、性變態、大毒梟打交道，但是，速度被你拖慢下來，這令它**無法忍受**。我們的第二樣罪是，我們成為提醒每個人終將一死的『死亡象徵』。只有我們全部別出現，這世界才能舒舒服服地睜著明亮的雙眼，否認他們終必死

＊坦尚尼亞的國家公園，塞倫蓋提（Serengeti）在當地語言的意思是「無邊的草原」，無數野生動物棲息於此。

亡的事實。」

「薇若妮卡的父母是在知識分子當中度過餘生的。」爾尼說這話時帶著一點自傲。

她露出深情的微笑。「看看那些在訪客時間來探視的人就好！他們震驚到需要接受治療。不然的話，他們的嘴裡怎麼會冒出『你只不過是和自己感覺一樣老而已！』之類的話。安慰話？真的嗎，他們想騙誰？不是騙我們，是騙他們自己！」

爾尼的結論是：「我們這些老人就是現代的痲瘋病人。這就是事情的真相。」

我反駁：「我不是這世界的局外人！我自己有一家出版社，我得回去工作，我不預期你們會相信我，但他們違背了我的意願把我困在這裡。」

爾尼和薇若妮卡用他們的秘密語言交換了一個眼神。

「你**是**一個出版人？還是你**曾經是**，卡文迪西先生？」

「我**現在還是**。我的辦公室在海瑪奇。」

「那麼，」爾尼問得很有道理，「你**現在**在這裡做什麼？」

好，這就是問題所在。我細數我直到今天為止經歷過的不可思議事件給他們聽，爾尼和薇若妮卡就像兩個神智清晰、注意力集中的成人一樣聽我說話。米克斯先生睡著了。快講到中風的段落時，外面傳來的一聲大喊打斷了我。我猜那是等死的人當中有人正在發羊癲瘋，但是從門縫看出去，我發現是那輛桃紅色路華車的駕駛正對著手機大喊。

「何必這麼麻煩？」失望讓他的臉扭曲。「她根本就住在雲裡！她還以為現在是一九六六年！……不，她**不是**裝出來的。妳會為了好玩而把褲子弄溼嗎？……不，她不是。她以為我是她的第一任丈夫。她說她沒有半個兒子……妳跟我說這是戀母情結？……是的，我又描述了一遍。三次……詳詳細細地，沒錯。妳自己過來這裡試試看，如果妳覺得妳可以做得更好……嗯，她從來也沒在乎過我。但是，帶香水過來……不是，是為**妳自己**。她身上很臭……還有別的東西會讓她臭嗎？……當然，他們有，但是哪裡來得及，它……隨時都會流出來。」他又坐到路華車裡，然後車子發著怒吼聲順著車道開走。「快跑跟在後面，在大門再次關上之前溜出去」的想法確實浮上心頭，但是我馬上提醒自己要考慮到年紀。不論如何，監視器會發現我，而且威勒斯會在我到路上攔下一輛車之前就把我載回來。

「哈屈吉太太的兒子，」薇若妮卡說，「她是個很善良的靈魂，但是她的兒子，噢，不。你不會只因為是個好人，就能擁有里茲和雪菲爾地區超過半數以上的漢堡連鎖店。他家不是個會缺一、兩塊錢的家庭。」

一個迷你丹荷姆。「嗯，至少他來看他媽了。」

「讓我告訴你原因吧。」一抹迷人且略帶邪惡的微光閃現在這老女人臉上。「當哈屈吉太太聽到他要將她送到奧羅拉大宅的風聲時，她把家中最後的珠寶都塞進一個鞋盒，然後埋起來。現在她已經不記得把鞋盒埋在哪裡了，或者她還記得，但不肯說出來。」

爾尼把最後一點威士忌倒進我們倆的杯子裡。「這傢伙最惹我生氣的是，他老是把車鑰匙留在沒熄火的車上。每一次都這樣。在真實世界裡他絕不會這樣。但是我們是如此衰老無害，所以他來探訪時一點都不設防。」

我覺得沒必要去問爾尼為什麼會注意到這樣的事。他一生中從來不會說半句沒必要說的話。

我每天都會去鍋爐間報到。威士忌的供應時有時無，同伴倒不怕沒有。米克斯先生的角色，就像一隻黑色拉不拉多犬在一段漫長婚姻中扮演的角色，尤其是在孩子們都離家之後。爾尼喜歡將他的人生、機緣及奧羅拉大宅傳說的一些偏見編織成一串；他那位**事實上的**配偶則能和你談論日光下的大多數話題。薇若妮卡收藏了非常多張二、三流明星的簽名照。她讀的書還算多，能夠欣賞我風趣的文學見解，但是還沒多到能知道我引用的文獻。我喜歡女人這個樣子。比方說，我可以跟她說「幸福與快樂最大的差異在於，幸福是固體，快樂是液體」，卻不用擔心她聽過沙林傑，我覺得自己風趣、有魅力，甚至年輕。在我賣弄學識時，我感覺到爾尼正看著我，但是，管他的！我想，一個男人有打情罵俏的基本權利。

薇若妮卡和爾尼是過來人。他們提醒我留心奧羅拉大宅的一些危險之處：尿液與消毒劑的惡臭味、等死的人笨手笨腳的曳步、諾克斯的恨意、廚房的伙食，已經為「平常」下了新定義。根據薇若妮卡的說法，極權政體一旦被視為平常，地位就穩固無虞了。

多虧有她提醒，我差不多已經想好我他媽的點子了。我把鼻毛修剪乾淨，跟爾尼借了一點鞋油。「每天晚上都擦亮你的皮鞋，」我老爸過去常這麼說，「你就絕對不會輸給別人。」現在回想起來，爾尼會容忍我的自我膨脹，是因為他知道薇若妮卡只是在迎合我。爾尼一輩子從來沒讀過一本小說——「一直都是個聽收音機的人，我」，他說——但是，看著他讓那套維多利亞時代的鍋爐系統復活，我總覺得自己很膚淺。這是真的，讀太多小說會讓你瞎了眼。

我獨自構思出我的第一個脫逃計畫，簡單到根本不值得有個名字。這需要意志及一些勇氣，但不需要頭腦。夜裡，用諾克斯護士辦公室裡的電話打到卡文迪西出版社的答錄機。留下 SOS 的信息給拉珊太太，她那位壯得像橄欖球員的姪子開著一輛巨大的福特 Capri。他們來到奧羅拉大宅，說了幾句威嚇及抗議的話之後，我坐進車裡，車子開走。事情結束。在十二月十五日晚上（我想），我在凌晨時分醒來，穿上家居袍，然後走到昏暗的走廊裡。（自從我開始裝病後，房門就沒被鎖上。）除了鼾聲和水管裡的水聲之外，沒有別的聲音。我想到希拉蕊・V・哈須筆下的露薏莎・瑞伊，在史灣尼克 B 內部潛伏前進的情形。（留心我的雙焦距眼鏡。）接待櫃台空無一人，但我還是像突擊隊員一樣，把身體壓得比桌面還低，從旁邊爬過，然後再把自己拉到直立狀態——真是一項了不起的成就。諾克斯辦公室的燈光熄了。我試著扳動門把，是的，門開了。我溜了進去。從門縫射進來的光線恰好足夠讓我看見東西。我拿起話筒，撥了卡文迪西出版社的電話號碼。我並沒有接通到答錄機。

「您所撥的號碼是空號。請查明號碼後再撥。」

悲涼的感覺。我設想了最糟的狀況：侯金斯三兄弟用火將那裡燒得慘不忍睹，燒到連電話線也熔化了。我又試了一次，還是沒有用。在我中風之後，唯一一組還想得起來的號碼，就是我的下一個、也是最後一個求助對象。在五、六聲響亮的鈴聲後，喬吉蒂，我的大嫂，用我熟悉的噘嘴、撒嬌的語調接起電話，上主啊，上主啊，我知道這就是她。「現在是睡覺的時間，亞斯敦。」

「喬吉蒂，是我，提寶。可以叫丹尼接電話嗎？」

「亞斯敦嗎？你怎麼了？」

「我不是亞斯敦，喬吉蒂！我是提寶！」

「那你就叫亞斯敦來跟我講電話！」

「我不認識亞斯敦！妳聽好，妳**一定**要幫我把丹尼找來。」

「丹尼現在沒辦法接電話。」

喬吉蒂坐在搖椅上時，手從來就不會抓得很牢，她現在聽起來卻像是個騎在彩虹上的牛仔。「妳喝醉了嗎？」

「除非是有一酒窖好酒的葡萄酒坊。我受不了平常的酒吧。」

「不，仔細聽，我是提寶，妳的小叔！我現在得跟丹荷姆講話。」

「你的聲音聽起來像提寶。提寶？是你嗎？」

「是的，喬吉蒂，是的，而且，如果這是——」

「你這個大爛人，竟然沒來參加自己哥哥的葬禮。整個家族的人都在怪你。」

地板開始旋轉。「**什麼？**」

「我們都知道你們兩人之間有些口角，但是我的意思是——」

我快站不住了。「喬吉蒂，妳剛剛說丹尼死了。妳是說真的嗎？」

「當然，我是說真的！你認為我是發神經嗎？」

「再跟我說一次。」我已經沒有聲音了。「丹尼——死了——嗎？」

「你認為我會自己編出這種事嗎？」

諾克斯護士的椅子因為受不了我的折磨而發出嘎吱聲。「是怎麼回事？喬吉蒂，看在基督分上，是怎麼回事？」

「你是誰？現在是半夜呢！你到底是誰？亞斯敦，是你嗎？」

我的喉嚨彷彿被鉗子鉗住。「是提寶。」

「好吧，你一直躲在哪塊又溼又冷的石塊下面？」

「聽我說，喬吉蒂。丹尼是怎麼，」說話時被鉗住的感覺更強烈，「過世的？」

「他在餵他那些無價的鯉魚。我當時正在把鴨肉醬塗在餅乾上，準備當晚餐吃。我去叫丹尼來吃晚餐時，他已經臉朝下浮在池塘裡了。他可能已經在那裡一天左右了，我又不是他的褓姆，你知道的。狄西告訴過他要少吃鹽，因為他家族裡有中風的病史。好吧，別再占線了，叫亞斯敦來聽電話。」

「聽著，現在有誰在那裡？跟妳在一起？」

「就丹尼而已。」

「但是丹尼死了！」

「我知道！他在魚池裡應該有……幾個禮拜了，到現在。我要怎樣把他弄出來？聽我說，提寶，貼心一點，幫我從弗南與梅森雜貨店帶一大籃食物或之類的東西過來，可以嗎？我已經把餅乾全吃光，而且鶇也把麵包屑全吃光，所以現在除了魚飼料和昆布蘭醬之外，我什麼都沒得吃。亞斯敦自從把丹尼收藏的藝術品借去讓他的鑑賞家朋友看之後，就再也沒回來，那是……好幾天前，不，是好幾個禮拜前的事了。瓦斯公司的人也斷了瓦斯管線……」

我的眼睛被光線刺痛。

門口被威勒斯霸占住。「又是你。」

我揮手叫他走開。「我哥死了！死了，你懂嗎？像他媽的石頭一樣死了！我嫂子已經**瘋了**，她不知道要怎麼處理！這是我家的緊急事件！如果在你他媽的身體裡還有一點基督徒的骨頭，你就會幫助我解決這件他媽的棘手問題！」

親愛的讀者，威勒斯只看到一個歇斯底里的住院者過了半夜還在打騷擾電話。他用腳把擋路的椅子踢到一旁。我對著電話大叫：「喬吉蒂，聽我說，我被困在哈爾的一家他媽的不是人住的瘋人院裡，院名叫奧羅拉大宅，妳記下來了嗎？在哈爾的奧羅拉大宅，看在基督分上，叫妳那邊任何一個人過來救我——」

一根巨大的手指把我的電話切斷。指頭上的指甲歪斜、烏青。

諾克斯護士用力敲擊早餐鑼，宣告敵對狀態開始。「朋友們，我們竟然張開雙手接納了一個**小偷**。」聚集在那裡的等死的人突然都安靜下來。

一個乾癟、胡桃膚色的人用力敲湯匙。「阿伊瑞布知道怎麼處理他們，護士！在沙烏地不會有三隻手弗雷第，耶？星期五下午在清真寺的停事場裡，**劈**！耶？耶？」

「在我們的桶子裡有一顆爛蘋果。」我發誓，又是葛萊興男校那一套，已經六十年了。同樣的碎麥片溶解在同一碗牛奶裡。「卡文迪西！」諾克斯護士的聲音像哨子一樣顫抖著。「站起來！」那些生命跡象只剩一半、穿著發霉羊毛粗呢衣及褪色罩衫的待驗屍，同時把頭轉向我。如果我表現得像個受害者，就等於我已經同意了對方的判決。

我很難讓自己在乎這些事。我整晚都沒闔眼。丹尼死了，變成一尾鯉魚，非常有可能。「哦，看在上帝分上，女人，不要欺人太甚。皇冠上的珠寶還在塔樓裡！我不過是打了一通重要電話，就這樣。如果奧羅拉大宅有一間網咖，我當然會很樂意改寄電子郵件！我並不想把大家都吵醒，所以才自作主張去借用電話。我在這裡誠懇地道歉。那通電話費我一定會付。」

「哦，你當然要付上代價。房客們，我們要怎麼處置爛蘋果？」

葛溫德琳・班丁克斯站起來，用指頭指著我。「真丟臉啊，你！」

沃勒克・威廉斯是第二個行動的人。「真丟臉啊，你！」

一個接著一個，腦筋清楚到知道跟著做的等死的人也加入他們的行列。「真丟臉啊，你！真丟臉啊，你！真丟臉啊，你！」米克斯像卡拉揚一樣指揮這首指責大合唱。我幫自己倒了一杯茶，但是一把木尺把我的手打離杯子。

諾克斯護士口中冒出電的火花：「在被責備的時候，別想把注意力轉移到別處。」

這場指責大合唱漸漸停了下來，只剩一、兩聲零落冒出的指責。

指關節痛到讓我啜泣。忿怒及疼痛就像一根禪寺的鞭杖，讓我的智慧集中。「我懷疑仁慈的威勒斯並沒有告訴妳，那通電話讓我知道我哥丹荷姆死了。是的，已經像石頭一樣了。不相信我的話，妳可以自己打電話去問他。事實上，我拜託妳打電話給他。我大嫂的狀況也不太理想，她需要人幫她打點葬禮的事。」

「在闖進我的辦公室之前，你怎麼會知道你哥死了？」

真是個工於心計的雙面納爾遜。她的十字架小飾品讓我靈機一動。「聖彼得。」

她的眉頭皺得非常難看。「聖彼得怎麼了？」

「他在夢裡告訴我丹荷姆最近已經到另一個世界去報到了。『打電話給你大嫂，』他說，『她需要你的幫助。』我告訴他，使用電話會違反奧羅拉大宅的規定，但是聖彼得跟我保證，諾克斯護士是個敬虔的天主教徒，她不會嘲笑這個解釋。」

善變的女人真的被我這段胡謅阻擋在路上。（**認清你的敵人比認識你自己**還重要。）諾克斯看起來正在尋思其他解釋：我是個危險的變態？無害的愛妄想者？現實政治主義者？彼得的幻像？「我們奧羅拉大宅的所有規定都是為了大家好。」

該是鞏固我的戰果的時候了。「這句話說得太對了。」

「我會再找時間跟上主談談。不過，就目前來講，」她對著飯廳裡的眾人說，「卡文迪西在假釋狀態。這段插曲還沒結束，也不會被忘掉。」

在那場小勝利之後，我就到社交室去玩「耐心」（是一種紙牌遊戲，而不是耐心這美德，我從來就不是有耐心的人），那是自從我和X女士在廷塔哲岬——那地方是個賭場，到處是破爛的國民住宅及賣中國香的店——度星運不佳的蜜月後，第一次再玩這遊戲。我生平第一次發現「耐心」的遊戲設計漏洞百出：遊戲的勝負不是由玩牌的過程決定，在牌局開始前的洗牌動作裡就決定了。這遊戲多沒意義啊。

重點是，它能讓你的心思到別處走走。只不過，別處並非就充滿玫瑰花香。丹荷姆前陣子死了，我人卻還在奧羅拉大宅裡。我得自己面對一個全新的慘狀：丹荷姆原本安排好——出於善意或出於惡意——長期從他的秘密帳戶付款，讓我可以住在奧羅拉大宅。現在丹荷姆死了，從侯金斯兄弟手中逃跑的消息對外封鎖，所以沒人知道我在這裡，長期扣款的約定在立約人過世後依舊有效力。拉珊太太告訴警方，她最後一次看到我時，我正要去找放高利貸的人，普羅德刑警因此猜測，我是被我最後去求助的放款人拒絕，然後搭歐洲之星列車離開英國。所以：六個禮拜後，沒人在找我，連侯金斯兄弟也沒在找我。

爾尼和薇若妮卡來到我的桌子旁邊。「我常用那部電話查板球比賽的分數，」爾尼看來不太開心，「現在他們晚上一定會把它鎖起來。」

「拿黑牌十去對紅牌傑克十一，」薇若妮卡建議，「別在意，爾尼。」

爾尼沒理他。「諾克斯現在會找機會對你動私刑。」

「她能做什麼？拿走我的碎麥片？」

「她會加麻醉劑到你的食物裡，就像上次那樣。」

「你在說些什麼啊？」

「還記得你上次當面嗆她嗎？」

「哪個時候？」

「就是你湊巧中風的當天早上。」

「你的意思是我的中風是……被誘發的？」

爾尼扮了一個「快醒醒，快醒醒！」的臉，讓我看了很不舒服。

「哦，去你的胡扯！我爸死於中風，我哥可能也是死於中風。爾尼，如果你要展現出自己人生的現實面，我沒意見，但是別把薇若妮卡和我也拖進去。」

爾尼面露不悅。（拉斯，把燈光打低一點。）「是的。你認為自己聰明得不得了，但是事實上，除了是個傲慢的南方蠢蛋外，你什麼都不是！」

「不管到底是什麼意思，當個蠢蛋總比半途而廢的人好。」話才說出口，我就知道我會後悔說了這句話。

「半途而廢的人？我？你再說我一次。說啊。」

「半途而廢的人。」（噢，頑固的小魔鬼啊！我為什麼要讓你替我說話？）「我是這麼想的，你因為受到威嚇，已經放棄這座監獄外的真實世界了。看到別人逃脫，會讓你對自己仍困在一堆死人床之間感到不舒服。這就是你現在會發大脾氣的原因。」

爾尼的瓦斯爐環架上的火已點燃。「我選擇在哪裡停下來，不是你可以批評的，提摩西．卡文迪西！」（蘇格蘭人可以把一個好好的名字唸得像是頭撞到了牆。）「你沒有辦法從一個大庭院的正中央脫逃！」

「如果你有什麼連笨蛋也能執行的計畫，就說來聽聽吧。」

薇若妮卡打算居中調解。「男孩們！」

爾尼已經滿臉通紅。「『笨蛋也能執行』，這還要看那個笨蛋有多笨。」

「真是充滿睿智的教訓！」我的譏諷連自己都噁心。「你在蘇格蘭一定是個天才。」

「不，在蘇格蘭，所謂的天才是：一個**意外**被關進養老院的英格蘭人。」

薇若妮卡把我散在桌面上的牌收回來。「你們有誰玩過『時鐘耐心』嗎？你必須讓牌上的點數加到十五？」

「我們要離開了，薇若妮卡。」爾尼咆哮著。

「不。」我很快地說，然後站起來，避免薇若妮卡必須因為我的緣故在當中做選擇。「我要離開了。」

我發誓，在得到道歉之前，我不會再踏進鍋爐間一步。那天下午我真的沒再進去。隔天沒去。再隔天也沒去。

爾尼在聖誕節整個禮拜都避免與我四目相接。薇若妮卡經過時，則會以微笑向我致歉，不過她對爾尼的忠誠無庸置疑。事後想起來，我才感到一片茫然。我當時在想什麼？為了自己的惱怒而拿我僅剩的友誼當犧牲品？我向來就是個很會生悶氣的人，這也為我帶來許多後果。生悶氣的人喜歡獨自恣意遐想。遐想我來到華盛頓廣場的切爾西旅館，遐想我敲了某間房門。門打開了，希拉蕊．V．哈須小姐非常高興見到我。她的睡袍寬鬆欲解，她和凱莉米洛一樣天真，卻又和羅賓斯太太一樣像隻母狼。

「我可是飛過整個地球來找妳。」我說。她從小酒櫃裡拿出威士忌，幫我倒了一杯。「成熟、甘醇、麥香。」那隻淘氣的哈士奇母狗把我帶到她那張棉被還沒折好的床上，而我就在那裡尋找青春永駐的泉源。

《半衰期》的第二部就放在床上方的書架上。我開始讀書稿，整個人彷彿還漂浮在高潮過後的死海裡，希拉蕊已經到浴室去沖澡。第二部甚至比第一部還精采，不過這位大師會教導他的助手如何寫得更好。希拉蕊把這本書獻給我，得了一座普立茲獎，在她的得獎演說中，她坦承一切都要歸功於她的代理商、朋友，以及，就許多角度來講，父親。

甜蜜的遐想。

痊癒之路上的癌細胞。

奧羅拉大宅的聖誕夜，我們吃的是微溫的食物。我到室外散步（透過與班丁克斯辦公室的交易協商換取的特權），走到大門旁窺看外面的世界。我抓著鐵門，穿過鐵條往外看。（視覺上的諷刺效果，拉斯。**北非諜影**。）我的視線在荒野裡徘徊，停在一個土塚及一個廢棄的羊圈上，在一間最終還是受到德魯伊教元素影響的諾曼教堂上方漂浮，匆匆落在一座發電廠上，掠過墨跡點點的丹麥人之海，望向亨伯橋，跟著一部軍用飛機越過波浪起伏的原野。可憐的英格蘭。就它有限的英畝數而言，它的歷史實在太豐富了。在這裡，歲月是往內成長，就和我的腳趾甲一樣。監視攝影機在看我。它在這個世界裡有的是時間。我考慮結束我與爾尼的冷戰，只要我能聽到薇若妮卡禮貌性地跟我說一聲「聖誕快樂」。

不。他們兩個一起下地獄去吧！

「魯尼牧師！」他一手拿著雪利酒，我把一塊碎肉餡餅交到他的另一隻手上。在聖誕樹後面，樹上小燈把我們的臉都染成粉紅色。「我有一件小事要請您幫忙。」

「會是什麼事呢，卡文迪西先生？」他，不是個喜劇型的教區牧師。魯尼牧師是個把神職當職業的人，他那作嘔的形象，像極了我曾在希沃德交手過、善於逃稅的威爾斯製框師，不過，那是另一個故事了。

「我希望你能幫我寄一張聖誕卡，牧師。」

「就這樣而已嗎？這種事只要跟諾克斯護士說一聲，她一定會幫你達成。」

很顯然，那個女巫也掌握住他了。

「與外面世界溝通這件事，諾克斯護士和我並不總是意見一致。」

「聖誕節是縮短我們彼此距離的美好時機。」

「聖誕節是讓打瞌睡的狗打瞌睡的美好時機，牧師。但是我真的很想讓我的嫂子知道，在我們救主生日這天我非常想她。諾克斯也許跟你提過我親愛的哥哥過世的消息？」

「真令人難過。」是的，他知道聖彼得的事。「要保重啊。」

我從上衣口袋拿出我的卡片。「我把收信人寫成『看護』，以確定我的聖誕卡能到達她手中。她並不全然，」我拍拍自己的頭，「在那裡。我不得不承認。信在這裡，我把它塞進你的牧師袍口袋裡……」他扭動了一下，但是我把他逼到角落。「我多蒙福啊，牧師，有你這位可以信賴的朋友。謝謝你，謝謝你，這些話真的發自我心底。」

簡單、有效、巧妙，你這隻狡猾的老狐狸。在新年之前，奧羅拉大宅的人醒來時會發現我已經像蒙面俠蘇洛一樣不見了。

娥蘇拉邀請我進衣櫥裡。「你一點都沒有變老，提寶，**這根**和蛇一樣狡猾的傢伙也一樣！」她那隻毛茸茸的小鹿在我那根納尼亞傳奇大小的燈柱和兩顆樟腦丸上摩擦……但是接著，就像往常一樣，我醒了，我那根腫大的附屬器官受歡迎的程度就和腫大的盲腸一樣，它的有用程度也和盲腸差不多。六點鐘。拼組成的暖氣系統正照著約翰．凱吉的音樂模式在運作*。我的腳趾關節都被凍傷了。我想到過往度過的聖誕節，已過的聖誕節比擺在我前面的聖誕節要多得多。

我還要忍多少個早晨？

「勇氣啊，提寶。一列疾馳的紅色郵務火車正將你的信送往遠在南方的母親倫敦。連鎖炸彈一碰觸就會引爆，炸向警察、社福人員，以及在海瑪奇舊址的收信人拉珊太太。你馬上就可以離開這裡。」我的想像力開始描述用來慶祝自己重獲自由的聖誕禮物，雖然晚了幾天。雪茄、高品質的威士忌、一分鐘九十便士的「瑪菲小姑娘」專線電話。為什麼要僅止於此？我還可以和「男人中的男人」以及「威而剛隊長」一起重返泰國一雪前恥嗎？

我注意到一隻形狀扭曲的毛襪掛在壁爐架上。我熄燈的時候它並不在那裡。有誰能偷偷摸摸進到我的房間卻沒把我吵醒？爾尼來宣告聖誕期間休戰？還有可能是誰？那位本性善良的爾尼？穿著法蘭絨睡衣的我高興地發抖，走過去把塞了東西的襪子拿回床上。很輕。我將襪子裡外對翻，一堆碎紙片從裡面散了出來。我的筆跡、我的用字、我的遣詞！

我的信！

我的救贖被撕成碎片。我捶打胸膛、咬頭髮、扯牙齒，在捶打床墊時還傷了自己的手腕。他媽的魯尼牧師，下地獄去等著腐爛吧！諾克斯護士，偏執成性的賤女人！在我睡覺的時候，她就像死亡天使一樣站在我身旁！他媽的聖誕快樂，卡文迪西先生！

我「屈服」了。這個十五世紀末的動詞，古法語的 succomber 或拉丁語的 succumbere 就是人類景況——尤其是我的景況——的必然結局。我屈服於那幾個駑鈍的照護。我屈服於那張禮物標籤：「致卡文迪西先生，您的新夥伴——未來要在奧羅拉大宅度過更多個聖誕——敬上。」我屈服於我的禮物：每頁兩個月的自然奇觀月曆。（死亡之日未隨包裝附贈。）我屈服於那隻和橡膠一樣硬的火雞、火雞肚裡的合成塞料、味道很苦的芽甘藍；我還屈服於不會響的聖誕紙筒爆竹（不該引發心臟病，給他們帶來麻煩）、它裡面的小精靈紙王冠、它的尖筒鼻、它的普級笑話（酒保：「你要喝什麼？」骷髏：「一品脫啤酒跟一支拖把，謝謝。」）。我也屈服於添加額外聖誕節暴力的連續劇特別節目；屈服於女王從墳墓裡發表的聖誕演說。廁所小便後回來時，我遇見諾克斯護士，我屈服於她那句宣告勝利的「佳節愉快，卡文迪西先生！」

那天下午，BBC第二台的歷史節目播放的是一九一九年在比利時伊珀爾市拍攝的連續鏡頭。那一度相當漂亮、後來卻被破壞到如同地獄一般的城市，就是我自己的靈魂寫照。

我年輕時只有三、四次瞥見過快活之島，然後它們很快就被濃霧、低壓、冷鋒、怪風，以及逆

*約翰・凱吉（John Cage, 1912-1992），美國作曲家，曾譜寫沒有任何音符、節奏、旋律的〈四分三十三秒〉。這裡喻指暖氣系統沒有在運作。

潮……吞沒了，我誤以為這些就是成人的徵兆。因為我把這些當成人生航程中固有之物，沒再特別留心去記錄它們的緯度、經度、它們來到的方式。好個年輕笨蛋！現在，為了得到一張未曾改變、記載言語無法描述的亙古真理的地圖，我還有什麼捨不得拋下？我想要擁有，老實說，一張雲圖。

我還是活到了聖誕節的隔天，因為我悲傷到無法自己去上吊。我在說謊。我活到了聖誕節隔天，是因為我膽小到無法自己去上吊。午餐吃的是烏龜湯（裡面有壓扁的扁豆），中間因為大家得幫忙尋找不知道被德爾椎（那個雌雄同株的機械人）放到哪裡去的行動電話，氣氛才稍微活絡一些。那些活死人們喜歡猜想它可能被放置的地方（掉在沙發旁邊），不太可能被放置的地方（聖誕樹上），以及絕對不可能被放置的地方（伯金太太的便器裡）。我發現我在敲鍋爐間的房門，像隻後悔做錯事的小狗。

爾尼站在一台已經被拆成一片片、放在報紙上的洗衣機旁邊。「看看這是誰啊？」

「節禮日快樂，卡文迪西先生。」薇若妮卡戴著一頂俄國羅曼諾夫時期的毛皮帽，容光煥發地說。一本很厚的詩集正攤在她的大腿上。「進來吧，請進。」

「已經有一、兩天了吧，」我低調、尷尬地說。

「我知道！」米克斯先生激動地說，「我知道！」

爾尼還是面露不屑。

「爾……我可以進來嗎，爾尼？」

他抬起下巴然後下垂幾度，來表示我進不進來都一樣。他正在拆解鍋爐，他那粗短、沾滿油污的手指裡有幾根銀色小螺絲。他並沒有給我台階下。「爾尼，」我終於說，「抱歉，那天對你口氣不太好。」

「嗯。」

「如果你不把我弄出這裡……我會瘋掉。」

他拆開一個我連名字都不知道的組件。「嗯。」

米克斯身體前後搖晃。

「那麼……你覺得怎麼樣？」

他低身去翻動一袋肥料。「哦，別這麼軟好不好。」

我不相信自從法蘭克福書展以來我曾經微笑過。我的臉感到疼痛。

薇若妮卡整理了一下她的打情罵俏帽。「跟他說我們的收費，爾尼。」

「任何代價，任何代價我都會付。」我從來沒這麼認真過。「你們的收費怎樣？」

爾尼讓我一直等到他將每根螺絲起子都收回工具袋。「薇若妮卡和我已經決定冒險向前，去尋找一片新牧草地。」他朝大門的方向點點頭。「往北走。我有一個老朋友可以照顧我們。所以，我們也會跟你一起走。」

我還沒看到這件事發生的可能性，但是誰在乎？「好，好，我很高興。」

「好，那就一言為定。『諾曼第登陸日』就定在三天後。」

「這麼快？你們已經有計畫了？」

那個蘇格蘭人哼了一聲，旋開他的熱水壺，把氣味濃烈的紅茶倒進壺蓋裡。「你可以這麼說，是的。」

爾尼的計畫是一連串需要接連倒塌的高風險骨牌。「任何脫逃計畫，」他開始發表演說，「都必須比看守你的人更有創意。」那**的確**是個相當有創意（更別說是大膽了）的計畫，但是只要有一個骨牌沒有把下一個推倒，事情即刻曝光，將會帶來悲慘的後果，尤其如果爾尼說我曾被強制下藥的恐怖理論屬實的話。現在回想起來，我很訝異自己當時竟然會同意參與那計畫。一方面很感激朋友們願意重新跟我說話，一方面又等不及要（活著）逃離奧羅拉大宅，兩者合起來蒙蔽了我謹慎的天性。我只能這麼解釋。

我們選定十二月二十八日，因為爾尼從德爾椎那裡得知，裘德太太當天會到哈爾去陪她的姪女，並且觀賞聖誕兒童劇。「紫實的情報蒐集。」爾尼輕敲鼻梁。我倒比較希望是威勒斯或是那個冷酷女人諾克斯不在現場，但是威勒斯只有在八月才會到羅賓漢灣去探望母親，而爾尼認為裘德太太是最沉著冷靜的人，因此也是最危險的人。

諾曼第登陸日。等死的人在十點鐘被安排就寢，三十分鐘後我就到爾尼的房間報到。「如果你覺得你沒辦法完成任務的話，這是你退出計畫的最後機會。」那個狡猾的蘇格蘭人告訴我。

「我這一生從來沒有臨陣退出過。」我回答，謊言從我衰敗的牙齒縫間穿出。爾尼用螺絲起子打開通風管，把德爾椎的行動電話從藏匿處取出來。「你的腔調最高雅，」先前在分配任務時，他就這麼跟我說過，「而且你就是靠著在電話中跟人胡扯維生。」我撥了強斯．哈屈吉的電話號碼，那是幾個月前爾尼從哈屈吉太太的電話簿裡查到的。

電話那頭傳來想睡覺的聲音：「啥事？」

「哦，是的，哈屈吉先生嗎？」

「我就是，你是？」

讀者諸君，你們真該為我驕傲。「奧羅拉大宅的康威醫師。我來幫騰達醫師代班。」

「耶穌基督啊，我母親發生了什麼事嗎？」

「很抱歉，是的，哈屈吉先生，你要堅強一點。我不覺得她能撐到明天早上。」

「啊！啊？」

背景傳來一個女人的質問：「是誰啊，強斯？」

「耶穌啊！真的嗎？」

「真的。」

「但是，她……她是怎麼了？」

「嚴重的肋膜炎。」

「肋膜炎？」

或許我對醫師這角色入戲的程度有一點點超過了我的專業。「希里肋膜炎對你母親這種年紀的人來說，沒人敢保證不會發生，哈屈吉先生。你聽我說，你一到這裡，我就會把詳細的診斷告訴你。你母親在找你。我已經給她二十毫克的，呃，嗎啡酊，所以她一點也不會痛。比較奇怪的是，她一直在談珠寶的事。一次又一次，她說：『我一定要告訴強斯，我一定要告訴強斯……』這在你聽來有任何意義嗎？」

真相大白的時候到了。

他上鉤了！「我的天哪。你確定沒聽錯？她記得她把珠寶放在什麼地方嗎？」

背景的那個女人說：「什麼？什麼？」

「她似乎非常懊惱這些珠寶還放在家裡。」

「當然，當然，但是放在哪裡，醫生？她說她把珠寶藏在什麼地方？」

「聽好，我現在得回她的房間去了，哈屈吉先生。我會在奧羅拉大宅的接待櫃台那裡和你見面……什麼時候？」

「問她在哪裡——不，跟她說——跟媽說——呃，您是——」

「呃……康威！康威醫師。」

「喔，康威醫師，你可不可以把電話拿到我母親的嘴邊？」

「我是個醫生，不是個電話筒。你自己過來，讓她自己跟你說。」

「告訴她——千萬要撐到我們抵達，看在老天分上。告訴她——琵帕金非常愛她。我會在……半個小時後到。」

開場結束了。爾尼拉上手提袋的拉鍊。「做得很棒。帶著電話，他有可能會再打過來。」

第二塊骨牌，我必須擔任哨兵，躲在米克斯先生的房間裡，透過門上的裂縫觀看外面。因為他退化的情況比較嚴重，所以我們這隻忠實的鍋爐間吉祥物並沒有成為大逃亡計畫的一分子。不過他的房間就在我房間對面，而且他聽得懂「噓！」的意思。十點半，爾尼到接待櫃台去跟諾克斯報告我的死訊。這塊骨牌有可能會倒向我們不希望的方向。關於「是誰的屍體被發現」及「要由誰去傳遞消息」等等問題，我們花了很長的時間討論：要去通報薇若妮卡死亡，爾尼需要遠超過他能力的戲劇表演天分，才能不讓那位潑婦起疑；由薇若妮卡去通報爾尼的死也被排除，因為她的演技一不小心就會誇張得像通俗劇演員；爾尼的房間和薇若妮卡的房間周圍都有一些意識還很清楚的等死的人，他們有可能會從中阻礙計畫。相反的，我的房間位在較老舊的一翼，我唯一的鄰居是米克斯先生。所以我被指派扮演死者。

最大的變數在於：諾克斯護士對我深惡痛絕，她是會馬上衝過來看這位倒下的敵人，並且拿帽子上的一根飾針刺我的脖子，以確定我是否真的死了？還是她會先大肆慶祝一番，然後才慢條斯理地走過來？

腳步聲，有人敲我的房門。諾克斯護士正在嗅聞誘餌。第三塊骨牌在晃動，但是事情已經開始跟事先規劃有了出入。爾尼照理該陪著她一起來到我那間死人房門口。她想必是在往前衝時，把他甩在後面了。從我埋伏的地點，我看得見那隻掠食者探頭到房間裡窺看。她打開電燈。傳統的布局——枕頭塞在棉被下——看起來比你想像中還真實。她被勾引進入房內。我從走廊對面衝過來，猛力扯那扇門，將它關上。從這步驟開始，第三塊骨牌能否順利倒下，就要看門鎖的機制了——門外側的旋轉式門栓並不容易轉動，我還沒來得及轉動它，諾克斯又把門拉開了——她的腳踩在門框上，便於施力——她那惡魔般的力氣將我的二頭肌往上拔了起來，幾乎要撕裂我的手腕。勝利，我知道，不會屬於我這一方。

於是我放膽使出險招，突然鬆開握住門把的手。門朝房間內甩了進去，那個女巫也順勢飛過房間。在她重新過來拉門之前，我已經把門關上，並且鎖了起來。一整本《泰特斯》*的威脅話不斷打在門上，那些話到現在還常在我的惡夢中纏擾。爾尼喘呼呼地走過來，手上拿著一根鎯頭及一些三吋長的釘子。他把門釘到門框上，任憑女獵人在自己發明的囚房裡不斷吼叫。

在接待櫃台那裡，第四塊骨牌正在大門對講機器那裡發出一陣又一陣恐怖的叫喊。薇若妮卡知道該按哪一個鈕。「我已經狂按他媽的這東西他媽的十分鐘了，而我母親正他媽的快要死掉了，」強斯・哈屈吉忿忿不平，「你們這些幹他媽的到底在玩什麼把戲？」

「我得幫忙康威醫師抓牢你的母親，哈屈吉先生。」

「抓牢她？因為肋膜炎？」

薇若妮卡按了「開」的開關，庭院對面的大門就——在我們的希望中——打開了。我在這裡要先

---

*《泰特斯》（*Titus Andronicus*）是莎士比亞早年寫的悲劇，莎翁最血腥暴力的作品。

向喜歡寫讀者投書的讀者說明，他們可能會問，為什麼我們不乾脆按下按鈕後就直接逃亡？我的解釋是：第一，那扇大門打開後四十秒鐘就會再自動關上；第二，接待櫃台平常都有人值班；第三，出了大門後還有好幾哩的冬季荒原。

穿過冰寒的霧氣，刺耳的輪胎聲聽起來更大聲。爾尼躲在櫃台後面的辦公室裡，我則到室外台階上招呼那輛路華車。強斯．哈屈吉的妻子坐在駕駛座上。

「她怎麼樣了？」哈屈吉大步走過來問我。

「還跟我們在一起，哈屈吉先生，還在問你來了沒。」

「感謝基督。你就是康威醫師？」

我不想再回答更多醫學上的問題。「不，醫生還跟你母親在一起，我只是這裡的工作人員。」

「我從沒見過你。」

「事實上，我女兒是這裡的助理護士，因為這裡缺人手，而你母親又出了緊急狀況，所以我雖然退休了，還是過來幫忙接待櫃台。也因此這麼晚才幫你打開大門。」

他妻子用力關上車門。「強斯！哈囉？外面的溫度可是低於冰點，而且你媽已經快掛掉了。管理條約上的一些小錯誤，我們可不可以等事情過後再研究？」

薇若妮卡已經戴著一頂閃閃發亮的睡帽現身。「哈屈吉先生？我們之前碰過幾次面，你母親是我在這裡最要好的朋友。你們趕緊到她那裡去，拜託。她在自己的房間裡，醫生認為這時候移動她太危險了。」

強斯．哈屈吉似乎聞到情況有點詭異的味道，但是他怎麼可能去懷疑這個愛嘮叨的可愛老女人會與別人串聯起來欺騙他呢？他妻子硬拖著他朝走廊走去。

我坐上駕駛座。爾尼把他的關節炎輔助器材及數目多得誇張的帽盒放進後座，然後跳進前排的乘客座。自從X女士離開後，我就不再開車，中間隔著這些年並不如我所希望的平白消失。去他媽的地獄，哪個踏板是哪個啊？油門、煞車、離合器、後視鏡、方向燈、開車技術。我伸手去抓插在發動器裡的鑰匙。

「你在等什麼？」爾尼問。

我的手指非常肯定地告訴我，那裡並沒有鑰匙。

「快一點，提姆，快一點！」

「沒有鑰匙。沒有他媽的鑰匙啊！」

我的手指再一次肯定地告訴我，那裡並沒有鑰匙。「是他太太開車！她把鑰匙拿走了！那個他媽的女人把鑰匙帶進屋子裡了！他媽的親愛的聖猶大啊，我們現在要怎麼辦？」

爾尼在儀表板、雜物格，及車內地板上東翻西找。

「你難道沒辦法像偷車賊那樣直接發動汽車？」我的聲音聽起來非常絕望。

「別那麼沒用！」他喊著回答我，同時在菸灰缸裡翻尋。

第五塊骨牌被強力膠黏得直挺挺的。「對不起……」薇若妮卡說。

「到遮陽板底下找找看！」

「這裡什麼都沒有，只有他媽的、他媽的、他媽的——」

「對不起，」薇若妮卡說，「這是車鑰匙嗎？」

爾尼和我一起回頭，然後對著 Yale 牌鑰匙大叫「不不不——是」，立體聲。我們看到威勒斯從用餐區順著點著夜燈的走廊跑過來時，又齊聲發出另一聲大叫。那兩個哈屈吉家的人緊跟在他後面。

「噢，」薇若妮卡說，「這支胖一點的也跟著掉出來……」

我們看著威勒斯跑到接待櫃台。他透過玻璃直瞪著我，傳送給我一幅心理圖像：一隻羅特威勒德國猛犬正殘忍地在攻擊一個縫製成提摩西．朗蘭．卡文迪西模樣、年紀六十五又四分之三的布偶。爾尼鎖起所有車門，但那對我們有什麼幫助？

「那麼，這一支呢？」薇若妮卡現在是拿著一支車鑰匙在我鼻子前面晃嗎？鑰匙上面還有「路華」的標誌。

爾尼和我一起大叫：「對對對——了！」

威勒斯猛力推開前門，跳下台階。

我的手指拿不穩鑰匙，它掉了下去。

威勒斯在一灘結凍的水上滑了一跤。

我的頭撞到方向盤，喇叭聲大作。

威勒斯用力拉鎖住的車門。我的手指在車內四處亂抓，煙火四射般的疼痛在我頭殼內閃爍、爆裂。強斯．哈屈吉高聲喊著：「你們這幾具皮包骨的屍體快滾出我的車外，不然我會告——**可惡！我是告定你們了！**」威勒斯用一根球桿敲打車窗，不，那是他的拳頭。那位太太的寶石戒指刮著車窗玻璃，鑰匙終於滑進了發動開關，隆隆的引擎活了過來，儀表板上的小飾燈亮了起來，查特．貝克唱著〈讓我們一起迷失吧〉。威勒斯還是攀附在車門上，不斷敲門。哈屈吉夫婦像葛雷柯*畫中的罪人一樣蹲在我的頭燈上，我把路華車打到第一檔，但車子只是轉向沒有前進，因為手煞車還沒放開。整棟奧羅拉大宅像《第三類接觸》裡的幽浮那樣亮了起來。感覺上我曾經多次經歷過千鈞一髮的景況，但我將這感覺甩開。我放開手煞車，撞倒威勒斯，換成二檔，哈屈吉夫婦並沒有被淹死，卻不斷在揮手，然後他們被拋在後面，我們**升空**了！

我開車繞過池塘，遠離大門，因為哈屈吉太太停車時，車頭就是朝這方向。我看著後視鏡——威勒斯和哈屈吉夫婦就像他媽的突擊隊員那樣快步追在後面。「我要引誘他們離大門遠一點，」我脫口跟爾尼說，「讓你有時間打開大門的鎖。你需要多少時間？我估計你可以有四十五秒鐘。」

爾尼並沒有聽到我的話。

「你需要多少時間開鎖？」

「我想，你必須直接把大門撞開。」

「什麼？」

「堅固、大型、以時速五十哩前進的路華車應該可以輕易完成。」

「什麼？是你自己說你在睡夢中也能把鎖打開。」

「解開最先進的電子鎖？開什麼玩笑！」

「如果我早知道你沒辦法打開大門的鎖，我就不會把諾克斯關在房間裡，並且偷這輛車。」

「沒錯，正是這樣，你很柔弱，所以需要鼓勵。」

「鼓勵？」我吶喊著，害怕、絕望、忿怒的成分都一樣多。車子穿過灌木叢，灌木也回頭刮著車身。

「多麼驚險刺激啊！」薇若妮卡驚呼。

爾尼說話的語調就像是在討論一個 DIY 謎題。「只要正中央那根柱子沒有插得很深，那兩扇門一被撞上，就會朝兩旁飛開。」

「如果它插得很深呢？」

薇若妮卡流露出躁鬱症患者的模樣。「那就是**我們**會被撞到向兩旁飛開！所以，把腳踩到底，卡文

---

*葛雷柯（El Greco, 1541?-1614），希臘神秘主義畫家。

迪西先生！」

大門朝我們飛過來，只剩十、八、六輛車身的距離。爸從我的骨盆底部向我說話：「你對自己會闖下什麼禍**有概念**嗎，孩子？」於是我聽從父親，是的，我聽他的話，用力踩下煞車。媽輕聲在我的耳邊說：「去他的！我們的提寶，你還有什麼後顧之憂？」這時我才突然發現，我剛剛猛踩的不是煞車而是油門——在剩下兩個車身的時候……只剩一個車身……**轟！**

垂直的鐵條變成四十五度。

兩扇門從鉸鏈上脫落，向外飛開。

我的心臟像在高空彈跳，從喉嚨下到腸道，再彈起來，再重來一次，那輛路華車在路上繼續滑行，我用盡全身力氣把大小腸留在身體裡，煞車吱吱響，但我還是有辦法讓車子不掉到路邊的溝渠裡，引擎還在運轉，擋風玻璃還完好無缺。

車子終於完全停下來。

車燈光束照亮的霧，一下子厚，一下子薄。

「我們以你為榮，」薇若妮卡說，「是吧，爾尼？」

「是的，兄弟，我們以你為榮！」爾尼拍著我的背。我聽到威勒斯緊跟在後面，氣呼呼地咆哮、咒詛。爾尼搖下車窗，對著奧羅拉大宅吼回去：「去——死——吧——你——！」我再次踩下油門。輪胎摩擦砂礫地，引擎全開，奧羅拉大宅在夜裡消失了。真是他媽的地獄！當你的父母死了，他們就會搬來和你一起住在這裡。

「地圖在哪？」爾尼在雜物格裡東翻西找。他的尋獲物包括太陽眼鏡和華納太妃糖。

「不需要，我記得路，就像對自己的手背一樣熟悉。所有逃亡計畫百分之九十都是看後勤補給。」

「最好別開在幹道上。他們現在沿路都裝了照相機之類的東西。」

我想我的職業已經從出版人變成玩車人。「我知道。」

薇若妮卡學米克斯先生說話的模樣，學得像極了。「我知道！我知道！」

我跟她說，她模仿得維妙維肖。

靜默片刻。「我什麼都沒說。」

爾尼轉頭看後座，然後驚訝地大叫。從後視鏡看到米克斯先生正在車子最後面的隔間裡抽搐時，我差點把車開到馬路外。「你怎麼——」我說，「什麼時候——是誰——」

「米克斯先生！」薇若妮卡溫柔地說，「多吃驚啊！」

「吃驚？」我說。「他已經違反了他媽的物理定律！」

「我們現在不可能再調頭回哈爾，」爾尼說，「而且天氣冷到不能把他丟在路上，他在明天早上之前就會凍成冰塊。」

「我們已經逃離奧羅拉大宅了，米克斯先生。」薇若妮卡解釋。

「我知道，」那個醉酒的遲鈍老人聲音顫抖著，「我知道。」

「人人為我，我為人人，不是嗎？」

米克斯先生咯咯地笑了一聲，舔舐太妃糖並且哼著〈英國擲彈兵進行曲〉。那輛路華就像一匹野狼奔向通往北方的路。

一個交通標誌「蘇格蘭境內請小心駕駛」被車燈照亮。爾尼用一個紅色大X在這裡為道路逃亡計畫作結，現在我知道為什麼了。這裡有一個整夜營業的A級道路加油站，隔壁還開了一家名為「吊死的愛德華」的酒吧。時間早就過了半夜，但酒吧裡的燈還亮著。「把車停在酒吧。我一個人去買罐汽油，以免別人看見。接下來我提議我們很快地喝一杯，來慶祝任務順利。那個笨蛋強斯把他的西裝外套留在車上，在那件外套裡——看吧，」爾尼亮出一個和我的公事包一樣大的皮夾，「我很肯定他可以請我們喝上一回合。」

「我知道！」米克斯興沖沖地說，「我知道！」

「一杯甜烈酒加蘇打水，」薇若妮卡已經想好，「我就很滿意了。」

爾尼五分鐘內就帶著一罐汽油回來。「不用你們費心。」他利用虹吸管原理將汽油導入油箱，接著我們四個人穿過停車場來到「吊死的愛德華」。

「清爽的夜！」爾尼有感而發，然後向薇若妮卡伸出手臂。天氣冷得要命，我沒辦法停止顫抖。「好美的月亮，爾尼。」薇若妮卡也補了一句，然後將手穿進爾尼的臂彎裡。「多適合私奔的美好夜晚！」她像十六歲女孩一樣咯咯笑。我努力將身上的老惡魔——嫉妒壓下去。米克斯走起路來搖搖晃晃，所以我扶著他走到酒吧門口，門旁黑板上的廣告寫著：「經典大戰！」在裡面的溫暖洞穴中，一群人定睛看著電視的足球轉播，比賽正在某個散著螢光的遙遠時區進行。在第八十一分鐘，英格蘭還落後蘇格蘭一球。沒人注意到我們。在深冬、在海外，英格蘭正在和蘇格蘭比賽——世界盃會外賽又回來了嗎？我不禁想起他媽的李伯大夢。

我從來就不喜歡上電視酒吧，但是至少這裡不會有砰、砰、砰的重金屬音樂，而且今天晚上，自由本身就是最甜美的商品。一隻牧羊犬靠向一旁，讓我們也可以坐在火爐旁的長椅上。爾尼去點飲料，因為他說我的南方口音太重，他們可能會吐口水在我的酒杯裡。我叫了一杯加倍的吉爾馬根威士忌及酒吧中買得到的最貴雪茄，薇若妮卡點了她的甜烈酒加蘇打水，米克斯先生要的是薑汁啤酒，爾尼則是一品脫「忿怒的壞蛋」苦啤酒。酒保的眼睛一直沒離開電視，他全憑手的觸感幫我們準備飲料。正當我們在酒吧的凹室找到位置坐下時，一陣絕望的氣旋橫掃過酒吧。英格蘭獲得一次罰球的機會。族群意識像電流一般穿過觀眾。

「我要查一下再來的路要怎麼走。爾尼，麻煩把地圖給我。」

「最後一個用地圖的人是你啊。」

「噢。那一定是在……」我的房間裡。用超近的鏡頭，拉斯導演，特寫卡文迪西所犯的致命錯誤。我把地圖留在我的床上，留給諾克斯護士。我們的逃脫路線全用色彩鮮豔的氈毛筆標示在上面。「……車裡……噢，上帝。我想我們最好趕快喝完飲料，上路了！」

「但是我們才剛開始喝這一回合。」

我用力吞了一口水。「關於那，呃，地圖……」我看了一下手錶，並且計算了距離和速度。

爾尼追問。「地圖怎麼了？」

我的回答在族群悲傷的哀嚎聲中淹沒了。英格蘭追平了。就在那時刻，我沒騙你，威勒斯往酒吧裡看。他那蓋世太保的目光鎖在我們身上，看起來不像很快樂。然後強斯・哈屈吉出現在他身旁，看見我們，看起來卻非常快樂。他伸手去拿手機，呼叫他的復仇天使。第三個粗鄙的人穿著沾滿油漬的連身大衣加入，最終的隊伍成形。顯然到目前為止，諾克斯護士還能說服強斯・哈屈吉別把警察也扯進來。那個滿身油漬的人身分為何，到現在我還是不知道，但是在那一刻我知道：事情結束了。

薇若妮卡虛弱地嘆了一口氣。「我一直希望能看到山上的野百里香，」她的語調有點像在唱歌，「長在一整片盛開的石南叢上，但是事情已經結束，小姐，結束……」

等在我們前面的，是個受侷限、每天日程排定，並且被藥物毒害得半死不活的人生。米克斯先生站起來，準備和來拘提我們的人一起走。

他突然發出《聖經》所描述的低沉吼聲。（拉斯：將攝影機的鏡頭從室外停車場往內拍，帶過忙碌的酒吧，然後拉近到米克斯先生那兩道肥大的扁桃腺之間。）看電視的人停下對話，酒杯裡的飲料濺了出來，大夥兒都看著他。連威勒斯也走到一半停了下來。這個八十幾歲的人跳上了吧台，就像年輕時的舞王佛雷亞斯坦，然後對著他普世的兄弟會成員吼出SOS，「這——裡沒——有真——正的——蘇格——蘭人嗎？」

一整個句子哪！爾尼、薇若妮卡和我像烏魚一樣震驚。

戲劇張力十足。沒人動一下。

米克斯先生伸出一根只剩骨架的手指，指著威勒斯，然後發出古老的咒詛：「那幾——隻英格蘭——**豬**踩在——上——帝賜——給我——的**人權**上。他們讓——我和我——的朋友們，日子過得——很**悲**——**哀**，我們——需要一點點的——**幫助！**」

威勒斯對著我們咆哮：「安靜地跟我走，面對應得的懲罰。」

這位逮捕者的英格蘭南方口音露了餡！一個飛車族像海神波塞頓一樣站了起來，扭了扭拳頭。一個起重機操作員站在他身旁。一個下巴像鯊魚的男人穿著一件上千鎊的西裝。一個斧女臉上有足以證明她能耐的傷疤。

電視被關掉了。

一個蘇格蘭高地人柔和地說：「是的，兄弟。我們不會讓你失望。」

威勒斯評估當時的情況，然後露出一個「請弄清事實！」的傻笑。「這些人是偷車賊。」

「你是條子嗎？」那個斧女走向前。

「那麼，把你的警徽拿給我們看。」起重機操作員也走上前來。

「噢，你這傢伙真是一堆狗屎。」波塞頓吐了一口水。

如果強斯．哈屈吉保持冷靜，我們有可能會輸掉那天的比賽，但他誤踢進自己的球門一分。他進洞的球路被一顆白色母球擋住，他在即將遭受痛苦之前補上一句：「喂，現在全看向我這邊，你們這些**龐克**，你們可以去把配在蘇格蘭裙前的該死毛皮袋取回來了，如果你們想——」他的一顆牙齒掉進我的吉爾馬根裡，飛行距離十五英呎。（我把那顆牙齒撈出來當證據，不然的話沒人會相信我。）威勒斯抓住並且扭斷一隻向他襲來的手腕，把一個身材矮小的魁恩吉*拋到撞球台上。但這隻怪物只有自己一人，被激怒的敵人卻是一大群。

喔，接下來的場面就像是特拉法加之役。我必須承認，看到那個殘酷的人被殘酷地對待，並不全然不忍卒睹，但是當威勒斯倒在地上，足以將他毀容的拳頭一個接一個地落下時，我提議我們識時務地退出舞台，回到我們借來的車裡去。我們從酒吧後面離開，盡我們的腳所能——我們的年紀加起來超過三百歲——快步繞過刮著大風的停車場。我開車。往北。

這一切會結束在哪裡。我不知道。

劇終

＊

很好，親愛的讀者，如果你們從頭一直讀到這裡，你們值得我附贈一段結語。我的恐怖考驗，最後就在愛丁堡這家無可挑剔的附家具出租套房達陣得分，女房東是位來自曼島的謹慎寡婦。在「吊死的愛德華」那場大混仗之後，我們四隻瞎老鼠開車到格拉斯哥，爾尼認識那裡的一個腐敗警察，他可以幫忙處理哈屈吉那輛車。

我們的友誼就在此告個段落。爾尼、薇若妮卡和米克斯先生在火車站跟我揮別。爾尼答應，如果我們最終還是難逃法網，他會承擔所有指責，因為他已經太老了，沒人會想審判他。他還真是個他媽的文明人。他和薇若妮卡要到赫布里地群島去，爾尼有個幹雜活兼當傳教士的表弟，在那裡為俄國

＊魁恩吉（The Krankies）是蘇格蘭的喜劇二人組，活躍於七〇與八〇年代。

黑手黨及熱中蓋爾語的德國人照顧幾塊逐漸衰沒的小耕地。我獻上我屬於塵世的祈禱，祝他們未來幸福。米克斯先生會被放在一間公共圖書館裡，附上一張「請照顧這頭熊」的標籤，但是我猜爾尼和薇若妮卡最後還是會帶他一起走。

到達「寡婦曼克絲」之後，我在鵝絨被下睡得非常香甜，就和蒙福之島上的亞瑟王一樣。在那裡，在那個時候，我為什麼不搭第一班開往南方的火車到倫敦去？我到現在還是無法確定原因。也許我回想起丹荷姆對M25公路之外生活的評論。我永遠也不會知道他在我被監禁的事上扮演了什麼角色，但他是對的，倫敦在地圖上是黑黑的一塊，彷彿英格蘭腸子內的一塊息肉。但是在上面這裡還有一整個蘇格蘭呢。

我在圖書館裡查到拉珊太太的電話。我們在電話中團圓的那一刻很感人。當然，拉珊太太先藉著不斷指責我來壓抑情緒，接著才把我不在那幾週內發生的事告訴我。我未依約在三點鐘出現、接受侯金斯三兄弟這條九頭蛇閹割，他們砸毀了我的辦公室。但是多年來我們在財務上屢出險招，對增加我這支值得敬重的礦坑支柱——拉珊太太——的韌性與強度大有幫助。她用她姪女提供的一架隱藏式攝影機把他們破壞物品的行徑全都錄下來。侯金斯兄弟因此受到行動限制：離提摩西．卡文迪西遠遠的，拉珊太太警告他們，不然這段影片就會被放在網路上，而他們先前的各項緩刑都會孵化成實際上的發監囚禁。因此他們被迫接受一個較合理的提議：未來的版稅收入會交給他們。（我猜他們一定偷偷稱讚我這隻母牛頭犬的沉著與冷靜。）

大樓管理單位以我平白消失——還有我的房間被弄得一團亂——為藉口，將我們趕了出去。甚至在我寫這段文字的當兒，我先前租的房間正在被整修成一間重金屬搖滾樂餐館，讓患有思鄉病的美國人有地方可去。卡文迪西出版社目前由我那位秘書的大姪子開的一家出版社代為經營，他人住在摩洛哥的丹古爾。再來，最好的消息：一家好萊塢製片商已經用和商品條碼上的數字一樣令人無法想像的價格，買下《吃我一拳》電影版的拍攝權。其中有一大部分的錢會落入侯金斯兄弟們的口袋裡，但是，這是我自從二十二歲以來，第一次感到「滿臉通紅」。

拉珊太太把我的銀行信用卡及之類東西都處理好了。我在啤酒杯墊上計畫未來，就像邱吉爾和史達林當年在雅爾達那樣，而且我必須說，未來的日子還不會太窮酸。我會找一個潦倒的寫手代筆，幫我把你們正在讀的手稿改寫成我自己的電影劇本。喂，去他的，如果德莫．「除塵者」．侯金斯都可以寫出一本暢銷書，那麼為什麼他媽的提摩西．「拉撒路」．卡文迪西就不行？把諾克斯護士寫進書裡，放在被告席、擺在拍賣桌上。那個女人很忠實——偏執狂通常是這樣——但並不會因此變得比較不危險，我會把她的名字寫出來讓她丟臉。借用強斯．哈屈吉汽車這件小事需要巧妙處理，但是比它更爛的魚也都炸好送上桌了。

拉珊太太用電子郵件跟希拉蕊．V．哈須表達我們對《半衰期》的興趣，而郵差不到一小時前已經把第二部送到了。包裹裡附了一張照片，原來她名字裡的V是Vincent的縮寫！她多像個裝油脂的桶子啊！我自己的身材並不像一件齊本德爾式家具，但是希拉蕊的腰卻可以塞滿不是兩個，而是三個經濟艙座位。我會坐在「颼颼之薊」——我實際的辦公室——的某個角落，查出露薏莎．瑞伊是否還活著。這其實是間由毀損的古代大帆船改裝而成的後街小巷酒館，據說蘇格蘭的瑪麗皇后曾經在這裡召喚惡魔來幫她申冤。這位老闆——他的雙倍威士忌相當於倫狄尼姆區酒吧（那裡有人負責提供專業經營建議）的四倍威士忌——發誓，他經常都會看到這個倒霉的女王。**酒後吐真言**。

事情大概就是這樣。中年已經飛遠了，不過，是一個人的態度而不是年紀在決定，他會被貶抑為「等死的人」，還是會得到救贖。在年輕人當中，其實也住著許多等死的靈魂。只是，這些人藉著外在的忙碌，將內在的腐壞靈魂隱藏了幾十年，如此而已。

窗外，大片雪花落在石板屋頂及花崗岩牆壁上。就像索忍尼辛在紐約勤奮地工作，在這被放逐之地——距離將我的骨頭編織成形的城市好遠好遠——我會辛勤工作。和索忍尼辛一樣，我將回到故鄉，在某個明亮的黃昏。

半衰期——露薏莎・瑞伊秘案首部曲

40

黑色的海水怒吼著灌進車內。冰冷的水刺激露薏莎的感官，讓她活了過來。她的福斯車尾以四十五度的角度落水，座椅讓她的脊椎免於受傷，但車子已經翻轉成四輪朝上了。她的身體被安全帶綁住，離擋風玻璃不到幾吋。海水不斷擊打她的頭。**出去，或是死在這裡。**露薏莎十分驚慌，把不少水吸進肺裡，然後掙扎著把頭伸到車內僅剩的空氣中去換氣、咳嗽。**把安全帶解開。**她扭動身軀，彎起腰去碰觸安全帶的扣鎖。**按下鬆開鈕。**它沒有發出喀喳聲。**妳身體的重量讓它沒辦法正常使用。**車子又打轉了半圈，沉得更深，接著猛烈一晃動，一顆章魚形狀的超大氣泡飛出車外。她的衣服脹大、變重、黏附在她身上。

露薏莎用力戳按鈕，瘋狂地，終於安全帶鬆開、漂了起來。**更多空氣。**她在被黑水淹沒的擋風玻璃下面發現一小塊空氣。海水的重量緊壓著車門，讓門無法打開。**把車窗搖下來。**窗子移動了幾吋，然後卡住，**就在它每次都會卡住的地方。**露薏莎像跳希米舞一樣扭動身體，讓頭、肩及身軀穿過車窗的縫隙。在劇烈震盪中，一個詞冒了出來。

希克斯密的報告！

她把自己再拉進下沉的車子裡。**什麼都看不見。一個塑膠垃圾袋。塞在座椅底下。**她在狹小空間裡弓著身子……**在這裡。**她用力拖，就像在拖一袋石塊。她先把腳伸到車外，但是報告太厚了。下沉的車子拉著露薏莎往下掉。她的肺部很痛。被水浸溼的報告，重量變為原來的四倍。垃圾袋正要穿過窗戶，就在她奮力掙扎、使勁踢水的時候，露薏莎感覺被一道閃電打中。幾百張的報告紙從香草色文件夾裡成漩渦狀散出來，被海水隨意帶往各處，其中一些繞著她旋轉，像《愛麗絲夢遊仙境》裡的撲克牌。她踢掉鞋子。她的肺部在尖叫、咒罵、請求。每一下脈搏都像在露薏莎耳朵裡重擊。**哪一邊才是上面？**海水黑到讓她無從猜測。**遠離車子的方向就是上面**。再過不了一、兩下，她的肺就會停止運作了。**車子在哪裡？**露薏莎發現自己在為希克斯密的報告付上生命的代價。

41

以撒．賽克斯從飛機上往下看著美麗的新英格蘭早晨。象牙色的大宅邸及鑲飾著天藍色游泳池的連綿草坪，將市郊布置得像個迷宮。他的臉貼在高層專機冰冷的窗戶上。就在他的座位正下方六呎處的行李艙裡有一個手提箱，裡頭裝著足以讓一架飛機變成一顆流星的C4炸藥。「嗯，」賽克斯心想，「你聽從了良心的指示。露薏莎．瑞伊拿到了希克斯密的報告。」他盡己所能回憶她容貌的細節。

「你感到懷疑？解脫？害怕？公義？」

一個預兆——我不會再見到她了。

艾伯托．葛瑞馬帝，他背叛的人，正在聽助理為他做簡報，並且發出笑聲。女服務生從他身旁走過，手中的托盤放著幾杯叮噹作響的飲料。賽克斯重新把注意力放在筆記型電腦上，他寫了下面這些句子。

☆探索：**真正**的過去＋**虛擬**的過去，其運作方式可以用人類集體熟知的歷史事件來說明，比方說鐵達尼號的沉沒。悲劇真正發生的情形，隨著目擊證人們的逝去、文件的軼散＋船體殘骸在大西洋海底墳墓的銹蝕溶解，而越變越模糊。但是，重新塑造出來的記憶、論文、口耳相傳、小說——簡言之，信念——所創造的**虛擬**的「鐵達尼號的沉沒」卻越來越「真實」。真正的過去是脆弱的，越來越昏濛＋越來越難以觸摸與重建：相對地，虛擬的過去可以調整，越來越明亮

＋越來越難以壓抑或揭發假象。

☆現今的掌權者施壓在虛擬的過去身上，奴役它，並且利用它來增加今世神話的可信度＋貫徹自我意志的合法性。權力嘗試去＋有權利去「規畫」虛擬的過去。（付錢給歷史學家的人，可以決定過去的真相。）

☆對稱性要求我們也有一個真正＋虛擬的未來。我們想像下個禮拜、明年或二二二五年會是什麼模樣——由期望、預言＋白日夢所建構出來的虛擬未來。這個虛擬未來會影響真正的未來，就像在自我實現的預言中所發生的，但是真正的未來會覆蓋過我們的虛擬未來，就像明天會覆蓋過今天。真正的未來＋真正的過去，只會存在於朦朧的遙遠之處，就像烏托邦一樣，對現今任何人都沒有意義。

☆Q：由煙霧、鏡像＋陰影所構成的幻影——真正的過去與另一幅幻影——與真正的未來之間，有什麼實質分別嗎？

☆某種時間模型：一組無限多層的俄羅斯娃娃，每個娃娃上面都標著一個時刻，每一「層」（現在）都塞在其他的許多「層」（之前的現在）裡面，我稱這些為真正的過去，但是我們**所觀看到的**卻是虛擬的過去。「現在」的娃娃裡面同樣塞了許多個尚未來到的現在。我稱它們為真正的未來，但是我們所觀看到的卻是虛擬的未來。

☆命題：我愛上露薏莎·瑞伊了。

引爆器啟動，C4炸藥點燃，噴射機被一顆火球吞噬。機上的金屬、塑膠、電路、乘客，以及乘客們的骨頭、衣服、筆記型電腦與大腦，全都在超過攝氏一千二百度的火焰中被燒得無法分辨。未出生及已過世的人，只會生存在真正的過去與虛擬的過去之中。現在，這兩種「過去」的分歧即將開始。

42

「貝蒂和法蘭克必須讓他們的財務狀況更穩定。」羅伊德，胡克斯在史灣尼克旅館裡對著早餐會的聽眾們說。圍成一圈的新手與助手非常專心地聽著總統能源顧問發表高見。

「所以他們決定貝蒂該去賣淫，讓手邊有些現金。夜晚到了，法蘭克開車載著貝蒂到妓女巷去從事新事業。『嗨，法蘭克，』貝蒂在人行道上對法蘭克說，『我該開價多少？』法蘭克計算了一下，然後跟她說：『全套服務一百塊。』於是貝蒂出去招攬客人，法蘭克就把車停在一條隱密的巷子裡。不久，一個老兄開著破舊的老克萊斯勒靠近貝蒂，問她：『一整夜要多少錢，甜心？』貝蒂說：『一百塊。』那位老兄說：『我只有三十塊錢。三十塊錢能讓我買到什麼？』於是，貝蒂衝到法蘭克那裡去問他。法蘭克說：『妳跟他說，三十塊錢只買得到手淫。』於是貝蒂回到那位老兄那裡——」

羅伊德·胡克斯注意到比爾·史摩克也出現在人群中。比爾·史摩克伸出一根、兩根、三根手指；三根手指變成一個拳頭，拳頭變成一個劈砍的動作。**艾伯托·葛瑞馬帝死了，以撒·賽克斯死了，露薏莎·瑞伊死了。詐欺者；洩密者；探聽者。**胡克斯的眼神告訴史摩克他明白了，心中浮現一個虛構的希臘神話。**黛安娜的聖手套是由一個戰士祭司看守，他擁有尊榮、奢華，但是這職位是藉著殺害前任看守人而贏得，他睡覺的時候都冒著生命被奪去的危險。葛瑞馬帝啊，你打盹太久了。**

「好，然後貝蒂回到那位老兄那裡，跟他說三十塊錢可以買到手淫，要或不要。那位老兄說：『好，甜心，上車吧，我就買個手淫服務吧，這附近有沒有哪條比較隱密的巷子？』於是貝蒂叫他開車繞過一個角落到法蘭克所在的巷子裡，然後那個老兄解開腰帶、脫下褲子，露出她所見過最——你們知道的——足以與巨人國國王高康大＊一較長短的那根東西。『等一下！』貝蒂氣喘喘地說。『我馬上就回來。』她跳下那老兄的車，去敲法蘭克的車窗。法蘭克把車窗搖下來，『怎麼了？』」胡克斯停頓了一下，準備說出關鍵的最後一句：『法蘭克，嗨，法蘭克，你借這傢伙七十塊錢好不好！』」

那些將來可能會成為董事的人像胡狼一樣咯咯笑著。「那些說金錢沒辦法幫你買到快樂的人，」羅伊德·胡克斯心裡相當得意，「擁有的金錢很顯然還不夠多。」

43

海絲特·范·桑德特用望遠鏡看著潛水夫跳入水中。一個穿著毛毯式斗篷、看起來不太快樂的少年，光著腳在海灘上緩步走過來，輕拍著海絲特的混種狗。「他們找到車子了嗎，海絲特？車子落水的那一段海峽特別深，也是那裡漁獲量特別多的原因。」

「從這麼遠的距離很難確定。」

「還真諷刺，淹死在被自己污染的海裡。守衛已經把最新獲得的資訊告訴我了。他跟我說，那是酒醉駕駛，一個女人，大約在清晨四點。」

「史灣尼克橋和史灣尼克島一樣，有特殊的保全協定。濱海企業想怎麼說就怎麼說，沒人會去檢查他們說的是不是真的。」

少年打了個呵欠。「妳認為她淹死在自己的車子裡嗎，那個女人？還是她逃到車外，後來才淹死？」

「這很難講。」

「如果她醉到會從護欄衝出橋外，就不可能活著游到岸邊。」

「誰曉得呢？」

「死法真是淒慘。」少年又打了個呵欠，然後走開。海絲特拖著沉重的腳步走回活動車屋。美洲原住民米爾頓坐在車子的台階上，正在喝一罐盒裝牛奶。他抹了一下嘴，告訴她：「神奇女人已經醒了。」

*典故出於法國作家拉伯雷（Fran ois Rabelais, 1494-1553）的《巨人傳》（*The Inestimable Life of Gargantua*）。

海絲特繞過米爾頓身旁，問沙發上的女人覺得如何。

「很幸運我還活著，」露薏莎・瑞伊說，「吃了很多鬆餅，身體也乾了。謝謝妳借我衣服穿。」

「幸好我們的身材差不多。潛水夫正在找妳的車子。」

「他們要找的是希克斯密的報告，不是我的車子。找得到我的屍體，算是額外的收獲。」

米爾頓把門鎖起來。「所以妳撞斷護欄，落到海裡，從下沉的車子裡爬出來，游了三百公尺到岸上，除了輕微淤青之外，沒受什麼傷。」

「想到要申請保險理賠，我就覺得全身都痛了起來。」

海絲特坐下來。「妳下一步怎麼打算？」

「嗯，我需要先回公寓去拿一些東西。接著會去跟我母親住，她家在尤恩斯維拉山莊。然後……一切重頭開始。我不能讓警方或我的編輯同事對史灣尼克島上正發生的事感興趣——在我沒拿到那份報告之前。」

「住在妳母親那裡安全嗎？」

「只要濱海企業認為我死了，喬・納皮爾就不會來找我。如果他們知道我沒……」她聳了聳肩——過去六小時裡發生的種種事件，已經讓她穿上了宿命論的盔甲。「大致說來安全，但也不盡然。總之，是可以接受的風險。我並不常做這種事，不是這方面的專家。」

米爾頓把拇指插在褲袋裡。「我會開車載妳回布納斯伊爾巴斯。等我一分鐘，我去打電話叫一個朋友把小貨車開過來。」

「好人一個。」在他走後，露薏莎這麼說。

「我十分信賴米爾頓。」海絲特回答。

44

米爾頓大步走向附近那家骯髒的雜貨店。示威大本營、活動車屋停車場、來海灘戲水的游客、開往史灣尼克的車輛，以及這一帶的幾家零星住戶，都得到這裡來購買日用品。櫃台後面的收音機正在播放一首老鷹合唱團的歌。米爾頓投了十分錢到電話機裡，確定沒人隔牆偷聽，然後憑記憶撥了一組電話號碼。水蒸氣像花椰菜精靈一樣從史灣尼克的冷卻塔裡冒出來。高壓電塔往北向布納斯伊爾巴斯沿伸，往南則是通往洛杉磯。「真是有趣，」米爾頓心想，「權力、時間、重力、愛情。真正能驅動萬物的力，全都是看不見的。」電話那頭有人回應。「喂？」

「喂，納皮爾嗎？是我。聽我說，關於一個名叫露薏莎．瑞伊的女人的事。對，假設她沒死呢？假設她還在路上閒晃，吃冰棒，繳交電費帳單？她目前人在哪裡的情報，對你來說有價值嗎？是喔？那麼是多少？不，你自己說個價錢？好，那就把這個數字加倍……不行？很高興跟你談話，納皮爾，我得走了……」米爾頓得意地笑著，「……就是平常那個帳戶，可以的話在一個工作天內。就這樣。什麼？不，沒有其他人看到她，只有瘋狂的范．桑德特知道。不。她是有提到，但它現在是在又深又藍的大海底下。我非常確定。已經成為魚的食物。當然不，我的獨家新聞只有你聽得到……啊哈，我會載她回她的公寓，然後她會到她媽那裡……好，我可以在一個小時內辦完。就是平常那個帳戶。一個工作天內喔！」

45

露薏莎打開前門，房內馬上傳來轉播週日棒球賽的聲音及爆米花的味道。「我哪個時候說你可以動我的油鍋？」她向傑維爾大叫。「為什麼把百葉窗全放下來？」

傑維爾蹦跳著從走道走過來，臉上露出微笑。「嗨，露薏莎！爆米花是妳的叔叔喬幫我爆的，我們正在看巨人對道奇的比賽。妳為什麼穿得像個老女人？」

露薏莎覺得自己內心深處開始腐壞。「你過來。他在哪裡？」

傑維爾竊笑。「在妳的沙發上！怎麼了？」

「你過來！你媽找你。」

「她還在旅館加班。」

「露薏莎，那不是我，在橋上的人不是我！」喬．納皮爾出現在傑維爾後面，伸出手掌，好像在安撫一頭受驚的動物。「聽我——」

露薏莎的聲音顫抖著。「傑維！出來！到我後面！」

納皮爾提高音量。「聽我說——」

是的，我正在和要殺我的人說話。「我為什麼要聽你說**任何話**？」

「我是熟悉濱海企業內情的人當中，唯一不希望妳死的人！」納皮爾失去了冷靜。「在停車場的時候，我是要去警告妳！仔細**想想**！如果我是殺手，我們幹嘛還要在這裡講這些話？有目擊者嗎？別急著離開，看在基督分上！妳的公寓有可能還受到監視。這就是我把百葉窗放下來的原因。」

傑維爾顯然嚇壞了。露薏莎摟著男孩，但是她不知道怎樣做危險最小。「你在這裡做什麼？」

納皮爾這時沉默了片刻，看起來既疲倦又困擾。「我認識妳爸，那時候他還是個警察。對日戰爭勝利紀念日當天，在西瓦普拉拿碼頭。進來，露薏莎。坐下來吧。」

46

喬．納皮爾估計這個鄰家小孩可以牽絆露薏莎夠久，讓她不得不聽他講話。他並沒有因自己的計畫奏效而得意。納皮爾骨子裡是個守衛，不是個演說家，所以他很小心地說出每個句子。「一九四五年，我在史賓諾莎轄區警局已經任職六年，沒有記過嘉獎，也沒有污點記錄。一個平凡的警察，潔身自愛，與辦公室打字組裡的平凡女孩交往。八月十五日，收音機報導日本投降，布納斯伊爾巴斯大跳草裙舞。滿街都是酒漿黃湯，汽車引擎聲震天，鞭炮四處開花，人們自動放假，不管老闆准不准。接著，在九點左右，我同事和我被叫到小韓國區去調查一起肇事逃逸的案件。通常我們不需要管到那一區，但是這次情況特殊，受害者是個白人小孩，所以會有親戚的關切及質疑。

「還在路上的時候，一個『八號』狀況從妳父親那裡發送出來，請求附近所有車輛趕到西瓦普拉拿碼頭支援。現在，第一守則是，千萬不要到碼頭那區去打探消息，如果你還想保住飯碗。黑幫在那裡有庫房，而且是在市政府的保護傘下。不只這樣，在同事們眼裡，雷斯特·瑞伊是第十轄區中，」納皮爾決定不需要修飾用詞，「讓人很想踹他屁股一腳的那種會上主日學的乖警察。但是，兩位同仁被撂倒又是另一回事了。你的好友可能正倒在柏油路上淌血，不久就會死掉。所以我們加足馬力開往碼頭，緊接在另一輛史賓諾莎警車（波茲曼和哈金斯的車）的後面趕到。一開始我什麼都沒看到。沒有雷斯特·瑞伊的蹤影，也沒有巡邏車的蹤影。碼頭邊的燈火已經熄滅。我們的車子開在兩道貨櫃牆之間，轉個彎後，進入一個廣場，有人正在那裡把貨物裝到一輛軍用卡車上。當下我覺得可能走錯區了，但我隨即就注意到這些人的動作有多快，工作多賣力。這根本說不通，尤其在舉國歡騰的夜裡。接著成排的子彈射向我們，這就說得通了。

「波茲曼和哈金斯接收了第一波子彈——尖銳的煞車聲，空氣中煙霧瀰漫，我們的車打滑撞上他們的車，我和同事翻滾出車外，躲在一堆鋼管後面。波茲曼車上的喇叭響了，一直沒停，他們也沒從車裡出來。更多子彈答、答、答地打在周圍。我嚇得發抖——我已經成了懂得避開戰區的警察了。同伴開槍反擊，我跟著他做，但是我們開槍打中東西的機會幾乎是零。跟妳老實說，卡車從我們身旁開過去的時候，我非常高興。但我真的是頭笨驢，我太早離開掩護了——想看看有沒有辦法抄到車牌。」

納皮爾的舌根感到疼痛。

「接著，事情發生了。一個人大喊著從廣場對面衝向我，我朝他開了一槍。我射偏了——我一生最幸運的一次失誤，也算是妳運氣好，露薏莎，如果我射中妳父親，妳現在就不會在這裡了。雷斯特從我身旁衝過的時候，手槍指向我後面，他踢開一顆從卡車後面掉下來、正朝我滾過來的東西。接著是一道令我睜不開眼睛的光，油炸著我，一道噪音像斧頭劈砍我的頭，然後疼痛像針一樣射穿我的屁股。我躺在跌倒的地方呈半昏迷狀態，直到扛擔架的人把我抬進救護車。」

露薏莎還是一句話也不說。

「我很幸運，一塊手榴彈的碎片穿過我的兩片屁股，其他部分都還好。醫生說他第一次看到一塊彈片能在一個人身上產生四個洞。妳爹，當然，就沒這麼幸運了。雷斯特變成一塊瑞士起士。在我離開醫院的前一天，他們動了手術，還是救不回他的眼睛。不過，他並沒為自己的遭遇難過。我們握手，然後我離開醫院，我不知道該說些什麼。你最能羞辱人的一件事，就是拯救他的性命。雷斯特也知道這點。但是，我每一天、甚至每一小時都會想到他——只要我能一個人靜靜地坐下來。」

露薏莎有好一陣子沒說話。「你在史灣尼克島上的時候為什麼不告訴我？」

納皮爾搔了搔耳朵。「我怕妳會利用這層關係來跟我做些要求……」

「關於魯夫斯・希克斯密到底發生了什麼事？」

納皮爾沒說是，也沒說不是。「我知道記者靠什麼過活。」

「你是在我正直的人格上做文章？」

她只是說說而已，她不可能知道瑪葛・羅克爾房子的事。「如果妳繼續追查魯夫斯・希克斯密的報告，」納皮爾不知道該不該在那男孩面前說這些，「妳會被殺，就這麼簡單。不是由我動手！但事情會是這樣。我現在是在求妳。現在就離開這個城市，放棄原來的生活與工作，離開吧。」

「是葛瑞馬帝叫你來跟我說這些的，是嗎？」

「沒人知道我在這裡——上帝保祐，不然我的麻煩絕對不會比妳的小。」

「我先問一個問題。」

「妳想問的是……」他很希望男孩不在場，「……希克斯密的『命運』是不是我執行的，答案是『不』。那種……工作，不是我負責的事。我並沒說我是無辜的，我是說，我的錯只在於把頭轉向別處。葛瑞馬帝雇的殺手殺了希克斯密，並且在昨天晚上把妳的車擠落橋下，他名叫比爾・史摩克——那只是他許多名字當中的一個，我猜。我沒辦法讓妳相信我，但是我希望妳能相信。」

「你怎麼知道我還活著？」

「一絲希望。聽我說，人生比一條去他的新聞寶貴得多。我求妳，最後一次，真的最後一次，不要再追蹤這個故事。現在我得走了，我求耶穌讓妳也會離開。」他站起來。「最後一件事，妳會用槍嗎？」

「我對槍過敏。」

「妳的意思是？」

「槍讓我反胃。我是說真的。」

「每個人都應該學會用槍。」

「是的，你可以看到一堆用槍的人倒在路旁成為無名屍。當我從包包裡掏出一把槍時，比爾・史摩克不會禮貌地等我先開槍，他會嗎？我唯一的選擇是收集到足以揭發整件弊案的資料，這麼一來，殺死我對他們來講就沒有任何意義了。」

「妳低估了男人心地狹小、有仇必報的本性。」

「你為什麼要為我擔心？你已經還清欠我爸的人情，不用再良心不安了。」

納皮爾面色凝重地嘆了一口氣，知道自己無能為力了。「好好欣賞球賽，傑維。」

「你是個騙子。」男孩說。

「我說謊，沒錯，但不表示是我就是個騙子。說謊不對，但是當這個世界正朝著反方向旋轉的時候，一個小小的『不對』，就有可能變成一個大大的『對』。」

「那根本說不通。」

「你說得沒錯，這話不通，但還是句真話。」

喬．納皮爾自己開門出去。

傑維爾也在生露薏莎的氣。「妳還真會裝，我真的以為跳過幾次陽台就已經是在拿生命開玩笑了！」

47

露薏莎和傑維爾的腳步聲在樓梯間回響。傑維爾把頭探到扶手外，往樓下看，下方幾層的樓梯像貝殼螺紋一樣越旋越遠。一陣昏眩感衝上腦際，讓他眼花撩亂、喘不過氣來。往樓上看的感覺也一樣。「如果妳可以看到未來，」他問，「妳會去看嗎？」

露薏莎的包包隨著她身體的移動而左右甩動。「那要看你是否可以改變未來。」

「假設可以呢？比方說，當妳看到妳會在二樓的樓梯間被幾個共產黨間諜綁架，妳就會搭乘電梯直接到一樓。」

「萬一那些間諜攔下電梯，把裡面的人一併綁票呢？我們想逃避未來的動作，會不會反而引發了更大的災難？」

「那，如果妳可以**看到**未來，就像妳可以從基洛伊百貨頂樓看到第十六街的街尾那樣？我的意思是說，未來已經在那裡了。如果已經在那裡了，那麼，我的意思是，未來就不是你可以改變的事。」

「是的，在第十六街街尾那裡的東西不是由你決定，它差不多已經被都市規劃師、建築師及設計師定型了，但是如果你去炸掉一棟建築物或做之類的事，那又另當別論。在那一分鐘之內發生的事，是由你來決定。」

「那麼，答案到底是什麼？妳能改變未來，還是不能？」

或許這不是個形上學問題，而是一個很單純的權力問題。「這個問題非常難回答，傑維。」

他們已經下到一樓。在管理員馬可姆的電視上，《無敵金剛》＊的生技強化二頭肌隆起時發出刺耳的聲音。

「再見，露薏莎。」

「我並不是要永遠離開這個城市，傑維。」

男孩主動伸出手來，他們握了手。這動作讓露薏莎意外：那麼正式、確定，以及親密。

48

尤恩斯維拉山莊，裘蒂・瑞伊的家裡，一個銀色時鐘叮噹一聲，宣告時間是下午一點。比爾・史摩克正在聽一個金融家的妻子說話。「這間房子每次都會把住在我體內的貪婪惡魔勾引出來。」這位五十多歲、戴著珠寶的女人吐露心聲，「這是名建築師法蘭克・羅伊德・萊特作品的複製品，原型建築就位在賽倫近郊，我相信。」她站得有點太靠近史摩克。「妳看起來就像是個來自賽倫近郊、瘋狂愛上蒂芬妮珠寶的女巫。」史摩克心想，然後回答：「哦，是這樣嗎？」

外燴業者的拉丁美洲女侍用托盤端著食物，在全是白人的賓客中穿梭。折成天鵝形的亞麻餐巾上

＊《無敵金剛》（The Six Million Dollar Man），美國科幻電視影集，於一九七四至七八年間播出，主角是個生化科技改造人。

放著座位卡。「前院草地上那棵長著白葉子的橡樹，很可能在西班牙傳教站設立當時就已經在了，」那位太太說，「你不覺得嗎？」

「當然，橡樹可以活六百年。兩百年成長，兩百年活著，兩百年老化。」

他看見露薏莎進入這間奢華的房間，讓繼父在她兩頰上各給一個吻。**我想從妳這裡得到什麼，露薏莎．瑞伊？**一個和露薏莎年紀相仿的女賓擁抱她：「露薏莎！三年或四年不見了吧！」靠近一點看，這位女賓迷人風采底下，其實潛藏著貓一般的狡猾，以及喜好打探消息的本性。「但是，真的嗎，妳還沒有結婚？」

「我當然還沒結婚，」露薏莎的回答簡潔有力，「妳結婚了嗎？」

史摩克感覺到她感覺到他正在看她，趕緊將注意力重新放在那位太太身上。「是的，離這裡不到六十分鐘路程的地方有幾片紅木樹林，應該也是在巴比倫王尼布甲尼撒登基之前就已經長成了吧！」裘蒂．瑞伊站到為了她演說而特別預備的矮凳上，拿一根銀湯匙敲一瓶粉紅色香檳，直到大家都轉過頭來聽她說話。

「各位女士、各位先生，以及各位年輕朋友，」她說，「我即將要宣布開動！但是在開始用餐之前，要跟各位介紹一下布納斯伊爾巴斯防癌學會曾經做過哪些非常有意義的事，以及他們將會如何運用我們在今天這場承蒙各位熱情參與的募款餐會中所募到的錢。」

史摩克憑空變出一個閃亮的金幣，讓兩個小孩看得目不轉睛。**露薏莎，我想要從妳那裡得到的是：非常親密地殺死妳**。在這短暫的一刻，史摩克被住在我們裡面、卻又不屬於我們的權力而迷惑。

49

女侍已經上完點心，空氣中瀰漫咖啡的香味，週日下午撐腸拄肚、昏昏欲睡的氣氛在餐廳瀰漫。

年紀較大的賓客找隱僻的地方打盹。露薏莎的繼父邀了幾個同輩客人去欣賞他收藏的一九五〇年代古董車；太太和媽媽們正演習著各種蜚言影射，學齡小孩跑到戶外射穿濃葉的陽光下，在游泳池畔鬥嘴。韓德森三兄弟是聯誼桌的主角。每個人的眼睛都和他兄弟的一樣藍，也一樣有貴公子氣質，露薏莎根本分不出哪個是哪個。「我會怎麼做？」三兄弟其中一個說：「如果我當了總統？首先，我的目標是打贏這場冷戰，而不只是不輸。」另一個接著說：「我不會向阿拉伯人磕頭，他們的祖先只不過碰巧把駱駝停在那幾塊幸運的沙地上……」

「……也不會向赤色的北越低頭。我會建立——我不怕把話說出來——我們國家應得的——企業——王國。因為如果我們不這麼做……」

「……日本人就會搶得先機。企業就是我們的未來。我們要讓企業治國，並且建立真正的菁英政治。」

「不要受制於社會福利與工會要求，採取『積極行動』來處理有變裝癖的人、被截肢者、有色人種、無家可歸者、蜘蛛恐懼症患者……」

「一個有敏銳洞察力的菁英政治，敢光明正大承認財富會帶來權力的文化……」

「……而製造財富的人——我們——在其中會得到報償。當某個人渴望權力，我會問一個簡單的問題：『他是像生意人一樣思考嗎？』」

露薏莎把餐巾揉成一顆結實的球。「我會問三個簡單的問題。他要如何得到權力？他要如何使用權力？我們要如何從那個爛傢伙身上取走權力？」

50

裘蒂在他丈夫的房間裡，找到正在觀看週日午後新聞報導的露薏莎。「『想當男人的女同性戀者』，我聽到安登．韓德森這麼說，他該不會是在說妳吧，小餅乾？我不知道，這一點都不好玩！妳的……叛逆問題越來越嚴重了。是妳在抱怨孤單，所以我才把這幾個條件超優的年輕男人找來，妳卻用妳的『間諜鏡』語氣讓他們把妳當成『想當男人的女同性戀者』。」

「我哪時候跟妳抱怨說我孤單了？」

「韓德森家三兄弟這樣的男孩可不是樹上長出來的，妳知道嗎。」

「蚜蟲長在樹上。」

門上有敲門聲，比爾．史摩克探頭進來。「瑞伊太太嗎？很抱歉我闖了進來，但是我馬上得走了。說句真心話，今天是我參加過辦得最棒、最讓人賓至如歸的募款餐會。」

裘蒂．瑞伊的手在耳旁舞動幾下。「你的話還真貼心……」

「我是赫曼．豪威特，瑪斯葛威蘭企業的小額合夥人，我來自馬里布總部。我沒有機會在盛大餐會開始前自我介紹，我今天早上才臨時報名參加的。我父親十多年前過世，願他靈魂安息，死於癌症，要不是有防癌學會幫忙，我還真不知道我母親和我要怎麼走過這一段。歐利碰巧提到您這場募款餐會，我就覺得必須打電話來問看看有沒有人臨時取消預訂，讓我可以遞補進來。」

「我們很高興你來了，歡迎來到布納斯伊爾巴斯。」**有一點矮**，裘蒂打量著他，**但是肌肉結實、薪水很不錯，而且看起來才大約三十五歲，或者還不到。小額合夥人聽起來很有前途**。「我希望豪威特太太下次能和你一起來。」

比爾．史摩克，又稱為赫曼．豪威特，露出羞澀的微笑。「很抱歉，我必須坦承，到目前為止，唯一的豪威特太太是我母親。」

「你說真的嗎？」裘蒂．瑞伊回答。

他瞄了根本沒在注意他的露薏莎一眼。「我很欣賞您女兒在樓下很有原則的立場。這年頭，我們這一代年輕人似乎欠缺道德的指南針。」

「我**非常**同意。六〇年代的人真是棄小失大。幾年前露薏莎已經過世的生父和我分居，但是我們一直努力灌輸女兒是非對錯的概念！露薏莎！妳可不可以暫時跟那部電視分離一下，只要一下子就好，拜託，親愛的？赫曼想要——露薏莎？小餅乾，怎麼了？」

電視上的主播在報導：「警方證實，今天早上墜毀在科羅拉多州落磯山區的小型噴射客機，機上罹難的十二個人當中，包括了濱海電力公司的執行長艾伯托・葛瑞馬帝，他是全美薪水最高的執行長。聯邦航空總署初步的調查顯示，失事的原因應該是燃油系統故障引發機身爆炸。飛機殘骸分散在好幾平方哩的地面……」

「露薏莎，小餅乾？」裘蒂・瑞伊跪在女兒旁邊。露薏莎目瞪口呆地盯著電視上的畫面——扭曲變形的機身碎片散布在玉米田裡。

「多……駭人的畫面啊！」比爾・史摩克品嚐著這一道豐富料理。這道菜用到的材料，連他廚師本人都沒辦法一一列出來。「妳認識這些可憐靈魂當中的人嗎，瑞伊小姐？」

51

週一早晨。《間諜鏡》雜誌社的新聞室裡充斥各種謠傳。一個版本說，雜誌社破產了；另一個是，雜誌社老闆肯尼士・P・奧格維會把公司拍賣掉；一個是，銀行同意再提供一筆紓困基金；另一個是，銀行打算要抽銀根。露薏莎並沒有告訴他們，二十四小時前她才到鬼門關前走了一趟，差點沒被殺掉。她也不想把她母親或葛瑞謝牽扯進來，而且除了她身上還有一些淤青外，整件事感覺越來越不像是真的。

以撒・賽克斯——幾乎可以說是她不認識的人——的死，讓露薏莎感受到失去親人的悲慟。此外，她也感到害怕，但她還是把注意力集中在工作上。她的父親曾經告訴她，戰地攝影記者是如何透過攝影機鏡頭讓自己對恐懼免疫。今天早上，她終於瞭解他的意思了。她將這起陰謀的零散片斷記在紙上，畫出一幅未經修裁的草圖。**如果比爾．史摩克知道以撒．賽克斯有問題，賽克斯的死就說得通。但是誰會想把艾伯托．葛瑞馬帝也一併除掉呢？**一如往常，雜誌社的專業寫手們都往東姆．葛瑞謝的辦公室移動，準備開十點鐘的編輯會議。十點十五分了。

「即使是太太生產，他也沒遲到這麼久。」南西．歐哈根一面說，一面擦亮指甲。「他想必是被奧格維用螺絲釘鎖到酷刑機上。」

羅蘭．傑克斯用鉛筆在挖耳屎。「我和真正在幕後幫頑童合唱團的暢銷金曲打鼓的鼓手見了面，他大談密宗性愛——真是謝謝你呀。他最常採用的姿勢，呃，叫做『水管工人』——你整天在家等著，但沒有半個人來。」

一片沉默。

「喔，天啊，我只是想讓氣氛輕鬆一點。」

葛瑞謝到了。「《間諜鏡》已經賣給別人了。我們今天稍晚會知道哪些人會被裁員，好讓雜誌社可以繼續經營下去。」

傑瑞．納斯本把兩手的拇指插進皮帶裡。「真是突然。」

「真他媽的突然。上週末才開始協商，」葛瑞謝忍住怒氣，「今天早上就拍板定案了。」

「對方想必出了個，呃，天殺的高價。」傑克斯發表看法。

「這你得去問奧格維。」

「買主是誰？」露薏莎問。

「今天稍晚媒體會宣布。」

「拜託你說下去，東姆。」歐哈根想用甜言蜜語套出真相。

「我剛剛說過了，今天稍晚會有一個記者會。」

傑克斯將一些菸草捲成一根香菸。「看來我們這位神秘買主好像真的想要買下《間諜鏡》，而且，呃，如果它還沒有整個壞掉，就不要修理它。」

納斯本諷刺地說：「誰敢說我們這位神秘買主不覺得我們已經整個壞掉了？去年，當《聯合新聞》買下《Nouveau》時，他們甚至連窗戶清潔工也換了。」

「所以，」歐哈根把她的小粉盒喀嚓一聲蓋上。「我的尼羅河溯河之旅這下又告吹了，只好回去和我住在芝加哥的嫂子過聖誕，她那幾個沒家教的小孩和冷凍牛肉真可說是舉世無雙。在一天之內，世事竟然變化這麼大。」

52

看著副執行長威廉・魏利接待室裡的成套藝術作品，喬・納皮爾發現，他已經被當成局外人好幾個月了。忠誠度已經偷偷溜走，權力被已知管道掘走。「這我不在乎，」納皮爾心想，「我只剩一年半就能退休了。」他聽到腳步聲，然後感覺到一股氣流。「但是，弄下一架載著十二個人的飛機，這並不算是安全考量，而是集體殘殺。是誰下令的？比爾・史摩克是魏利的手下嗎？這有可能只是場單純的空難嗎？這種事偶爾會發生。我唯一知道的是，沒搞清楚狀況很危險。」納皮爾很後悔昨天還去警告露薏莎・瑞伊別涉入，平白冒了很大的風險，卻沒達到效果。

威廉・魏利的秘書出現在門口。「魏利先生現在可以見你了，納皮爾先生。」

納皮爾很訝異會在辦公室裡看到李菲，他們不得不交換了微笑。威廉・魏利的「喬！你好！」就和握手一樣力道十足。

「今早真令人悲傷，魏利先生。」納皮爾回答。他坐下來，但是沒抽魏利遞給他的菸。「我還是不太能接受葛瑞馬帝先生已經走了。」**我從來就對你沒好感，我從來就不知道要你這個人做什麼。**

「沒有比這更難過的事了。有人可以接替艾伯托，但無人能取代他。」

納皮爾裝作只是在閒聊，問了一個問題：「董事會多久之後才會討論新執行長的人事案？」

「我們今天下午就要開會。艾伯托也會希望我們盡快找到接班人，別讓整個企業因為沒有總裁而漂移不定。你知道的，他個人對你非常……嗯……」

「深信不疑。」李菲幫他說了。

妳已經出人頭地了，李先生。

「沒錯！完全正確！深信不疑。」

「葛瑞馬帝先生是個很棒的人。」

「他當然是，喬，他當然是，」魏利轉向李菲，「菲，妳跟喬解釋一下我們打算提供給他的優退案吧。」

「為了表彰你足以為員工典範的服務紀錄，魏利先生提議讓你提前退休。你將會收到你合約上剩下的十八個月的全額薪水，當成你的福利——在那之後，你還可以支領會隨著物價調整的退休金。」

強迫辭職！納皮爾露出一副「哇噢」的表情。**一定是比爾・史摩克在背後搞鬼。**他的「哇噢」既表達了他對退休方案的優渥感到吃驚，也透露出他對竟然已經從熟悉內情人士變成公司的負擔而震驚。「這真是……出乎我意料。」

「那當然，喬。」魏利說，但他沒有繼續說下去。電話鈴響起。「不，」魏利皺起眉頭對著話筒說，「可以請雷根先生等一下，我現在很忙。」

魏利把話筒掛上時，納皮爾已經做好決定。**這是逃離沾滿血跡的舞台的大好機會。**他裝出老家臣感激到說不出話來的模樣。「菲，魏利先生，我真不知道該如何謝謝你們。」

威廉・魏利像一頭開玩笑的土狼盯著他，「你的意思是接受？」

「當然，我接受！」

魏利和李菲熱烈地向他道賀。「當然，你很清楚，」魏利繼續說，「像保全這麼敏感的工作，我們得在你離開這個房間的當下就把職務交接好。」

耶穌啊，你們這些人還真是一秒鐘都不浪費！

李菲補充：「我會將你的個人物品及相關文件寄回你家。我相信，被人護送回內陸應該不會讓你覺得冒犯。魏利先生必須維持他一切按規定行事的形象。」

「一點也不算冒犯，菲，」納皮爾面露微笑，心裡卻在咒詛她，「我們公司的規定就是我寫的呢。」

納皮爾，把你的點三八口徑手槍繼續插在小腿肚旁邊，直到你離開史灣尼克——之後還得再配戴一段很長的時間。

53

「遺失之弦音樂行」播放的音樂，將她對《間諜鏡》、希克斯密、賽克斯及葛瑞馬帝的思緒全收納在裡面。音樂質樸無華、如河流、似光譜、帶有催眠效果……**親密**、**熟悉**。露薏莎站著，心情激動莫名，彷彿自己活在時間的溪流中。「我知道這音樂，」她跟終於過來問候的店員說，「這到底是什麼音樂？」

「很抱歉，這是某位顧客訂的唱片，算是非賣品。我其實不該拿來播放的。」

「喔，」**正事先辦吧**。「我上禮拜打電話來過，我的名字叫瑞伊，露薏莎・瑞伊。你說可以幫我找到一張名叫〈雲圖六重奏〉的罕見唱片，作曲家是羅伯特・佛比薛爾。不過，暫時不管這件事，我也必須買下你現在播的這張唱片。我必須，你知道這種感覺的。這是什麼音樂？」

店員伸出雙手，讓她用想像中的手銬銬起他的手腕。「羅伯特．佛比薛爾的〈雲圖六重奏〉。我先聽，是要確定唱片沒被刮傷。喔，我是騙妳的。我聽這首曲子，因為我是好奇心的奴隸。不盡然是德流士的風格，是吧？為什麼沒有唱片公司願意出資錄製這種寶石般的音樂，真該被譴責。這張唱片就像新的一樣，我很高興能這麼說。」

「我先前是在哪裡聽過？」

年輕人聳聳肩。「整個北美加起來，這唱片也沒幾張。」

「但是我知道這首曲子。我跟你說，我真的**知道**。」

54

露薏莎回到辦公室時，南西．歐哈根正興奮地講電話。「雪兒？雪兒！我是南西。聽我說，我們可以在人面獅身像的身影下過聖誕了。雜誌社的新頭家是穿越影藝企業。」——她提高音量——「穿越影藝企業哪……我也沒想到，但是——」歐哈根放低音量，「我剛剛已經跟奧格維談過了，沒錯，先前的老闆，也是新董事會成員。但是聽好，我打這通電話就是要告訴妳，我的飯碗保住了！」她異常興奮地對露薏莎點了個頭。「啊哈，幾乎沒人被裁員，所以，打電話跟詹妮說，她聖誕節只好自己跟那幾個可惡的雪人一起過了。」

「露薏莎，」葛瑞謝從他的辦公室門口喊她，「奧格維先生現在要見妳。」

奧格維占據東姆．葛瑞謝那張他經常在上面大發雷霆的辦公椅，把總編輯放逐到一張塑膠製的折疊椅上。《間諜鏡》經營者的本尊，讓露薏莎聯想起一幅鋼版雕刻，版畫主角是個西部拓荒時期的法官。「這種話怎麼說都不合適，」他開口說，「所以我就直話直說。妳被開除了。這是新任老闆下的人事命令。」他的話說完了。

露薏莎看到這消息撞在她身上然後彈開。不，這不能和（在半明半暗中）被擠出橋外、落入海裡相提並論。葛瑞謝的目光不敢和她交會。「我有合約在身。」

「誰沒合約呢？妳被開除了。」

「我是編制內記者中唯一一個招惹到新老闆的人嗎？」

「看來顯然是這樣。」奧格維的下顎向內縮了一下。

「我想我有權問個問題，為什麼是我？」

「老闆聘請人、解聘人，並且決定什麼叫公平。當一個買主像穿越影藝一樣提出優渥的救急方案時，我們沒什麼雞蛋裡的骨頭好挑。」

「雞蛋裡的骨頭？我可以請你把它裝飾在我的金錶上嗎？」

東姆・葛瑞謝有點忸怩地說：「奧格維先生，我想露薏莎應該或多或少得到個解釋。」

「她可以去問穿越影藝。或許她的外貌與他們為《間諜鏡》設定的形象不符，太激進，太女性主義，太枯燥，太咄咄逼人。」

他只是在製造煙幕。「還有幾件事我想去問穿越影藝。他們的總部在哪裡？」

「在東岸某處。不過我不覺得會有人和妳見面。」

「東岸某處？你們新董事會的成員還有哪些人？」

「現在是妳被我們開除，而不是妳來取我們的口供。」

「我再問一個問題就好，奧格維先生。看在這美好的三年來我一直毫不保留地為雜誌社付出的分上，回答這個問題——穿越影藝和濱海電力的董事會重疊的程度有多少？」

葛瑞謝敏銳的好奇心馬上警覺。奧格維遲疑了一下，然後大聲咆哮：「我還有很多事要忙。妳的薪水會付到月底，明天就不用來上班了。謝謝！再見！」

「哪裡有人大聲咆哮，」露薏莎心想，「哪裡就有人在撒謊。」

55

您即將離開史灣尼克郡——衝浪之家、原子之家。期待您不久之後再次光臨！

人生過得下去。喬．納皮爾轉開吉普車的恆速操縱器。**人生還不錯**。濱海電力公司、工作生涯、瑪葛．羅克爾，以及露薏莎．瑞伊，都以時速八十哩向後飛逝，進入他的過去。**人生棒極了**。再過兩個小時他就可以到達他位在聖克里斯多山區的小木屋。如果長途開車沒讓他過於疲累，他可以抓鯰魚來當晚餐。他看了一下後照鏡：一輛銀色克萊斯勒在過去一、兩哩的路程中，一直保持在他車後一百碼，但它現在超車趕過，然後消失在遠方。**放鬆心情**，納皮爾告訴自己，**你已經脫離那個地方了**。吉普車裡有東西在嘎嘎響。下午已經到了三點鐘的黃金期。高速公路沿著河邊走，一哩又一哩，地勢漸漸升高。**過去三十年來，山林已經越變越醜，但是，讓我看一個沒變醜的地方吧**。在他左右兩側用堆土機鏟平的土棚上，已經蓋了不少房屋。**我花了一輩子才脫離那個地方**。

在納皮爾的後照鏡中，布納斯伊爾巴斯市正逐漸縮小，變成一小片冒著黑煙的林立煙囪。**你沒辦法阻止雷斯特的女兒扮演女超人，你已經盡力了。讓她去吧。她已經不是小孩了**。他試聽了幾個無線電頻道，全都是男人學女人唱歌，或女人學男人唱歌的節目，直到最後他找到了一個輕浮的鄉間電台，正在播放哈利．尼爾森的〈每個人都在議論紛紛〉。米麗是他婚姻中喜歡音樂的那一半。納皮爾的思緒重新回到他第一次見到她的那天晚上：她正在為「野麻架搞笑團長及他的沙灘女牛仔們」的表演拉奏小提琴。當音樂如行雲流水時，音樂家彼此交換的眼神，正是他想從米麗那裡得到的——親密感。**露薏莎．瑞伊太孩子氣了**。納皮爾在十八號出口下高速公路，順著從前開採金礦的路往上開，朝考伯林駛去。**那嘎嘎作響的聲音還是很大**。秋天的舌頭正舔著山上的樹木。路順著位在古老松林下方的峽谷通往日落。

在這裡，他突然之間完全想不起過去四十五分鐘內的任何思緒。納皮爾把車開到雜貨店前面，關掉引擎，轉身從吉普車裡出來。**聽到那激流聲嗎**？**那條消失之河**。那聲音提醒他，考伯林不是布納斯伊爾巴斯。他再次打開車門的鎖。雜貨店老闆直呼他的名字問候，把六個月來的閒話用同樣多分鐘的時間說給他聽，然後問納皮爾是要來度一整個星期的假嗎？

「我現在要度永遠的假。他們給我提前……」他從來沒把那個詞用在自己身上過，「……退休的優待方案，我當下就接受了。」

老闆早就把一切看在眼裡。「今天晚上到杜安的酒吧去慶祝？還是明天才到杜安酒吧去感傷？」

「禮拜五好了，兩者都來一點。不過，大部分還是算慶祝。重獲自由後的第一個禮拜，我想要在小木屋裡休息，而不是喝醉酒，整個人癱在杜安的桌子下。」納皮爾付了他採買雜貨的錢，然後離開，突然覺得很想獨自待在自己的小木屋裡。吉普車的輪胎壓在多石的森林小路上，明亮的頭燈隨著車子變換方向，快速掃過原始森林，照亮一區又一區的林木。

這裡。納皮爾再次聽到消失之河的聲音。他還記得第一次帶米麗到他與兄弟和爹一起蓋的小木屋時的情景。現在，他是僅剩的存活者。當天晚上他們去裸泳，是她的點子。森林的暮氣充滿他的肺與腦腔。沒有電話，沒有中央控制的閉路電視，連普通的電視機也沒有。沒有身分查驗關卡，沒有在總裁的隔音室裡召開的「非正式」保全會議。永遠不會再有了。這位前保全員檢查門上的掛鎖，看看有沒有被破壞的跡象，然後才打開關窗板。**放輕鬆，看在耶穌基督分上。濱海放你走，自由地，沒有牽絆，不用再回去**。

話雖這麼說，但是他走進小木屋時，手上還是拿著點三八口徑手槍。**看吧？沒有人**。納皮爾生起一堆劈啪作響的火，弄了一些豆子、香腸及烤得全是煙燻味的馬鈴薯。幾罐啤酒。一泡尿撒在戶外，歷時很久很久。充滿生命力的銀河。又深又沉的一覺。

又醒了，口乾舌燥，膀胱因為裝滿而鼓脹。**第五次了，還是第六次？**今晚森林裡的各種聲音並沒有催眠納皮爾，反倒干擾了他的安適感。車子的煞車聲？**一隻小精靈貓頭鷹在叫**。樹枝斷裂？**一隻老鼠，或是一隻山鵪鶉，我不知道，現在是在山裡，什麼聲音都有可能。睡覺吧，納皮爾**。風聲。窗戶下面的人聲？納皮爾醒來，發現一頭美洲豹正蹲踞在床上方的一根橫梁上。他大叫一聲清醒過來。那頭美洲豹是比爾．史摩克，他的手臂正準備用手電筒烘烤納皮爾的頭。橫梁上什麼也沒有。**這次是下雨的聲音嗎？**納皮爾仔細聆聽。

只有那條河，只有那條河。

他點燃一根火柴，看看現在是不是個可以考慮起床的時刻：四點零五分。不是。醒也不是、睡也不是的時刻。納皮爾鑽往夢境的深處，在一重重黑暗中尋找可以讓他入睡的洞，但是瑪葛．羅克爾那間房屋清晰且新近的記憶卻緊跟著。比爾．史摩克說：「你在下面把風。我那位密報者說，她把文件放在房間裡。」納皮爾表示同意，很高興可以減輕自己參與的程度。比爾．史摩克打開他巨大的橡膠手電筒，爬上樓梯。

納皮爾在羅克爾的果園探查，最近的房屋有半哩遠。他有點納悶，向來獨來獨往的比爾．史摩克怎會叫他一起來參與這個簡單任務。

一聲虛弱的尖叫，聲音突然終止。

納皮爾衝到樓上，腳踩滑了幾次，一整排空房間。

史摩克跪在一個古董床上，用手電筒打床上的東西，光束像鞭子一樣打在牆上及天花板上，幾近無聲的重擊持續落在瑪葛・羅克爾早已失去知覺的頭上。她的血流在床單上——紅且溼，令人作嘔。

納皮爾大聲叫他停下來。

史摩克轉過頭來看他，喘著氣。「怎麼了，喬？」

「你說她今天晚上不在家。」

「不，不，你聽錯了。我是說，『我的密報者說』這個老女人今晚不在家。他是個很可靠的人，不可多得。」

「天啊，天啊，天啊，她死了嗎？」

「寧可辦事確實，也不要將來後悔，喬。」

簡潔的小布局，喬・納皮爾在小木屋裡輾轉難眠時自己承認。強迫順從的鐐銬。史摩克重擊一位沒有抵抗力的年老抗議分子時的把風者？連一個言語有障礙的法學院輟學生也可以讓他被判終生監禁。一隻斑鶇在唱歌。**在瑪葛・羅克爾這件事上我犯了大錯，但我已經離開那個人生了**。四個小小的彈孔，兩片屁股各兩個，讓他疼痛。**我還冒險去提醒露薏莎・瑞伊放聰明點**。窗戶已經明亮到可以辨識出相框中的米麗。**我只是一個人**，他抗議，**我不是一隊士兵。我只想過平凡的人生，偶爾釣釣魚**。

喬・納皮爾嘆氣，穿上衣服，把東西裝上吉普車。

米麗總是能不說半句話而贏得勝利。

56

裘蒂・瑞伊光著腳，穿著和服式晨袍，踩過一大塊拜占庭風格地毯，到鋪著大理石地板的廚房去。她從容量超大的冰箱裡拿出三個紅色葡萄柚，將水果對切，然後把像雪一樣冰、還滴著汁的半球放進果汁機裡。果汁機裡彷彿困住了黃蜂一樣嗡嗡響，盛裝罐裡很快就裝滿了帶珍珠光澤、呈糖果色、果肉清晰可見的果汁。她倒了一大口藍色漱口水，漱到嘴裡每個凹處。

在陽台的條紋沙發上，露薏莎正坐著瀏覽報紙，嘴裡嚼著可頌。眼前的壯麗景致——可以從尤恩斯維拉山莊豪宅的屋頂及綿絨般的草皮上方遠眺布納斯伊爾巴斯市區，那裡的摩天大樓高聳在飄自海上的霧氣及通勤族所排放的廢氣中——讓她有種「那屬於另一個世界」的感覺。

「不在屋裡繼續睡覺，小餅乾？」

「早。我要到辦公室去收拾東西。妳可以再借我一輛車吧？」

「當然。」裘蒂打量她女兒。「妳在《間諜鏡》是在浪費天分，小餅乾。那是個骯髒的小雜誌。」

「是的，媽，但那是**我的**骯髒小雜誌。」

裘蒂坐在沙發扶手上，把一隻蒼蠅從玻璃杯上趕走。她仔細看著商業新聞版一則被圈起來的文章。

「能源導師」羅伊德．胡克斯將成為濱海企業的執行長

白宮與電業巨人濱海電力公司在一份聯合聲明中宣布，兩天前艾伯托．葛瑞馬帝不幸於空難中喪生，他所留下的濱海執行長職缺，將由能源部長羅伊德．胡克斯接任。消息宣布後，濱海企業在華爾街的股價上漲了四十點。「我們很高興羅伊德願意接受邀請，加入我們的團隊，」濱海企業的副總裁威廉．魏利表示，「雖然此項任命的時機令人傷感，但是董事會認為，人在天堂的艾伯托，今天也會和我們一起用最由衷的熱忱來歡迎這位有眼光、有使命感的新執行長。」曼茲．葛瑞翰，能源部的發言人說：「華府肯定會因為少了羅伊德．胡克斯的專業協助而悵然若失，但是福特總統尊重他的個人意願，也期望能繼續和這位敢於面對當今能源問題、並擁有最強專業能力的人保持合作，讓我們偉大的國家長長久久。」胡克斯先生將從下週起接下新職務。白宮也預計在今天稍晚宣布能源部長的繼任人選。

「這是妳之前在研究的案子嗎？」裘蒂問。

「現在還在研究。」

「為誰做的研究？」

「為了真理，」她女兒由衷說出這句諷刺話，「我是個自由撰稿人。」

「從哪個時候開始？」

「從奧格維將我炒魷魚的那一刻開始。炒我魷魚是政治上的操作，媽。這證明我盯上一個大案件，巨大的長毛象。」

裘蒂看著年輕的女兒。**曾經，我有個小女兒。我讓她穿有花邊的連身裙、讓她去上芭蕾舞課，一連五年讓她去參加馬術營。但是現在看看她，她最終還是變成了雷斯特。**她親了露薏莎的額頭一下。露薏莎皺了皺眉頭，露出懷疑的表情，像個十幾歲的少女。「妳又怎麼了！」

57

露薏莎到白雪公主餐館去喝她在《間諜鏡》工作期間的最後一杯咖啡，並且跟巴特道別。僅剩的空位旁邊坐著一個臉被《舊金山時報》遮住的男子。露薏莎心想，**一份好報紙**，然後坐了下來。「早安。」東姆·葛瑞謝說。

一股地盤受威脅的嫉妒之火在露薏莎心中燃燒起來。「你來這裡做什麼？」

「編輯也得吃飯呀。自從我太太……之後，我就每天早上來這裡，妳知道的。我可以在家自己用鬆餅機做鬆餅，但是……」他用手指著面前那盤羊排，**我還需要多說嗎？**

「我從來沒在這裡看過你。」

「那是因為他都在，」巴特同時做三樣工作，「妳到的一個小時前離開。跟平常一樣嗎，露薏莎？」

「是的，謝謝！你之前怎麼都沒跟我說過，巴特？」

「我也不會把妳什麼時候來，什麼時候走的八卦說給別人聽。」

「第一個進辦公室的人，」葛瑞謝把報紙折起來，「也是晚上最後一個離開，總編輯的宿命哪。我有些話想跟妳談，露薏莎。」

「我依稀記得我已經被開除了。」

「可以嗎，妳願意嗎？我想跟妳解釋我為什麼——怎麼能夠眼睜睜看著奧格維侮蔑妳，卻沒有忿而辭職。既然我已經要跟妳懺悔，我可以告訴妳，上個禮拜五我就知道妳會被解雇了。」

「真感謝您事先告知啊。」

總編輯把音量放到最低。「妳知道我太太得了白血病，還有我們的保險合約出的狀況？」

露薏莎決定釋出一絲善意，對他點了個頭。

葛瑞謝硬起心來。「上個禮拜，在接手經營的協商會議中……他們給我的暗示是，只要我繼續待在《間諜鏡》，並且同意裝出……」葛瑞謝的表情不太愉快，「……我從來沒有聽過某份報告的事，他們就會去對我們的保險公司施壓。」

露薏莎保持冷靜。「你相信這些人會說話算話嗎？」

「星期天早上，我的理賠專員阿諾．弗姆打電話給我，先跟我抱歉來電打擾，然後說了一堆廢話，不過，他說我們可能會有興趣得知藍盾保險公司已經改變先前的決議，現在願意支付我太太所有的醫療費。一張補償我們先前自行墊付款項的支票已經寄出了，我們甚至還能保有房子。我並不以此自豪，但是，我不會因為我把家庭的重要性看得比真理還高而羞恥。」

「真理就是：輻射會像雨一樣下在布納斯伊爾巴斯市。」

「我們都在不同程度的風險中選擇。如果在史灣尼克發生意外的『機會』上扮演一個小小的角色，就能讓我保護好我的妻子，嗯，我也只好接受。我實在很希望妳稍做考慮：繼續挑戰這些人會讓妳曝露在多大的風險中？」

露薏莎先前落海的記憶再次回來纏擾，她的心劇烈晃動著。巴特把一杯咖啡擺在她面前。

葛瑞謝在檯面上將一張打字稿遞到她面前。紙上有兩欄，每欄各有七個人名。「猜猜看這份名單是什麼？」兩個名字赫然出現在紙上：羅伊德．胡克斯和威廉．魏利。

「穿越影藝企業的董事名單？」

葛瑞謝點頭。「幾乎可以這麼說。董事會成員名單算是公開資訊，但這份名單列出的是不在穿越影藝企業董事名單裡的顧問，他們可以從公司獲利中拿到錢。用筆圈起來的名字應該會引起妳的好奇。妳看。胡克斯和魏利。懶惰、可惡、唯利是圖。」

露薏莎把那張紙折起來，塞進口袋裡。「我該為這件事跟你道謝。」

「納斯本那個混蛋挖到的名單。最後一件事，法蘭．皮考克，《西方使者》的編輯，妳認得她嗎？」

「在輕鬆的媒體派對上會跟她說聲『嗨』，就這樣。」

「法蘭和我認識很久了。昨天晚上我到她辦公室去，跟她提到妳的故事的特別處。我不能給妳保證，但是一旦妳有辦法拿到足以一搏的證據，她除了跟妳說聲『嗨』之外，可能還會想跟妳多談一點。」

「這不會違反你與穿越影藝企業達成的共識嗎？」

葛瑞謝起身，將報紙收起來。「他們從來沒有說，我不能把我的消息來源介紹給別人。」

58

傑瑞．納斯本把車鑰匙還給露薏莎。「親愛的上帝啊，讓我來生轉世成為妳媽的一輛跑車吧，哪一輛都好。那就是最後一個箱子了嗎？」

「對，」露薏莎說，「謝謝你囉！」

納斯本聳了聳肩，宛如一位謙虛的大指揮家。「不再有個真正的女人讓我們開沙文主義的玩笑，辦公室一定感覺空空盪盪。在新聞室待了幾十年的南西，其實已經算是個男人了。」

南西．歐哈根猛拍她那部卡住的打字機，然後對納斯本比出中指。

「沒錯，對。」羅蘭．傑克斯看著露薏莎的空桌子，臉色凝重。「我到現在還是無法相信，那批新經營者怎麼會叫妳走路，卻把納斯本這樣的軟體動物留下來？」

南西發出眼鏡蛇般的嘶嘶聲，「葛瑞謝怎麼可以，」她拿雪茄朝他辦公室的方向戳刺，「只像狗一樣翻個身，在空中舞動四腳示好，然後任憑奧格維那樣對待妳？」

「祝福我有好運氣吧。」

「運氣？」傑克斯語帶嘲諷，「妳不需要運氣。我不知道妳為什麼要死守著這隻死鯊魚這麼久。七○年代即將見證諷刺文學嚥下最後一口氣。萊里爾說得沒錯，會頒發諾貝爾和平獎給亨利．季辛吉的世界，會讓我們全都丟了飯碗。」

「喔，」納斯本想起一件事，「我剛剛經過郵件室。有妳的一封信。」他交給露薏莎一個裡面有襯墊的牛皮紙袋。露薏莎不認得那潦草、歪來扭去的字跡。她撕開牛皮紙信封。裡面是一個寄物櫃鑰匙，用一張信紙包起來。露薏莎的眼睛順著信紙往下讀，表情也隨之激動起來。她再次檢查鑰匙上的標記。「加州第三銀行，第九街。這是在哪裡啊？」

「在市中心，」歐哈根回答，「就在第九街與法蘭德斯大道交會的地方。」

「大家，後會有期了。」露薏莎已經要離開了。「這是個小世界，會不斷再與自己交會。」

59

在等綠燈時，露薏莎拿出希克斯密的信再讀了一次，第三度確定她沒有漏掉任何資訊。那潦草的字跡看得出是在匆忙中寫的。

一九七五年九月三日，BY國際機場

親愛的瑞伊小姐：

原諒我字寫得潦草。濱海企業裡的一個好心人警告我，我的生命現在有立即的危險。要揭發九頭蛇零型的設計缺失，我的健康就得保持在最佳狀態，所以我會聽從建議。我會盡快再找機會跟妳連絡，等我到劍橋之後，或者是透過國際原子能總署。就目前來說，我已經把那份關於史灣尼克B的報告寄放在第九街加州第三銀行的保險箱裡。如果我遇上不測，妳可能會需要這份文件。

請小心。

RS草

露薏莎還在笨手笨腳地操作她不熟悉的排檔系統時，忿怒的喇叭聲已經在身後響個不停。過了十三街後，這城市富裕多金的太平洋風格就不見了。靠著市區的水來灌溉的稻子豆樹，被扭曲變形的街燈取代。沒有慢跑者會喘吁吁地沿著巷道跑步，附近的感覺就和五大湖「鐵鏽地帶」的生產區一樣。流浪漢在長椅上睡覺，雜草擠破人行道的地磚，一街區越過一街區，人們的膚色越來越深，用障礙物擋住的門上貼滿傳單，每一吋牆面——只要青少年手持噴漆罐搆得著——都被噴上了塗鴉。收垃圾的人罷工，一堆堆小丘般的垃圾在太陽下腐敗發臭。當舖、雜貨店、沒有店名的自助洗衣店，就靠著從破舊衣褲口袋裡刮取的一點錢來勉強維持生計。

經過許多街區及街燈後，商店被不知名的工廠單位及國民住宅取代。露薏莎甚至從沒開車行經這一區。一個城市的「不可知性」讓她不安。**希克斯密的邏輯難道是，把他的報告藏起來，然後再把報告的藏匿地點也藏起來嗎？**她來到法蘭德斯大道，看到加州第三銀行就在前方。銀行旁邊有個客戶停車場。露薏莎並沒有注意到那輛老舊的黑色雪佛蘭就停在對街。

60

李菲戴著太陽眼鏡及遮陽帽，拿出自己的錶與銀行的鐘對時。銀行的空調系統已經向上午正盛的熱氣投降了。她用手帕輕拭臉上及手臂上的汗，為自己搧搧風，並在心裡評估事情最新的發展。**喬．納皮爾，你看起來駑鈍，其實你骨子裡非常聰明，聰明到知道什麼時候該鞠躬退場。**露薏莎．瑞伊隨時都有可能出現，如果比爾．史摩克在乎那些錢的話。**比爾．史摩克，你看起來很聰明，其實你骨子裡駑鈍之至，而且你手下那些人並不如你想像中忠誠。因為你做這件事並不是為了錢，所以你忘記那些不起眼的平凡人多輕易就能收買。**

兩個衣著正式的華人走進銀行，其中一個朝她看了一眼，讓她知道露薏莎快到了。他們三人匯集到守衛桌旁邊，桌子後方是一條側廊：**保險箱**。整個早上這區幾乎沒人走過來。李菲原本考慮安排一個內應來當守衛，但是，直接與銀行招募到的最低工資臨時保全員——洛杉磯本地人的個性很容易掌握——打交道，比起讓三組人都嗅到獎金的味道來得安全。

「嗨，」李菲對著守衛發射出讓人最不敢領教的中國腔英語，「兄弟和我想從保險箱拿東西出來。」她手中拿著保險箱的鑰匙搖晃著。「看，我們有鑰匙。」

那個百般無聊的年輕守衛有嚴重的膚色歧視。「身分證明？」

「身分證明在這裡，你看，身分證明你看。」

證件上帶有古老種族魔法的中國文字，成功抵抗了白人的審查。守衛朝走廊方向點了個頭，然後繼續看他的《外星人！》雜誌。「門沒上鎖。」**我待會兒一定會開槍射你的屁股，小子**，李菲心想。

走廊尾端是道強化門。門只是虛掩著，門後的保險箱區形狀像一根分成三岔的叉子。一名同夥和她一起走向左側，她命令另一個到右側去。**這裡大約有六百個保險箱，其中一個保險箱藏了價值五百萬美金的報告，每頁一萬元**。

腳步聲從走廊逐漸靠近，走得很急。女人的高跟鞋聲。

強化門被用力推開。「有人在嗎？」露薏莎大聲問。

沉默。

當門砰地一聲關上後，兩個男人衝向這女人，露薏莎的嘴被一隻手摀住。「謝謝妳了。」李菲從記者手中搶走鑰匙。鑰匙上刻的號碼是三六—六四。她不多說廢話。「壞消息是，這房間完全隔音，沒有裝監視器，我的朋友和我手上又有武器。希克斯密的報告注定不會落入妳手中。好消息是，我的雇主希望讓九頭蛇計畫夭折，讓濱海企業名譽掃地。希克斯密報告中的發現，將會在兩、三天內傳遍新聞界。他們願不願意集體圍剿，那是他們的事。別用那種眼神看我，露薏莎。真理不會在乎是誰發現了它，所以妳也不用太在意。更好的消息是，不會有不好的事發生在妳身上。我的夥伴會護送妳到BY市內的拘留處。到了晚上，妳就自由了。在這之間，妳不會想給我們製造麻煩，」李菲拿出一張從露薏莎的布告板上取下來的傑維爾照片，在離她的臉不到一吋的地方搖晃著，「因為我們也會用同樣的善意來對待他。」

露薏莎眼裡的「反抗」被「臣服」取代了。

「我知道你長在肩膀上的腦袋很聰明。」李菲用廣東話對著抓住露薏莎的人說。「把她帶到拘禁室。在開槍射死她之前別做骯髒的事，她也許是個記者，但不表示她就是個徹底的妓女。照平常的方式處理屍體。」

他們離開。第二個同夥留在門邊，扶著門保持微開。

李菲在中間那一岔的尾端、和她脖子一樣高的位置找到三六──六四號保險箱。

鑰匙扭轉，門打開了。

李菲拿出一個香草色的文件夾。**九頭蛇零型反應爐操作評估模型──計畫主持人魯夫斯・希克斯密博士──非經授權持有本文件者，觸犯一九七一年聯邦軍事暨工業間諜法**。她容許自己露出歡樂的微笑。*機會之地*。接著她看到兩條電線從文件夾內部連接到保險箱深處，她往裡面窺視，在大小約為四吋乘二吋、由圓筒、電線、零件組成、用膠帶整齊纏好的一捆東西上面，一個紅色二極管正在閃爍。

比爾・史摩克，你這個該死的傢──

61

爆炸將露薏莎・瑞伊從地上提起來向前推送，力道就像太平洋的碎浪無法抵抗。走廊旋轉九十度──好幾次──並且撞擊露薏莎的肋骨和頭部。疼痛彷彿一片片花瓣湧現在她眼前。水泥在呻吟，一塊塊塑膠、瓷磚及玻璃像大雨落下，接著像下毛毛雨，然後停止。

不祥的平靜。*我是經歷了什麼劫難而倖存下來？*呼救聲在灰塵與煙霧中響起，尖叫聲從街上傳來，警鈴穿透燒焦的空氣。露薏莎的心智恢復了功能。一顆**炸彈**。臨時雇用的警衛聲音沙啞地哀嚎著，從他耳朵裡流出來的血匯集成三角洲，在他襯衫的衣領上氾濫。露薏莎想離開，但是她的右腿已經被炸飛了。

震驚感平息下來：她的腿只是被那不省人事的華人護衛壓住。她把腿抽出來，開始爬行──除了肌肉僵硬疼痛之外，應該沒有大礙——穿越宛如電影拍攝場景的銀行大廳。露薏莎看到強化門，已經被炸得飛離鉸鏈。**差幾吋就砸在我身上**。破玻璃、四腳朝天的椅子、碎裂的牆塊、受傷且受驚的人們。油滑的黑煙從管線裡滾滾冒出，自動灑水系統開始運作——露薏莎被水淋溼、窒息、在溼地板上踩滑、跌跌撞撞、暈眩、腰彎得很低、不時撞到別人。

一隻友善的手握住露薏莎的手腕。「我握住妳的手了，小姐，我握住妳了，讓我帶妳到外面去，這裡說不定還會有第二波爆炸。」

露薏莎讓自己引領到耀眼的陽光下，那裡一整排牆的臉看著她，似乎還想看到更多恐怖畫面。消防隊員帶她穿過路面被堵塞車子占滿的道路，讓她回想起四月時看過的西貢戰爭紀錄片。微量、難以察覺的煙持續在溢出。「快逃走！到這來！再回去！到那去！」新聞記者露薏莎想叫傷患露薏莎做些事。她的嘴裡有沙子。有件事很緊急。她問救她出來的人，「你們怎麼這麼快就趕到現場？」

「沒關係，」他自顧自地說，「妳有點腦震盪。」

消防隊員？「我現在可以自己走了——」

「不行，妳跟我走會比較安全——」

沾滿灰的黑色雪佛蘭的門突然打開。

「放開我！」

他用鋼鐵般的手抓住她。「進車裡去，」他喃喃說，「不然我會轟掉妳的腦袋。」

那顆炸彈原本是要炸死我，而現在——

露薏莎的挾持者咕噥了幾聲，然後向前趴下去。

62

喬．納皮爾抓住露薏莎的手臂，把她從雪佛蘭裡拉出來。**耶穌啊，真是千鈞一髮！**他另一隻手裡拿著一根球棒。「如果妳想要活著看到今天的夕陽，妳最好跟我走。」

好，露薏莎心想。「好。」她說。

納皮爾拉著她進到移動的人群裡，讓比爾．史摩克沒辦法順利開槍。他把球棒交給一個看得目瞪口呆的男孩，然後遠離雪佛蘭，朝第八十一大道走去。**小心謹慎地走，還是拔腿狂奔，曝露出自己的位置？**

「我的車就停在銀行旁邊。」露薏莎說。

「我們要藏在人群中，」納皮爾說，「比爾．史摩克還有兩個猿人手下，他們會直接射穿車窗將我們擊斃。妳能走路嗎？」

「跑都不成問題，納皮爾。」

他們順著街區走了三分之一路程，但這時，納皮爾在前方的人群中認出史摩克的臉，他的手就按在夾克口袋附近。納皮爾查看身後，另一個傻子是史摩克的第二根螯，路的對面還有第三個人。幾分鐘內還不會有警察來到，這三個人在幾秒鐘內就會靠過來。敢在光天化日下殺死兩個人？風險很高，但是可以賺得的高額賭金讓他們很可能願意冒風險，而且這裡十分混亂，他們應該可以順利逃走。納皮爾感到絕望：他們剛好走到一家沒有窗戶的倉庫門口。「爬上台階。」他告訴露薏莎，同時祈禱能推開門。

門開了。

接待區空蕩且陰沉，只有一根日光燈管發出虛弱的光，一座蒼蠅的墓穴。納皮爾在進門後將門鎖起來。在桌子後面，一個穿著漂亮洋裝的小女孩和一隻躺在紙箱床裡的老貴賓狗看著他們，似乎不覺得受干擾。房間另一頭有三個出口。機器運作的聲音平穩厚實。

一個黑眼珠的墨西哥女人不知道從哪裡突然衝出來，激動地對著他說：「這裡沒有不法！這裡沒有不法！老闆不在！老闆不在！改天再來！」

露薏莎用很破的西班牙語跟她說話，墨西哥女人睜大眼睛看著他們，然後像原始人一樣用拇指指著出口。一次猛烈撞擊，撞得外門嘎吱嘎吱響。納皮爾和露薏莎快跑穿過回聲不絕於耳的房間。「走左邊還是右邊？」納皮爾急著問。

「我不知道！」露薏莎喘著氣。

納皮爾回頭，希望從墨西哥人那裡得到指引，但是臨街的那扇門第一次被撞得不斷顫抖，第二次被撞裂，接著第三次就整個被撞開來。納皮爾拉著露薏莎衝進左邊的出口。

63

畢斯可和羅普，史摩克找來參與任務的兩個左右手，用身體猛力撞門。在自己腦袋中的法庭裡，比爾・史摩克判決威廉・魏利和羅伊德・胡克斯犯了「蠢笨至極」的罪。**我早就告訴你們了！不能相信喬・納皮爾真的會把良心打包起來，重拾他的釣竿。**

門終於被撞成碎片。

一個活像蜘蛛的墨西哥女人在房間裡面情緒失控，一個平靜的孩子和一隻精心打扮的貴賓狗坐在一張辦公桌上，彷彿他們才是這家店的神秘大腦，不是那個墨西哥人。「FBI！」畢斯可大喊，拿出他的駕駛執照在面前揮舞。「他們往哪條路走了？」

墨西哥女人尖聲說：「我們很照顧職員！對他們很好！薪水很高！不要工會！」

畢斯可抽出手槍，將貴賓狗轟到牆上。「他們到底他媽的往哪條路走了？」

耶穌・默罕默德・基督，這就是我喜歡單獨出任務的原因。

墨西哥女人咬著自己的拳頭，身體不斷發抖，然後放聲哭嚎，聲音越來越高、越來越響亮。

「幹得好，畢斯可，像 FBI 一樣槍殺貴賓狗。」羅普傾身靠近小孩，她對狗的死亡沒有反應。「那對男女是從哪一個出口出去的？」

她只是盯著他，好像他只是一輪美麗的落日。

「妳會說英語嗎？」

一個歇斯底里的女人，一個啞巴，一頭死狗，比爾・史摩克走到三個出口處，**還有一對死忠的大蠢蛋。**「我們沒時間了，羅普，你走右邊；畢斯可，左邊；我走中間。」

64

一排排的貨物，一條條的走道，還有由紙板構成約有十個紙箱高的牆，讓人很難估計這間庫房的實際大小。納皮爾用一輛手推車抵住門。「快告訴我，昨天妳已經克服槍枝過敏症了。」他輕聲說。

露薏莎搖搖頭。「你呢？」

「只是一把玩具槍，六發子彈。走吧。」

他們還在跑的時候，她就聽到有人在撞門。納皮爾利用紙箱堆成的塔柱來遮擋對方射擊的視線。接著跑了幾碼之後，換躲到另一根紙箱塔柱後面。然而第三根紙箱塔柱卻在他們面前倒塌下來，幾十隻「大鳥」——露薏莎認出是產於澳洲的黃色大笨鳥，黑爾在換工作的空檔期間喜歡看的兒童節目中曾經介紹過這種鳥——掉了出來。納皮爾用手勢告訴她：**跑的時候頭要放低。**

五秒鐘後，一顆子彈從距離露薏莎頭部不到三吋的地方飛過，射穿紙箱，塞在大鳥體內的填充物噴向她的臉。她跌倒，撞到納皮爾，子彈的咻咻聲像一根桿子射穿頭上方的空氣。納皮爾抽出槍，從露薏莎附近開了兩槍。槍聲讓她蜷曲成一顆球。「快跑！」納皮爾大吼，把她拉起來。露薏莎照他的話做——納皮爾開始推倒紙箱堆成的牆，來阻礙追殺他們的人。

跑了十碼後，露薏莎來到一個角落。一扇夾板門上寫著：**緊急出口**。

門鎖著。喬・納皮爾上氣不接下氣地趕到她身旁。他沒辦法把門撞開。

「放棄吧，納皮爾！」他們聽到聲音。「我們的目標不是你。」

納皮爾近距離朝鎖開了一槍。

門還是拒絕打開。納皮爾把剩下三發子彈都射向門鎖，每一槍都讓露薏莎再縮一次身。第四槍只發出空槍的喀喳聲。納皮爾用鞋底把門踢開。

一家地下成衣工廠，裡面有五百架縫紉機同時喀啦喀啦地運轉。每個操作員頭上方各垂著一顆沒有燈罩的燈泡，一片片紡織品就懸掛在燈泡周圍黏稠、溫熱的光暈中。露薏莎和納皮爾半蹲伏地繞過外圈走道。軟弱無力的唐老鴨和受折磨的史酷比，一隻又一隻、一排又一排、一貨架又一貨架地被塞入填充物，然後縫起來。每個女人——只有拉丁美洲人或華人——眼睛都盯著針線盤，所以露薏莎和納皮爾並沒有引起騷動。

我們要怎麼從這裡出去？

納皮爾撞見，真的是「撞見」，剛剛在臨時接待處的墨西哥女人。她招呼他們跟她一起進入一條沒開燈、半阻塞住的通道裡。在一片嘈雜的金屬聲中，納皮爾轉身對著露薏莎大喊，他的嘴形看起來是在問：「我們可以相信她嗎？」

露薏莎的臉回答他：「難道還有更好的想法嗎？」他們跟著那女人，在一大堆紡織品與金屬線之間，在裝著泰迪熊眼睛的一堆零散盒子間，也在各式各樣可用縫紉機車製的布偶及填塞物之間前進。通道在某個角落轉向右邊，然後在一道鐵門前面停下來。日光穿過骯髒的鐵柵欄射進來，墨西哥人翻弄她手中的鑰匙圈。**這裡是一八七五年，**露薏莎心想，**不是一九七五年。**第一根鑰匙插不進去，下一根插得進去，但轉不動。雖然只在工廠裡待了三十秒，露薏莎的聽力已經受到影響。

六碼之外有人在喊：「手舉起來！」露薏莎轉過身。「我說，把你他媽的手舉起來！」露薏莎的手照著做。槍手的手槍指著納皮爾。「轉過來，納皮爾！慢慢來！放下你的槍！」

墨西哥女士開始尖叫：「不射我！不射我，先生！他們逼我講門在哪裡！他們講他們殺——」「閉嘴，妳這他媽的非法勞工！滾開！別擋我的路！」

女人爬過他身旁，身體貼靠著牆面，用西班牙語慘叫：「不要，不要，我不要死。」走道像漏斗一樣將工廠的噪音集中在此，納皮爾大叫：「放輕鬆點，畢斯可，他們付你多少錢？」

畢斯可吼回去：「不用你操心，納皮爾。說出你的遺言吧。」

「我聽不見！你說什麼？」

「你——有——什——麼——遺——言？」

「遺言？你是誰？惡魔哈利*嗎？」

畢斯可的嘴抽動了一下。「我有一本講遺言的書，就當作你的遺言吧。妳的呢？」他看著露薏莎，槍口仍指著納皮爾！

一顆子彈在嘈雜的空氣中鑽了個洞，露薏莎的眼睛緊閉了一下，一個堅硬的東西碰到她的腳趾，她逼自己睜開眼睛。一把手槍，滑行了一段距離之後停下來。畢斯可的臉孔扭曲，露出難以形容的痛苦表情。墨西哥女士亮出活動扳手，打碎槍手的下巴。接著，又是十多下極度凶猛的痛擊，每一擊都讓露薏莎的身體不自主地跟著縮一下，一次次重擊之間還穿插著「我！愛！那隻狗！去死！」等西班牙語字眼。

露薏莎查看納皮爾的情形。他目視前方，沒有受傷，但飽受驚嚇。

那位女士抹了一下嘴，低頭查看那動也不動、臉部被打成糨糊的畢斯可。「**不准**叫我『非法勞工』！」她跨過那顆凝結成一團的頭，打開出口處的門。

「妳可以跟另外那兩個傢伙說是我幹的。」納皮爾告訴她，同時拾起畢斯可的槍。

女士用西班牙語對露薏莎說：「甩了他，親愛的，他常跟壞人在一起。我的天啊！這個老男人該不會是妳爸吧？」

65

納皮爾坐在畫滿各式塗鴉的地下鐵電車上，看著雷斯特・瑞伊的女兒。她還一臉茫然、頭髮凌亂、身體發抖，她身上被自動灑水器灑到的衣服仍然是溼的。「你是怎麼找到我的？」她終於開口問。

「妳辦公室的大肥仔，納斯班或是什麼的。」

「納斯本。」

「就是他。我費了好大的力氣才說服他。」

接著，沉默從地鐵重聚廣場站一直持續到第十七大道。露薏莎摳她牛仔褲上的一個洞。「我猜你已經不在濱海企業工作了。」

「我昨天被放出去吃草。」

「被開除了？」

「不，是提前退休。對，我被放出去吃草。」

「然後，你今天又從牧草地跑回來？」

「大概就是這樣。」

---

*克林伊斯威特在《緊急追捕令》中飾演的殺手角色。

下一段沉默，從第十七大道一直持續到馬克耐公園。

「我覺得，」露薏莎遲疑，「我——不，是**你**——破壞了某種天命，就好像布納斯伊爾巴斯市已經決定我今天應該要死，我現在卻還在這裡。」

納皮爾考慮了一下。「不，那個城市才不會在乎妳的死活。妳可以說剛剛救了妳一命的人其實是妳父親，他三十年前把一顆朝我滾過來的手榴彈踢開。」他們所在的那節車廂發出呻吟並且抖動著。「我們得先去一家槍械店，槍裡沒有子彈讓我很不安。」

地鐵軌道穿出地面，進入陽光中。

露薏莎瞇起眼睛。「我們要到哪裡去？」

「去見某個人。」納皮爾看了一下手錶，「她已經專程飛來。」

露薏莎揉了揉有點紅腫的眼睛。「那個人能給我們一份希克斯密的報告嗎？現在只有那份文件救得了我。」

「我現在還不確定。」

66

梅根・希克斯密坐在布納斯伊爾巴斯現代藝術展覽館裡一條低矮的長板凳上，凝視著一幅巨幅畫像。畫布上老婦人長得像熊的臉，是利用灰黑交錯的線條勾勒出來，其他部分全部留白。這是在這間陳列著波拉克、庫寧及米羅畫作展示間裡唯一一幅具像畫，正默默挑起她心中的感觸。「『看看妳的未來吧，』她在對我說，」梅根心想，「妳的臉有一天也會變得和我一樣。」時間已經將她的皮膚縫織成一片片皺紋。這裡的肌肉鬆弛，那裡的肌肉緊蹦。她的眼皮往下垂，她戴的珍珠應該是次級品，她的頭髮因為一整個下午都追著孫兒們跑而雜亂。**但是她看到一些我沒看到的事。**

一個年紀與她相當的女人坐到她身邊。**她應該考慮使用化妝水，並且改變一下穿著。**「梅根・希克斯密？」

梅根轉頭看身邊的人。「露薏莎・瑞伊？」

露薏莎的頭朝著那幅畫像點了一下。「我一直很喜歡她。我爸見過她，我的意思是，這位女士本人。她是猶太大屠殺的倖存者，後來到ＢＹ定居。在小里斯本開了一家供膳宿的短期出租旅館。她是那位畫家的女房東，在畫家還沒成名之前。」

「勇氣在任何地方都能生根，」梅根・希克斯密心想，「就和雜草一樣。」

「喬・納皮爾說妳今天才從檀香山飛過來。」

「他在這裡嗎？」

「就是我身後那個穿牛仔襯衫、假裝在看安迪沃荷作品的傢伙。他會幫我們把風，他的多疑與顧慮很可能是對的。」

「好。我得先確定妳真的是妳自稱是的人。」

「我很高興聽妳這麼說。要怎麼測試？」

「我叔叔最喜歡希區考克哪一部電影？」

自稱是露薏莎・瑞伊的女人想了一下子，然後露出微笑。「我們在電梯上談過希區考克，我猜他寫信跟妳提過，但是我不記得他曾經跟我說過他最喜歡的電影。他相當喜歡《迷魂記》中詹姆斯・史都華跟蹤神祕女子來到岸邊的無言段落，拍攝的背景是舊金山。他還喜歡《謎中謎》，我知道那不是希區考克的片子，但他覺得這部片子很有意思，妳還把奧黛莉・赫本說成是個『泡泡頭』。」

梅根身體向後靠著椅背。「是的，我叔叔在一封從機場旅館寄給我的卡片裡提過妳。信中透露出激動與擔憂，並且穿插著『如果我發生了什麼事』之類的話。不過，他絕對沒有想自殺，魯夫斯沒理由去做警察宣稱他做的事。這我很確定。」**快問她，而且，看在老天的分上，別再顫抖了。**「瑞伊小姐——妳認為我叔叔是被謀殺的嗎？」

露薏莎回答：「很抱歉，我確定他是被謀殺的。我很遺憾。」

記者的斷言終於解開她糾結的情結。**看吧，妳並沒有因此瘋了。**「我知道他幫濱海企業及國防部做事。我沒有看過整份報告，但是六月我去找魯夫斯的時候，曾經幫他檢查過裡面的數學。我們會幫彼此檢查一些計算。」

「國防部？妳應該是指能源部吧？」

「國防部。九頭蛇零型反應爐的副產品是武器等級的鈾。最高等級的鈾，而且分量很多。」梅根停了片刻，讓露薏莎有時間消化這些話的新含意。「妳想要什麼？」

「那份報告，只要有那份報告，濱海企業就會在社會大眾及法律面前墜毀。而且，順便讓我自己的皮膚免受輻射傷害。」

相信這個陌生人？還是起身離開？

排成兩列的小學生聚集在老女人的畫像附近。美術館長在簡短演講的時候，梅根低聲說：「魯夫斯習慣將學術論文、數據資料、筆記、草稿等放在他的遊艇海星號上，以便將來參考。他的葬禮下禮拜才會舉行，在那之前，遺囑驗證還不會開始，所以這貯藏處現在應該還沒人碰過。我敢打賭船上還有報告的複本。濱海企業的人也許已經到船上搜查過了，不過他從不會在工作中提到海星號的相關細節……」

「海星號停泊在哪裡？」

67

伊爾巴斯峽灣皇家碼頭

全世界保存得最好的縱帆船——女預言家號的尊榮之家！

納皮爾把租來的福特停放在俱樂部會館旁邊，那會館原本是一間裝著擋浪板的船屋。透過明亮的窗戶可以看見一間宜人的酒吧，幾面旗幟被夜風吹得直挺挺。露薏莎和納皮爾穿過俱樂部中庭，走下階梯，到達規模不小的碼頭時，聽得到沙丘附近有狗叫聲及人的笑聲。逐漸昏暗的東方夜空襯托出一艘三桅木船的輪廓，正高聳在附近幾艘光亮玻璃纖維遊艇之上。堤岸及遊艇上還有人在走動，但是數目不多。「海星號停在離俱樂部會館最遠的堤岸，」露薏莎參看梅根・希克斯密所畫的地圖，「在女預言家號再過去一點。」

那艘十九世紀的船被重新整修得非常漂亮。雖然有任務在身，露薏莎還是不禁分神，被一股特別的引力吸住。她停下腳步，仰頭望著船的索具，並且聆聽木製骨架嘎吱作響。

「出了什麼事？」納皮爾低聲問。天色太暗，他無法看清楚她的表情。

出了什麼事？露薏莎的胎記悸動著。她想要瞭解那一瞬間發生了什麼事，細節卻隨即消失在過去與未來之中。「沒事。」

「被陰森的感覺嚇到很正常。我自己也覺得陰森森的。」

「喔。」

「來吧。我們快到了。」

海星號就在梅根的地圖標示的地方。他們爬到船上。納皮爾拿一根迴紋針伸進船艙的門裡，再將一根冰棒棍伸進隙縫。露薏莎四處觀望有沒有人在監視。「我打賭你不是在軍隊裡學會的。」

「妳賭輸了。善於攀牆進入屋內偷竊的小偷是很好用的士兵，徵兵委員會對這類士兵一點也不挑剔……」喀喳一聲。「開了。」狹小的船艙裡沒有半本書。一個內嵌在艙壁的鐘閃爍著從二十一點五十五分跳成二十一點五十六分。納皮爾手電筒的光束照在駕駛台上，下面有一個小檔案櫃。

露薏莎打開一個抽屜。「就是這裡。照過來。」一大堆卷宗和檔案夾，一個香草色的文件夾吸引她的目光。**九頭蛇零型反應爐操作評估模型——計畫主持人魯夫斯·希克斯密博士**。「找到了。就是這個。喬？你還好嗎？」

「對。現在差不多該是……事情進行順利的時候了，這麼輕而易舉。」

那麼，喬·納皮爾可以露出笑容了。

船艙入口處有人影在晃動，一個人將星光遮住。納皮爾意識到露薏莎的警示，快速轉了個身。在手電筒的光中，露薏莎看到槍手手腕的肌腱抖動了一下，又一下，但是沒有槍聲。**保險栓卡住了？**

喬·納皮爾打出一聲嗝，然後雙膝跪地，頭撞在駕駛台的鋼製腳座上。

他躺在地上，一動也不動。

露薏莎一時六神無主，只依稀記得自己是誰。納皮爾的手電筒隨著柔和的水波在船艙裡滾來滾去，光束左旋右轉，照亮他已毀損的軀幹。維持他生命的血向外擴散，快速得令人作嘔，鮮紅得令人作嘔，閃亮得令人作嘔。索具在風中嗚咽，在風中發出撥弦聲。

殺手關起他身後的艙門。「把報告放在駕駛台上，露薏莎。」他用柔和的語氣低聲說。「我不希望報告上面沾到血。」她照著他的話做。他的臉還是隱藏著。「嗯，妳應該要與妳的創造者和平相處。」

露薏莎扶著駕駛台。「你是比爾·史摩克，是你殺了希克斯密。」

那個黑影回答：「是更大的力量殺光你們這些人，我只不過是幫他們發送子彈。」

集中精神。「你一路跟蹤我們，從銀行開始，經過地鐵，一直到美術館……」

「妳每次面對死亡就會變得這麼囉唆嗎？」

露薏莎的聲音顫抖。「你說『每次』是什麼意思？」

68

喬·納皮爾在洪流般的沉默裡漂移著。

比爾·史摩克的幽靈在他灰暗的視界裡漂浮著。

超過一半的他已經離開了。

沉默再次被言詞破壞。**他現在要把她殺了。**

你口袋裡那把點三八手槍。

看在基督分上，我已經盡了我的責任，我現在就要死了。

喂。你應該去跟雷斯特·瑞伊談責任與死亡。

納皮爾的右手緩慢朝口袋移動了幾吋。他在想自己是躺在嬰兒床上的小嬰孩，還是躺在床上等死的男人。黑夜已過，不，是人生已逝。納皮爾好幾次想讓意識就此被潮水淹沒，但他的食指還有一個不甘願放棄的使命。手槍的槍把滑到手掌中，他的手指伸入鋼環裡。一道明晰的火焰讓他看清了目的。**扳機，這，是的。把槍抽出來。慢慢來……**

拿槍瞄準他。比爾·史摩克離他只有幾碼遠。

扳機擋住他的食指。接著一聲難以想像的轟然巨響讓比爾·史摩克旋轉著向後倒下去，他的手臂像懸絲偶一樣搖擺著。

在他人生倒數第四刻，納皮爾又發射了一顆子彈到那以星空為背景的懸絲偶身上。「西瓦普拉拿」這個地名浮現在腦海中，不請自來。

在倒數第三刻，比爾．史摩克的身體靠在艙門上往下滑。

倒數第二刻，內嵌的數位時鐘閃爍著，從二十一點五十七分轉換成二十一點五十八分。

納皮爾的眼睛下沉，新生的陽光斜斜射穿一片古老的橡木林，在一條消失的河上跳舞。**你看，喬，好多蒼鷺。**

69

在史灣尼克郡立醫院瑪葛．羅克爾的房間裡，海絲特．范．桑德特看著手錶。二十一點五十七分。訪客時間到十點結束。「再一首就上路了，瑪葛？」訪客看著昏迷中的朋友，然後翻閱《美國詩選》。「一點愛默森？喔，好。還記得這首嗎？是妳介紹我讀的。」

如果生民殺害者認為他殺了人，
或者，如果被殺害者認為他被殺害，
那麼他們就還不明瞭
我維繫、放手、再扭轉的微妙方式。
遙遠或是遺忘對我來說近在咫尺；
陰影和陽光沒有差別；
已經消失的諸神重新在我面前出現，
羞辱和名聲在我眼中是同一樣東西。

遺棄我的人病兆上身；
成為我，他們能飛翔，我就是翅膀；
我是懷疑者及懷疑本身，
我也是婆羅門吟唱的詩歌。

有能力的諸神盼望我與他們同在，
徒然盼望——

「瑪葛？瑪葛？瑪葛！」瑪葛·羅克爾的眼皮像進入快速動眼期一樣顫動著，喉頭蠕動著發出一聲呻吟。她先是大口吸氣，接著睜開雙眼，既困惑又緊張地對著插在鼻孔裡的呼吸管猛眨眼。海絲特·范·桑德特也慌了手腳，但還帶著希望。「瑪葛！妳聽得見我的聲音嗎？瑪葛！」

病人定睛在老朋友身上，然後讓頭向後沉進枕頭裡。「是的，我聽得見妳，海絲特，妳現在正對著我該死的耳朵大喊。」

70

露薏莎·瑞伊坐在人聲嘈雜的白雪公主餐館裡，瀏覽十月一日出版的《西方使者》。

羅伊德·胡克斯放棄二十五萬美金的保釋金潛逃
福特總統誓言要「將那些讓『企業美國』蒙羞的壞蛋連根拔除。」

一位BY警局的發言人證實，甫就任的濱海電力公司執行長、同時也是前任的白宮能源「導師」羅伊德·胡克斯，已經放棄他週一提交的二十五萬美金保釋金潛逃國外。這個「濱海門事件」的新轉折，就發生在胡克斯發誓會「為我自己的清白，也為這家偉大的美國公司的清白，挺身對抗惡毒的指控」的一天後。福特總統也加入指責的行列，他譴責他的前能源顧問，並和這位尼克森時期聘任的官員畫清界限。「我的內閣對所有違法者都一視同仁。我們一定會將那些讓『企業美國』蒙羞的壞蛋連根拔除，並且用最嚴厲的法律來制裁。」

羅伊德．胡克斯的失蹤，許多觀察家解讀是畏罪潛逃。這是九月四日喬．納皮爾和比爾．史摩克，濱海企業頗具爭議的史灣尼克島原子能發電廠的兩名保全人員，在伊爾巴斯峽灣皇家碼頭將對方擊斃的事件所引爆的一系列內幕中最新的轉折點。目擊證人同時也是本報記者露薏莎．瑞伊，在第一時間呼叫警方到達現場，警方隨後擴大調查的範圍包括：英籍原子工程學家兼濱海企業顧問魯夫斯．希克斯密在上個月意外過世的案子；濱海前執行長艾伯托．葛瑞馬帝的專機兩個禮拜前在科羅拉多山脈墜毀的案子；以及在ＢＹ市加州第三銀行奪走兩條人命的爆炸案。濱海電力的五名高層已經因為涉及這起陰謀事件而被起訴，其中兩名已自殺身亡。包括副執行長威廉．魏利在內的另外三人，已經同意出面作證指控濱海企業。

兩天前羅伊德．胡克斯被捕，證明了本報支持露薏莎．瑞伊揭發此件重大弊案的立場是正確的，最初瑞伊的質疑還曾被威廉．魏利譏評為「取材自間諜小說、純屬幻想的誹謗，完全不值得認真去回應。」（文接第二版，特別報導見第五版，評論見第十一版。）

「頭版哪！」巴特幫露薏莎倒咖啡，「雷斯特一定會非常驕傲。」

「他會說我只是一個做了該做的事的記者。」

「完全沒錯。」

濱海門已經不是露薏莎的獨家新聞了。史灣尼克擠滿記者、FBI幹員、郡警局員警、前來瞭解狀況的參議員，以及好萊塢的電影編劇。史灣尼克B已經停機，史灣尼克C無限期擱置。

露薏莎把傑維爾的明信片拿出來讀。卡片上有三架幽浮從金門大橋下面穿過。

嗨，露薏莎，這裡還不錯，但是我們住在一間平房，所以我沒辦法再跳過陽台去找朋友。保羅（也就是狼人，但是我老媽說不可以再這麼稱呼他，雖然我覺得他好像還蠻喜歡我這樣叫他的）明天要帶我去參觀郵票展，然後我可以選擇自己的臥房要漆成什麼顏色，而且他比媽會燒菜。昨天晚上在電視上又看到妳，報紙上也有妳的消息。不要因為妳現在有名了就忘掉我，好嗎？

傑維

另一份郵件是梅根·希克斯密應露薏莎的請求而寄來的航空包裹。包裹裡裝的是羅伯特·佛比薛爾寫給朋友魯夫斯·希克斯密的最後八封信。露薏莎用一把塑膠刀打開包裹。她拿出一個泛黃的信封，上面的郵戳是一九三一年十月十日。她把信拿近鼻子，深深吸了一口氣。**來自日德堅莊園的分子、來自羅伯特·佛比薛爾手上的分子，在這張紙上沉寂了四十四年之後，此刻會在我的肺裡、在我的血液裡重新渦漩起來嗎？**

誰曉得呢？

寄自日德堅莊園的信

日德堅莊園，一九三一年十月十日

希克斯密：

艾爾斯已經臥床三天，因嗎啡而意識模糊，偶爾也會痛得大叫。令人心神不寧、心情不佳。伊格瑞醫生警告潔和我不要把艾爾斯在音樂上新發現的「存活樂趣」與實際上的身體健康混為一談，並且禁止艾爾斯在床邊創作。伊格瑞醫生令我不寒而慄。我碰過的每一個庸醫都會讓我不禁懷疑，他是不是正在盤算要如何從我身上撈到最高的醫藥費。

完全被自己的音樂淹沒。說起來很無情，但是當韓垂克在早餐時來跟我說「今天還是不行，羅伯特」時，我有鬆了一口氣的感覺。昨天一整晚都在創作一首低沉悠遠、點綴著激昂三連音的大提琴快板。寧靜的夜穿插著捕鼠器打斷老鼠頸項的聲音。記得教堂的鐘敲了三下，清晨三點。「我聽到一頭貓頭鷹，」哈克貝利．芬*說，「在遠處，為著某個已去世的人嗚嗚叫；還有一頭嘈雜夜鷹和一條狗，為著某個即將要死的人大聲哀嚎。」這句話一直像幽靈一樣縈繞在我心。下一幕是露西樂站在窗邊，動手讓一片片明亮晨光射進屋內。莫緹．董德特已經在樓下，她告訴我，準備好跟我一起出遊了。以為自己在作夢，其實不是。我的臉彷彿結了一層痂，有一秒鐘之久連自己的名字都說不出來。抱怨我一點也不想跟莫緹．董德特到任何地方去，我想睡覺，我還有工作要做。「但是上個禮拜是你自己安排好今天要開車去兜風的！」露西樂反駁。

我想起來了。我梳洗、換上新衣服、刮鬍子。請露西樂去找家僮幫我把鞋子擦亮等等。在早餐房，和藹可親的珠寶商人邊抽雪茄邊看《泰晤士報》。「不急，」我為遲到向他道歉時，他對我說，「我們要去的地方，不會有人注意我們是早到還是晚到。」威稜斯太太拿一盤印度什錦飯給我吃，潔像輕風一樣走進早餐房。她沒有忘記今天是什麼日子。她給我一束用黑絲帶綁起來的白玫瑰，面帶微笑，就像原來的她。

董德特開著一輛酒紅色的一九二七年布加堤皇家四一，一輛真正的好車，希克斯密。開起來就像個疾行的惡魔，在鋪石快速道路上時速可以達到五十哩！而且它有個豪華汽笛喇叭，讓董德特在路上只要稍受冒犯就可按壓發射。這將是趟陰沉的旅行，但是天氣無比美好。越接近前線，想當然耳，郊野就破壞得更厲害。過了羅西列爾後，地上就出現許多彈坑的傷疤，以及多處縱橫交錯、塌陷的壕溝，還有一塊又一塊連雜草也長不出來的焦土。零星幾株還直立在地面的樹，其實（當你伸手去摸時）早已是沒有生命的木炭了。地上的些許綠意，與其說是大自然的復甦，倒不如說是大自然的發霉。

董德特用壓過引擎嘶吼的高音量跟我說，農夫們到現在還不敢耕種這片土地，因為怕地裡還有未爆彈。經過的人都會不禁想到這塊土地裡的人口密度。彷彿任何一刻，只要攻擊命令一下達，步兵就會撥開稀鬆的土壤，成群從地底湧現。大戰休戰日到現在已經有十三年了，感覺上卻只過了幾小時。

佐內貝克是由半修復的廢墟構成，一個搖搖欲墜的村莊，也是第五十三旅第十一艾塞克斯兵團的墓園所在。戰地墓園委員會告訴我，這個墓園最有可能是我兄長的安息處。艾椎恩在七月三十一日的攻擊行動中死於梅西寧山脊，就在戰況最激烈之時。董德特將我放在大門口，祝我好運。圓融的他跟我說他在附近還有些事要辦（我們離最近的珠寶店少說也有五十哩），讓我自己去做唐吉訶德式的探險。

一個患結核病的退役老兵在看門——當他不是在照料那塊貧瘠的菜園時。他也擔任管理員（自己聘任的，我猜），並且對著我搖晃一個捐獻箱，名義是「墓園維護費」。給了一法郎。那傢伙用我勉強

*馬克．吐溫《頑童歷險記》的主角。

可以忍受的英語問我是不是來找特定的人，因為他已經把墓園裡每個人名都記起來了。把我兄長的名字寫下，他做出高盧人特有的嘴往下垂的表情，意思是：「我有我的問題，你有你的問題，而這個問題是你的。」

一直覺得自己可以感覺出艾椎恩那只有上帝知道的墳墓在哪裡。一段發光的墓誌銘，一隻向我點頭的喜鵲，或只是音樂上的確定感，可以導引我走到正確的地方。純粹是無稽之談，當然。墓碑多得不可勝數，每個都長得一模一樣，而且像在行軍般排列得整整齊齊。一圈又一圈的荊棘已經從墓園外圍入侵到園內。空氣非常沉悶，彷彿穹蒼已經將我們密封。沿著縱橫交錯的走道，我的目光搜索著F開頭的墓碑。機會渺茫，但誰敢保證不會有奇蹟。陸軍部搞錯了——如果戰爭的第一個犧牲者是真理，第二個犧牲者就是辦事效率。以此來說，根本沒有半個「佛比薛爾」躺在法蘭德斯人的土地上。最接近的是「佛姆斯，二等兵二三八九，第十八（東翼師）」。我就把潔的白玫瑰放在他的墓碑上。誰曉得？說不定在大家都疲憊不堪的夜裡，佛姆斯來跟艾椎恩要一根火柴，或者，當炸彈像雨打下來時，他們兩個人畏縮在一起，或者，他們正在分享同一罐保維爾牛肉汁。多愁善感的笨蛋，我懂我自己。

在這裡會碰到一些像你們學院的奧福那樣愛說風涼話的人，他們會擺出一副相當遺憾的表情說，可惜戰爭在他們還來不及展現愛國情操之前就結束了。另一些人，我心裡馬上聯想到菲吉斯，則是很慶幸在一九一八年還不到當兵的年紀，又因為這種慶幸感而羞恥。過去常不諱言地跟你表示，我在我那位傳奇的兄長陰影下成長——每句指責我的話都是以「艾椎恩從來就不會……」或「如果你哥哥現在還在，他一定會……」開頭。越來越討厭聽到他的名字。在我被無情地逐出佛比薛爾家之前，我成天都聽到「你讓我們對艾椎恩的記憶蒙羞」。永遠，永遠，永遠不會原諒父母。

記得在一個下著毛毛雨的秋日午後，我們在奧德利莊園為他最後送行，艾椎恩穿著軍服，老爸還和他擁抱。旗幟飄揚、歡呼送行的日子已經過了，後來還聽說被徵召的士兵是在憲兵護送下到敦克爾克去，以防止大批士兵臨陣脫逃。所有的艾椎恩，後來都像鯡魚一樣擠進法國東部、比利時西部及更遠的墓園裡。希克斯密，我們不過是在切一副名為「歷史場景」的牌。我們這一輩切的牌是十、傑克十一、皇后十二，艾椎恩那一輩切的是三、四、五。如此而已。

當然，「如此而已」從來就不是如此而已。艾椎恩的信縈繞在我耳際。一個人可以把眼睛閉起來，但沒辦法將耳朵關上。蝨子聚集在傷口裂縫的聲音，老鼠快跑的聲音，骨頭被子彈打碎的聲音，機關槍的噠噠聲，遠處炸彈爆炸的悶雷聲，近處炸彈爆炸的閃電聲，石頭碎片撞在鋼盔上彈開的砰砰聲。夏天，蒼蠅在無人之境嗡嗡飛舞。後來的來信中再加上馬的嘶喊，土地結凍的迸裂，飛機低空飛過的聲音。還有，坦克在泥窪中空轉，被截肢者從痲醉中甦醒，火焰噴射器發出烈焰，刺刀抵在脖子上壓制。歐洲音樂向來充滿激昂的野性，但中間經常會穿插長段的沉靜。

心裡在想，我兄長是不是除了女生之外也喜歡男生，或者我的邪惡只屬於我自己。心裡在想，他死的時候是否還是獨身。想想看這些士兵躺在一起，蜷縮著，活著；冰冷的，死的。整理了一下佛姆斯的墓碑之後走回墓園門口。哎，我的使命注定是徒勞無功。管理員在玩弄手中的繩圈，沒有說話。莫緹．董德特準時來接我，然後我們疾駛著回到文明世界，哈。

經過某個名叫波卡培拉或之類名字的地方，順著一條兩旁種著好幾哩榆樹的大道開下去。董德特選擇這條路，讓他的布加堤可以開到極速。一棵棵榆樹輪流從無限遠處來到眼前，成為一棵單一的樹，就像看著一顆陀螺在快速旋轉。當儀表板上的指針快要逼進極速時，一個快跑的瘋婆子（至少身形看起來很像）衝到我們前面，她撞上擋風玻璃，從我們頭上滾過去。心臟像槍聲一樣在我身體裡砰了一下，我可以跟你這麼說！董德特踩煞車，路讓車子往一邊傾斜，我們的身體被甩向另一邊。輪胎發出尖叫，空氣中充滿橡膠因高熱而燒焦的氣味。我們已經從無限遠回到現實。我的牙齒深深咬進舌頭裡。如果不是煞車整個咬死，以致布加堤在路上繼續沿著原來的軌跡前進，那麼我們的日子——甚至是我們的生命——就會結束在一棵榆樹上。

車子擦撞路旁的榆樹然後停了下來。董德特和我跳下車往後跑，看到一隻巨大的雉雞正在拍動受傷的翅膀。董德特用梵文之類的語言唸了一長串咒文，然後發出一聲「哈！」：一方面很慶幸自己不是撞死了人，一方面也表達自己撞死某樣東西的遺憾。已經沒能力說話了，只顧著用手帕按壓在舌頭上止血。建議讓那可憐的鳥不再受苦，但董德特用一句故意顯得無厘頭的諺語來回答：「對列在菜單上的東西來說，醬汁是什麼並不重要。」他回頭去讓布加堤起死回生。無法瞭解他剛剛那句話的意思，但還是走向那隻雉雞，這讓牠更死命拍打翅膀。牠胸部圖紋美麗的羽毛結了一層血與糞。牠在哭，希克斯密，就像才出生兩天的嬰兒。多希望我有一把槍。路邊有一顆和我的拳頭一樣大的石頭，我拿它往雉雞的頭砸下去。一點也不愉快——和開槍射鳥不同，完全不同。

在路邊拔了一些羊蹄葉，盡我所能揩掉雉雞身上的血。董德特已經將車發動，我跳上車，然後我們勉強開到下一個村莊。一個沒名字的地方，但是有一間簡陋的「餐館兼車庫兼殯儀館」，裡面有一票不太說話的本地人，以及許多像吸食毒品的死亡天使一樣在空中繞圓圈的蒼蠅。先前的猛烈煞車讓布加堤的前輪變得不平行，所以董德特把車停在這裡請人檢查。我們到戶外，坐在一個「廣場」的邊緣，事實上是個點綴著鵝卵石的泥巴池子。池子中央有個傾斜的雕像基座，原先在基座上的銅像早就整個鎔化製成子彈了。幾個骯髒的小孩追著村裡唯一的一隻肥母雞，在廣場上跑來跑去——牠飛到雕像基座上。小孩們開始拿石頭丟牠。心裡在想，母雞的主人可能在哪裡。我問酒保，原先基座上站的是什麼人。他不知道，他出生在南方。我的杯子有點髒，所以請酒保幫我換一個。他因此不太高興，從那時候開始就不那麼多話了。

董德特問我在佐內貝克墓園那一小時發生了什麼事。並沒有真的回答他。嚴重受創、全身是血的雉雞影像不斷閃現在眼前。問董德特大戰期間他在哪裡。「喔，你知道的，照顧我的生意。」在布魯日？我問，吃驚，難以想像一個比利時鑽石商竟然能在德皇的占領區裡做生意賺錢。「老天啊，不，」董德特回答，「在約翰尼斯堡。我太太和我在那段時間不在這裡。」我稱讚他有先見之明。他謙虛地解釋：「戰爭並不是沒有徵兆，說來就來。一開始就像地平線上幾處小火。戰爭是逐漸接近。聰明人懂得注意升煙，並且準備好隨時搬離，就和艾爾斯及潔卡思塔一樣。我現在擔心的是下一場戰爭會非常大，沒有一個擁有一間像樣餐館的地方能不受波及。」

他真的確信會有另一場戰爭到來嗎？

「總是會有另一場戰爭到來，羅伯特。戰爭從來沒有被完全撲滅過。是什麼點燃戰爭？人性的脊骨——想擁有權力的企圖心。暴力的威脅、人對暴力的恐懼，或是真正的暴力，就是這種可怕的企圖心能使用的工具。你可以在臥室、廚房、工廠、工會、國與國的邊界地帶，看到想擁有權力的企圖心。仔細聽好，並且記住這些話。國家充其量就是人性膨脹到極大。總括來說，所謂國家，就是用暴力寫下法律的組織。從前是如此，將來也會是如此。戰爭，羅伯特，是永遠伴隨人類的兩大夥伴之一。」

那麼，我問，另一個是什麼？

「鑽石。」一個圍裙上沾滿血污的屠夫衝過廣場，小孩子們四散跑開。現在他的問題是，如何誘使母雞從基座上下來。

國家聯盟呢？當然，除了戰爭之外，國家也懂法律，不是嗎？還有，外交要如何解釋？

「喔，外交，」董德特很有自信地說，「把戰爭中滿溢出來的東西抹乾淨，將戰爭結果合法化，讓較強的國家可以將意志直接貫徹在較弱的國家上，同時將艦隊與軍營的實力保留起來對付較強的對手。只有專業的外交官、無可救藥的白痴，以及女人會把外交看成戰爭的長期替代品。」

若照董德特的歸謬法，我認為，科學會設計出越來越血腥的戰爭工具，直到人類的摧毀能力勝過我們的創造力，而我們的文明最終會將自己帶向毀滅。董德特高興地用嘲諷的語氣說：「正是如此。我們想得到權力的企圖心、我們的科學，以及讓我們從猿猴、野蠻人，一直進化到現代人的機制，同樣也會在這個世紀結束之前就將人類從地上滅絕！你很有可能可以活著看到這件事發生，你這個幸運之子。那將會是首多動人的漸強交響曲啊，呃？」

屠夫過來跟酒保借梯子。得結束了。眼睛已經快要閉上了。

忠實的 RF

日德堅莊園，一九三一年十月二十一日

希克斯密：

艾爾斯明天應該就可以下床走動了——已經困在床上將近兩個禮拜。不會希望我最討厭的敵人得到梅毒，反正這種敵人也只有一、兩個。梅毒患者的病況會逐漸走下坡，就像水果會從果園邊緣開始腐爛起。伊格瑞醫生每隔一天就會來看他一次，但是除了更多的嗎啡之外，他已經沒有藥可以開了。艾爾斯不喜歡嗎啡，因為那會像烏雲一樣籠罩住他的音樂。

潔為一陣又一陣的消沉所苦。有幾個夜裡，她只是緊抱著我，好像她快要淹死了，而我是她的救生帶。我為這女人難過，但我感興趣的是她的身體，而不是她的問題。原本。

過去這兩個禮拜我都待在音樂房，重新將這一年創作的音樂片段組織成一首「為重疊的獨奏者所寫的六重奏」：鋼琴、單簧管、大提琴、長笛、雙簧管及小提琴，每個樂器都用獨特的調性、音階及音色表現。在第一部分，每首獨奏曲都被下一首獨奏曲打斷；在第二部分，之前被打斷的獨奏曲再依序繼續演奏下去。革命性的結構？或者只是耍花招？在完成之前無從知道。但是，等到完成後又為時已晚。不論如何，這是我醒來後想到的第一件事，也是我睡著前所想的最後一件事，就算潔那時在我床上。她應該要瞭解，藝術家是同時活在兩個世界裡。

隔天

和艾爾斯大吵一架。在早上的作曲時間，他口述了一首類似觸技曲的練習曲，聽起來非常熟悉，接著我聽出那正是我那首〈星期一的天使〉的副歌！如果艾爾斯希望我不會發現，他就大錯特錯了。直接告訴他，這是我的音樂。他改變他的聲調：「你是什麼意思，**你的**音樂？佛比薛爾，等你長大後，就會發現所有作曲者都會從環境中擷取靈感。你只不過是我擁有的許多元素當中一個，領我不少薪水，我還可以說，你每天上大師級的作曲課，並得以和這世代最偉大的音樂心靈打交道。如果你對這些條件不滿意，韓垂克可以開車送你到車站去。」嗯，和幾個禮拜前還需要坐在輪椅上由我推進房間，並且央請我留到明年春天的那個人比起來，這個人非常不一樣。我問他，他心裡有哪個可以取代我的人選。威稜斯太太？園丁？夏娃？娜芙蒂蒂？「喔，我很確信崔佛・馬克拉斯爵士可以幫我找到一個適當的男孩。是的，我會刊登廣告。你並不像你自以為那樣無可取代。現在你要工作，還是不要？」

一時想不出可以贏回失土的方法，所以我走出房間，藉口是大拇趾很痛。艾爾斯從我身邊向我發出警告：「如果你的腳趾到明天早上之前還沒好一點，佛比薛爾，你就到倫敦去請人治療，不用再回來了。」有時候我很想搭起一座超大營火，把這個糟老頭丟到火勢最猛烈的正中央。

幾天後

還在這裡。潔後來來看我，編了一些解釋，不外乎艾爾斯很自負，他多麼看重我的工作，藝術家脾氣本來就不好等等的話，她還拜託我，即使不為他，也要為她留下來。接受她的舉動當作「遮羞的無花果葉兼象徵和解的棕櫚枝」，我們那天晚上的做愛甚至算得上是情愛纏綿。冬天就要來了，我那一點點的儲蓄還不足以讓我到歐洲四處探險。如果我現在打算走人，我就需要碰上一個又笨、又有錢、又非常自以為是的女性遺產繼承人。想到任何人了嗎？會寄另一個包裹給詹許增加我的緊急基金。如果艾爾斯不因為〈死亡之鳥〉——自從華沙公演後已經是第二十次公演了——裡面有我的音樂而分我一點錢，我只好自行照顧荷包了。決定下次在讓艾爾斯看我的作品前一定要更小心謹慎。你知道嗎，你的頭上有沒有屋頂還得看雇主的臉色，這種生活方式令人討厭。只有耶穌基督知道服事階層的人是如何忍受這種感覺。佛比薛爾家的佣人一直要像我這樣忍氣吞聲嗎？我在想。

夏娃從瑞士避暑回來。嗯，這個年輕女人說她是夏娃，她們的長相的確非常像，但是三個月前離開日德堅的自大小鴨，回來時已經是一隻高雅的天鵝。她幫母親做家事，用棉花球沾冷水來幫父親清洗眼瞼，並且一連唸幾小時的福婁拜給他聽。她對僕人們很客氣，她甚至問我那首六重奏進行得如何。本來很確定那是要趕我走的策略，但是持續七天後，我開始懷疑，那個討人厭的夏娃可能已經死掉並且被埋葬了。

很好，夏娃和我現在的敦睦關係不止是目光交會，不過，或許我應該先交代一下背景。自從我來到尼爾畢克，夏娃在布魯日的「女房東」范・德・維爾德夫人，就既向夏娃也向潔表示希望安排我到他們家拜訪，好讓她的五個女兒——夏娃的同校同學——能和一個真正的英格蘭紳士練習她們的英語。范・德・維爾德先生，你應該還記得，原本被我誤認為是明尼瓦特花園的無賴，後來才知道他是個軍火商及受敬重的社會中堅分子等等的那個人。范・德・維爾德夫人不達目的誓不罷休，令人不敢領教，她的野心不會被「他現在非常忙」這種話阻礙。事實上，你會懷疑潔根本是出於惡意在安排——女兒越來越像天鵝，做母親的卻逐漸變成討人厭的老騙徒。

今天是我應該到維爾德家——五個年紀等間隔的女兒加上老爸和老媽——拜訪的日子。大提琴剛好需要換一組絃，而且，讓艾爾斯明白失去我他將會多無助也不錯，因此我大方赴約，只希望維爾德家的主廚是用配得上工廠老闆的薪水聘請來的。十一點鐘，范．德．維爾德的車——一輛銀色的賓士，真是謝謝啦——到達日德堅，他們的司機，一個沒脖子、不懂法語、一直流汗的雪人，載著夏娃和我回布魯日去。換成是過去，旅程中我們會像石頭一樣沉默，但是這次我卻發現自己竟然在跟夏娃說些我在劍橋時的事。夏娃提醒我，范．德．維爾德家的老大瑪莉露薏絲已經下定決心要不計代價嫁給英國人，所以我要千萬小心持守我的「貞操」。

你對這件事有何感想？

在范．德．維爾德的市區豪宅裡，幾個女孩在樓梯階梯上迎接我，按照年紀由小而大排列——有點覺得她們可能會突然開口唱歌。哎呀，希克斯密，她們真的唱了。〈綠袖子〉，用英語唱。和韓巴克薄荷糖一樣甜。接著范．德．維爾德夫人捏了我的臉頰一下，好像我是個終於回到家的逃家小孩，並且裝模作樣地說：「你好呀？」被請到「沙龍」——兒童房——坐在「備詢椅」，一個玩具箱上。維爾德家的女兒就像一隻多頭海蛇，名字依序是瑪莉露薏絲、史蒂芬尼、芝娜碧、艾芳莘，最後一個的名字我忘了。年紀從九歲一直到之前提過的瑪莉露薏絲——比夏娃大一歲，每個女孩都有她們不該有的自信。一張很長的沙發在這一家胖豬的屁股下凹陷下去。

女僕端檸檬水過來，然後女主人開始提問：「夏娃跟我們說，你的家庭在劍橋有很不錯的地緣關係，佛比薛爾先生？」我朝夏娃看了一眼，她扮出一副捉弄成功的表情。藏起笑容，承認我家在全英土地勘查記錄上查得到，而且老爸是個地位崇高的神職人員。所有將話題帶離我的未婚身分的嘗試都沒成功，大約十五分鐘後，凸眼的瑪莉露薏絲已經感覺到她娘對我的認可，並且認定我就是她的白馬王子。她問我：「佛比薛爾先生，你和貝克街的夏洛克．福爾摩斯很熟嗎？」嗯，我想，這一天也不盡然糟糕透頂。善於諷刺的女孩得不時裝笨，隱藏起她的深度。但是瑪莉露薏絲卻是在問真的！天生的智障。「不，」我回答，「我和福爾摩斯先生並不相識，但是他和大衛．考伯菲爾先生每週三都會來我的俱樂部打撞球。」

午餐是用上好的德勒斯登瓷器盛裝，餐廳的雕花壁紙上掛了一幅巨大的《最後的晚餐》仿製品。食物令人失望。乾澀的鱒魚、蒸得像爛泥巴的蔬菜，平凡的奶油蛋糕；還以為我又回到倫敦吃飯了呢。我的法語稍有一點無關痛癢的錯誤，幾個女孩就會發出滑奏般的竊笑聲，但是她們的英語聽在我耳中粗嘎得難以忍受。也跟女兒到瑞士去避暑的維爾德夫人鉅細靡遺地告訴我，瑪莉露薏絲在伯恩時，被史雷克—喬斯基伯爵夫人或嵩東斯塔公爵夫人讚譽為「阿爾卑斯山之花」。連「的確非常迷人」的客套話我都說不出口。

維爾德先生從辦公室回來。問他一百個跟板球有關的問題，讓他的女兒們因為「主客易位」及「反客為主」的奇特英格蘭作法而感到非常有趣。一隻有國王架勢、喜歡說教的驢子一直忙於找下一個可以粗魯打斷我的機會，所以從來沒有仔細在聽我說話。他也不吝於自我誇讚：「你可以說我是老古板，但是……」或者「有人認為我是個勢利鬼，但是……」夏娃用眼神對我扮了個鬼臉，意思是：「想想看，你先前竟然還真以為，這個粗俗的人有可能會傷害我的名譽！」

吃完午餐，太陽開始露臉，維爾德夫人宣布要出去散個步，帶嘉賓去欣賞布魯日的風光。試圖跟他們說，接受款待已經夠叨擾了。但是，沒那麼容易能脫身。大家長請求先行離開，有一大疊堆得和馬特洪峰一樣高的信在等他簽名。願他被山崩壓死。女僕為女孩們戴上帽子與手套後，馬車被叫過來，隨後我被載著繞過一間又一間的教堂。正如親愛的老基爾沃特所說，沒有什麼事比由別人來告訴你該誇讚哪樣東西、並用手杖指著你該看的東西更令人倒胃口。

幾乎不記得任何景點的名字。在快到旅程的終點——大鐘樓之前，我的下巴已經因為壓抑太多呵欠而酸痛。范・德・維爾德夫人瞅了那尖塔一眼，然後宣布要讓我們這些年輕的傢伙各憑本事爬上去，她自己則會在廣場對面的法式糕餅店裡等我們。噸位比她母親還大的瑪莉露薏絲說，讓母親一個人在下面等，她這位淑女辦不到。布蘭芭不能去爬，因為她有氣喘，如果布蘭芭不上去，那麼這個就……，那個就……，到最後，只有夏娃和我買票去爬鐘樓。

錢是我付的，表示我並沒有因為好好一天被糟蹋而怪罪她。帶頭先爬。樓梯是越來越窄的螺旋。在手的高度附近有一條粗繩從固定在牆上的鐵環中間穿過，讓我們可以抓握。雙腳只好自求多福了。唯一的光源是偶爾會出現一次的狹小窗戶。唯一的聲音是我們的腳步聲，以及夏娃的女性呼吸聲，讓我想起我和她母親經常合奏的**夜曲**。范・德・維爾德家那幾個女人是六首停不下來、完全不協調的大鍵琴**稍快板**樂曲，不再受她們折磨，讓我的雙耳感激不盡。忘記數爬了幾階，我把心裡的想法說出來。我的聲音聽起來像被鎖在裝毛毯的櫃子裡。夏娃懶懶地回了我一聲，「是喔……」

從樓梯間進入空氣通暢的房間，裡面裝了許多大如馬車輪、讓鐘能夠運轉的齒輪。繩索和鍊索消失在天花板裡。一個雜役在折疊式躺椅上打瞌睡。我們應該要拿票給他檢查——在歐陸隨時都要拿得出票來供人檢查——但我們從他身旁溜過，爬上最後一段木製樓梯到眺望台去。

由三種顏色構成的布魯日，在我們腳下的深處向外延展：屋瓦是橙色，石屋是灰色，溝渠是褐色。馬匹、汽車、腳踏車騎士、排成兩列的詩班男孩、巫婆帽般的屋頂、晾曬在橫跨巷弄繩索上的衣物。尋找奧斯坦港，找到了。被陽光照亮的那道狹長的北海，和波里尼西亞一樣深藍。海鷗像浪潮在空中盤旋，目光尾隨牠們讓我頭暈。我想到尤恩書中提到的信天翁。夏娃宣稱她看到范・德・維爾德那一家人了。以為她只是在表示她們無所不在，但是朝她所說的方向看去，沒錯，像是用粉蠟筆畫上去的六個小點圍繞在一張餐桌旁。

夏娃把票折成一架紙飛機，從護欄上方往下丟。風帶著它往前飛，直到豔陽將它燒盡。如果雜役醒過來要看她的票，她該怎麼辦？「我會哭著跟他說，這個可怕的英格蘭男孩把我的票偷走了。」於是我把我的票也折成紙飛機，跟夏娃說這下她沒證據了，然後將它射出去。不像她的票那樣越飛越高，我的飛機直往下掉，一下子就無影無蹤了。夏娃的性格，端看是從哪個角度來看，可說是最高級的貓眼石。「你知道嗎，我從來不記得爸爸曾經像現在這樣怡然自得、充滿生氣過。」她說。

令人不敢領教的維爾德一家人，為我們開啟了同盟的情誼。直接問她在瑞士發生了什麼事。她戀愛了嗎？在一家孤兒院幫忙？在某個被雪覆蓋的岩洞裡遇見了神秘事物？

她欲言又止了好幾次。最後她說（**臉紅地！**）：「我很想念我在今年六月遇見的一位年輕男子。」

你感到意外？想像一下**我**當時的感覺！但是，你很清楚我每一吋都是十足的紳士。非但不與她調情，反倒問她：「妳對這個年輕男子的第一印象如何？難道不全然是負面的嗎？」

「部分是負面的。」我看著她的雙唇、她上嘴唇上方非常細緻的毛，以及她爬樓梯時冒出的幾顆小汗珠。

「他是個高大、膚色深、英俊、很有音樂素養的外國人？」

她語帶嘲諷地哼了一聲。「他是……高大，是的；膚色深，算吧；英俊，不像他自以為那麼英俊，不過，且說他還算上相吧；有音樂素養，非常、非常；外國人，從裡到外。真難得，你這麼瞭解他！他從明尼瓦特公園經過時，你也在偷偷觀察他嗎？」我忍不住笑了出來。她也笑了。「羅伯特，我覺得……」她害羞地看著我。「你應該有經驗。我可以稱呼你羅伯特嗎？只是順便問一下。」

我說，差不多是她該這麼稱呼我的時候了。

「我的用詞並不是……非常適當。你會生氣嗎？」

不，我說，不會。意外、受寵若驚，是的；但是生氣，一點也不。

「我先前對你的態度很惡劣。但我希望我們可以重新開始。」回答她，當然，我也很希望如此。「打從我還是個孩子，」夏娃望向遠方說，「我就一直把這個陽台當作自己的眺望台，就像《一千零一夜》裡描寫的那樣。我經常在放學後、在這個時刻上來。我是布魯日的女皇，你知道嗎。這裡的居民就是我的百姓，維爾德那一家人是我豢養的小丑。有一天我會砍掉他們的頭。」她真讓人神魂顛倒。我的血液沸騰，我被一股衝動控制——必須獻給布魯日女皇一個長吻。

並沒有進一步發展。一群可惡的美國觀光客從狹窄的出入口湧上來。真是大笨蛋，我竟然裝作不認識夏娃。到另一頭去看風景，嘗試把自己已經解開的心弦再纏繞起來。當雜役宣布觀景台不久就要關閉時，夏娃已經離開了，就像貓一樣。多麼像。再一次，下樓時忘記留意階梯的數目。

在糕餅店裡，夏娃正在教最小的維爾德如何用雙手手指編出繩圈圖案。維爾德夫人用一份蛋糕目錄搧風，並且和瑪莉露薏絲一面吃著伊色爾蛋糕，一面對著來往行人的穿著品頭論足。夏娃避開我的眼睛。咒語破解了。瑪莉露薏絲很想和我目光交會，這頭痴情的小母牛。悠閒地散步回到維爾德家，哈利路亞，韓垂克和考利車已經在等我了。夏娃在門口跟我說 **au revoir**（再會）——瞥見她臉上的微笑。真幸福！這天傍晚溫暖且呈黃金色。車子開往尼爾畢克，一路上都看到夏娃的臉，一、兩綹頭髮被風橫吹過她的臉，一直沒再垂下來。別吃醋、別動肝火，希克斯密。你知道事情就是這樣。

潔感覺到夏娃和我之間的友好協定，她一點也不高興。昨天晚上，我想像躺在我下面的是夏娃，而不是她媽。漸強的樂段過了好幾小節後才開始．在潔面前使出渾身解數。女人可以偵測出想像中的背叛嗎？我會這麼問是因為，她帶著驚人的直覺，給了我微妙的警告：「我要你知道一件事，羅伯特。如果你敢碰夏娃一下，我一定會發現，而且我會毀了你。」

「我根本不敢去想這種事。」我騙她。

「『我連作夢都不會想到這種事』，如果我是你，我會這麼說。」她警告我。

不能讓對話結束在這裡。「妳怎麼會以為，我會被妳那個像惡少般討人厭的女兒吸引呢？」她像夏娃在眺望台上那樣哼了一聲。

忠實的 RF

日德堅莊園，一九三一年十月二十四日

希克斯密：

你那該死的回信在哪裡？仔細聽好，我欠你很多人情，但是如果你以為我會一直待在這裡耐心地等待你的信出現，那麼我想你完全搞錯了。一切都十足生厭，和我那偽善的父親一樣討厭。我可以毀掉他。他已經毀了我。期待世界末日到來，是人類最早的娛樂消遣。董德特說得沒錯，去死吧，他那一雙比利時人的眼睛；去死吧，所有比利時人的眼睛。如果「勇敢的小比利時」從來不曾存在，艾椎恩到現在就還會活著。有人該把這個侏儒國變成一座巨大的湖，讓船在上面航行，並且把發明比利時的人丟進湖裡，把他的腳綁到智慧女神身上。如果他浮起來，那就是有罪。想把一根燒得白熱的撥火棍插進我爸那可憎的眼睛裡。說出一個名字。快呀，說出一個有名的比利時人就好！他比羅斯柴爾德金融世家還有錢，但是他還會再給我一法辛銅幣嗎？可悲啊，真是可悲。把我逐出家門，連一先令也不歸到我的名下，多有基督徒的風範？讓他淹死還太便宜了他。董德特說得沒錯，我不得不承認。戰爭永遠不會被治癒，只不過先休息幾年再爆發。我們想要世界末日，所以我們這些該死的人將會得到世界末日。就在那裡。寫進音樂裡。定音鼓、鈸及一百萬隻小喇叭，如果你願意成全我。用我自己的音樂付帳給那個老壞蛋。我快被逼死了。

忠實的 RF

日德堅莊園，一九三一年十月二十九日

希克斯密：

夏娃。她的名字就是誘惑的同義詞：還有什麼能走得比她更接近男人的內心深處？因為她的靈魂就在眼睛裡游泳。因為我夢見自己偷偷穿過絲絨布幔，進入她的房間，為她哼了一首非常——非常——非常柔和的曲調，她光著腳踩在我的腳上，她的耳朵貼在我的心頭，然後我們像用繩子操弄的布偶一樣跳著華爾茲。在那一吻之後，她用法語說：「你像在擁抱一尾紅色的魚。」在映照著月光的鏡子裡，我們與我們的年輕及美貌相戀。因為在我的一生中，複雜的女人、白痴的女人，都覺得她們**瞭解**我，她們可以**治療**我，但是只有夏娃知道我是**無人探索之地**，並且一點一點地慢慢探索我，就像你對我那樣。因為她和男孩子一樣瘦。因為她有杏仁及草地上青草的味道。因為如果我在聽到她的抱負是成為埃及學家時面露笑容，她就會在餐桌下用腳踢我的脛骨。因為她會讓我想到一些我自己以外的事。因為即使是很嚴肅在處理一件事，她也容光煥發。因為她喜歡遊記甚於華特·史考特爵士的小說；喜歡比利·梅伊爾甚於莫札特，而且分不出「C大調」（C-major）和「軍士長」（sergeant major）的區別。

因為**我**，只有我，可以在微笑還沒在她臉上浮現之前就看見。因為羅伯特皇帝並不是個好人，他身上最好的部分都被徵召去創作他那尚未演出的音樂了，她還是給了我這世上最罕見的笑容。因為我們會去聽夜鷹的聲音。因為她的笑聲是從她頭頂上的噴水孔噴出來的，並且遍灑早晨的每一寸時光。因為像我這樣的男人，和「美麗」是扯不上關係的，她現在卻在這裡，住在我心中的隔音室裡。

忠實的　RF

布魯日皇家旅館，一九三一年十一月六日

希克斯密：

分手了。問題非常棘手，但是艾爾斯和我之間的問題在一天之內就結束了。就在昨天早晨，正當要開始創作他那首大作《天鵝之歌》的第二樂章時，他宣布了一個創作的新模式。「佛比薛爾，今天我希望你幫我的〈威嚴〉樂章想出一些主題。E小調，帶點戰爭前夕的味道。一旦你寫出的東西我覺得不錯，我就會接手，發展出它的潛力來。懂嗎？」

懂，是的；喜歡，不，一點也不！科學論文有共同作者，是的。作曲家也可以和名演奏家合作來探索樂曲演奏的極限，例如艾爾加與瑞德*，但是兩人共同創作的交響曲？這想法很有問題，並且斬釘截鐵地告訴艾爾斯。他咋舌。「我可沒有說『兩人共同創作』，孩子。你負責收集原始材料，我照著我的意思琢磨。」這一點也無法令我信服。他斥責我：「所有偉大的作曲家都是叫助手做這種事。不然的話，巴哈這種人怎麼可能每個禮拜都生產出新的彌撒曲？」

如果我沒記錯，我們現在應該是在二十世紀——我這麼反駁他。觀眾是付錢來聽節目表上面所列的作曲家作品。他們可不希望付錢來聽維維安．艾爾斯的作品，結果卻聽到羅伯特．佛比薛爾。艾爾斯變得焦躁不安。「他們不會『聽到』你！他們會聽到我！你根本沒在用心聽，佛比薛爾。你負責『拉滑車』的粗重活，我來編管弦樂，我來安排，我來潤飾。」

「拉滑車的粗活」，比方說我那首〈星期一的天使〉被人持槍搶走，成為艾爾斯光榮的最後樂章裡的**慢板**。一個人可以照自己的意思來掩飾抄襲行為，但到頭來還是抄襲。

「抄襲？」艾爾斯壓低音量，但他握在拐杖上的指關節已經發白。「在過去的日子裡，你還很感激我願意指導你，你稱我為歐洲最偉大的作曲家。歐洲的意思就是全世界。這樣一位音樂家怎麼可能會需要去『抄襲』一個抄錄員所寫的東西，我還可以提醒這位抄錄員，他連從一間專為即將過氣的特權人士開設的學院裡拿個學士學位都沒辦法！你還不夠餓，孩子，這就是你的問題。你只是個模仿莫札特的孟德爾頌。」

火刑架就和德國的通貨膨脹一樣搭得越來越高，但是我天生就不會被壓力壓彎腰脊——我站得直挺挺。「讓我來告訴你，你為什麼要抄襲！音樂上的貧瘠。」〈死亡之鳥〉當中最棒的樂段是我的，我跟他說。新作品中那段**從容的快板**裡面的精巧對位技法，也是我的。我不是來比利時當他可惡的苦役。

這隻老噴火龍的口中呼出煙來。六八拍、十小節的沉默。把他的香菸捻熄。「你的焦躁不安不值得我理會。事實上，我應該解雇你，不過那會像是我一時衝動。所以，我希望你再想一想。想想你的名譽。」艾爾斯放出下面的話：「名譽就是一切。我的名譽不該受人非議，更別說是一個熱情奔放、為我贏得許多掌聲的年輕人的名譽。你，我這位好賭、破產、被剝奪繼承權的朋友，你的名譽已經毀了。只要你想，隨時都可以離開日德堅。但是，仔細聽好。在沒得到我同意之下離開，那麼在烏拉山以西、里斯本以東、那不勒斯以北、赫爾辛基以南的所有愛樂人士，都會知道一個名叫羅伯特．佛比薛爾的惡棍對著半盲的維維安．艾爾斯的妻子霸王硬上弓，是的，他心愛的妻子，迷人的柯莫林克夫人。她不會否認。想像這樣的醜聞！在艾爾斯為佛比薛爾做了那麼多事之後，這實在是太……嗯，沒有一個富有的贊助人、經濟拮据的贊助人、音樂節的負責人、委員會的委員、家中有小小露西想學鋼琴的父母，會想和你有任何關係。」

所以，艾爾斯知道。已經幾個禮拜，甚至幾個月了。陷在非常窘困的境地。開始用非常難聽的名字罵艾爾斯，只突顯自己毫無對策。「哦，謝謝恭維！」他像烏鴉一樣粗聲啼叫，「安可，大指揮家！」

---

*英國作曲家愛德華．艾爾加（Edward Elgar, 1857-1934）晚年與小提琴家威廉．亨利．瑞德（William Henry Reed, 1876-1942）結交，瑞德曾協助艾爾加創作小提琴協奏曲與第三號交響曲。

克制自己不拿巴松管將這個被梅毒蠶食的屍體打到提前死亡。但還是繼續對他發出噓聲，如果艾爾斯身為一個丈夫的功力，能有他身為手段操弄者及點子剽竊者的功力一半好，他的太太也許就不會這樣輕浮了。想想看，我補上一句，當歐洲音樂圈得知潔卡思塔・柯莫林克在私底下是怎樣的女人後，他要抹黑我名聲的計畫還剩多少可信度？

對他毫髮無傷。「你這頭無知的驢子，佛比薛爾。潔卡思塔無數次外遇都是經過深思熟慮，一直都是如此。任何社交圈的高層都充滿不道德，不然你想他們是怎麼保有權力？名譽是公領域，不是私領域裡的國王。只有公領域裡的作為會讓它退位：繼承權被剝奪；逃離一家家知名旅館；不履行落魄貴族積欠好心幫他紓困的債主債務。潔卡思塔引誘你的時候，我是樂觀其成，你這自以為是的蠢蛋。我之前是**需要**你幫忙完成〈死亡之鳥〉。你自以為是頭貪玩的公鹿，但是在潔卡思塔和我之間，有種奧秘關係你還無法理解。從你開始威脅我們的那一刻起，她就不會再愛你了。你可以試試看。不，現在就離開，明天再把完成的功課帶過來。我們會假裝你的怒氣沒有發作過。」

當然樂於從命。需要再想想。

在探查我的近況上，潔卡思塔想必扮演了非常重要的角色。韓垂克不會說英語，艾爾斯也不可能獨力完成調查。她想必喜愛不可靠的人，這解釋了她為什麼會嫁給艾爾斯。夏娃扮演了什麼角色，我猜不出來，因為昨天是週三，她在布魯日上學。夏娃不可能明知道我和她母親之間有曖昧關係，卻還公然向我示愛。這當然？

下午獨自帶著烈怒走過荒涼的郊野。在一間被砲彈摧毀的的教堂門簷下躲避冰雹。想到夏娃，想到夏娃，想到夏娃。只有兩件事確定：一、與其讓日德堅莊園的寄生蟲主人再掠奪我的天分一天，倒不如將自己吊死在莊園的旗桿上；二、再也見不到夏娃，這令我無法忍受。「一切都將以眼淚收場，佛比薛爾！」是的，很可能，不告而別通常是如此，但我愛她，我真的愛她，事情就是這樣。

在天黑前回到莊園，在威稜斯太太的廚房裡吃了一些冷肉。得知潔和她那令人神魂顛倒的愛撫已經到布魯塞爾去處理房地產問題了，晚上不會回來。韓垂克跟我說艾爾斯已經帶著他的無線電提早回房休息，並且交代不要人打擾。完美。在浴缸裡泡了很久，並且寫了一組巧妙呼應的低音域樂句。危機讓我匆忙躲進音樂裡，在音樂裡沒有東西會傷害我。也很早就準備就寢，把門鎖上，整理行李。

今天早上四點鐘就將自己喚醒。外頭霧氣逼人。想最後再去看一下艾爾斯。腳上只穿著襪子，沿著冬天冰冷的走廊緩緩走到艾爾斯的門口。顫抖著將房門推開，辛苦地避免發出聲音——韓垂克就睡在隔壁房間。沒開半盞燈，但是靠著壁爐餘燼的微光我看到了艾爾斯，他四肢伸直，像極了大英博物館裡的木乃伊。房間裡盡是苦藥味。偷偷溜到他的床頭櫃旁邊。抽屜關得很緊，在我用力拉開時，櫃上一瓶乙醚晃動得很厲害，及時將它抓住。艾爾斯愛炫耀的魯格手槍用一塊淡黃色的布纏裹起來，塞在一件背心裡，旁邊是一小碟子彈。子彈咯咯地晃動。艾爾斯脆弱的頭顱只有幾吋之遙，但是他沒有醒來。他的呼吸聲就和一架老式的手風琴一樣呼呼作響。感受到偷走一把子彈的衝動，於是我照著做。

在艾爾斯的喉結上有一條青筋在悸動，我硬壓下一股很想用折疊刀將它切開的離譜衝動。實在非常詭異的感覺。說不上是「曾經考慮過」，倒比較像是「未曾考慮過」。殺人，在非戰爭期間很少人會有經驗。謀殺的音色如何？別擔心，我現在不是在寫殺人自白書給你看。一面創作六重奏，一面還要逃避通緝，對我來說太麻煩了，而且以穿著骯髒的內衣在絞繩上搖晃來結束一生，一點尊嚴也沒有。還有更糟的，冷血地謀殺夏娃的父親可能會讓她對我的情愫告終。艾爾斯繼續睡覺，對一切渾然不知，我把他的手槍放進口袋裡。我已經偷了他的子彈，連他的魯格一起拿走是有一點邏輯。真是出奇地重，槍枝。它貼靠在我腿上，發出低沉的樂音：它殺過人，這是當然的；這把小魯格可以賣到好價錢。到底為什麼要拿走它？不能告訴你。但是將槍口對著耳朵，你會用不同的方式來聆聽這世界。

最後一個要造訪的港口是夏娃的空房間。躺在她的床上，撫摸她的衣物，你知道，離別總是讓我特別多愁善感。在她的梳妝台上留下我這一生所寫過最短的一封信：「布魯日女皇。您的眺望台，您的時刻。」回到我的房間。深情地對我那張四柱式大床道別，把那扇頑固的窗格往上推，然後執行飛過結冰屋頂逃跑的計畫。「飛」這個字用得名符其實——有一片屋瓦滑落，摔碎在底下的人行石道上。臉部朝下趴著，心理準備下一秒鐘會聽到尖叫與騷動，但是顯然沒人聽到碎瓦的聲音。

拜熱心助人的紫杉之賜，安全到達地面，然後穿過結霜的草藥園，讓被修剪成形的草木隔在我和僕人房之間。繞過房舍正前方，順著僧侶步道走下去。東風直接從大草原吹來，很高與有艾爾斯的羊皮外套可以穿。聽到了各種聲音：患關節炎的白楊木、住在化石樹林裡的夜鷹、發瘋的狗、踩在結凍碎石地上的腳、太陽穴裡越來越快的脈搏，還有幾許悲淒——為我自己，為這一年。經過老守衛室，然後走上布魯日大道。原本希望能搭一輛牛奶車或馬車的便車，但是路上沒有半輛車。星星在黎明前多霜的天際逐漸淡去。一些農舍已將蠟燭點亮，在鐵匠舖裡瞥見火焰照亮的臉，但是再往北走的路就不屬於誰，只屬於我。

這是我的想法，但是一輛汽車的噪音跟在我後面。不打算躲，於是我停下來，面對它。頭燈讓我目眩，車減慢速度，接著引擎熄火，一個熟悉的聲音對著我尖叫：「在這麼可怕的時刻，你想偷溜到哪裡去啊？」

董德特太太，沒有別人，被一件黑色海豹皮外套包得密不通風。是艾爾斯家裡的人派她出來抓回逃走的奴隸嗎？我滿臉困惑，隨口捏造事實，真像頭徹底的笨驢，「哦，出了一點意外！」

為了這個將自己推向死巷的謊言，咒詛我自己，因為我看來精神飽滿；獨自一人，徒步行走，帶著行李袋和手提包。「真不幸！」董德特太太回答，神情有些激動，並且替我填補腦中的空白，「是朋友還是家人？」

我看到了救生艇。「朋友。」

「莫緹從前警告艾爾斯先生不要買考利車，就是因為這個原因，你知道嗎！在緊急狀況下不可靠。潔卡思塔也真是的，為什麼不打電話給我？快上車吧！就在一個小時前，我的一匹阿拉伯母馬生了兩匹漂亮的小馬，而且三匹馬的狀況都很好！我正要回家，但是我興奮到睡不著覺，如果你在布魯日趕不上接駁車，我可以開車載你到奧斯坦去。我非常喜歡在這時刻開車。那麼，是發生了什麼意外？打起精神，羅伯特。在事情還沒證實之前，不要假設最糟的狀況。」

在天亮之前就到達布魯日——靠著另一些子虛烏有的謊話。選擇了這家位在聖溫徹斯拉教堂對面的高級旅館，因為它的造型像塊書擋，花格裡栽種了很多冷杉盆景。從我的房間可以俯視位在西側的寧靜運河。現在這封信已經寫好，要先小睡個四十下，然後才到鐘樓去。夏娃可能會在那裡。如果她不在，那就在她學校附近的小巷裡埋伏，然後在路上攔下她。如果她也沒有出現在那裡，或許就必須到范・德・維爾德家去拜訪一下。如果我的聲名已經被艾爾斯毀了，就將自己偽裝成打掃煙囪的清潔工。如果被識破，就寫一封長信給她。如果長信被截走，在她的梳妝台上還有另一封。我是個下定決心的男人。

忠實的 RF

附記：謝謝你那封焦慮萬分的來信，但是為什麼要提到咯咯叫的鵝媽媽？是的，當然，我很好——如果不考慮先前與艾爾斯鬧翻所帶來的後果。甚至是非常好，說老實話。我的心智足以從事任何創作。創作出我這一生，也是所有人一生中最棒的作品。我的皮夾裡有錢，在比利時第一銀行裡還有更多錢。這讓我想到，如果奧托・詹許還是只願意出三十基尼買蒙特那兩本書，就告訴他去剝掉他母親的皮，然後把她放進鹽巴裡滾。問希臘街的俄國佬可以出價多少。

再附記：最後一個意外發現。場景拉回日德堅，當時我正在整理行李，並檢查有沒有東西掉到床下。發現在某根床腳下面塞了半本被從中間撕成兩半的書冊，以免床左右晃動，幹這事的客人很久之前就離開了。一個普魯士軍官，也許；或者是德布西，誰曉得？原本不以為意，直到一分鐘後，書背上的書名勾起記憶。一件苦差事，但我還是把床抬起來，把那半冊書抽出來。毫無疑問是《亞當・尤恩的太平洋日記》。從中斷的那一頁一直到第一冊結尾。你相信嗎？把那半本書塞進行李袋。很快就會找時間狼吞虎嚥讀完。快樂卻不久於世的尤恩，從來就看不見在歷史角落裡等候他的醜陋。

布魯日皇家旅館，一九三一年近十一月底

希克斯密：

每天晚上都熬夜創作〈雲圖六重奏〉，直到我真的倒下去，因為沒有別的辦法能入睡。我的頭是不斷湧出創意的羅馬式煙火。一生中所有音樂，一次全都到位。噪音與樂音的界限是約定俗成的，現在我知道了。所有界限都是約定俗成的，國界也是。一個人可以超越任何約定，只要先留心到有這可能性。就以河流中央、介於音色與韻律之間的小島為例，在任何一本音樂理論的書上都沒提到過，但它確實在這裡！聽聽我頭腦裡的樂器，十分清澈，超過我的期盼。完成時，我的身體裡就會一點也不剩，這我知道，但是，緊握在我多汗掌心裡的御賜先令，就是我的點金石！像艾爾斯這樣的人，把他分配到的才華一點一點地分散在他拖得很長的人生裡。但我絕不如此。沒有聽到來自艾爾斯，或是他那位慣於紅杏出牆、和橡膠一樣堅韌、活像通俗劇人物的太太的消息。當作他們相信我跑回家鄉英格蘭去了。昨天晚上夢到我從西方帝國大廈上掉下來，緊抓著排水管。小提琴的音、刻意演奏失誤、難聽之至——那就是我的六重奏的最後一個音。

一切都很好。好得不得了！希望能讓你看到這一片光明。先知們一旦見到耶和華，就會成為瞎子。不是變聾，是變瞎，你要懂得其間的重要差別。仍然能聽到祂的聲音。一整天都在跟自己說話。一開始是不自覺，因為聽到人類的聲音會讓我有安全感，但是現在很難叫自己停下來，所以我繼續自言自語下去。不作曲時就到外面散步。可以寫一本布魯日的米其林旅遊導覽了——如果我有足夠的空間，以及時間。也走到較貧窮的區域去，而不是只走有錢人的林蔭大道。在一扇骯髒的窗戶後面，一位老祖母在花盆裡種植紫羅蘭。輕拍窗戶，問她願不願意與我相戀。噘起她的嘴唇，不覺得她是在講法語，但我又試了一次。一個頭長得像加農砲、完全沒有下巴的傢伙出現在窗戶後面，對著我及我家吐出帶有硫磺味的咒詛。

夏娃。每天我都爬上那座鐘樓，哼著一首幸運的曲調，一拍一個音節，「今—天—今—天—讓—她—來—這—裡—今—天—今—天。」尚未出現，雖然我都等到天黑。金黃的日子、銅褐的日子、鐵灰的日子、多水的日子、起霧的日子。土耳其軟糖般的日落。夜逐漸逼近，冰霜滲入空氣。夏娃被關在地上的一間教室裡，外面有人看守，她正咬著鉛筆筆桿，夢見與我在一起，我知道，而我正站在幾個表皮已經斑駁脫落的使徒當中，從空中觀看她，夢見與她在一起。她那對可惡的雙親一定已經發現放在梳妝台上的紙條了。多希望我當初能更狡猾一點。多希望我當初趁著機會，殺了那個可惡的詐欺犯。

艾爾斯將再也找不到可以取代佛比薛爾的人，〈永恆的再生〉將會與他一起死去。在布魯日，范・德・維爾德家裡的人想必攔截了我寫給夏娃的第二封信。試圖虛張聲勢，直接走進她的學校，卻被兩隻穿著制服、帶著哨子和棍子的豬追趕出來。尾隨夏娃放學回家，但是在她離開學校時，白天的簾幕已經準備要拉上了，外面變得又冷又暗。罩上褐色斗篷的她，總是被維爾德姊妹們、年長女伴及同學包圍在中間。從我的連身帽與裹頭巾之間窺看她，等待她的心感覺到我的存在。一點也不好玩。

今天，在毛毛雨中，在人群中，我輕輕碰到夏娃的斗篷。夏娃並沒有注意到我。就在我要靠近她時，一個主音踏板從我的鼠蹊部位發聲，音量越來越大，在我的胸腔產生共鳴，然後上升到眼睛後方。

為什麼要這麼緊張？明天吧，或許，是的，明天，就這麼說定了。沒什麼好怕的。她已經跟我說過她愛我了。快了，快了。

忠實的 RF

布魯日皇家旅館，一九三一年十一月二十五日

希克斯密：

從禮拜天就流鼻水、嚴重咳嗽直到現在。和我的傷口與淤青相配合。幾乎足不出戶，也不想出門。凍人的霧氣從運河爬出來，會壓迫人的肺，並讓血管變得冰涼。寄一個橡膠製熱水瓶給我，可以嗎？這裡只有陶製的。

旅館經理稍早之前來找我。一隻態度積極、完全沒屁股的企鵝。你會假定，他走路時一直在吱吱作響的是他那雙用專利皮革製成的皮鞋，但是在這種低地國家，誰曉得呢？他來找我的真正原因是要確定我是個有錢的建築系學生，不是某個行跡可疑、還沒結清旅館費就會逃離城市的無賴。結果，答應他明天就到櫃台讓他看看我的錢是什麼顏色，所以不得不到銀行去一趟。讓那傢伙的心情好了許多，他還祝福我的學業順利。好得很，我向他保證。我不說我是作曲家，因為我已經受不了面對那些低能問題：「你寫的是哪種音樂？」「哦，我是不是聽過你的音樂？」「你作曲的點子是從哪裡來的？」

在最近一次與夏娃會面之後，根本沒有心情寫信。點燈夫又要繞回來了。但願我能把時鐘往回撥，希克斯密。如果可以的話，我一定會這麼做。

隔天

好一點了。夏娃。啊。我現在可以笑了，如果笑不至於讓我痛得厲害。記不得上一次是在哪裡寫信給你。自從我的「上主顯現夜」以來，時間就是**最快板**的一團模糊。嗯，情況已經非常清楚，我不可能找到與夏娃單獨說話的機會。她從來沒有在下午四點鐘出現在鐘樓。寫給她的「公報」被人截走，這是我能想到的唯一解釋。（不知道艾爾斯是不是已經照他所說的毀了我在英格蘭的名聲。或許你已經聽到了些什麼？並不是很在意，但總是會想知道他是怎麼說。）有點希望潔會追蹤我到旅館來——在我的第二封信裡，我透露了一點行蹤。甚至願意再跟她同寢，如果這樣能開啟一條通向夏娃的路。提醒自己，我沒有犯罪——一切都很好，總之不是會得罪柯莫林克—艾爾斯夫婦的罪——而且看來潔又再次聽從她丈夫的指揮了。或許從頭到尾都是如此。所以我沒別的選擇，只能到范．德．維爾德的府上去拜訪。

在微光中，在冰霰下，穿過親愛的老明尼瓦特花園。和烏拉山一樣冷。艾爾斯的魯格手槍也想跟去，將這位鋼鐵夥伴放進羊皮外套的大口袋裡，再把鈕扣扣上。下頷鬆弛的妓女在露天音樂台裡抽菸。一絲衝動也沒有，只有缺錢缺到發慌的人才會在這種天氣出來拉客。艾爾斯的頹敗身體已經讓我不再碰這些人，可能一生都不會再碰。在維爾德的屋子外面，載客馬車排隊等候，馬鼻呼吸冷空氣，穿著長外套的馬車夫蜷縮著身體、抽著菸，並且用腳跺地來維持溫暖。透過香草色的燈光照亮的窗戶，可以看到一些身姿曼妙、初入社會的富家少女，香檳色的長笛，以及閃爍耀眼的水晶燈飾。一場社交活動。太完美了，我想。掩護物，你看。一對快樂的夫婦小心爬上階梯，門打開了——芝麻開門——一首〈加伏特舞曲〉從屋裡偷溜到外頭冰凍的空氣裡。跟著他們爬上撒了鹽的台階，敲打金色的門環，努力保持冷靜。

穿著正式的地獄看門犬認出我來——讓僕役長大吃一驚從來就不是好事。「真令我難為，先生，但是您的名字不在受邀賓客的名單上。」靴子已經踩進門內了。賓客名單，我警告他，並不適於家庭友人。那個人露出微笑向我道歉，我碰上了一個專業的看門人。這時候，一群面色紅潤、衣服上亮片閃閃發光、一路咯咯交談的年輕人經過我身邊，而那位僕役長非常不智地讓他們與我錯身而過。已經走到光彩奪目的門廊一半了，戴著白手套的手才抓住我的肩膀。突然猛咬他，不得不承認用了最不文雅的方式——那時機確實糟糕透頂，這我不否認——並且大喊夏娃的名字，一次又一次，就像個被寵慣的孩子亂發脾氣，直到正在演奏舞曲的樂團成員停下演奏，門廊裡和樓梯上都是受驚的狂歡客。只有伸縮喇叭的演奏者繼續吹奏。在你聽來可能會以為是好幾隻伸縮喇叭的聲音。一整巢用各種語言發出的錯愕蜂湧而出。在一陣不祥的嗡嗡聲中，夏娃出現了。她穿著鋼青色的宴會禮服，戴著一串綠寶石項鍊。當時大概是對她大喊了「妳為何要一直閃避著我？」或是同樣有尊嚴的話。

夏娃並沒有飛身撲進我的雙臂之中，整個人在我懷裡融化，並用充滿愛意的言語安撫我。她首先的反應是嫌惡：「你出了什麼事，佛比薛爾？」門廊裡掛了一面鏡子；望著鏡中的自己，看看她所指為何。我不覺得有多大不了，但你知道，在作曲時我並不勤於刮鬍子。第二個反應，驚訝：「董德特夫人說你回英格蘭去了。」事情越變越糟。第三個反應，生氣：「你怎麼還敢現身，在發生了……這一切之後？」她父母對我的一切所言全是謊言，我向她保證。不然的話，他們為何要攔截我留給她的信？我的兩封信她都收到了，她說，但是她「出於同情」將信件撕成碎片。身體抖得很厲害。要求與她私下面對面談談，我們中間有太多誤會要澄清。

一個膚淺的帥氣小伙子挽住她的手臂，擋住了我的路，並用當地的法蘭德斯語跟我說了些話。我用法語告訴他，他在玩弄我愛的女孩，並且補上一句，「戰爭應該已經教過比利時人，在優勢武力面前要懂得低頭。」夏娃抓著他的右手臂，雙手握住他的拳頭。是個親密動作，現在我才發現。聽到她那情人的名字，一個朋友嘀嘀咕咕地提醒他不要對我動粗：格瑞葛。在我內臟深處嫉妒的囊泡現在有了名字。我問夏娃，這位面貌凶惡的奉承者是誰。「我的未婚夫，」她冷靜地說，「而且他不是比利時人，是瑞士人。」

「妳的什麼？」囊泡破掉，毒液進入血管裡。

「我跟你說過了啊，那天下午，在鐘樓上！這就是為什麼我從瑞士回來後變得很快樂……我跟你說過了啊，但是，你卻接著寫了那些……令我難堪的信。」她的舌頭沒說錯，我的筆也沒記錯。夫婚夫格瑞葛。那些食人族正在啃噬我的尊嚴。事情真相大白。我那場熱烈的愛？沒有這種東西，從來就沒有。那個看不見身影的伸縮喇叭演奏者正在隨興吹奏〈快樂頌〉。用帶著暴力的聲音對他大喊——很傷我的聲帶——照貝多芬原本的調吹，不然就不要吹。

問她，「瑞士人？」那麼，他的行為為什麼有攻擊性？伸縮喇叭演奏者這時開始吹奏像腸胃脹氣般的貝多芬〈第五號交響曲〉，還是用錯誤的調。夏娃用高於絕對零度不到一度的冰冷聲音說：「我想你病了，羅伯特。你現在就該離開。」瑞士夫婚夫格瑞葛和僕役長，一人抓住我無意抵抗的肩膀一邊，帶著我穿過人群走回門口。在很高很高的地方，我瞥見兩個戴睡帽的小維爾德正在樓梯頂端平台上穿過扶欄往下看，就像兩個戴著睡帽的怪獸小石雕。對她們眨了眨眼。

勝利的光芒閃現在敵手那雙長著漂亮長睫毛的眼睛裡，他用帶著瑞士口音的英語：「回你的英格蘭去！」將無賴佛比薛爾的怒火點燃，真遺憾。就在正要從門檻上被丟出去時，我使出橄欖球的擒抱技法抱住格瑞葛，決心要讓那隻自以為是的鳳頭鸚鵡跟我一起離開。走廊中的天堂鳥放聲尖叫，狒狒成群嘶吼。我們彈跳著滾落門前的台階，不，我們碰撞、踩滑、咒罵、重摔、被撕裂。格瑞葛先是驚惶，接著痛得大哭大叫——正是復仇醫生開給他的處方！石質的台階和結冰的人行道，讓我皮肉上的淤傷和他的一樣烏黑，也以同樣猛的力道撞擊我的手肘和屁股，但是，至少今天在布魯日除了我以外，還有另一個人的美好夜晚也毀了，我吶喊著，每說一個字就踢他的肋骨一下，「愛會傷人！」然後才靠著受損的腳踝，半跑半跛地離開。

精神好多了，甚至快記不得夏娃的長相。曾經，她的臉被烙印在我的傻瓜眼睛裡，在每個地方都看見她，在每個人身上都看見她。格瑞葛的手指很美，細長而柔軟。法蘭茲．舒伯特的手指幾乎殘廢，因為他在手指上綁了重物，以為這樣可以增加手指在鍵盤上的涵蓋範圍。寫得出氣勢磅礴的弦樂四重奏，但真是個十足的笨蛋！相較之下，格瑞葛生來有一雙完美的手，卻可能連 crotchet（四分音符）和 crochet（鉤針編織）之間的差別都分不出來。

六天或七天後

忘了這封還沒寫完的信，嗯，忘了一半，它被埋在鋼琴手稿堆裡，而我忙於作曲，沒空把信挖出來。冰冷季節的氣候，布魯日半數的鐘都因冰冷而走得過快。好，現在你已經知道夏娃的事了。這件事將我掏空，成為一個空腔，但是，請問你，什麼東西會在空腔裡回響？音樂，希克斯密，讓音樂演奏，讓我們仔細聆聽吧。昨天晚上在爐火旁那六小時的「爐火浴」中，我完成了一百零二個小節以〈快樂頌〉為本的〈葬禮進行曲〉，為我的單簧管演奏者寫的。

今天早上有位訪客；自從在賽馬場上讓我聲譽全毀的那天以來，我從來沒這麼受歡迎過。接近中午時，被一串友善但堅定的「叩叩叩」聲吵醒。大聲問，「是誰？」

「沃普蘭吉。」

想不起這名字，但是當我打開門時，那位懂音樂的警察就站在那裡。在我的舊人生中，他曾經借我一輛腳踏車。「我可以進來嗎？我想做個禮貌性的拜訪。」

「當然，」我回答，還幽默地加了一句，「對一個警察來說，站在這裡就很有禮貌了。」清理出一張扶手椅給他坐，並提議叫服務生送茶過來，但他推辭了。他掩飾不住看到房間內一團亂時的驚訝之情。跟他解釋我已經給女服務生小費，請她們別來打擾——無法忍受手稿被人碰到。沃普蘭吉先生同情地點頭，接著問我，一個好端端的紳士為何要用假名登記入住旅社？「從我父親沿襲下來的怪僻，」我說，「他是個公眾知名人士，但他希望私生活能保有一些隱私。在我的音樂事業上也保持低調，這樣在雞尾酒會上就不會老是被人拱出去彈琴。拒絕彈琴可是會冒犯人。」

沃似乎很滿意我的解釋。「一個遠離家鄉的奢華之家，皇家旅館。」他打量著我的起居室。「我不知道抄錄員的薪水這麼高。」向這位幹練的傢伙坦承他無疑已獲悉的事：艾爾斯和我拆夥了。補充說，我還有別的收入來源，而且差不多十二個月前就有了。「哦，一個騎腳踏車的百萬富翁？」他面露微笑。他真愛追根究柢，不是嗎？「還稱不上是百萬富翁，」我也用微笑回報他，「但是很幸運，數目大到讓我住得起皇家旅館。」

終於，他提起此行的目的。「你在這城市短暫居住的期間，得罪了一位很有影響力的人，佛比薛爾先生。某位實業家，我想我們都知道是哪位，因為發生在幾個晚上前的一場意外而向我的上司投狀控訴。那位上司的秘書——事實上他是我們這個小社團中很優秀的大鍵琴手——認出了你的名字，就把控訴案改送到我的桌上。於是我來到這裡。」非常辛苦地跟他保證，那純粹是因為錯解某位年輕女士的愛意而產生的荒謬誤會。這位討人喜歡的夥伴點頭，「我知道，我知道。尋求芳心。年輕的時候，一個人是用心來彈奏**最強音**，而不是用腦袋。我們現在碰到棘手的問題，那年輕人的父親是借錢給我們城裡幾家老字號企業的銀行家，他正發出一些難聽的噪音，打算控告你用暴行傷人。」

謝謝沃普蘭吉先生的事先警告與幹練的處理方式，答應他今後行事會保持低調。唉，事情沒這麼簡單。「佛比薛爾先生，你不覺得我們這城市冬天冷到受不了？你不覺得也許地中海的天氣比較能讓你的繆思女神得到靈感？」

問他，如果我保證在七天後，在我的六重奏完成最後一次修改後，就離開布魯日，那位銀行家的怒氣會不會平息？沃認為會，這共識應該可以緩和困境。於是我以紳士的身分跟他保證，我會依此做必要安排。

公事辦完了，沃問我可不可以讓他先瞥一眼我的六重奏。讓他看單簧管的絢爛獨奏樂段。一開始他被怪異的音域與結構嚇退，但是接下來他又待了一小時，更深入地問我一些這首樂曲中半獨創符號及奇異和弦的問題。在我們握手道別時，他給我一張名片，要我在樂譜出版後記得寄一份給他，好讓他們的樂團可以演奏。他還表示歉意：他的公眾角色影響到他的私生活。難過地看著他離開。在如此可恨的孤寂中寫這封信。

現在你明白了，我必須好好利用我最後的日子。不要為我擔心，希克斯密，我很好，而且忙到沒有時間得憂鬱症！街尾有一家水手酒館，我可以在那裡找到同伴，如果我想的話（你隨時都弄得到在酒館裡進進出出的鹹水男孩），但是現在我只在乎音樂。音樂鏗鏘、音樂洶湧、音樂盪漾。

忠實的 RF

布魯日梅摩林旅館，一九三一年十二月十二日清晨四點十五分

希克斯密：

今天早上五點鐘把艾爾斯的魯格手槍放進嘴裡，抵住上顎，開槍打死自己。但是，我看到了你，我最親愛最親愛的夥伴！我多感動你關心我！在鐘樓的觀景台上，昨天，在日落時。純粹是陰錯陽差，我先看到你，而不是你先看到我。爬到最後幾級階梯時，我看到有個人傾身靠在陽台上、望向大海的側面輪廓——我認出你那件漂亮的加伯丁長袍外套，還有你僅有的軟呢帽。如果我再多爬上一級樓梯，你就會看到我正蹲伏在陰暗處窺視你。你漫步走向觀景台北側——只消朝我的方向轉個身，我就會被你識穿。放膽繼續觀看你好一陣子——有一分鐘之久吧——然後才掉頭，匆忙回到地面上。別生氣，非常感謝你來找我。你也是搭肯特女王號來的嗎？

現在再問這些已經沒有意義了，不是嗎？

我先看到你並非純粹是陰錯陽差，不是的。世界是一場皮影戲、一場歌劇，而這類事在劇本裡都是用大字來呈現。不要因為我在其中扮演的角色而過於生氣。你不可能瞭解的，不管我如何解釋。你是個優秀的物理學家，你那位名叫拉塞福的老兄和其他人都看好你的前景。非常確定他們說的沒錯。但是在某些最基本的事上，你是個低能兒。健康的人無法瞭解一無所有的人、身心受創的人。你曾經為我列出所有該活下去的理由，但是我在今年夏初就把它們留在維多利亞車站了。我從觀景台上偷偷溜下來的原因是，我不能讓你因為無法勸阻我自殺而自責。可能你到頭來還是會自責，但是請不要這樣，希克斯密，請你不要這麼驢好不好！

同樣地，希望你不會因為我已經搬離皇家旅館而過於失望。旅館經理聽到沃普蘭吉來訪的風聲。他不得不請我離開，他說，因為訂房的人實在太多。胡扯，但是我還是收下了遮羞的無花果葉。卑鄙小子佛比薛爾想要大發雷霆，但是作曲家佛比薛爾想要祥和與寧靜來完成六重奏。全額付清旅館費——最後一筆詹許的錢，「砰」的一聲全沒了——並且打包行李。在彎曲的巷弄裡晃來晃去，越過一條條結凍的運河，然後看到這家看似已荒廢的大型商隊旅館。旅客接待處位在樓梯底下的陰暗角落，平常不太有人在。我房間裡唯一的裝飾品是一座巨大的「騎士開懷大笑」雕像，醜到不值得偷去賣。從骯髒的窗戶望出去，可以看到我初抵布魯日那天早晨在台階上打瞌睡時的破舊風車。正是那一座。想不到吧。言歸正傳。

早就知道我見不到自己的二十五歲生日。終於有件事做得比別人早了。為情所困的人、無望的求助者，還有多愁善感、讓自殺得了惡名的悲劇作家，全都是群急就章的白痴，就和業餘指揮家一樣。真正的自殺是有步調、有紀律的確定感。人們帶著權威的口吻說：「自殺說穿了是自私。」像老爸那樣的神職人員還會更進一步，稱之為「懦弱的人對還活著的人的侮辱。」這些蠢蛋會提出這種說法，原因各不相同：想避開旁人的指責；讓聽眾佩服他們的心理素質；傾洩自己的怒氣；或者，他們只是缺乏真正受苦的經驗，以致無法同情對方。自殺和懦弱一點關係也沒有——它需要極大的勇氣。日本人對這點最清楚了。

不是的，真正**自私**的是：要求一個人去忍受本身無比沉重的存在，只為了讓家人、朋友和敵人可以少花點心思去尋找他的靈魂。自殺者唯一的自私，在於他會讓陌生人的某天過得很掃興，因為他們被迫目睹了這個人的怪異作為。所以我會用幾條毛巾把頭纏裹成一大包，以壓低槍響，並且吸收血液。而且我會躺在浴盆裡，以免弄髒地毯。昨天晚上我在經理的辦公室門下放了一封信，他今天早上八點就會看見。告訴他我的存在狀態有了改變，所以，運氣好的話，一個無辜的女清潔工不需要大吃一驚。你看吧，我確實會為小人物著想。

別讓他們說我是為愛而自殺，希克斯密，那太誇張了。被夏娃・柯莫林克迷戀住的時間只有一眨眼之久，但在我們心裡，我們兩個人都很清楚誰才是我這一生中真正的愛人。

我已經安排好，裝著我已完成手稿的文件匣會連同這封信以及尤恩那本書的下半冊，送到皇家旅館給你。用詹許的錢支付出版費用，並且寄一本樂譜給文件匣裡那份名單上的每一個人。不論如何，別讓我的家人拿到一份原本。老爸會嘆氣：「這並不是〈英雄交響曲〉，它是嗎？」然後把它塞進抽屜；但是，它是件無與倫比的創作。這時空中回響起史克里亞賓的〈白色彌撒〉、史特拉汶斯基〈失去的足跡〉，以及較陰柔的德布西半音曲風，但是，事實上我不知道聲音是從哪來的。清醒時的夢。再也無法寫出有它百分之一好的作品了。希望我只是不懂得謙虛，但其實我不是。〈雲圖六重奏〉維繫我的生命，是我的生命，現在我是一場已經施放過的煙火，但至少我曾經是場煙火。

人是卑賤之物。寧可成為音樂，也不願意自己只是一團由許多管子構成之物，那些管子會擠壓半固體的流質，讓它在體內流動幾十年，直到流質稀少到讓系統無法運作下去。

魯格手槍在這裡。還有十三分鐘。不安，這很自然，但是我對這段結尾曲的愛更強烈。觸電地震顫了一下，和艾椎恩一樣，我**知道**我要死了。自豪，我將目睹全程。確定感。把女家庭教師、學校、國家從小貼在你身上的種種信念都撕下來，你會在人的內心深處發現無法抹除的真理。羅馬會再次衰微、傾倒；科爾特斯會再次將特諾奇蒂特蘭變為廢墟*，而且稍晚，尤恩會再次出航，艾椎恩會再次被炸成碎片，你和我會再次共眠在科西嘉的星空下，我會再次來到布魯日，再次愛上及失去夏娃，你會再次讀這封信，太陽會再次變冰冷。尼采的留聲機唱片。當它結束時，舊曲子會再次播放，一個永遠接著一個永遠，永遠地播放下去。

時間無法滲透這份安息。我們不會保持在死亡狀態太久。一旦魯格手槍解放了我，我的出生，下一回，就會在一下心跳之間找到我。從現在算起，十三年後我們會在葛萊興再會，十年後我又會回到這房間，手中握著這把槍，寫下這封信，我的決心就和我那首有許多主題的六重奏一樣完美。如此優雅的確定感正撫慰我的心靈，在這寧靜的時刻。

為這世界流淚（*Sunt lacrimae rerum*）

RF

---

*指征服者科爾特斯征服了阿茲特克的統治中樞特諾奇蒂特蘭。

亞當・尤恩的太平洋日記

們並不因此受挫，還是堅持做該做的事。拉菲爾當時人在船桅頂端擔任瞭望員，他那顫抖著的喊聲——「陸地！呵喂喂喂！」打斷了我們的禱告。

我們提早結束禮拜，來到護欄旁邊觀看陸地從晃動的海平面上現身，不在乎身體被海浪拍溼。「瑞亞堤亞島，」羅德瑞克先生告訴我們，「社會群島中的一個小島。」（再一次，女預言家號的龍骨行經奮勇號的龍骨曾經行經的海域。這些島是庫克船長親自命名的。）我問，我們會靠岸嗎。羅德瑞克先生的答案是肯定的：「船長希望去探視其中一個宣教站。」社會群島逐漸變大，而且在一連三禮拜都只看到海洋的灰及耀眼的藍之後，我們的眼睛因為看到布滿苔蘚、間雜幾道閃亮瀑布、再抹上一片雜亂叢林的山巒表面而興奮異常。女預言家號行經十五噚深的水域，水非常清澈，水中顏色鮮豔的珊瑚清晰可見。我和亨利正在盤算要如何說服摩利紐船長允許我們上岸時，船長剛好從甲板屋走出來，他的鬍子剛修剪過，瀏海抹了油。他非但不像平常那樣無視於我們，反倒帶著和扒手一樣親切的微笑走過來。

「尤恩先生，古斯醫生，今天早上你們願意陪大副和我一起到那座島上嗎？有一群美以美會的信徒定居在島北岸的海灘上，他們稱那地方為『拿撒勒』。喜歡探索新奇事物的紳士們可能會覺得那地方很有意思。」亨利熱切地接受邀請，而我也沒表示不贊同，雖然我相信這隻老浣熊安的不是好心。「就這麼說定了。」船長宣告。

一小時後，女預言家號收拉錨鍊駛進伯利恆灣。那是個由黑沙構成的小海灣，有拿撒勒岬角的彎曲為屏障，幫它擋住信風。岸上首先映入眼簾的是一排搭建在差不多與水位線等高的「高蹺」上、蓋得粗率不羈的茅草房舍，那是（我猜得沒錯）受洗印第安人住的地方；再往上一點是十來棟出自文明人之手的木製房屋；在更高處，就在山頂下方，聳立著一間有個白色十字架的教堂。他們放下一艘較大的小型船讓我們使用。四個負責划槳的人是古恩錫、班內爾，以及兩條束帶蛇。波哈夫先生穿戴著一套適於出入曼哈頓的沙龍而非乘風破浪的帽子與背心。登上海灘時，我們除了全身溼透外沒有什麼災禍，但是唯一出來迎接我們的殖民地使者，卻是一條在金色茉莉花與朱紅色喇叭花的花叢下喘著氣的波里尼西亞犬。沿岸的茅草屋裡，以及蜿蜒通往教堂的「主街」上，都沒有人類存活的跡象。

「只要二十個人，二十把毛瑟槍，」波哈夫先生說，「晚餐之前，這地方就變成我們的了。這讓人覺得詭異，不是嗎，船長？」摩利紐船長叫划槳手在陰暗處等候，我們幾個人要「到國王的帳房裡去拜訪」。等船長發現那間交易庫房已經用板條封死時，我原先對他今天和顏悅色的懷疑獲得證實，他氣沖沖地發出狠毒的咒詛。「或許，」那個荷蘭佬說出他的揣測，「那些黑鬼又回去信他們原本的教，把他們的牧師們當布丁一樣吃掉了。」

教堂塔樓傳來鐘響，船長拍了自己的額頭一下。「他媽的我的眼睛，我在想什麼？今天是他媽的上帝安息日，這些他媽的聖徒會聚在搖搖晃晃的教堂裡吵吵嚷嚷！」我們順著蜿蜒的路爬上陡坡，一行人的速度都因摩利紐船長的痛風而拖慢下來。（我在爬坡時也感覺到胸悶及喘不過氣。回想起我在查珊時的充沛精力，不禁擔心那隻寄生蟲已經向我的身體徵收了不少稅。）我們到達拿撒勒人的敬拜所時，信眾們剛好從教堂裡出來。

船長脫下帽子，大聲且真誠地說：「強納森．摩利紐，女預言家號的船長，向諸位問候。」他一面說一面揮手指向停在海灣裡的船。拿撒勒人不像他熱情洋溢，只是戒慎地跟我們點了個頭，他們的妻子及女兒則是用扇子遮住臉。在原住民成群從教堂內湧出來看我們這些訪客時，教堂裡也回響起「快去找侯若斯牧師！」的喊聲。我算了一下，在約莫六十來個成年男女當中，有三分之一是白人，全都穿著他們「最好的」（可以從距離他們最近、航程需兩個禮拜的服飾店取得）衣服。黑皮膚的人好奇地看著我們。原住民女人也都穿著正式，但是不少人患了甲狀腺肥大的病。手拿棕櫚葉當遮陽傘幫皮膚細嫩的女友擋烈日的年輕男孩露齒微笑。一排特殊階級的波里尼西亞人，身上整齊一致地披著繡有白色十字架徽章的棕色肩帶來充當制服。

這時，一個人像砲彈一樣衝出來，他的牧師袍透露他是受上帝召喚的人。「我是，」這位大家長說，「傑爾斯．侯若斯，伯利恆灣的牧師，也是倫敦傳教會派駐在瑞亞堤亞島上的代表。有何貴幹，諸位先生，請有話快說。」

摩利紐船長開始介紹同行的夥伴：「荷蘭改革宗信徒」波哈夫先生；「倫敦名門望族的醫生，也曾經是斐濟宣教站的醫生」亨利．古斯醫生；「美國文件及法律公證人」亞當．尤恩先生。（現在我已經聰明到要提防那個惡棍的把戲了！）「我們這些人熱中在南太平洋漫遊，一聽到侯若斯牧師及伯利恆灣的名字就肅然起敬。我們原本希望來到你們的聖壇前慶祝安息日，」船長面帶懊悔地看著教堂，「但是，哎，逆向的風拖延了抵達的時刻。不過我希望，至少你們的奉獻盤還沒收起來吧？」

侯若斯仔細端詳著船長的臉。「你的船是艘敬畏上帝的船吧，先生？」

摩利紐裝出謙虛的模樣望向別處，「再怎樣也不像閣下的教堂敬畏神及永不沉沒，先生，但是，是的，波哈夫先生和我盡我們所能照顧上帝交付的靈魂。不過，我很遺憾地說，這段奮鬥過程沒完沒了——只要稍一轉身，水手們又故態復萌了。」

「哦，但是，船長，」一位衣領有蕾絲飾邊的女士說，「我們拿撒勒也有些累犯！請原諒我先生的小心謹慎。經驗告訴我們，大多數打著所謂基督徒旗幟來到的船隻，並沒為我們帶來好處，除了疾病與醉漢。所以我們必須先假設對方有罪，直到他們被證實是無辜。」

船長再次鞠躬。「女士，您們既未冒犯我，我也未被冒犯，我從何原諒您們呢？」

「您對於『海上的西哥德人』的偏見很有道理，侯若斯牧師娘，」波哈夫先生也加入談話，「但是，我絕不容忍女預言家號上有半滴烈酒，不論船員如何大吼！喔，他們對著我大吼，但是我也大聲吼回去，『你們唯一需要的烈酒（spirit）就是聖靈（Holy Spirit）。』我的吼聲更大，而且持續更久！」

這個欺矇招術收到成效。侯若斯牧師介紹他的兩個女兒與三個兒子給我們認識，他們全都在拿撒勒出生。兩個女孩的外表看起來無異於一般女子學校的學生，但是在男孩漿得硬挺的衣領下，卻是曬得和南洋原住民一樣黝黑的皮膚。我雖然很生氣自己被船長用圈索套住頭拖進去，陪他參與這場化妝舞會，但還是對這個小島的神權政治感到好奇，於是任憑事件的洋流帶著我走。不久，我們一群人來到侯若斯的牧師公館。這幢住宅足以讓任何一位派駐南半球、正在尋覓官邸的小領事滿意。它有間搭配著落地窗及鬱金香木家具的寬敞客廳，一間盥洗室；兩間僕人住的棚房，以及一間餐房，我們現在就是在這裡享受新鮮的蔬菜及柔嫩的豬肉。餐桌每根桌腳都浸在一個裝水的盤子裡。侯若斯解釋，「螞蟻，伯利恆的一大禍害。牠們的屍體必須定期清除，不然牠們還可以用自己的屍體堆出一條堤道來。」

我稱讚這房子蓋得很棒。「侯若斯牧師，」女主人自豪地告訴我們，「在格洛斯特郡時原本準備當木匠，拿撒勒的大多數建築都出自他之手。異教徒看到我們擁有的物質時，心裡會佩服得不得了，你們知道嗎。他會心想：『基督徒的房子多整齊乾淨！我們的茅草屋多骯髒！白人的神多大方！我們的神多小氣！』就這樣，我們又多帶領一個黑人信仰上主。」

「如果我可以重新再活一次，」波哈夫發表感言，說得一點也不臉紅心跳，「我會選擇走上傳教士無私奉獻的路。牧師，我們看到一間根基打得深的教會，但是在從未有基督徒踏上的蠻荒海灘，要如何開始讓人改變信仰？」

侯若斯牧師望向詢問者的後方，凝視著一個未來的大禮堂。「執著，同情心，以及法律，先生。十五年前我們到達這處海灘時，可不像你們今天這樣受到真誠的歡迎，先生。你們看得到在西邊那座鐵砧形的小島？就在那裡，看到了嗎？『波拉波拉』，黑人這麼稱呼它，但是『斯巴達』會是更貼切的名字。島上的戰士生性好戰。我們在伯利恆灣的海灘上對戰，有些人倒了下去。要不是我們的手槍在第一個禮拜的戰事中為我們取得勝利，建立瑞亞堤亞島教會就永遠只是一場夢。但是，是上主的旨意讓我們在這裡點燃烽火，並讓它一直燃燒下去。半年後，我們就把家中的女性成員從大溪地接過來。原本我因為殺死原住民而懊悔，但是當印第安人看到上帝是如何保護他的信眾後，我就覺得何必懊悔，因為連斯巴達人也來求我們派傳教士到他們那裡去。」

侯若斯牧師娘把故事接續下去。「當瘟疫開始致命攻擊時，波里尼西亞人急需援助——在心靈上，也在物質上。我們的同情心將這些生民帶到神聖的洗禮盆前受洗。接著，輪到用神聖的法律讓信眾能夠遠離各種試探……以及前來掠奪的海員。尤其是捕鯨人，他們非常痛恨我們教導女人們貞節及謙卑。我們的槍枝必須隨時上好油。」

「但是，一旦發生船難，」船長說，「我敢保證，那批捕鯨人一定會懇求命運之神，讓他們被沖到你們這批『可惡的傳教士』曾經傳過福音的海灘，不是嗎？」

大夥一齊憤慨地表示贊同。

我問他們是如何在這荒涼的「文明進展邊陲地帶」建立法律與秩序。侯若斯牧師娘的回答是：「我們教會的長執會——我丈夫和三個有智慧的長老——在祈禱的導引下，通過一些我們認為必須訂定的法律。我們的『基督護衛隊』——一些已證明他們的確是教會忠實僕人的原住民——負責執法以回報我丈夫對他們的信任。保持警醒非常重要，不然的話，不到下個禮拜你就……」侯若斯牧師娘不禁打了個寒顫，彷彿看到叛教者的鬼魂在她的墳墓上跳草裙舞。

用過餐後，我們回到會客室，一個原住民男孩用精巧的葫蘆杯盛裝冷茶給我們喝。摩利紐船長問，「牧師，您是如何籌到經費來維持如此忙碌的宣教站？」

侯若斯牧師感到風向些許變化，重新審視這位船長。「竹芋澱粉及椰子油可以支付費用，船長。這些黑人在農場裡工作，以支付他們求學、參與讀經課以及教會活動等費用。在一個禮拜之內，如果上帝許可，我們就會有一場椰乾大豐收。」

我問他們，印第安人是出於自由意志而工作嗎？

「當然！」侯若斯牧師娘些許激動地說。「他們知道，只要稍有懶散怠惰，基督護衛隊就會懲罰他們。」

我想追問懲罰性誘因的細節，但是摩利紐船長把話搶了回去。「然後，你們傳教會的貨船就會載著容易腐壞的貨物繞過合恩角回到倫敦去？」

「你的猜測正確，船長。」

「您有沒有考慮過，侯若斯牧師，如果你們有個可靠、比較靠近這裡的市場，您這間教會在俗世生活上的需求會不會更有保障？屬靈上的需求也會因而更有保障！」

牧師吩咐服侍我們的男孩先離開。「我長久以來就一直在考慮這個問題，但是，要到哪裡呢？墨西哥的市場很小，而且容易遭土匪搶劫；開普敦是貪污的稅吏與貪婪非洲人的結合體。南中國海有成群殘忍無禮的海盜。巴達維亞的荷蘭人會讓人身體裡的血流乾。無意冒犯你，波哈夫先生。」

船長指著我。「尤恩先生是個來自……」他暫停了一下，然後將提議揭曉，「……加州三藩市的外地人。你應該知道三藩市從只有七百個人的小城市擴展到大都市，它的居民有……二十五萬？規模再大的人口普查也算不清它確實的人數！到如今，中國人、智利人、墨西哥人、歐洲人，以及各種膚色的外國人，全都像洪水一樣湧進這都市。就拿一顆蛋來說吧，尤恩先生，麻煩你告訴我們，在三藩市現在一顆蛋要價多少？」

「一塊美金，我太太的信上是這麼說的。」

「一塊洋基大洋買一顆平常的蛋。」摩利紐船長臉上的笑容，讓我聯想起我在路易斯安那州一家乾貨店裡見到的吊掛風乾鱷魚。「當然，您這樣的聰明人會思考一下。」

侯若斯牧師娘不會輕易被唬弄。「那裡的金子不久之後就會被挖光。」

「是的，夫人，但是那飢餓、嘈雜、豐裕的三藩市離這裡只有三個禮拜的航程，如果您搭乘像我的女預言家號這樣的縱帆船。它會屹立在那裡，未來就像燦爛的水晶。三藩市將會成為太平洋的倫敦、鹿特丹及紐約。」

我們的一家之主用一根藍鰭鮪的魚骨剔牙。「尤恩先生，你相信我們農場種的貨物可以在你的城市賣到好價錢？」聽到自己的城市被人這樣稱呼，感覺實在很奇怪！「不只是在淘金潮正熱的當下，也在這股熱潮退燒之後？」

我的誠實被摩利紐船長當成一張牌來達成他詭詐的目的，但是我不會因為想破壞他的計謀而說謊，就像我不會為了幫忙他而說謊一樣。「我相信。」

傑爾斯．侯若斯拆下牧師袍的領圈。「你願意陪我到辦公室去一下嗎，強納森？它的屋頂讓我很自豪。那是我親自設計的，足以抵抗可怕的颱風。」

「真的嗎，傑爾斯？」摩利紐長回答。「請帶路吧。」

雖然直到今天早上之前，拿撒勒這裡沒人聽過亨利．古斯醫生的名字，但是當伯利恆這裡的太太們得知一位有名的英格蘭醫生登岸之後，她們立即回想起自己身上的各種病痛，並且爭先恐後地來到牧師公館。（拘禁在全屬「醜陋性別」當中這麼多日子之後，現在得以再次被「美麗性別」團團圍住，感覺非常特別！）我這位朋友樂於助人的性格，讓他無法拒絕任何一位求助者，所以侯若斯牧師娘的沙龍就被強制徵收來充當診療間，並且掛起麻布做適當的屏障。波哈夫先生回到女預言家號上去看看能不能在底艙多挪出一些放置貨物的空間。

我請侯若斯一家人暫時准我離開，到伯利恆灣附近去走一走。但是它的沙灘燙得無法忍受，沙蠅還可能會傳染瘟疫，所以我只好再次順著之前走過的「主街」走回教堂，這時教堂正傳來詠唱聖歌的聲音。我打算參與下午的禮拜。沒有一個人，沒有一隻狗，甚至沒有一個原住民敢破壞安息日的肅靜。我探頭到昏暗的教堂裡，裡面的煙很濃，我很怕是建築物失火了（後來發現是自己搞錯了）！歌聲這時停了下來，代之而起是合奏的咳嗽聲。在我面前有五十個背對的黑色身影，我這才發現空氣中瀰漫著的濃煙不是失火的煙，不是焚香的煙，而是新割菸草的煙——他們每個人都拿著一根菸斗在吞雲吐霧。

一個圓胖的白人站在講道壇上，正用「澳紐倫敦腔」的混雜口音講道。由熱心教友非正式的講道並未讓我覺得冒犯，直到他的「講道」內容越來越露骨。我如實引用：「接下來，你們知道嗎，聖彼得，是哪，就是耶穌先生叫他『親愛的彼得老菸槍』的傢伙，他是羅馬來的，而且用菸草來教導巴勒斯坦那些鷹勾鼻猶太人，也正是我現在教你們的事，懂嗎？」這時候他停下講道，去給某個人個別指導。「不是哪，黑仔，你完全做錯了，懂嗎，要把你的菸草裝在比較肥的那一端，對啦，就是那邊，知道了吧，哦，耶穌在笑你了！我告訴你多少次了，這是菸斗的柄，那才是裝菸草的部位！照你旁邊那隻泥鰍那樣做，不對，不對，唉，我示範給你看！」

一個面色土黃、身體前傾的白人靠著一個壁櫃（我後來確認，裡面有幾百本在波里尼西亞印製的聖經，離開前我一定要跟他們要一本留作紀念），觀看這場抽菸大會。我輕聲跟他自我介紹，以免讓正在聽講道的抽菸者分了心。那個年輕人自我介紹說他叫維格斯塔，並且跟我解釋，霸占講道壇的人是「拿撒勒抽菸學校的校長」。

我坦承，我不知道有這樣的學校。

「這是大溪地宣教中心厄普沃神父的點子。你應該要知道，先生，典型的波里尼西亞人鄙視工作，因為金錢對他而言沒有意義。『如果我餓，』他會說，『就去撿些東西或抓些東西來吃；如果我冷，我就告訴女人去織衣服！』他那雙手真是無所事事啊，尤恩先生，而且我們都知道魔鬼會找些什麼事給這雙手幹。但是，靠著在這個懶散混球的身體裡灌輸一些對於無害葉子的渴望，我們給了他一點賺錢的誘因，他可以到傳教會的交易站用錢買到菸草——不是烈酒、不是心靈，只是菸草。真是個妙招，你不覺得嗎？」

我能說不是嗎？

光線逐漸消逝。我聽到小孩子的嬉鬧聲、稀有鳥種的多重八度音程，以及海浪不斷拍打海灣的聲音。亨利抱怨袖釦壞了。侯若斯牧師娘（亨利和我都非常感謝她今晚盛情款待），派使女來通知我們可以用晚餐了。

十二月九日星期一

接續昨天的敘述。在抽菸學校解散之後（好些學生左搖右晃，好像隨時都有可能嘔吐，但是他們的老師，一個巡迴各地的菸草商人，跟我們保證，「他們很快就會像河豚一樣上鉤！」），雖然陽光仍照耀在拿撒勒岬上，熱度最強的時刻已經過了。維格斯塔先生跟我一起走到教堂外，陪我沿著從伯利恆灣往北延伸的陸塊走，那陸塊看起來就像是伯利恆灣的一條綠臂膀。我這位導遊是葛瑞珊某教區牧師的么子，自小就對宣教事業很有興趣。傳教會於是和侯若斯牧師商量，派他來這裡和拿撒勒的寡婦伊莉沙結婚（她婚前姓梅坡爾），並且當她兒子丹尼爾的繼父。他在五月時抵達這裡的海岸。

「你真是幸運哪，」我說，「能住在這個伊甸園裡。」但是我的玩笑話刺到這年輕人的心中痛處。

「我剛來的時候也是這麼認為，先生，但是現在我不那麼確定了。我的意思是，伊甸園是個平和、美好的地方，但是這裡的每樣活物卻異常狂野，會咬人也會抓人。把一個異教徒帶到上帝面前，就是拯救了一個靈魂，這我知道，但是這裡的日頭從來不會停止燃燒，而且海浪和岩石一直都那麼耀眼，總是要等到黃昏來臨，眼睛的刺痛才稍得舒緩。偶爾，我願意用任何東西來換取一片北海的霧。說老實話，尤恩先生，這地方讓我們的靈魂緊繃。我的妻子還是個小女孩時就住在這裡了，但她並沒有因此而好過一點。你或許會以為這些野蠻人會感激我們，我的意思是，我們讓他們上學、醫治他們、帶給他們工作機會，以及永生！喔，他們現在說『請，先生，』及『謝謝您，先生』時，態度已非常得宜，但是你卻感受不到他們，」維格斯塔捶著自己的胸口，「**這裡**有任何東西。是的，瑞亞堤亞也許看起來像伊甸園，卻是個墮落之地，和任何地方一樣，是的，沒有蛇，只有魔鬼在經營事業，就和他在別地方所做的一樣。那些螞蟻！螞蟻無處不在。在你的食物裡，在你的衣服裡，甚至在你的鼻孔裡。除非我們能讓該受咒詛的螞蟻也都改信基督教，否則小島永遠也不會真正屬於我們。」

我們來到他樸實無華的房舍，那是他妻子的前夫搭建的。維格斯塔先生並沒有邀請我進他家，只是逕自到房裡去拿瓶水來解渴。我在他不起眼的前院裡繞了一圈，一個黑人園丁在除草。我問他院子裡種的是什麼。

「大衛是個笨蛋。」一個女人從門廊那裡對我說話，身上圍著一件寬鬆、汙穢的圍裙。我恐怕只能用「不修邊幅」來形容她的長相與舉止。「你就是在侯若斯家作客的英國醫生？」

我跟她解釋，我是美國來的公證人，並且問她我是不是正在跟維格斯塔太太講話。

「我的結婚通告及結婚證書上是這麼寫著，沒錯。」

我說，古斯醫生在侯若斯家裡就地設了門診，如果她想去看診的話。我還跟她保證亨利的醫術非常高明。

「高明到可以將我誘拐走，讓我拾回在這裡逝去的青春，並且在倫敦坐擁年薪三百英鎊的收入？」

這樣的要求超過了我朋友的能力範圍，我坦承。

「那麼你這位高明的醫生對我就沒有任何幫助，先生。」

我聽到不遠處的灌木叢裡有人咯咯笑，然後轉身看到一群黑人小男孩。我很好奇，這裡竟然有這麼多異族通婚生下的淺膚色後代。我沒去理會那些小孩，把身體轉回來，看到一個十二、三歲，衣著和他母親一樣骯髒的白人男孩從維格斯塔太太身旁溜過，她也沒有把他叫住的意思。她兒子和原住民玩伴嬉鬧時，袒胸露背的程度和他們不相上下！

「喂，你，年輕小子，」我斥責他，「你這樣出去玩不怕中暑嗎？」男孩的藍眼珠裡閃爍著野性的光。他用波里尼西亞語咆哮出來的回話，讓我無言以對，也讓黑人小孩覺得很有趣，然後他們就像一群金翅雀四散飛去。

維格斯塔先生跟在男孩後面跑出來，情緒相當激動，「丹尼爾！回來！丹尼爾！我知道你聽見了！我會拿鞭子抽你！聽見了嗎？我會拿鞭子抽你！」他回頭看妻子。「維格斯塔太太！妳希望妳的兒子變成野蠻人嗎？至少叫那小子穿上衣服吧！不然尤恩先生心裡會怎麼想？」

維格斯塔太太對她年輕丈夫的蔑視如果裝在瓶子裡，可以當成老鼠藥來賣。「尤恩先生要怎樣想就去想。明天他就會登上那艘帥氣的縱帆船，把他的想法一起帶走。不像我和你，維格斯塔先生，會老死在這裡。越快越好，我向上帝祈求！」接著她轉向我。「我丈夫沒能完成學校的學業，先生，所以倒霉的我只好將些顯而易見的事解釋給他聽，一天十次。」

不願意再繼續看維格斯塔先生在妻子手中羞辱，我草草跟她行了個禮，然後退到籬笆外。我聽到的是男性尊嚴被女性嘲弄踐踏的聲音，於是我轉而把注意力集中在附近的一隻鳥身上，牠所唱的疊句在我耳中聽起來像是：**托比不會說，不，……托比不會說……**

嚮導出來與我會合，看得出心情相當鬱悶。「不好意思，尤恩先生，維格斯塔太太今天神經緊繃到令人生懼。由於天氣懊熱，蚊蠅又多，所以她夜裡幾乎沒睡。」我安慰他說，南太平洋「永恆的下午」連最身強體壯者也吃不消。我們走在泥濘的羊齒植物複葉底下，沿著逐漸變窄的地岬前進，還要不時提防和我的大拇指一樣粗大的毛茸茸毛蟲，會從美麗的火紅赫蕉的鉤子上掉落下來。

這個年輕人談到傳道會如何跟維格斯塔先生的家人保證，他結婚對象的身世教養無可挑剔。侯若斯牧師在抵達拿撒勒的第二天就讓他們成婚，當時的他還因為受熱帶氣候的魔咒而頭暈目眩。（為什麼伊莉莎・梅坡爾會同意這門婚事，到現在仍然沒有定論：亨利猜想是這裡的緯度及氣候，讓較弱一性的「鉸鏈鬆脫」了，也讓她們變得更懂得調適。）他們在結婚證書上的簽名才剛乾，維格斯塔先生的新娘的一些「弱點」、她的真正年紀，以及丹尼爾難駕馭的本性就曝露出來了。這位繼父打過他的新監護對象，但只會引發母子雙方的「邪惡勢力反撲」，讓他不知道到何處去求助。侯若斯牧師非旦沒有幫忙維格斯塔先生，反倒以意志不堅之罪名懲罰他，而且事實上，十天當中有九天，他的處境就和聖經裡的約伯一樣悲慘。（不論維格斯塔先生有多不幸，和有寄生蟲在大腦溝紋裡噬囓相比，他的不幸算得了什麼？）

嘗試用較實際的補給問題把這個憂愁年輕人的注意力轉移別處，我問他，教會裡為什麼有這麼多聖經放著沒人用（而且說老實話，只有書蟲在讀）。「照理這問題應該要由侯若斯牧師回答，但是，簡單來說，是瑪塔維亞灣宣教站最早將上主的話翻譯成波里尼西亞語，而原住民傳教士也成功利用這些聖經讓許多人歸到上主名下。所以魏特拉長老——已過世的拿撒勒教會的創始人——說服傳教會在這地方重做實驗。他曾經在倫敦海格區的印刷師傅手下當過學徒，知道嗎。所以，除了槍枝與工具，第一批傳教士還帶了一套印刷設備、一罐罐油墨、一盤盤鉛字版，以及一令令的紙到這裡來。伯利恆灣剛開發的十天內，他們就印出了三千本初級教材供宣教學校使用，那時他們甚至連庭院都還沒開始整理呢。接著印的是拿撒勒福音書，讓聖經的話從社會群島傳到庫克斯，再傳到東加。但是，現在印刷機具已荒廢，我們還有幾千本聖經沒有主人，這是為什麼？」

我猜不到。

「沒有那麼多印第安黑人。船隻帶來致病的塵沙，黑人吸進肺裡、腫脹生病，然後像陀螺一樣倒下。我們教導倖存者一夫一妻制及婚姻關係，但是他們的結合並沒有生養出太多後代。」我發現，這時我心裡想的是維格斯塔上一次微笑是多少個月之前的事了。「殺死你該珍愛及救治的人，」他發表看法，「看來似乎就是這麼一回事。」

路徑終點是海邊一塊約二十碼長、兩個人高、由破碎黑色珊瑚礁構成的「鑄鐵」。「這種東西叫**瑪瑞**。」維格斯特先生告訴我。「據說，在南太平洋到處都看得見。」我們爬到上面，可以清楚看見女預言家號，對一個精力充沛的泳者而言，輕鬆沾一下水就可以游到。芬巴爾正將一桶廢水倒到船舷外，我還看到奧圖阿的黑色身影，他正在後桅上方收攏前上帆支架。）

我詢問他關於**瑪瑞**的起源及用途，維格斯塔先生簡短地據實以告：「在一個世代前，印第安人還在我們腳下石塊上跳舞吶喊，並且用利刃放血，將祭物獻給他們虛假的偶像。」我的思緒回想到查珊島的筵宴者海灘。「現在，任何一個來到上面的黑人，都會被基督護衛隊狠狠鞭打——如果真有人敢這麼做的話。原住民小孩甚至連原本的偶像叫什麼名字都不知道。這裡現在只有些老鼠窩及瓦礫堆。這就是所有信仰最終的下場，老鼠窩及瓦礫堆。」

雞蛋花的花瓣與香氣環抱我。

晚餐時坐在我旁邊的是德比夏太太，六十好幾的寡婦，和青橡實一樣又苦又硬。「我承認我對美國人沒好感。」她告訴我。「他們殺了我最敬愛的撒母耳伯父。在一八一二年的大戰中，他是國王陛下砲兵隊的上校。」我跟她表達我的（不被領情的）哀悼之意，但忍不住補充，雖然我最敬愛的父親也在同一場戰役裡被英軍殺死，不過我還有一些最要好的朋友是英國人。醫生放聲大笑，並且突然高喊：「好哇，尤恩！」

在對話還沒撞上暗礁之前，侯若斯牧師娘趕緊穩住舵。「你的委託人對你的能力一定非常有信心，尤恩先生，才會將這無比艱辛、需要遠渡重洋方能辦成的任務交給你。」我回答說，是的，我是個資深的公證人，足以承擔這次任務；但也是個資淺的代書，無法推辭這樣的任務。我的謙虛為我賺得眾人會心的咯咯笑。

侯若斯牧師為一碗碗的烏龜湯獻上感恩，並且感謝上帝將剛剛才和摩利紐船長談好的合作案賜福給他，接著他在進餐時，針對大家感興趣的主題講道。「我一直都堅定地主張，在我們的文明世界裡，上帝不會再用聖經時代的神蹟奇事來彰顯自己，而是會藉著人類的『進步』彰顯自己。這種『進步』會導引人性在通往神性的階梯上往上攀爬。我所說的不是雅各夢中的天梯，不，絕不是，相反的，它是『文明之梯』——如果硬要給一個名字的話。爬在這梯子上的各人種中，目前位在最高處的是盎格魯撒克遜人。拉丁美洲人位在他們下方一、兩格，亞洲人則更低，他們是辛勤工作的人種，沒人能否認，但是他們缺少我們亞利安人的勇氣。漢學家堅稱他們也曾有過燦爛輝煌的文明，但是，請問你們黃皮膚的莎士比亞在哪裡？或者，你們杏仁眼的達文西在哪裡？人怎麼說，他們就怎麼做。再更低處，我們有黑人。脾氣好的黑人還可以被訓練來為我們工作，但是暴戾的黑人簡直就像惡魔的化身！美洲的印第安人也一樣，能在加州的西班牙語區幫忙打一些日常零工，不是嗎，尤恩先生？」

我說，的確如此。

「現在我們來談波里尼西亞人。來到大溪地、夏威夷，或伯利恆的訪客，都會同意這些太平洋島嶼上的住民經過適當教導後，在識字、計數及虔敬上可以學會『A-B-C』，因此爬升到比黑人更高的梯級，而且在勤勞上幾乎可以和亞洲人比擬。」

亨利插嘴說，在商業、外交及殖民這幾件事上，毛利人已經升到「D-E-F」的等級了。

「這證明我所說無誤。最後，最低也最微不足道的是『沒辦法教化的族類』：澳洲原住民、阿根廷南部高原上的巴塔哥尼亞人，還有各種非洲民族等，他們在梯子上只比人猿高一格，而且頑固地抗拒進步。或許，讓他們像乳齒象和長毛象那樣快速『從梯子上掉落』——繼他們的表親關契斯人、加那利群島人，及塔斯馬尼亞人之後——就算對他們非常仁慈了。」

「您的意思是，」摩利紐船長把湯喝完了，「絕種？」

「是的，船長，正是。自然律和進步是攜手並進。在這個世紀結束之前，我們能親眼看到各民族走上他們民族特質所預示的路。優勢的民族會讓人口過多的蠻族人數再次降到合理數字以下。接下來難免會有些不忍卒睹的景象，但是，有知性之勇的人不應該因此畏縮。再來，一個輝煌壯麗的人種新秩序會形成，所有民族都將知道，嗯，並且很滿意他們在上帝的文明之梯上的位置。我們已經在伯利恆灣瞥見了即將到來的黎明曙光。」

「阿門，我完全贊同您的看法，牧師。」摩利紐船長回答。一位格斯林先生（侯若斯長女的未婚夫）諂媚地上前緊握他的手，表達他的佩服。「如果我能像您膽敢直言，牧師，我覺得……我的意思是，您的定理如果沒有發表、出版，會讓我有種近乎……**被剝奪求知權**的感覺。『侯若斯的文明之梯』理論，肯定會讓全皇家學會的人眼睛一亮！」

侯若斯牧師說：「不，格斯林先生，我已委身在此。太平洋必須自己另找一個笛卡爾，另找一個居維葉*。」

「您很聰明，牧師，」亨利合掌打死一隻飛過他身旁的昆蟲，並且查驗蟲屍，「只把這些想法藏在心裡。」

我們這位主人掩飾不住惱怒。「怎麼說？」

「為什麼，仔細推敲之下，很顯然，當一個簡單定律就能解釋一切時，『定理』就是多餘的。」

「你所指的是什麼定律，先生？」

「古斯醫生的兩大生存定律第一條：弱肉強食。」

「但是你的『簡單定律』沒有考慮到下面這個奧秘問題：為什麼是白人在支配這世界？」

亨利竊笑，隨即為一把想像中的毛瑟槍裝上子彈，順著槍管瞄準對象，瞇起眼睛，接著說：「砰！砰！砰！懂了嗎？在對方還來不及吹他的吹箭之前就把他解決掉！」在座的人全嚇了一跳。

德比夏太太驚愕地發出一聲：「噢！」

亨利聳了一下肩。「哪有什麼非常奧秘的問題？」

侯若斯牧師已經失去了幽默感。「你的意思是，白皮膚的人種得以統治整個地球，不是因為受到上帝恩寵，而是靠著毛瑟槍？但是隱藏在這說法底下的還**同樣是**那個奧秘問題，只不過是套上一件借來的衣服！如果不是因為全能上主的偉大旨意，為什麼是白人拿到毛瑟槍，而不是，呃，比方說，愛斯基摩人或俾格米族人？」

亨利點了個頭。「我們的武器並不是某天早晨突然從天上掉到我們手中的，不是舊約時代從西乃山的天空掉下來的**瑪拿**。在亞金科特之役後，白人的火藥科學經歷了長足改善與演進，直到現代陸軍可以在戰場上部置成千上萬的毛瑟槍！『啊哈！』你一定會問，是的，『但是，為什麼是我們亞利安人？為什麼不是吾珥的獨腳人或是模里西斯的曼陀羅人？』這是因為，牧師，在全世界所有種族中，我們對寶藏、黃金、香料，以及統治（喔，這是最重要的，甜蜜的統治）的愛——或說**貪得無厭**——最熾熱強烈、最如飢若渴、最寡廉鮮恥！這種貪得無厭，是的，正是我們進步的動力。至於『惡魔的旨意』或『上帝的旨意』，我完全沒看到。您也沒看到，牧師。我也不特別在乎。我只是很感謝我的創造主把

---

*法國自然學家與動物學家喬治．居維葉（Georges Cuvier, 1769-1832），證明了「物種滅絕」為事實的學者。

我放在勝利的一方。」

亨利的直率被誤解成粗魯無禮，而且侯若斯牧師，這位赤道厄爾巴島上的拿破崙，已經因為氣憤而臉色變紅。我稱讚女主人的湯（雖然事實上這時的我真正渴望服用的是殺蟲劑，所以對於桌上的食物除了禮貌性的淺嚐之外，根本就不敢攝取太多），並且問她烏龜是在附近沙灘上捕捉到的，還是從遠方進口的？

稍後，在悶溼的黑暗中，我們兩個人躺在床上，亨利用只有壁虎偷聽得到的聲音告訴我，今天的門診可說是「一群歇斯底里、快被太陽曬成乾的女人的大遊行」，而且，她們需要的不是藥，而是「衣襪業者、女帽商、軟呢帽師傅、香水銷售店，以及適合她們的性別穿著的各式禮服與裝飾品。」他的「問診」，他繼續大作文章，是一分的醫學，九分的閒聊。「她們發誓自己的丈夫和原住民女性有染，而且非常擔心會染上『某種東西』，然後一個接一個掏出手帕來拭淚。」

他的自信讓我很不自在，我還大膽跟他說，在與主人意見不合時，他應該稍微克制一下自己。「親愛的亞當，我當時已經在克制自己了，而且還不是稍微克制而已！我原本是想對著那個老蠢蛋大吼：『為什麼要去修飾下面這個簡單的真理——我們急於將膚色較黑的人種送進墳墓，為的就是要將他們的土地及土地裡的資源占為己有？野狼不會坐在洞穴裡編造出一大堆種族理論，做為牠們吞掉一群羊的根據！**知性之勇**是什麼？真正的知性之勇是把遮羞的無花果葉全扔掉，承認所有人類都是掠食者，但是，擁有致命的雙重武器——疾病塵沙與槍枝——的白人掠食者，正是**出類拔萃的掠食者**的最佳典範，你覺得呢？』」

致力於救人事業的醫生及溫和的基督徒竟然會信奉犬儒主義，這令我相當遺憾。亨利在黑暗中露齒微笑，並且清了清喉嚨，「生存定律第一條是這麼說的：沒有第二條定律。吃或被吃！就是這樣。」

他隨後開始打起鼾來，但是我體內的蟲讓我輾轉難眠，直到星光開始變弱。壁虎出來捕捉食物，並在我的被單上緩步爬行。

黎明悶熱到令人滴汗，顏色鮮紅就像百香果。原住民們不分男女，毫無表情地順著「主街」往上走，要到位在山丘上的教會農場。他們會在那裡工作直到午後的暑氣無法忍受。在輕舟來載亨利與我回女預言家號之前，我去看工人們從椰乾中挑掉雜草。今天早晨碰巧輪到年輕的維格斯塔先生擔任監工，他叫一個原住民男孩拿一些椰奶來給我們。我忍住衝動，沒追問他家人的事，他也沒提到。他手中拿著皮鞭，「但是我很少動用到，那是『基督君王護衛隊』該做的事。我只要盯好幾個監視員就好了。」

三個威嚴的護衛隊員負責監視同伴，一面領他們唱詩歌〈陸上的船歌〉，一面懲戒偷懶的人。維格斯塔先生不像昨天勤於和我說話，我的談笑言語只會引發沉默，隨後叢林及勞役的聲音才會再次打破沉默。「你一定在想，我們根本是把這些自由人當成奴隸在使用，對吧？」

我閃避這個問題，只表示侯若斯先生已經解釋過了，這些人是用勞力來回報傳教士們為此地帶來的進步。維格斯塔先生並沒有在聽我的回答。「有一種螞蟻叫做奴役者。這些昆蟲會侵入普通螞蟻的住處，把蛋偷回自己的蟻穴，為什麼？等到蛋孵化後，被偷來的奴隸會成為牠們偉大帝國的勞役，牠們作夢也想不到自己其實是偷來的。現在，如果你問我，我會說，主耶和華創造這種螞蟻來當我們的模範，尤恩先生。」維格斯塔先生的凝視孕育出一句古時的預言：「有眼可看的，就應當看。」

與個性善變的人相處讓我不安，維格斯塔先生就是這樣的人。我找了個藉口先跟他告辭，然後前往下一個要拜訪的港口——學校。在這裡，兩種膚色的拿撒勒孩童在一起學習聖經、算術，以及ABC。德比夏太太教男孩，侯若斯牧師娘教女孩。在下午，白人男孩還要額外接受三小時教導，學習適合他們身分地位的課程（丹尼爾．維格斯塔顯然是例外，他的老師拿他完全沒輒），他們的黑膚色玩伴則要到農場去幫父母的忙，直到上晚課的時候。

為了表達對我的敬意，他們排演了一場輕喜劇讓我欣賞。十個女孩，五個白的、五個黑的，一人朗誦十誡裡的一誡。接著侯若斯牧師娘坐到平台鋼琴前面（它的過去想必比現在輝煌許多），和她們一起為我獻上一首〈噢！回到你最疼愛的家鄉〉。接著是女孩向我這位訪客提問的時間，但是只有白人小姐舉手。

「先生，您認識喬治．華盛頓嗎？」哎呀，不認識。「您的馬車有幾匹馬？」我岳父的馬車有四匹，但我比較喜歡自己一個人騎一匹馬。最小的女孩問我：「螞蟻會頭痛嗎？」要不是她同學們的竊笑讓這位詢問者哭成淚人兒，我應該到現在還待在那裡思索。我告訴他們要以聖經為生活準則，並且聽長輩們的話，然後就離開了。牧師娘跟我說，原本離別者都會獲贈花圈，但是傳教會的長老們認為花圈不道德。「如果我們今天容許送花圈，那麼明天我們就可以跳舞。如果明天可以跳舞……」她的身體抖動著。

真是可悲。

中午之前，船員們已經把貨物都裝上船，女預言家號再次收拉錨鍊，頂著逆風駛出海灣。亨利和我已經到用餐房休息，既可避免被海浪濺到，也不用聽船員們罵髒話。我的朋友在創作一首拜倫風格的史詩，題為《奧圖阿——最後的莫里奧里人紀實》，並且不時打斷我寫日記，問我哪個韻腳和哪個相配：血流成河？泥濘之漢？綠林羅賓漢？

我回想起梅爾維爾先生在他最近關於「類型」的理論中，指控太平洋傳教士的種種罪狀。傳教士們難道不也是和廚師、醫生、公證人、牧師、船長及國王一樣，有些是好，有些是壞嗎？或許文明社會及查珊島上的印第安人想要獲得最大的快樂，就應該「不要被我們發現」。但是這種說法太不切實際了。我們難道不該稱許侯若斯牧師及他的教友們，在幫助印第安人爬上「文明之梯」這件事上所盡的努力嗎？他們唯一的救贖之路，難道不就是往上爬？

我不知道答案，也不知道我年輕時的確信飛到哪裡去了。

我在侯若斯牧師公館過夜時，一個小偷闖進我在船上的艙房，那個無賴找不到我木菠蘿皮箱的鑰匙（我把它掛在脖子上），他就想把鎖破壞掉。如果他成功了，巴斯比先生的權利書及文件現在早成為海馬的飼料了。我多希望我們的船長是值得信賴的貝勒船長。我不敢把貴重物品交給摩利紐船長保管，亨利也警告我別「在大黃蜂的窩裡引起騷動」，去跟波哈夫先生提起這起行竊未遂的案件，因為一旦展開調查，等於在鼓勵船上的每一個小偷，可以趁我不注意時來試試自己的手氣。我想亨利說得很有道理。

十二月十六日星期一

今天中午日正當中，按照慣例，「跨越赤道線」的捉弄鬧劇開始上演，那些「處女」們（生平第一次跨越赤道的船員）必須接受各種捉弄及水刑——只要負責執行儀式的船員覺得適當。我搭船到澳洲時，通情達禮的貝勒船長並沒有浪費時間幹這事，但是女預言家號的船員們可不願意被剝奪樂趣。我原本以為任何形式的「樂趣」都會被波哈夫先生譴責，直到我看到這些「娛樂」帶出多麼殘忍的行徑。芬巴爾警告我們，今天的兩個「處女」是拉菲爾與班內爾。後者已經在海上航行兩年了，但他之前都只是在雪梨與開普敦之間航行。

在暮班守衛換班的時候，船員們在前甲板區搭起遮陽棚，然後聚集在起錨機附近，「涅普頓國王」（穿著怪異外袍、戴著拖把假髮的波卡克）即將在這裡審判犯人。兩個處女像一對聖塞巴斯丁＊被綁在錨架上。「鋸骨先生及羽毛筆先生！」波卡克看到亨利和我時大喊，「你們要來從我的大惡龍手中解救出這兩位處女姊妹嗎？」波卡克手裡拿著一根馬林魚叉粗俗地跳舞，船員們一面拍手一面貪婪地大笑。亨利笑著回答說，他比較希望他的處女們沒有鬍子。波克卡當下對女性鬍子的評論過於淫穢，不適合寫在這裡。

偉大的國王陛下轉身面對犧牲者。「開普敦的班內爾，以及罪犯城的拉菲人渣，你們準備好進入涅普頓子民的審判庭了嗎？」這場鬧劇讓拉菲爾重新恢復男孩子氣，他生氣勃勃地回答：「是，陛下！」班內爾冷冷地點了個頭。涅普敦大吼：「不——是！在你們這兩條魚身上的骯髒鱗片還沒被刮掉之前，你們就還沒準備好！幫我把刮鬍膏拿過來！」托格尼很快地帶來一桶焦油，然後用刷子將焦油塗在兩個囚犯的臉上。接著，古恩錫打扮成海神皇后安菲特里特的模樣走上前來，用刮鬍刀把焦油刮掉。開普敦人破口大罵，這讓看好戲的船員們大樂，拿刮鬍刀的手也少不了因此「失手」了幾次。拉菲爾比較聰明，知道面對嚴酷考驗要沉默以待。「這樣才對，這樣才對。」涅普頓吼著，然後才大喊：「把他們兩個人的眼睛蒙起來，把年輕的拉菲帶進法庭！」

這個「法庭」是一桶鹽水，拉菲爾頭下腳上地被放進水桶，等船員們唱數到二十之後，涅普頓就命令「朝臣」們「把我的新子民釣出來」！他的蒙眼帶被解開，這個男孩靠在舷牆上讓自己從適才的折磨中回復。

班內爾不甘於受辱，他大喊：「把手放開，你們這些賤人！」涅普頓國王震驚到眼珠直轉。「那張臭嘴需要在鹽水裡好好地浸到我們數到四十，孩子們，不然我的眼珠就配不成對！」數到四十，那個非洲人被拉起來，他狂叫：「我會把你們這些妓女的兒子一個個殺掉，我發誓我會，我——」在眾人大笑中，他被放入水裡再浸四十下。當涅普敦宣布刑罰已經執行完畢時，他只能虛弱地咳嗽與作嘔。

波哈夫這時出面結束這場嬉鬧，涅普頓的兩位新子民才去用麻絮和肥皂洗臉。

芬巴爾在吃晚餐時談起這事還咯咯地笑。殘忍的事從來不會令我發笑。

十二月十八日星期三

海面覆蓋著魚鱗般的波紋，微風若有似無，溫度維特在九十度左右。船員們已經洗好帆布吊床，並且吊起來晾乾。我的頭痛每天越來越早發作，亨利也再次增加我服用的殺蟲劑劑量。我祈禱在夏威夷下錨前，他的藥不會用罄，因為不受抑制的疼痛肯定會將我的頭顱炸成碎片。其他時間，我這位醫生忙於處理女預言家號上的丹毒與黃疸等病症。

今天下午的一小段午睡被喧鬧聲打斷，於是我登上甲板，船員正要將一條被鉤住的小鯊魚拉上船來。牠在自己明亮的紅色汁液中扭擺了許久，古恩錫才宣布牠確實死了。牠的嘴巴與眼睛讓人想起提爾妲她母親。芬巴爾直接在甲板上分解屍體，不願意將牠帶回廚房，以免平白浪費牠的鮮嫩多汁（做成鯊魚切片的話味同嚼木）。一些比較迷信的水手不願意吃牠的肉，理由是：鯊魚平常會吃人，吃鯊魚肉就等於吃到人肉。希吉斯先生一整個下午大有收獲，他利用大魚的魚皮製作了不少砂紙。

十二月二十日星期五

有沒有可能蟑螂是趁我睡覺時從我身上獲取養分？今天早上我被一隻爬到臉上、正準備吃我鼻子的蟑螂嚇醒。我是說真的，牠有六吋長！我心中燃起一股將大蟲殺死的無名火，但是在我這間狹窄陰暗的艙房裡，牠占了上風。我跟芬巴爾抱怨，他建議我花一美金買一隻受過特殊訓練的「除蟑鼠」。之後，他毫無疑問會希望我買一隻「除鼠貓」來克制除蟑鼠，然後我會需要一隻「除貓狗」，誰曉得最後

*基督教聖徒及殉道者。在藝術作品中常被描繪成綁在柱子上，受到弓箭攻擊。

會終結在哪種動物上？

十二月二十二日星期日

熱，非常熱，我融化、發癢、起水泡。今天早晨醒來時我聽到墮天使的哀歌。我在艙房裡仔細聆聽，幾秒鐘，然後幾分鐘，心想我那隻蟲現在又在玩什麼惡魔把戲，這時我才聽出有個震耳的喊叫來自上方：「牠就是從那裡噴出水柱！」

我打開舷窗，但那時候的光線還很昏暗，視線模糊，我雖然身體虛弱，卻還是逼著自己爬上艙梯。「那裡，先生，那裡！」拉菲爾一隻手扶著我的腰幫我站穩，另一隻手指向船外。我緊抓著船舷的護欄，因為我的腳已經站不穩了。那男孩繼續指著。「那裡！是不是很壯觀，先生？」

在昏濛的晨光下我看到一團泡沫，離右舷船首大約只有三十呎。「一群六隻！」奧圖阿在桅杆上大喊。我聽見鯨魚的呼氣聲，接著感覺到泡沫像下雨一樣落在身上！我同意那男孩的說法，牠們的確呈現出非常壯觀的景象。一隻鯨魚衝出海面、落下，然後又潛到波浪下。已被染成玫瑰紅的東方天際，襯托出鯨魚尾鰭的優美輪廓。「我說最可悲是，我們不是艘捕鯨船，」紐菲說，「光那隻大的，裡面肯定有一百桶鯨蠟！」波卡克粗聲說：「我才不想呢！我曾經在捕鯨船上當過船員，那船長是你能想像到最粗暴的人，那三年的經驗，讓女預言家號就像一艘禮拜天的遊樂船！」

我已經回到艙房裡休息。我們現在穿過一大群年幼座頭鯨中間。「快看，牠在噴水！」的喊聲已經頻繁到沒有人會再理會了。我的嘴唇被曬乾而且脫皮。

單調的顏色是藍色。

聖誕前夕

一場強風，海象惡劣，船身劇烈起伏。我的手指腫脹得厲害，亨利不得不將我的婚戒剪斷，以免它阻礙血液循環並引起水腫。失去象徵我與提爾妲結合的婚戒，心情沮喪到無法衡量。亨利痛斥我是隻「笨海鴨」，並且堅信我的妻子會將我的健康看得比兩個禮拜沒戴一個金屬環重要。那枚戒指由我的醫生保管，因為他認識火奴魯魯的一位西班牙金匠，對方可以只收取合理費用就將戒指修復。

聖誕節

昨日強風已歇，海水至今依然波濤洶湧。黃昏時的波浪看起來就像迭起的山巒，陽光自酒紅色的雲層斜照而下，為一個個山尖綴上金邊。我使出所有力氣走到用餐房，希吉斯先生和葛林先生接受亨利與我的邀請，來這裡與我們共進聖誕晚餐。芬巴爾為我們準備的「雜燴」餐（鹹牛肉、甘藍、山薯與洋蔥）不像平常那樣難以下嚥，所以我後來能把大部分食物吃下肚。李子麵包布丁裡看不到李子。摩利紐船長派人傳話給葛林先生，說船員們的甜烈酒配額今天加倍，所以下午的瞭望班還沒結束之前，船員們就已經四散無蹤了。就像一個平常的縱情狂歡日。一隻倒霉的黛安娜猴被灌了不少淡啤酒，牠那誇張的默劇表演最後以翻過護欄跳下海告終。我回到亨利的艙房休息，兩個人一起讀〈馬太福音〉第二章。

晚餐為我的消化系統帶來浩劫，我必須經常到廁所報到。我最後一次上廁所時，拉菲爾在外面等我。我為延誤了他的時間致歉，但那男孩說，不，他是刻意要來和我會面的。他坦承他感到困擾，並且問我：「上帝會讓你進去的，不是嗎，如果你感到懊悔……不管你做了什麼，祂不會把你送到……你知道的……」這個見習生這時聲音變得含糊，「……地獄？」

我承認，我的心這時在意的是消化問題，不是神學問題，我脫口說，拉菲爾的人生還沒過多少年，所犯的罪不太可能累積到足以下地獄。防風燈搖晃著，我看到這位年輕勇士的臉因悲傷而扭曲。後悔自己說話太輕率，我向他保證，全能上帝的憐憫是無限的。**一個罪人悔改，在天上也要為他歡**

喜，比為九十九個不用悔改的義人歡喜更大。拉菲爾願意把我當成傾吐心事的對象嗎？我問，作為一個朋友、與他同病相憐的孤兒，或一個陌生人都可以。我告訴他，我已經注意到他最近似乎變得意志消沉，並且哀嘆那位心情愉快地在雪梨上船、急於想認識這廣大世界的男孩怎會改變這麼多。在他還沒說出回答之前，想拉肚子的感覺又逼著我回到廁所去。等我出來時，拉斐爾已經走了。我不會去追問他。那個男孩知道在哪裡找得到我。

稍後

敲鐘員剛剛猛力敲完第一班次的七聲鐘響。那隻蟲讓我的頭疼痛難耐，彷彿鐘錘正在敲打頭顱。螞蟻會頭痛嗎？如果能不為這種疼痛所苦，我樂於變成一隻螞蟻。亨利和其他人在嘈雜的狂歡作樂與褻瀆歌聲中如何能睡得著，我就不清楚了，但是我非常嫉妒他們。

我用鼻子吸了一些殺蟲劑，它已經不再能給我舒暢，只能幫助我有「半平常」的感覺。接著我到甲板上去轉了一圈，「大衛之星」被厚雲遮掩得若隱若現。頭頂上方傳來幾聲清楚的喊叫（奧圖阿的聲音也在其中），負責舵輪的葛林先生向我保證，並不是所有船員都酩酊大醉。隨著波浪起伏，空酒瓶從左舷滾向右舷，然後再滾回來。我差點被蜷伏在捲楊機旁神智不清的拉菲爾絆倒，他那已經墮落的手還緊抓著不剩半滴酒的白鑞杯，他裸露的年輕胸膛上還殘留著焦油的污漬。這男孩最後是從酒精中而不是從他在基督裡的好友這裡尋找慰藉，這讓我的心情陰鬱起來。

「罪惡感讓你睡不著覺，尤恩先生？」一個迪巴克*在我的肩頭上說話，我嚇得讓手中的菸斗掉到地上。那是波哈夫。我向那個荷蘭人保證，我的良心好得很，我倒是懷疑他也敢這樣跟我保證。波哈夫朝船外啐一口口水，然後露出微笑。如果這時候他的尖角與利牙冒出來，我一點也不會驚訝。

他把拉菲爾扛上肩頭，用手拍打見習生的屁股，然後將這個睏倦的重擔扛到後艙口，好讓他不受到傷害，我相信是如此。

聖誕節隔天

昨天的日記將我送進懊悔的監獄去度餘生。那日記的筆觸讀起來多乖戾，我看起來多麼自以為是！哦，寫下面這幾個字時，我的心情無比沉重。拉菲爾上吊了。上吊，絞索從主桅低處的帆桁懸垂下來。他登上絞刑台的時刻，應該是介於他下哨與一鐘響之間。命中注定我會是發現他的其中一位。我當時正傾身倚靠在舷牆上，因為那隻蟲在被逐出體外的過程中，引發我一陣又一陣的噁心。在一片半明半暗的藍色中，我聽到一聲高喊，然後看到羅德瑞克先生望向天空。他的臉因困惑而扭曲，緊接著是不可置信的表情，最後結束在悲慟哀淒。他的嘴形看似要說話，卻沒有吐出半個字。他指著他說不出名字的東西。

在那裡，一個身軀在擺盪，一個灰色身形在帆布上來回拂拭。各崗位開始騷動，發出各種聲音，但究竟是誰對著誰喊些什麼，我就不記得了。在女預言家號傾斜而晃動時，吊在繩子上的拉菲爾就和鉛錘一樣平穩。那個和藹可親的男孩就和懸掛在肉販吊勾上的一頭羊，沒有半點生命氣息！奧圖阿已經爬到桅杆上，他只能輕柔地把那男孩的屍體放下來。我聽到古恩錫在喃喃自語：「星期五本來就不應該航行，星期五會帶來噩運。」

一個問題在我心頭不斷燃燒，**為什麼？**沒人想討論這個問題，但是亨利——他和我一樣震驚——偷偷告訴我，班內爾跟他暗示，雞姦這類不倫之事已經發生在那男孩身上，幹這事的人是波哈夫和他那些束帶蛇。不只在聖誕節那天晚上，而是每天晚上，而且已經有好幾個禮拜了。

---

*猶太傳說中會附在活人身上、控制人意志的鬼魂。

我的職責是去追蹤這條黑色的河，找到源頭，並讓那個大惡棍受制裁，但是上主啊，我現在連自己坐起來吃東西都有問題！亨利說，我不應該每次見到無辜的人被殘忍對待就鞭打自己，但是我怎能袖手旁觀？拉菲爾的年紀和傑克森相仿。我感覺到深切的無力感，我無法忍受。

十二月二十七日星期五

趁亨利被叫出去看傷患的時候，我拖著孱弱的身體走到摩利紐船長的艙房，把心裡的話告訴他。他因為我的造訪而不悅，但是，在我的指控還沒說完之前，我不會離開他的房間。我的指控是，波哈夫那一幫人每天晚上都逞獸慾來折磨拉菲爾，直到這男孩在發現沒有請求暫緩執行或得到解脫的可能性後，選擇結束自己的生命。最後船長問我，「你，當然，已經拿到罪行的證據了？一封自殺信？已經署名的證詞？」船上每個人都知道我說的是真話！船長不可能對波哈夫的粗暴行徑毫不知情！我要求船長調查大副在拉菲爾自殺案中扮演的角色。

「你想要求什麼就要求，羽毛筆先生！」摩利紐船長大吼。「誰來操控女預言家號，誰來維持船上紀律，誰來訓練見習生？這些都是由我，而不是由一個肉腳的小書記及他那無恥的胡言亂語決定。我以上帝的血起誓，不會有任何他媽的『調查』！現在就滾，先生，你這該死的傢伙！」

我只能照做，而且隨即就撞見波哈夫先生。我問他是不是要來把我抓去和他的束帶蛇關在一起，然後希望在天亮之前我會乖乖地去上吊？他露出利牙，並且用充滿毒液與恨意的聲音發出警告：「你身上已經發出腐敗的臭味，羽毛筆，我的手下不會想碰你，以免被你污染。你很快就會因為發低燒而死。」

我還聰明到向他警告：美國的公證人可不像殖民地的艙房男孩那麼容易打發。我相信他透露出想勒死我的意圖，但我已經病重到沒力氣去怕一個荷蘭雞姦者了。

稍後

疑惑圍攻我的良心，罪名是「同謀」。我是不是提供了拉菲爾想得到的自殺許可？如果他最後一次跟我說話時，我能察覺他的不幸，分析出他的意圖，並且回答他：「不，拉菲爾，上帝不會原諒蓄意自殺的人，因為在犯罪之前做的悔改不可能是真的。」那男孩現在很可能還在呼吸。亨利堅稱我不可能事前知情，但是這次他的話在我耳中聽來非常空洞。哦，那可憐的無辜男孩是被我送進地獄的嗎？

十二月二十八日星期六

我心中上演著一場魔燈表演，我看到那男孩手拿繩索爬上桅杆，將套頭索編結好，站穩身體，與創造主說了幾句話，然後縱身躍向虛空。就在他劃破黑暗之際，他感受到的是安詳還是害怕？「啪」一聲，他的脖子斷了。

要是我早一點知道！我可能就可以協助他跳船、逃避命運，就像當初錢寧一家為我做的，或者幫助他明白，沒有獨裁政權可以永遠執政。

女預言家號的每一吋船帆都在船桅上撐開，並且「像巫婆一樣飛快航行」（不是因為我的病情嚴重，而且因為船上貨物不能久放），每天航行的距離超過緯度三度。我已經病得非常重，只能成天待在艙房裡。我想波哈夫一定認為我是在躲他。他錯了，我想要施加在他頭上的公義復仇是最熾熱的烈焰，不會輕易被可怕的麻痺症狀澆熄。亨利懇求我保持寫日記的習慣，讓自己的頭腦有事情做，但我的筆變得越來越沉重、越來越難移動。

我們再三天就會到達火奴魯魯。我那位忠實的醫生答應會陪我上岸，花一切必要的錢去買強效鎮痛劑，並且守在我的床邊直到我完全康復，即使會因此搭不上要繼續開往加州的女預言家號。上帝祝福這位世上最好的人。我今天沒辦法再多寫了。

十二月二十九日星期日

我病得很厲害。

十二月三十日星期一

我頭裡的蟲又發作了。牠的毒囊已經破裂。我受盡疼痛、褥瘡及極度口渴的折磨。還要往北航行二、三天才會到達歐胡島，死亡離我卻只有幾小時之遙。我沒辦法喝水，也不記得上次進食是什麼時候。我要亨利答應我，他會幫我把日記帶到火奴魯魯的貝德福事務所，從那裡會被送達到兩位痛失至親的家人手中。他發誓我可以親自走去送日記，只不過我的希望早就破滅了。亨利已經很夠義氣地盡了全力，但我的寄生蟲毒性太強，只能將靈魂交託給創造主。

傑克森，在你長大成人後，千萬別容許你的職業拆散你與所愛的人。在我離家的這幾個月，我一直深深思念你及你母親，而且如果還有那麼一天……

附注：我父親的筆跡在這裡抖動到無法辨識。——JE

一月十二日星期日

我實在很想直接寫到我被人背叛的部分，但是這位日記作者卻還是決定按照事情發生次序寫。過新年那天，頭痛像打雷一樣在頭殼裡隆隆作響，我不得不每小時服用古斯的藥。船身的劇烈晃動令我無法站立，只好一直躺在艙房裡的臥鋪上，不時對著袋子嘔吐，雖然我的腸胃裡已經空無一物，並且因為冰冷又滾燙的「高燒」而不斷發抖。我的病症已經瞞不過船員了，我的艙房被列為檢疫隔離區。

古斯告訴摩利紐船長，我那隻寄生蟲有傳染性，以突顯他的無私勇氣。摩利紐船長與波哈夫在隨後發生的瀆職事件中是否也是共犯？這點還沒辦法證實或否決。波哈夫對我不懷好意，但是我不得不承認，他不太可能是我接下來要描述罪行的同謀共犯。

我回想起從高燒的淺灘浮出水面時的情景。古斯離我只有一英吋。他的聲音往下沉，變成深情的低語：「我最親愛的尤恩，你身上那隻蟲正在垂死中劇烈掙扎，牠會釋放出僅剩的每一滴毒液！你必須把這劑瀉藥喝下去，好將牠鈣化的屍體排出體外。這藥會讓你睡著，但是等你醒來時，折磨你的蟲就已經排出來了！你很快就可以脫離苦境。把嘴張開，最後一次，乖乖地，我最親愛的夥伴……這裡，藥有點苦，味道也難聞，那是沒藥的味道，但是，喝下它，為了提爾妲和傑克森。」

一個玻璃杯碰到我的嘴唇，古斯的手托著我的頭。我想向他道謝。藥嚐起來有污水及杏仁味。古斯托高我的頭，在我的喉結處按摩，直到我把液體吞下去。時間繼續走，我不知道過了多久。我骨頭的嘎吱聲和船骨的嘎吱聲合而為一。

有人在敲門。光線讓艙房的黑暗變柔和，我聽到古斯的聲音從走廊傳來。「是的，好很多，好很多，葛林先生！是的，最糟的時刻已經過了。我確實很擔心，我坦承，但是尤恩先生的氣色已經回復，他的脈搏也變強了。只剩不到一小時就會靠岸？真是個好消息。不，不，他在睡覺。跟船長說，我們今天晚上就會登岸。如果他能派人去幫我們安排住宿的話，我知道尤恩先生的岳父一定會記得船長的好意。」

古斯的臉再次浮現在我的視野內。「亞當？」

另一隻拳頭在敲門。古斯咒罵了一聲，從我的視界內游開。我已經無法移動我的頭，但是我聽見奧圖阿在說：「我看尤恩先生！」古斯要求他離開，但是那執拗的印第安人不會輕易被人壓下去。「不！葛林先生說他好一點！尤恩先生救我命！他是**我的**責任！」古斯接著跟奧圖阿說，在我的眼中奧圖阿是個疾病帶原者，也是個想利用我的虛弱狀態來奪取財物的壞蛋，而且他連我背心上的鈕扣也不會放過。我還請求過古斯，根據他的說法是，「別讓那該死的黑人靠近我！」他還補充說我很後悔從絞索中救回他那沒價值的脖子。說完古斯用力將艙門關上，並且門上門閂。

古斯為什麼要撒謊？他為什麼執意不讓其他人見到我？這問題的答案提起一道欺矇之門的門閂，一個可怕的真理用大腳將門踹開：這醫生是下毒的人，而我是他的獵物。自從我的「療程」開始以來，醫生就用他的「解藥」一點一滴地毒害我。

我那隻蟲？純屬虛構，是醫生靠著他卓越的思想導引能力放進我的大腦裡！古斯，一個醫生？不，他是個巡遊各地謀財害命的騙徒。

我掙扎著想站起來，但是那惡魔最近餵我喝的液體已經讓我四肢無力，我連讓手腳抽動一下都沒辦法。我想大聲呼救，但是我的肺已經無法膨脹。我聽到奧圖阿爬上艙梯、離開船艙的腳步聲，並且祈禱上帝導引他回來，但祂的旨意不是如此。古斯拉著粗索爬上臥鋪。他看到我睜開雙眼。發現我面露懼色後，惡魔脫掉了他的面具。

「你在說什麼，尤恩？你說話口水直流，我怎能聽懂你的意思？」我發出一聲虛弱的哀嚎。「讓我猜猜看你要對我說什麼——『噢，亨利，我們是朋友，亨利，你怎能對我做出這種事？』（他模仿我那粗啞垂死的虛弱聲音。）我贏了嗎？」

古斯割下我掛在脖子上的鑰匙，一面打開我的皮箱，一面繼續跟我說話。「外科醫生是很獨特的行業，亞當。對我們來說，人並不是照著全能上主形象被創造的神聖族類，不，人只不過是連接在一起的一些肉，會生病、包著一層皮的肉，沒錯，但也是可以用烤肉叉串起來烤的肉。」他再次模仿我的聲音，模仿得很傳神。「『但是，為什麼是我，亨利？我們不是朋友嗎？』嗯，亞當，即使是朋友，也是用肉做的。一切簡單得不得了，我需要錢，而在你的皮箱裡，有人告訴我，有一大筆房地產權狀，所以我要殺了你以便得到它。神秘寶物在哪裡？『但是，亨利，這是邪惡的行徑！』但是，亞當，這世界本身就是邪惡的。毛利人以莫里奧里人為獵物，白人以膚色較深的表親為獵物，跳蚤以老鼠為獵物，貓以耗子為獵物，基督徒以異教徒為獵物，大副以船艙男孩為獵物，死亡以活人為獵物。**弱者是肉，強者取食。**」

古斯檢查我的眼睛有無知覺，並且親了我的雙唇。「這次輪到你被人吃掉了，親愛的亞當。你並不比我其他的案主更容易上當。」我皮箱的蓋子被打開，古斯數了數我錢包裡的錢，不屑地冷笑一下，接著他發現來自范維斯的綠寶石，並且用放大鏡檢視。他不覺得它有價值。惡魔接著解開那捆關於巴士比的房地產文件，並且拆開已彌封的信封，看裡面有沒有鈔票。我聽到他在數我那為數不多的錢，還拍打我的皮箱看有沒有秘密夾層，但沒找到半個，因為事實上就沒有秘密夾層。最後，他取走我背心上的鈕扣。

在我神志不清下，古斯對著我說話，就像人對著令他不滿意的工具說話。「老實說，我對你很失望。我知道一些愛爾蘭工人名下的英鎊都比你的還多，你皮箱裡的財物甚至不足以彌補我花在你身上的砷劑與鴉片。如果侯若斯牧師娘沒有因為我那冠冕堂皇的名目而捐出她貯藏多年的黑珍珠，那麼，可憐古斯的那隻鵝*只好被塗上醬料煮來吃。好吧，我想是分道揚鑣的時候了。你一個小時後就是死人一個，但對我來說，這是嘿呵！一條新的康莊大道。」

我下一個明晰的記憶是：我在海水中快被淹死，四周明亮到令我疼痛。波哈夫是不是發現我那奄奄一息的身體，然後將我從船上拋進海裡，以確保我不再作聲，也省去必須與美國領事館交涉的繁瑣程序？我的心思還在運作，並且還能對自己被命定的結局表達一點不同的意見。同意被淹死？還是游

*鵝（goose），音同「古斯」。

泳上岸？淹死是個省事的選擇，所以我盤算著臨終前要想些什麼，最後，我的思緒停在好幾個月前那一幕：提爾妲在西瓦普拉拿碼頭對著貝拉荷西號上的我揮手道別，在她身旁的傑克森大喊：「爸！要記得幫我帶一隻袋鼠腳掌回來哦！」

想到今生再也無法見到他們令我傷痛欲絕，於是我選擇游泳，然後才發現我並不在海裡，而是蜷曲著身子躺臥在甲板上不斷嘔吐，並且因高燒、疼痛、痙攣及緊縮而顫抖得厲害。奧圖阿扶著我（他將一桶鹽水倒在我身上，想要把我身上的毒沖掉）。我嘔吐，再嘔吐。波哈夫從圍觀的碼頭工人與船員當中擠身走出來，大聲咆哮：「我已經跟你講過一次了，黑鬼，這個洋基的事不用你管！如果當面下令還沒辦法讓你聽從，那麼——」陽光讓我處在半瞎狀態，我還是看見大副用腳猛力朝奧圖阿的肋骨踢了一下，緊接著再踢一下。

奧圖阿用一隻強而有力的手抓住這難以取悅的荷蘭人的脛骨，另一隻手將我的頭緩緩放回甲板上，接著整個人直挺挺站起來，提起加害者的腿，讓波哈夫失去平衡。荷蘭佬發出獅子般的吼聲，然後頭撞到地板。奧圖阿這時攫住他另一隻腳，將這位大副像一袋甘藍菜那樣從舷牆上方拋出船外。

船員們到底是因為過於害怕、過於震驚，還是過於欣喜，以至於沒人伸出援手去搭救波哈夫，這我永遠不會知道，但是奧圖阿接著抱著我走過下船的梯板到碼頭上，沒受到干擾。我的推理告訴我，波哈夫不可能出現在天堂，奧圖阿不可能會在地獄，所以，我們想必是在火奴魯魯。

從港口那裡我們穿過一條喧嚷大道，那條路上有無數語言、膚色、信仰及氣味混雜在一起。一個中國人躺在龍的雕像底下休息，我碰巧與他四目相接。兩個女人臉上的妝與身體輪廓透露出她們從事的古老行業，她們盯著我看了一下，然後在胸前畫十字。我想告訴她們我還沒死，但是她們已經走遠了。奧圖阿的心臟正好貼在我的肋旁，強而有力地跳動著，鼓勵我的心臟也跟著跳動。他三次問路人：「哪裡醫生，朋友？」三次對方都沒理他，其中一個人回答：「醫生不看臭味沖天的黑人！」直到一個老魚販咕咕噥噥地告訴他一家醫院怎麼走。我有一小段時間失去意識，接著只聽到最後一個詞「醫護所」。

才剛進入那充滿排泄物與腐敗物臭味的空氣中，我又開始嘔吐，即便我的胃早就像被丟棄的手套，裡面空無一物了。青蠅的嗡嗡聲在空中盤旋，一個瘋子大聲宣稱耶穌還在馬尾藻海上漂流。奧圖阿用他本族的語言喃喃自語。「更多忍耐，尤恩先生——這裡有死人的味道——我帶你去找姊妹（修女）。」

奧圖阿的姊妹怎可能會住在離查珊島那麼遠的地方？我沒精力去解開這謎題，但是我很放心將自己交在他手中。他帶我離開停屍間，酒館、住家及倉庫的數目很快地越來越少，直到最後周圍全是甘蔗園。我知道應該要問奧圖阿（或是警告他）關於古斯的事，但是我還沒有能力開口說話。真令人受不了，這時我又失去了意識，但過不久，意識再次恢復。一座清晰的小山丘向上升起，它的名字在我記憶的沉澱物中引起小小的騷動：鑽石頭山。這裡的路是由岩石、塵沙及坑洞構成，兩側的植物都長到了路邊。奧圖阿持續大步行走，中途只停下來一次，用手捧了些溪水到我唇邊給我喝——直到我們越過最後幾片甘蔗園，到達一間天主教宣教站。

一位修女想要像趕鳥那樣用掃帚把我們噓走，但是奧圖阿，用和他的英語一樣破的西班牙語，請求她提供這位他照顧的白人一個庇護所。最後，一位認識奧圖阿的修女出現，並且說服其他人，這位野蠻人之所以來這裡並不是出於惡意，而是出於一顆慈惠的心。

到第三天，我已經可以坐起來自己進食，並且向我的守護天使們以及奧圖阿——這世界最後一位自由的莫里奧里人——道謝，感謝他們解救了我。奧圖阿堅稱，要不是我之前先幫助他，讓他不至於被當成偷渡客拋下船，他就不可能有機會反過來救我的命，所以就某個意義來說，我的救命恩人不是奧圖阿，而是我自己。即便是這樣，在過去這十天裡，雙手已被繩索磨得粗糙的奧圖阿在照顧我的各樣需求上還真可說是無微不至，我敢說，他細心的程度沒有任何褓姆比得上。薇若妮克修女（拿掃帚的那位）開玩笑說，我這位朋友應該被授以聖職，擔任醫院的監督。

摩利紐船長透過貝德福事務所把我的所有物送達我岳父那裡，他沒提到亨利・古斯（或說那個化名為古斯的下毒者），也沒提到波哈夫被奧圖阿送去洗海水浴，他無疑擔心我岳父會因此讓他在未來當一個以三藩市為基地的商人計畫泡湯。另一方面，摩利紐也想讓自己的聲譽與那如今已惡名昭彰、被稱為「砷劑古斯」的殺人犯畫清界線。那惡魔到現在還沒被港灣警局逮捕，而且我猜這一天也不會來到。在火奴魯魯這個不法之徒的窩巢裡，掛著各式旗幟的各國船隻每天進出，一個人在主菜與餐後甜點之間就可以輕易改變名字與身世背景。

我已經非常疲累，必須休息了。今天是我三十四歲的生日。

我還是十分感謝上帝如此憐憫我。

一月十三日星期一

下午坐在庭院中的燭果樹下乘涼是件樂事。蕾絲般的影子、赤素馨、吊燈花將那件邪惡之事的記憶阻擋在心思外。修女們各盡其職。瑪丁妮格修女照顧蔬菜，貓兒們演出喜劇與悲劇。我開始學著認識當地的鳥類。**帕利拉**的頭與尾都呈閃亮的金色，**厄柯亥柯亥**是種俊俏的有冠蜜旋木雀。

牆外是一間孤兒院，也是由這裡的修女們負責經營。我聽到孩子們朗誦著課程（在錢寧夫婦的慈善之舉改善我的光景前，我和同學們也是這樣度過）。上完課後，孩子們就像巴別塔裡的人們喧鬧戲耍。有時候，一些大膽的小孩甘冒修女們的不悅，爬到牆上，然後利用燭果樹那樂於助人的樹枝，從空中巡迴參觀療養院的庭院。如果「區域安全無虞」，先驅者就會招呼膽小的玩伴們一起爬到「人類鳥園」上，此時白色的臉、褐色的臉、卡那卡人的臉、中國人的臉、黑白混血的臉，會一起出現在這個樹上世界裡。

有些孩子的年紀和拉菲爾相若，每當我回想起他，一股懊悔的膽汁就會湧上喉嚨，不過那些孤兒會從樹上對著我微笑，模仿猴子、吐舌扮鬼臉，或者試著將**庫庫伊**的果核投進正在打呼的病患嘴裡，讓我沒辦法哀傷太久。他們跟我要一、兩分錢。我把一個硬幣拋向空中，讓幾根特別靈巧的手指從空中準確地攫住。

近來的遭遇已經讓我變得很像哲學家，尤其在夜裡——此時除了聽見溪水正按著「永恆」的悠閒步調將大石塊沖刷成小圓石外，聽不見其他聲音。這時我的思緒也會跟著流動。學者們研究歷史上各樣作為，並以此為根據整理出決定文明興衰的法則。然而，我的信念剛好跟他們的相反。簡言之：歷史沒有任何法則，只有後果。

是什麼促成那些後果？惡的行為與善的行為！

是什麼促成那些行為？信念！

信念既是獎項也是戰場，在人心裡，也在人心的鏡像——世界裡。如果我們相信人類文明是由各個人種構成的梯子，一個充滿衝突、壓榨與獸慾的羅馬競技場，這樣的人類文明就會跟著被製造出來，而歷史中的侯若斯、波哈夫，以及古斯就會占盡優勢。你，還有我，我們這些有錢的、有特權的、幸運的人，在這樣的世界裡也不會過得太糟，只要我們的好運能持續下去。萬一我們的良心不安怎麼辦？為什麼要去破壞我們人種的絕對優勢、我們的強勢武力、我們承繼的卓越遺產，以及我們的傳奇？為什麼要與事物的「自然」（喔，多狡猾的用詞）秩序對抗？

為什麼？因為，總有一天，一個全由掠食者構成的世界會消滅自己。是的，這隻惡魔會一直吃掉那最落後的，直到最先進的也成為最落後的。對個人而言，自私會讓靈魂變得醜陋；對人類而言，自私會導致人類滅種。

這是寫在我們本性中的必然命運嗎？

如果我們**相信**人性可以超越尖牙與利爪，如果我們**相信**各種族、各教派能共享這世界，就像孤兒能共享那棵燭果樹。如果我們**相信**領袖們會公正行事、不動用暴力、讓自己的權力受監督，陸地與海洋的豐富資源是由全人類公平分享，這樣的世界就會到來。我並不是在自欺欺人。這是最難成真的世界。許多世代的人們艱苦獲致的成果，可能會只因一個短視的總統動筆輕輕一劃，或是一個自負的將軍用指揮刀隨意一指，就毀於一旦。

我一生都花在塑造一個我**希望**傑克森能承繼的世界，而不是一個我**害怕**傑克森必須承繼的世界，我認為這人生值得一活。在我回到三藩市後，將會致力參與廢奴運動，因為我的性命是被一個自我解放的奴隸拯救，也因為，凡事總要有個起始點。

我接到岳父的回應了。「啊哈，很好，自由黨員的情操，亞當。但是別告訴我什麼才是公正！騎一匹驢到田納西州，去說服皮膚被曬成赤褐色的白人莊稼漢，說他們只是被漂白的黑人，而他們那裡的黑人只是被曬黑的白人！乘船到舊世界，告訴他們，帝國奴隸擁有的權利和比利時女王的權利一樣不可剝奪！喔，在黨團會議中你會聲音沙啞、孤苦無依、頭髮灰白！你會被吐口水、被射殺、被處私刑、被獎章安撫、被邊境居民趕走！被釘十字架！天真、愛作夢的亞當。願意和『人性』這隻多頭蛇對抗的人必須付上代價，他的世界充滿痛苦，而且他的家人也要與他一起付上代價，而且只有當你要嚥下臨終最後一口氣時，你才會明白：你的人生只不過是無盡海洋裡的一滴水！」

但是，海洋是什麼，難道不就是一滴滴的水嗎？

（全書完）

致謝

Manuel Berri, Jocasta Brownlee, Amber Burlinson, Angeles Marín Cabello, Henry Jeffreys, Late Junction, Rodney King, David Koerner, Sabine Lacaze, Jenny Mitchell, Jan Montefiore, Scott Moyers, David De Neef, Hazel Orme, John Pearce, Jonathan Pegg, Steve Powell, Elizabeth Poynter, Mike Shaw, Douglas Stewart, Marnix Verplancke, Carole Welch.

作家協會提供的旅行獎金助款，讓尤恩與沙奇等篇章的資料蒐集得以順利完成。Michael King 對莫里奧里人的重要著作《分離之地》（*A Land Apart*），提供我查珊島歷史的真實記錄。羅伯特・佛比薛爾信件中某些場景的靈感來源是 Eric Fenby 的《德流士：我所認識的他》（*Delius: As I Knew Him*）（Icon Books, 1966；初版是 G. Bell& Sons Ltd, 1936）。維維安・艾爾斯經常隨意引用尼采，而海絲特・范・桑德特唸給瑪葛・羅克爾聽的詩是愛默森的〈婆羅門〉。

國家圖書館出版品預行編目資料

雲圖／大衛_米契爾（David Mitchell）著；左惟真譯.
——四版.——臺北市：商周出版：英屬蓋曼群島商家庭傳媒股份有限公司城邦分公司發行, 2023.11
面；　公分.——（獨・小說；48）
參考書目：面
譯自：Cloud Atlas
ISBN 978-626-318-860-0（平裝）

873.57　　112015155

獨・小說 48

雲圖（長銷改版）

作　　者／大衛・米契爾（David Mitchell）
譯　　者／左惟真
企畫選書人／余筱嵐
責任編輯／余筱嵐

版　　權／吳亭儀、江欣瑜
行銷業務／周佑潔、賴正祐、賴玉嵐
總 編 輯／黃靖卉
總 經 理／彭之琬
第一事業群總經理／黃淑貞
發 行 人／何飛鵬
法律顧問／元禾法律事務所 王子文律師
出　　版／商周出版
台北市104民生東路二段141號9樓
電話：(02) 25007008　傳真：(02)25007759
E-mail：bwp.service@cite.com.tw
發　　行／英屬蓋曼群島商家庭傳媒股份有限公司 城邦分公司
台北市中山區民生東路二段141號2樓
書虫客服服務專線：02-25007718；25007719
服務時間：週一至週五上午09:30-12:00；下午13:30-17:00
24小時傳眞專線：02-25001990；25001991
劃撥帳號：19863813；戶名：書虫股份有限公司
讀者服務信箱：service@readingclub.com.tw
城邦讀書花園：www.cite.com.tw
香港發行所／城邦（香港）出版集團有限公司
香港灣仔駱克道193號東超商業中心1樓　E-mail:hkcite@biznetvigator.com
電話：(852) 25086231　傳眞：(852) 25789337
馬新發行所／城邦（馬新）出版集團【Cité (M) Sdn.Bhd. (458372 U)】
41, Jalan Radin Anum, Bandar Baru Sri Petaling,
557000 Kuala Lumpur, Malaysia.
電話：(603) 90563833　傳眞：(603) 90576622　Email：service@cite.com.my

封面設計／鄭宇斌
排　　版／極翔企業有限公司
印　　刷／韋懋實業有限公司
經 銷 商／聯合發行股份有限公司
地址：新北市231新店區寶橋路235巷6弄6號2樓
電話：(02) 2917-8022　傳眞：(02) 2911-0053

■2009年7月28日初版
■2023年11月7日四版
定價480元
Printed in Taiwan

 ISBN 978-626-318-860-0

商周出版

廣 告 回 函
北區郵政管理登記證
北臺字第000791號
郵資已付，免貼郵票

104　台北市民生東路二段141號2樓

英屬蓋曼群島商家庭傳媒股份有限公司城邦分公司　收

請沿虛線對摺，謝謝！

商周出版

書號：BUC048	書名：雲圖(四版)	編碼：

請於此處用膠水黏貼

商周出版

讀者回函卡

感謝您購買我們出版的書籍！請費心填寫此回函卡，我們將不定期寄上城邦集團最新的出版訊息。

不定期好禮相贈！
立即加入：商周出版
Facebook 粉絲團

姓名：＿＿＿＿＿＿＿＿＿＿＿＿＿＿＿＿ 性別：□男 □女

生日：西元＿＿＿＿＿＿年＿＿＿＿＿＿月＿＿＿＿＿＿日

地址：＿＿＿＿＿＿＿＿＿＿＿＿＿＿＿＿＿＿＿＿

聯絡電話：＿＿＿＿＿＿＿＿＿＿ 傳真：＿＿＿＿＿＿＿＿＿＿

E-mail：

學歷：□ 1. 小學 □ 2. 國中 □ 3. 高中 □ 4. 大學 □ 5. 研究所以上

職業：□ 1. 學生 □ 2. 軍公教 □ 3. 服務 □ 4. 金融 □ 5. 製造 □ 6. 資訊
□ 7. 傳播 □ 8. 自由業 □ 9. 農漁牧 □ 10. 家管 □ 11. 退休
□ 12. 其他＿＿＿＿＿＿＿＿＿＿＿＿＿＿＿＿

您從何種方式得知本書消息？

□ 1. 書店 □ 2. 網路 □ 3. 報紙 □ 4. 雜誌 □ 5. 廣播 □ 6. 電視
□ 7. 親友推薦 □ 8. 其他＿＿＿＿＿＿＿＿＿＿＿＿

您通常以何種方式購書？

□ 1. 書店 □ 2. 網路 □ 3. 傳真訂購 □ 4. 郵局劃撥 □ 5. 其他＿＿＿

您喜歡閱讀那些類別的書籍？

□ 1. 財經商業 □ 2. 自然科學 □ 3. 歷史 □ 4. 法律 □ 5. 文學
□ 6. 休閒旅遊 □ 7. 小說 □ 8. 人物傳記 □ 9. 生活、勵志 □ 10. 其他

對我們的建議：＿＿＿＿＿＿＿＿＿＿＿＿＿＿＿＿＿＿＿＿

＿＿＿＿＿＿＿＿＿＿＿＿＿＿＿＿＿＿＿＿

＿＿＿＿＿＿＿＿＿＿＿＿＿＿＿＿＿＿＿＿

請於此處用膠水黏貼